Isabelle Duquesnoy

Das Tagebuch der Constanze Mozart

Roman

Aus dem Französischen
von Annette Meyer-Prien

Marion von Schröder

Die Originalausgabe erschien 2003 unter dem Titel
Les confessions de Constanze Mozart bei Plon, Paris.

Marion von Schröder ist ein Verlag
der Ullstein Buchverlage GmbH

ISBN-13: 978-3-547-71059-5
ISBN-10: 3-547-71059-6

Gesetzt aus der Sabon und Volante bei LVD GmbH, Berlin
Druck und Bindung: Bercker, Kevelaer
Printed in Germany

Für Justine …

Ich habe mich immer zu den größten Bewunderern Mozarts gezählt und werde es bis zu meinem letzten Atemzug bleiben.

Ludwig van Beethoven

Im Grunde ist es mit der Wahrheit ganz einfach: Zu finden ist sie einzig in der Natur, und sagen darf man sie nur den Menschen, denen man vertraut.

Eugène Canseliet

Vorbemerkung

Auch wenn man das von Constanze und Wolfgang Mozart verwendete Geld nicht exakt umrechnen kann, läßt sich sagen, daß 1 Gulden (fl.) etwa 15 Euro entsprach und daß ein Kreuzer etwa 25 Cent wert war.

Der Gulden (eine Silbermünze) entsprach 60 Kreuzern (die wiederum 4 Pfennig entsprachen).

Ein Dukaten (eine Goldmünze) war etwa 4 Gulden beziehungsweise 2 Taler wert.

Ein französischer Louisdor wurde zum Kurs von 7 Gulden getauscht, das englische Pfund Sterling zu 9 Gulden.

Folgende Vergleichswerte sind dabei vielleicht nützlich:

Der Direktor des Hospitals in Wien verdiente 3000 Gulden im Jahr,
sein erster Chirurg erhielt 800,
ein Musiker erhielt jährlich zwischen 200 und 800 Gulden,
ein Universitätsprofessor 300,
ein Schulmeister verdiente 22 Gulden,
eine Dienstmagd wie die des Ehepaars Mozart 1784 bekam … 12 Gulden im Jahr.

Sänger und Schauspieler wurden sehr viel reicher entlohnt als Komponisten. So verdiente der Kastrat Ceccarelli 800 Gulden jährlich, während Mozart in Salzburg nur 450 bekam.

Nicht selten erzielte ein Sänger mit einem einzigen abendlichen Auftritt ebensoviel, wie ein Komponist im ganzen Jahr verdiente.

Ein Alltagsgewand kostete zwischen 30 und 50 Gulden (also bis zu 750 Euro, das doppelte Jahresgehalt eines Lehrers).

Ein – bei Hofe unerläßlicher – Galaanzug mit Tressen und Stikkereien konnte auch schon mal 350 Gulden erreichen (5250 Euro).

Der Preis eines Damenkleides konnte leicht 100 Gulden betragen (1500 Euro).

400 Gulden entsprachen 68 Theaterkarten für Logenplätze und einer Abendrobe.

Für Mozart entsprachen 700 Gulden einem Jahr Miete oder einem Galagewand, zehn Paar Seidenstrümpfen und zwei Paar Schuhen.

Um sich ein schönes Kleid zu kaufen, hätte Mozarts Hausmädchen acht Jahre lang ihr gesamtes Gehalt sparen müssen.

1781

Wien, Winter 1780–1781

Dieses Etwas in mir ist so widerlich, so abscheulich, niemals werde ich es wagen, jenen, die sich *Freundinnen* nennen, seine Existenz anzuvertrauen: Niemand darf es wissen.

Im übrigen habe ich keine wirkliche Freundin, sondern nur Bekannte; hinter diesen liebreizenden Gesichtern und dem einschmeichelnden Klang ihrer Stimmen wären sie schon morgen bittere Feindinnen, sollte ich so unvernünftig und schwach sein, ihnen mein Unglück anzuvertrauen. Diese gepuderten Gänse, die wie hingegossen auf den Sitzbänken im Salon meiner Mutter liegen, sind mir zuwider, und ich kann mir nicht vorstellen, wie man ihre Gesellschaft erfreulich finden kann. Wozu nur verschnattern sie eine Stunde um die andere? Man drängt mich, den Grund meines Leidens preiszugeben, aber ich kann mich diesen betrübten Mienen nicht anvertrauen – sie sind durch und durch falsch. Schlimmer noch – sie sind langweilig.

So viele Gebete ich auch an den heiligen Johannes von Nepomuk geschickt habe, kann ich doch keinerlei Verbesserung meines Zustandes erkennen; ich vergehe in meiner Kammer, von Steppdecken erdrückt, mich schwindelt von den vermeintlich mildtätigen Besuchen und den verlogenen Ratschlägen; dabei will man mich keineswegs meinem Abgrund entreißen, denn meine Indisposition ist eine stete Quelle der Zerstreuung und der Neugierde.

Ich vergehe, und niemand schert sich darum.

Ungeachtet meines geschwächten Zustandes kann ich die Brennesselaufgüsse, die peinlichen Waschungen, den Geruch der

Breiumschläge mit Brotkrume und Milch, denen Eigelb und ein wenig in Kohlasche zerstoßener Kuhmist beigemengt wird, nicht mehr ertragen.

Ich heiße Constanze – ich bin über achtzehn Jahre alt und schwach genug, mir einige Vorzüge zuzuschreiben. Wenn ich auch bedauern muß, daß meinen Zügen jene Anmut fehlt, die ich rechtmäßigerweise hätte erben müssen, so bin ich dennoch nicht, was man ein unbedarftes junges Mädchen nennt, das von gewöhnlichem Aussehen, durchschnittlicher Art und den üblichen mittelmäßigen Gefühlen beseelt ist. Die Indisposition, an der ich seit drei Monaten leide, ist wahrlich auch nicht gewöhnlich; die Anfälle von Melancholie treffen viel eher die Frauen, die im Müßiggang aufgewachsen sind, sich der Annehmlichkeiten des Lebens erfreuen und sich mit ihren Schwächen die Freuden des Reichtums erkaufen. Ich gehöre nicht zu diesen eleganten Damen der Aristokratie, und doch werde ich von diesem Leiden der reichen Nichtstuerinnen niedergedrückt.

Meine Kammer, mein Universum, ist zur Zeit wie die Schatulle eines Juwels ohne Glanz; ich ersticke zwischen ihren Wänden, ich sieche dahin in der Hoffnung auf eine späte Heilung. Jeden Morgen bete ich zum heiligen Johannes, er möge mich wiederaufrichten, und ich beklage nicht das langsame und warme Rinnsal Blutes, das meine Laken verschmutzt, meine Schenkel mit Spuren überzieht und seinen heimtückischen Lauf auf den Fliesen beendet. Ich habe so viele beschämende Spuren hinterlassen, so viele rote Lachen auf dem Damast der Sessel, eine solche Zahl von rot leuchtenden Flecken auf dem gebohnerten Parkett, so viele schmierige Kleckse im Musiksalon, daß es keinen Ort mehr gibt, an dem ich mich aufhalten könnte, ohne mit diesem beschämenden Saft meine Gegenwart anzuzeigen. Worte können nicht beschreiben, welchen Abscheu und welche Verzweiflung dieser elende Zustand in mir hervorruft.

Eines Abends, als ich nur in Gesellschaft des rötlichen Flusses aus meinem Innern ans Bett gefesselt war, trieben mich der Kummer und die Langeweile dazu, eine Feder in diese üble Tinte zu tauchen; da entdeckte ich die Lust des Schreibens, die heimliche Trunkenheit der Worte, die Zuflucht einer Beichtenden, die keine Post verraten konnte.

Darauf fiel ich, von dieser beruhigenden Hoffnung ermutigt, neben meinem neuen papierenen Freund in Schlaf.

Der helle Morgen schien mir, als unser kleines Hausmädchen die Vorhänge aufzog und auf meinem Nachttisch einen ekligen Brennesselabsud abstellte, begleitet von einem ernsten »aber alles austrinken«. Die heimlichen Seiten, meine lieben, von Aufzeichnungen geröteten Seiten, die auf den Laken liegengeblieben waren, lagen ihrer Neugier ausgeliefert da; den Grund für meine Verwirrung sofort erfassend, verließ sie still mein Zimmer bis zum frühen Abend. Später, gegen sieben Uhr, als meine Mutter ihr auftrug, mir mein Abendmahl zu bringen, warf sie ein Notizbuch und eine frische Feder auf meine Decke und holte, nicht ohne zu gestehen, daß sie es einem zur Untermiete bei uns wohnenden Musiker aus der Kammer entwendet hatte, aus den Falten ihrer Schürze ein Tintenfaß hervor.

Und so begann das Schreiben meines eigentlichen Tagebuchs mit Tinte und nicht mit den Ergüssen meines vermaledeiten Bauches.

Ich bin die dritte der vier Weber-Töchter, und nach Meinung unserer Mutter bin ich auch die am wenigsten hübsche. Meine drei Schwestern und ich sind in Musik und Gesang unterrichtet worden, wenn auch Aloisia von uns allen die einzige ist, die das hohe G spielend erreicht. Und das ist nicht alles, was Aloisia erreicht, ohne sich anzustrengen! Kein Erfolg, der ihr unerreichbar schiene, und ihre Reize haben noch jeden Gönner niedergestreckt. Aber ich habe keineswegs die Absicht, mich meiner älteren Schwester gegenüber undankbar zu zeigen, die uns zu allem Überfluß seit dem Heimgang unseres Vaters eine sehr angemessene Existenz ermöglicht. Das wäre schlecht.

Ach, ich weiß nicht.

Genug!

Ich kann es mir erlauben, auf ihre Wohltaten zu pfeifen; mein Zustand liefert jede erdenkliche Entschuldigung, und ihre vertraglich geregelte Großzügigkeit ist längst nicht mehr so großartig wie einst.

Es war 1778, in Mannheim.

Aloisia war damals siebzehn Jahre alt und ich sechzehn. Ihr

liebliches Antlitz war Gegenstand so mancher Plauderei, während man meine Augen mit denen der Nager verglich, die in der Stadt so heftig bekämpft werden. Unser Vater, Fridolin Weber, hatte uns zur Kurfürstin Elisabeth Maria Auguste von Bayern geleitet, denn sie verfügte über ein kleines Orchester und gab jeden Tag ein Konzert. Papa hatte als Kopist und Chorsänger am Hoftheater eine Vorliebe für derlei Zusammenkünfte, die den Musikern die Möglichkeit geben, sich an den größten Talenten zu messen. Man war sich allgemein darüber einig, daß Aloisias Stimme hier zu Gehör gebracht werden mußte, während unsere älteste Schwester Josepha schier an dem Gedanken verzweifelte, daß ihre eigenen Stimmesgaben nie enthüllt werden sollten.

Nun, für dieses Konzert hatte ein junger Komponist namens Wolfgang Mozart von meinem Vater vier Lieder für die Prinzessin von Bayern kopieren lassen. Auch will mir scheinen, daß er eine Sinfonie für sie geschrieben und ihr überreicht hat. Aufgefordert, ihre von unserem Vater so gepriesenen Talente vorzuführen, trug Aloisia ihre ersten Noten ganz vorzüglich *a prima vista* vor, obwohl sie sehr schwer zu singen waren. Dem ehrbaren Wolfgang Mozart blieb der Mund offenstehen, und so blieb er, bis das Lied zu Ende war. Ich modulierte Aloisias Koloraturen ganz leise mit und bemerkte voll Erstaunen, daß ich mit ihr hätte singen können, wenn man mich dazu aufgefordert hätte. Aber ach, es interessierte sich niemand für meinen stillen Gesang, und dieser verwirrende Mozart blieb ein Gefangener seiner jähen Neigung. Da fürchtete ich, trotz meiner jungen Jahre, er möchte ein Auge auf sie werfen und sich gar in sie verlieben. Als sein unendlich blauer Blick den Aloisias kreuzte, konnte man meinen, der Blitz hätte in seinen gepuderten Zopf eingeschlagen. Wolfgang Mozart war wie verzaubert von meiner älteren Schwester; er wußte noch nicht, welche Macht über ihn hereinbrach, während er unter ihrer herrlichen Stimme bebte.

Er wurde zu einem oft gesehenen Gast in unserer Familie, und jeder seiner Besuche tauchte unsere Stunden in Entzücken. Aloisia machte lange Spaziergänge in seiner Begleitung, hielt am Rand der Wasserspiele inne und lauschte kokett den tausend gemeinsamen Zukunftsplänen, die er vor ihr erstehen ließ. Wolfgang Mozart wollte eine Oper schreiben, die Aloisias Fähigkeiten herausstellen sollte; diese Aussicht belebte sie, und sie entfernte sich mit jedem Tag mehr von mir.

Leopold Mozart, Wolfgangs Papa, bestand darauf, daß sein Sohn sich nach Paris verfüge, um sich dort bekannt zu machen. Die Liebenden mußten sich adieu sagen; verborgen hinter einem Wandschirm wurde ich Zeugin ihrer Verzweiflung. Ich bekenne freimütig, daß ich mich wegen einer quälenden Darmlast dort befand; ich hasse einsame Mahle ebenso wie das Scheißen in Gesellschaft, und was ich hörte, half mir wenig bei meiner Aufgabe. Sie versprachen sich, aufeinander zu warten, sich zu schreiben und treu zu ihren Schwüren zu stehen. Aloisia gelobte, jeden Tag in der Kirche darum zu beten, die Reise ihres Vielgeliebten möge kurz und dennoch von den erhofften Erfolgen gekrönt sein. Ich, die ich in höchster Verlegenheit war, ihm meine Trauer über seine Abreise nicht mitteilen zu können, schwor mir, mich geräuschlos zu entleeren. Nachdem ich mich nie dazu hatte finden können, ihm meine eigenen Stimmesgaben zu Gehör zu bringen, war es undenkbar, daß er mich nun furzen hörte.

Wolfgang Mozart machte sich also auf den Weg nach Frankreich, in Begleitung seiner Mutter.

Einige Monate vergingen; Aloisia wurde zu einer Besoldung von 600 Gulden als *prima donna* nach München engagiert, und Papa hatte für seine Dienste als Kopist 400 Gulden eingenommen, dazu 200 Gulden als Souffleur. Und so wechselte unsere gesamte Familie den Ort, um Aloisia zu folgen. Wir waren dem Elend entwachsen!

Ganz München sprach über meine Schwester, in allen Salons und Theatern; Graf von Seeau, ihr Gönner und Intendant der höfischen Theater, war darob im siebten Himmel. Da erfuhren wir, daß Frau Mozart in Paris am Typhus gestorben war, im Zimmer ihres Sohnes. Aloisia war der Verzweiflung nahe, denn weil sie keine Nachricht von ihrem Verlobten bekommen hatte, glaubte sie, er habe sich angesteckt und sei auch gestorben. Sie weinte den ganzen Sommer hindurch. Im Oktober, als Wolfgang Mozart Paris verließ, um sich wieder nach Salzburg aufzumachen, blieb er beinahe einen Monat lang im Elsaß und gab dort einige Konzerte. Nun erhielt Aloisia wieder Briefe von ihrem Verlobten, aber sie hatte aufgehört, an ihn zu denken. Der Blick ihrer Rehaugen sollte sich von nun an vielversprechenderen Zielen zuwenden …

Aloisia las mir seine Briefe laut vor, ging dabei aber offensichtlich sehr großzügig über gewisse Passagen hinweg. Wolfgang Mozart beschrieb die Unordnung und den Gestank eines Paris, das wir nicht kannten; ich erinnere mich auch an sein Ergötzen an einem Lustschlösschen im Bois de Boulogne, das der Comte d'Artois aufgrund einer Wette in nur zwei Monaten von seinem Architekten, einem gewissen Boulanger oder Bélanger, hatte errichten lassen. Aloisia war geschmeichelt, aber dennoch voller Verachtung und krümmte sich vor Lachen, wenn sie diese Liebesbriefe las. Ich schloß die Augen und versuchte mir vorzustellen, wie sehr mich solche Erklärungen entzücken würden.

Bei der Lektüre dieser intimen Briefe wurde mir bewußt, daß Männer, die sich nach ihrer Geliebten verzehren, gerne ihr Antlitz mit dem eines Tieres vergleichen, ihren Teint mit Blumen und ihr Wesen mit Vogelschwingen. Rehlein, Spatz, Lilie, Rosenknospe …

In welche Richtung wohl die Lobpreisungen zielen mochten, die man mir eines Tages schreiben würde? Eichhörnchen, Spitzmaus mit Hahnenfußteint? Ente, Beuschel …

In Mannheim, schrieb Mozart, habe man ihm vierzig Louisdor für eine Oper geboten, *Semiramis,* glaube ich. Dieses Vorhaben gab ihm neuen Antrieb, und mit dem Geld, so schrieb er, könne er Aloisia eine Verlobungszeit wie für eine Prinzessin bieten. Später erfuhr ich, daß Wolfgang Mozarts Pläne nicht den erhofften Ausgang erfuhren und daß er, von Leidenschaft für seine Kunst ergriffen, seine Rivalen Gluck und Schweitzer auch deshalb ausgestochen hatte, weil er die Oper gratis schrieb. Adieu, ihr vierzig Louisdor!

Leopold Mozart drängte seinen Sohn, so bald wie möglich nach Salzburg zurückzukehren; Wolfgang verwahrte sich dagegen in seinen Briefen und suchte eifrig nach einer Stellung als Konzertmeister, aber, so sagte er, er wäre auch glücklich über eine Stellung als erste Geige oder als Lehrer, daß er nur nie wieder nach Salzburg zurück müsse.

Armer Wolfgang! Seine Briefe blieben fortan auf der vergoldeten Holzkonsole liegen, denn Aloisia öffnete sie nicht mehr. Nun war ich es, die das Papier erbrach und laut vorlas. Josepha, die ältere, und meine jüngste Schwester Sophie lauschten dem Vortrag der Briefe, Mama ging von einem Salon in den anderen und fingerte dabei ungeduldig an den Spitzenvolants an ihren Ärmeln. Sie mühte sich nicht im mindesten, ihre Befriedigung darüber zu verbergen, daß Aloisia nach anderen verliebten Ständchen Ausschau hielt.

Ein Bischof bot Wolfgang an, bequem mit ihm in der Kutsche zu reisen und einige Tage mit ihm in seiner Stadt zu verweilen, um ihn dann bis München zu begleiten. Mozart (armer Unwissender, der nicht ahnte, daß er bei ihr in Ungnade gefallen war!) schrieb meiner Schwester von seinem Beschwer und erzählte ihr von den wenigen Tagen, die er im Kloster zu Kaisheim verbracht hatte.

In seinem letzten Brief vom 24. Dezember kündigte er uns seine bevorstehende Ankunft in München und seine Freude an, sich von seinem Gastgeber und seinen Reisegefährten zu verabschieden. Seine Worte ließen überdeutlich erkennen, wie sehr es ihn drängte, Aloisia wiederzusehen; und er kündigte ihr auch eine Komposition an, eine Arie, die er in Paris für ihre herrliche Stimme geschrieben hatte: *Popoli di Tessaglia. »Ich muß gestehen, daß diese Szene von allen Kompositionen in diesem Fach die beste ist, die ich in meinem Leben geschrieben habe.«*

Als Herr Mozart unseren Salon betrat, hielt ich die Luft an, auf daß er bemerken möge, wie sehr sich meine Büste entwickelt hatte. Aber er schien sich nicht darum zu kümmern. Wolfgang Mozart hatte eine bescheidene und warmherzige Familie zurückgelassen; nun fand er sich im Salon eines bürgerlichen Hauses, inmitten einer elegant nach der neuesten Mode gekleideten Gesellschaft wieder. Er wußte noch nichts davon, daß Aloisias Aufstieg uns zu zwei stillen Orten und passend zurechtgeschnittenem Papier verholfen hatte! Mozart blieb einen Moment lang stumm, verletzt durch die Worte, die ein Mann Aloisia ins Ohr flüsterte. Er wartete, und ich tat es ihm gleich, ich glaube, eine Ewigkeit lang … Als sie ihn endlich erblickte, ließ meine Schwester weder Freude noch Überraschung erkennen. Sie musterte seine Erscheinung eindringlich von oben bis unten und verbarg dazu ein abschätziges kleines Lächeln hinter ihrem Fächer. Oh! Ich sehe ihn noch vor mir, wie er, so blaß wie die Reflexe auf seiner Perücke und in seinem roten Gehrock mit den schwarzen Trauerknöpfen, seine kleinen fleischigen Hände wärmend beim Kachelofen reibt. Es wäre unpassend gewesen, ihm zur Hilfe zu eilen, und doch wäre mir seine grausame Isolierung weniger schändlich erschienen, wäre er dazugekommen, wie die ihm Versprochene sich besteigen läßt.

So wandte er sich denn an meine Mutter und mich, begrüßte uns und machte uns höfliche und galante Komplimente. Vergeblich wartete ich auf eine, ach! nur eine ehrliche und angemessene Bemerkung zu meinem veränderten Äußeren. Mozart teilte uns seine Befriedigung mit, der Kurfürstin von Bayern zwei gestochene Sonaten überreicht zu haben, sodann ließ er sich in den närrischsten Einzelheiten über seine Reise mit dem Bischof aus. An dieser Stelle machte ihn meine Schwester zum Gespött aller Umstehenden, indem sie Mozart fragte, ob der Bischof ihn als Kammerdiener eingestellt habe, damit er auf diese Weise seine schöne rote Dienstbotenlivree behalten könne. Armer Herr Mozart! Er hielt seinen Ärger ob dieses Affronts sehr wohl in Schach. Gemessenen Schrittes ging er auf meine Schwester zu, überreichte ihr die Partitur seiner Komposition und kleidete seinen Wunsch, sie singen zu hören, in die reizendsten Worte. Aloisia nahm die Rolle, legte sie auf das Cembalo, ohne auch nur das Band zu lösen, und trat dann mit einem überaus albernen Lachen zu ihrem neuen Galan. Da ging Wolfgang zum Cembalo, hob den Deckel auf und setzte sich vor die Tasten. Mit brutalen Bewegungen schlug er die Akkorde eines wegen seiner Derbheit sehr populären Liedes an und sang dazu *Ich lass das Mädel gern, das mich nicht will*. Alles zuckte zusammen und stand schreckerstarrt, als man die furchtbare Weise von Berlichingen erkannte: »Leck mir das Mensch im Arsch, das mich nicht will.« Als er sein abscheuliches Getöse beendet hatte, schloß Mozart ganz sanft den Deckel des Instruments, vollführte eine übertrieben verschnörkelte Reverenz und ging.

Das war das letzte Mal, daß ich ihn gesehen habe.

Heute morgen bin ich in recht guter Stimmung erwacht und habe meiner jüngeren Schwester Sophie einen Besuch in ihrem Zimmer abgestattet. Wir haben über tausend Dinge gelacht, und ich saß auch auf ihrem Bett, ohne die geringste Spur zu hinterlassen. Der letzte Aderlaß, den man mir am Fußgelenk verabreicht hat, scheint meine Säfte verfestigt zu haben.

Aber ach! Bei meiner Rückkehr wurde ich von Schwindel überwältigt. Unser kleines Dienstmädchen führte mich ohne Umstände ins Bett zurück. Mir blieb nicht einmal die Zeit, einen Blick durch das Fenster ins Freie zu werfen. Und nun nieselt es, und auch die Scheiben vor meinem Fenster sind von kleinen Rinnsalen bedeckt; meine Seele ist ein einziges Fließen!

Nur der Fluß der Worte tröstet mein Herz und gibt meinem Geist Ruhe.

Wo hatte ich dich verlassen, mein treuer, papierener Beichtvater?

Oh, jetzt erinnere ich mich. Der gute Wolfgang Mozart, von Aloisia abgewiesen vor all den Leuten, die fürderhin die Salons meiner Mutter schmücken. Als sich die Türflügel hinter ihm schlossen, hatte der Boden unter meinen Füßen nachgegeben. Ich war nur noch damit beschäftigt, Haltung zu bewahren und mir nichts anmerken zu lassen; mein Hirn stand in Flammen, vor meinen Augen funkelten tausend Goldsterne, weither aus der Finsternis drangen Stimmen zu mir durch, Mamas Gäste umwehten mit einemmal schwarze Umhänge, und ihre Zähne wurden länger und länger. Wie konnte Aloisia so grausam sein unter ihrer Engelshülle und den, um den sie im vergangenen Sommer so sehr geweint hatte, derart zurückstoßen? Ich gebe zu, es schickt sich nicht, so von meiner Schwester zu reden und zu schreiben, deren Fähigkeiten und Ränkespiele uns ein Leben auf großem Fuße ermöglichen.

War es denn möglich, daß Wolfgang Mozart eine solche Enttäuschung überlebte?

Durch eine Indiskretion hatte ich erfahren, wie er zu seinem Freund Beecke, dem Flötisten, geeilt war, um Trost aus der Musik zu schöpfen, und daß er mehr schlecht als recht über seine zerbrochene Liebe hinwegkam.

Er kehrte tatsächlich nach Salzburg zurück, wo man ihm seinen Posten als Konzertmeister freigehalten hatte. Das bedeutete, daß er immer noch wenig Geld verdiente, seine Mahlzeiten am Gesindetisch des Grafen Colloredo, Fürsterzbischof daselbst, einnahm, die kirchliche und profane Musik für den Hof komponierte und die Sängerknaben unterrichtete. Es hatte ohne Zweifel auch sein Gutes, daß seine Träumereien ein Ende gefunden hatten, doch wäre die Fröhlichkeit sicher eher zu ihm zurückgekehrt, hätte er ein wenig mehr in den Taschen gehabt.

Während Wolfgang (manchmal, wenn sich mir bei dem Gedanken an sein Leid das Herz zusammenzieht, nenne ich ihn Wolfgang, doch möge er es nie erfahren, ich würde bis unter die Haarwurzeln erröten!) bei seinen Mahlzeiten die Kränkungen derer, die von seiner Kunst nichts verstehen, über sich ergehen ließ, zog meine ganze Familie nach Wien um.

Graf Hadik hatte Aloisia im September 1779 als Sängerin an die deutsche Oper in Wien engagieren lassen. Ruhm und Ehren klopften an der Tür, um sich dem Stolz meiner Schwester zu neigen. Unsere Mutter sprach nur noch von ihr. Aloisia als Sängerin an der Wiener Oper! Wir anderen, die Haustöchter, fanden Gebrauch bei neuen Aufgaben. Gewandmeisterin, Souffleuse, Repetitorin, jede von uns stellte sich in den Dienst dieses Ruhms, der uns am Leben erhielt, und tat fortan beide Flügel der verzierten Türen für sie auf. Meine Schwester Josepha wagte nicht, ihre eigenen sängerischen Fortschritte hören zu lassen, denn unsere Mutter dachte laut darüber nach, daß es kaum Platz für zwei Mirakel unter demselben Dach geben könne. Das Wunderkind der Deutschen Oper zu Wien sollte also Aloisia heißen, und ich hatte sie zu bewundern und ihr für ihre Güte zu danken, wenn ein neues Band meine verschlissenen Unterkleider zu schmücken kam.

Oh, wie schwer ging es mich da an, Mozart nicht zu schreiben, um ihm durch die Enthüllung einiger Geheimnisse meiner teuren Schwester bei seiner Gesundung zu helfen! Dabei hätte ich bis in die abstoßendsten Details gehen müssen, um ihm eine schnelle Genesung zu garantieren. Wie viele Tränen wären allein durch die schlichte Erwähnung ihrer Mundwürmer erspart geblieben! Jawohl, die gute Louise, deren Stimme die Herzen aufgehen läßt und selbst in die unempfindlichsten Seelen dringt, meine großzügige Schwester nennt in Wahrheit ein wahrhaft faules Mundwerk ihr eigen, das von kleinen Würmern mit runden, durch einen schwarzen Punkt gezeichneten Köpfen bewohnt wird! Kein Morgen vergeht, ohne daß dieses schlammerfüllte Organ nicht seine bittere reinigende Spülung erhält, immer in der irrigen Hoffnung, damit seine widerlichen Bewohner abzutöten. Aloisia läßt sich einen Sud aus Zwiebelsamen und Essig bereiten, mit Hirschhornpuder verdickt. Eines Tages, als der von ihren schlechten Zähnen verursachte heftige Schmerz unerträglich wurde, strichen wir ihr Honig in den Mund. Eine Stunde später ließ der Schmerz nach, und Aloisia spürte ein Kitzeln. Sie führte die Hand zum Mund und holte drei sehr bewegliche Würmer heraus.

In Wien bekam unser Vater die Stelle des Kassiers am Theater, aber es brachte ihm kein Glück. Er verstarb kurz nach unserer Ankunft. Nun, da mein seliger Vater nicht mehr für unseren Schutz sorgen konnte, übernahm ein Vormund diese Aufgabe.

Friede seiner Seele! Mein geliebter Vater war ein ehrsamer Mann, und ich bete jeden Tag für den ewigen Frieden dieses Heimgegangenen.

Einige Wochen später tat es ihm die erste Sängerin, Frau Lange, nach und starb. Aloisia nahm die Nachricht ohne ein Wort entgegen: Die Lange hatte den Geist aufgegeben, der Himmel tat sich auf. Aloisia hörte nur auf ihr seltsames Herz und rettete die Aufführungen, indem sie ihren Platz auf der Bühne einnahm ... und den in ihrem Bett, um den Gatten zu trösten. Sie muß diese beiden Hauptrollen wohl ganz vorzüglich gespielt haben, denn die Hochzeit mit Herrn Lange wurde schon bald darauf beschlossen. Dies jedoch widersprach dem Geschäftssinn meiner Mutter, die die Vorbereitungen zu verzögern wußte. Da mein Vater tot war, sicherte Aloisia unserer Familie ein ehrbares Einkommen, und ihre Vermählung konnte das alles gefährden. Mama hatte 900 Gulden Vorschuß vom Theater bekommen, die nun zurückgezahlt werden mußten, da Papa seine Arbeit nicht ausübte. Die Mutter Weber schoß umher wie ein aufgescheuchtes Kaninchen, in dem Bemühen, die Verlobten zu trennen. Sie ersann alle möglichen Intrigen und obsiegte schließlich mit der Unterschrift unter einen

Vertrag, in dem das zukünftige Paar ihr eine Rente von 600 Gulden jährlich auf Lebenszeit aussetzte. Darüber hinaus erhielt unsere Mutter die zurückzuzahlende Summe des Theatervorschusses. Das Spiel war gewonnen.

Aloisia wurde schließlich am 31. Oktober 1780 unter den gezahnten Bögen des Stephansdoms und in einer Taftrobe, deren Schärpe jeden Moment zu reißen schien, Frau Joseph Lange. Ließen die Stimmübungen die Taille derart in die Breite gehen? Dann lief auch Josepha Gefahr, um die Mitte herum dick zu werden. Ich mußte sie warnen.

In der Folge organisierte Mama unser neues Leben, ohne den geringsten Platz für Unvorhergesehenes zu lassen: Zu viert (meine beiden unverheirateten Schwestern und ich sowie Mama) in unserer Wohnung im zweiten Stock des Hauses »Aug=Gottes« am St.-Petersplatz und mit einigen freien, zur Vermietung vorgesehenen Zimmern waren wir nicht in Not – und sind es bis heute nicht. Die Miete, die uns von unseren wechselnden Gästen gezahlt wurde, reichte für unsere laufenden Ausgaben. Mama ging regelmäßig ins Theater, während Josepha (die drei Jahre ältere) und ich daheim blieben. Josepha stickte beim Schein einer Kerze unaufhörlich Maiglöckchen und Mimosen auf einen Taftkragen. Es schien mir seltsam, daß sie nicht an einer Aussteuer stickte, während sie über die Jahre jammerte, die sie noch von einem möglichen Verlobten trennen mochten. Zumal Mama sich einer solchen Heirat, die ihr vorteilhafterweise einen Teil der jährlichen Last abgenommen oder sogar zu einer Verbesserung beigetragen, nicht widersetzt hätte, wäre Josepha denn das Glück beschieden gewesen, einen Mann von Ehre zu bezaubern.

Was mich betraf, so glaube ich, daß Mama – bevor mich meine Indisposition nutzlos machen sollte – keine Eile hatte, mich verheiratet zu sehen, und meinen Fall ganz anders betrachtete: Früher half ich ihr sehr viel, das Haus sauberzuhalten, und kümmerte mich um die Bequemlichkeit unserer Mieter und desgleichen um ihre Mahlzeiten. Ich war schuld, daß ein Dienstmädchen eingestellt werden mußte (wie heißt sie noch gleich?), um mich bei den täglichen Arbeiten zu ersetzen und damit unsere Mieter die Bequemlichkeit genießen können, für die sie bezahlen.

Ich glaube, sie heißt Adriana.

Es sei denn, das war der Name ihrer Vorgängerin.

Wenn sie das ewige Reinigen erst einmal leid sind, verlassen sie unser Haus, und so löst jedes Mal ein neues kleines Dienstmädchen das andere kleine Dienstmädchen ab.

Schon wenige Augenblicke ohne mein Tagebuch sind mir zur Zeit eine unvergleichliche Hölle; deine samtigen Seiten, mein stummer Beichtvater, täuschen mich über meine Einsamkeit hinweg!

Wird es wiederkommen, um meine Stimmung zu trüben und mein feinleinenes Morgenkleid zu beflecken? Perfider Gast, der mir langsam von Schenkel zu Schenkel rinnt und mir die Stunden sauer werden läßt, oh!, wie ich deinen zähen Fluß verabscheue.

Schon wieder eine Tagesdecke, die gewaschen werden muß; das Hausmädchen wird die Schokolade erbrechen, die sie im Vestibül stibitzt hat.

Mein Schwager Joseph bringt uns häufig Schokolade mit. Ich mag ihn recht gern (und auch die Schokolade). Meine Mutter weiß seine Gaben wohl zu schätzen, denn ein Pfund Schokolade kostet soviel wie der Dreitageslohn für einen Domestiken. Joseph Lange bereitet mir viel Vergnügen; ist er bei uns, sucht er unweigerlich unsere stille Kammer und furzt aus freien Stücken, wenn er sich in guter Gesellschaft weiß. Er hat von Anfang an meine Wertschätzung erlangt, denn er erzählt mir bereitwillig von seinen beiden Leidenschaften, der Malerei und der Komödie, aber auch, weil es nicht anständig wäre, einen Mann zu mißachten, der doch schon durch seine Ehe mit meiner Schwester abgrundtief verdammt ist. Nicht, daß ich etwa meinte, meine Schwester liebte ihn nicht, o nein, ich kann beschwören, daß sie recht für ihn eingenommen zu sein scheint, aber ich weiß doch, wie sehr mein Schwager fortan seine Zeit mit Komplimenten und Schmeicheleien wird verschwenden, seine Einkünfte für Bänder und Tand hingeben und welche unfaßbaren Geziertheiten er wird ertragen müssen. Mozart wußte nicht, was ihm da erspart geblieben ist, sonst wären seine Tränen augenblicklich versiegt.

Zur selben Zeit, Ende Sommer 1780, während Aloisias Taille um etwa zwei Zoll breiter wurde, packte Wolfgang seine Koffer für eine sechswöchige Reise. Er hatte soeben mit Freuden den Auftrag (den ersten offiziellen seit sechs Jahren!) für eine Opera seria für den Karneval in München entgegengenommen. Und um das Glück vollzumachen, hatte ihm der Fürsterzbischof Colloredo zu diesem Zwecke einen Urlaub gewährt. Wer seinen Ruf als Tyrann kennt, weiß, daß er sich nur von seinem Kammerdiener-Musiker trennte, weil die Anfrage ihm schmeichelte! Ich weiß es von einem Untermieter, den die Mutter in Aloisias altem Zimmer untergebracht hat – viele Bewohner dieses Zimmers waren und sind Musiker. Die aus Salzburg kommen, kennen die Musik von Wolfgang Mozart und amüsieren sich zuweilen über die Unannehmlichkeiten seiner Domestikenstellung. Diesesmal jedoch kam die Nachricht von einem Bewunderer seiner Musik. Sie bereitete mir große Freude.

Dann kam die Trauer um unsere Kaiserin Maria Theresia. Die Theater blieben geschlossen, die Hausmädchen klopften und bürsteten die schwarzen Kleider aus, und die Menschen kamen in Scharen zusammen, um zu weinen. Später erfuhren wir aus der Zeitung, daß die Proben für die neue Oper begonnen hatten. Ich stellte ihn mir vor, erhitzt von seiner Kunst und wie er mit dem Fuß aufstampfte, um seine geliebten Musiknoten zusammenzubringen. Er schrieb einen höchst liebenswürdigen Brief an unsere Mutter, in dem er ihr beschrieb, wie trunken er sei vom Komponieren, und sie seiner Verbundenheit versicherte. »*Kopf und Hände sind mir so von dem dritten Ackte voll, daß es kein Wunder wäre, wenn ich selbst zu einem dritten Ackt würde.*« Wollte er wohl auch Aloisia wissen lassen, daß er sich von ihrer mißglückten Liebesgeschichte erholte? Ich weiß nur noch, wie sehr ihn diese gesegnete Aufgabe beglückte. Mein Gott, wie mußte er sich endlich seines Talentes freuen!

Die Zeitung widmete sich am 1. Februar 1781 der Schöpfung der Oper *Idomeneo* von Mozart:

> *Am 29ten des abgewichenen Monats ist in dem hiesigen neuen Opernhause die Oper Idomeneo zum erstenmal aufgeführt worden. Verfassung, Musik und Uebersetzung – sind Gebur-*

ten von Salzburg. Die Verzierungen, worunter sich die Aussicht in den Seehafen und Neptuns Tempel vorzüglich ausnehmen, waren Meisterstücke unseres hiesigen berühmten Theaterarchitekts Hrn. Hofkammeraths Lorenz Quaglio, welche jedermanns Bewunderung auf sich gezogen haben.

Die so glücklich waren, eine Eintrittskarte zu besitzen, konnten auf der Titelseite des Librettos lesen:

IDOMENEO. Singspiel zur Aufführung im neuen Hoftheater, im Auftrag Seiner Hochfürstl. Gnaden Karl Theodor, Kurfürst zu Rhein, Herzog von Ober- und Niederbayern und der Pfalz ... für den Karneval 1781.
Die Dichtung ist von Herrn Abbé Gianbattista Varesco, Hofkaplan Seiner Hochfürstlichen Gnaden dem Fürsterzbischof von Salzburg.
Die Musik ist vom Herrn Maestro Wolfgang Amadé Mozart, Mitglied der Akademien von Bologna und Verona, im Dienste Seiner Hochfürstlichen Gnaden des Fürsterzbischofs von Salzburg.
Die Übersetzung ist von Herrn Andreas Schachtner, ebenfalls im Dienste Seiner Hochfürstlichen Gnaden des Fürsterzbischofs von Salzburg.
München. Bei Franz Joseph Thuille.

Wie glücklich er gewesen sein muß, als sein Werk zwei Tage nach seinem fünfundzwanzigsten Geburtstag von der Galerie bis ins Parkett mit Dakaporufen aufgenommen wurde!

Wir haben erst Anfang März, und doch scheint mir dieses Jahr 1781 bereits das längste meines Lebens zu sein. Seit wie vielen Wochen bin ich nun schon ans Bett gefesselt?

Nur mein teures Tagebuch, mein papierener Beichtvater, läßt mich meinen Zustand vergessen, und ich mag mich nicht davon trennen.

Bald werden die Mandelbäume blühen, die Umhänge, die Überwürfe und die wollenen Schals werden wieder in den Wäschetruhen verstaut werden. Der Prater wird wieder voller Spaziergänger sein, voller Pärchen, die ihre Empfindungen austauschen. Und all das wird ohne mich stattfinden; an mein Bett gefesselt und aussätzig werde ich von den Toiletten nach neuester französischer und englischer Mode schreiben, ohne sie je gesehen zu haben, während die herausgeputzten Damen ihr Lachen bis zu meinem Fenster herauf ertönen lassen. Dann werde ich ein wenig weinen; aber der Grund dafür ist ein anderer.

Der Fürsterzbischof Colloredo ist in Wien eingetroffen, um seinen Vater, den Reichsvizekanzler Rudolph Joseph, zu sehen, der recht leidend ist. Wenn der Fürsterzbischof Colloredo reist, dann nicht selten mit seinem gesamten Troß, und diesmal scheint sein Gefolge ebenfalls im Deutschen Haus in der Singerstraße untergebracht zu sein.

Seit dem Eintreffen des Fürsterzbischofs versetzt ein Gerücht die ganze Stadt in Wallung, und die Musiker in seinem Dienste sind sehr erregt: Colloredos Musikern ist es untersagt, sich in Wien auf eigene Rechnung zu produzieren! Unsere Mieter sind ganz außer sich; sie können in Wien keine einzige Note spielen, ganz gleich in welchem Konzert; da gehen sie hin, ihre Hoffnungen auf ein paar zusätzliche Gulden oder daß ihre neuesten Kompositionen gespielt würden!

Ich meinte, Wolfgangs ungehorsamen Geist wiederzuerkennen, als ich in der Gazette davon las, daß er sich durch Vermittlung der Gräfin Thun dennoch beim Konzert der Witwen- und Waisenkasse ausgezeichnet hatte. Wie kann man nur den Musikern das Spielen verbieten, den Dichtern das Schreiben, den Stimmen, sich zu erheben, und den Herzen, zu schlagen?

Wir haben kein geschnittenes Papier mehr in den Örtlichkeiten, und ich weiß nicht, wer in diesem Hause meint, für einen einzigen Gang gleich den Gegenwert einer ganzen Gedichtsammlung verbrauchen zu müssen! Man erzählt sich, die Franzosen würden sich im Kamin oder hinter der Tür erleichtern und sich den Hintern mit Tapete abwischen!

Aufstehen?

Oh, wenn ich nur das hintere Zimmer erreichen könnte, ohne Spuren meines Wegs zu hinterlassen ...

Nur wenige Schritte noch und ich hätte Josepha am Herd überrascht. Der Flur war dunkel, wie jeden Tag zu dieser Stunde in der Dämmerung. Plötzlich, als ich meinen furchtbaren Gang schon halb vollendet hatte, bemerkte ich, daß Josepha nicht allein war; im Halbdunkel putzte eine unbekannte Silhouette ihre Schuhe am Fußkratzer ab. Und obwohl er sich im Zwielicht befand, sah ich, daß es der Umriß eines Mannes war, mager und von sehr kleinem Wuchs. An seinem Gepäck war *prima vista* sein Musikerstand zu erkennen. Als er einen Schritt auf Josepha zu machte, öffnete sich seine Mappe, und ein Meer von Papieren ergoß sich über den Boden; Dutzende von bekritzelten Seiten bedeckten das Parkett. Einige davon glitten mir vor die Füße, und eines beendete seinen Weg unter meinem Nachthemd; der Mann kniete nieder, um seine Seiten einzusammeln, während ich trotz des schwachen Lichtes die Noten entzifferte, die da vor meinen Augen ausgebreitet waren.

O du mein Gott! Ich erkannte sogleich diese feine Hand und die Unterschrift. Er war es! Der törichte Sohn und einfältige Bruder, Trazom, Edler von Sauschwanz, Franz von Nasenblut!

Josepha kam auf mich zugeflogen und nahm meinen Arm. »Herr Mozart möchte ein Zimmer bei uns mieten!« sagte sie mit schwacher Stimme. Ich wollte gerade antworten, sagen, wie sehr es mich freue, ihn wiederzusehen, da begab sich etwas unter der Glocke meines Négligées; ich blieb stumm und horchte auf mein Inneres. Wolfgang Mozart kam bedächtig auf mich zu und kniete sich zu meinen Füßen. O Entsetzen! Was würde er von meinem Geheimnis entdecken?

Mein Gott! Er wollte nur das Notenblatt aufheben, das ich mit Füßen trat. Er zog sein kostbares Dokument hervor und schien nicht im mindesten zu bemerken, daß ein kleiner Tropfen seinen G-Schlüssel befleckt hatte. Ich verging vor Scham.

Meine gute Josepha beeilte sich, mich zurück zu meinem Lager zu führen; ich zögerte, trunken vor Entzücken; die Wände unserer Wohnung schienen sich in alle Richtungen um mich her zu bewegen, die Möbel tanzten mit mir!

Er ist da! Jetzt ist Wolfgang hier, in unserem Haus!

Frühling 1781

Josepha hat mir gesagt, daß Herr Mozart nur eine Woche bei uns bleiben wird; er plant seine Abreise für den 9. Mai. Ich bin noch immer in meinem Bett festgenagelt und darauf angewiesen, daß eine gute Seele kommen möge, um das ganze Elend zu entfernen. Nichts regt sich im Haus, ich muß die erste sein, die sich des klaren frühen Morgens freut.

Schläft er, oder komponiert er schon die ganze Nacht zum Schein eines heruntergebrannten Leuchters?

Sein Gesicht ist unverändert. Ich war so entzückt, ihn wiederzusehen, und seine Augen, ach, seine Augen! Dieser großen Güte in dem unendlichen Blau kann man nicht entgehen. Und seine Stimme! Ich begreife nicht, wie Aloisia auf eine solche Liebkosung verzichten kann.

Heute morgen hat sich das neue Dienstmädchen vorgestellt, und da ruhe ich nun in einem frischen Bett, auf einer geklopften Matratze. Mein Nackenkissen ist neu, Josepha hat es mit Salbeiblättern gefüllt; seit ich meinen Kopf auf das Leinen gesenkt habe, erinnert mich das Rascheln des getrockneten Grüns an das Geräusch unserer Schritte im herbstlichen Wald. Wann werde ich die Wipfel im Prater wiedersehen, meine Gebete in einem hallenden Kirchenschiff sprechen, die Vögel am Stephansdom füttern können?

Nun kann ich seit zwei Tagen endlich aufstehen und einige Schritte im Korridor machen. Das Bettzeug hält zwei Nächte hindurch, ohne daß es gewechselt oder die Bezüge in den Kamin geworfen werden müßten. Ich kann mühelos stehen, zum Fenster gleiten und durch die trüben Scheiben hindurch die glücklichen Frühlingstage bewundern.

Herr Mozart scheint sich in seinem Zimmer zu schaffen zu machen, ich habe ihn seit seiner Ankunft nicht mehr gesehen, aber ich höre das Hallen seiner Schritte auf dem Parkett.

Meine gute Josepha erkundigt sich sehr häufig nach meinem Ergehen und läßt keine Gelegenheit aus, mich am neuesten Klatsch teilhaben zu lassen.

Auf diese Weise habe ich heute abend von dem Ärger erfahren, den der Erzbischof unserem Lieblingsmieter zugefügt hat; sie haben sich gestritten, und Mozart scheint nicht nach Salzburg zurückkehren zu wollen, wie es ihm befohlen ist. Seine jüngsten Erfolge in Adelskreisen und die Gegenwart seiner Freunde, all das scheint ihn in dem Gedanken zu bestärken, daß ihm ein Leben in Wien bestimmt ist.

Welche Freude würde das sein!

Ich glaube, an diesem trüben Tag könnte ich mich wohl kaum selber in den Hintern beißen, so sehr fehlt es mir dafür an der nötigen Geschmeidigkeit! Ich erinnere mich gut, wie Herr Mozart sich von meiner Schwester verabschiedete, um Frankreich zu erobern, fort ohne ein Abschiedswort von mir, während ich darum kämpfte, meine »Ouvertüren« zu bändigen. Und als er in diesen Tagen zu uns zurückkehrte, war ich zu meinem großen Unglück noch immer indisponiert ob meiner Ausscheidungen. Ist es denn möglich, daß er heute geht, uns wirklich verläßt, und ich ihn meiner Ergebenheit versichern könnte, ohne einen Klagelaut aus einer meiner Körperöffnungen fürchten zu müssen?

Da bin ich nun in ein Kleid gewandet, dessen Taillenstück ganz und gar nicht sitzen will; meine beklagenswerte Gestalt füllt die Korsetts meiner Toiletten nicht mehr aus. Josepha ist ganz erstaunt, wie verloren in bin in all dem Stoff. Die Bänder sind bis aufs äußerste gerafft und festgezurrt, und meine Büste ist bar jeden weiblichen Reizes. Ach! Warum müssen meine Vorzüge ausgerechnet in dem Moment dahin sein, da ich Wolfgang Mozart wiedersehe? Und was tun mit diesen Haaren, verblichen wie alte Algen, dieser leichengrün schimmernden Haut, den fleischlosen Armen? Eines ist sicher, und unsere Mutter hat es immer gesagt, von den weberischen Töchtern bin ich wirklich die mit den wenigsten Vorzügen.

Meine kleine Sophie, das gutmütige Kind, hat mir heute eine Haarnadel aus Elfenbein geschenkt.

Zum Teufel! Ich wollte mir das Haar frisieren, damit ich meine schöne Nadel hineinstecken kann, und unser Mieter, dieser so teure Mieter, ist gegangen, ohne daß ich ihn sehen konnte ... wieder einmal!

Ich habe das übliche Knarzen der Türflügel nicht gehört, dieses klagende Geräusch des Holzes, das jede Bewegung der Bewohner unserer Wohnung ankündigt. Wie war das möglich?

Völlig aufgelöst lief ich zu seiner Zimmertür, um das Dienstmädchen nach einem Hinweis zu fragen, den sie gewiß haben würde.

Sie war es, dieses Bauerntrampel, die auf die Idee gekommen war, die Scharniere zu ölen, weil man, bei Gott!, bei dem Krach, den diese Tür macht, unmöglich schlafen könne! Die dumme Gans, nimmt sich das Recht heraus, sich um eine Tür zu kümmern, deren Altersschwäche niemanden gestört hat!

Kann ich so eigenmächtig sein, die Stelle meiner Mutter einzunehmen und sie unverzüglich hinauswerfen, weil sie ein Paar rostige Türangeln eingefettet hat?

Wenn sie mich nur allein lassen in diesem Zimmer, in dem noch immer der Duft frischer Tinte schwebt!

Dieses Papier, die Federn, sein weißes Hemd, hingeworfen auf der Tagesdecke, eine braune Ledertasche; es ist alles da.

Mozart hat unser Logis nicht für immer verlassen.

Wolfgang wird wiederkommen.

Dieses Hemd mit den gewendeten Manschetten, dem verschwitzten Kragen und dem Geruch nach Arbeit, ich umklammere es und drücke es an mein Gesicht. Oh, wie ich den Duft deiner hellen Haut an diesem Stoff liebe. O heiliger Johannes von Nepomuk, laß mich auf ewig den Dunst dieses Mannes atmen.

Doch da kommt jemand ... Schritte im Flur ... ich bin verloren!

Ach, ich Arme, was habe ich da fallen lassen, was in tausend Stücken auf den Fliesen zerbirst?

Eile dich, Constanze, du mußt die Überreste dieses Mißgeschicks unter das Bett schieben; aus den Ruinen dieses zerbrechlichen Porträts scheint das Oval eines Antlitzes hervor. Dieser lilienreine Teint, diese rosigen Wangen, die blitzenden Augen, alle diese feinen Vorzüge gehören meiner Schwester ... Aloisia.

Du schon wieder!

Dein Gesicht, auf einem von Goldranken umgebenen Porzellan, bewahrt er so sorgsam in den Falten seines Hemdes.

Ich Arme.

Wie kann ich meine Verzweiflung in Worte fassen?

Die Tage haben das Andenken meiner Schwester in Wolfgangs Herzen nicht verblassen lassen. Mit welchem Florett durchstichst du die Seelen, Aloisia, daß dich ein Verehrer nicht einmal dafür hassen kann, dein Glück auf den Scherben seiner Leidenschaft gebaut zu haben?

Ich würde am liebsten sterben.

Ich werde sterben.

Genau, sie sollen mich sterben lassen.

So soll denn die letzte Zeile meines Tagebuchs trocknen. Adieu, du schnöde Welt, möge man sich meiner traurigen Miene erinnern, meines Seins, das von unerwiderter Neigung dahingerafft wurde. Meine Seele vergeht, ich wünsche mir nur, ihr in aller Stille zu folgen. Keine Blumen, nur Noten, ja, seine Noten, sie allein sollen meinen Leichenzug begleiten.

Wie arrogant die Sonne heute morgen ist; ihre Strahlen verbrennen mir das Gesicht. Und Gott hat mich nicht gewollt.

Mein Salbeikissen ist von grauen Kreisen bedeckt; ich muß wohl geweint haben, bevor mir der Schlaf die Lider sinken ließ.

Wolfgang ...

Wie soll ich es Ihnen sagen? Ich war es, die das Bildnis Ihrer verratenen Liebe zerschlagen hat. Ich allein bin verantwortlich für dieses Unglück, das noch immer an Ihnen nagt; damals, als meine so schöne und so umschwärmte Schwester nach anderen, kühneren Männern Ausschau zu halten begann, wünschte ich, o ja!, ich wollte Sie vor Ihrem Schicksal warnen. Oh, wie habe ich gebetet, sie möge Ihnen versprochen bleiben, sie möge ihren Schwüren treu sein und Sie ein geduldig Herz erwarten. Oh, wie sind wir zu bedauern, daß unsere Liebe nicht erwidert wird!

Josepha war ganz aufgeregt: »Monsieur Mozart liegt zu Bett, vom Fieber geschüttelt! Als er gestern abend heimkam, sah sein Gesicht ganz anders aus, und er schwankte wie ein Betrunkener; er muß sehr krank sein. Komm schnell!«

Ich folgte ihr in sein erhitztes Zimmer und mußte mich zurückhalten, nicht diese blasse Hand zu ergreifen, die auf den Boden gesunken war. Oh! Was für eine durchscheinende Haut, ein Schleier nur, eine Membran, die über seinen schönen erschöpften Zügen liegt.

Kann ich das Wort an ihn richten, ohne fürchten zu müssen, daß ich mich verrate?

Josepha kennt die Heilmittel gegen alle Fieber; ich höre sie in der Küche mit dem Kupfergeschirr klappern und Blätter zerreiben.

Ich bin mit Ihm allein.

Öffnen Sie die Augen, Wolfgang, schauen Sie mich an …

Aloisia ist nicht da, sie singt oder kokettiert irgendwo fern von Ihrem Elend; ich bin es, Constanze, die Sie erwählte und ihre Ehre für eine Ihrer zarten Melodien hingeben würde. Oh, wie ich Ihre Noten liebe, wie ich …

Aber da rührt er sich zwischen den Laken und richtet einen heißen Blick auf seinen Schreibtisch. Eine Feder oder Tinte? Denken Sie nicht mehr daran, mein Herr, in Ihrem Zustand können Sie nicht schreiben.

Er richtet sich auf seinem Lager auf, und ich höre, wie er still mit sich ringt. Ich gehe hin und schlage ihm, eine Hand stützend in seinem Nacken, das Kissen auf. Ich habe seinen Nacken berührt … ein Stück flaumweiche, von feuchtwarmen Schweiß getränkte Seide. Dann habe ich ihm das Bettuch über die brandheiße

Brust gezogen; sein Hemd stand offen; meine Finger wollten sich im blonden Vlies verlieren, über seinen fiebrigen Oberkörper streichen, die Umrisse einer Note oder eines Herzens auf seiner samtigen Haut nachziehen …

Josepha hat seinen Absud auf den Nachttisch gestellt: »Es sind weiße Salbeiblätter von Stengeln, die mit den Wurzeln im Wasser stehen, bekannt für ihre heilende Wirkung bei Fieber. Sie sollten alles trinken, solange es noch richtig heiß ist. Komm, Constanze, wir müssen Wolfgang ruhen lassen …«

Sie nennt ihn beim *Vor*namen!

Ich blieb noch im Zimmer, während meine Schwester sich schon wieder ihren häuslichen Pflichten zugewandt hatte. Ich legte seinen Rock über den Sessel, rückte hier und da einen Ziergegenstand zurecht, wechselte das Wasser der Narzissen auf seinem Schreibtisch. Eine Partitur der Streichquartette Haydns lag aufgeschlagen dort, übersät mit himmlischen Noten. Da bemerkte ich einen mit Ziffern und französischen Worten durchsetzten Brief:

Vienne ce 9 de maj
1781

Mon trés cher Pére!

Ich bin noch ganz voll der Galle! … man hat so lange meine Gedult geprüft – endlich hat sie aber doch gescheitert. Ich bin nicht mehr so unglücklich in Salzburgerischen diensten zu seyn – heute war der glückliche tage für mich; hören sie; – schon zweymal hat mir der – ich weis gar nicht wie ich ihn nennen soll – die grösten Sottissen und impertinenzen ins gesicht gesagt, die ich ihnen um sie zu schonen nicht habe schreiben wollen … – er nennte mich einen buben, einen lieder=lichen kerl – sagte mir ich sollte weiter gehen – und ich – litte alles – empfand daß nicht allein meine Ehre sondern auch die ihrige dadurch angegrifen wurde – allein – sie wollten es so haben – ich schwieg; – Nun hören sie; – vor 8 tägen kamm unverhoft der laufer herauf, und sagte ich müsste den Augenblick ausziehen; den andern allen bestimmte man den Tag, nur mir nicht; – ich machte also alles geschwind in den Koffer zusamm, und – die alte Madame Weber war so gütig mir ihr Haus zu offriren – da habe ich ein hüpsches Zimmer; bin bey dienstfertigen leuten, die mir in allen, was man oft geschwind braucht, und wenn man allein ist nicht haben kann an die hand gehen. –

… als ich also zu ihm hineinkamm, so war das erste; – Erz: *Nun, wann geht er den Bursch? –* Ich: *Ich habe wollen heute Nacht gehen, allein der Platz war schon verstellt. Dann giengs in einem odem fort. – ich seye der liederlichste bursch den er kenne – kein mensch bediene ihn so schlecht wie ich – er rathe mir heute noch weg zu gehen, sonst schreibt er nach haus, daß die besoldung eingezogen wird – man konnte nicht zu rede kommen, das gieng fort wie ein feuer – ich hörte alles gelassen an – er lügte mir ins gesicht ich hätte 500 fl: besoldung – hiesse mich einen lumpen, lausbub, einen fexen – o ich möchte ihnen nicht alles schreiben – Endlich da mein geblüt zu stark in Wallung gebracht wurde, so sagte ich – sind also Ew: H: gnaden nicht zu frieden mit mir? – was, er will mir drohen, er fex, O er fex! Dort ist die tühr, schau er, ich will mit einem solchen elenden buben nichts mehr zu thun haben – endlich sagte ich – und ich mit ihnen auch nichts mehr – also geh er –* und ich: *im weg gehen – es soll auch dabey bleiben; morgen werden sie es schriftlich bekommen. – sagen sie mir also bester vatter ob ich das nicht eher zu spätt als zu frühe gesagt habe? – – Nun hören sie; – meine Ehre ist mir über alles, und ich weis, daß es ihnen auch so ist. – …*

sorgen sie sich gar nichts um mich; – ich bin meiner Sache hier so gewis, daß ich ohne mindester ursache quittirt hätte – da ich nun ursache dazu gehabt habe, und das 3 mal – so habe ich gar keinen Verdienst mehr dabey; O Contraire ich war zweymal hundsfut – das drittemal konnte ich es halt doch nicht mehr seyn; – so lang der erzbischof noch hier seyn wird, werde ich keine accademie geben. das sie glauben daß ich mich bey der Noblesse und dem kayser selbst in übeln Credit setzen werde, ist grund falsch – der erzbischof ist hier gehasst, und vom kayser am meisten – das ist eben sein zorn, daß ihn der kayser nicht nach laxenburg eingeladen hat – ich werde ihnen mit künftigem Postwagen etwas weniges von Geld überschicken, um sie zu überweisen daß ich hier nicht darbe.

übrigens bitte ich sie, munter zu seyn – denn izt fängt mein glück an, und ich hoffe daß mein glück auch das ihrige seyn wird. – schreiben sie mir heimlich daß sie vergnügt darüber sind, und daß können sie in der that seyn – und öffentlich aber zanken sie mich recht darüber, damit man ihnen keine schuld geben kann – sollte ihnen aber der erzbischof undgeacht dessen die mindeste impertinenz thun, so kommen sie alsogleich mit meiner schwester zu mir nach Wien – wir können alle 3 leben, das versichere ich sie auf meine Ehre – doch ist es mir lieber, wenn sie ein Jahr noch aushalten können – schreiben sie mir keinen brief mehr ins teutsche haus, und mit dem Pacquet – ich will nichts mehr von Salzburg wissen – ich hasse den Erzbischof bis zur raserey. Adieu

Nun weiß ich den Grund für sein Fieber und habe erfahren, was mein ganzes Entzücken ist: Er wird nicht nach Salzburg zurückgehen, sein Entschluß steht fest – *»izt fängt mein glück an, und ich hoffe daß mein glück auch das ihrige seyn wird.«*

Er ist eingeschlafen, mein Lieb; so nutzte ich seinen Schlaf, um seine verstreuten Kleider einzusammeln, und ging frohen Herzens hinaus, um sie zu bürsten.

Seiner Übergangsgarderobe sieht man die Neigung zu den schönen Dingen und auch den Wunsch, mit der Mode zu gehen, leicht an. Sein rotbrauner Mantel mit den weißen Litzen an den Kanten ist eine Neuheit, denn bisher schmückten sich die Herren mit Litzen an ihrer Weste. Die Mantelknöpfe sind aus graviertem Perlmutt und in Metall gefaßt. Eine allerliebste Weste aus rotem Moiré mit violetten Streifen und auch die eng an den Schenkeln anliegenden Kaschmirhosen fühlen sich ganz exquisit an! Die Schlitztaschen der Weste sind jeweils mit einer Goldkette versehen; in der linken fand ich eine sehr schöne Uhr aus ziseliertem Gold und in der rechten mehrere kleine, mit einer schwarzen Seidenkordel verbundene Glücksbringer. Seine Waschlederhandschuhe – die er allerdings in diesen strahlenden ersten Maitagen nicht brauchen wird – sind von gelber Farbe und haben hier und da schon ganz leichte Einschnitte. Seinen Bambusstock und die Schnallenschuhe habe ich nicht genommen, denn sie schienen mir keiner Pflege bedürftig.

Welches Glück, daß dies nach der langen unfreiwilligen Ruhezeit meine erste Aufgabe sein soll!

Mai 1781

Gestern abend hat Wolfgang nichts zu sich genommen; er schlief ununterbrochen und wachte erst auf, als ich hereinkam, um seine gebürsteten Kleider in den Schrank zu hängen.

Ich hatte mir Mühe gegeben, mein Erscheinungsbild ein wenig zu heben; Josepha hatte mir bereitwillig ihren feinen Spitzenkragen geliehen; außerdem hatte ich meinen blauen Rock angelegt, den mit den gelben Chenille-Borten, dessen Gurt mir die nächste Zeit zu weit sein wird.

Alles vergebliche Liebesmüh, denn der arme, noch immer vom Fieber geschüttelte Wolfgang achtete gar nicht auf mich. Ich fand ihn schwer atmend, den Kopf zur Wand gedreht, vom Fieber geschüttelt; da bin ich an sein Lager getreten und habe ihm ganz leicht die Hand auf die heiße Schulter gelegt; er regte sich nicht, und so hatte ich die Freude, ihn ungestört zu betrachten. Und so ist mir sein linkes Ohr aufgefallen: Es ist ganz anders als gewöhnliche Ohren; dieses kleine, vom Fieber gerötete Ohr hat eine eigenartig glatte Muschel, wie aus Wachs geformt. Wie seltsam war es doch, dort, hinter dem entrückten Leidenden zu stehen, dessen perfektes musikalisches Ohr seit seiner Kindheit die Höfe verzückt hat, und im gleichen Moment zu entdecken, daß eben dieses Ohr mißgebildet ist!

Würde die Laune der Haartracht nicht jeden eleganten und gepflegten Herrn dazu zwingen, Locken über den Ohren zu tragen, hätten sich längst die Musikliebhaber um ihn geschart, um diese Besonderheit zu bewundern …

Die neuesten Schönheitsvorstellungen geben auch mir die Chance, beachtet zu werden; tatsächlich wird wahre Schönheit unserer Tage geringgeschätzt. Weit entfernt davon zu mißfallen, gelten Unregelmäßigkeiten als der Entwicklung einer ganz eigenen Schönheit, eines modischen und mondänen Antlitzes zuträglich. Das schönste Kompliment, das man einer jungen Person machen kann, lautet folgendermaßen: »Wenn sie auch nicht durch und durch schön ist, so läßt sie ihre freundliche Art doch nahe daran reichen.«

Die Damen folgen den Ratschlägen der Gazetten: Erstrebenswert sind große Augen, »denn die schönsten Augen der Welt sind große Augen, in denen nichts zu lesen steht«, »das unmerkliche Spiel der feinen und aufs edelste geformten Nase, das die Physiognomie belebt«, oder eine »Stupsnase«, ein »Leckermäulchen«. Und »der Mund darf nicht klein, und der Teint sollte weiß sein, jedoch nicht von fader Blässe«.

Mag ich auch kein Gesicht vorzuweisen haben, das die Komplimente auf sich zöge, so hat doch zumindest die Mode beschlossen, jene von meiner Art mit den großen, schweigenden Augen zu bevorzugen!

Es scheint, ich brauche endlich nicht mehr das Zimmer zu hüten und der heilige Johannes von Nepomuk hat meine Gebete erhört; langsam kommt die Farbe in meine Wangen zurück. Dennoch wage ich zu hoffen, daß ich nicht so rot werde wie ein Bauernmädchen.

Ich habe meine liebe Josepha bei ihren häuslichen Pflichten entlastet und die Aufgabe übernommen, die Wäsche unserer Gäste aufzuschlagen und aus den Fenstern in die laue morgendliche Frühlingsluft zu hängen.

Dann habe ich einmal die Luft angehalten und an Wolfgangs Türe geklopft: »Ich bin es ... darf ich eintreten?«

Durch seine brüchige Stimme abgemildert kam es schroff zurück: »Wer ist ich?«

»Constanze, Herr Mozart ... ich wollte mich nach Ihrem Befinden erkundigen und mich vergewissern, ob Ihnen auch nichts fehlt.«

»Wenn das so ist, treten Sie nur ein«, hauchte er.

Im halbdunklen Zimmer erkannte ich mühelos seinen in die Kissen gestützten Oberkörper, das weiße Hemd vor der gestreiften Tapete; auf seinen angezogenen Knien ruhte ein mit Papierblättern bedecktes Brett. Das ganze Zimmer war erfüllt von seinem Atem, und ich war wie betört von diesem Duft nach fieberkrankem Kind. Nur das Ticken der Uhr durchbrach die Stille.

Ich wagte nicht näherzukommen oder ihn anzublicken, also machte ich mich zum Schein ein wenig nützlich und räumte in dem unordentlichen Zimmer herum. Er durchbrach die Endlosigkeit, indem er mir eine Handvoll Blätter hinstreckte.

»Dies ist für meinen Vater«, sagte er leise. »Hätten Sie wohl die Güte, sie ihm zukommen zu lassen, denn ich zweifle nicht an Ihrem Wohlwollen und bin selber noch nicht ganz von meiner Erkältung genesen ... würden Sie das für mich tun?«

Damit war unser Gespräch auch schon zu Ende, denn mir schien, meine unübersehbare Verwirrung würde sich auf alles auswirken, was ich ihm hätte antworten oder versichern können.

Wieder einmal schloß ich die Tür hinter mir, ohne die Kühnheit bewiesen zu haben, die ich mir am Tag zuvor so fest vorgenommen hatte.

Den ersten Brief an seinen Vater hatte ich bereits wahrgenommen, während er noch schlief, hatten doch die chiffrierten Passagen meine Neugier geweckt, und nun vertraute Wolfgang mir seine gesamte Korrespondenz an. Er schrieb wieder an den Vater:

Ich will also nur den hauptvorwurf, den man mir über meine bedienung machte, hersetzen. – Ich wuste nicht daß ich kammerdiener wäre, und das brach mir den hals – ich hätte sollen alle Morgen so ein Paar stunden in der ante Camera verschlenndern – man hat mir freylich öfters gesagt, ich sollte mich sehen lassen – ich konnte mich aber niemalen errinern daß dies mein dienst seye, und kamm nur allzeit richtig wenn mich der Erzbischof rufen ließ. –

Nun will ich ihnen nur kurz meinen unbeweglichen Entschluß vertrauen, so aber daß es die ganze Welt hören mag; – wenn ich beym Erzbischof v: Salzburg 2000 fl. gehalt bekommen kann, und in einem andern ort nur 1000 – so gehe ich doch in das andern ort.

Ein zweiter Brief hatte sich zwischen die Falten des ersten geschoben:

Von allem unrecht welches mir der Erzbischof von anbeginn seiner Regierung bis itzt angethan, von den unaufhörlichen schimpfen, von allen impertinenzen, und Sottisen die er mir in das gesicht sagte, von den unwidersprechlichen Recht das ich habe von ihm weg zu gehen, wollen wir ganz schweigen. denn – da lässt sich nichts dawieder sagen ...
die ganze stadt Wien weis schon meine geschichte – die ganze Noblesse redet mir zu ich soll mich ja nicht mehr ein führen lassen. –
liebster vatter; man wird ihnen bald mit gute worte kommen, aber – es sind schlangen, wippern – alle niederträchtige Seelen sind so; sie sind bis zum Eckel hoh und stolz, und dann – kriechen sie wieder – abscheulich.

Auch fand sich noch ein dritter Brief zwischen den Blättern, und ich kann mich glücklich schätzen, dieses Schreiben an den Grafen Arco, Oberstküchenmeister im Palais des Deutschen Ordens, Singerstraße 7, gelesen zu haben, wo der Fürsterzbischof Colloredo logiert.

Wolfgang kleidet seinen unumstößlichen Wunsch nach Entlassung in wenige, wohlgesetzte Worte und bittet darum, den Erzbischof freundlichst davon in Kenntnis setzen zu wollen.

Oh, wie gut ich es verstehe, daß Sie diese Behandlung nicht ertragen können, spricht doch Gottes Stimme selbst aus *Ihren* Noten!

Nun, da ich mich wieder wohl befinde, werde ich zweifellos so viele lästige wie angenehme Aufgaben zu übernehmen haben; meine Schwester kocht zwar vorzüglich, aber ich kümmerte mich vormals um die Einkäufe auf dem Markt, die Reinigung der Zimmer und auch die Vorbereitung der Soireen, die die Mutter manchmal gibt, und, ich sagte es schon, um die Mahlzeiten unserer Gäste. Die Umstände erlauben uns dank der regelmäßigen Zuwendungen Aloisias und der Zahlungen unserer Mieter, eine Dienstmagd einzustellen, dennoch glaube ich, meiner Mutter liegt sehr an den Ersparnissen, die ihr durch meine geringen Dienste möglich sind – waren.

Wolfgang ist genesen!

Endlich hat er das schlimme Fieber überwunden. Schon bei Tagesanbruch begegneten wir uns und gingen, von Sophie begleitet, zur Frühmesse; voll Inbrunst priesen wir die Heilige Jungfrau. Ich kniete dicht neben ihm, hörte, wie er betete, und hörte auch mein Herz.

Dann sind wir zu Artaria gegangen, weil Wolfgang wissen wollte, wer für die Veröffentlichung seiner sechs Sonaten gezeichnet hatte; dieses Unterfangen dürfte ihm genug Geld einbringen, das Ende der schönen Sommertage abzuwarten, bis im Winter die Konzerte wiederaufgenommen werden. Er war bester Stimmung und sprach unablässig davon, Schüler annehmen zu wollen, wenn auch in geringer Zahl. Die Lehre ist sein Schönstes nicht, er würde lieber nur wenige Schüler haben, von diesen aber einen überhöhten Preis verlangen. »*Man muß sich gleich anfangs auf die hintern füsse setzen, sonst hat man auf immer verloren.*«

Als wir nur noch wenige Schritte vom Hause entfernt waren, stürzte Mozart plötzlich vorwärts und hielt sich den Bauch. Ich beeilte mich, ihn zu stützen; da ließ er einen enormen und schier endlosen Wind fahren, der erst wie Donner grollte, um dann wie ein Wimmern auf einer schrillen schrägen Flöte zu enden. Ich konnte meine Freude über dieses Zeichen wiedergefundener Gesundheit nicht verbergen. Schlingel waren wir und lachten wie närrisch.

Sodann musterte er mich, während wir unseren Weg zum Auge Gottes wieder aufnahmen, und murmelte: »Es scheint, mein Glück wollte hier beginnen.«

Ach, Wolfgang! Welches Glückes wollen Sie sich da rühmen?

Verraten meine Blicke und Gebete, meine bebende Brust so leichtfertig meine Neigung?

Mit Freuden hörte ich ihn deshalb fortfahren: »*Ich habe hier die schönsten und Nützlichsten Connaißancen von der Welt – bin in den grösten Häusern beliebt und angesehen – man erzeugt mir alle mögliche Ehre.*«

Wir kauften für ein paar Münzen auf dem Markt ein, und dazu schüttete er seinen Ärger darüber vor mir aus, bei seinem Bruch mit dem Erzbischof zu keiner Zeit von seinem Vater unterstützt worden zu sein. Wolfgang hatte erst Mut fassen müssen, bevor er seinem geliebten Vater antworten konnte, was er der Wahrheit schuldig zu sein glaubte:

Ich weis auch nicht was ich zu erst schreibe, mein liebster Vatter; denn ich kann mich von meinen Erstaunen noch nicht erholen, und werde es nie können, wenn sie so zu denken und so zu schreiben fortfahren; – Ich muß ihnen gestehen, daß ich aus keinen einzigen Zuge ihres briefes, meinen vatter erkenne! – wohl einen vatter, aber nicht, den Besten, liebvollsten, den für seine eigene und für die Ehre seiner kinder besorgten vatter – mit einem Wort, nicht – meinen vatter, doch, das war alles nur ein traum – sie sind nun erwacht – und haben gar keine Antwort von mir auf ihre Punkte nöthig … ich kann meine Ehre durch nichts anders retten, als daß ich von meinem Entschluße abstehe? – wie können sie doch so einen Wiederspruch fassen. – sie dachten nicht, als sie dieses schrieben, daß ich durch einen solchen zurückschritt der Niederträchtigste kerl von der Welt würde. – ganz Wienn weis daß ich vom Erzbischof weg bin – weis warum! – weis daß es wegen gekränkter Ehre – und zwar zum drittenmale gekränkter Ehre geschah – und ich sollte wieder öfentlich das gegentheil beweisen? – soll mich zum hundsfut, und den Erzbischof zu einen Brawen fürsten machen? – das erste kann kein Mensch, und ich – am allerwenigsten, und das andere – kann nur Gott, wenn er ihn erleuchten will. – Ich habe ihnen also noch keine liebe gezeigt? – muß sie also erst itzt zeigen? – können sie das wohl sagen? –
Ich wollte ihnen meinem vergnügen nichts aufopfern? – – – was habe ich denn für ein vergnügen hier? …

wenn das vergnügen heist, wenn man von einen fürsten los ist, der einen nicht zahlt, und zu tod Cuionirt, so ist es wahr, ich bin vergnügt; – denn, sollte ich von früh Morgens bis Nachts nichts als denken und arbeiten, so würde ich es gerne thun, nur um so einen – ich mag ihn gar beym rechten Nammen nicht nennen, nicht um Gnade zu leben. – Ich bin dazu gezwungen worden, diesen schritt zu thun – und da kann ich kein haarbreit davon mehr abweichen. … ihnen zu gefallen, mein bester vatter, wollte ich mein glück, meine Gesundheit, und mein leben aufopfern – aber meine Ehre – die ist mir – und die muß ihnen über alles seyn. – lassen sie dieses dem Graf Arco lesen und ganz Salzburg. – nach dieser beleidigung – nach dieser dreyfachen beleidigung, dürfte mir der Erzbischof in eigener Person 1200 fl. antragen, und ich nehme sie nicht – ich bin kein Pursch, kein Bub.

Oh, er hatte doch tausendmal recht, den Vorhaltungen des Vaters nicht nachzugeben, so schlecht, wie der Erzbischof ihn behandelt hat. Nun hofft Wolfgang darauf, vom Grafen zu sich gerufen zu werden und zu erfahren, daß das Entlassungsgesuch endlich angenommen ist und er seine teure Freiheit genießen kann. Vorhin dann erinnerte sich Wolfgang des Versprechens eines gewissen Gottlieb Stephanie, eines Schauspielers und Autors, ihm das Libretto für ein Singspiel zu schicken, auf daß sein Talent uns alle erhelle.

Wolfgang ist zuversichtlich. Gottlieb Stephanie ist sein Freund, und er wird sich noch dazu beglückwünschen, mit ihm auf gutem Fuße zu stehen. Dessen bin ich ganz sicher! Zwar steht es mir nicht an, ihm die Argumente zu soufflieren, die er möchte seinem teuren Vater vorlegen, doch darf ich ihn daran erinnern, daß dieser Gottlieb Stephanie sich bereits mit seinen beiden neuen Stükken ausgezeichnet hat, die vom Publikum hoch geschätzt wurden, *Das Loch in der Thüre* und *Der Oberamtmann und die Soldaten*.

Wir klatschten in die Hände. Wolfgang Mozart bei der Aussicht auf den so vielversprechenden bevorstehenden Tag, ich trunken vom Glück dieser flüchtigen Momente. Wolfgang schien gefestigt, und erneut brach es mit scharfem, bebendem Rollen aus seinem Hinterteil heraus. Von nun an, beschloß ich, sollte mein Lohn eines jeden Augenblicks sein körperliches Wohlbefinden sein.

Für mich ist von Krankheit nun nicht mehr die Rede. Ich kann nun sagen, daß auch nicht die kleinste Verschmutzung mehr meine Wäsche verunziert. Ich weiß nicht, ob die Mutter das Mädchen in ihrem Dienst wird behalten wollen, denn die Nachricht von meiner Heilung verlängert die Liste meiner Pflichten merklich und verspricht viele Einsparungen. Ich wünsche mir nichts mehr, als für die Sorge um Wolfgang abgestellt zu werden; ein einsamer Mann, ein solcher Geist, braucht mehr als jeder andere tausend diskrete Aufmerksamkeiten.

Ich wage nicht zu bekennen, daß ich das Porträt meiner Schwester Aloisia zerbrochen habe. Es wäre nicht recht, Wolfgang ein Ungeschick des Dienstmädchens vermuten zu lassen. Jedoch, wenn meine Mutter sie nicht im Dienst behält, vielleicht könnte ich die Sache dann im Zweifel lassen und gar nichts sagen …

Ich bin Tante, Aloisia ist Mutter; sie hat von einer kleinen Anna-Sabina entbunden, die ganz leicht an Gewicht ist. Nach dem, was ich durch die papierenen Paravents habe ausmachen können, hat unsere Mutter die Wochen nachgezählt, die dieser Niederkunft vorausgegangen sind. Demnach hätte der Storch Aloisia bei ihrer Heirat schon ins Bein gebissen, denn es fehlen einige Wochen auf dem Konto des Babys …

Wir, Mutter und die Schwestern, sind an ihr Lager geeilt. Dieses Kind ist von großer Grazie. Die blauen Augen haben schon jetzt dieselbe Form wie die ihrer Mutter. Sie kräht laut und ballt die Fäustchen, wenn sie nach der Brust verlangt.

Aloisia möchte sie nicht säugen; so stillt eine Zuckerlösung die Schreie dieses kleinen Fünf-Pfund-Bratens.

Wolfgang wollte sie keinesfalls am Wochenbett besuchen, hat ihr jedoch ein Billett mit den freundlichsten Empfehlungen und einen darangehefteten kleinen Ratschlag zum rechten Vortrag von Wiegenliedern zukommen lassen. Er ist zur Zeit sehr in Anspruch genommen. Besuche beim Opernintendanten, Graf Rosenburg, Auftritte mit seinen Liedern in den größten Häusern, die neuen Subskriptionen für seine sechs Sonaten bei Artaria überwachen, schwatzen mit meinen Schwestern und mir und, wie in den ganzen letzten Tagen immer wieder, die Einladungen des Grafen Arco ins Deutsche Haus ablehnen!

Wolfgang weigert sich, seine Stellung vom Oberstküchenmeister des Erzbischofs überprüfen zu lassen, obwohl dieser ihn zum wiederholten Male beruhigen wollte und erklärte, auch er müsse so manches schlimme Wort »hinunterschlucken«. Im Deutschen Hause weigert man sich, das Geld für Wolfgangs Reise zurückzunehmen, und deshalb fürchtet er, der Unehrlichkeit oder gar des Diebstahls beschuldigt zu werden.

Da wollte ich ihm Anlaß zu bester Stimmung geben und habe ihn statt dessen in die schlechteste Laune versetzt, indem ich ihm mitteilte, der Fürst Colloredo plane, in wenigen Tagen abzureisen. Da kannte ich diesen so hervorragenden Mann kaum wieder, denn ich alberne Gans hatte geglaubt, er werde sich zu dieser Abreise beglückwünschen.

Keineswegs! Wolfgang steigerte sich in laute Erregung hinein und unterstellte, es habe niemand für die Überbringung seiner zahlreichen Entlassungsgesuche an den Erzbischof Sorge getragen. Gleich darauf machte er sich an seinem Arbeitstisch zu schaffen und setzte wie im Fieber einen allerletzten Brief um eine persönliche Audienz beim Grafen Arco auf, um seinem Arbeitgeber eigenhändig seine Demission zu überreichen. Er versiegelte das Billett und lehnte es gegen den silbernen Kerzenleuchter. Dann stand er auf und ging, die Hacken schlagend, im Zimmer auf und ab. Selbst als er sich die Tinte von den Händen wusch, konnte er nicht stillstehen und hätte beinahe den ganzen Krug umgestoßen. Er drehte das Handtuch zusammen, zog es unter der Nase entlang und schien, gedankenversunken, wie er war, gar nicht zu bemerken, daß er bei alledem auch noch den Mund verzog.

Da schlug ich ihm vor, gemeinsam Karambolage zu spielen. Mozart musterte mich einen Moment lang verhalten, erstaunt, als hätte ich ihm vorgeschlagen, mit mir zu kopulieren. Sobald er sich jedoch dem Spiel zuwandte, vergaß er seinen trüben Gemütszustand. Danach spielten wir, als ginge es um all unser Hab und Gut, und die Partie fand erst zum Abend und unter beidseitiger Zufriedenheit ein Ende.

Als er sich ins Theater verabschiedet hatte, nutzte ich die Zeit, um seine Kammer wieder in Ordnung zu bringen.

Seine Bücher waren ganz durcheinander: Shakespeares *Hamlet* lag offen im Regal, darauf die *Tristia* von Ovid auf Latein und Deutsch. Es bewegte mich recht sehr, zu sehen, daß er sich nicht von dem Band Molière, den ihm mein verstorbener Vater 1777 zum Geschenk machte, getrennt hatte. Auf einem Sessel lag ein dicker Band mit vom Gebrauch verschmutzten Ecken: *Die Metaphysik in der Konnexion mit der Chemie*. Also versteht sich Wolfgang nicht nur auf die Arithmetik, sondern auch auf die Chemie! Ich erinnere mich, wie er uns einmal, als meine Schwester ihn noch bewunderte, seine von Kindesbeinen an gehegte Liebe zu den Zahlen anvertraute und wie seine Eltern verzweifelt waren, ihre Möbel und Wände und selbst das Parkett mit mathematischen Berechnungen in Kreide verschmiert zu finden!

Wie schnell mir die Zeit vergeht in diesem Zimmer …

Auf dem Arbeitstisch und selbst auf den Sitzen waren tausend mit Noten übersäte Blätter verstreut. Da wurde mir ein heiliges Geschenk zuteil. Ich konnte nicht nur in seinem gerade entstehenden Werk lesen, sondern auch in bereits fertigen: *Warum o Liebe* … dieses Lied, dessen Noten schon beim reinen Lesen in mir klingen, war dies ein Lied für Aloisia? Und dieser *Idomeneo, Re di Creta* und dieses *Quartett für Oboe*, dieses *Rondo für Orchester und Horn*, und hier, eine Arie »*A questo seno* …« und vier angefangene Sonaten …

Ach, wann darf ich hoffen, Ihre Noten zu hören, *deine* Noten, Wolfgang, und wissen, daß ich selbst sie dann singen werde?

Die vornehmsten Familien verlassen sämtlich Wien, um den Sommer auf dem Land zu verbringen, wir aber bleiben hier, da es uns am nötigen Geld mangelt, und ich bin darob sehr ärgerlich. Wolfgang hat zum gewünschten Preis eine Schülerin angenommen, die Gräfin Rumbeke, Cousine von Cobenzl; er könnte auch mehr berechnen, doch er hält sich an das, was er mir angekündigt hat, einen Preis von sechs Dukaten für zwölf Lektionen.

Ich sehe deutlich, wie er innerlich stöhnt und das Ende herbeisehnt, während die Gräfin zu seiner Sonate die Tastatur malträtiert. Obwohl er sie auf der Violine begleitet, ist es der schiere Mord, was die Gräfin da vollbringt. Wie sehr wird er erst darunter leiden!

Sie hat liebreizende Züge, aber Mozart liegt mehr an ihren Verbindungen, die eine Subskription für seine Werke zeichnen sollen. Es stehen schon sieben Personen auf der Liste bei Artaria, und ich glaube, zehn weitere haben sich der Gräfin Thun gegenüber verpflichtet. Diese aber zwitscherte Wolfgang im Gespräch zu, *»das vor dem herbst an die souscription nicht zu denken seye – weil alles was geld hat auf dem lande ist«*. So bleibt ihm die Zeit zum Schreiben und um seine Variationen und zwei neue *Sonaten für Klavier und Violine* fertigzustellen, denn auch die Gräfin Rumbecke bereitet ihre dreiwöchige Reise aufs Land vor.

Wolfgangs Stimmung schwankt je nachdem, was gerade herumgetratscht wird. In den letzten Tagen war er sehr verärgert über ein Gerücht, das bis nach Salzburg und dort seinem Vater zu Ohren kam; es hieß, Wolfgang rühme sich damit, an Fastentagen Fleisch zu essen, sonntags und an den Feiertagen der Messe fernzubleiben, und er würde unablässig bei allen Teufeln fluchen. Herr Mozart muß fassungslos gewesen sein, denn er schrieb seinem Sohn einen Brief voll der Vorwürfe, dessen Inhalt meinen lieben Dorelot sehr erregte. Vom eigenen Vater der Ketzerei verdächtigt zu werden! Er, der sich sorgt, ob ich auch nicht meine Religionspflicht versäume, wenn ich mir am Herd zu schaffen mache, um ihm sein Lieblingsgericht zu kochen!

Letzte Woche wurde ich ganz rot vor Verwirrung, als er mich vor der Mutter und den Schwestern für meine Kochkünste lobte. Früher schien er Josephas Gerichte lieber zu mögen, zumal sie singend daranging und sehr gekonnt die schönsten neuen Lieder zum besten gab, so daß Mozart über Gebühr in der Küche verweilte. Oh, ich glaube nicht, daß er eine Neigung zu Josepha gefaßt hat, denn sie ist inzwischen recht fett und schwitzt häufig. Aber offenbar macht kein anderes Organ einen solchen Eindruck auf ihn wie die Stimme. Vielleicht sollte auch ich singen und meinen lieben Wolfgang Noten hören lassen, *seine* Noten, direkt von seinem Arbeitstisch …

Die Dinge stehen still, wegen einer Oper, die Wolfgang wohl bald schreiben soll: Stephanie hat soeben die offizielle Anordnung erhalten, ihm ein Libretto zu geben. Es scheint sich um den Text von Schröder zu handeln, den er für den *Hamlet* in Salzburg vorgelegt hat. Wolfgang erzählte mir von seiner Freundschaft zu Stephanie und erinnerte sich dabei an ihre erste Begegnung: Es war bei der Gräfin Thun, in Anwesenheit des Barons van Swieten und Herrn von Sonnenfelsens und anderer Denker Wiens. Dieses erste private Vorspielen der *Zaïde* hatte ihre gegenseitige Wertschätzung begründet, auch wenn gewisse Leute Wolfgang warnen wollten, sich besser von Stephanie fernzuhalten. Er ließ sich nicht beeinflussen, und heute sieht sich mein teurer Musiker für seine Treue belohnt. Ich war dabei (o ja, Wolfgang ist so gut, mich bei manchen Gelegenheiten mitzunehmen!), als die beiden Freunde sich trafen. Stephanie verstand es mit den einfachsten Worten und größtem Ernst, meiner L…, Wolfgang, ans Herz zu rühren: »*Wir sind schon alte freunde, und ist mir sehr lieb wenn ich werde im stande seyn können ihnen in etwas zu dienen.*« Wolfgangerl freute sich sehr über diese Herzlichkeit!

Die Tage vergehen wie im Märchen; unmöglich, Zeugnis von ihnen abzulegen, ohne jene kleinsten Details zu vergessen, die mein Herz erfreuen. Erst gestern, als wir von unserem Spaziergang in Begleitung meiner jüngeren Schwester Sophie heimkehrten, nahm Wolfgang trotz ihrer nur vierzehn Jahre ihre Hand und verbeugte sich mit aller Ehrerbietung, wie sie einer Dame von Stand zukommt, und beschrieb dabei große Kreise mit seinem Hut. Sophie war ganz rot vor lauter Verwirrung, und wir lachten über ihre Verlegenheit. Ich hätte mir das Lachen besser verkneifen sollen, denn nun kam ich an die Reihe: Wolfgang maß mich mit einem Blick aus seinen unendlich blauen Augen, und dann nahm er schweigend meine Hand und führte sie, ohne sich im mindesten zu neigen, an seine Lippen. Er schloß für einen Moment die Augen, und ich spürte das Feuer seines Mundes auf meiner Haut. Ich brannte, mein Herz klopfte wie wild, meine Finger liebkosten leicht zitternd seine Wange.

Ach, wie gern würde ich auf ewig an diese süße Geste glauben!

Wie bete ich dafür, sein Herz möge sich nicht über meine Neigung lustig machen! Ja, ich habe da meine Befürchtungen, denn kaum hatte er mir seinen Kuß auf die Handfläche gedrückt, ließ er meinen Arm auch schon wieder fallen und fing an, wie unbeteiligt in seiner Tasche zu wühlen. Er holte seine Zahnstocherdose heraus und bot mir einen davon an. Als ich dankend ablehnte, ließ er den Deckel aus Goldemail wieder zuklappen und kaute mit dem Gehabe eines Eroberers lächelnd auf seinem Zahnstocher herum. Dann tanzte er unter dem Portal, und wir hörten ihn singen: »*Allen guten freünden und freündinnen empfehle ich mich, und auf das heisel nun begieb ich mich, und einen dreck vielleicht scheisse ich, und der nämliche narr bleibe ich, Wolfgang et Amadeus Mozartich.*« Da wurde mir bewußt, daß es sich vielleicht nur um ein Spiel handelte, und ich wäre lieber gestorben, als mir meine Enttäuschung anmerken zu lassen. Wenn er mich morgen nur halb so sehr lieben könnte wie ich ihn, würde meine ganze Seele zu seiner Musik erklingen. Die Suiten und Sonaten würden nur zur Feier unserer Liebe gespielt, und Gott selbst würde unsere Vereinigung in seinen Segen hüllen!

Inzwischen kenne ich alle seine Lieblingsgerichte und kann mich gar nicht genugtun an seiner Freude über eine vorzügliche große Zunge in Sauce, ein Bündel Spargel oder über Leberknödel. Sophie ist fortgegangen, ein Maß Rheinwein zu holen, das wir teilen werden. Die Mahlzeiten sind wie eine Erholung für den Geist; weil wir aber Wolfgang unablässig mit unseren Fragen behelligen, weiß ich nicht, ob es ihm wirklich gelingt, sich zu erholen. Josepha interessiert sich besonders dafür, woher er seine Inspiration nimmt, und er antwortet ihr mit immer gleich bleibender Geduld: »Auf Reisen, zum Exempel, in der Kutsche oder nach einem guten Essen wie diesem, beim Spazierengehen oder nachts, wenn ich nicht schlafen kann – da habe ich die besten Einfälle, und sie sprudeln nur so aus mir heraus. Die mir gefallen, behalte ich im Kopf und summe sie gewiß auch vor mich hin, zumindest, wenn man den anderen glauben will. Wenn ich dann also alles recht im Kopfe habe, kommt der Rest von allein, das eine schön nach dem anderen; ich sehe, wie ein Fragment nach den Regeln des Kontrapunkts und den Stimmen der einzelnen Instrumente für die Gesamtkomposition eingesetzt werden könnte. Und dann läuft meine Seele heiß – wenn ich nicht unterbrochen werde –, die Idee wächst, ich entwickle sie, alles wird immer klarer, und das Stück ist wirklich so gut wie vollendet in meinem Kopf, selbst wenn es lang ist, so daß ich es fortan mit einem einzigen Blick vor meinem inneren Auge sehen kann wie ein schönes Bild oder eine Skulptur. Ich meine damit, daß ich die einzelnen Partien nicht eine nach der anderen in der richtigen Reihenfolge höre, sondern alle gleichzeitig. Herrliche Augenblicke! Die Entdeckung und die Umsetzung ins Werk, das alles geschieht in mir wie in einem schönen, lichten Traum. Aber das Schönste ist, alles dieser Art auf einmal zu hören.«

Heute abend schenkte Wolfgang sich noch ein Glas Wein ein, und dann erzählte er uns von seinem Ärger über die Vorhaltungen seines Vaters. Herr Mozart wünscht, daß sein Sohn jegliches Opernprojekt mit Stephanie einstellt, denn die Gerüchte, nach denen er »*in ganz Wienn das schlechteste Renomèe*« habe, werden auch ihm zugetragen. Wolfgang strich sich mit dem Rüschenkragen den Wein von der Oberlippe, schnalzte mit der Zunge und erklärte in entschlossenem Ton: »*Stephanie mag nun seine komœdien allein oder mit hülfe gemacht haben; er mag nun stellen oder selbst erschafen – kurz, er versteht das theater, und seine komœdien gefallen immer.*«

Worauf wir beschlossen, Kettengedichte zu reimen, und er gab das Anfangswort vor: Liebe. Das war nicht einfach zu parieren; ich hatte Mühe, etwas anderes Lustiges zu finden als »Triebe«, und mein liebes Herz konnte es kaum glauben.

»Also, meine liebe Constanze, es scheint, Sie haben mich an mehr Witz gewöhnt! Gibt Ihnen die Liebe nicht mehr ein als das? Womit zum Teufel soll man das edelste aller Gefühle reimen? Nun los, Sie sind dran. Wir warten!«

Ich saß wie versteinert, denn die Worte, die Mama und meine Schwestern aus ihren Sesseln herüber riefen, hätten die meinen sein können, wenn es nicht der Zufall gewollt hätte, daß ich als letzte an die Reihe kam.

»Äh ... ewig bliebe?«

Meine Erfindung wurde mit Schweigen quittiert, und ich merkte wohl, wie sehr es mir an diesem Abend an Geist mangelte. Von Scham überwältigt, wartete ich darauf, daß eine meiner Schwestern einen scherzhaften Reim erdenken würde.

Wolfgang erhob sich. Wie sehr bedauerte ich es, so gar keinen Witz zu besitzen, niemals durch meine Redegewandtheit in seinem Herzen zu glänzen! Mit vielem höfischen Gediener und Gekatzbuckel und belustigter Miene forderte er mich zu einem imaginierten Menuett auf. Mir war nur die Melodie seiner Stimme wichtig, und ich hörte die Reime, die er formte, ebensowenig, wie ich meine Schwestern wahrnahm, die sich vor Heiterkeit auf ihren Sitzen bogen. »Ach, Constanze, welch Geschiebe, wüßt ich doch, bei aller Liebe, welcher Reim denn übrig bliebe und nicht fiele durch das Siebe, wenn ich nun, gleich einem Diebe, meine Triebe niederschriebe und – Hiebe schickte dem Salzburger Fürst, daß ihm vor Wut die Hose birst.«

Was für ein schöner Abend! Nun kann ich glauben, daß jede seiner Gesten an mich seinen Entschluß verdeutlicht.

Doch wenn ich mich täuschen sollte, was soll dann aus mir werden? Und wenn er zu allem Unglück Josepha ins Auge gefaßt hätte? Genug! Wolfgang liebt keine dicken Formen, Aloisia hat kein Interesse mehr, mit ihm zu schäkern, Sophie ist erst vierzehn, und es läßt sich überhaupt noch nicht erkennen, wie sie einmal als Frau sein wird ...

Sommer 1781

Nun sind die schönen Sommertage wirklich da; doch leider weilen die Familien, die uns die Tage verschönern, noch immer auf dem Lande. Wolfgang ist seit über drei Wochen ohne jede Nachricht von seiner Schülerin, der Gräfin Rumbeke, und ich sehe sehr wohl, daß er seine Münzen zusammenhalten muß, bis er wieder Honorar bekommt.

Der junge Stephanie und Wolfgang haben sich häufig wegen ihrer Oper zusammengefunden. Es scheint, daß sie bei diesem Werk ganz und gar eines Geistes sind. Je mehr sie miteinander umgehen, um so mehr vermischen sich ihre Eingebungen zu einem Ganzen. Längst ist nicht mehr die Rede davon, die *Zaïde* zu bearbeiten, sondern vielmehr davon, *Die Entführung aus dem Serail* von Bretzner und André, die letzten Mai in Berlin angekündigt wurde, umzuschreiben.

Stephanie und Wolfgang widmen sich ganz der Lektüre von Glucks *La rencentre imprévue* und des *König Thamos* von Gebler. Bisher weiß ich nicht, welches Werk diesen beiden Geistern entspringen wird, doch bin ich jetzt schon, noch ehe eine einzige Zeile davon zu Papier gebracht ist, überzeugt von seiner Schönheit.

Vorgestern, als ich gerade auf dem Weg zum Zimmer meines Schatzes war, um ihm sein auf dem Häusl vergessenes Werk zu bringen, wünschte Mama mir eine wichtige Angelegenheit mitzuteilen. Sie nahm den Band in meinen Händen an sich und vergewisserte sich der Wohlanständigkeit meiner Lektüre: *Nathan der Weise* von Lessing schien ihr nicht zu widerstreben. Dabei gehörte sie mir nicht einmal, sondern dem, der vor mir geschissen hatte.

Um ihn ging es auch bei dem, was sie mir Seltsames zu sagen hatte:

»Meine Tochter, ich mache mir Sorgen um Sie. Seien Sie so gut, mir zu sagen, welcher Art dieses Geplänkel ist, das Sie mit unserem Untermieter pflegen. Schon einmal ist in der Vergangenheit eine meiner Töchter seinen Gaben erlegen, und ich wünsche nicht, daß eine zweite sich im Umgang mit ihm von unpassenden Gefühlen leiten läßt, so sehr ich ihn auch schätzen mag. Anscheinend ist die üble Nachrede bereits bis nach Salzburg gedrungen, und Herr Mozart hat seinem Sohn derartige Vorwürfe gemacht, daß er sich nun vor ihm rechtfertigen muß.«

Ich schwieg, denn ich konnte zu einer Neigung nichts sagen, die Mozart mir gegenüber, leider!, niemals gezeigt hatte. Ich errötete bis in die Haarwurzeln, und Mama fuhr in ihrer Tirade fort, über die Haushaltspflichten, um die ich mich seit langem nicht mehr richtig kümmere. Das stimmt, das Zimmer meines geliebten Herzens, die Pflege seiner Garderobe und die Zubereitung seiner Lieblingsspeisen sind das einzige, was mich noch zu meinen Pflichten als Vermieterin ruft.

Meine Mutter holte einen Brief aus ihrem Mieder, der ihr anvertraut worden war, auf daß er unverzüglich nach Salzburg befördert würde. Der gutgläubige Wolfgang hatte nicht mit ihrer Neugierde gerechnet.

Mon trés cher Pére!

Ich sage noch einmal daß ich schon längst im sinn gehabt ein anderes logis zu nehmen, und das nur wegen dem Geschwätze der leute; – und mir ist leid daß ich es, wegen einer albernen Plauderey woran kein wahres Wort ist, zu thun gezwungen bin, ich möchte doch nur wissen was gewisse leute für freude haben können ohne allen Grund so im tage hinein zu reden. – weil ich bey ihnen Wohne, so heyrathe ich die tochter; von verliebt seyn war gar die rede nicht, über das sind sie hinaus=ge-

sprungen; sondern ich logire mich ins hauß, und heyrathe. – *wenn ich mein lebetag nicht aufs heyrathen gedacht habe, so ist es gewis izt! – denn, ich wünsche mir zwar nichts weniger als eine Reiche frau wenn ich izt wirklich durch eine heyrath mein glück machen könnte, so könnte ich unmöglich aufwarten, weil ich ganz andere dinge im kopf habe. – gott hat mir mein Talent nicht gegeben, damit ich es an eine frau henke, und damit mein Junges leben in unthätigkeit dahin lebe. – ich fange erst an zu leben, und soll mir es selbst verbittern; ich habe gewis nichts über den Ehestand, aber für mich wäre er dermalen ein übel. … – ich will auch nicht sagen daß ich im hause mit der mir schon verheyratheten Mademoiselle trotzig seye, und nichts rede – aber verliebt auch nicht; – ich Narrire und mache spaß mit ihr, wenn es mir die zeit zuläst … und also – sonst weiter nichts; wenn ich die alle heyrathen müsste, mit den ich gespasst habe, so müsste ich leicht 200 frauen haben.*

Woraufhin meine Mutter den Brief wieder in ihrem Mieder versenkte und die Falten ihres Rockes glattstrich. Ich hörte sie schnaufen und wagte nicht, den Blick zu erheben.

»Also was jetzt! Ich warte auf Ihre Erklärung! Anscheinend zeigt Ihr Charme Wirkung genug, uns die Mieter aus dem Haus zu treiben, aber daß sie ins Auge fassen könnten, Sie zu heiraten, dazu reicht es nicht!«

Wo soll ich Rettung finden? Möge sich die Erde auftun, um meine Scham zu verschlingen, meine Verzweiflung und meinen Kummer. So sind Sie denn, liebes treuloses Herz, keineswegs von mir eingenommen, Sie *scherzen* nur mit mir, der *Haustochter*! Was hatten Ihre Küsse zu bedeuten, Ihre heißen Lippen in meiner Hand, die ausgelassene Stimmung bei unseren Spaziergängen, Ihre Inbrunst in der Magdalenenkapelle, Ihre Komplimente und diese Art, mir verstohlen eine Haarsträhne zurückzustreichen? Wie konnte ich so dumm sein zu glauben, in Ihren Augen die Begleiterin Ihrer Tage zu werden, die Muse all Ihrer Kunst?

Auch scheint es, daß meine Mutter in meinem Unglück eine gewisse Befriedigung gefunden hat. Vergeblich suchte ich nach einem Möbel zu greifen, an das ich mich klammern konnte, als mir der Boden unter den Füßen schwankte. Meine Mutter zeigte keinerlei Mitleid. Sie erinnerte mich nur an meine Dienstpflichten in diesem Hause. Ich hörte die Aufzählung kaum, denn an Ihn zu denken und Ihn dabei zu *siezen* hatte den Abgrund, der uns fortan trennen sollte, noch schwärzer gemacht.

Ich bin noch immer ganz verwirrt heute morgen. Aber ich bin bereit, mein Glück zu wagen. Wolfgang soll wissen, in welchen Ängsten ich schwebe.

Danach werde ich meine Mutter bitten, mich in ein Kloster zu geben, wenn er mir die kalte Schulter zeigt, mein Geliebter, ach …

Verzeih mir, o Herr! Was soll ich denn in einem Kloster und mich des einzigen Antlitzes begeben, das meine Tage erhellt?

Ich möchte am liebsten sterben.

Ich werde sterben.

Herr, hilf mir zu sterben.

Wie süß scheint mir der Tod im Vergleich zu der Hoffnungslosigkeit, wenn ich sein liebes Gesicht, die flinken Finger nicht mehr betrachten, den Duft in seinem Kragen nicht mehr riechen, nicht mehr die Tinte aus seinen Manschetten waschen könnte …

O nein! Ich bin erst achtzehn und habe schon zweimal daran gedacht, für Ihn zu sterben, *seinetwegen*.

Unsinn!

Das Reich der Finsternis wäre meiner untröstlichen Seele keine Hilfe. Dem heiligen Johannes von Nepomuk werde ich meinen Kummer anvertrauen und daß die Götterdämmerung für mich vorbei ist.

Meine Gebete sind erhört. Ich bin wieder bei Verstand.

Ich werde ihm einen Brief schreiben.

26. Juli 1781

Bester Freund,

ich muß Ihnen meine Bestürzung gestehen, denn kein Tag vergeht, ohne daß ich mir nicht die größten Vorwürfe mache. Keine Aufgabe war mir angenehmer, als mich um Ihre Kammer und Ihre Effekten zu kümmern. Ich gebe bereitwillig zu, daß es mir niemals eine niedrige Aufgabe schien, denn sie schenkte mir oftmals die Freude, Ihre Kompositionen zu entdecken. Wie oft habe ich nicht, allein in Ihrem Universum, Ihre Noten gesungen? Dann formten Ihre Noten und ich eine Einheit, eine Arie, in der alles wie im Zauber zu einem Einklang sich zusammenfand. Meine Seele verging in Zucker und Honig, in einem süßen Traum, in unendlicher Poesie.

Aber ich bin nur ein unwissendes, dummes Mädchen; eine Gans.

Ich weiß wohl, daß mich die Natur nicht mit jenen Vorzügen beschenkt hat, die die Herzen bewegen, aber ich besitze einen scharfen Verstand und die Liebe zur Wahrheit.

Nachdem mir von verschiedenen Seiten zugetragen wurde, daß Sie unser Haus zu verlassen im Begriff stünden, muß ich Ihnen heute beichten, was mir seit Wochen auf der Seele brennt: Ich war es, die das Porträt Ihrer geliebten Aloisia zerbrochen hat, und ich bin darüber untröstlich. Wenn eine Erklärung, wie es dazu kam, Ihren Ärger, den Sie ohne Zweifel empfinden müssen, mildern kann, schulde ich sie Ihnen jetzt.

Ja, ich gestehe, ich beichte, ich offenbare, ich räume ein, ich gebe zu, ich bekenne, wie mich das Singen Ihrer Noten eines Morgens in derart heitere Stimmung versetzte, daß ich ganz die Macht über mich verlor. Aber denken Sie nicht, bester Freund, daß die Wut, die Erregung oder irgendein anderes Zeichen der Eifersucht dieses Unglück herbeigeführt hätte. Nein, dieses Mißgeschick hat mich in tiefe Betrübnis gestürzt und mich in Angst versetzt vor Ihrem Zorn. Mehr noch, es bedrückte mich, Sie um den Anblick des verehrten Bildnisses zu bringen und diesen teuren Besitz beschädigt zu haben, den Sie auf allen Ihren Reisen mit sich führten. Dieser hübsche Gegenstand, der Ihnen am Herzen lag, ist meinen Händen entglitten, und diese Hände zitterten, als sie die Porzellanscherben zusammentrugen. Die Augen der teuren Aloisia waren nur noch Erinnerung, zerbrochen durch meine Nachlässigkeit.

Nun, da Sie, wenn das Gerede sich bewahrheitet, unser Haus verlassen werden, kann ich Ihnen diese schreckliche Wahrheit nicht länger vorenthalten. Bester Freund, ich bitte Sie, mir zu verzeihen! – wenn Sie es noch können – und bin, so sehr ich verzweifeln möchte, sollten Sie sich dazu nicht imstande sehen, Ihre ergebene Dienerin

Constanze

Heute kam Mamas Modistin, um ihr die neuesten Modegrillen vorzulegen, die sie bei ihr bestellt hatte. Einer von Mutters Freundinnen zufolge bedient man sich am Hof zu Paris bereits gewisser Kunstgriffe nicht mehr, die wir hier gerade erst zu entdecken beginnen. Wir zerbrechen uns die Köpfe um ungefällige Erfindungen wie das Fischbeinkorsett und enorme Reifröcke, die man unter die Unterkleider zieht. Diese Einfälle verformen unsere Gestalt auf groteske Weise. Neuerdings trägt man die Reifen kurz, breit und dick, mit einem verkürzten, glatt niederfallenden Rock, damit die Füße und die hohen Absätze zu sehen sind. Die Frisuren haben übergroß zu sein; der Aufbau, auf dem sie ruhen, erreicht manchmal zwei Drittel der Körperhöhe – der Einfallsreichtum der Damen mißt sich am Triumph ihrer Schöpfungen über die Gesetze des Gleichgewichts!

Das Kleid, das ich auf Mamas Anweisung hin für die seltenen Gelegenheiten anfertigen sollte, da ich abends ausgehe, steht mir vorzüglich. Doch es paßt alles nicht zu meinem Seelenzustand. Die kräftig gelben Bänder am Mieder sind zu fröhlich, als daß ich sie tragen könnte. Was meine Frisur angeht, habe ich nicht die Absicht, mich von meinem schlichten Häubchen zu trennen. Meine Schwester Josepha trägt noch immer ihre Kapuzenhaube, um zum Markt zu gehen, obwohl es nicht mehr Mode ist und sie unter dieser braunen Kapuze wie eine Flickerin aussieht.

Nichts. Seit dem frühen Morgen dringt kein Laut, keine Note aus dem Zimmer meines erbarmungslosen Himmels; sollte ihn der Ärger über meinen Brief so sehr der Inspiration berauben? Was maße ich mir schon wieder für eine Bedeutung an!

Ich habe heute tausend Dinge zu tun, und dabei soviel Schwung, daß ich mich auch gleich in der Pferdetränke ersäufen könnte …

Wolfgang, mein einziger Gedanke, ist zum Abendessen überaus fröhlich aus seiner Klause erstanden. Er hat mich so munter gegrüßt, daß er meinen Brief wohl noch nicht gelesen haben kann.

Auf Mamas Anregung hin habe ich heute meine neue Toilette angelegt, und das war wohlgetan! ich habe von Wolfgang so viele Komplimente darüber empfangen, wie sie selbst Aloisia um den Verstand gebracht hätten.

Dann hüpfte er von einem Fuß auf den anderen und nestelte an seinen Manschetten herum, bis er sich endlich dazu entschloß, die Neuigkeit zu verkünden, die ihn so sehr entzückte:

> *Nun hat mir vorgestern der Junge Stephani ein Buch zu schreiben gegeben. ich muß bekennen, daß, so schlecht er meinetwegen gegen andere leute seyn kann, das ich nicht weis, so ein sehr guter freund ist er von mir. – das Buch ist ganz gut. das Sujet ist türkisch und heist;* Bellmont *und* konstanze. *oder* die verführung aus dem Serail. – … *mich freuet es so, das Buch zu schreiben, daß schon drei arien fertig sind. die zeit ist kurz, das ist wahr; denn im halben 7:ber soll es schon aufgeführt werden; – allein – die umstände, die zu der zeit da es aufgeführt wird, dabey verknüpfet sind, und überhaubts – alle andere absichten – erheitern meinen Geist dergestalten, daß ich mit der grösten Begierde zu meinem schriebtisch eile, und mit gröster freude dabey sitzen bleibe.*

Sich mit seiner zerknüllten Serviette die Lippen betupfend, erhob sich mein geliebter Sybarit und empfahl sich. Mama lächelte, meine Schwestern schienen entzückt, während ich – ich dumme

Weibsperson! – wie angewurzelt dasaß in meinem gelb-braun gestreiften Kittel.

»Na, was denn!« sagte Mama in rauhem Ton. »Haben Sie nicht gehört, was meine Ohren gehört haben? Die Oper, die unserem Mieter in Auftrag gegeben wurde, das Werk, das ihn zur Zeit beschäftigt und seine Seele erfreut, wie heißt es, na?, wie? Mein Gott! *Belmonte und Konstanze*. Und Sie, meine Tochter, sitzen da wie ein begossener Pudel! Worauf warten Sie noch, um Ihren Musiker zu unterstützen, ihm zu gratulieren und seine vielliebende Muse zu bleiben oder zu werden? Hinfort, sage ich!«

Wie seltsam dünkt mich meine Mutter nun!

Dieses Opernprojekt, das Glück eines offiziellen Auftrags, die Aussicht auf Ruhmesglanz, und plötzlich wird mein Liebster zum besten aller Verehrer!

Vier entschlossene Hände schoben mich aus dem Salon. Und schon stand ich vor *seiner* Tür, und meine Schwestern und Mama verrenkten sich die Hälse und sahen zu, wie ich mit meinen Zweifeln kämpfte – immer wieder diese schreckliche Eigenart, mein linkisches Wesen! –; es gab ein letztes Zeichen mütterlicher Zustimmung, und ich klopfte an *die* Tür, seine geliebte Tür.

Mein Sonnenschein bat den aufdringlichen Gast herein.

Endlich stand ich in dem geliebten Zimmer – dem Tempel! –, wo mein Abgott gebeugt an seinem Arbeitstische saß und aufmerksam seine Feder spitzte.

Ich wagte nicht, näher zu treten.

Also wartete ich einen Augenblick, nur kurz, aber ich wünschte mir, er möge ewig dauern. Der Geruch nach Arbeit schwebte im Raum, und ich schloß die Augen, um mich daran zu berauschen.

Weißt du denn, mein Liebster, mein Alles, weißt du, wie sehr ich dich liebe?

Als sich meine närrischen Träumereien wieder verflüchtigten, öffnete ich langsam die Lider. Wolfgang stand vor mir. Ich schwankte.

Er nahm mich um die Taille, meine Brust preßte sich gegen sein tuchenes Hemd, und ich spürte, wie mich sein Arm fest umfing. Mein Gott, das Herz pochte mir in den Schläfen, ich lag in seinen Armen!

Er beugte sich zu mir herunter und murmelte ganz leise: »Stanzi.« Seine Lippen fuhren mir mit solcher Glut durchs Haar, daß ich alle Zurückhaltung fahren ließ. Seine Lippen streiften die meinen, und unsere Münder vereinigten sich.

Dieser Kuß, schäumende, flammende Zärtlichkeit, benahm mir die Sinne, und ich überließ mich ganz diesem himmlischen Geschenk.

Als wir uns wieder losließen, wich Wolfgang um ein weniges zurück und nahm mich bei den Händen. Sein gerötetes Lächeln kam mir nicht im mindesten lächerlich vor. Meine Lippen hatten ihn mit dem Purpur meiner Leidenschaft gezeichnet!

Sollte ich es wagen, ihn endlich zu fragen, ob er meine Nachricht zur Kenntnis genommen hatte, und ob er mir meine Ungeschicklichkeit und meine Heimlichtuerei verzeihen wolle? Gerade wollte mich der Mut erfassen, da sah ich den Brief, *meinen* Brief, entfaltet auf dem Tisch liegen. Er hatte ihn also erbrochen und gewiß auch gelesen!

Wolfgang rettete mich aus dieser neuen Verlegenheit, indem er all die Koseworte murmelte, die mein Herz eines Tages von ihm zu hören gehofft hatte.

Die Natur spricht in mir so laut, wie in Jedem andern, und vieleicht läuter als in Manchem grossen, starken limmel. Ich kann ohnmöglich so leben wie die Meisten dermaligen Jungen leute. – Erstens habe ich zu viel Religion, zweytens zu viel liebe des Nächstens und zu Ehrliche gesinnungen als daß ich ein unschuldiges Mädchen anführen könnte ... meine gute, liebe konstanze ist ... die gutherzigste, geschickteste und mit einem worte die beste.

Ich weiß nicht, welches Wunder bewirkte, daß ich sein Zimmer überhaupt wieder verlassen konnte; ich erinnere mich nur an meine über mich gebeugte Mutter und meine Schwestern, als ich, ausgestreckt auf den Fliesen im Flur liegend, wieder zu mir kam. Riechsalz sorgte dafür, daß mir nicht gleich wieder die Sinne schwanden.

Um welche letzten Worte Wolfgangs mich diese Schwäche wohl gebracht haben mag. Aber das ist nicht wichtig, ich weiß ja, daß er sie mir wieder sagen wird, und diesmal werde ich sie hören, ohne ohnmächtig zu werden.

Ich bin so glücklich! Oh, heiliger Johannes, meine Gebete sind bis in den Himmel aufgestiegen.

Mein Wirrkopf hat den Namenstag und den Geburtstag seiner lieben Schwester verpaßt. Nachdem ich ihn an seine Pflicht erinnert hatte, ihr binnen acht Tagen seine guten Wünsche zu senden, machte er sich gleich ans Werk und schrieb ihr einen allerliebsten Brief, den er mit *»gekrönter Scheiben=Poet«* unterschrieb, in Erinnerung an seine Jugendjahre und die Verse, die er zur Verzierung der Scheiben beim Bölzlschießen gedichtet hatte. Der Brief wird nachher mit der letzten Post hinausgehen. Ich wage nicht, selber ein Wort anzufügen, dabei brenne ich darauf, dieser ehrbaren Familie, der ich vielleicht eines Tages, den Gott bestimmen möge, selber angehören werde, von meinem Glück zu erzählen.

Wolfgang, mein Wolfgang gibt sich ganz der Freude hin, seine Oper zu schreiben. Eineinhalb Tage nur, und Konstanzes erste Arie ist fertig, ebenso die erste Arie Belmontes, und soeben ist die letzte Note des Trios verklungen, das den ersten Akt beschließt!

Ich darf zu jeder Zeit in sein Zimmer eindringen. Welch unermeßliches Glück! Meine Gegenwart stört ihn nicht im mindesten in seiner Inspiration. Wolfgang empfängt mich bei jedem meiner Besuche mit einem liebevollen Kuß auf die Hand und manchmal in die Nackenbeuge. Ich werde fortan nur noch danach trachten, alle häusliche Beschwer von ihm fernzuhalten. Das Ausbürsten der Kleidung, das Ordnen seiner Notenblätter, den Kapaun für sein Abendessen zerlegen, all das ist mir eine Freude!

Frau Catarina Cavalieri zeigt sich sehr zufrieden mit ihrer Arie, zumindest was die Noten angeht, die sie bisher davon kennt, denn sie wird diejenige sein, die bei der Uraufführung von Wolfgangs Oper die Konstanze gibt. Die Herren Adamberger und Fischer werden Belmonte und Osmin sein, denn die Arien sagen ihnen zu. Auch sie werden im Geheimen arbeiten und probieren müssen, denn Wolfgang wünscht, daß die Sache noch nicht publik wird. Warum, weiß ich nicht.

Es ist ein Abendessen bei der Gräfin Thun geplant. Wolfgang soll seine Arbeit zu Gehör bringen. Wenn ich ihn frage, ob er denn keine Besorgnis hege, in diesem Kreis, der sich auf die Musik versteht, vielleicht kein Lob zu ernten, wischt er meine Zweifel mit einem einzigen Satz fort: »*Ich gehe in diesen Punckt auf keines Menschens lob oder tadel – bevor so leute nicht alles im ganzen – gehört und gesehen haben; sondern folge schlechterdings meinen eigenen Empfindungen.*«

Worte reichen nicht aus, um die vielen Vorzüge Wolfgangs zu beschreiben. Wenn er mich anschaut, durchströmt Zärtlichkeit mein ganzes Wesen. Er ist so klein! Sein Gesicht ist angenehm, läßt aber, sieht man von den großen, brennenden Augen ab, auf den ersten Blick sein Genie nicht ahnen. Sein Blick scheint vage und verloren, außer wenn er allein vor seinem Cembalo sitzt, dann verwandelt sich sein Gesicht! Es wird ernst und gesammelt, die Augen blicken ruhig, das Gefühl, das er in sein Spiel legt, zeigt sich in jeder Bewegung der Muskeln, dieses Gefühl, das er so kraftvoll in mir und in jeder anderen Person hervorrufen kann, die ihm lauscht.

Er hat schöne kleine Hände, die er beim Klavierspiel so zart und natürlich zu bewegen weiß, daß es für das Auge nicht minder eine Freude ist als für das Ohr. Auch darin unterscheidet Wolfgang sich von den kraftvoll lärmenden Genies unserer Tage.

Der kleine Wuchs rührt daher, daß er vorzeitig zur Kopfarbeit gezwungen wurde und es ihm in der Jugend an Bewegung fehlte. Doch um ihn wirklich zu kennen, muß man ihn an seinem Arbeitstisch beobachten, wenn er seine Werke schreibt! Er schreibt so flüssig und leicht, daß es auf den ersten Blick oberflächlich oder gar hastig erscheinen mag. Beim Komponieren geht er nie ans Cembalo. Seine Einbildungskraft läßt das ganze Werk klar und lebendig vor ihm entstehen, sobald er damit begonnen hat. Dank seiner großen kompositorischen Kenntnisse erfaßt er die Harmonie eines Stückes auf einen Blick. Ich sehe nur selten ausgestrichene oder neu geschriebene Passagen in seinen Partituren. Das heißt aber nicht, daß er seine Werke nur eben schnell aufs Papier wirft. Er hat das Werk nur immer schon fertig im Kopf, bevor er sich ans Schreiben macht.

Die halben Nächte verbringt er vor den Tasten. Das sind die Stunden der Schöpfung, da entstehen die himmlischen Gesänge! In der Stille der Nacht, wenn nichts den Geist beschäftigt, belebt sich seine Phantasie bis zur höchsten Erregung und entfaltet den ganzen Reichtum an Harmonien, den ihm die Natur eingegeben hat. Dann wird Wolfgang durch und durch empfindsam, und aus seinen Fingern strömen die herrlichsten Laute. Und ich bin die, die die Tiefe und das Ausmaß seines musikalischen Genies hört: Dann kann sich sein Geist frei von allem Zwang zu kühnem Flug in die allergrößten Höhen der Kunst aufschwingen. In diesen Stunden der Poesie und der Inspiration schafft sich mein Liebster einen unerschöpflichen Vorrat an Ideen, und dann ordnet er sie und zieht mit leichter Hand seine Werke hervor, denen ich schon heute Unsterblichkeit vorhersage!

Auch die größten Dilettanten in der Musik wissen, wie wichtig der Reichtum an Gedanken ist, ohne die alle Kunst unfruchtbar bliebe. Sicher gibt es einige Hofkompositeure, die durch harte Arbeit auch einmal einen guten Gedanken hervorbringen mögen, aber wie schnell versiegt der Quell wieder, und dann? Danach hört man nur noch, wie sie sich wiederholen.

Mit dem heutigen Tag ist der gesamte erste Akt der *Entführung aus dem Serail* fertiggestellt. Der Großfürst von Rußland wird erst im November kommen. So wird Wolferl seine Oper mit noch mehr Überlegung schreiben können. Nachdem wir über den besten Zeitpunkt für eine Aufführung gesprochen haben, hat Wolfgang beschlossen, es nicht vor Allerheiligen zu machen, wenn alle vom Land zurückgekehrt sein werden. Ach, da sprechen wir über die besten Daten, und meine Seele kann sich gar nicht an solches Glück gewöhnen!

Wie ist er nur fröhlich, und wieviel Freude und Befriedigung verschafft ihm doch seine Arbeit!

Heut morgen ist ein Brief von Herrn Mozart eingetroffen. Er wünscht, daß Wolfgang sich ein anderes Logis sucht, denn es sind neue Gerüchte nach Salzburg gedrungen. Der Herr Papa hat ihm mit einer gewissen Strenge eine Wohnadresse genannt.

Die Familie Auernhammer besitzt ein freies Zimmer und hält es auf Bitten seines Vaters für Wolfgang zur Verfügung.

Mein Gott! Wie furchtbar wäre es für mich, wenn er fortginge.

Und wie dürfte ich auf Fortsetzung unseres Gefühlsaustausches hoffen, wenn unsere Wege sich trennen?

Heute abend brennt die Luft heißer als eine Liebkosung. Wir sind durch den Prater gegangen, in Begleitung meiner kleinen Schwester Sophie. Wolfgang wollte sie von ihrem zukünftigen Bräutigam schwärmen hören, und obwohl meine Schwester normalerweise wenig geneigt ist, unserem Spott zuzuhören, ließ sie unseren Spaßmacher bereitwillig das Bild eines Gecken beschreiben und dazu das Entsetzen unserer Mutter bei der Vorstellung, einer solchen Kreatur ihre Tochter zu überlassen. Es war so spaßig zu sehen, wie er da die Posen unserer Mutter einnahm, daß wir alle beide mehr lachten, als schicklich war.

Später, als wir ins Auge Gottes zurückgekehrt waren und der Ernst wieder Einzug halten mußte, beschlossen wir, Herrn Mozart wegen der Wohnung, von der Auernhammer ihm berichtet hatte, gemeinsam zu antworten.

Schließlich las mein Einziger den Brief an seinen Vater laut vor, und es entspann sich ein neues lustiges Pantomimenstück, als er die Wirte des »Rattenlochs« beschrieb, das sein Vater ihm oktroyieren wollte.

Die stiege müste man Mittags um 12 uhr mit einer laterne suchen. das zimmer konnte man eine kleine kammer nennen. durch die küche kamm man in mein zimmer, und da war an meiner kammerthure ein fensterchen; man versicherte mich zwar man würde ein fürhängerle vormachen, doch bat man mich zugleich daß, so bald ich angezogen wäre, ich es wieder aufmachen sollte, denn sonst sähen sie nichts so wohl in der küche als in den anstossenden andern zimmer ... mit einem wort, es war fürchterlich anzusehen. ... die frau, die dummste und Närrischte schwätzerin von der Welt, hat die hosen ... sie können die frau Adlgasserin; und dieses meuble ist noch ärger; denn sie ist dabey Medisante. also dumm und boshaft. von der Tochter also; wenn ein Maler den Teufel recht natürlich Malen wollte, so müste er zu ihrem gesicht zuflucht nehmen. – sie ist dick wie eine bauerdirne; schwizt also daß man speien möchte; und geht so bloß – daß man ordentlich lesen kann – ich bitte euch schauet hier her; *das ist wahr, zu sehen ist genug; daß man blind werden möchte; aber – man ist auf den ganzen tag gestraft genug wenn sich unglückseeligerweise die augen darauf wenden – da braucht man Weinstein! – so abscheulig, schmutzig und grauslich! – pfui Teufel! ... aber wohl noch mehr; sie ist serieusement in mich verliebt.*

Ich war entsetzt, als ich das hörte, aber Wolfgang beruhigte mich, er werde den Brechreiz ob dieser widerwärtigen Person noch lange spüren. Ach, wieviel werde ich davon hören können, daß dieses dicke Bauerntrampel, das »*schwitzt also daß man speien möchte*«, seinem Charme nicht widerstehen kann, seinen schönsten Umgangsformen, wenn er verführen will, den vielen vorwitzigen Einfällen und diesem ausgelassenen Lachen, wenn er wieder einen überraschenden Geistesblitz hatte!

Soll dies das Ende unserer Spaziergänge sein, der hastigen Diners und der Abende voller Musik, sollte mein zärtlich Geliebter sich den Forderungen seines Vaters beugen und aus unserer Wohnung ausziehen? Ich würde sterben!

Wolfgang ist auf der Suche nach einem Zimmer, das seinen Vater, aber auch seine eigene Neigung zu weiten, hellen Räumen befriedigen kann. Aus welchem Stoff mag dieser Herr Mozart gemacht sein, um seinem guten Sohn so etwas anzuraten und ihn in die grausamste aller Verlegenheiten für einen Junggesellen zu stürzen?

Unsere Wohnung bietet, auch wenn sie im zweiten Stock liegt, alle Annehmlichkeiten, von denen ein junger Mann in seinen Umständen nur träumen kann. Nun, der Ausblick aus unseren Fenstern ist nicht der allerschönste, aber ich kenne alle die Bleifiguren an unserer Peterskirche auswendig. Die Allegorien von Glaube, Liebe und Hoffnung erinnern mich stets an die Tugenden, die ich selbst jeden Tag und von ganzer Seele in mir zu bestärken suche.

Bei der Andacht werde ich nicht müde, die Bänke im Querschiff zu betrachten, die sich um das Oval unter der Kuppel fügen. Die vergoldeten Holzdarstellungen zu seinem Gleichnis lassen unseren heiligen Johannes von Nepomuk in den Herzen gegenwärtig sein. Armer Johannes von Nepomuk, Beichtvater der Königin von Böhmen, als Märtyrer ertränkt, weil er sich im Jahre 1393 weigerte, zum Vorteil König Wenzeslaus IV. das Beichtgeheimnis preiszugeben.

All mein Geld ist in den Kauf der Kerzen für meinen überaus heiligen Beschützer geflossen: Bitte mach, daß mein Seraphim nicht fortgeht, um fern von meinem Herzen zu leben! Und mach auch, daß sich seine Seele nicht in die Begegnung mit einer Begehrenswerteren, als ich es bin, verliert!

Wolfgang kam sehr spät heim, aber ein Lächeln erhellte sein Antlitz. Er nahm mich um die Taille, und wir gingen gemeinsam in sein Zimmer.

»Ich hab's gefunden!« murmelte er fröhlichen Tons.

Was hatte er so Erheiterndes gefunden, daß sich sogar sein Teint seltsam veränderte?

»Meine Stanzi, meine Angebetete, Wunderbare, heute habe ich ein *sehr schön möbliertes Zimmer* besichtigt, und die Miete ist angemessen.«

So freut sich also mein Geliebter, etwas gefunden zu haben, das ihn mir entrücken wird!

Da ließ mich meine Geistesgegenwart im Stich, und ich wußte auf den Eifer meines Vielgeliebten nichts zu sagen. Mein Himmel wurde von einem tückischen Nebel verdunkelt …

Doch dann, in meiner Verzweiflung, strömten plötzlich die Worte Konstanzes von meinen Lippen.

Ach, ich liebte, war so glücklich,
Kannte nicht der Liebe Schmerz;
Schwur ihm Treue, dem Geliebten,
Gab dahin mein ganzes Herz!
Doch wie schnell schwand meine Freude.
Trennung war mein banges Los;
Und nun schwimmt mein Aug' in Tränen,
Kummer ruht in meinem Schoß.

Und nun hob auch mein zärtlicher Belmonte mit ganzer Seele zu seinem Gesang an.

Wenn der Freude Tränen fließen,
Lächelt Liebe dem Geliebten hold.
Von den Wangen sie zu küssen,
Ist der Liebe schönster, größter Sold.
Ach, Konstanze, dich zu sehen,
Dich voll Wonne, voll Entzücken
An mein treues Herz zu drücken,
Lohnt fürwahr nicht Krösus' Pracht!
Daß wir uns niemals wiederfinden!
So dürfen wir nicht erst empfinden,
Welchen Schmerz die Trennung macht!

Als es Mitternacht schlug, kam mein Liebster mich holen; glückselig ließ ich mich zum Graben geleiten, wo ich sein neues Logis erkunden durfte.

Gemeinsam beschlossen wir die Anordnung der Möbel und wo das Klavier stehen sollte. Wir ließen es über das Parkett gleiten, bis der Mondschein auf die Tastatur fiel. Das Tuch der Vorhänge schien mir zu grob und kaum geeignet, jenes Halbdunkel zu schaffen, das Wolfgang bei der Arbeit in den Morgenstunden bevorzugt.

Und dann reichte er mir mit vollendeter Geste eine niedliche kleine Perlmuttschachtel. Darin fand ich einen Schlüssel. Es würde mir also ein leichtes sein, zu kommen, wann es mir genehm war, und meine Zeit in der Gesellschaft meines Herzliebsten zu verbringen.

O wie verzaubert erschienen mir diese paradiesischen Momente, und wie wünschte ich mir, sie würden niemals niemals enden!

Dieses Nest, das ich ihm so gerne richten möchte, wird also unserer Liebe Heimstatt sein und unsere Küsse behüten.

Und wie kann ich mein Glück preisen, als mir erst bewußt wird, das mein Angebeteter sich ein Zimmer nur wenige Schritte vom Aug Gottes entfernt gewählt hat. Wir werden bequem unsere Mahlzeiten gemeinsam einnehmen können, ohne den Schmerz, die Stunden unserer Trennung zählen zu müssen.

Aloisia! Seine Neigung von damals kannst du mit der heutigen nicht vergleichen! Einst, als er so zerknirscht war, fern von dir zu sein, machte er dennoch keinerlei Anstalten, die euch hätten zusammenbringen können. Und da sind wir nun in dieser Wohnung, die seinem Vater zu Gefallen gemietet wurde, aber so nahe am Auge Gottes liegt, daß man sie gut »Zu den Widerständigen« taufen könnte. An diesem glorreichen Bravourstück messe ich mein Glück und meinen herausragenden Sieg!

Die Helligkeit des frühen Morgens drang durch unsere geschlossenen Lider, und als wir erwachten, ließ die Besorgnis wegen meiner Mutter alles Gefühl verklingen. Hastig brachte ich meine Frisur in Ordnung.

Was würde ich nun über mich ergehen lassen müssen, und wie sollte ich die Verwirrung erklären, die mir ins Gesicht geschrieben stand? Den Augen einer Mutter würde dieser veränderte Zustand der durch Liebkosungen zur Frau Gewordenen sicher nicht entgehen. Ich würde ihren mißtrauischen Blicken nicht standhalten können.

Oh, ich würde nie mehr dieselbe sein …

Fieberhaft lief ich den Graben bis zum Petersplatz hinunter. In sanftes Sommerlicht gehüllt, erhob sich unsere Kirche in seiner

Mitte. Ihr Schatten ruhte auf dem zierlichen Dach meiner kleinen Kapelle der heiligen Magdalena. Das Portal stand offen, und mir blieb keine andere Zuflucht, als mein Glück und meine Furcht dem heiligen Johannes von Nepomuk zu beichten.

Oh, heiliger Johannes, schenke mir die Kraft, ins Auge Gottes zurückzukehren, und gib mir mein Antlitz von gestern zurück, das des armen Mädchens, das ich war. Und schenke meiner …

»Was tun Sie hier?« fragte eine Stimme, die ich seit meiner Kindheit fürchtete.

Mir blieb keine Zeit, mir eine Antwort zurechtzulegen, die sie hätte befriedigen können. Zitternd packte meine Mutter mich am Ärmel und zog mich nach draußen.

»Das ist mir nun doch zuviel der Frömmigkeit, meine Tochter! Fehlt es Ihnen so sehr an Verstand, daß Sie im Morgengrauen aufstehen, um sich zu verkühlen, stundenlang auf dem Marmorboden? An Josephas Seite werden Sie wirklich dringender gebraucht. Sie hat schon begonnen, die Herbstgarderobe auszuklopfen. Marsch, sage ich!«

Ich kehrte eilig ins Auge Gottes zurück. Mein heiliger Johannes von Nepomuk hatte mich erhört, meine Gebete waren nicht untergegangen im Meer der Bitten, die ihn jeden Tag erreichten. Wie viele trostlose Leben und wieviel ungeahnte Verzweiflung führt die Gläubigen bis zu dieser wohlwollenden Statue?

Oh, wie bin ich froh an diesem Tag, der mir endlich alles Glück leuchten läßt. Ich weiß, daß ich von Wolferl geliebt werde, und meine Mutter hat in meinen Zügen nichts von dem entdeckt, was ich ihm geschenkt habe.

Josepha hat mit dem Ausbürsten unserer Kleider viel zu tun, und ich bin ihr seit meiner Rückkehr kräftig zur Hand gegangen. Sie wunderte sich, daß ich schon seit Morgengrauen auf war, und gab mir recht geziert zu verstehen, es sei doch allzu bedauerlich, daß ich ohne mein Gebetbuch in die Kirche geeilt sei.

Dieses Detail hatte meine Mutter zu meinem Glück übersehen.

Wir beendeten unsere häuslichen Aufgaben in schönster Eintracht. Josepha sang die ersten Takte der Arie der Konstanze, und ich ließ mich zum Mitsingen hinreißen, wenn auch einen Halbton tiefer. Als ich gerade zum Klavier im Salon eilte, um die Noten, die ich von meinem Ritter gelernt hatte, zum Klingen zu bringen, kehrte meine Mutter zurück.

Da war es mit unserem morgendlichen Frohsinn vorbei.

Nach dem Abendessen, als sich niemand mehr auch nur rühren konnte, mußte ich ans Krankenbett Maria-Elise Wagners. Sie hatte soeben ihr erstes Kind geboren, aber dieses arme Baby war mit einer Hasenscharte geschlagen. Ich war an ihrer Seite, als die Ärzte die furchtbaren Lippen des Kindes ausbrannten.

Da es nicht säugen durfte, es konnte ja den Mund nicht schließen, strich man ihm Salpetersäure und Kalilauge in den Spalt. Die Verbrennungen durch diese Mittel führten zu großen Wunden bis zur Nase hinauf, und das Baby wollte gar nicht mehr aufhören zu schreien. Und immer wenn es weinte, zogen sich durch die Schreie die Lippen auseinander und zerrissen das gerade zusammengefügte Fleisch erneut. Die Scharten vergrößerten sich mit jedem Weinen, und je größer sie wurden, desto schlimmer wurden die Schmerzen.

Maria-Elise und ich taten alles, um es dem armen Kleinen zu erleichtern. Als schließlich gar nichts helfen wollte, beschloß Maria-Elise, ihr Kind nach Art der Wölfinnen zu nähren. Sie nahm also einige Tropfen Zuckerwasser in den Mund und fütterte sie dem Kind durch seine Scharte in den Rachen.

Den ersten Schluck hatte es ohne Schwierigkeiten angenommen. Der zweite schien ihm ein wenig die Luft zu nehmen, und wir glaubten, ihm beim Hinunterschlucken nachzuhelfen, indem wir gleich einen dritten hinterher gaben. Da bekam das Kleine das Zuckerwasser in die Luftröhre, und sein Gesicht wechselte die Farbe. Es wurde blauviolett statt wütend rot wie zuvor und riß die Augen auf. Dann krümmte es sich in den Armen seiner Mutter zusammen und schien weder Hunger noch Schmerzen mehr zu leiden.

Maria-Elise glaubte, ihr Kind sei eingeschlafen, erschöpft von seiner ersten Mahlzeit, und legte es in seine Wiege zurück. Als ich am Morgen mit frischer Milch ans Bett trat, fanden wir das Kind völlig reglos.

Es war tot.

Meine Mutter zeigte wenig Mitgefühl mit dem Schicksal meiner armen Maria-Elise. Sie meinte, es sei Gottes Strafe, weil sie das Kind nicht hatte taufen lassen und ihm nicht einmal in angemessener Zeit einen Vornamen gegeben hatte.

Heute abend blieb mir die Freude, Wolfgang zu sehen, verwehrt. Er war zum Diner bei der Gräfin geladen.

Nun bin ich früh schlafen gegangen.

Als ich mein Gebetbuch aufschlug, fand sich darin eine Überraschung: Wolfgang hatte mir hinter jedes Bild eine kleine Nachricht auf die Rückseite geschrieben!

Derjenige, welcher in diesem Büchel all die Bildchen umgewandt und auf jedes was darauf geschrieben hat, ist ein – – – – – –, nicht wahr Constanz? – – Nur ein einziges hat er verschont, weil er gesehen, daß sie es doppelt hat – und er sich daher Hoffnung macht, dasselbe zum Andenken zu bekommen; wer schmeichelt sich dieses? – – – –
Der Trazom – *und von wem hofft er es zu erhalten?*
Von der Znatsnoc.
Seyn Sie nicht gar zu andächtig, gute Nacht.

Wie süß ist es, von unseren nächsten Umarmungen zu träumen! In diesen Momenten ermesse ich mein Glück, die Freude, ganz Ihm zu gehören und zu spüren, daß er ganz mir gehört. Wie fern Aloisias Grimassen dem Gedächtnis meines Liebsten nun zu sein scheinen. Zudem wurde uns zugetragen, welche Enttäuschung Aloisia in ihrer neuen Stellung als *prima donna* erlebt hat: Kaiser Joseph II. muß durch manche Launen zuhöchst verärgert gewesen sein, denn ein Billett, das er im letzten Herbst bezüglich meiner Schwester schrieb, wurde nun publik gemacht und gab sie damit dem Ruch der Lächerlichkeit preis.

Was Madame Lange betrifft, so könnte man wohl nach einem Heilmittel greifen, das seine Wirkung nicht verfehlen dürfte, nämlich der Lange und allen ihrer Art zu verstehen zu geben, man habe sich der Mitwirkung einer guten Sängerin zu Ostern versichert und werde vielleicht eine zweyte, die Bernasconi, engagieren, um auf ihre Dienste verzichten zu können. Das wird sie gewiß ins rechte Gleis zurück bringen, sie, Lange und den Beschützer Kienmayr.

Zu Zeiten, als mein armer Vater Himmel und Hölle in Bewegung setzte, um meine Schwester am Theater unterzubringen, hatten wir von Wolfgang einen Brief mit den besten Ratschlägen für ihre Zukunft erhalten. Wolfgang Mozart zufolge mußte sie sich rar machen, vor jeder Akademie eine Indisposition in letzter Minute vortäuschen, um dann einzuwilligen, einige Noten zu singen, damit man ihren Einsatzwillen richtig würdigte und in den ersten Salons ihre Talente gepriesen würden.

Es scheint, als hätte meine Schwester ihre schauspielerischen Talente nun ein wenig überspannt und den Leuten fehlte sowohl der passende Maßstab, um ihren Einsatzwillen zu beurteilen, als auch das nötige Geld, ihre Forderungen zu befriedigen.

Heute morgen habe ich mich darangemacht, Wolferls Wäsche zu flicken. Seine Sachen waren in einem erbärmlichen Zustand. Er hatte nur seinen schwarzen Anzug bei sich, und seine Hemden aus grobem Tuch waren zerschlissen wie die eines Landstreichers. Gemeinsam sortierten wir aus, was dringend ersetzt werden mußte. Lachend wie die Kinder saßen wir zwischen den auf den Fliesen ausgebreiteten Kleidern. Wolfgang machte mir Liebeserklärungen, aber verkehrt herum. Eine lange Suada perlte von seinen Lippen, und alles in verdrehten Alexandrinern. Bis ich jedes Wort an seinen rechten Platz gerückt hatte, sprach Wolferl schon wieder weiter, die Hand aufs Herz gepreßt und mit Schielaugen wie ein bierseliger Irrer. Als er, das Gesicht in den Rüschen meines Mieders versenkt, wieder Atem holte, verstand ich kaum, was er da, halb zwischen meinen von tausend verstohlenen Vorrichtungen gehaltenen Brüsten erstickt, an Zärtlichkeiten vor sich hin murmelte.

Als das Spaßen ein Ende hatte, mußten wir auf der Treppe seines Zimmers Abschied nehmen. Wolferl ging sich einen Anzug mit Bordüren, eine bestickte Weste, eine Kaschmirhose und zwei feine Hemden schneidern lassen. Neuerdings trägt man keine betreßten Westen mehr, sondern Röcke nach der neuesten Mode. Ich für meinen Teil werde, auch wenn ich wegen meiner häuslichen Arbeit rechtmäßigerweise auf einige gute Stoffe hoffen darf, die letzten Sommertage in meinen abgetragenen alten Kleidern verbringen müssen. Es ist mir durchaus nicht zuwider, die Gebrauchsspuren durch das Anlegen eines Schals oder ein angestecktes Blumensträußchen zu kaschieren, das nach Parfum duftet, aber ich hätte doch gern mein Wolltuch gegen das exotische Gefühl von Kaschmir ausgetauscht. Und ich muß alles zurückgelegte Geld für den Kauf eines Stoffes aufsparen, der zweifellos der kostbarste und seidigste meines ganzen Lebens sein wird! Bald, mit Gottes Hilfe bald, werde ich mir farbige Seidenbänder, Bahnen von Taft und zarte Schuhe mit zierlichen Absätzen leisten.

Ach, bald.

Meine Kapelle! Mein Refugium, meine arme Magdalenenkapelle in der Stephanskirche ist in Flammen aufgegangen! Um fünf Uhr morgens weckte der Rauch den Turmwächter, und er mußte bis halb sechs warten, bevor sich irgendeine Seele einfand. Dann mußte wieder bis sechs gewartet werden, bis Wasser und die Feuerwehr da waren, aber da stand alles schon in hellen Flammen. Der ganze Altar und was dazugehörte, die Sitze und alles, was sich in der Kapelle befand, sind verbrannt. Der Kaiser war abwesend, und niemand kann sich erinnern, daß es, solange Wien existiert, je ein solches Durcheinander gegeben hätte. Aber lebt denn irgend jemand, der so alt ist wie diese Stadt?

Nun, da ich dieses schreibe, sind die Überreste der Kapelle ganz erloschen. Es gibt wohl kaum einen traurigeren Anblick als diesen schwarzen, rauchenden Haufen, von dem sich die Vorübergehenden voller Bestürzung abwenden.

Ach, wie liebte ich doch den weichen Samt der Kissen, den Duft des Weihrauchs und den Widerschein des Lichts, das in der Dämmerung über dem Altar verging! Reihenfolge und Anordnung der Reliquiare kannte ich auswendig, weil ich ihren ganzen Reichtum so oft mit den Augen in mich aufgesogen habe. Ja, ich liebte diesen Ort der Ruhe, diesen Ort der stillen Besinnung, an dem sich die Inbrunst mit dem Zittern der Leidenschaft in meinem Herzen paarte.

Die ganze Stadt und auch die Vorstädte sind in Aufruhr, weil Statisten gesucht werden. Wie man hört, sind von der Truppe des Herrn Noverre, die 1774 von Wien nach Paris gezogen ist, nur wenige Überreste geblieben. Doch will niemand Künstler engagieren, die so steif sind wie Spazierstöcke und seit acht Jahren kein Bein mehr gehoben haben. Und dann werden auch noch zwei Opern von Gluck gegeben, *Iphigénie* auf deutsch und *Alceste* auf italienisch.

Mein Liebster, meine Sorge, ist darüber sehr verärgert, weil zwei Opern keinen Platz für eine dritte lassen. Es wird also schwierig für *uns*, Wolfgang als Komponist Anerkennung zu verschaffen und nicht nur als Pianist.

Und außerdem kommen solche Widrigkeiten selten allein. Wolferls Vater ist gegen eine Heirat der Schwester Maria Anna mit ihrem Anwärter. Es scheint, als seien die Umstände dieses Franz Armand d'Ippold nicht vorteilhaft genug, um meiner »zukünftigen Schwägerin« – oh, so es Gott gefällt – ein Dasein zu bieten, wie es ihre Familie beansprucht.

Wie betrübt das Nannerl sein muß über dieses Unglück!

Darf ich mir erlauben, ihr einen Brief zu schreiben und meine Freundschaft und mein ehrliches Mitgefühl auszudrücken?

Ich werde heute ein paar neue Federn kaufen, weil Wolferl sich über die miserablen Spitzen beschwert, die Josepha ihm gestern abend gegeben hat.

Ich habe eine große Zunge und Beuschel für das Abendessen gekauft, dann auf der Rückseite eines Briefs meines Herzblatts an seinen teuren Vater die Arie der Konstanze niedergeschrieben. Möge meine »zukünftige Schwägerin« ein wenig Trost in den Zeilen dieser Oper finden können und aus dem ihr noch unbekannten Schwung meiner Schrift meine Empfindungen herauslesen.

Was waren uns diese Verse doch für eine große Hilfe, als Wolferl und ich nicht wagten, unsere Gefühle zu gestehen, ohne beim Gesang von Belmonte und Konstanze Zuflucht zu nehmen.

Ich kenne alle Arien von Wolfgangs zukünftiger Oper auswendig. Wenn wir sie gemeinsam singen, gibt er mir alle möglichen Ratschläge, und er mußte schließlich sogar eine Passage seiner Arie opfern, um sie der *»geläufigen Gurgel«* der Cavalieri anzupassen.

Ich kenne keinen Kompositeur, der mehr von der Musik und von der Liebe verstünde als mein Engel!

Seit einigen Tagen scheint ihm die Zeit sehr lang zu werden, und ich weiß nicht, wie ich seine Qualen lindern soll. Die Arbeit an unserer Oper steht zur Zeit still, weil Stephanie das umgeschriebene Libretto nicht geliefert hat. Natürlich nutzt Wolferl diese Stunden, um andere Werke zu schaffen, und seine Leidenschaft bleibt stets die gleiche. Für das, was vierzehn Tage Arbeit bräuchte, läßt ihm sein Genie nur vier, und doch würde es gar nichts nützen, wäre seine Oper in so kurzer Zeit vollendet, denn noch laufen die Proben an Glucks Opern. Ein anderer Komponist, ich glaube ein Herr Umlauf, muß ebenfalls warten, bis man mit Gluck zu Ende ist, um endlich, nach einem Jahr Schreiben und Arbeiten, die seine aufgeführt zu sehen. Als wir miteinander über diesen Komponisten sprachen, sah ich in Wolferls Blick den gutmütigen Spott aufblitzen, zu dem ihn dieses Werk herausforderte. Wie viele Opern hat der Herr Umlauf wohl auswendig lernen müssen, bis er sich einige Ideen abgerungen hatte, und warum hat er seine Oper nicht gleich Mozart anvertraut, damit sie in zwei Wochen fertig würde, statt in einem Jahr wie bei ihm?

Ich sehe gerne zu, wenn Wolfgang arbeitet und ihm seine Ideen kommen. Wie würden die, mit denen der Hof sich zu schmücken glaubt, hinter seiner Schaffenskraft, seinem Genie zurückstehen! Gott selbst flüstert seinem Ohr, seinem Geist all diese Melodien zu, und die Engel segnen jeden Morgen seine zarten Hände, die mit Tinte und Schweiß so viele zauberische Noten niederschreiben.

Es müßte mit dem Teufel zugehen, wenn *Die Entführung aus dem Serail* die Wiener nicht mitten ins Herz treffen sollte.

Herbst 1781

Heute habe ich eine Liste von Heilmitteln aufgeschrieben, auf daß Wolferl sie seinem kranken Herrn Vater anempfehlen möge. In Papier gewickelte Wagenschmiere müßte ihn erleichtern, wenn er sie sich einige Stunden auf die Brust legt. Und wenn er einen Kalbsknochen vom Schenkel und eine Arnikawurzel in der Tasche trägt, wird ihm das sicher wieder auf die Beine helfen.

Nichts Neues wegen des Librettos. Wolfgang sitzt langsam wie auf Kohlen und beginnt die Geduld zu verlieren.

Wir verbringen jeden Abend im Auge Gottes mit Josepha und Sophie und manchmal auch Mama, wenn sie nicht ins Theater gegangen ist.

Die beiden Klaviere in der Wohnung unserer Familie erklingen aufs schönste unter den Fingern unseres Virtuosen. Unter den vergoldeten Deckenverkleidungen herrscht Frohsinn, bis die Mutter nach Hause kommt. Sie zeigt in letzter Zeit recht häufig ihren Unmut und erträgt kein lautes Lachen. Ihr scheint zu Ohren gekommen zu sein, was über uns geredet wird. Wolfgang und ich dürfen nicht mehr ohne Anstandsdame spazierengehen. Sophie eignet sich für diese Rolle nicht, weil sie zu jung ist und sich nicht zur Wärterin über meinen guten Ruf aufschwingen kann. Also können wir uns nur im Schutz von Wolfgangs Logis unsere Zärtlichkeit beweisen oder in den Gängen des Praters, in Begleitung von Mama, also mit fünf Ellen Abstand voneinander.

Gott ist mein Zeuge, daß ich nicht mehr vom Heiraten träume, sondern nur noch davon, zu unseren süßesten Momenten zurückzukehren. Ein paar zärtliche Küsse würden mir schon reichen, heimlich geraubt im schwachen Licht der Flurlaterne oder hinter der spanischen Wand.

Ich habe Besuch von meinem Vormund, Johann Thorwart, erhalten. Die üble Nachrede über mich hat auch ihn erreicht. Zwar läßt er sich selten öfter als ein- oder zweimal im Jahr blicken, aber dieser Besuch schien dringend geboten.

Mama und er haben lange im Vorzimmer des kleinen Salons gesessen, und ich konnte trotz aller Anstrengung nichts von ihrem Gespräch verstehen. Was haben sie vor? Was werden sie beschließen hinsichtlich der Dinge, die in der Stadt erzählt werden?

Und wenn diesmal zu meinem Unglück womöglich wirklich davon die Rede ist, mich in ein Kloster zu sperren?

Wird mein Erlöser sich dann als echter Belmonte zeigen und meine *Entführung aus dem Serail* bewerkstelligen, noch bevor die Proben beginnen? Ja, bestimmt, ich kann nicht glauben, daß mein Liebster es hinnehmen würde, daß man uns trennt, um uns für unsere Gefühle zu bestrafen.

Wolferl wartet immer noch auf Nachricht seines Librettisten Gottlieb Stephanie. Kann es sein, daß er seine Meinung geändert hat oder daß ihm eine übelwollende Seele eingeflüstert hat, seine Kunst nicht mehr an das Werk Mozarts zu verschwenden?

Es stimmt zwar, daß Wolfgangerl für die Dichter nicht immer die zärtlichsten Worte übrig hat, aber deshalb weiß er doch genau, daß er da ein gutes Stück in Händen hält.

Wir haben die neuen Kleider meines Engels erhalten. Jetzt ist er eleganter als ein Graf.

Ich für meinen Teil habe mich daran gemacht, mir eine komplette Ausstattung zu nähen. Wenn man den Zwiebelverkäuferinnen auf dem Markt traut, wird es wohl eine recht harte Spätsaison geben. Ich habe ein Stück rotbraunen Wollstoff gekauft und einige passende Seidenkordeln.

Dann habe ich bei Josepha einige Stunden Unterricht im Sticken genommen und werde meinem Werk heimlich ein Laken von der Mama opfern.

Tagsüber gelingen die Spitzen nicht recht, ich kann mich dem nur abends, bei Kerzenschein, wirklich widmen, und Mama könnte leicht vermuten, womit ich mich beschäftige, indem sie nur die Ausgaben für das Licht zusammenzählt. Bisher ist mein Werk noch krumm und schief und kämpft ungelenk mit den Gesetzen der Harmonie!

Wie würde die Mutter schelten, kämen die von Girlanden umwundenen Initialen meines heimlich Geliebten ans Tageslicht. Es sei denn, *unsere* Oper käme endlich zur Probe und die Zeitung wäre des Lobes voll, dann könnte meine Mutter in Wolfgang Mozart auch wieder einen passenden Schwiegersohn sehen. Der Erfolg dieser Oper würde Mama die Aussicht auf Geld bescheren und ein seliges Lächeln auf ihre Lippen zaubern.

Gestern war die Premiere der *Iphigénie*. Mutter und ich gingen hin. Wir waren gezwungen, zeitig zu erscheinen, weil bereits alle Plätze vergeben waren. Letzte Woche hat Wolferl noch versucht, einen numerierten Sitz im dritten Rang zu reservieren, aber es war alles belegt. Also mußten wir vier Stunden warten, in der Hoffnung auf einen Platz im Parterre, und zwar auf einen, wo uns während der Vorstellung nicht das Kerzenwachs auf den Kopf tropfen würde. Ich habe aber auch kein Glück, wo Mama dieses eine Mal bereit gewesen wäre, 4 Gulden für eine Loge zu bezahlen! Das Stück hat mir sehr gefallen, trotz des Sperrsitzes zum Preis von 1 Gulden und 40 Kreuzern …

Als wir zurückkamen, stellten wir befriedigt fest, daß Josepha sich am Herd zu schaffen gemacht hatte und einige vorzügliche Zwetschgenknödel auf einer Servierplatte bereit lagen.

Wolfgang blieb noch etwas bei uns, und wir hatten auch einiges zu bereden, wegen seines Zimmers, das er gerne bequemer einrichten will.

Inzwischen kann ich es leicht bis ins kleinste Detail beschreiben. Die Wandtapete ist nicht eben von edlem Geschmack, aber ihr Anblick läßt einem auch nicht gleich das Blut stocken. Ihr verwaschenes Blau paßt zur Farbe der Fenster, die ebenfalls von der Sonne verblichen ist.

Auf dem Tisch aus hellem Holz liegt eine mit bräunlichen Fransen umrandete Tischdecke, deren Ecken bis zum Parkettboden fallen und die gedrechselten Füße des Möbels verdecken. Stühle und Sessel sind mit einem Stoff bezogen, dessen Stickmotive zu der Decke passen. Ist das nur Zufall oder ein geschickter Griff des Vermieters?

Das Zimmer wird durch drei Fenster erhellt, und morgens fällt die Sonne auf die Tastatur des Klaviers. So kann der Meine die Stunde erahnen, denn wenn er nachts spielt, entgeht ihm ganz, wie spät es ist.

Um sechs Uhr kommt der Friseur, und als ich dieser drolligen Sitzung einmal beiwohnen durfte, konnte ich mir vor Lachen die Tränen nicht verbeißen. Jeden Morgen bürstet ihm der Friseur das volle blonde Haar. Er will keine Perücke mehr aufsetzen und zeigt sich recht stolz auf seinen natürlichen Haarschopf. Wolferl verhält sich während dieser Bürstenstriche und des Puderns vollkommen still. Er vergißt niemals, seinen treuen Friseur daran zu erinnern, wie er die Rolle über seiner linken Schläfe richtig formen soll, damit sie sein mißgestaltetes Ohr verdecke. Ach, wie ich es liebe, dieses verpatzte kleine Ohr, dieses Zeichen der Erschöpfung einer Mutter, die, nachdem sie ein durch und durch perfektes Wesen in sich geformt hatte, so geschwächt war, daß ihr dieses kleine Detail entging. Kleines, mißratenes Ohr ... Aber das hindert ihn nicht im mindesten, seine Frisur nach der Mode der jungen Wiener zu gestalten – denn man darf sich von den Personen von Stand niemals unterscheiden. Sein Friseur ist ihm übrigens jeden Morgen ein stiller und friedlicher Wecker. Und dann springt Wolferl plötzlich auf, stürzt zum Klavier, und der Friseur, der noch immer seinen Zopf in der Hand hält, muß mitlaufen. Und Wolfgang spielt, ohne an seinen Zuhörer und dessen Schwierigkeiten zu denken. Auf diese Weise ist der Friseur oft der erste Mensch, der noch vor dem Wiener Publikum Mozarts Werke zu hören bekommt, und er ahnt nicht, mit welcher Eifersucht mich das erfüllt!

Und wenn nun dieser Mannsteufel das einzige Wesen wäre, das nicht etwa ein deformiertes, sondern vielmehr ein perfektes Ohr besitzt? Kann es sein, daß wir alle mit kranken Organen geschlagen sind und sie nur für perfekt halten, weil uns die Masse und die Ähnlichkeit untereinander blind gemacht haben?

In dem Zimmer am Graben steht auch ein Möbel, dessen Wärme mich begleitet. Das Bett. *Unser* Bett. Wie liebe ich die Engel auf dem Überwurf und die Satinvolants am Saum. Wie gerne ziehe ich die vereinzelten Federchen aus dem Stoff heraus und kitzele meinen Mann, der ganz in seine musikalischen Träumereien versunken ist ...

Heute, am letzten Tag dieses trüben Monats – denn es kommt noch immer nichts, keine Nachricht über Stephanies Libretto –, bietet sich mir eine unermeßliche Freude: Wolfgangs Namenstag!

Seit mir Josepha im Dämmerlicht die Kunst des Stickens beibrachte, habe ich viel Zeit auf ein Schreibnecessaire verwendet. Es ist eine Art Briefmappe mit zwei Umschlägen, die in der Mitte geteilt sind. Die Arabesken der Verzierung sind mit Seidengarn gestickt, und auch wenn sich hier und da ein kleiner Fehler entdecken läßt – so man denn danach sucht –, ist es ein reizender Gegenstand, in den ich meine ganze Seele und meine Zärtlichkeit gestickt habe.

Wolfgang aß nicht mit uns zu Abend, weil er zur Freude und Ehre seines Namenstages zur Baronin Waldstätten gerufen worden war.

Den ganzen Tag war ich traurig, nicht auch nach Leopoldstadt geladen zu sein, aber ich tröstete mich mit der Hoffnung auf seinen Besuch nach dem Essen.

Und meine Hoffnung erfüllte sich. Er kam!

Meine Mutter ließ ihrem Unmut bei seinem Erscheinen freien Lauf, weil sie glaubte, er käme zum Essen an unseren Tisch und dazu auch noch mit ungebührlicher Verspätung. Er jedoch ließ sich seine gute Laune nicht verderben und erzählte so manches Histörchen aus den Alkoven der Aristokratie, das er bei der Baronin Waldstätten aufgeschnappt hatte.

Mama kniff die Lippen zusammen und dankte Wolfgang sodann für seinen höflichen Besuch in unserer bescheidenen Hütte, die ihn recht dürftig dünken müsse, verglichen mit dem Reichtum, den er so eifrig frequentiere. Die Bitterkeit in diesen Worten entging Wolferl nicht, und er mußte sie daran erinnern, wie wichtig das Entgegenkommen der Liebhaber seiner Kunst dafür sei, daß er sich eines Tages dem Hof annähern und eine Stelle erhalten könne, die ihm Ehre und Zufriedenheit einbringen würde.

Das machte den spitzen Bemerkungen ein Ende.

Um zehn, als wir unser Essen im Familienkreis beendet hatten, bat mich Mama, einen an meinen Vormund adressierten, versiegelten Brief auszutragen. Gewiß enthielt dieser Brief die Bedingungen meiner gefährdeten Zukunft.

Wolfgang verabschiedete sich, und wir trennten uns, ohne daß ich ihm mein Geschenk hätte überreichen können.

Ich legte ein warmes Tuch um die Schultern und versteckte das meinem Liebsten zugedachte bestickte Kleinod unter den gekreuzten Enden. Ach, ich darf ihn doch so nennen, nicht wahr?

Schleppenden Schrittes ging ich über den Petersplatz, um Thorwart den Brief auszuhändigen, der mir in den Händen brannte. Und da, als ich vor der Tür meines Vormunds anlangte, sprang Wolfgang aus einer pechschwarzen Ecke hervor und zog mich an sich!

Wir hinterließen den Brief ohne weiteren Laut als den unserer verstohlenen Küsse und machten uns auf den Weg zum Graben. Das Tuch um den Kopf gelegt, ließ ich mich von ihm am Arme geleiten, ohne einem Gesicht zu begegnen, das das meine hätte erkennen können.

Als wir in sein Zimmer kamen, durften wir uns endlich vor den Blicken derer geschützt wähnen, die nichts von Gefühlen verstehen. Die Stille trieb uns zueinander. Nun gab ich ihm mein Geschenk, und ihm stiegen die Freudentränen in die Augen. Wie wünschte ich da, die salzigen Tropfen aus diesem tiefblauen Ozean trinken zu können!

Als die Wanduhr elf schlug, hörten wir ein Ständchen im Hof. Wolfgang erkannte sofort seine eigene Musik. Er öffnete das Fenster und lauschte bewegt der Weise, die ihm zu Ehren gespielt wurde.

Leider konnte ich mich nicht zu ihm ans Fenster stellen, das hätte meinen Ruf in den Abgrund gestürzt.

Die Musiker verließen den Hof, für ihr Können gelobt und für die angenehme Überraschung bedankt. Ich hörte die Tür ins Schloß fallen. Dann machte ich das Fenster zu. Wolferls Gesicht strahlte im gelben Schein der Kerze.

Als ich in seinen Armen lag und nur der Mond uns zuschaute, versprachen wir uns einander auf ewig.

Seine Küsse brachten mich um den Verstand, mein ganzes Wesen brannte vor Ungeduld. Das Rascheln von Stoff mischte sich mit unseren Seufzern, und ich spürte zum erstenmal in meinem jungen Leben das Kribbeln der Lust in meinem Bauch.

Ja, ich gestehe, daß der Hunger nach Liebkosungen mich derart unvernünftig machte, daß ich jede Schicklichkeit vergaß. Ausgestreckt auf dem Deckbett aus Satin liegend, schloß ich die Augen und ließ mich von einer Woge der Freuden davontragen. Zum erstenmal spürte ich die warmen Schauer der Begierde, und als sich mein Teufel hinunterbeugte, um von mir zu kosten, erzitterte mein ganzes Ich vor Trunkenheit.

O welche Wonne mir seine drängende Zunge bereitete. Und wieviel Zärtlichkeit seine Hände ... Ich erntete soviel Glückseligkeit auf dieser Reise, daß sich mein Gesicht der herrlichen gebogenen Wölbung in seiner Hose näherte. Wie groß war meine Überraschung, als ich dieses stolze Geschlecht sah, das sich zwischen seinen Beinen erhob. Riesig!

Und auch beängstigend.

Wir ließen uns davontragen, die Ekstase war unser Begleiter. Im Halbdunkel des Zimmers komponierten wir tausend Sinfonien. Ich war die Violine, deren Rundungen von ihrem Bogen bestrichen wurden. Ich war das Cembalo mit elfenbeinernen Tasten auf meiner milchigen Haut ...

Und in welches Instrument würde Wolfgang sich unter meinen Liebkosungen verwandeln?

»Harfe ... Mein Liebster, du bist eine Harfe.«

»Du spielst falsch!« sagte Wolfgang da mit leisem Lachen. »Dir fehlen ein paar Saiten. Eine Harfe soll ich sein? Nun denn, beginnen wir mit der Lektion, nehmen Sie mich zwischen die Schenkel, mein Fräulein, und drücken Sie mich recht fest an sich!«

Ich spielte alle die erlaubten Saiten und gab mich meiner Aufgabe mit der Inbrunst einer Virtuosin hin. Bis Wolfgang vorschlug: »Wir wechseln das Instrument, meine Gute, meine Beste, weißt Du, wie man Zauberflöte spielt?«

Meine Lippen schlossen sich um dieses Instrument, und ich konnte mich nicht genugtun an diesen weichen Konturen. Ach, es war, als verlöre sich sein ganzes Wesen in mir, und schließlich kam unsere Sinfonie in einem letzten Crescendo zu ihrem Ende. Da nahm Wolfgang mein Gesicht in seine fiebrigen Hände und trank jeden Tropfen Liebesmilch aus meinen Haaren.

Ineinander verschlungen und von Glück erfüllt sahen wir zur Decke hinauf ins Nichts. Im Halbdunkel wirkten die zerwühlten Laken wie Theaterdekoration.

Wolferl erinnerte sich an die Gemächer einer Prinzessin. Schlecht geheizt, Fresken an den Wänden, vergoldete Girlanden und griechische Säulen. Ich hörte ihm zu, wie er den Reichtum dieses Ortes beschrieb und davon träumte, daß er auch mir eines Tages zur Bewunderung offenstehen würde. Dann drückte er mich fester an sein Herz und spielte ausgelassen mit meinen Locken. »Ich wollte schon immer eine reich verzierte Wohnung, mich mit den Blicken in einer mit kunstvollen Allegorien bemalten Decke verlieren. Wenn meine Oper aufgeführt wird und wir erst verheiratet sind, suchen wir uns eine Wohnung, die uns angemessener ist.«

Beim Himmel! Habe ich richtig gehört? *Wenn wir erst verheiratet sind ...*

Ich bin ohne jede Furcht vor der Schelte meiner Mutter ins Auge Gottes zurückgekehrt. Ich war nur wenige Stunden fort gewesen, und meine Seele war bereit, es mit den schlimmsten Drachen aufzunehmen. Wolferl hatte mir geholfen, mein Haar wieder einigermaßen in einen Knoten zu binden, mein Mieder war schlecht verschnürt, und mein Tuch konnte die Schauer der Erregung, die meine Brust erschütterten, bestimmt nicht verdecken.

Mein Umschlagtuch! Häßliches Viereck aus mottenzerfressener Wolle, einst wollte ich dich nicht mehr. Und nun bist du mein Paravent, beschützt meine Regungen, treuester aller Wächter meines wild schlagenden Herzens.

Als Mitternacht vorbei war, hätte man meinen können, das ganze Haus hätte sich verschworen, um mir in diesen glücklichen und doch auch ängstlichen Momenten zu dienen: Das Tor war offen geblieben, die Treppenstufen kamen mir gleichmäßig vor, und unsere Wohnungstür öffnete sich lautlos. Schon im Flur hörte ich meine Mutter schnarchen. Auch der Punsch, der beim Abendessen gereicht worden war, hatte sich in den Dienst meiner unsittlichen Sache gestellt.

Wolfgang wird immer ungeduldiger. Umlaufs Oper kann nicht gegeben werden, weil die Sängerinnen indisponiert sind. Es wäre ohne weiteres möglich gewesen, die verschobene Oper durch Mozarts Werk zu ersetzen, aber dafür müßte erst mal das Libretto fertig geschrieben werden!

Die Tage werden grau, und die Kälte schleicht sich in unsere vom Warten erstarrten Seelen.

Ich habe keine Nachricht von Herrn Mozart erhalten, und so weiß ich nicht, ob ihm mein Umschlag mit Wagenschmiere und der Knochen in der Tasche Linderung gebracht haben.

Nun ist die Reihe an mir, leidend zu sein.

Um zwei Uhr hat meine Mutter meinetwegen die Ärzte rufen lassen. Der zähe Saft, der einst zwischen meinen Beinen floß, ist wieder da. Ich werde keine Ruhe finden, solange mich dieser Makel verfolgt.

Die Ärzte fanden es höchst spaßig, daß sie wegen einer der natürlichsten Sachen geholt wurden. Und als Mama darauf drang, nachsehen zu lassen, ob ich mich nicht etwa hatte *anstechen lassen*, konnte das ganze Haus hören, in welche Verlegenheit mich diese schmerzhafte Nachforschung stürzte.

Caecilia Weber, geborene Stamm, war so zufrieden, mich noch im Besitz der Grundfeste der Familienehre, meines Jungfernhäutchens, zu wissen, daß sie sich nicht im mindesten mehr um meine Bestürzung oder meine Blutungen kümmerte. Man hielt mir schreckliche Vorträge, erklärte mir die Unreinheit meines Leibes zu jedem Mond, und dann, um meinen Innereien jede Hoffnung auf ein Überlaufen zu nehmen, ließ man mich an zwei Venen an den Fesseln zur Ader.

Ich verlor das Bewußtsein; das Riechsalz wurde geholt, und weil Vitriol und Ammoniak der Ohnmacht keine Chance lassen, erwachte ich sogleich wieder aus meiner Schwäche.

Über meinen Kopf hinweg redeten sie von tausend Heilmitteln, und was ich davon verstand, klang nach allem anderen als nach Wissenschaft: Saft von Kellerasseln, Krebsaugen, getrocknete Vipern ...

Schließlich erfuhr ich, daß jede Frau im gebärfähigen Alter jeden Monat Post aus Rom bekommt, und als man mir die Sache so erklärte, kam es mir schon wieder erträglich vor.

In Schönbrunn wird in einigen Tagen offene Redoute gehalten. Ich möchte um mein Leben gern dorthin, und Wolfgang zögert noch, weil die Gönner seiner Kunst sich bei derlei Vergnügungen nicht gern unters Volk mischen.

Endlich sind freudige Nachrichten aus Salzburg eingetroffen: Die Gesundheit meines künftigen Schwiegervaters bedeutet mir viel, denn ich wünsche mir nichts, das meinen Verlobten schmerzen oder seine gute Laune trüben könnte.

Wir sind in großer Verlegenheit, weil ein Herr Ceccarelli auf Empfehlung Leopold Mozarts hin während seines Aufenthalts in Wien in Wolfgangs Zimmer schlafen soll. Davon kann gar keine Rede sein, denn Wolfgang will sein Bett mit niemand anderem als seiner zukünftigen Frau teilen, und das Zimmer ist nicht groß genug, um ein zweites Bett aufzustellen.

Dennoch wird er seinem Herrn Vater genugtun müssen, und er kann diesen Menschen, diesen Herrn Ceccarelli, auch nicht auf der Straße schlafen lassen.

Ich habe mich nach einem Logis für ihn umgesehen. Am Graben sind mehrere Zimmer frei, aber die Besitzer vermieten nicht gern für nur zwei Nächte.

Also hat Mama diesem Herrn Ceccarelli das Zimmer angeboten, das seit Mozarts Fortzug leersteht, allerdings zum Preis von vollen acht Tagen.

Der Geschäftssinn geht meiner Mutter niemals ab.

Zur Zeit hält Wolfgangerl viele Akademien ab; eine bei seiner königlichen Hoheit Erzherzog Maximilian, dann, einige Tage später, im Hause Auernhammer. Zu dieser letzteren wurde ich – und man sieht mir an der Nasenspitze an, wie stolz ich insgeheim darüber bin – durch einige Damen von Stand auserwählt. Die Gräfin Thun war zugegen, Wolfgang hatte sie eingeladen, und wir tauschten unsere Empfindungen über das Spiel Barbara Auernhammers bei der Sonate für zwei Klaviere aus, die für diesen Anlaß komponiert worden war.

Morgen ist der offene Ball in Schönbrunn. Wolferl hat sich in den Kopf gesetzt, einige Variationen russischer Lieder zu spielen. Wir haben uns klammheimlich bei seiner Wirtin, Madame Contrini, getroffen, um einen schwarzen Domino für Wolfgang und einen rosafarbenen für mich zu leihen.

Natürlich kann keine Rede davon sein, ganz offiziell in Wolfgangs Begleitung hinzugehen, das würde meiner Mutter schleunigst zugetragen werden. Das wird ein Spaß, wenn wir einander suchen müssen! Wenn es soweit ist, daß Wolfgang seine russischen Weisen spielen muß, werden wir uns längst gefunden haben! Ich freue mich jetzt schon auf die Redoute, denn es wird seit meinem Leiden mein erster großer Abend auswärts.

Ach, ich habe meinen maskierten Helden in der Menschenmenge und bei dem Gedränge auf der Schönbrunner Redoute nicht finden können. Es gab ein solches Durcheinander bei den Vorbereitungen für dieses Fest, daß manche nicht hingehen konnten, obwohl sie sich gleich eingeschrieben hatten, als die Liste herauskam. Und es kam auch zu einer wahrlich unerwarteten Verwirrung. Die sehr bekannten Familien bekamen ihre Karten nach Hause gebracht, während bei anderen erst auf deren Wunsch hin ein Bote ausgesandt wurde. So kam es, daß die jungen Burschen, die viele der Adressen nicht kannten, sich bei den Leuten erkundigten, denen sie im Treppenhaus begegneten: »Sind Sie der Herr Soundso?« Und diese machten sich einen Scherz daraus, mit ja zu antworten, und die Botenjungen übergaben die Eintrittskarten für den Adel an die Friseure und die Kammerzofen.

Beim Ball dann, als Volk und Adel in zwei Gruppen aufgeteilt aufs heftigste tanzten, sah sich die Großfürstin plötzlich dem Arm des Kaisers entrissen und mitten in die tobende Menge geworfen. Der Kaiser wollte sich nicht von seiner Garde dabei helfen lassen, seine Tänzerin vor dem Volk zu erretten, und mußte deshalb höchstselbst einige königliche Fußtritte und Stöße in den Bauch verteilen.

Einer dieser königlichen Hiebe erwischte auch mich am Mieder, und ich mußte mich vor Schmerzen ins Auge Gottes zurückbringen lassen. Von meiner Schwester Josepha gestützt, hatte ich gerade noch die Kraft, mich zu meinem Bett führen zu lassen. Hastig wurde mein Mieder geöffnet, und wir sahen mit Entsetzen einen großen, blau angelaufenen Fleck auf meiner linken Brust. Meine gute Sophie machte sich mit ihrer *assa-foetidia*-Paste nützlich. Während ich wieder zu Atem kam, wühlte sie im Zimmer unserer Mutter herum und kam mit einem Topf Kampfer zurück. Die weiße, heftig und durchdringend duftende Pomade linderte meine Krämpfe unverzüglich.

Am Morgen weckten mich die ersten Sonnenstrahlen, und da bemerkte ich ein Billett an meinem Kopfende.

Ich erkannte Wolfgangs Schrift: Er konnte nicht zur Redoute nach Schönbrunn kommen und bedauerte, daß wir uns dort nicht wie vorgesehen treffen konnten. Ihn rief eine andere Pflicht offiziellster Natur, denn man hat ihn dazu ausersehen, der vierzehnjährigen Prinzessin Elisabeth Wilhelmine Louise von Württemberg seine Kunst beizubringen. Kein Gedanke daran, eine solche Möglichkeit vorüberziehen zu lassen, denn es könnte bedeuten, daß wir schon morgen unsere Pläne umsetzen können, ohne darauf zu warten, daß seine Oper endlich gegeben wird. Wenn es zu einem solchen Auftrag käme, dürften wir schon bald als offiziell Verlobte durch den Prater wandeln.

»Amüsier Dich gut, aber nicht zu sehr! Ich küsse Dir 1000mal die Hände und bin auf Ewig Dein Edler von Sauschwanz.«

Es fällt mir schwer zu verstehen, warum Wolfgang mich in einem Brief an seinen lieben Vater mit wenig vorteilhaften Worten schildern muß. Aber seither hat er mir lang und breit auseinandergesetzt, warum ich unbedingt eher nützlich als frivol erscheinen muß, und inzwischen bin ich so gut wie überzeugt. Wie schön wäre es, wenn wir Herrn Mozarts Segen bekämen, und wie würde ich mich glücklich schätzen, nicht mehr hören zu müssen, was meine Mutter über unsere Gefühle füreinander zu sagen hat.

Als Wolferl in gewählten Worten meine Beschreibung an seinen Vater verfasste, achtete er darauf, nur jene Tugenden zu unterstreichen, deren ich mich ernstlich rühmen kann. Dürften wir hoffen, daß Herr Mozart unserer Verbindung zustimmen würde, wenn Wolfgang mich als reizvoll und kokett beschriebe, anschmiegsam und stets zu Scherzen aufgelegt, aber mit wenig Sinn für den Haushalt? Gewiß nicht! Deshalb soll ihn mein Porträt bewußt beruhigen: nicht zu gut gekleidet, ohne Witz, doch eine gute Hausfrau, wenig verschwenderisch (im Gegensatz zu dem, was man ihm in Salzburg hinterbracht hat), die sich jeden Tag selber die Haare macht, anders als meine künftige Schwägerin Nannerl, die sich stets mit ihren Freundinnen berät, um ihr Haar nach neuester Mode zu frisieren. Auf diese Weise wird Herr Mozart ermessen, wie sehr sein Sohn mich wegen meiner Seele liebt und nicht wegen meiner äußeren Erscheinung, und wie es mir zuwider ist, glänzende Köder und Fallen aufzubauen.

Mon trés cher Pére!

... Mein Temperament aber, welches mehr zum ruhigen und häuslichen leben als zum lärmen geneigt ist – ich der von Jugend auf niemalen gewohnt war auf meine sachen, was Wäsche, kleidung und etc: anbelangt, acht zu haben – kann mir

nichts nöthigers denken als eine frau. – Ich versichere sie, was ich nicht unützes öfters ausgebe, weil ich auf nichts acht habe. – ich bin ganz überzeugt, daß ich mit einer frau mit dem nämlichen einkommen, daß ich allein habe besser auskommen werde, als so. – und wie viele unütze ausgaben fallen nicht weg? – man bekommt wieder andere dafür, das ist wahr, allein – man weis sie, kann sich darauf richten, und mit einem Worte, man führt ein ordentliches leben. – ein lediger Mensch lebt in meinen Augen nur halb. – ich hab halt solche augen, ich kann nicht dafür. – ich habe es genug überlegt und bedacht – ich muß doch immer so denken.

Nun aber wer ist der Gegenstand meiner liebe? – erschröcken sie auch da nicht, ich bitte sie; – doch nicht eine Weberische? – Ja eine Weberische – aber nicht Josepha – nicht Sophie – sondern Constanza; die Mittelste. – Ich habe in keiner famille solche ungleichheit der gemüther angetroffen wie in dieser. – die Älteste ist eine faule, grobe, falsche Personn, die es dick hinter den ohren hat. – die Langin ist eine falsche, schlechtdenkende Personn, und eine Coquette. – die Jüngste – ist noch zu Jung um etwas seyn zu können. – ist nichts als ein gutes aber zu leichtsinniges geschöpf! Gott möge sie vor verführung bewahren. – die Mittelste aber, nemlich meine gute, liebe konstanze ist – die Marterin darunter, und eben deswegen vielleicht die gutherzigste, geschickteste und mit einem worte die beste darunter. – die nimmt sich um alles im hause an – und kann doch nichts recht thun. O Mein bester vatter, ich könnte ganze Bögen voll schreiben, wenn ich ihnen alle die auftritte beschreiben sollte, die mit uns beyden in diesem hause vorgegangen sind. wenn sie es aber verlangen, werde ich es im Nächsten briefe thun. – bevor ich ihnen von meinem gewäsche frey mache, muß ich ihnen doch noch näher mit dem karackter meiner liebsten konstanze bekannt machen. – sie ist nicht hässlich, aber auch nichts weniger als schön. – ihre ganze schönheit besteht, in zwey kleinen schwarzen augen, und in einen schönen Wachsthum. Sie hat keinen Witz, aber gesunden Menschenverstand genug, um ihre Pflichten als eine frau und Muter erfüllen zu können. sie ist nicht zum aufwand geneigt, das ist grundfalsch. – imgegentheil ist sie gewohnt schlecht gekleidet

zu seyn. – denn, das wenige was die Muter ihren kindern hat thun können, hat sie den zwey andern gethan, ihr aber niemalen. – das ist wahr, daß sie gern Nett und reinlich, aber nicht propre gekleidet wäre. – und das Meiste was ein frauenzimmer braucht, kann sie sich selbst machen. Und sie frisirt sich auch alle Tage selbst. – versteht die hauswirthschaft, hat das beste herz von der Welt – ich liebe sie, und sie liebt mich vom herzen? – sagen sie mir ob ich mir eine bessere frau wünschen könnte? –
das muß ich ihnen noch sagen, daß damals als ich quitirte die liebe noch nicht war – sondern erst durch ihre zärtliche sorge und bedienung als ich im hause wohnte gebohren wurde. –
Ich wünsche also nichts mehr als daß ich nur etwas weniges sicheres bekomme, wozu ich auch, gottlob, wirklich hofnung habe, so werde ich nicht nachlassen sie zu bitten, daß ich diese arme erretten – und mich zugleich mit ihr – und ich darf auch sagen, uns alle glücklich machen darf – sie sind es Ja doch auch wenn ich es bin? ... nun habe ich ihnen mein herz eröfnet ...
Ich küsse ihnen 1000mal die hände und bin Ewig
dero gehorsamster Sohn
W: A: Mozart

Nun müssen wir sehnsuchtsvoll auf die Antwort von Herrn Mozart warten. Wird es ihn überraschen, zu lesen, wie eilig Wolfgang es hat, mich dem Los der ungeliebten Tochter, die die niedersten Dienste verrichten muß, zu entreißen? Aber so ist es. Wenn er den Großmut und den ehrsamen Charakter seines Sohnes kennt, müßte Herr Mozart verstehen, wie ernst es uns mit unseren Gefühlen ist und daß wir einfach zusammengehören.

Fräulein Nannerl hatte ihrem Bruder geschrieben, sie plane einige Zeit in Wien zu verbringen. Wir machten uns eine Freude daraus, sie zu empfangen, und glaubten, es wäre einfacher, Herrn Mozart von unserer Heirat zu überzeugen, nachdem sie Gelegenheit hatte, unsere Liebe zu begutachten und auch zu erkennen, daß das Gegenteil von dem wahr ist, was ein gewisser Winter bezüglich meiner Person nach Salzburg hinterbracht hat – und daß sie als aufrechte, liebende Schwester unsere Sache vertreten würde.

Doch da nun Fräulein Nannerl ihre Reise auf unbestimmte Zeit verschoben hat, bleibt uns nur die zitternde Erwartung eines väterlichen Briefes.

Die üblen Nachreden dieses Herrn Winter bestürzen mich zutiefst. Ist es denkbar, daß ein Mann solche Niedrigkeiten verbreitet, ohne das Opfer seiner Verleumdungen auch nur ein einziges Mal gesehen zu haben? Wolfgang solle angeblich nicht in der Lage sein, Vater und Schwester die erhofften Summen zu schicken, weil ich so viel für meine eigenen Vergnügungen, Grillen und Frivolitäten ausgebe!

Nach dem heutigen Abend wird mir diese Woche immer im Gedächtnis bleiben, denn Wolfgang und ich hatten die peinlichste Unterhaltung. Mein Belmonte nutzte die Abwesenheit von Josepha, die das Dienstmädchen ausschimpfen mußte, um mir im halbdunklen Salon zu eröffnen, welch schändliche Falle Mama und mein Vormund heimlich für mich ersonnen hatten. Meine kleine Schwester Sophie ließ ihre Arbeit liegen und ließ ein indigniertes »Oh« hören. Wir lauschten beide der Erzählung meines Verlobten, und ich glaubte, den Verstand zu verlieren: Während die letzten Sommertage alle Welt angenehm träge gemacht zu haben schienen, brachten mein Vormund und meine Mutter, Caecilia Weber, Wolfgang dazu, ein Eheversprechen zu unterschreiben, oder vielmehr eine Verpflichtungserklärung, die meiner Mutter eine Pension von 300 Gulden jährlich garantierte, wenn Wolfgang mich nicht innerhalb der nächsten drei Jahre heiratete!

So hatten denn meine Mutter und mein Vormund in aller Ruhe diese Falle mit ihren geschickten und verschlagenen Berechnungen ausgelegt, die sie schon bei der Verlobung meiner Schwester Aloisia ausprobiert hatten.

Wie soll ich beschreiben, welchen Widerwillen mir diese Nachricht verursacht? Und wie soll ich glauben, daß mein Verlobter dem anders entkommen könnte als indem er dieses infame Dokument unterschreibt?

Wir waren noch einige Augenblicke mit Sophie allein, da zog

er sein Exemplar des kostbaren Dokuments aus der Tasche und zeigte es mir. Ich hatte keinen anderen Gedanken im Kopf, als dies niederträchtige Machwerk zu zerreißen, und flüsterte ihm zu: »*Lieber Mozart! Ich brauche keine schriftliche versicherung von ihnen, ich glaube ihren Worten so.*«

Mit den Papierschnipseln seiner Ausfertigung des Dokuments im Mieder ging ich ins Anrichtezimmer. Eine in kaltes Wasser getauchte Serviette ließ das wütende Rot in meinem Gesicht verblassen, und ich kehrte in den Salon zurück, als Josepha hereinkam.

Wieder in der Stille meines Zimmers, finde ich keine Worte, um meinen Ekel auszudrücken.

Es scheint mir ganz natürlich, daß Wolferl jetzt den Drang verspürt zu schreiben. Wie sollte er unbeschwert komponieren können, seine Oper beenden, während er vor Vater und Schwester ein solches Geheimnis im Herzen verbarg? Ein derart reiner, nobler Geist kann sich in einem solchen Klima von Kleinlichkeit nicht entfalten, um sich ganz seiner Kunst hinzugeben. O mein Liebster, wie mußten dir die Stunden, die auf diesen Vertrag folgten, wie Folter erscheinen.

Wolfgang zögert mit der Antwort auf den Brief seines Vaters. Der Segen, den wir erhofften, ist nicht gekommen, und statt dessen ein Brief, ach, welche Enttäuschung! Voller Empörung, hinterbrachter Lügen, Aufrechnungen und all dem Zorn, den ein Vater einem mißratenen Sohn gegenüber empfinden mag.

Das Gerede über mich ist dank Winters boshafter Beflissenheit so gründlich herumgekommen, daß Wolfgang sich gezwungen sieht, seinem Herrn Vater die Adressen von Herrn Auernhammer, bei dem ich einmal zum Déjeuner war, sowie der Baronin Waldstätten zu geben, damit sie ihm zu meinen Gunsten sage, wie gut ich mich während ihrer kurzen Indisposition um sie gekümmert habe. Ich bin ganz und gar kein Luder, wie man mich hinzustellen versucht, und Wolfgang darf sich auch nicht länger des Müßiggangs verdächtigen lassen: Jeden Morgen um sechs tut sein Friseur seine Arbeit, um sieben ist er ganz angezogen, dann schreibt er bis zehn. Um zehn Uhr gibt er nämlich ein Stunde bei Frau von Trattner, um elf eine andere bei der Gräfin Rumbeke. Jede zahlt ihm sechs Dukaten für zwölf Lektionen. Dann ißt er, und wenn er eingeladen ist, nimmt er seine Mahlzeit gegen zwei oder drei, gegen fünf ist er wieder zurück in der Stille seines Zimmers, um bis neun Uhr zu schreiben, außer wenn Akademie ist. Und dann kommt er – endlich! – ins Auge Gottes, wo uns gemeinhin die Freude durch Mamas säuerliche Bemerkungen verdorben wird.

Winter, dieser Drecksack, hat versucht, Wolferl zu überreden, nicht zu seinem Wort zu stehen, als er von unseren Heiratsplänen hörte: »*Sie sind nicht gescheit wenn sie heyrathen. – sie verdienen geld genug, sie können es schon. Halten sie sich eine Maitreße. – was hält ihnen denn zurück? – das bissel d.... Religion?*«

Und dieser erbärmlichen Kreatur schenkt man sein väterliches Vertrauen, bevor man seinen Segen zu unserer Ehe gibt oder verweigert? Ich kann nicht glauben, daß ein erfahrener Mann wie Herr Mozart sich von soviel Gemeinheit täuschen läßt!

1782

Winter, Januar 1782

Noch immer warte ich auf Nachricht von meinem künftigen Schwiegervater. Wir können unseren Ärger über Winters üble Nachreden und die Wirkung, die diese Falschheiten auf den Herrn Vater hatten, kaum zügeln.

Wir haben dieses Jahr in recht trüber Stimmung beschlossen.

Was soll nur aus mir werden?

Zum erstenmal seit seiner Abreise aus Salzburg haben Vater und Sohn keine Neujahrswünsche ausgetauscht.

Mein Augenstern ist darüber sehr betrübt, aber er will nichts anderes auf den Weg schicken als seine Ungeduld und den dringenden Wunsch, sich zu vermählen.

Dreißig Dukaten!

Ich habe dreißig Dukaten in meinem Pompadour! Der Virtuose Mozart hat sie nach dem Wettspiel mit Clementi in Anwesenheit Josephs II. und der russischen Großfürstin Maria Feodorowna von meinem Vormund erhalten. Der Kaiser hat sich lange mit Mozart unter vier Augen unterhalten, und unsere Heiratspläne werden herrscherlicherseits als gute Nachricht aufgenommen.

Dennoch kam es mir schon von Beginn dieser Akademie an so vor, als wolle der Kaiser Clementi bevorzugen. Eines der beiden Klaviere war verstimmt, und drei Tasten klemmten, und auf diesem Instrument mußte Mozart seine Kunst vorführen.

An der Art, wie er klaglos und voll Schwung auf diesem fehlerhaften Instrument spielte, erkannte ich so recht seinen Ernst und sein freundliches Gemüt. Später, als wir vor fremden Ohren sicher waren, sprachen wir darüber, wie geschickt dieser Clementi mit der rechten Hand ist, besonders in den Terz-Läufen, ansonsten aber hat er für keinen Kreuzer Gefühl oder Geschmack. Wolferl spricht von ihm als einem »*blossen Mechanicus*«.

Nach dieser erfolgreichen Akademie ließ der Kaiser Mozart fünfzig Dukaten überbringen. Die dreißig in meiner Obhut sind für unser Bündnis bestimmt. Wieder war es Thorwart, der sich zum Übermittler des kaiserlichen Geschenks gemacht hat.

Ich hasse ihn so sehr, wie man es gar nicht hinschreiben darf!

Ich hasse diesen zum Rechnungsrevisor am Nationaltheater aufgestiegenen Lakaien, der von einer solchen Härte und Hinterhältigkeit ist, daß einen seine erbärmliche Fratze nicht verwundert.

Ich wünsche mir nichts sehnlicher, als endlich dieses Heim zu verlassen und nichts mehr von dem Gerede meiner Mutter hören zu müssen.

Gibt es auf der Welt eine habgierigere Frau als sie?

Neuerdings hat Caecilia Weber es sich in den Kopf gesetzt, uns nach unserer Vermählung zu beherbergen. Da wären wir schön ihren Wutausbrüchen ausgesetzt, sie könnte nach wie vor unter irgendeinem häuslichen Vorwand kommen und gehen, wann sie wollte, und uns ganz nach Belieben die Miete erhöhen oder uns auf die Straße setzen!

Heute abend habe ich mich, obwohl ich früh meine Kerze löschen mußte, weil meine Mutter mir vor übermorgen keine neue geben wird, darangemacht, einen ersten Brief an Nannerl zu schreiben.

Ich kann mich nicht entschließen, diesen Brief abzuschicken, denn nichts, gar nichts von dem Geschriebenen kann ausdrücken, wie sehr ich sie mir zur Freundin wünsche. Sie zur Schwester, wäre das nicht herrlich?

Könnte ich vielleicht mit einem Geschenk ihr Herz gewinnen? Kann ich denn gerade dieses Herz rühren, das die eigenen zerschlagenen Heiratspläne beweint? Wäre es denn zuviel verlangt von einem noblen Herzen, sich des Glücks eines Bruders zu freuen, wenngleich das eigene Glück dahin ist?

Armes Fräulein Nannerl!

Aber was! Gehören wir denn nicht bald zur selben Familie? Mir scheint, ich kann sie füglich Nannerl nennen, wenigstens in diesem Tagebuch.

Es ist zutiefst betrüblich, nicht ans Heiraten denken zu können, wo sie doch schon dreißig Jahre alt ist. Dieser tüchtige Franz Armand d'Ippold hat keine Gnade vor den Augen des Herrn Mozart gefunden, trotz seiner fünfzig Jahre (oder sollte es wegen seiner fünfzig Jahre gewesen sein?), seiner ruhmreichen Vergangenheit als Hauptmann in der kaiserlichen Armee und heutiger Leiter des Collegium Vigilianum in Salzburg, der Schule für Pagen und Sprößlinge des Adels. Was ihm an Geld und Gut fehlen mag, kann er immerhin durch Titel wettmachen!

Nannerl hatte daran gedacht, nach Wien zu ziehen, um mit privaten Akademien und durch das Erteilen von Musikstunden ihr Geld zu verdienen. Auch ihr Verlobter durfte auf eine Stelle mit einer Besoldung hoffen, die ihnen ein ehrbares Leben ermöglichen würde.

Doch Nannerl kann sich nicht entschließen, sich dem Verbot des Vaters zu widersetzen, und sieht zu, wie ihr Licht auf immer entschwindet ...

Sollte Wolferl es wagen, mich ohne den väterlichen Segen in unseren Stephansdom zu führen, um mich zu seiner rechtmäßigen Frau zu machen?

O heiliger Johannes, mach, daß sich Herr Mozart unserem Glück nicht entgegenstellt, oder daß Wolferl den Mut findet, sich über allen Widerspruch hinwegzusetzen ...

Die Entführung aus dem Serail hat immer Platz im Herzen meines lieben Komponisten. Dabei muß er alltäglich auf Protektion bedacht sein, ohne sich sein Interesse je anmerken zu lassen – Lektionen geben und zusehen, wie seine eifrigen Schüler die Tastatur malträtieren (und doch so ungeeignet sind, mit der ganzen Inbrunst zu arbeiten, die die Kunst verlangt) –, sich überall dort zeigen, wo Geld ist, und sich bei Zerstreuungen und musikalischen Vergnügungen verausgaben.

Iphigénie en Tauride und *Alceste* von Gluck erleben hier einen großen Erfolg und lassen derzeit gar keinen Raum für andere Werke …

Die Ausgaben aller Art sind so groß, daß es mir unmöglich war, die dreißig Dukaten für unsere Hochzeit zu sparen.

Und diese wechselnden Jahreszeiten! Das Wetter – heute trüb und morgen heiter – zwingt jeden, der auf sich hält, sich nach der Sonne Launen zu kleiden. Und ständig ändert sich die Mode, und es gerät alles durcheinander, und es ist ganz unehrenhaft, wenn man sich in den Modellen der letzten Saison blicken läßt.

Fräulein Auernhammer ist sehr elegant, obwohl sie sich wahrhaft bescheiden kleidet. Die Arme hat es schwer, sich etwas einfallen zu lassen, das ihr Aussehen hebt. Da vertraute sie mir doch bei der Akademie, bei der ich das Vergnügen hatte, sie so bezaubernd spielen zu hören, ihren heimlichen Kummer an. Wolfgangs Zärtlichkeit für mich hatte auch ihr trauriges Herz erreicht. »Ich bin nicht schön«, sagte sie mir also. »Im Gegenteil, ich bin abscheulich. Ich habe keine Lust, irgendeinen Helden in Amt und Würden mit dreihundert oder vierhundert Gulden im Jahr zu heiraten, und einen anderen Mann werde ich nicht finden. Da bleibe ich lieber, wie ich bin und lebe von meinem Talent.«

Das arme Fräulein verzehrt sich wie meine Schwester heimlich danach, eines Tages eine verwandte Seele zu treffen, deren Blick getrübt genug ist, ihren Mangel an Schönheit nicht zu sehen.

Es stimmt, daß sich in den Salons nur die schönsten Menschen tummeln. Wer zu diesem Häuflein nicht gehört, muß wenigstens eine Kunst beherrschen, die ihn dort einführen könnte. So wie Aloisia. Sie ist mit ihrer bezaubernden Stimme und ihren von ihren Verehrern immer wieder gern gerühmten äußerlichen Vorzügen unter den Goldornamenten dahingewandelt und hat eine, wie es scheint, erfolgreiche Heirat gemacht.

Heute morgen ist mir ein Gedanke gekommen, der mich ganz krank macht.

Seit Caecilia Weber, die gute Mutter mit dem goldenen Herzen, meine Ehre an ihre Börse verkauft hat, läßt sich das geringe Ansehen, das ich genieße, direkt in Zahlen ausdrücken.

So wurde Aloisia, deren Anmut den Menschen zu Herzen ging und die mit ihrem Gesang schon damals die feinsten Salons bezauberte, gegen siebenhundert Gulden jährlich eingetauscht.

Und ich, Constanze die Schmutzliesel, Köchin, Stubenmädchen, Wäscherin und arme Tochter? Da genügen dreihundert Gulden, um den Kummer der Caecilia Weber zu ersticken, die Tochter zu retten oder die verlorene Ehre zu verteidigen.

Ach, was schert mich mein Preis! Wäre er höher, hätte ich mich nur noch mehr geschämt.

Ach, was weiß ich.

Drei Musikschüler!

Von nun an zählt Wolferl drei Schüler: die Gräfin Rumbeke, Frau von Trattner und nun die Gräfin Zichy.

Und das macht siebzig Gulden im Monat, was uns bereits höhere Einkünfte sichert als in Salzburg. Eine vierte Schülerin wäre sehr willkommen, dann könnten wir sogleich heiraten und uns eine Wohnung suchen, die ein wenig kunstvoller und poetischer ausgestattet ist.

Jeder Besuch meines Kleinods ist die reinste Hölle. Meine Mutter macht sich einen Spaß daraus, uns ständig mit ihren verächtlichen Bemerkungen zu unterbrechen.

Es gibt für mich nicht den geringsten Zweifel, daß Caecilia Weber mich loswerden will. Sollte es aber doch noch länger dauern, bis ich das Auge Gottes verlasse, so wird sie es ertragen, solange sie sich nur schadlos halten kann.

Die Stunden scheinen so langsam zu vergehen; Wolfgang ist zum Essen geladen. Unsere musikalischen Gräfinnen sind so verrückt nach den schelmischen Einfällen ihres jungen Musiklehrers, daß er diese Neigung zu derben Possen auch außerhalb des Unterrichts befriedigen muß. Dort nicht auch dabei zu sein macht mir nichts aus, obwohl die Scherze und Bonmots meines Liebsten durchaus eine Ohnmacht wert sind.

So nutze ich denn seine Abwesenheit, um zwei Hauben für Nannerl zu machen.

Liebste Nannerl, wenn Sie nur aus diesen bescheidenen Gaben herauslesen könnten, wie sehr es mich danach verlangt, Ihre Freundin zu sein, Ihre liebevolle Schwester, und auch, wie sehr ich Sie bereits liebe!

An manchen Tagen erleichtert mir meine Nadelarbeit das Dasein. Meine Mutter gibt sich der Hoffnung hin, daß die Hauben für sie gedacht sein könnten. Deshalb schweigt sie seit gestern, und ich bekomme keine ermüdenden Vorwürfe mehr von ihr zu hören.

Die Post aus Rom ist noch nicht gekommen, und diese Verspätung macht meinem Herzen große Sorge. Seit mir unser Arzt die Arbeit meiner Gedärme und die Aufgabe meiner Innereien erklärt hat, untersuche ich mit jedem neuen Mond ihren Auswurf.

Ich weiß inzwischen, wie ich verstohlen meine Schenkel absuchen muß, um das Eintreffen dieses einst so gefürchteten Stromes zu überwachen.

Hätte ich je gedacht, daß mir das Ausbleiben dieser Flüssigkeit solche Qual bereiten würde? Und nun fehlt sie mir plötzlich!

Und mein Hals! Plötzlich reckt sich ein geschwollener Hals aus meinem Schal hervor, und meine prallen Brustwarzen sprengen den Stoff an meinem Mieder.

Und diese plötzlichen Ekelgefühle. Der Geruch von Punsch ist zum Speien, Josephas Parfum ist zum Speien, die Küchengerüche sind zum Speien, und mein olivfarbener Teint ist auch zum Speien.

Mir kommt alles zum Hals heraus.

Eine Dirne! Jawohl, genauso würde Caecilia Weber mich nennen, wenn sie zwischen zwei Schlucken aus der Karaffe auf die

Idee käme, daß ich meinen Liebsten von seiner Steifheit erlöst haben könnte.

Ja, Mutter, ein höheres Wesen hat mich die Kunst des Vögelns gelehrt, und die Trunkenheit, mit der es mich erfüllt, ist mit der, die Sie zu Boden gehen läßt, nicht im entferntesten zu vergleichen.

Schmeck's!

Daß die Taille meiner teuren Aloisia in der Woche vor ihrer Hochzeit schon so gerundet war, hat Sie nicht im mindesten gestört, und ich dumme Gans habe geglaubt, sie wäre durch die Stimmübungen weiter geworden!

Werden, wenn ich heirate, auch meine Bänder gelockert werden müssen, damit die kleinen Füßchen, die da vielleicht in mir wachsen, sich regen und unsere Liebe besiegeln können?

Und Sie, Mama, mit Ihrem Rechentalent, werden es sich nicht nehmen lassen, die Tage seit unserer Hochzeitsnacht zu zählen, um eine Frühgeburt zu verkünden und damit die Ehre der Webers zu retten.

❦

Wolferl, mein Retter, könntest du mich nur schnell diesem Abgrund entreißen …

O heiliger Johannes, behüte *unser* Kleines, wenn es wirklich ein Kind ist und nicht nur ein Produkt der Verdauung, das sich in meinem verkorksten Leib festgesetzt hat.

❦

Jetzt schreit meine liebreizende Mama schon seit zwei Tagen niemanden im Auge Gottes mehr an. Auch Wolferl kann uns besuchen, ohne daß die Bitterkeit der schlimmen Tage wieder hervorkäme. *Man* fragt ihn sogar, wie es um seine Oper steht … mit allem gezierten Getue und Scharwenzel, wie es als mondän gilt. *Man* holt auch die kleinen Bisquits aus ihrem Versteck im Anrichtezimmer, und *man* bietet sie der zögernden Runde an.

Während dieser stundenlangen, beunruhigenden Vorstellungen bringe ich meine Nadelarbeit für Nannerl zu Ende.

❦

Unser trügerisches Glück war nur von kurzer Dauer. Als meine Mutter meine Arbeit für fertig ansah, riß sie sie an sich und wollte sie sich ohne Umstände aufsetzen. Da die Haube aber nicht für eine Suppenterrine gedacht war, sah sie mit dem kunstvollen und viel zu kleinen Gebilde obendrauf äußerst lächerlich aus, wie eine Königinnenpastete mit Hütchen.

Wir konnten uns das Lachen nicht verkneifen, wobei Sophie und Josepha, klug wie sie waren, sich bereits vor den kommenden Beschimpfungen in ihre Zimmer in Sicherheit gebracht hatten. Ein Fächer, zwei Flaschen, ein Paar Pantoffeln und die Dienstbotenklingel flogen durch den Raum. Die Klingel beendete ihren Flug auf einem f am Klavier. Die Elfenbeintaste zerbrach und sprang, von einem lustigen *Pling* begleitet, hoch in die Luft.

Na dann, schmeck's!

Der Abend im Familienkreis war umgeschlagen, und Wolfgang nahm das *Pling* als Zeichen zum endgültigen Rückzug in seine Gemächer.

Ich warte immer noch. Nichts Neues von der Post aus Rom. Das Würgen und Speien vom tiefsten Inneren herauf läßt mir keine Ruhe.

Gerade habe ich gehört, daß das Fräulein Auernhammer sich auch die Seele aus dem Leibe kotzt, daß ihr fast die Halsschlagader platzt. Ach, was werden sich die alten Schwatzdrosseln die Mäuler über sie zerreißen.

Ich kann mich nicht rühmen, von ihr ins Vertrauen gezogen worden zu sein, aber wenn Fräulein Häßlich tatsächlich an derselben Krankheit leiden sollte wie ich, so hieße es, daß es ihr mithilfe sehr verborgener Vorzüge innerhalb weniger als einem Monat gelungen sein müßte, einen Galan zu überrumpeln und ihm ihren Kasten zum Öffnen anzubieten. Da hat sie gewiß lange suchen müssen, bis sie einen Stift gefunden hatte, der in ein solches Etui schlüpfen mochte!

Also nein! Was bin ich für ein gemeines Luder – aber die Sorge, die mich umtreibt, entschuldigt schon mein loses Gerede.

Frühling 1782

Wie schade, daß meine Post aus Rom nicht die Turgotine nimmt, um pünktlich zwischen meinen Schenkeln anzukommen! Dieses leichte und gut gefederte Gefährt steht in dem Ruf, immer pünktlich zu sein, weil es von sechs oder gar acht Pferden gezogen wird, ungeachtet der Ladung und der Zahl der Reisenden, die im Innern sitzen.

Die herausgeputztesten Personen kommen aus Frankreich und sind an ihren modischen Launen kenntlich. Die Damen können ihre Haartürme nicht so hoch tragen wie dort, weil die Karossen zu niedrig sind. Manche können deshalb nicht darin sitzen und bleiben während der ganzen Fahrt in gebückter Haltung. Federn und Rüschen und Haarsträhnen ragen seitlich aus der Kutsche heraus und flattern im Wind, und wenn sie sehr lang sind, kann es vorkommen, daß sich so ein Band im Rad verfängt und der Koketten mit einem einzigen brutalen Ruck den ganzen Aufbau vom Kopf reißt! Und schlimmer noch, ein Fräulein aus Straßburg, das eine solche Vogelnestfrisur trug, hat bei einer Kutschfahrt den Tod gefunden. Sie hatte sich ihre schönen Bänder um den Hals gewunden und die Enden nach draußen hängen lassen. Und o Graus! Diese modische Caprice zog ihr mitten unter der Fahrt die Gurgel zu und erwürgte sie, während ihre Mitreisenden schliefen. Am Morgen kündigte ein Peitschenknall die Ankunft der Kutsche an, und kurz darauf hörte man die Schreckensschreie der Passagiere. Die Arme war nicht mehr wiederzuerkennen: Die Augen traten hervor wie zwei große, blutunterlaufene Billardkugeln, und ihre blau angelaufene Zunge hing weit heraus.

Ist es nicht lächerlich, sich so sehr in die neueste Mode zu hüllen, daß es einen Kopf und Kragen kosten kann?

In einigen Tagen soll der Papst eintreffen. Eine freudige Nachricht.

Fräulein Häßlich ist noch immer leidend und hütet das Zimmer. Wie man hört, befindet sich auch der Herr Papa nicht recht wohl. Nur die Mutter hält sich aufrecht. Die meinige glaubt an eine galoppierende Magen-Darm-Epidemie. Ich soll mich von ihr fernhalten und möglichst nicht einmal mit ihr reden, damit das Übel bei mir bleibt und nicht auch sie rücksichtslos überfällt.

Es ist eine glückliche Fügung, daß sie an eine ansteckende Krankheit glaubt. So werden die Erschütterungen der Seele, die vielleicht in mir schlummert, nicht mehr von ihren Bosheiten begleitet.

Eine Akademie für Mozart: Wieder bietet sich ihm das Glück, öffentlich zu spielen. Es gibt keine Farbe, um das Fieber zu beschreiben, das ihn bei jeder dieser glücklichen Gelegenheiten befällt. Im Programm sind Auszüge aus *Idomeneo* vorgesehen, sowie ein *Klavierkonzert* und eine *Fantaisie*, die er improvisieren wird.

Ich liebe das Licht im Monat März.
Ich liebe den beißenden Wind.
Ich liebe die verlassenen, von Rauhreif bedeckten Gärten.
Ich liebe die Stunden an Ihrer Seite …

Ohne diese grantige Bärin wären die Augenblicke, wenn Wolferls Gesicht im Türrahmen erscheint, schöner als alles; ohne meine kratzbürstige Mutter wären diese Besuche meinem Herzen ein Fest.

Um zehn Uhr hat mich Caecilia Weber, die sich immer noch vor meiner Übelkeit und der Ansteckung mit einer tödlichen Krankheit fürchtet, auf den Graben hinausgeschickt, um an die Luft zu kommen.

Wie soll ich diese Aufforderung verstehen?

Jeder hier kennt den Graben und den endlosen Schnepfen-Strich bis zur Pestsäule hin. Zu mancher Stunde kommt ein Weg dort entlang einem Bekenntnis gleich! Natürlich kleiden sich diese Damen, die man Schnepfen nennt, ganz anders als ich mit meinem gewöhnlichen Aufzug. Ich befleißige mich auch nicht annähernd eines so einladenden Decolletés und achte auch immer darauf, den Saum meines Rockes nie über die Fesseln zu lüpfen …

Die Pestsäule steht dort zur Erinnerung an die große Pestepidemie. Sie beeindruckt mich, denn sie ist eine seltsame Mischung aus Ergebenheit in Gottes Ratschluß und morbider Faszination dem Bösen gegenüber.

Ganz in der Nähe der Säule und ihrer Schnepfen findet sich ein freudigeres Bekenntnis des Glaubens: meine schöne, große Peterskirche. Die drei Engelsköpfe an den Bänken sind mir immer als Vorhersage erschienen, wie viele Kinder ich in die Welt setzen würde.

Gestern abend sind Wolfgang und ich nicht ausgegangen. Mein Verlobter erträgt es nicht, daß mein Ruf beschmutzt wird. Ach, mein Liebling! Niemals zuvor hat sich jemand so um mich gesorgt …

Heute kam eine traurige Nachricht. Um halb sieben ist der Vater meiner Speifreundin, der wackere Herr Auernhammer, gestorben. Eine Darmentzündung hat ihn schließlich ausgehöhlt wie einen Entenbraten. Wolfgang meint, seine Frau habe das Ende des Armen mit Fleiß beschleunigt, indem sie ihm ihr abscheuliches Beuschelrezept mit Endivien zu essen gab.

Vielleicht wäre mein Kind schon heute eine Waise, hätte mein Schöner dieses schreckliche Zimmer bei den Auernhammers gemietet, in nächster Nähe der Giftmischerin!

Mein Zustand läßt mir keinen Zweifel mehr. Gott im Himmel! Was soll nur aus mir werden?

Vielleicht haben meine beiden von Hand gefertigten Hauben Nannerl inzwischen erreicht und auch die beiden andern kleinen Präsente, die nicht von großem Wert sind, aber doch nach der neuesten Wiener Mode: ein kleines, mit feinem Email verziertes Kreuz und ein kleines, von einem Pfeil durchbohrtes Herz. Wolferl war so frei, die Schwester daran zu gemahnen, daß das Herzerl doch gerade sehr gut zu ihrer verzweifelten Seele passe. Ich weiß nicht, ob dieses Gedankenspiel dem Herzen meiner künftigen Schwägerin willkommen sein wird. Ach, gebe Gott, daß sie es schon bald sein wird …

Ich bin nur ein armes Mädchen ohne Besitz, und ich nähre mich von der Hoffnung, die Freundin und Vertraute von Fräulein Nannerl zu werden.

Heute morgen ließ ein Händler auf dem Marktvorplatz Vögel aus ihrem Käfig frei. Ihr heller Gesang klang wie ein feierliches Adagio. Es ist wirklich der unvorhergesehenste Kauf in meinem ganzen Leben: ein reizender Star mit grau getupftem gelbem Gefieder. Noch heute wechselt der Vogel seinen Besitzer.

Ich habe ihn in Wolfgangs Zimmer aufgestellt, während er Madame Zichy ihre Lektion gab. Als ich leise die Tür hinter mir schloß, sang der schöne Vogel immer noch.

Ich bin verloren!

Um unentdeckt persönliche Dinge bereden zu können, pflegten wir uns verschlüsselte Nachrichten zu schreiben. Niemand konnte ahnen, was wir über unsere Gefühle und Rendezvous zu Papier gebracht hatten.

Aber nun hat sich meine Mutter, während sie sich bei einer langen Sitzung auf dem Häusl quälte, darangemacht, unsere Billetts zu entziffern.

Nun gibt es kein Geheimnis mehr, und sie wird sich über meinen Zustand im klaren sein, denn sie liest wohl eben in diesem Moment, daß ich nun weiß, wie man kopuliert. Ich hätte eine Wette darauf abgeschlossen, daß unsere Briefchen sorgfältig genug verschlüsselt waren:

Endlich finde ich die Zeit, Ihnen zu schreiben, liebste Freundin, ich
renne nicht mehr ziellos umher, und so Sie mir diesen Aufschub gewähren, werde
ich Ihnen meine schönsten Komplimente zu Füßen legen, bei
meinen nächsten Besuch. Ich bin ein arger
Lümmel, daß ich nicht schon kam. Nach meiner Akademie werde ich
recht bald erscheinen, um Ihrer Mutter meinen
*tief*en Respekt auszudrücken. So sehen wir uns denn
in einigen Stunden, die mir doch wie eine Ewigkeit vorkommen wollen.
Ihr Star trällert die Arie von Belmonte in seinem
Nest, sobald das erste Licht des Tages erstrahlt.
Um mich schwebt Ihre Stimme, wenn dieser Vogel singt, jeden Morgen
zehn Minuten lang und ebenso am Abend, wenn die
Uhr die frischen Nachtstunden einläutet.
Ihr ergebenster Mozart

Wer wollte denn in diesen friedlichen Zeilen die neckischste Einladung vermuten? Caecilia Weber! Mit klarem Verstand – von dessen Existenz ich bisher nichts geahnt – und sicher auch von meinen Übelkeiten und der schwellenden Büste auf die Fährte gesetzt, kam sie, die Unterröcke ganz zerknautscht und den Rocksaum in der Eile in den Hosenbund gesteckt, daß hinten alles frei lag, aus der Kammer und rief:

»Wo ist Constanza? Wo verstecken Sie sich? Kommen Sie sofort hierher!«

Da war es gleich mit aller Kraft dahin. Ängstlich näherte ich mich ihrer dräuenden Gestalt.

»Sie verlieren den Kopf, meine Tochter«, sagte sie erregt. »Was fällt Ihnen ein, Ihre Briefschaften auf den Örtlichkeiten zu lassen? Wollen Sie sich damit den Hintern abwischen?«

»Aber nein, Mama! Mozart schreibt doch nicht zu diesem Zweck.«

»Das ist aber sehr ärgerlich, denn eben das würde sie verdienen, Ihre kleine Vogelgeschichte, und sogar mein Arsch würde sich noch besser auskennen mit diesem Geplänkel als Ihr träger Geist!«

Und das war alles. Was für ein Glück!

Meine Mutter hatte sich gar nicht mit der versteckten Botschaft in unserer Nachricht aufgehalten, weil sie viel zu sehr damit beschäftigt war, ihrem Rumpf seine traurigen Töne zu entlocken. Sie wunderte sich nur, daß man sich schreiben konnte, um sich, *scheinbar*, nichts zu sagen.

Scheinbar.

Wenn man aber *das erste Wort in jeder Zeile* liest, ergibt sich ein ganz anderes Bild!

Eine Baronin, die ihr Herz für meinen Liebsten entdeckt hat, lädt uns beide zum Essen. Was soll ich nur tragen, um meinem Verlobten Ehre zu machen?

Das Souper im Palais der Baronin Waldstätten war ein sehr angenehmes Vergnügen. Die Baronin spricht gern von den Dingen, die auch in der Literatur immer wieder in glühenden Farben geschildert werden, und würzt ihre Verleumdungen mit soviel Witz, daß selbst der älteste Klatsch wieder gewagt erscheint! Sie ist schon reichlich alt – achtunddreißig Jahre – und lebt von ihrem

Mann getrennt in beneidenswerter Freiheit. Ihr Salon wird von den Denkern und Künstlern, die derzeit im Schwange sind, hoch geschätzt.

Als wir in die Salons geführt wurden, spürte ich gleich, daß mein Kleid aus bedrucktem Baumwollstoff zu schlicht war für diesen Anlaß. Mit dieser bescheidenen Toilette hätte ich mich nicht freudig unter die anderen Gäste mischen können, hätte sich die Baronin nicht meiner angenommen. Sie nahm mit leichter Bewegung ihre Diamantbrosche ab und steckte sie mir am Ausschnitt fest. Während des Essens versuchte ich ihr meine Dankbarkeit in meiner Miene sichtbar zu machen, aber sie sah gar nicht hin, so sehr war sie mit ihren übrigens sehr amüsanten Gästen beschäftigt.

Es war ein großer Tisch mit Blumen und silbernen Kerzenleuchtern geschmückt. Die mit Seidengarn gefaßte Tischdecke war sehr viel reicher verziert als mein klägliches Kleid! Da konnte ich ermessen, wie sehr mich das Funkeln des Juwels vor der Lächerlichkeit bewahrt hatte. Die Brosche zog auch so einige Blicke auf mein Dekolleté, und Wolferl schien ein wenig erbost, daß man sich so bei meinen Vorzügen aufhielt.

Aber was soll mir das alles! Ich hatte nur Augen für die schweren blauen Seidenvorhänge und die gerafften Überwürfe an den Fenstern, die nach antikem Vorbild durch riesige Pilaster voneinander getrennt waren, für die dreistufigen, vergoldeten Stuckbänder an der Decke, die mit einem stürmischen Himmel und fröhlichen Putten verziert war. Kein Klafter Wand, auf dem nicht hier ein wenig Gold, dort etwas Bronze oder Kristall aufgeblitzt hätte.

Und auch am Boden noch hätte man meinen können, die Grazien und alles, was kostbar ist, hätten sich ein Stelldichein gegeben. Die wie ein Labyrinth angelegten Girlanden des Parketts glänzten mit den edlen Hölzern um die Wette.

Und die Dame des Hauses war ganz in ihrem Element inmitten dieser feinen Gesellschaft. Man sprach von Goethe und von Walpoles *Castle of Otranto*. Ich kenne dieses Schloß nicht, und Mozart trat mir unter dem Tisch auf den Fuß, als ich meinem reizenden Tischnachbarn antwortete, eines Tages würde ich ja vielleicht die Freude haben, mich dort zu ergehen. Darauf erhob sich allgemeines Gelächter, und man befand mit allergrößter Zuvorkommenheit, ich sei wirklich ganz *reizend*.

Als wir allein waren, erklärte Mozart mir die Geschichte dieses Schlosses: Es existiere nur in der Erzählung seines berühmten Autors Horace Walpole, eines Vertrauten der brillanten und blinden Madame du Deffand, die allerdings bereits seit zwei Jahren verstorben sei. Das Schloß war nur die Träumerei eines literarischen Werkes! Wie durch ein Wunder hatten die Anwesenden meine Worte für eine geistreiche Bemerkung gehalten, und so blieb uns die Schande meiner Unwissenheit erspart.

In diesem wahrhaft olympischen Salon schien alles von der Schönheit des Lebens erfüllt, von Düften und feinsten Speisen; beste Manieren trafen mit gepflegtesten Gesprächen zusammen. Verglichen mit diesem Garten Eden, war jeder Gedanke an das Auge Gottes ein Abgrund.

Dann erwies mir die Gräfin die Ehre, mich von ihrer schwankenden Gesundheit zu unterrichten, nachdem Wolferl ein Loblied auf mich und all meine kleinen täglichen Besorgungen gesungen hatte. Ich war verwirrt wie eine Untergebene, deren Zukunft sich im Dienste ihrer Majestät der Königin entscheidet. *Man* redete, ohne mich zu fragen, und dann beschloß *man*, daß es beschlossene Sache war: ein Wagen der Baronin Martha Elisabeth von Waldstätten würde am Abend meine persönlichen Sachen holen.

Meine Mutter, die stets darauf bedacht war, sich der Wiener Aristokratie angenehm zu machen, betrachtete diesen Vorschlag offenbar als großes Glück.

Sie dachte, auf diese Weise würde ich in andere Gesellschaft vordringen als die hungerleidender Komponisten. Nun brauchte ich nur noch eine gute Partie für mich einzunehmen, und die vorteilhafte Ehe wäre geschlossen.

Und Wolferl müßte ihr seine 300 Gulden Jahresrente zahlen, denn der Ärger über mein Geplänkel würde seinen Heiratswünschen augenblicklich ein Ende bereiten.

Caecilia Weber entgeht nichts …

Jeden Sonntag um zwölf Uhr geht mein Schatz zum Baron van Swieten, wo die Fugen von Bach und Händel gespielt werden. Wolfgang hat sich auch an einer Toccata von Eberlein versucht, aber er findet sie schwer zu behalten und, aufrichtig gesagt, zu mittelmäßig.

Ach Gott, sein reger Geist findet halt nur bei schwierigen Übungen Ruhe und Befriedigung.

Ich mußte feststellen, daß der Tod des Londoner Bach, Johann Christian, ihn sehr berührt hat, und begriff erst da sein Interesse an der Kunst der Fuge, deshalb habe ich ihn ganz sanft ein wenig hergezankt, weil er sich nie darin geübt hat.

Das musikalische Wissen eines Künstlers ist auch vom Zufall bestimmt. Ist der Reisende gerade nicht am richtigen Ort, um ein Werk zu hören, hat er es vielleicht aufs Leben verpaßt!

Und heute nun sieht sich sein Werk um eine Fuge bereichert, die er auf meine freundlichen Vorhaltungen hin komponiert hat. Ich glaube, Wolfgang will sie, versehen mit einigen Hinweisen zum Spiel des *andante maestoso*, um eine kunstvolle Ausführung zu garantieren, an Nannerl schicken.

Ich bedaure meine Freundin zutiefst.

Die arme Maria-Elise Wagner! So jung, und schon Witwe.

In der Stadt wird viel über die Krankheit ihres Gatten getuschelt. Dieses leichenhafte Aussehen innerhalb weniger Tage und immer diese Müdigkeit, ohne je schlafen zu können. Seine Zunge war schleimig belegt und die Spucke milchig. Man glaubte, er würde taub bleiben oder schwachsinnig.

Dann starb der Verwirrte ganz plötzlich auf seinem Nachtstuhl, und sein Hintern trompetete noch lange weiter, nachdem er selber längst den letzten Atemzug getan hatte.

Maria-Elise lachte und weinte durcheinander.

Jetzt, wo ich bei der Baronin bin, habe ich kaum noch Zeit, um Tagebuch zu führen. Die Tage verfliegen, und ich brauche gar nicht zu schreiben, um die Zeit herumzubringen.

Am Morgen gehen wir in die Kirche, dann strömen die Bedürftigen mit ihren Bitten in den Salon der gnädigen Frau. Zum Essen findet sich häufig eine fröhliche Gesellschaft zusammen. Nachmittags führen wir die Hundchen im Park spazieren, und zum Souper messen sich die schärfsten Geister mit Schönheit und Grazie. Manchmal finden wir uns zu den Akademien ein, die in anderen Salons gegeben werden. An normalen Abenden, wenn dieses nicht der Fall ist, gehen wir dennoch ins Boudoir, wo uns die Spiele erwarten: Karten, Rätsel, Pharo, Reimspiele, Billard, Tricktrack.

Die Regeln beim Pharo wurden mir von einem Herrn beigebracht, mit dem sehr gut sein ist. Zum Spielen braucht man einen Bankhalter, und diese Rolle übernimmt der junge Liebhaber der Baronin. Jawohl, die Baronin verzichtet keineswegs auf die Annehmlichkeiten ihrer Stellung, und ihre Vorzüge üben noch immer große Wirkung auf die Herzen der Männer aus. Ach, die beiden nehmen sich wohl in acht, ihre Neigung vor den anderen Gästen zu verbergen, doch habe ich, wenn ich des Spieles halber zu ihnen hinsah, so manchen vielsagenden Blick aufgefangen. Er läßt sich als Ritter Schmetterling anreden, weshalb, kann ich nicht sagen. Als Bankhalter setzt die Baronin ihn sich genau gegenüber und kann so, ganz nach Belieben, sein schönes Gesicht betrachten. Der Bankier Schmetterling spielt ganz allein gegen uns alle. Jeder setzt seinen Einsatz auf eine der zweiundfünfzig Karten. Der Bankhalter wiederum hat ein identisches Spiel, aus dem er zwei Karten herausnimmt. Eine legt er rechts ab für sich selber, die andere nach links für die Spieler. Geld auf der rechten Karte bekommt er, und was an Geldes auf der linken liegt, muß er verdoppeln.

So vervollständigt sich also meine Erziehung, meine Konversationsfähigkeit wird geschärft, meine Börse leert sich und meine Manieren nehmen immer mehr Formen an.

Mein Bauch ebenfalls.

Mein Alles kann mich bei der Baronin besuchen, wann immer er will. Es ist ein leichtes, einen Moment für uns zu finden, um im Schein der silbernen Leuchter oder mit der stillen Unterstützung der Marmorzwerge im Park Pläne für unsere Zukunft zu schmieden.

Er weiß um meinen prekären Zustand, und es bestärkt nur seinen Wunsch, mich so schnell wie möglich zu seiner rechtmäßigen Ehefrau zu machen.

Ich habe mir erlaubt, Nannerl zu schreiben, als Nachschrift zu einem Brief von Wolfgang, um mich ihr zu empfehlen. O heiliger Johannes, mach, daß sie mich so liebt, wie ich sie schätze!

Werde ich eine Antwort auf diese Zeilen bekommen?

Wertheste und schätzbahreste
freundin!

Niemals würde ich so kühn gewesen seyn, mich so ganz gerade meinem triebe und Verlangen, an sie, Wertheste freindin, zu schreiben, zu überlassen, wenn mich dero H: bruder nicht Versichert hätte, daß sie mir diesen schritt, welcher aus zu grosser begierde mich mit einer obschon unbekannten, doch durch den namen Mozart mir sehr schätzbahren Personn wenigstens schriftlich zu besprechen, geschieht, nicht übel nehmen werden. – sollten sie böse werden wenn ich mich ihnen zu sagen unterstehe, daß ich sie, ohne die Ehre zu haben sie von Personn zu kennen, nur ganz allein als schwester eines – ihrer so würdigen bruders, überalles Hochschätze und – liebe – und es wage – sie um ihre freundschaft zu bitten. – ohne stoltz zu seyn darf ich sagen daß ich sie halb verdiene, ganz – werde ich mich sie zu verdienen bestreben! – darf ich ihnen die meinige welche ich ihnen schon längst heimlich in meinem Herzen geschenkt habe entgegen anbieten? – o ja! Ich Hoffees. – und in dieser hofnung Verharre ich

Werteste und schätzbahreste
freundin
dero
gehorsamste dienerin
und freundin
Constanza Weber

bitte meinen handkuss an
dero herren papa: –

Diese letzten Apriltage werden gewiß die schlimmsten meines Lebens. Nun begnüge ich mich schon nicht mehr damit, beim Pharo zu verlieren, sondern krümme mich heute auch noch unter den abscheulichsten Koliken.

Mein Zustand scheint sich deutlich zu wandeln. Von Schwangerschaft kann wohl keine Rede mehr sein. Die Baronin hat ihren Arzt gerufen, und man hat mit großer Sorgfalt meine Exkremente untersucht. Dann wurde beschlossen, mich an vier Stellen in der Armbeuge zur Ader zu lassen. Erst als mein Blut und meine Ausscheidungen einen rechten Klumpen ergaben, entschied man, es sei nun genug.

Das lehrte mich, daß es wirklich gefährlich ist, nicht mindestens einmal alle acht Tage zur Ader gelassen zu werden, wenn man einige Tage schweren Leibes ist. Denn das Blut, das das Kind nicht zu seiner Bildung benötigt, muß heraus, und kommt es nicht dazu, dann rächt es sich, indem es durch alle natürlichen Öffnungen herausfließt.

Dieser Zustand des Entstehens ist also beendet, und wieder tauchen diese rötlichen Rinnsale in meinem Leben auf, und ich hoffe, daß diese Tage so schnell als möglich vorübergehen werden. Von einem Kind in mir kann keine Rede mehr sein; es verläßt meinen Leib, um in den Himmel aufzusteigen. Und mit jeder neuen Welle will es mir vor schrecklichen Schmerzen die Brust zerreißen.

Möge diese Knospe unserer Liebe in der Ewigkeit aufgehen. Wie viele Tränen und Trauerlieder begleiten dich auf deiner Reise, mein Kleines.

Flieg davon, kleiner Bote.

Geh mir voraus und erzähle Gott von meinem Kummer.

Und sag ihm auch … du weißt schon, denn du bist ja ein Engel.

Adieu, adieu!

Im Palais der Baronin ist eine junge Person eingetroffen, sehr schön und distinguiert, wenn auch ein wenig zurückhaltend. Es handelt sich um Mademoiselle Katharina Peter, eine Nichte der Baronin. Sie wurde von ihrer Tante aus dem kargen Kloster geholt, wo man sich sieben Jahre lang um ihre Erziehung gekümmert hatte, und ist nun frei und fast ein wenig verängstigt von den Freuden, die ihr ihre neue Stellung verspricht.

Sie lernt mit merklichem Eifer, wie man sich nach den Launen der Mode frisiert, und schminkt ihren Blick mit der ganzen Ungeschicklichkeit ihrer jungen Jahre.

Es wird wieder regelmäßig Karten gespielt, und ich nehme ohne Klagen an den Zerstreuungen teil.

Die Baronin hat viel Geld verloren, während ich all meinen Saft von mir gab. Heute abend aber ist mir bei den lustigen Possen dieser eitlen Gesellschaft das Lachen vergangen.

Als ich bereits mein Lager aufsuchen wollte, machte sich einer der Chapeaux daran, den Verliererinnen aufzutragen, wie sie sich auslösen könnten. Unter allgemeiner Aufregung beschlossen die Herren, den unglücklichen Spielerinnen die Waden zu messen. Schon wollte ich mich auf Zehenspitzen davonmachen, da hielt mich Schmetterling am Rockzipfel fest, und ich wurde wieder zurückgezogen. Die Baronin hatte sich mit so viel gutem Mut dem Spiel gewidmet, daß ich nun meinerseits das Kleid lüpfte. Das gab ein großes Gelächter, weil unsere Maße sich kaum unterschieden. Schmetterling tat ganz verwirrt und verkündete, mit verbundenen Augen könne er im Leben nicht jeder die passende Wade zurückgeben.

Mademoiselle Peter sah aus, als beobachtete sie einen seltsamen Stamm Insekten, und nahm trotz der zärtlichen Aufforderungen ihrer fröhlichen Tante nicht im mindesten an den Vergnügungen teil. Der zu jeder Tageszeit über ihrer Brust festgemachte Schal und das traurige Antlitz würden noch den kühnsten Verehrer in die Flucht schlagen! Das arme Mädchen wähnte sich vielleicht noch immer im Kloster. Und all diese Freude um ein bißchen freigelegte Haut, all diese Aufschreie, der Applaus, so viel Jubel wegen gar nichts … es muß ihr alles sehr oberflächlich vorkommen.

Die Baronin meinte schließlich, sie besitze alle Vorzüge eines jungen Mädchens, und ich für meinen Teil meinte gar nichts, außer daß ich mich ausstrecken und den Windgott zur Hilfe rufen wollte, damit endlich meine Leibschmerzen aufhören und die Trockenheit in meinen Schoß zurückkehren möge.

Als ich tags darauf das Zimmer hütete, kamen Wolfgang und meine Schwestern mich besuchen. Es war mir nicht vergönnt, ihm von meinem wirklichen Zustand und meiner Verzweiflung zu erzählen, weil wir ja in Gesellschaft waren.

Also erzählte ich von meinem Abenteuer als besiegte Spielerin und wie ich für mein Pech zahlen mußte. Da wurde Mozart ärgerlich, verzog den Mund in alle Richtungen und wollte bedauernde Worte über mein *ehrloses* Betragen von mir hören.

Wie hätte ich mir da gewünscht, *dir* zu sagen, mein Lieb, daß dies nicht der Augenblick für Vorwürfe war, sondern für Tränen und dafür, gemeinsam zu trauern, statt uns entzweien zu lassen!

Nachdem ich dich dreimal aufgefordert hatte, mir selbst das Urteil darüber zu überlassen, was sich schickt und was nicht, bist du die Hacken schlagend davongegangen.

Sophie schien ehrlich betrübt über diesen Zwischenfall, während Josepha – und das betrübte wieder mich – sich offensichtlich über die Szene freute. Ich bat sie also inständig, meiner Mutter nichts davon zu sagen, und obwohl sie es versprach, kann ich nicht umhin zu denken, daß ich wohl ein weiteres Mal verlieren würde, wenn ich auf dieses Versprechen setzte.

Dann, als ich gerade in den Schlaf zu finden hoffte, brachte man mir ein Billett von Wolfgang:

liebste, beste freundin! – *Den 29. Aprill 1782*

diesen namen werden sie mir ja doch noch wohl erlauben, daß ich ihnen geben darf? – so sehr werden Sie mich Ja doch nicht hassen, daß ich nicht mehr ihr freund seyn darf, und sie – nicht mehr meine freundin seyn werden? – und – wenn sie es auch nicht mehr seyn wollen, so können sie es mir doch nicht verbieten, gut für sie, meine freundin, zu denken, wie ich es nun schon gewohnt bin. – überlegen sie wohl, was sie heute zu mir gesagt haben. – sie haben mir, ohngeacht allen meinen bitten

3 mal den Korb gegeben, und mir gerade ins gesicht gesagt, daß sie mit mir nichts mehr zu thun haben wollten. – ich, dem es nicht so gleichgültig ist, wie ihnen, den geliebten gegenstand zu verlieren, bin nicht so hitzig, unüberlegt, und unvernünftig den korb – anzunehmen. – zu diesem schritte – liebe ich sie zu sehr. – Ich bitte sie also noch einmal die ursache dieses ganzen Verdrusses wohl zu überlegen und zu bedenken, welche war, daß ich mich darüber aufgehalten, daß sie so unverschämmt unüberlegt waren, ihren schwestern – Nota bene in meiner gegenwart zu sagen, daß Sie sich von einem Chapeaux haben die Waden messen lassen. – das thut kein Frauenzimmer welches auf Ehre hällt. – die maxime in der kompagnie mit zu machen ist ganz gut. – dabey muß man aber vielle Nebensachen betrachten. – ob es lauter gute freunde und bekannte beysammen sind? – ob ich ein kind oderschon ein Mädchen zum heyrathen bin – besonders aber ob ich eine versprochene braut bin? – hauptsächlich aber ob lauter leute meines gleichen, oder niedrigere als ich – besonders aber vornehmere als ich – dabey sind? – wenn es sich wirklich die Baronnin selbst hat thun lassen, so ist es ganz was anders, weil sie schon eine übertragene frau die ohnmöglich mehr reitzen kann ist. – und über=haupts eine liebhaberin vom Et caetera ist. – Ich hoffe nicht, liebste freundin, daß sie Jemals so ein leben führen wollten, wie sie, wenn sie auch nicht meine frau seyn wollen. – wenn sie schon dem triebe mitzumachen obwohl das mitmachen einer Manspersohn nicht allzu gutsteht, destoweniger einem frauenzimmer – konnten sie aber ohnmöglich wiederstehen, so hätten sie im gottes Namen das Band genommen, und sich selbst die waden gemessen so wie es noch alle frauenzimmer von Ehre in meiner gegenwart in dergleichen fälle gethan haben und sich nicht von einem chapeau – ich – ich – würde es niemalen in beyseyn anderer – ihnen gethan haben – ich würde ihnen selbst das Band gereicht haben. – destoweniger also von einem fremden – der mich gar nichts angeht. – doch das ist vorbey. – und ein kleines geständnüss ihrer dortmaligen etwas unüberlegten aufführung würde alles wieder gut gemacht haben. und – wenn sie es nicht übel nehmen, liebste freundin, – noch gut machen. – daraus sehen sie, wie sehr ich sie liebe. – – ich brause nicht auf

wie sie; *– ich denke – ich überlege – und ich fühle.* – fühlen sie – haben sie gefühl – *so weis ich gewis daß ich heute noch ruhig werde sagen können, die konstanze ist die tugendhafte, Ehrliebende – vernünftige und getreue geliebte des Rechtschaffenen und für sie wohldenkenden*

Mozart

Wie ärgerlich das alles wird. Und ich verstehe nicht mehr, wie wir manchmal so kühn sein können, uns zu duzen, um dann wieder in das kalte und reservierte Sie zu verfallen. Mein Liebling! Was soll ich diesem so distanzierten *Sie* entnehmen?

Ach, was hätte ich nicht darum gegeben, daß diese Meinungsverschiedenheit nicht weitergegangen wäre. Aber es wäre so beschämend gewesen, vor meinen Schwestern zu sprechen, während sich doch mein ganzes Fleisch in Schmerzen wand und die einzige Zuflucht mir verwehrt war, die deiner Arme um meine fiebernde Brust.

Ich bin mit einem Brief von Nannerl beehrt worden, zum Dank für meine kleinen Präsente. Darüber habe ich mich sehr gefreut und werde mir demnächst die Freiheit nehmen, ihr wieder zu schreiben.

Es wäre doch gewagt, ihr alle die Fragen zu stellen, die ich an sie hätte, deshalb lasse ich sie durch ihren Bruder erkunden. Trägt man in Salzburg Fransen?

Und weiß Nannerl, wie man sie macht? Ich habe zwei Piqué-Kleider damit verziert, denn das ist hier zur Zeit der neueste Geschmack. Deshalb weiß ich, wie man sie macht, und würde mich sehr geehrt fühlen, auch für meine Schwägerin welche herzustellen. Sie braucht mir nur die Farbe mitzuteilen. In Wien sind alle Töne in Mode: weiß, grün, blau, rotbraun. Ein Kleid aus Atlasseide etwa muß mit Seidenfransen besetzt sein, so wie meines von nun an.

Die Baronin in ihrer Großmut hat mir das Seidengarn geschenkt, damit mein festliches Kleid noch festlicher wird. Da richte ich mich nun zum erstenmal nach den Launen der Mode.

Wolfgang hat den zweiten Akt der *Entführung aus dem Serail* fertig. Jetzt sitzt er wieder an seinem Arbeitstisch, um dieses Werk zu vollenden, das ihn so ganz einnimmt und ihn bis zu den Wolken hinaufträgt. Die Gräfin Thun durfte bereits einige Noten dieses neuen Aktes hören, und wenn ich das zufriedene Gesicht meines Musikers so betrachte, weiß ich, daß es an Lob nicht gefehlt hat.

Der dritte Akt ist bereits in seinem Kopf, seinem *Kürbis*, wie er zu sagen pflegt.

Bald werden die Musikakademien wieder angehen, denn ein gewisser Martin hat sich mit Mozart zusammengetan, um regelmäßige Sonntagskonzerte im Augarten zu organisieren. Ich liebe diesen Garten, den ein Franzose angelegt hat, mit seinen seltenen und majestätischen Bäumen. Hier finde ich die Arabesken von Schönbrunn wieder und auch die Bilder von Paris in den Mustern der Alleen. Seit dieser Garten dem Volke offensteht, trifft man nicht selten auf Schönheiten am Arm der größten Talente. Man kann auch die Porzellanmanufaktur besuchen. So kann sich jeder nach Belieben an den Sehenswürdigkeiten erfreuen, denn die Konzerte werden vormittags veranstaltet, im Pavillon des Restaurants mit dem Tanzboden und dem Billardsaal gleich nebenan. Martin und Mozart werden ein Dutzend geben; zwölf Konzerte in diesem Paradiesgarten und dazu vier nächtliche Exkursionen zu den schönsten Plätzen Wiens.

Mein Teint bräunt sich mit den ersten frühlingshaften Sonnenstrahlen. Ich hasse das. Man wird mich mit einer vor Anstrengung geröteten Bauernmaid vergleichen oder mit einem leuchtenden Banner.

Wie still alles wirkt im Augarten.

In diesem viel zu häufig vernachlässigten Büchlein ein paar Zeilen zu schreiben ist besser als jede Medizin. Im Moment widmet sich mein Verlobter den Proben für das erste Konzert. Es ist angenehm, im Schatten einer hundertjährigen Linde zu sitzen und zuzuhören, wie diese himmlischen Töne mit den Tauben davonfliegen. Van Swietens Sinfonie ist vor der von Wolfgang erklungen. Mademoiselle Berger singt sehr schön ein paar Takte, dann folgt ein junger Geiger. Zum Schluß wird sich Fräulein Häßlich (spuckt sie gar nicht mehr?) mit einem Konzert für zwei Klaviere produzieren. Wolfgang spielt gerne mit ihr, denn sie kompensiert, was ihr an Grazie fehlt, durch ihr empfindsames Spiel.

Vielleicht kann auch ich eines Tages einige Noten singen und die Welt hören lassen, mit welcher Stimme ich gesegnet wurde.

Eines Tages, den Gott bestimmen möge …

Mademoiselle Auernhammer wirkt nicht im mindesten schwanger, soweit man das sagen kann, denn sie ist von Natur aus korpulent, aber sie scheint keinerlei Mutterfreuden entgegenzugehen. Ihr Leiden war also dasselbe, das ihren armen Vater dahingerafft hat.

Wir haben alle drei gekotzt. Ihr Herr Vater ist tot, die Tochter hat ihren Bauch behalten, und ich, die ich schwanger war, habe mich in eine leere Hülle verwandelt.

Wolfgangerl verfügt über die besten Verbindungen, die man sich in der Stadt wünschen kann, und das läßt uns für unser zukünftiges Leben auf viel Beistand hoffen.

Die Gartenkonzerte werden ihn nicht daran hindern, weiter an seiner Oper zu schreiben, doch ist sein Entschluß von einer dringenden Notwendigkeit bestimmt. Die Konzerte bringen gleich einiges Geld ein, während man für die Oper, die noch nicht fertig ist, erst in einigen Wochen mit dem Beginn der Proben rechnen kann. Auch zieht er seine Ideen aus dem prallen Leben, und nichts kann ihm willkommener sein als ein schöner Abend und fröhliche Gesellschaft.

So funktioniert die Welt, und so funktioniert mein Mann.

Die letzten Briefe an Herrn Mozart tragen meine Unterschrift. Das Dilettantenkonzert im Augarten nimmt Mozarts ganze Zeit und Energie in Anspruch, so sehr, daß er Hilfe braucht, um seine Korrespondenz zu erledigen. Auf diese Weise kann ich den Geist des Herrn Mozart nach und nach an mich gewöhnen und ihm meinen brennenden Wunsch zur Kenntnis geben, ihm zu dienen und ihn zu ehren. Im letzten Brief schlägt er seinem Vater vor, die Bedienstete Therese Pänckl in Diensten zu nehmen, damit sie unsere Kinderfrau wird. Aber, so fügt er lustig hinzu, erst muß sie das Singen üben, bevor sie auf diese Stelle hoffen kann.

Ich werde ihm sagen müssen, daß wir uns für den Moment nicht mehr nach einer Kinderfrau umtun müssen. Bisher habe ich weder einen Weg noch den richtigen Zeitpunkt dafür zu finden vermocht. Wir sehen uns immer nur kurz, und er hat ohne Fehl den Herrn Martin an seiner Seite. Seine ganze Zeit geht mit der Vorbereitung dieser Konzerte hin.

Das Wetter ist so mild, daß wir von nun an im Garten essen können. Mein Juwel wird oft bei der Gräfin Thun aufgehalten. Ich selber hatte auch die Ehre, wiederholt dorthin geladen zu sein, doch kann ich meine gute Baronin nicht allein lassen, und einige ihrer Gäste sind mir so vertraut geworden, daß es mich sehr freut, sie jeden Abend dort vorzufinden.

Ich war auf Besuch im Auge Gottes. Das Lächeln hat dieses Haus verlassen, und ich bedaure Sophie, daß sie in einer solchen Atmosphäre eingesperrt ist.

Meine Mutter zeigt sich überaus zuvorkommend und aalglatt ihrem *lieben Mozart* gegenüber. Sie weiß von seinem Vorhaben mit den öffentlichen Konzerten, und so ist ihr auch nicht entgangen, welcher Lohn im Falle des Erfolges ins Haus steht: Dieser Aussicht hat sie ihren Gesichtsausdruck angepaßt.

Das Fräulein Auernhammer hat mir etwas Seltsames anvertraut: Eine große Salzburger Familie bietet ihr an, gegen ein Jahresgehalt von dreihundert Gulden bei ihnen zu wohnen und Musikunterricht zu erteilen. Das erscheint um so seltsamer, als Nannerl sich in der Stadt eines hervorragenden Rufes erfreut und die Familie Mozart ohne jeden Zweifel die beste Empfehlung in dieser Kunst sein kann.

Natürlich zweifle ich nicht im mindesten an den Fähigkeiten von Fräulein Häßlich, aber warum sollte sie in Salzburg angesehener sein als Nannerl?

Der Erfolg des ersten Augarten-Konzerts ist weithin beachtet worden. Erzherzog Maximilian war zugegen, sowie die Gräfin Thun, Herr Waldstein, Baron van Swieten und eine ganze Reihe weiterer wichtiger Persönlichkeiten. Ich bin so stolz!

Jetzt ist auch der dritte Akt der Oper fertig. Der Erfolg der Gartenkonzerte hat meinem Engel so viel Mühe, aber auch so viel Befriedigung eingebracht. Jetzt ist er ganz und gar mit seinen morgendlichen Lektionen, dem Schreiben der Oper und den Augarten-Konzerten beschäftigt.

Wir sind alle beide bei der Gräfin Thun zum Essen geladen. Wolfgang wird ihr seinen dritten Akt vorführen. Nun bleibt nur noch eine langweilige Arbeit: das Korrigieren.

Die Proben beginnen nächsten Montag!

Man braucht kein Hellseher zu sein, um zu wissen, daß der ganze Juni von der Oper und den Proben eingenommen sein wird. Wir werden so wenig zusammensein. Ich bin mir inzwischen unserer Gefühle ganz sicher und will mich keinen unsinnigen Befürchtungen mehr hingeben. Mit Mühe sehe ich ein, wie falsch es ist, eifersüchtig zu sein. Wolfgang mag es nicht, wenn ich ihn mit derlei quäle, aber manchmal sprudelt es gegen meinen Willen aus mir hervor, mir zieht sich das Herz zusammen, und ich kann es nicht über mich bringen, meine Unruhe für mich zu behalten. Ich bin glücklich, daß man sein Talent und seine Musik erkennt, und auch, daß ihn dies über alle anderen Komponisten in Wien hinaushebt. Aber ich ertrage es nicht, wenn sie sich ihm nähern und ihm Komplimente machen und wenn diese jungen, zur Verführung bestimmten Stimmen den kürzesten Weg zu seinem Herzen nehmen, den der Musik.

Es herrscht fast jeden Tag Hitze. Die Baronin fächelt sich morgens Kühlung zu und beklagt sich des Abends, daß sie sich so erschöpft fühlt. Meine Freundin Maria-Elise Wagner kam mich besuchen, und die Baronin hat sie zum Souper zurückgehalten. Dank dieser großmütigen und edlen Dame befinde ich mich in ehrbarer Gesellschaft.

Maria-Elise scheint sich vom Tod ihres Säuglings gut erholt zu haben, denn sie kommt niemals darauf zu sprechen. Uns wurde ein Wagen zur Verfügung gestellt, um sie nach Hause zu geleiten, und bei meiner Rückkehr fand ich zu meiner Überraschung die Baronin leidend.

Was ihre Kammerzofe mir nun anvertrauen wollte, erstaunte mich im höchsten Maße: Der Ritter Schmetterling hege eine starke Neigung für das Fräulein Katharina und habe die Baronin soeben von seiner neuen Schwärmerei unterrichtet. Es war ein schwerer Schock für meine Wohltäterin, sich von ihrer eigenen, wohlbehüteten und getreuen Nichte entthront zu sehen, dem Blümlein Rührmichnichtan mit den Katzenaugen.

Mir fehlten die Worte, um sie in ihrem Kummer zu trösten, und die Baronin wühlte sich schluchzend in die Laken.

Die darauffolgenden Tage weigerte sie sich zu essen und ließ sich ihren Spiegel bringen, um nach den so gefürchteten Zeichen des Alters zu forschen.

Die Baronin sprach kein einziges Wort mehr. So verging eine Woche, das ganze große Haus war still und traurig und nur vom Rhythmus der Schwäche- und Erregungszustände dieser armen Kreatur erfüllt. Am neunten Tag, als ich es nicht mehr aushielt, beschloß ich, diese Melancholie, die sich mit der Zeit zu einer rechten Trübnis zum Tode auswuchs, mit eigenen Mitteln zu bekämpfen.

Also nahm ich die Sache in die Hand. Als erstes ließ ich den Arzt der Baronin rufen, der sogleich mit mir schimpfte, weil ich ihn nicht früher geholt hatte.

Das lange Liegen hatte leider ihr Blut verdickt und den Geist der Kranken verwirrt. So wurde eine große Öffnung an der Vene angelegt, die sich zwischen kleinem und Ringfinger befindet – sie ist es nämlich, die das Leben rettet, wenn Todesgefahr droht. Als das Blut langsamer zu fließen begann und die Kranke schlaff wurde, wie es ihr Adel verlangt, verschloß man diese Luke, durch die all die Hitzen und die Zustände entwichen waren, wieder mit einem in Lindenblütentee getunkten Stück Stoff.

Dann forderte der Arzt die Baronin auf, sich aufzusetzen, wozu sie keinerlei Anstalten machte, denn die Unglückliche hörte nichts mehr. Man richtete sie also mit Gewalt auf und öffnete ihr, während sie so völlig in meinen Armen hing, zwei Venen am Kopf, mit denen man auch Halsleiden bekämpft.

Danach wurde die Baronin wieder hingelegt, aber auf das Gesicht. Ich hielt ihren Kopf, aus Angst, sie möchte in den Kissen ersticken.

Man legte ihren aristokratischen Anus frei, um sodann einige sehr flüssige Perlen von beruhigendem Rot hervortreten zu sehen.

Schließlich nahmen wir, die Kammerzofe und ich, die Anweisungen entgegen, wie sie zu pflegen sei, und ich versprach, in der Nacht aufzustehen, um bei der Baronin zu wachen.

Und während dieser Nachtwache sitze ich nun am Sekretär der Baronin. Ihr von einer schwachen Kerze beleuchtetes, wächsernes Gesicht ist ein sehr trauriger Anblick.

Sommer 1782

Die ersten Proben für die *Entführung aus dem Serail* sind unter großem Jubel vonstatten gegangen. Wolfgang läßt sich seine Freude anmerken und zeigt sich bester Stimmung. Ich bete jeden Tag für seinen Erfolg!

Es scheint sich ein furchtbares Komplott anzubahnen, und wir wissen nicht, von welcher Seite die Feinde von Mozarts Musik angreifen werden. Man hatte ihm mit keinem Wort gesagt, daß auch andere Opern zur Aufführung vorbereitet werden. Also kann sein Werk doch eigentlich niemandem im Wege sein. Woher soviel Feindseligkeit, warum ein Talent in den Staub zwingen?

Ich weiß wohl, und Wolfgang versteht das besser als jeder andere, daß, wenn seine Werke den Erfolg haben, den sie verdienen, wenn man endlich das Genie meines großen Komponisten erkennte, wenn man ihm nur alle Musiken anvertrauen wollte, die in den nächsten Jahren gespielt werden sollen, niemand auch nur noch eine Brotkrume für die Oper eines anderen geben würde.

Wer kann ein Interesse daran haben, einen Künstler zu verleumden, dessen herrliche Werke sich in den Dienst des Volkes stellen? Ein anderer Komponist? Zum Teufel damit! Für Amateure ist genug Platz, und was die echten Talente angeht, die wissen schon, mit wem sie sich um Protektion gut stellen müssen.

Langsam hebt sich die Brust meiner lieben Baronin. Ich habe die ganze Nacht über sie gewacht, aber sie scheint noch schwächer als gestern. Dabei habe ich doch von ganzem Herzen für sie gebetet!

Es muß nur schnell wieder der Arzt gerufen werden, damit man sie noch einmal gründlich zur Ader läßt.

Während im Haus noch alles schlief, kam Fräulein Katharina Peter aus ihrem Boudoir zu mir gelaufen, um sich nach dem Befinden ihrer lieben Tante zu erkundigen. Muß man so grausam sein, ihr zu sagen, wieviel Schuld sie an diesem Unglück trägt? Kann ich diese schöne junge Unschuld morden und ihr sagen, woran ihre Tante leidet? Gewiß nicht, niemals hätte ich den Mut und die Bösartigkeit, ihr dies zu enthüllen.

Die Inbrunst, mit der sie betet, zeigt, wie tief und ehrlich sie sich der Baronin verbunden fühlt.

Stundenlang kniet sie auf den Fliesen, die Hände von einem Rosenkranz mit Gold und Beryll umwunden, und spricht Gebete. Und selbst im Gebet und in ihrem Kummer bleibt ihre Schönheit unübertroffen.

Heute hat Wolferl seine Vormittagslektionen beendet, den fröhlichen Kopf zur Zimmertür hereingesteckt, und war schon wieder verschwunden im Laufschritt zum Theater und seinen Proben. Ihm waren einige Blätter aus der Mappe gefallen, und ich beeilte mich, ihm beim Aufheben zu helfen.

Unser dummes Zerwürfnis liegt lange zurück, und wir lachten über unsere dreckverschmierten Finger. Er betrachtete einen Moment lang seine Seiten und sagte: »Je nun, ich habe die Oper ohnehin nicht ganz aufgeschrieben, es soll doch niemand seine eigenen Veränderungen davon machen. Siehst du, meine gute Constanze, auf diese Weise weiß niemand, was gespielt werden muß, auch nicht der beste Trompeter oder Klarinettist!«

Er kam noch näher heran und flüsterte: »Außer meiner süßen Flötistin, die mir auch noch ganz ohne Partituren die Glöckchen spielen kann, oder?«

Dann verschwand er mit der Aussicht, daß wir uns nach den Proben kurz sehen würden.

Es ist unmöglich, die Baronin über Nacht ohne Beistand zu lassen, denn sie könnte Trost nötig haben und sich wundern, daß ich nicht an ihrer Seite bin.

Ich sehe keine Verbesserung bei meiner Baronin. Auf Anraten des Arztes habe ich einen Priester kommen lassen, soweit sind wir schon. Wie schwer es ist, die Tränen zurückzuhalten, wenn ich ihr abgemagertes Gesicht und das erloschene Lächeln sehe.

Pater Pozzi hat sein Kommen angekündigt, um ihr die Sterbesakramente zu erteilen. Ich erwarte ihn voll Unruhe. Wir alle beten.

Padre Pozzi war da. Er scheint zutiefst bewegt von den ruhigen und durchscheinenden Zügen der Baronin. Ihre schweißnassen Haare lagen um ihren Kopf gebreitet wie die der heiligen Maria Magdalena. Ihr feines, besticktes Leinenhemd bebte über der Brust.

Er setzte sich neben das Bett, öffnete die schweren Vorhänge und schlug sein Gebetbuch auf. Der Duft nach wilden Rosen schwebte durch den Raum. Ich sah mich nach dem Strauß um, konnte aber keinen entdecken.

Während der junge Priester unermüdlich seine Gebete sprach, öffnete die Baronin die Augen, und das altbekannte offene Lächeln legte sich über ihre Züge. Sie wandte sich dem *padre* zu und betrachtete ihn mit unendlicher Zärtlichkeit. Er nahm die Hand, die sie ihm entgegenstreckte, und hielt sie fest in der seinen.

Da schien es wie ein Blitzschlag durch die Baronin zu laufen. Sie hob den Kopf und betete mit dem Pater. Ihre verschmelzenden Stimmen und der zarte Rosenduft waren stärker als die Schwäche der Baronin: Nach so vielen Tagen ohne Essen und Trinken hatte ihr das Weihwasser auf ihren Lippen Kraft und Lebensmut zurückgegeben.

Die Kammerzofe und ich empfanden es wie ein Wunder. Der Herrgott in seiner unendlichen Güte hatte durch den jungen Priester unserer lieben Baronin Leben und Glauben zurückgegeben.

Sie war überwältigt von seinen blonden Locken und dem etwas

unsicheren Lächeln. Für eine Heilige vor der Engelsschar hätte man sie halten können – wäre da nicht ihr seltsames Verhalten gewesen und ihr plötzlicher Appetit auf einen neuen Liebhaber.

Die strahlenden Augen verrieten ihre Sehnsucht nach Leidenschaft, und während die Farbe in ihre Wangen zurückkehrte, wurde der Schatten von Schmetterling immer blasser. Der junge Pater Pozzi wird schon bald erleben, wie die Liebe schwindeln macht, und gegen seine eigenen Dämonen ankämpfen müssen!

Ich bin gleich zum Fräulein Nichte gelaufen, um die Nachricht zu verbreiten. Tränen der Freude liefen ihr über das Puppengesicht. Schmetterling eilte an der Baronin Lager und küßte ihr mit solcher Hingabe die Hände, daß sie mit schwacher Stimme den Segen zu seiner künftigen Vermählung gab.

Und so wendet denn meine so redliche und mildtätige Baronin den Blick ihrem neuen, vielversprechend unerfahrenen Verehrer zu und erbarmt sich der jungen Liebenden.

Heute morgen hat mich der Wagen der Baronin zu Wolfgangs Zimmer gebracht. Meine Wohltäterin hat sich ganz und gar von ihrem schrecklichen Siechtum erholt, und so kann ich fort. Unser Arrangement hat ein Ende gefunden, doch nun sehe ich mich großzügig bedankt für meine Fürsorge und beschenkt mit einer noblen und ehrenwerten unschätzbaren Freundin.

Der Gedanke, wieder zu meiner Mutter zurückzukehren, ist wenig angenehm. Ich weiß nicht, wie ich mich ihr zu Gefallen verhalten soll, ohne dabei mein Wesen zu verraten.

Wolfgang hat mich so oft gebeten, zu ihm in sein Zimmer zu kommen! Es schien mir angeraten, mich vorher sorgsam zu vergewissern, daß man mich nicht dort überraschen könnte. Meine Freundin, die Baronin, hat es ihrem Kutscher ganz deutlich gesagt: Das Gepäck von Mademoiselle wird erst abgeladen, wenn ganz sicher ist, daß niemand aus ihrer Bekanntschaft sie gesehen hat.

Mein Retter, da bin ich!

⁂

Es ist so bezaubernd am Sommerregen, daß er die Plätze mit wattigen Regenbogen überzieht. Heute im abendlichen Licht wölbt sich ein farbiger Bogen über der Pestsäule am Graben. Noch nie hat das Gold ihrer Spitze so hell gestrahlt.

Der Kutscher ist mir, beladen mit meinen kleinen Gepäckstükken, auf der Treppe vorausgegangen. Ein wenig schwerer waren sie geworden von den Geschenken der Baronin: ein himmelblaues Seidenkleid, ein chinesischer Fächer und ein mit einer Ruinenlandschaft verziertes Aufbewahrungskästchen.

Der Star schlief in seinem Käfig; mein Besuch weckte ihn. Er begann sein Gefieder zu putzen, während ich mir meinerseits das Haar richtete.

Ach, ich wartete kaum zehn Minuten, bevor ich Stiefel die Treppenstufen heraufsteigen hörte. Gleich darauf ging die Tür auf, Wolferl warf seine Notenblätter von sich und schloß mich in die Arme.

So standen wir aneinandergeschmiegt, eine ganze Ewigkeit.

Ich habe es so gut getroffen, von dem Mann geliebt zu werden, den auch mein Herz gewählt hat!

⁂

Bald werden wir unsere Vermählung verkünden, denn der Erfolg der Gartenkonzerte bringt Geld ins Haus, und die Oper wird viel Beifall erhalten. Joseph II. hat Mozart offen seine Unterstützung verkündet, denn die Intrigen, um das Werk zu verhindern, scheinen sich zu verdichten.

Es ist natürlich nicht nach jedermanns Geschmack, daß die Christen von den Muselmanen eine Lektion in Toleranz erhalten …

Dieses bewunderungswürdige Werk klagt ganz offen die Unterdrückung an, und in den Dialogen sollte jeder einen Teil von sich entdecken.

Nichts scheint Wolferls unvergleichlich gute Stimmung trüben zu können.

⁂

Wir haben noch gar nicht miteinander geschlafen, denn er hat von seinem Vater den Auftrag für eine neue Sinfonie bekommen und mußte die halbe Nacht hindurch schreiben, um diese Bitte zu erfüllen und damit sie bis zum 29. Juli, wenn des Vaters Freund Haffner geadelt wird, in Salzburg ist.

Eine Wonne war es, im fahlen Kerzenlicht sein Gesicht zu betrachten und zu sehen, wie sein Geist nur mit den Noten beschäftigt war, die hinter seiner Stirne tanzten. Als der Star trällernd das erste Morgenlicht begrüßte, streckte Wolferl sich neben mir aus. Zwei Stunden schlief er, das Gesicht zwischen meinen Brüsten vergraben.

Dann trafen die ersten Julistrahlen wärmend unsere Gesichter, und ein neuer Tag hatte begonnen.

Wir trennten uns nach einem langen Kuss *à la française*. Es war ein mir noch gänzlich unbekannter Brauch, aber er weckte alle Regungen in mir und machte mich bedauern, daß ich ihn nun erst kennenlernte. Wolfgang umfing mit seinem Mund meine Lippen, dann fuhr er mit der warmen, feuchten Zunge rundherum und stieß damit vor. Als die meine ihm entgegenkam, war ich überrascht von diesem einzigartigen Geschmack. Welche Würze, welches Raffinement – da kamen mir die einstigen schlichten Küsse plötzlich recht fade vor. Ich habe gar nicht gewußt, wie vollkommen die Franzosen diese Kunst der kleinen Gesten beherrschen, die die Haut erschauern machen und jede Zurückhaltung zum Schmelzen bringen.

Was für ein Opfer, sich wieder seinen Pflichten zuzuwenden. Wolferl mit seiner Gräfin und ich bei meiner Baronin …

Dieser Abend war ein Fest!

Sie waren alle da: die Baronin, Schmetterling, Katharina – die nach ihrem liebreizenden Gurren zu schließen den Spitznamen als Heilige nun nicht mehr verdient. In den Logen erkannte ich einige der üblichen Gesichter. Mademoiselle Auernhammer sah von weitem hübsch beieinander aus, ich meine angesichts der vergangenen Wochen.

Wolfgang, mein Maestro, mitten unter den Musikern in einem

fliederfarbenen Seidenrock: *Die Entführung aus dem Serail* wird beginnen …

Denkt nur, hätte ich am liebsten allen zugerufen, ich bin die Verlobte des kleinen Mannes da vorne, dieses großen Meisters der Musik, dessentwegen wir alle heute abend gekommen sind. Seht, wie stolz ich auf ihn bin!

Die Ouvertüre begann und schreckte die Leute förmlich von den Sitzen hoch. Das Publikum war überrascht von der heiteren Stimmung dieser Musik. Es begann unter allgemeinem Aufruhr. Die beiden Ouvertüren gingen mit vollendeter Poesie in die Eingangsarien über.

Dann hörte man die Arie des Belmonte, die auch schon in der Ouvertüre vorkommt, aber diesmal in Dur. Einen Augenblick lang wurde die Stimme von Pfiffen übertönt, aber das Ganze war dennoch gut anzuhören. Unter kräftigen Bravorufen, die die Pfiffe überdeckten, erklangen Lied und Duett, unterbrochen vom *parlato*. Mein Herz schlug im Rhythmus eines jeden Liedes, ich war kurz vor der Ohnmacht.

Die Duette und auch das Rondo im zweiten Akt mußten wiederholt werden!

Der dritte Akt erfüllte die Zuhörer mit reiner Wonne. Leider versang sich Fischer und gab einen jämmerlichen Osmin ab. Deshalb kam Ernst Dauer als Pedrillo durcheinander und verließ sich auf Adamberger, um wieder hineinzufinden. Ich erkannte meinen Wolfgang nicht wieder, so deutlich stand ihm der Zorn im Gesicht. Aber das Publikum schien das alles nicht zu stören. Die Cavalieri sang eine höchst brillante Konstanze, und nun verstand ich auch, warum Wolfgang sich für diese vollkommen klare Stimme entschieden hatte.

Alle Plätze im Saal waren besetzt, die Logen, der dritte Rang, alles war ausverkauft! Der Applaus wollte nicht aufhören, und Wolfgang Amadeus Mozart, mein Verlobter!, sonnte sich im wohlverdienten Ruhm. Ich war die glücklichste Braut aller Zeiten!

Sobald das Singspiel beendet war, ging ich zur Wohnung meiner Mutter, um ihr meine Eindrücke vom Triumph ihres künftigen

Schwiegersohnes mitzuteilen. Ich bekam zur Begrüßung einen Schlag auf das Hinterteil mit dem Kochtopf, weil ich meine Pflicht der »so liebevollen Mutter gegenüber, die sich immer so für dich aufgeopfert hat« vergessen und versäumt hatte, ihr eine Karte für diesen Abend zu besorgen, wo Herrschaften aus der besten Gesellschaft zusammengekommen waren.

Wie sollte ich auch ahnen, daß Caecilia Weber nach all den Verwünschungen, Beleidigungen und all der Bitterkeit mehr als alles auf der Welt der Musik des Mannes applaudieren wollte, den sie gewaltsam an mein Schicksal zu binden versucht hatte?

Graf Zichy läßt eine Kutsche schicken, damit Wolfgang in seiner Begleitung nach Laxenburg fährt und vor Fürst Kaunitz auftritt.

Nun stellt sich eine neue und dringende Aufgabe von höchster Bedeutung: Seine Oper muß für Blasinstrumente arrangiert werden, bevor ihm irgendjemand zuvorkommt und seinen Profit aus dem Werk zieht.

Gott! Woher soll er die Zeit nehmen zwischen seinen morgendlichen Lektionen, den Konzerten hier und da, Konstanze und Belmonte im Opernhaus, den Akademien, der Niederschrift dieser Sinfonie für seinen Herrn Vater – und jetzt auch noch die dringenden Arrangements für die Oper!

Gestern ist mir die *Leipziger Zeitung* in die Hände gefallen, und ich bin immer noch voller Zorn! Da wagt es doch ein gewisser Christoph-Friedrich Bretzner, übelste Verleumdungen über die *Entführung aus dem Serail* in die Welt zu setzen:

> *Ein gewisser Mensch, Namens Mozart, in Wien hat sich erdreistet, mein Drama ›Belmonte und Constanze‹ zu einem Operntexte zu missbrauchen. Ich protestire hiermit feierlichst gegen diesen Eingriff in meine Rechte und behalte mir Weiteres vor.*
> *Christoph Friedrich Bretzner, Verfasser des ›Räuschgen‹*

Diese Erklärung erstaunt mich, denn ich denke, daß auch die Personen des von Bretzner geschriebenen Dramas durchaus ihren Ursprung in Werken von Gluck wie *La Rencontre imprévue* finden dürften oder auch in Geblers *König Thamos*.

Und heißt es nicht in der Stadt, Konstanzes *Entführung aus dem Serail* sei in Wahrheit *meine* Entführung aus dem Auge Gottes?

Bereits die ersten beiden Vorstellungen der *Entführung* haben zwölfhundert Gulden eingebracht!

Am 26. Juli ist Nannerls Namenstag. Wolferl und ich haben ihr einen kurzen Brief geschrieben, dem ich meine guten Wünsche anfügte. Die Vorstellung übermorgen abend wird all jenen zu Ehren gegeben werden, die Anna heißen.

Natürlich kann mein Stil nicht mit dem meiner hochehrwürdigen künftigen Schwägerin konkurrieren, aber ist es nicht das Herz, das zählt?

Wertheste freundin!

Verzeihen sie daß ich so frey bin sie wieder mit meinem gekrütze zu über lästigen, allein! daß heran nahende Nammens fest muß mich entschuldigen! – und wenn es ihnen schon ungelegen fällt so wie es alle gratulationen sind so – ist doch mein trost, daß ich sicher nicht die einzige bin, die ihnen hierinn ungelegen fällt. – und daß wenigste! was ich verdiene! ist, das sie mich im Gottes namen gedulten, wie alle die andern; könten sie aber in mein herz sehen, und darinn alles lesen. – so würde ich vielleicht von diser allgemeinen klasse ausgeschlossen – wenigestens daß – *vielleicht – ja gewis – unter den ausgeschlossenen selbst einigen vorzug verdienen. – Ich Wünsche ihnen also von herzen – so glücklich zu seyn! nicht erst zu werden! sondern es wirklich so zu seyn, als ich es mir in die zukunft zu werden Verspreche – dann sind sie es*

Ihre ergebene dienerin und freundin
Constanza Weber

So Gott will, werde ich auch dieses Mal die Freude haben, eine Antwort auf mein kurzes Schreiben zu lesen zu bekommen ...

Wolfgang gönnt sich keine Minute Ruhe, Kopf und Hände widmen sich ganz der Musik.

Gestern wurde die Oper zum dritten Mal gegeben, und diesmal ohne die einstigen Fehler von Fischer und Dauer. Die Vorstellung endete mit einem gewaltigen Applaus zu Ehren aller Nannerls, ganz wie Mozart es seiner Schwester, seiner lieben Schwester versprochen hatte.

Das Publikum ist ganz verrückt nach dieser Oper. So sehr, daß nun schon Wolfgang derjenige ist, der sich geplanten Vorführungen widersetzen muß, denn er fürchtet, die Leute könnten vom vielen Hören ermüden und ihrer zu schnell überdrüssig werden.

Er genießt seinen Erfolg, und sein froher Sinn ist mir Glücks genug.

Die Mittagshitze ist erdrückend. Mein Mieder ist schwitzig bis in die Abendstunden. Feuchte Flecke zeichnen sich auf meinen Kleidern ab, und zwar unter den Armen, so daß ich meine Bewegungen im Zaum halten muß.

Wolfgang hat Mühe, die Übelkeit zurückzuhalten, wenn er in Demoiselle Auernhammers Nähe kommt. Ihr Schwitzen und der freigelegte Busen stören ihn sehr. Niemals würde ich auf die Idee kommen, ihm solche Aureolen zu präsentieren.

An diesem letzten Tag im Juli habe ich meine Schwestern besucht. Ich hatte eine Korb voller Leckereien und ein reizendes Kätzchen mitgebracht, das ich auf der Straße gefunden hatte. Das arme Tier war voller Flöhe.

Josepha und Sophie begrüßten mich freudig. Wir unterhielten uns über meine Hoffnung auf – so helfe Gott! – baldige Verehelichung und lachten über Sophies erste Regungen für den Sohn einer benachbarten Gräfin. Josepha erwähnte mit keinem Wort, ob sie einen Verehrer hat, und ich hütete mich wohl, danach zu fragen. Ich bemerkte nur ein paar Essensflecken auf ihrem über der kräftigen Brust gekreuzten Musselinschal. Wenn Josepha wie je ihre Vorliebe für Süßes pflegt, heißt das, daß sie noch immer nicht an etwas anderes denkt.

Singen und Essen, darin besteht das ganze Universum meiner älteren Schwester.

Das Kätzchen wurde auf den Namen Kapuzin getauft, weil es eine Art Kapuze von dunklen Haaren auf dem Kopf trug, die ihm bis zum kleinen Näschen hinunterreichte. Es trank eine ganze Tasse Milch und machte sich gleich auf, seine neue Wohnung zu erkunden, ängstlich zitternd über den eigenen Wagemut.

Der Tag verging unter gemeinsam verbrachten kleinen weiblichen Freuden. Sophie hatte damit begonnen, ein Band zu bemalen, mit dem sie die Ränder eines neuen Kleides einfassen wollte. Josepha setzte sich ans Klavier und erfreute uns mit ihren Melodien. Meine Schwestern wirkten reizend und stillvergnügt. Der ganze Salon war von einer gewissen Milde erfüllt. Doch dann kam unter großem Getöse meine Mutter zurück, und kurz darauf schallte ein durchdringender Schrei bis in den Salon.

Wir liefen zur Mutter, deren Stimme ich seltsamerweise gar nicht wiedererkannt hatte. Wir fanden sie auf dem Boden liegend. Ihr Gesicht war zu einer furchtbaren Grimasse verzerrt, und die Schminke hatte eine grünliche Färbung angenommen.

Sie sagte nichts auf unsere fragenden Mienen und begnügte sich damit, ihre Unterröcke zu heben: Da lag Kapuzin auf den Fliesen, zerquetscht vom *zarten* Schuh unserer Mutter.

Die arme Sophie warf sich zu Boden und hob das kleine flauschige Wesen bitter schluchzend auf. Als wir ob dieser großen Verzweiflung die Augen zur Mutter aufhoben und nach Schmerz, Mitleid oder wenigstens einer Spur des Bedauerns forschten, sahen wir nichts als Herzenskälte in diesen grünlichen Zügen.

Als ich abends Wolfgang von meinen Bekümmernissen erzählte, umfing er mich mit tausend Liebkosungen.

Nach dem Abendessen auf einer geflickten Decke, beschloß er, seinem lieben Vater zu schreiben, um ihn um seine Zustimmung zu unserer Heirat zu bitten.

... liebster, bester vatter! – ich muß sie bitten, um alles in der Welt bitten; geben sie mir ihre Einwilligung daß ich Meine liebe konstanze heyrathen kann. – glauben sie nicht daß es um des heyrathen wegen allein ist – wegen diesen wollte ich noch gerne warten. – allein ich sehe daß es meiner Ehre, der Ehre meines Mädchens, und meiner gesundheit, und gemüths zustand wegen unumgehlich nothwendig ist. – Mein herz ist unruhig, mein kopf verwirrt – wie kann man da was gescheides denken und arbeiten? – wo kömmt das her? – die meisten leute glauben wir sind schon verheyrathet – die Muter wird daruber aufgebracht – und das arme Mädchen wird samt meiner zu tode gequält. – Diesem kann so leicht abgeholfen werden. – glauben sie mir daß man in den theuern Wienn so leicht leben kann als irgendwo, es kömmt nur auf wirthschaft und ordnung an. – die ist bey einem Jungen, besonders verliebten Menschen nie. – wer eine frau bekommt, wie ich eine bekomme, der kann gewis glücklich seyn. – wir werden ganz still und ruhig leben – und doch vergnügt seyn. – und sorgen sie sich nicht – denn, sollte ich, gott bewahre, heute krank sein besonders verheyratet so wollte ich wetten daß mir die Ersten der Nobleße einen grossen schutz geben würden. das kann ich mit zuversicht sagen. – ich weis was der fürst kaunitz zum kayser und Erzh: Maximilian von mir gesprochen hat. – ich erwarte mit sehnsucht ihre Einwilligung mein bester vatter – ich erwarte sie gewis – meine Ehre und meine ruhe liegt daran. – sparren sie nicht zu weit das vergnügen ihren Sohn mit seiner frau bald zu umarmen. Ich küsse ihnen 1000mal die hände und bin Ewig dero

gehors: Sohn
W. A. Mozart

P: S: Meine liebe schwester umarme ich vom herzen.
mein konstanze empfiehlt sich beyderseitz. – Adieu.

Als wir gerade diesen Brief beendeten, kam der von Herrn Mozart mit dem letzten Postwagen.

Wolfgang ist zutiefst getroffen von der Kälte seines Vaters. Kein Wort der Befriedigung über den Erfolg seiner Oper. Nur noch mehr Gerede über Wolfgangs angebliche Wichtigtuereien und was er alles bei seiner Begegnung mit den *professori* der Musik hier in der Stadt lauthals geprahlt haben soll. Wer kann sich denn einen Spaß daraus machen, solchen Unsinn bis nach Salzburg weiterzugeben?

Warum nur muß eine schlechte Nachricht auf die andere folgen und den ganzen Tag verderben?

August 1782

Neuerdings haben wir eine kleine Wohnung im sogenannten Haus zum roten Säbel, Hohe Brücke Nr. 387. Für Wolfgang ist es wie eine Rückkehr in Kinderzeiten, denn er erinnert sich noch gut, wie er 1767 mit seinen Eltern hier gewohnt hat.

Nun ja, die Wohnung muß noch ein wenig verschönert werden, aber deshalb ist sie nicht weniger angenehm.

Es war ein großer Kummer für uns, nach meiner Rückkehr in das Auge Gottes keinen Ort mehr zu haben, an dem wir uns lieben konnten, und der Erfolg seiner Oper macht es möglich, eine höhere Miete zu zahlen.

Katherl, Mamas Bediente, kam mit Wolfgangs Notenblättern beladen zu uns. In einer Eile, die ihre schlechte Laune verriet, hatte meine Mutter alles, was im Auge Gottes zurückgeblieben war, zusammengepackt und an den Besitzer geschickt. Wir mußten ihr sogar schriftlich den Empfang bestätigen.

Sophie kam uns besuchen und schluchzte zum Herzerbarmen. Nach einem Glas kalten Wassers erholte sie sich ein wenig und brachte einige Worte hervor: »Constanza, du mußt unbedingt nach Hause kommen, sonst will Mama dich von der Polizei holen lassen!«

Kann es sein, daß die Polizei einfach so in irgendein Haus eindringt und sich gewaltsam einer Person bemächtigt?

Mama würde vor keinem Skandal zurückschrecken, um zu zeigen, daß man nicht mit der Familienehre spielt. Wie beschämend für mich und Wolfgang, wenn ich abgeholt würde wie eines der Mädchen am Graben und zurück zu meiner teuren Mama geleitet!

Lieber Gott, erspare mir diese Schande, ich weiß nicht, wo ich noch hin soll ...

Wir haben keine Zustimmung von Monsieur Mozart zu unserer Heirat erhalten. Manchmal ist es unerträglich, auf einen Brief oder eine Nachricht zu warten.

Wolfgangerl hat in aller Eile einen Brief an die Baronin Waldstätten geschrieben, um ihr darzulegen, in welches Elend meine Mutter uns stürzt, und sie um einen wohlmeinenden Rat zu bitten. Wolfgang möchte mich, wenn es sein kann, heute noch heiraten, sonst gleich morgen.

Und Thorwart? Muß es zu einer Begegnung kommen? Da müßte man sich wieder verbiegen. Und würde er bei der Baronin vorsprechen? Mein Herz ist rastlos, mir schwirrt der Kopf, ich kann diese Qualen nicht mehr ertragen. Ich möchte nur in Ruhe meine Leidenschaft leben.

Heute morgen gehen wir alle beide in die Theatinerkirche, um vor der Trauung die Beichte abzulegen.

In diesen leidvollen letzten Tagen bin ich oft zur Kirche gegangen, und wenn er konnte, also wenn nicht gerade eine Lektion vorgesehen war, hat mein Ritter mich zum Gebet begleitet.

Diese Zusammengehörigkeit im Glauben und unser gemeinsames Empfinden bei der Heiligen Messe hat Wolferls Bild von uns beiden als Paar gefestigt: »*... wir sind für einander geschaffen – und gott der alles anordnet, und folglich dieses auch allso gefüget hat, wird uns nicht verlassen.*«

Übermorgen werden wir vor Gott Mann und Frau sein! Übermorgen ist unser Finale, unser Triumph.

Aber bevor uns diese große Gnade zuteil wird, müssen wir unseren Ehevertrag unterzeichnen, in dem wir die Aufteilung unseres Besitzes festlegen. Meine gute Freundin, großmütige und lustige Verbündete, Martha Waldstätten, schenkt mir eines ihrer schönsten Kleider. Eine Arbeit aus grauer Seide, verziert mit weißer Spitze und Silber an den Ärmeln. Die vielen Volants und bauschigen Schleifen sind sonder Zahl. Für den Kopfschmuck und die Locken stellt sie mir ihre Friseuse zur Verfügung.

Nun ist der Vertrag unterzeichnet! Morgen, ja, mit Gottes Hilfe und dem Wohlwollen der Baronin werde ich morgen ... Constanze Mozart, Frau Mozart!

Morgen werde ich eine völlig andere sein, trunken von meinem Glück.

Mama zeigt sich heute abend recht zufrieden, denn der von Wolfgang unterzeichnete Ehevertrag war zu einer rechten Obsession geworden. Auch wenn ich ein Exemplar zerrissen hatte, existierte er nach wie vor in einer zweiten Ausfertigung im Hause von Thorwart.

Auch heute hat die Post Leopold Mozarts Segen zu unserer Verbindung nicht gebracht. Wir werden dennoch morgen verheiratet sein!

Man hat uns das Aufgebot erlassen, was ungewöhnlich ist. Aber wir haben beide gelobt, daß es kein Ehehindernis gibt. Nichts könnte wahrer sein! Es gibt kein Hindernis ...

Ich bin Constanze Mozart!

Ich bin verheiratet mit Joannes Chrysostomus Wolfgangus Theophilus Mozart.

Ich bin vor Gott mit dem vereint, den ich liebe.

Nie wird es eine berührendere Zeremonie geben als die unsere an diesem gesegneten Tag.

Die Orgel im Stephansdom verkündete die Größe unseres Herrn. Gott im Himmel, wie tönte Deine Allmacht aus den riesigen Pfeifen, während ich mich Dir feierlich näherte.

Ihm.

Das Rascheln meines Kleides klang wie der Flügelschlag eines Engels. Ach, wie war das alles voller Wohlwollen und Harmonie.

Jeder der Anwesenden trug den heißen Wunsch in sich, daß unsere Vermählung verkündet würde, aber niemand konnte so tief bewegt sein wie die Braut selber, niemand kann ermessen, wie glücklich ich bin.

Als wir einander den Treueeid geleistet hatten, fing ich an zu weinen – und Wolfgang auch –, und alle anderen waren so gerührt von unserem Glück, daß die ganze Gesellschaft in Tränen ausbrach, selbst der Priester.

Wir gaben wirklich ein schönes Konzert ab, alle diese gerührten Menschen, vom empfindsamsten bis zum robustesten.

Die Baronin Martha Waldstätten hat uns das Hochzeitsbankett gegeben. In ihrem Park wurde eine feierliche, blumengeschmückte Tafel errichtet, und man schien sämtliche Kerzen der Stadt zusammengetragen zu haben, um den Garten zu erleuchten. Ein linder Abendhauch brachte die Kristalltropfen an den Kandelabern zum Klingen.

Schmetterling und seine reizende Katharina tanzten zum Klang der Geigen. Die Baronin hatte einige Musiker engagiert, Mozarts Werke zu spielen, auf daß auf diesem Fest alles gewürdigt würde: der Triumph der Liebe, die Schönheit der Musik, die volle Pracht des Sommers, der Lilienduft und ihre eigene Wiedergeburt.

Pater Pozzi tanzte nicht, aber er plauderte lange mit Thorwart, und vielleicht – mit der Hilfe Gottes, des Allmächtigen – ist es ihm gelungen, sein Herz zu erweichen?

Meine Mutter hörte gar nicht auf die Musik ihres Schwiegersohns, aber sie konnte sich kaum lassen über den guten Geschmack der Baronin und wurde nicht müde, alle ihre Vorkehrungen in den höchsten – und lautesten – Tönen zu rühmen.

»Liebe Baronin, dieses Souper ist ja mehr *fürstlich als baronisch*, und ich muß Ihnen sagen, wie sehr ich Ihren musikalischen Geschmack schätze!«

»Es freut mich sehr, daß er Ihnen gefällt, aber Sie müssen nicht mich dafür loben! Diese Noten, die so sehr Ihre Sinne erfreuen, stammen von Ihrem ergebenen Schwiegersohn. Es wäre doch von großem Nachteil gewesen, hätte er sein Wunderwerk auf der Polizeiwache komponieren müssen, um seine Verlobte vor einem ärgerlichen Komplott zu retten. Ganz Deutschland wäre um ein Werk betrogen worden, das sie zur Stunde entzückt.«

»Na dann: Schmeck's!« flüsterte Wolfgang. »Ich möchte wetten, daß deine Mutter uns nach dieser Abfuhr der Baronin erst einmal in Ruhe lassen wird!«

Nichts kann mein Glück trüben. Im Moment ist mir alles egal.

Endlich hat uns der väterliche Segen erreicht! Herr Mozart gibt in seiner großen Güte und im Vertrauen auf seinen geliebten Sohn unserer Vereinigung seine Zustimmung.

Werden wir ihm mitteilen müssen, daß wir nicht auf diesen Segen gewartet haben, um uns vor Gott zu vereinigen?

Schließlich hatten wir so lange auf diesen Brief gewartet, daß uns ob der Enttäuschung und des Drucks von allen Seiten in unserer Not kein anderes *Finale* mehr übrigblieb.

Und jetzt wache ich im fahlen Morgengrauen in den Armen meines Gatten auf, und niemand kann mir einen Vorwurf daraus machen. Der Sommer geht dahin, und ich zähle schon nicht mehr, wie viele Male wir zum herrlichen Strahlen dieser Klarheit und dieses Glücks aufgestanden sind.

Bis zehn Uhr bleiben die Vorhänge geschlossen. Der Star hüpft unruhig auf seinem Haselnußzweig herum, sobald die Glocken von Maria am Gestade zu läuten beginnen, aber wir hören gar nicht auf ihn, so sehr sind wir damit beschäftigt, unsere Vermählung zu feiern.

Noch halb vom Traum umfangen und doch schon voll der Wollust wendet Wolfgang sich mir zu, immer zu Liebkosungen aufgelegt. Da gibt es keine Pause.

Oh, er ist immer noch der gleiche, seine heißen Zärtlichkeiten rauben mir die Sinne.

Ich kann mich ihm gar nicht verweigern, denn ich bin sein nach dem Willen Gottes. Und ich will sein schönes Werkzeug auch gar nicht von den Tiefen fernhalten, die sich unter meinem Hemd verbergen, denn die Strafe wäre mir genauso arg. Nie war er so eifrig beflissen, mich zu verwöhnen und mir Komplimente zu machen.

Ganz in mir aufzugehen.

Mich unablässig zu nehmen, meine Leberflecke zu zählen, mir durchs Haar zu fahren, zu sagen: Ich liebe dich. Er zeigt es und singt es.

Er liebt mich.

Mich Constanze Mozart, die ich ohne Schönheit bin.

Und niemals, nie im Leben, hätte ich zu hoffen gewagt, daß ich einmal meine ganze Zeit im Bett verbringen würde, ohne mir das Gezänk und die Verachtung meiner Mutter dafür einzuhandeln. Wie schön ist es, sich genüßlich auszustrecken zum Sang des Stars, auf die Uhr zu sehen und sich noch für ein paar Minuten, vielleicht sogar Stunden, umzudrehen und dem herrlichen Nichtstun hinzugeben …

Es ist wirklich schade, daß die Dinge der Liebe jungen Mädchen gegenüber von soviel Geheimniskrämerei umgeben werden.

Diese Anmaßung! Alles konzentriert sich nur auf die Werkzeuge, und das Gefühl wird verschwiegen.

Heute haben wir meiner Mutter einen Besuch abgestattet. Von nun an werde ich nur noch zu den Geburts- und Namenstagen einer meiner Schwestern dorthin gehen.

Wir amüsierten uns, wie mir früher so oft das Essen für meinen Mann mißlungen ist und wie er sich, im Vertrauen auf meinen Willen, diese Kunst eiligst zu erlernen, jeder Kritik enthalten hat. Meine Schwestern, und ganz besonders Josepha, die für ihre Kochkünste berühmt ist, lachten herzlich.

Meine Mutter gebärdete sich als Cavalieri und ließ sich wortreich darüber aus, wie Wolfgang doch zu bedauern wäre, weil er ja nun unlösbar an diese unscheinbare und tolpatschige Person gebunden sei, nämlich mich.

Ich brach in Tränen aus.

Wolfgang erkannte sogleich den wahren Grund für Caecilia Webers Enttäuschung: Wir hatten unser Verlöbnis schließlich nicht gelöst, und so blieb ihr die heiß erhoffte Pension auf ewig verwehrt.

Mein Mann war sehr ärgerlich über ihr Verhalten, und während ich nur immer mehr weinte, nahm er galant meinen Arm und erklärte, es sei nun Zeit zu gehen.

Ich bin traurig über das alles. Ich glaube nicht, daß ich ihr ihre Grausamkeiten jemals verzeihen kann.

Die Baronin ist vergnüglich wie immer. Was sie heute sagte, hat uns deutlich gemacht, daß sie beim Küssen noch nie eine Zunge zu kosten bekommen hat.

Wolfi machte sich die Abwesenheit von Pater Pozzi zunutze und neckte die Baronin mit den unterschiedlichen Geschmäckern einer jeden Zunge, das ganze begleitet von einem lustigen Stück am Klavier. Sie kamen alle vor, aber ich habe mir nur wenige gemerkt: die des stets abwesenden Herrn Baron, die nach spanischem Tabak schmecken dürfte, die von Schmetterling, gewiß mit Rosenwasser gewürzt, denn trinkt ein Schmetterling nicht von den Blumen?, meine, voll der frohen Erinnerung an unsere Küsse, die seines Herrn Vaters, hoffentlich mit einem Hauch Scheiße belegt, weil er sich ständig vor Wut in den Hintern beißt, die Zunge meiner Mutter, gespalten wie die einer giftigen Viper, und schließlich die des *padre*, die sich nur in ihrem Kirchenschiff regt, um wohlwollende, gewiß mit Meßwein gewürzte, wohltuende Sätze verlauten zu lassen.

Die Baronin zeigte sich von Wolfgangs Spielereien höchst belustigt und gab zurück, die Zunge des Paters sei keineswegs sein beweglichstes Teil und auch nicht das mit der wohltuendsten Wirkung!

Wolfgang schwor feierlich über dem Schlußakkord, die baronesken Papillen mit den besten in Salz eingelegten Kalbszungen sowie den hervorragendsten geräucherten Rinderzungen zu versehen, die mit der Extrapost aus Salzburg kommen sollten.

❧

Zur nächsten Fastenzeit fahren wir vielleicht nach Paris. Wolfgang nimmt Unterricht in Englisch und Französisch. Ich höre vom Bett aus zu und wiederhole leise diese fremdartig klingenden Worte.

❧

Auf Bitten Glucks wird die Oper meines Mannes auch diese Woche hindurch noch gegeben. Sie werden zusammen essen und stundenlang über ihre Ideen reden, über die musikalischen Fähigkeiten anderer und über die Kabalen, die geschmiedet werden, sobald ein Werk sich aus der Masse heraushebt.

Wir hoffen auf die Rückkehr der Adelsfamilien vom Lande. Für uns kann wie immer von Einkommen keine Rede sein, solange all der verschwenderische Reichtum abwesend ist.

Das Bläserkonzert im Augarten wird uns noch ein paar Ausgaben ermöglichen, während wir auf die glücklichen Zeiten der Saison warten.

September 1782

Wir beschäftigen uns mit dem Aufbessern unserer Garderobe, damit unsere Toiletten dem Ruhm meines Mannes standhalten können. Seit gestern hat es ihm ein schöner roter Rock angetan. Er wünscht ihn sich von Herzen. »Ich möchte alles haben, was gut ist, wahr und schön«, hat er gleich morgens beim Aufstehen zu mir gesagt.

Gewisse Ausgaben sind unbedingt notwendig. Wir können nicht bei den besten Akademien und in den reichsten Häusern verkehren wollen, ohne einen gewissen Geschmack in schönen Dingen zu zeigen und dazu, daß wir sie uns auch leisten können.

Es wäre Selbstmord, Mitleid zu erregen.

Für meine Wenigkeit pressen sich also zwei neue Kleider in unserem Schrank, dazu zwei passende Hüte und zwei Paar Handschuhe. Allerdings fürchte ich, daß ich diese herrlichen Stoffe nicht gebührend werde tragen können. Ich habe meine Post aus Rom nicht bekommen. Es würde mich nicht wundern, wenn ich wieder schwanger wäre.

Bier, ich könnte ganze Krüge voll Bier austrinken! Schon bei dem Gedanken an den Schaum läuft mir das Wasser im Mund zusammen, selbst im Schlaf noch kitzeln mir die Perlchen im Rachen.

Aber wie soll ich ganze Kannen davon trinken, wenn ich doch schwindlig davon werde und in albernes Gelächter verfalle?

Ich bin in meinem einundzwanzigsten Jahr, und doch fühle ich mich an manchen Morgen schwer, alt und gebrochen. Wolferl hat sogar an seinen Vater geschrieben, daß ich nun demnächst 91 würde!

Nannerl läßt seit unserer Hochzeit nichts von sich hören. Es wäre mir angenehm gewesen, zu hören, daß sie sich über unsere Verbindung freut; aber vielleicht erwarte ich zuviel, wenn ich glaube, sie könnte einen Zustand begrüßen, dessen Freuden ihr selber bislang verwehrt sind? Doch wie oft habe ich nicht in meinen Wünschen ihr Glück vor das meine gestellt!

Die gepökelten und geräucherten Zungen sind aus Salzburg eingetroffen. Herr Mozart hat sie umgehend auf den Weg geschickt.

Zwei davon tragen wir zur Baronin, die beiden anderen behalten wir für uns. Ich habe diese geräucherten Zungen noch nie gekostet, und sie locken mich auch nicht besonders. Sie sind groß und verdreht und von einer dicken, weißlichen Haut mit lauter spitzen Körnchen überzogen.

Ach, schon beim Anblick drehte sich mir der Magen um. Ich lief zum Abtritt, um die Würstchen von heute morgen wieder von mir zu geben.

Mein Schwiegervater scheint eine gewisse Neigung zur Baronin gefaßt zu haben, obwohl er ihr noch nie begegnet ist. Mein Mann – ach, welche Wohltat, ihn so nennen zu dürfen! – ist darum in Nöten, denn er wird seinen Vater unterrichten müssen, daß die Baronin nicht ganz … nun ja, daß sie nicht alle die guten Eigenschaften besitzt, die ein Mann von strenger Sitte und Ehre erwarten darf.

Wie können wir von den zahllosen Vorzügen und Capricen dieser hochherzigen Freundin berichten und meinen Schwiegervater zurückhalten, ohne daß wir ihn in seiner guten Absicht kränken oder jene beleidigen, die uns mit der allergrößten Aufmerksamkeit umfängt?

Es macht mich endlos traurig.

Die *Entführung aus dem Serail* ist seit dem 16. Juli schon zehnmal gegeben worden. Die Lobeshymnen auf Belmonte und Konstanze lassen meinem Mann die Röte in die Wangen steigen. Endlich ist er da, der so sehr erhoffte Ruhm!

Und mit ihm kommen auch die kleinlichen Rivalitäten und die Falschheiten.

Ach, mir fehlt die Zeit, meine Seiten zu füllen. Bei meiner ständigen Übelkeit und der neuen Rolle als Frau des größten Komponisten von Wien finde ich wenig stille Augenblicke. Und manchmal sind sogar alle Federn im Haus verdorben, und ich habe keine mehr, mit der ich meinem stillen Beichtiger aus Papier mein Gekratze auf die Haut schreiben kann.

Die Berliner Oper möchte sich eine Kopie der *Entführung aus dem Serail* schicken lassen: Wolfgang spürt, wie sich der Sturm zwischen seinen Schläfen zusammenbraut. Daß andere den Profit aus seiner Arbeit ziehen, damit ist es jetzt vorbei: »*... überdies wäre es mir sehr leid, wenn mein talent mit* einmal *bezahlt werden könnte – besonders mit hundert duckaten! – ... ich werde eine opera schreiben, aber nicht um mit hundert duckaten zuzusehen wie das Theater in 14 Tägen dadurch viermal so viel gewinnt; – sondernd ich werde meine opera auf meine unkösten aufführen – in drey vorstellungen wenigstens 1200 fl: machen. da werden mich meine feinde nicht auslachen. ich bin kein dummer kerl, der andern leuten von seiner arbeit, die ihn studium und Mühe genug gekost hat, den Nutzen ziehen lässt, und allen fernern anspruch darauf aufgiebt.*«

Oktober 1782

Summer ist zum Musikmeister im Dienst der Prinzessin von Württemberg ernannt worden, bei vierhundert Gulden jährlich. Wolfgang meint, diese elenden Benennungen ersparten ihm die Unannehmlichkeit, dieses Angebot abzulehnen. Dabei erinnere ich mich gut, wie eilig er es hatte, den Namen des Erkorenen zu erfahren und wie sehr er hoffte, selber derjenige zu sein, so sehr, daß er ganz die Vergnügungen der Redoute vergaß.

Allerdings ist es richtig, daß das Talent sich nicht einer so kläglichen Summe unterwerfen darf, so nobel die Schülerin auch sein mag.

Ich wußte gar nicht, daß Fräulein Häßlich bei der Baronin logiert. Wie konnte mir nur eine solche Neuigkeit verborgen bleiben, wo doch ganz Wien bereits von der Sache wußte, noch bevor ihre persönlichen Effekten ins Haus gebracht worden waren?

Wußte Wolferl davon?

Als ich in sein Arbeitszimmer trat, rührte mich dieser über den Tisch gebeugte Nacken einmal mehr zu Tränen. Ach, mein Engel, wie oft habe ich nicht davon geträumt, mit allem Recht hier einzutreten …

»Wolferl, darf ich stören?«

Ich bekam keine hörbare Antwort, aber sein Kopf nickte ein heftiges *Ja*. Ich trat näher, und schon legte er mir seine kleine Hand auf das Hinterteil und wühlte sich unter den Stoff.

»Wußtest du, daß Fräulein Häß … ich meine, die Tochter Auernhammer bei der Baronin wohnt?«

Seine Finger verloren sich in meinem fiebernden Pelz.

»Und du«, antwortete er, »weißt du denn, wer sich jetzt gern in deinem neckischen kleinen Eck einmieten würde?«

»Bitte, Wolferl, ich meine das ganz ernst …«

»Ja, ich weiß es genau, weil ich nämlich die Baronin darum gebeten habe.«

»Ab … aber warum hast du mir nie ein Wort davon gesagt?«

»Wenn ich an die Auernhammer denke, habe ich gleich genug. Ich denke lieber an dich und an das hier!«

Zum zweiten Mal an diesem Tag gaben wir uns auf dem Überwurf unserer Zuneigung hin. Als wir uns aus unserer Umarmung lösten, lief ich schnell, mich ein wenig zu erbrechen, und Wolferl machte sich wieder daran, sein Rondo zu schreiben.

Mir ist immer noch beständig nach einem Krug Bier. Mein Herzblatt macht sich liebevoll über meine Gelüste lustig und bittet unermüdlich jede geneigte Seele um Unterstützung, damit ich hier und da welches bekomme.

Heute nachmittag werden wohl meine Hauskleider geliefert. Eines ist blau und mit blau-weißer Litze verziert, das andere rotbraun mit weißer und goldener Spitze. Sie sind so üppig, daß meine kommende Leibesfülle wohl nur wenig auffallen wird.

Ich habe auch einen Gehstock gekauft, für Wolferl. Der Griff ist eine fette Kröte, die mit offenem Maul dasitzt; ihre Augen sind aus roten Steinen. Morgen werde ich ihn damit überraschen.

Die Oper für Berlin ist immer noch nicht kopiert. Was meinen Mann betrifft, könnte irgendein Kopist auf eigene Rechnung eine Vorlage herstellen und verkaufen, ohne daß der Komponist davon erfährt und auch nur den mindesten Nutzen daraus zieht. Dieser Zustand stürzt ihn in tiefsten Zorn.

Wenn man es recht bedenkt, waren die vierhundert Gulden, die Summer dafür zugesichert wurden, daß er die Prinzessin in der Kunst der Musik unterweist, gar nicht so sehr zu verachten. Ich verstehe nicht immer seine Vorbehalte, aber ich bemühe mich stets, seinem Gedankengang zu folgen. In diesem Zusammenhang schien mir die Summe beschämend. Als meine Mutter meine Ehre gegen eine Rente von dreihundert Gulden jährlich eintauschen wollte, war das allerdings eine Summe, die mich sehr beschämte. Aber dafür, daß man der Prinzessin den Musikmeister macht, rechnet es sich noch einmal ganz anders: Die junge Frauensperson logiert auf der Wieden, und um ihre fürstlichen Gemächer aufzusuchen und ihre Stunde zu geben, braucht man leicht zwanzig Kreuzer für den Wagen. Von dem Gehalt bleiben also nur noch etwa dreihundert Gulden. Wenn die Prinzessin ihre Stunde nicht zur abgemachten Zeit zu absolvieren geruht, muß man warten und wird dadurch zweifellos seine anderen Schülerinnen verlieren oder für teures Geld eine schlechte Mahlzeit in einem Gasthaus einnehmen. Und die anderen Schülerinnen, die Comtessen und Freifräulein, finden, daß ihr Geld ebensoviel wert ist wie das der Württemberg. Wolfgang ist ganz sicher, daß der Kaiser in seiner berühmten Knauserigkeit keineswegs vorhatte, ihm das verdiente Salär anzubieten. Seine Oper ist ein solcher Erfolg, daß nun niemand mehr über das Talent meines Mannes im unklaren sein kann und daß sich dieses Talent bezahlt macht. Zwei neue Schülerinnen würden uns dasselbe einbringen wie die Prinzessin, aber wenigstens fühlen sich diese Damen geschmeichelt, die Dinge direkt aus dem Munde meines Mannes zu hören, und betrachten ihn nicht als einen Musiklakaien!

Die ganze Stadt spricht vom Untergang der französischen Flotte und der Befreiung von Gibraltar. Seit seinen Enttäuschungen in Frankreich freut Wolfgang sich jedes Mal ganz unverhohlen, wenn er eine für die Franzosen schlechte Nachricht erfährt. Ich teile seinen Standpunkt keineswegs, halte aber auch nicht dagegen, denn ich verstehe nur wenig von Politik.

Unsere Reise nach Salzburg wird um einige Monate verschoben. Es wäre unvernünftig, auf das Geld und die Verbindungen der wohlhabenden Familien zu verzichten, die dieser Tage nach Wien zurückkehren.

Und ich bin auch wenig geneigt, mir Stunden über Stunden in einer Kutsche den Hintern wund zu sitzen, die Unannehmlichkeiten meines nun unzweifelhaften Zustands gar nicht zu erwähnen.

November 1782

Die Rückkehr der großen Familien wird von Regen begleitet. Erst gestern prasselte es wie von einer Kuh auf die ganze Stadt herunter. Die Wagen haben Mühe mit dem Fortkommen, und die Pferde waten im Dreck.

All die Damen müssen erleben, wie die Röcke ihrer schönen neuen Toiletten von Schmutzrändern nach unten gezogen werden. Kein Gedanke an Lyoner Seide – die Farben der Stoffe halten der Nässe nicht stand. Die Frisuren leiden, das Haar kräuselt sich, wie es will, und der Puder darauf verwandelt sich in eine klebrige Paste. Diese Zeit des Jahres ist für niemanden vorteilhaft.

Meine Freundin Maria-Elise Wagner hat mich besucht. Weil sie mir so blaß vorkam, habe ich ihr meine Schachtel mit Schönheitsflecken gegeben. Nun kann sie sich jeden Tag ein unter einem kleinen schwarzen Punkt aus Samt verstecktes Opiumkorn auf die Wange kleben. Heutzutage verdeckt die elegante Frau ihre Unpäßlichkeiten mit Witz, denn diese falschen Leberflecke haben den Vorteil, daß sie die Blicke auf die charmanten Regionen lenken und gleichzeitig so manches Leiden kurieren.

Seit heute morgen habe ich zwei junge Dinger im Dienst. Wolfgang konnte sich nicht zwischen den beiden entscheiden, also schlug er vor, daß sie ihren Probetag gleichzeitig absolvieren. Die eine ist sehr jung, vielleicht sechzehn, und ihre Hände lassen vermuten, daß sie nicht immer gezwungen war zu arbeiten, um ihr Brot zu verdienen. Die andere ist riesig, kräftig wie ein Mann, und spricht mit starkem französischem Akzent.

Ich weiß nicht, ob es eine gute Idee war, sie am ersten Tag zusammen arbeiten zu lassen. Wir werden sehen.

Immer wenn der Regen ein Stück Himmel freigibt, also bei Tagesanbruch, unternimmt Wolfgang lange Ausritte über Land. Solange er fort ist, lasse ich mich von keiner Pflicht stören; ich öffne die Augen und schaue in ein von dämmrigem Licht durchflutetes Zimmer. Und schon begrüßt mich die erste Freude des Tages, eine Nachricht von meinem Wolfgang auf dem Nachtschränkchen:

> *Guten Morgen, liebes Weibchen! Ich wünsche, dass Du gut geschlafen habest, dass Dich nichts gestört habe, dass Du nicht zu jäh aufstehst, dass Du Dich nicht erkältest, nicht bückst, nicht streckst, Dich mit Deinen Dienstboten nicht erzürnst, im nächsten Zimmer nicht über die Schwelle fällst. Spare häuslichen Verdruss, bis ich zurückkomme. Dass nur Dir nichts geschieht! Ich komme um – Uhr etc.*

Danach verbringen die Gräfinnen Zichy und Rumbeke ihren Vormittag mit ihm. Gleich nach ihrer Rückkehr haben sie ihn rufen lassen, um ihre Lektionen dort wiederaufzunehmen, wo sie sie um des Landlebens willen unterbrochen hatten.

Mein junges Dienstmädchen geht mir auf die Nerven, ich komme in ihrer Gegenwart einfach nicht zur Ruhe. Überall scheint sie herumzuwühlen mit ihren kleinen weißen Händen und alles zu mißbilligen, was ich auch tue.

Ich mag es nicht, wenn sie unser Bettzeug ausklopft, wenn sie die Klaviertasten abstaubt oder Wolfgang bei Tisch vorlegt, immer mit diesem Gesichtsausdruck einer in Not geratenen Herzogin. Die andere wieder putzt sich die Nase beim Kochen und trinkt heimlich hinter meinem Rücken gleich aus dem Krug.

Aus unserer Reise nach Salzburg wird in diesem Herbst nichts mehr werden. Noch gestern war das Wetter so schlecht, daß die Wagen selbst in der Stadt kaum vorankamen. Man muß vier bis fünf Stunden rechnen, um eine Station zu erreichen, und umkehren, wenn man endlich angekommen ist. Der Achtspänner ist nicht einmal bis zum ersten Aufenthalt durchgekommen und mußte wieder zurückfahren.

Gerne hätte ich meinem Schwiegervater zum Geburtstag und zu seinem Namenstag die Hände geküßt, aber dieses Wetter im Verein mit meinem Zustand läßt wenig Hoffnung, daß man dieser Tage fahren könnte.

Meine liebe Baronin ist der Dienste des *padre* Pozzi überdrüssig geworden. Nun wird er schweren Herzens seine Gebete sprechen, der Kummer steht ihm ins Gesicht geschrieben, sowenig wir auch von den ruhmreichen Stunden wissen, die seinem verloschenen Glück vorausgegangen sind.

Derzeit erhalten wir nur wenig Nachricht von meinem Schwiegervater, und er beschwert sich in seinen Briefen, daß er gar keine von uns bekäme! Es wird also eine der Dienerinnen das Geld für ihren Auftrag behalten und den Brief in irgendeine schmutzige Pfütze geworfen haben.

Soll ich wütend werden oder sie züchtigen?

Es ist ärgerlich, daß ich nicht über den Wortschatz und auch nicht über die Umgangsformen verfüge, wie sie sich fortan in meiner neuen Stellung geziemen. Als Frau eines begabten und berühmten Musikers bin ich es mir schuldig, mich wie eine Dame der Gesellschaft zu geben, denn man wird Wolfgang nach meinem Aussehen und meinen Manieren beurteilen.

Und welche der beiden soll ich dieses Vergehens bezichtigen, denn ich lege die Briefe im Vestibül ab und kümmere mich nicht darum, wer sie besorgen wird.

Die Kälte kriecht mir in die Hände, sobald ich mich vom Kachelofen entferne. Es zieht unter den Fenstern durch. Ich wage nicht, mich über diese Wohnung zu beklagen.

Unser Vogel sitzt aufgeplustert in seinem Nest. Wir haben nach einem Namen für ihn gesucht, aber bisher ist keiner haften geblieben.

Warum nicht Trompeter?

Mein Gott! Wie sollen wir unser erstes Kind nennen?

Leopold, Carl, wenn es ein Knabe ist.

Und für ein Mädchen vielleicht Theresia?

Von meinen Schwestern Sophie und Josepha habe ich seit Tagen keine Nachricht. Seit sie als Schauspielerin am Burgtheater eingetreten ist, hat meine jüngere Schwester nur noch halb soviel Zeit. Sophie als Schauspielerin! Ich sehe sie noch vor mir als Kind, so zart und schüchtern …

Manchmal langweile ich mich, wenn Wolfgang ausgegangen ist. Ich reite nicht, und daß ich guter Hoffnung bin, verbietet auch derart gewaltsame Betätigungen.

Ich spiele gern Boule oder auch Billard und mag die Spaziergänge auf dem Graben und die frische Luft an Frühlingsabenden.

Wegen des gräßlichen Regens bekommt unsere Wohnung überhaupt kein natürliches Licht mehr. Die Kerzenleuchter brennen den ganzen Tag.

Ich habe mir die Hand am Griff eines Kupfertopfes verbrannt. Wolfgang hat heftig mit mir geschimpft. Ich weiß vor lauter Ausruhen schon nicht mehr, wie ich die Stunden herumbringen soll.

Schreiben? Aber was soll ich sagen, wenn meine Tage sich in Langeweile dahinziehen?

Meine Freundin Martha hat mir eine hübsche Schachtel mit Venuszipfeln bringen lassen und dazu ein verwirrendes Werk auf französisch, die *Liaisons dangereuses*. Ach, ich wußte ja gar nicht, daß man solch skandalöse Dinge schreiben kann, aber dabei so interessante!

Nun verstehe ich, daß meine vorzügliche Baronin sich auf Dauer nicht mit einem ängstlichen und ständig rot werdenden Galan zufriedengeben kann.

Wolfgang bereitet drei Klavierkonzerte für den Druck vor. Ich habe sie gehört, und wir vergnügten uns damit, gemeinsam einige Partien zu singen. Trompeter hat die letzten Noten ganz richtig mitgezwitschert, und Wolfgang zeigte sich darüber sehr gerührt.

Dezember 1782

Wir haben eine neue Bedienstete. Ihre beiden Vorgängerinnen sagten uns so gar nicht zu. Welche der beiden die sechs Kreuzer für die Briefe in die eigene Tasche gesteckt hat, haben wir nie erfahren. Da sie sich aber in ihren Verfehlungen und Heimlichkeiten als Verbündete zeigten, verlor mein Mann die Geduld und entließ sie alle beide. Die Neue scheint ergebener zu sein, und vor allem hat sie schon eine lange Predigt über das Geld und einige Wertgegenstände in diesem Haus zu hören bekommen. Wolfgang weiß genau, wie viele kostbare Tabaksdosen, wie viele Zahnstocherdöschen und Taschenuhren mit Ketten und Bändern er besitzt, nicht zu vergessen die wenigen kleinen Schmuckstücke, die ich an Geburtstagen erhalten habe.

Das entzückende Profilbildnis von Herrn Mozart trage ich immer bei mir. Ach, wie gerne würde ich ihm meine Glückwünsche überbringen und ihn küssen, ihn wissen lassen, wie sehr ich ihn liebe, und ihm sagen, wie glücklich ich bin, auch ein wenig seine Tochter zu sein!

Und Nannerl, es drängt mich so sehr, ihr meine Zärtlichkeit zu beweisen, sie zu umschmeicheln und ihre Freude darüber zu sehen, daß sie schon bald die Tante meines Kleinen sein wird.

Wolfgang hat sich für alle Konzerte des Fürsten Golicyn verpflichtet. Man behandelt meinen Mann auf die allerzuvorkommendste Weise. Er wird jedesmal mit der Equipage abgeholt und wieder zu unserer Wohnung zurückgebracht.

Die Akademie heute abend macht großen Eindruck auf mich. Ich bin auch eingeladen. Die neue Dienerin hat sich mit den Füßen gegen den Schrank gestützt, um mir das Korsett so eng wie möglich zu schnüren. Dies ist ganz sicher das letzte Mal, daß ich mich in dieses Kleid zwängen kann, das mir meine Freundin, die Baronin, geschenkt hat.

Ich habe mich ganz allein nach Wiener Mode frisiert. Mit blauen Bändern in den kaum gepuderten, aber sehr hoch gesteckten Haaren. Da ich keine Halskette besitze, werde ich mir ein Samtband umbinden.

Das alles macht mir angst ...

Herrgott! All diese herrlichen Reichtümer in diesem fürstlichen Haus! Wir wurden, angekündigt von einem hochvornehmen Domestiken, aufs feierlichste im Salon eingeführt. Sobald all die Damen und Herren Wolfgangs ansichtig wurden, liefen sie herbei, um ihn zu begrüßen und ihn mit Komplimenten zu überschütten.

Langsam kann ich ermessen, wie sehr der Ruhm meines Mannes mit jedem Tage zunimmt, denn seine Oper wird auch noch in dieser Woche vor vollem Haus gespielt, und man sprach noch gestern davon im Haus des Fürsten.

Adlige Gäste forderten Wolfgang auf, eine italienische Oper zu schreiben. In wenigen Wochen sollen neue Sängerinnen und auch einige Sänger in Wien eintreffen, und die Leute denken schon wieder an zukünftige Werke. Es wäre doch schade, wenn sich kein Talent in den Dienst dieser Stimmen stellte, von denen man in ganz Europa spricht.

Wir haben viel gelacht an diesem Abend, denn die neue Oper von Umlauff, oder eher seine Komödie mit Gesangseinlagen, wurde gestern abend, am 13., im Theater gegeben. Schon der Titel allein reizte die ganze Gesellschaft zu spitzen Bemerkungen. *Welche ist die beste Nation?* Wie kann man nur einer Komödie so einen Namen geben?

Mein Mann erzählte den gebannt lauschenden Gästen, wie er dieses miserable Stück abgelehnt hatte, weil er überzeugt war, daß er dafür ausgepfiffen werden würde, *»denn auch mit der schönsten Musique würde man es nicht aushalten können; so ist aber zum überfluß die Musique auch dabey so schlecht, daß ich nicht weis ob der Poet oder Componist den Preis des Elends davon tragen wird.«*

»Umlauffs Sätze haben sich verlaufen, und statt zu erfahren, *welches die beste Nation ist,* wissen wir nun, *welches Gift am besten wirkt*«, ergänzte ich und war augenblicklich wie erstarrt ob meiner eigenen Kühnheit. Ich fühlte, wie meine Beine unter mir nachgeben wollten.

»Oho!« erwiderte da der Graf Rosenberg und kam auf uns zu. »Ich sehe schon, unser Maestro versteht sich nicht nur auf die Musik, sondern auch darauf, seinen Impresario zu wählen! Seht nur, wie jener mit Grazie und Esprit die Verdienste seines Luftgeistes – unseres Mozart – an denen eines armen Teufels mißt.«

Da kam mir *ihr Mozart* in meiner Verlegenheit zu Hilfe und präsentierte voller Stolz seine errötende Gemahlin den wedelnden Fächern dieser blendenden und eitlen Gesellschaft.

In dem holpernden Wagen, der uns zu unserer Wohnung zurückbrachte, beschloß Wolfgang, sich auf die Suche nach einem Libretto zu machen, um zu schreiben, was der Graf Rosenberg-Orsini gefordert hatte: eine vortreffliche welsche Oper.

Ich mag diesen Rosenberg nicht besonders. Warum, kann ich eigentlich nicht genau sagen …

Ich bin überglücklich mit unserer neuen Wohnung. Die Zimmer sind größer, und sie hat viel mehr Fenster. Da wir kaum Möbel besitzen und sich diese neue Bleibe im selben Haus befindet, war es ein sehr angenehmer Umzug. Gabriela, das Hausmädchen, trug die sperrigen und schweren Kisten hinauf, damit mir, wie Wolferl bestimmt hatte, alle Belastung erspart blieb. Man braucht schon zwei Kachelöfen, um diese Wohnung zu heizen. Die Fensterläden lassen sich von innen schließen, und alle Stuckarbeiten an den

Wänden sind mit Blattgold verziert. Der Stoff der blauen Vorhänge ist noch frisch und kräftig, auch wenn die Sonne der letzten Sommer hier und da ein paar Bleichflecken hinterlassen hat.

Unser Schlafzimmer und das von Gabriela sind durch eine Art Kammer voneinander getrennt, deren Nutzen ich bisher weder verstanden noch bestimmt habe. Wolfgang scherzt gern, unser Salon sei tausend Fuß lang und nur einen breit. Nun ja, es wird schon niemand glauben, daß der beste Komponist unserer Zeit in einem Korridor lebt!

Morgen hat Wolfgang eine Musik bei der Gräfin Thun.

Am 18. ebenfalls.

Er steht jeden Tag früh auf und umarmt mich zärtlich unter tausend Liebkosungen und Späßen. Manchmal sind es gar nur Zoten.

Dann geht er zu seinen Lektionen, die ihn bis zwei Uhr beschäftigen, wenn ihm der Hunger den Magen um und um dreht. Dann essen wir und schwatzen über seine Schülerinnen.

Wir halten immer Mittagsschlaf, aber gemeinsam ist das nicht mehr möglich. Wolfgang braucht wirklich ein wenig Schlaf, und wenn ich bei ihm bleibe, wird er unruhig und beehrt mich auf mehr als eine Weise.

Dann kommen die vielen Konzerte und Akademien überall, bevor er, manchmal erschöpft, doch hochzufrieden, an seinen Arbeitstisch zurückkehrt, um bis ein Uhr nachts zu komponieren.

So hörte ich letzte Nacht den Klavierauszug seiner Oper, ein Lied, eines der letzten Konzerte für seine Subskription und die Noten für ein Quartett in G-dur.

Ich liebe Klosterneuburg!

Wir sind gestern morgen hier angekommen. Die Baronin Waldstätten umgibt sich gern mit Freunden, wenn sie sich in diesem großen Anwesen aufhält. Fräulein Häßlich ist auch hier.

Sie begleitet mich bei meinen morgendlichen Spaziergängen. Wenigstens halten die frische Herbstluft und der leichte Wind ihre schrecklichen Gerüche von mir fern!

Alles hier atmet Ruhe und Entzücken. Man braucht nur ein paar Schritte in dem gotischen Kreuzgang neben der Kirche zu tun, und schon hat man seine innere Ruhe wiedergefunden. Die Sankt-Leopolds-Kapelle ist die friedvolle Hüterin in blaues und violettes Licht getauchter Reliquienschreine. Sobald auch nur ein blasser Sonnenstrahl durch die Fenster fällt, enthüllt der ganze Bau die Größe Gottes. Dann spüre ich, wie mein ganzes Selbst zur Kapelle wird. In mir wächst ein neues Leben …

Die Soireen bei der Gräfin sind immer von ausgelassener Fröhlichkeit. Mein Mann gibt sich ganz der Musik hin und spielt alles, wonach ihm gerade der Sinn steht.

Heute abend hatte ich die Freude, gemeinsam mit Wolfgang *Oragnia figata fa* zu singen, und zwar auf die lächerlichste Weise. Ich sang auf einem Stuhl stehend mit Kinderstimme und gab nach jeder Strophe jedem, der sich vor meinen Lippen aufstellte, einen Kuß auf die Nase.

Fräulein Häßlich trat als erste vor, um sich ihren Kuß abzuholen. Ich trank einen großen Schluck Rheinwein und hielt dann den Atem an.

Sie hat es indes nicht verdient, daß ich sie mit diesem schrecklichen Namen belege, denn sie überschüttet mich mit tausend rücksichtsvollen Aufmerksamkeiten, und auch wenn sie ihre Neigung für meinen Mann nach wie vor nicht verbergen kann, bin ich ihr doch für die Selbstlosigkeit ihres Handelns zu allem Dank verpflichtet.

Die Messe war sehr bewegend. Ich kann mich nicht erinnern, jemals so inbrünstig gebetet zu haben, außer bei unserer Verlobung.

Ich frage mich, was Gabriela wohl so ganz allein in unserer Wohnung macht. Vermutlich, hoffentlich, macht sie sich nützlich und beschäftigt sich nicht damit, in unseren Sachen herumzustöbern.

Müssen wir ihr zum Jahresende vielleicht einen kleinen Zusatzlohn zukommen lassen?

1783

Januar 1783

Nun sind wir wieder zurück in unserer Wiener Wohnung. Alles ist in tadellosem Zustand.

Gabriela hat ein weißes Kinderhäubchen aus Tupfenmull auf dem Billardtisch zurechtgelegt. Was für eine reizende Geste! Und mit wie vielen Kreuzern werde ich ihr diese rührende Aufmerksamkeit lohnen müssen? Wenn ich ihr zuviel gebe, glaubt sie, ich bin reich, im anderen Fall wird sie mich für schrecklich geizig halten.

Wir sind in großer Verlegenheit. Unsere Neujahrswünsche sind nicht in Salzburg angekommen, weil sie ... niemals geschrieben wurden. Wie konnte uns nur so etwas passieren? Daß wir so nachlässig und unvernünftig waren, Monsieur Mozart und auch Nannerl keine guten Wünsche zum Neuen Jahr zu schicken!

Gewiß, dieses Leben in den letzten Tagen hat uns den Kopf verdreht. All die schönen und angenehmen Dinge und die Unbekümmertheit haben uns von unseren familiären Verpflichtungen abgelenkt.

Endlich habe ich Nachricht von meiner Schwester Aloisia. Ihre Konzerte im Ausland werden bald beendet sein, und sie wird uns mit Freuden umarmen, sobald sie zurück ist. Ich warte ungeduldig darauf, ihr von meiner Hochzeit und meiner Schwangerschaft erzählen zu können.

Mein Bauch ist ganz rund. Ganz und gar rund und sehr hart.

Gabriela ist so gut und bürstet jeden Abend meine Kleider, weil dieser Bauch überall anstößt und alle möglichen Flecken anzieht.

Nach Bier ist mir überhaupt nicht mehr. Jetzt hätte ich gerne Austern.

Meine gute Baronin spricht davon, nie wieder nach Wien zurückzukehren und die Stadt für immer zu verlassen. Aber sie würde niemals allein gehen wollen, und zur Zeit mangelt es ihr an einem Liebhaber.

Ich glaube, Monsieur Mozart hat den Gedanken, ihr zu gefallen, noch nicht ganz aufgegeben. Dann würde aber wirklich der Karpfen den Pfau heiraten. Wolfgang muß seinen Vater unbedingt davon abbringen, und zwar ohne ihm die gute Laune und die Achtung zu nehmen oder gar die Ehre unserer großmütigen Freundin zu besudeln.

Endlich ist die teure Aloisia zurück!

Ach, wie schmerzt es mich, sie so graziös wie eh und je zu finden. Sogar noch mehr als das, denn nun ist sie ihres Talentes ganz sicher, und die Verehrung einiger großzügiger Bewunderer stachelt ihre Eitelkeit noch an. Verhalten und Manieren haben sich kaum verändert. Das finde ich ziemlich enttäuschend.

Wolfgang hat ein Rondo für sie komponiert, und dieses *Mia speranza adorata* könnte leicht dazu führen, daß sie herumtrompetet, wie sehr mein Mann ihr doch seine ganze Liebe bewahrt habe. Es wird mir ein Vergnügen sein, sie wissen zu lassen, wie sehr er mich liebt, wenn sich der geeignete Moment dazu bietet.

Die Akademie auf der Mehlgrube hat in meiner Gegenwart stattgefunden. Ich wollte meiner Schwester keine Gelegenheit bieten, den Verführungskünsten ihrer Stimme freien Lauf zu lassen. Allerdings muß ich zugeben, daß diese Arie nur von ihr gesungen werden konnte.

Oder vielleicht noch von mir.

Aber wer denkt heute schon daran?

Mein Schwager Joseph Lange wirkt recht mißmutig, und ich meine auch, eine gewisse Ungeduld ob des koketten Getues meiner Schwester bei ihm bemerkt zu haben.

Es ist Karneval, und überall wird getanzt. Die Redouten und Hausbälle sind so zahlreich, daß man leicht viermal am selben Abend die Gesellschaft wechseln könnte.

Wolfgang möchte, daß wir einen Kostümball bei uns zu Hause abhalten. Was für eine wunderbare Idee!

Es wird eine lange Gästeliste werden. Meine gute Martha Waldstätten – allein um sechs, verlobt bei Morgengrauen? – steht schon darauf und der Baron Wetzlar und seine Gemahlin (wie könnten wir feiern, ohne unseren Hauswirt einzuladen?) und ein weiterer, für mich Unbekannter, ein gewisser Herr von Edlenbach.

Unser Arzt und Trauzeuge Gilowsky, den wir immer gern als Scharlatan bezeichnen, steht auch auf der Liste sowie Stephanie der Jüngere und seine Frau, die Schauspielerin Anna Maria Myka.

Adamberger wird dabei sein und natürlich Gilowsky den Platz streitig machen, denn er ist *ebenfalls* mit einer Schauspielerin verheiratet, die *auch* Maria Anna heißt, nur Jacquet mit Familiennamen, und *ebenfalls* am Burgtheater arbeitet.

Unsere lieben Bekannten in Person von Josepha Auernhammer (die dabei vielleicht einen guten Fang für eine vorteilhafte Heirat machen kann), unserem Ritter Schmetterling und seiner schönen – und seit kurzem schwangeren – Furchtsamen und meiner Freundin Maria-Elise Wagner (deren Maske das Geheimnis wahren wird, daß sie sich noch in der Trauerzeit befindet) werden ebensowenig vergessen wie noch viele andere, denen wir die beiden leerstehenden Zimmer neben unserer Wohnung öffnen werden.

Dieser Morgen ist ein Wunder, das Gott allein geschaffen hat. Mein Kleines regt sich und zeigt seit der ersten Stunde seine ganze Kraft.

Es waren bestimmt die Austern, die es aufgeweckt haben. Es wird ein Mädchen. Wie wollte ich es noch gleich nennen? Theresia.

Unser Maskenball war ein rauschendes Fest!

Ich habe soviel Zeit damit verbracht, Blumengirlanden aus Papier herzustellen, daß mir dieser Schmuck nun zum Halse heraushängt. Wir haben alles an Silber, Gläsern und Kristall gemietet, was sich in der Stadt finden ließ. Einhundert Kerzen habe ich herausgegeben, um diesen Ball zu beleuchten! Beim Eintreten konnte man meinen, man sei auf einem Ball in Schönbrunn, nur in kleinerer Ausführung.

Wolfgang steckte unter einem Eselskopf, als er unsere Gäste begrüßte. Jeder zahlte zwei Gulden Eintritt. Gabriela sammelte das Geld ein, dann beeilte sie sich, die Getränke und die Häppchen zu servieren. Wolfgang hatte nur eine Bedingung gestellt: daß niemand einen Stuhl finden könnte, damit auch gewiß bis zum Morgengrauen getanzt würde. Bald darauf hatten sich alle mit Rheinwein, Punschkrügen und Champagner von dem mit einem weißen Leintuch bedeckten Tisch bedient. Wir tanzten von sechs Uhr abends bis sieben Uhr in der Frühe, ohne daß die Musik je aufhörte.

Gegen fünf machte sich Martha Waldstätten in galanter Begleitung und mit einer Haube aus Räucherwürstchen auf dem Kopf, an denen ihr neuer Verehrer munter knabberte, auf den Heimweg. Ich weiß weder, wie er heißt, noch wie er aussieht, denn es erwies sich als völlig unmöglich, ihn dazu zu bringen, seine Maske zu lüften. Ob wenigstens meine gute Baronin weiß, wer er ist?

Februar 1783

Wolfgang läßt seine deutsche Oper nach Goldonis *Diener zweier Herren* immer wieder liegen, fängt neu an, um gleich wieder aufzugeben. Die letzten Subskriptionen entsprechen überhaupt nicht dem, was wir uns erhofft hatten: Die Bestellungen reichen nicht aus. Über Trattner hatten wir uns Geld geliehen, im festen Glauben, die Summe umgehend zurückzahlen zu können. Natürlich spielt *Die Entführung aus dem Serail* nun schon zum siebzehnten Mal vor ausverkauftem Haus, aber das Geld daraus dient nur zum täglichen Leben.

Die Subskriptionen allein müßten uns das Nötigste ermöglichen und auch das Unnötige, die kleinen Freuden.

Und schon läßt mich diese bedrängte Situation die Ausgaben für unseren Maskenball bedauern. Und heute teilt uns dieser Trattner, der indiskreteste Mensch von der Welt, mit, unser Gläubiger könne nicht länger warten und werde sogar Klage einreichen, wenn er nicht bis morgen sein Geld zurück hat!

Was tun?

Sollten unsere Ehre und unser guter Ruf in den Händen dieses jämmerlichen Menschen liegen? Teufel auch! Nichts ist unerträglicher als eine solche Schande. Wolfgang schreibt gerade ein Billett an unsere einzig mögliche Retterin. Unsere ach so gute Baronin.

Hochschätzbareste Fr. Baronin!

Nun befinde ich mich in einer schönen Lage!
Hr. v. Tranner und ich besprachen uns letzthin, daß wir eine

prolongation auf 14 Täge begehren wollten; – da dieses doch jeder Kaufmann thut, ausgenommen es müßte der indiscreteste Mann von der Welt sein, so war ich ganz ruhig, und hoffte bis dahin, wenn ich es auch nicht selbst zu zahlen im Stande wäre, die Summa geborgt zu bekommen! – – Nun läßt mir Hr. v. Tranner sagen, daß derjenige absolument nicht warten will, und wenn ich zwischen heut und Morgen nicht zahle, so wird er klagen*; – Nun denken Euer Gnaden, was das für ein unangenehmer Streich für mich wäre! – Ich kann jetzt nicht zahlen, nicht einmal die Halfte! – hätte ich mir vorstellen können, daß es mit der Suscription meiner Concerten so langsam hergehen würde, so hätte ich das Geld auf längere Zeit genommen! – Ich bitte Euer Gnaden ums Himmelswillen, helfen Sie meine Ehre und guten Namen nicht zu verlieren! – Mein armes Weiberl befindet sich ein wenig unpäßlich, und folglich kann ich sie nicht verlassen, sonst würde ich selbst gekommen sein, um Euer Gnaden Mündlich darum zu bitten. Wir küssen Euer Gnaden 1000mal die Hände und sind beyde*

Euer Gnaden
gehorsamste Kinder
W. A. u. C. Mozart

Vom Haus den 15:ten febr: 1783

Gar so unpäßlich bin ich gar nicht, abgesehen von dem Ärger um diese lästige Schuld. Aber wie hätte Mozart zu unserer Gönnerin gehen und sie um diesen Dienst anflehen können, ohne seine Würde zu beschädigen?

Zwei Stunden, nachdem unsere gute Martha Waldstätten vom ganzen Ausmaß unserer Verlegenheit erfuhr, wurden uns eine freundliche Nachricht und die geschuldete Summe überbracht. Gott schütze unsere Retterin!

Wir müssen wieder einmal umziehen, und das macht mich sehr traurig. Ich habe mich in dieser Wohnung sehr wohl gefühlt. Aber unser Hauswirt hat andere Pläne. Zum Glück ist jetzt noch nicht die Zeit meiner Niederkunft.

Wir haben nicht einmal lange genug hier gewohnt, daß ich Gelegenheit gehabt hätte, eine Verwendung für die Kammer zu finden.

Unsere nächste Adresse ist am Kohlmarkt Nr. 1179, im Haus »Zum englischen Gruß«. Das ist dann unsere fünfte Adresse, seit Mozart das Auge meiner Mutter verlassen hat.

Werde ich wohl irgendwann einmal meiner Vorliebe für Klöppelspitzen freien Lauf lassen können, den Alkoven mit dem Korbbettchen schmücken, ein paar Truhen abstellen und die Kleidchen meiner Tochter an ihren Platz räumen?

O guter heiliger Sankt Johannes, schenke meinem Mann den Wunsch zu bleiben, wo er ist, und unserem Hauswirt die Weisheit der Geduld.

Mein kleines Mädchen versetzt mir zahllose Tritte in die Eingeweide. Jeden Morgen, wenn ich noch ganz an den Rücken meines Liebsten geschmiegt daliege, genieße ich dieses Erwachen, und die kleine Furie trampelt ihrem Vater in die Hinterbacken und reißt ihn aus dem Schlaf.

Wir haben noch nichts entschieden. Vielleicht möchte Wolfgang einen Vornamen, der eine Gabe bezeichnet, ein Verdienst oder eine Tugend?

Schließlich heiße ich Constanze, da könnte unsere Tochter sich auch Clara nennen, oder Felizitas, Dorothea oder Clementine.

Mein Wolferl, wie immer zum Scherzen aufgelegt, plädiert für Augustine, wenn sie groß sein sollte, und Petra, wenn sie rund wird und ihr Kopf so hart ist wie Stein.

»Und wenn sie womöglich ganz winzig ist?« sagte ich unruhig.

»Dann … dann eben nichts. Oder vielleicht Krümel … ja genau, Krümel, und schlafen kann sie im Brotkasten.«

»Du bist gemein.«

Ich habe mehr als zwei Stunden Mittagsschlaf gehalten, in dem beruhigenden Bewußtsein, daß unsere Schulden getilgt sind und wir endlich einen Vornamen für unsere Tochter gefunden haben:

Sie wird Maria Anna heißen wie Nannerl und Nepomucena nach unserem Schutzheiligen. Die Tante wird sich geschmeichelt fühlen, und Leopold Mozart wird mir gratulieren.

Maria Anna.

Kann man unserem Herrn Jesus Christus eine größere Ehre erweisen, als daß man seinem Kind die Namen seiner geheiligten Mutter und seiner Großmutter gibt?

März 1783

Aloisia hat ihre Akademie gegeben, und Wolfgang hat ein Concerto gespielt. Als der Applaus nicht enden wollte, mußte er sein Rondo noch einmal spielen. So wie in diesen Momenten liebe ich sein Gesicht: strahlend und voll der kindlichen Freude.

Meine Schwester hat sich durch ihre Arie *Non so donde viene* ausgezeichnet. Ich saß in der Loge gleich neben der von Gluck. Dieser nette Mann konnte gar nicht genügend Worte finden, um Wolfgangs Werk zu loben. Ein Teil der Ehre wurde auch meinem Schwager Joseph zuteil, denn Aloisia sang ganz wunderbar.

Als Wolfgang unter tosendem Beifall und Bravorufen ganz aufgeregt zu mir in die Loge kam, hörte ich seine Fragen schon von der Galerie her.

»Na, meine Stanzi, wie gefällt dir das? Was sagst du nun?«

Und schon tönte Glucks Begeisterung in unserer Loge wider.

»*Maestro*, Worte können nicht sagen, wie zauberhaft Ihre Musik ist! Darf ich hoffen, Sie nächsten Sonntag zum Essen bei mir zu sehen?«

Wenn ich nicht aufpasse, werde ich noch glauben, daß all dies nun das Glück bedeutet …

Gestern bei der Redoute waren wir höchst unbequem verkleidet. Wolfgang hatte das Harlekinskostüm seines Vaters angezogen, während ich eine Kolombine darstellte, die erheblich von ihrem dicken Bauch behindert wurde.

Meine Schwester (immer noch und immer wieder die teure Aloisia) kam ebenfalls als Kolombine. Was für eine unglückliche Konstellation, nicht wahr?, daß wir uns beide um einen Mann scharten, während der arme Joseph sich als Pierrot herumschleppte.

Ich liebe diese Vergnügungen, aber den Gedanken, mein Harlekin könnte sich in anderer Begleitung als der meinen amüsieren, finde ich abscheulich.

Zur Zeit scheint Wolfgang die Nähe von Bekannten vorzuziehen, deren Gedankengänge ich nicht immer verstehe. Einige davon, der Baron van Swieten und Graf Esterházy etwa, führen ungewöhnliche und geheimnisvolle Gespräche mit ihm.

Da hallen Worte zwischen den Wänden unserer Wohnung wie *erhaben* oder auch *Bruderschaft*. Ich habe versucht, mich an diesen Gesprächen zu beteiligen, aber sobald ich in die Nähe komme, herrscht Stille.

Was haben sie nur, daß sie so geheimnisvoll tun wie Konspirateure?

Zweimal in der Woche kommt ein Maler her, um Wolferls und mein Porträt zu malen. Ich schaffe es einfach nicht, stillzusitzen, und der gute Mann beweist eine Engelsgeduld. Bei den ersten Sitzungen fühlte ich mich noch wohl in dem gewählten Kleid. Ich wußte ja nicht, daß er als erstes die Feinheiten der Toilette und der Frisur ausarbeiten würde. Ach, und nun kann gar kein Gedanke mehr daran sein, auch nur den Arm in dieses Kleid zu bekommen, so dick bin ich geworden.

Was also tun?

Da kam mir die famose Idee, daß Gabriela in dem herrlichen Kleid posieren könnte, bis wir beim Gesicht angelangt sind. Nun muß das arme Mädchen zwei Stunden in einer ihr ganz unnatürlichen Pose stillhalten, während sie die feinen Spitzenvolants im Nacken kratzen.

Ich bin jedesmal ganz verwirrt, wenn ich sie so sehe, in Positur gesetzt und gekleidet, als wäre sie ich.

Bei der gestrigen Sitzung passierte etwas sehr Lustiges: Gabriela saß in meiner Aufmachung an meinem Platz, während ich die Zeit für meine Näharbeiten nutzte. Das unglückliche Mädchen wollte einen Arm ausstrecken, aber der Maler befahl sofort: »Nicht bewegen, bitte!« Sie setzte sich also wieder in Positur und wagte nicht zu blinzeln. In diesem Moment kam Wolferl von der Probe zurück und betrat bester Dinge den Salon. Er verließ sich auf das, was er von hinten erkennen konnte, und stürzte sich auf Gabriela, schlang die Arme um sie und biß sie in den Nacken, wozu er wie ein Schwein grunzte. Das arme Mädchen kreischte vor Schreck und Überraschung (oder vor Freude?), während Wolfgang immer noch an ihr knabberte. Er grunzte immer weiter, bis er irgendwann zum Fenster schaute. Da entdeckte er mich endlich.

Es ist gar nicht zu sagen, wie eklig ihm diese Entdeckung war. Er spuckte aufs Parkett und fluchte: »Ach, pfui Teufel! Baah! Schnell, eine Schüssel! Ich muß kotzen!«

Da mußten wir den Maler verabschieden und Gabriela zurückhalten, die aufgeregt ihre Sachen zusammensuchte, um uns zu kündigen.

Als kurz darauf ihre Tränen getrocknet waren, wurde uns erst klar, warum sie so entsetzt war. Sicher, sie war gebissen worden, aber viel schlimmer noch empfand sie die Schande, daß man sie *zum Kotzen* fand.

Wolfgang tröstete sie unter Aufbringung seiner ganzen Geschicklichkeit, und so wanderten ihre spärlichen Habseligkeiten wieder in ihre Lade zurück.

Mein Mann nahm sich vor, diese Verwechslung als Idee für eine Szene zwischen Soubrette und Herrin in einer Oper zu verwenden.

April 1783

Ich kann mich nicht mehr bücken und auch die Leinenstrümpfe nicht mehr alleine hochziehen. Mein Bauch ist so dick und steht so sehr vor! Gabriela ist äußerst anstellig. Ihre gute Pflege macht mir das Warten beinahe angenehm.

Unsere Pastellbildnisse sind fertig und nach Meinung aller, die sie gesehen haben, sehr ähnlich. Wolfgang stellt ein Paket zusammen, das für seinen Vater und seine Schwester bestimmt ist. Zum erstenmal, seit er sich in Wien niedergelassen hat, ist mein Mann in der Lage, mehr Geld an seinen Vater zu schicken, als dieser erwartet. Ich hoffe, daß die beigefügten Waffeln das tägliche Einerlei in Salzburg verschönern werden.

Was Herr Mozart wohl zu meinem Porträt sagen wird? Ach, ich weiß wohl, daß er mich ziemlich häßlich finden wird, verglichen mit meiner Schwester.

Und Nannerl, meine so teure, verehrte Schwägerin! Wird sie mich lieben, wie ich ihr Porträt in Ehren halte?

Mein Kleines, unsere Tochter, schlägt Purzelbäume in ihrer mütterlichen Schutzhöhle. Abends, wenn alles still ist und Trompeter den Schnabel hält, sitzen wir gemeinsam am brennenden Ofen. Wolferl legt den Kopf auf meinen geschwollenen Leib und lauscht auf dieses murmelnde Leben in mir. Die Knospe unserer Liebe wächst ganz langsam und wird schon bald zu voller Kraft erblühen.

Er findet auch, »*daß alle Weiber gott danken därfen wenn sie in der schwangerschaft so glücklich sind.*«

Bei Wolfgangs letzter Akademie war der Kaiser zugegen. Er sollte sein Rondo wiederholen, aber er setzte sich wieder hin, und als das Rondo kommen sollte, schob er das Notenpult weg, um eine kleine Überraschung zu spielen. Das Publikum blieb lange stehen und rief bravo, bravissimo. Der Kaiser hörte das Stück zu Ende an und verließ die Loge erst, als Wolfgang fertig war. Also war seine Majestät offensichtlich nur gekommen, um seinen besten Komponisten zu hören!

Die Tage kommen mir jetzt recht kurz und erfreulich vor. Das Laufen fällt mir mittlerweile schwer, und ich kann mich auch nicht mehr ankleiden, das Frisieren ist eine enorme Anstrengung, die Küchengerüche drehen mir den Magen um, aber ich kann nicht umhin, diesen gesegneten Zustand und all die Aufmerksamkeiten, mit denen man mich beehrt, zu genießen.

Was wechselt häufiger als die Unterwäsche oder die Bettücher?

Die Adresse von Constanze und Wolfgang Mozart!

Nun sind wir in unserer ... sechsten Wohnung, am Judenplatz Nr. 244. Diesmal ziehen wir wieder in die erste Etage hinab, und ich gebe zu, daß mir dies weniger anstrengend erscheint.

Unsere vorherige Bleibe kostete nichts, weil wir eingewilligt hatten, dort einzuziehen, um es dem Besitzer zu ermöglichen, daß er sich mit einer jungen Dame traf. Die Umzugskosten hatte der jüdische Baron Wetzlar ebenfalls übernommen, und nun, da wir unseren netten jüdischen Baron endgültig verlassen, da landen wir am Judenplatz ...

Der Stadtteil gefällt mir recht gut, auch wenn seine Geschichte von einigen immer noch sichtbaren Tiefpunkten gefärbt ist. Man erzählt sich, daß die Juden im 13. Jahrhundert die Erlaubnis erhielten, sich in Wien niederzulassen, Häuser zu erwerben und auch Handel zu treiben. Es gab ein Hospital, eine Synagoge, eine Schule und öffentliche Bäder rund um den Platz. Das Leben nahm seinen Lauf wie überall. Und dann, an einem zu trauriger Berühmtheit gelangten Tag, dem 14. März 1421, wurden die Juden verfolgt. Sie mußten sich zwangstaufen lassen oder im Feuer sterben.

Wie kann man einen Menschen zur Taufe zwingen, wenn doch der Glaube nichts zählt, so sich Angst darein mischt und Gott nicht für sich allein angenommen wird? Wären wir denn etwas anderes als Wilde, die sich um die Psalme zerreißen, wenn wir glaubten, die Wahrheit hinge von der Zahl ab?

Mai 1783

Mein Herr Schwiegervater wartet ungeduldig auf unseren Besuch. Ich lese mit Freuden, wie eilig er es hat, uns in die Arme zu schließen! Wolfgang mag sich nicht entschließen, mir in den letzten Wochen meiner Schwangerschaft noch eine Reise zuzumuten, und ich glaube auch, daß es so vernünftiger ist.

Gilowsky wird sich von meinem Gesundheitszustand überzeugen, sobald er aus Salzburg zurück ist. Seit gestern kann ich es nicht mehr verhindern, daß mir hinten Winde entfahren. Die schrecklichen Windstöße überfallen mich nachts, aber auch in Gesellschaft.

Es ist nicht das Geräusch, das Wolferl aufregt und Gabriela zittern macht, sondern vielmehr die Furcht, meinem Kind könne es an frischer Luft mangeln.

Und dann muß ich zugeben, daß ich sehr traurig bin, anläßlich der bevorstehenden Niederkunft so gar nichts von meinem Schwiegervater und meiner Schwägerin zu erhalten. Nicht das kleinste Geschenk, nicht einmal eine Zeile, ach, nur ein paar wenige empfindsame Worte …

Heute hat mir Mama einen ausgiebigen Besuch in unserer neuen Wohnung abgestattet. Ich hatte Mühe, sie gebührend zu empfangen, weil ich ständig furzen mußte.

»Pfui Teufel! Essen Sie auf dem Friedhof, daß Sie so stinken?«

Diese Frage hätte sie bestimmt nicht so beleidigend formuliert, wäre mein Mann nicht gezwungen gewesen, uns einige Stunden allein zu lassen.

Ich brach in Tränen aus, was Caecilia Weber nicht im mindesten zu berühren schien.

»Ach, kommt schon«, sagte sie und nahm ihren Umhang, »Schwangere sind nun mal diesen stinkenden Anfällen unterworfen, das kommt häufig vor. Aber dennoch, sehen Sie sich vor, daß Sie nicht ins Bett scheißen, wenn Sie meine Enkelin herauspressen!«

Als mein lieber Mann von seinen Verpflichtungen zurückkehrte, war er so guter Dinge und so rührend aufgeregt, daß ich meine Weinerlichkeit sogleich vergaß. »*Wir haben hier einen gewissen abate da Ponte als Poeten. – dieser hat nunmehro mit der Correctur im theater rasend zu thun. – muß* per obligo *ein ganz Neues büchel für den Salieri machen. – das wird vor 2 Monathen nicht fertig werden. – dann hat er mir ein Neues zu machen versprochen; – wer weis nun ob er dann auch sein Wort halten kann – oder will! – sie wissen wohl die Herrn Italiener sind ins gesicht sehr artig! – genug, wir kennen sie! – ist er mit Salieri verstanden, so bekomme ich mein lebtage keins – und ich möchte gar zu gerne mich auch in einer Welschen opera zeigen.*«

O heiliger Johannes, komm und hilf uns auch in dieser Sache! Wenn Salieri meines Mannes Talent so sehr fürchtet, so ist es durchaus denkbar, daß er genug schreibt, um diesen Da Ponte das ganze Jahr zu beschäftigen, und ihm für uns keine Zeit mehr läßt.

Wolfgang ist keineswegs so fügsam, wie ich mir vorgestellt hatte. Hinter seinen großen Kinderaugen verbirgt sich ein starker und entschlossener Geist. So kommt er jeden Tag mit tausend Ratschlägen und auch einem neuen Namen für unser Kind.

Jetzt also Leopoldine. Da wird mein Schwiegervater als zukünftiger Pate doppelt geschmeichelt sein. Und ich kann gar nichts mehr dazu sagen, denn es ist beschlossene Sache.

Ganz ohne Glück bin ich aber dennoch nicht, denn mein Mann hält sich gar nicht damit auf, daß er gerne einen Knaben hätte. Trotzdem hätte es mir Freude gemacht, den Namen zu wählen, den sie ihr Leben lang tragen soll.

Ich bin richtig abstoßend. So etwas Fettes hat man noch nicht gesehen. Gabriela muß inzwischen bei allen meinen Kleidern die Seitennähte auftrennen, denn es hält keine mehr stand.

Manchmal langweile ich mich auch.

Die Lektüre der *Liaisons dangereuses* läßt mich alle möglichen Intrigen fürchten, durch die sich ein Liebhaber beweisen mag. Ach, ich könnte Wolfgang leicht sagen, was ich da lese, aber dafür wird noch genug Zeit sein, wenn mein Bauch wieder frei ist und ich meine weiblichen Reize zurückgewonnen habe.

Wie mich doch die Komplotte der Mme. de Merteuil gegen Valmont erschrecken! Manchmal lassen mich die wollüstigen Späße und das Liebesgeplänkel meiner lieben Martha fürchten, sie könnte sich auch so vergeuden oder auf ihrer Suche nach Gesellschaft ihre Seele verlieren. *Gott sei Dank* leidet meine Baronin nicht unter solchen Heimsuchungen wie die von den Blattern entstellte und einäugige Mme. de Merteuil …

Wer möchte nicht zittern beim Gedanken an eine einzige gefährliche Liebschaft?

Genug! Das ist Literatur. Das Leben nimmt einen ganz anderen Verlauf.

Juni 1783

Mein geliebter Joannes Chrysostomus Wolfgangus Theophilus ist leidend! Seit drei Tagen verläßt er nun schon das Bett nicht mehr und dämmert vor sich hin. Am frühen Morgen wurde er vom Fieber geschüttelt und konnte mich nur stockend bei meinem Namen um Hilfe rufen. Armer Liebling! Für heute abend habe ich den Arzt rufen lassen.

Gilowsky ist eben gegangen.

Ich wußte gar nicht, daß es so viele verschiedene Arten von Fieber gibt! Bösartiges Fieber, Stechfieber, hitziges, rotes und schlaffes Fieber und sogar Faulfieber.

Armes Herz! Verdorbenes Essen soll schuld sein, daß du das Bett hüten und all diese Störungen ertragen mußt!

Meine Schwester Sophie ist gekommen, um uns einige Heilmittel von Mama zu bringen und dazu ein Billett mit ihren äußerst liebenswürdigen Genesungswünschen. Sollte dies das Ende meiner Verzweiflung über Caecilia Webers Kaltherzigkeit bedeuten?

Endlich ein Brief von meiner teuren Nannerl!

Ach! es ist nicht zu sagen, wie gut mir diese glücklichen Zeilen getan haben. Liebe Nannerl, Sie gratulieren mir zum Namenstag, dabei findet sich gar keine heilige Constanze im Kalender. Ich nehme gerne hin, daß nicht mein Namensfest ist, wenn der Mangel bedeutet, daß ich Ihre so liebenswürdigen Zeilen lesen darf!

Wolfgang geht es heute beinahe wieder gut. Allerdings ist ihm von seiner Krankheit ein häßlicher Katarrh geblieben. Seine Stimme ist ganz verändert, er kann nicht singen und macht sich über uns beide lustig: »Meine Stanzi watschelt wie eine Ente, und ich krächze wie ein Rabe. Da passen wir gut zusammen!«

Heute morgen war die Hebamme bei mir, weil ich schon vor drei Tagen hätte niederkommen sollen. Nun wünschte ich mir, es käme so früh wie möglich, damit wir den Wagen nehmen und nach Salzburg fahren, Nannerl umarmen und meinem Herrn Schwiegervater die Hände küssen können.

Der *visum repertum* sieht Leopoldines Ankunft auf dieser Welt für den 15. oder 16. des Monats vor.

Ach Gott, wenn nur alles schnell und ohne Durcheinander verläuft!

Vienne ce 18 de Juin
1783

Mon trés cher Pére!

Ich gratuliere, Sie sind Gros=Papa! – gestern früh den 17. um halb 7 uhr ist mein liebes Weib glücklich mit einem großen, Starken und kugelrunden Buben entbunden worden; – um halb 2 uhr Nachts fiengen die Schmerzen an – folglich – war es mit dieser Nacht um alle ruhe und schlaf für beyde getan. – um 4 uhr schickte ich um meine Schwiegermutter – und dann um die Hebamme; – um 6 uhr kamm sie im Stuhl – und um halb 7 uhr war alles vorbey. – Meine Schwiegermutter bringt nun alles das üble was sie ihrer tochter ledigerweise *zugefügt hat, nun wieder mit allem guten herein. – sie bleibt den ganzen tag bey ihr. –*

…

auf das Milchfieber habe ich Sorge! – denn sie hat ziemliche Brüste! – Nun hat das Kind wieder meinen Willen, und doch mit meinem Willen eine Säug=Amme bekommen! – Meine Frau sie seye es im Stande oder nicht, sollte niemalen ihr Kind stillen das war immer mein fester Vorsatz! – allein, einer andern Milch solle Mein kind auch nicht hineinschlucken! – sondern bey Wasser, wie meine Schwester und ich, will ich es aufziehen. – allein – die Hebamme, meine Schwiegermutter, und die meisten leute hier haben mich ordentlich gebeten ich sollte das nicht thun, nur aus dieser ursache weil hier die meisten kinder beym Wasser darauf gehen, indemm die leute hier nicht damit umgehen können – das hat mich nun bewegt – nachzugeben – denn – ich möchte mir nicht gerne einen Vorwurf machen lassen. –
...

Inzwischen habe ich mich gründlich vom Wochenbett erholt. Die zwei bedenklichen Tage nach der Geburt sind nur noch eine vage Erinnerung.

Meine Brüste sind entsetzlich geschwollen und empfindlich. Wenn die Milch schießt, zieht es mir die Brustwarzen hervor. Mama läßt mich kleine Sträußchen aus Küchenkräutern im Mieder tragen, um den Milchfluß einzudämmen.

Es verwirrt mich, daß um mich her gesprochen wird, als wäre ich gar nicht da oder ein Tier, das nichts versteht. Den ganzen Tag wird über meine Brüste gemunkelt und über meinen Bauch und die Nachgeburt.

Ich höre auch, wie sie Wolfgang zur Geduld ermahnen und zur Behutsamkeit. Warum muß er geduldig sein?

Jetzt müssen wir Herrn Mozart erklären, daß wir unser Kind Raimund getauft haben und nicht Leopold. Wie sehr wünschte ich, es wäre anders! Das Kind war kaum geboren, als Wolfgang die Neuigkeit auch schon unserem Judenbaron und guten Freund Wetzlar verkündete. Er kam sofort und bot sich selbst als Taufpaten an. Weder Wolfgang noch ich – die ich ganz aufgelöst und erschlagen war von meiner Aufgabe – dachten daran, es ihm abzuschlagen, denn in dem Moment, als wir meinen Schwiegervater dazu bestimmen wollten, nahm Baron Wetzlar lächelnd meinen Sohn hoch und sagte: *»Ah, nun haben sie einen Raimund!«* und küßte ihn.

Und so wurde unser Kleiner heute morgen in den Armen seines Herrn Paten des Barons Raimund Leopold getauft.

Unser kleiner Raimund ähnelt seinem Vater, nur in ganz klein. In all den Monaten guter Hoffnung habe ich mir gewünscht, er möge alles von seinem teuren Papa haben und nichts von meiner naturgegebenen Plumpheit.

Die Ohren sind von mir. Von den beiden kleinen Muscheln ist keine so geformt wie Wolfgangerls Ohren, die meine selige Schwiegermutter sichtlich in Eile fertiggestellt hat, zumindest auf der einen Seite.

Tatsächlich hat Raimund sich, indem er später als vorgesehen zur Welt kam, alle Zeit gelassen, auch die kleinsten Details seiner Physiognomie zu richten!

Mein Kind fehlt mir. Es tut mir in der Seele weh, ihn in den Armen einer Amme zu sehen. Und daß eine Fremde ihre großen Hände in seinen Windeln versenkt, um nachzusehen, wenn er weint, zerreißt mir das Herz.

Die Wehmut hat sich meines ganzen Wesens bemächtigt, und mein Mann läßt sich alles Erdenkliche einfallen, um mich abzulenken.

Er ist völlig fasziniert von den Zügen seines Sohnes und betrachtet ihn unablässig im Schlaf. Dieser Papa wundert sich auch, daß ein so kleines Wesen schon so viele Instrumente spielen kann. *»Das kind ist auch ganz frisch und gesund, und hat entsezlich vielle geschäften, welche bestehen im trinken, schlaffen, schreyen, B … sch … und schpeiben. etc.«*

Wolfgang hat ein Nickerchen meiner Mutter genutzt, um mir sein neuestes Werk zu zeigen. Ein Streichquartett kann auf dem Klavier gespielt nicht seine ganze Wirkung entfalten, aber das *allegro moderato* genügte mir, um zu verstehen …

»Nein, Wolferl, das kannst du nicht gemacht haben! Ich glaube es nicht.«

Wie kann ich beschreiben, was sich da in seinem Gesicht spiegelte? Stolz? Übermut? Nein, der kleine große Mann, den ich so liebe, konnte doch wohl nicht so unverschämt sein!

»Doch, doch! Hör noch mal, da … na? Hast du dich wiedererkannt?«

Da hatte er doch, während ich auf dem Gebärstuhl jammerte, ein vortreffliches Quartett geschrieben, in dem man lustig meine Schreie heraushören konnte.

Und nicht genug damit, daß ich mich als kreischendes Wildtier hervorgetan hatte – mußte ich nun auch noch hören, wie mein Vortrag in aller Öffentlichkeit in Musik umgesetzt wurde.

So ist das mit dem Genie meines Mannes. Für ihn ist alles Musik, selbst das.

Meine Büste geht zurück und scheint mir weniger erhitzt. Unser kleiner Raimund hat inzwischen einen Sopran wie die Cavalieri. Wenn es Zeit für seine Mahlzeit ist, schreit er so laut, daß man unmöglich die Zeit verpassen kann. Und dann all dieser Kot! Ist es denn möglich, daß alle Menschen, bevor sie zu gesitteten und anständigen Wesen herangewachsen sind, derart auf die Finger ihrer Mütter geschissen haben sollten?

Die Entführung aus dem Serail verströmt ihre Herrlichkeit inzwischen auch außerhalb von Wien. Nach Prag hat sich nun Bonn der himmlischen Noten angenommen.

Juli 1783

Mein Schwiegervater hat uns einige Blätter eines Opernprojektes zukommen lassen: *Die Gans von Kairo* von Giambattista Varesco, aber mein Liebling will nie wieder in irgend jemandes Auftrag komponieren, und sei es sein hochverehrter Herr Vater.

Ich sehe wohl, daß Wolfgang seit der Ankunft von diesem Poeten Da Ponte bei unserem Freund (und Paten!) Wetzlar unruhig im Haus herumläuft. Ich fürchtete, die Schreie unseres Kindes möchten ihn bei seinen wunderbaren Eingebungen stören, und muß nun das Gegenteil feststellen: Immer wenn es Zeit für Raimunds Mahlzeit ist, beugt Wolfgang sich über seinen Sohn und betrachtet still seinen Schlund. So ein kleines Organ und dabei eine solche Fähigkeit, einem das Trommelfell zu zerreißen, da muß einfach Gott dahinterstecken!

Meine Schwester Aloisia zeigt sich äußerst erregt durch die Ankunft einer anderen Sängerin. Nancy Storace macht in ganz Wien von sich reden, obwohl noch niemand hier die Ehre hatte, auch nur das leiseste g aus ihrer Kehle zu vernehmen. Man erzählt sich, sie sei unvergleichlich schön …

Meine Schwester gibt sich alle Mühe, ihren Ruf als Sängerin zu wahren, allerdings sind ihre stimmlichen Vorzüge mittlerweile die einzigen, die heute noch in den Logen und Rängen gepriesen werden. Ihre schlimmen Launen und ihr beißender Spott amüsieren ihre Bewunderer schon lange nicht mehr.

Das gilt auch für Joseph Lange.

Ich bin nicht eben unglücklich, daß es ihr so ergeht!

Aber ich bin auch nicht stolz darauf, daß mir solche Gedanken kommen ...

Meine Schwester wird (einmal mehr) mit einer italienischen Oper von Anfossi Ehre einlegen und auf diese Weise ihre Privilegien als Primadonna verteidigen können.

Mein Mann hat, ganz wie üblich, gerade zwei Arien für sie fertiggestellt und dazu eine für Adamberger. Diese Arien sind so angelegt, daß sie alle ihre Fähigkeiten zeigen, die bei einer Oper nicht immer ganz herauskommen, zumal, wenn sie nicht direkt für sie geschrieben wurde.

Salieris Oper war eine Katastrophe und ist kläglich ins Buch der Nichtigkeiten eingegangen. Mehr braucht es nicht, damit dieser überempfindliche, hinterhältige Musiker in ganz Wien ein schändliches Gerücht in Umlauf setzt: Wolfgang Amadeus Mozart maße sich an, Anfossis Oper zu korrigieren!

Wie soll man einer solchen Kabale begegnen?

Wie Anfossi wissen lassen, daß niemand seine Noten korrigieren will oder ihn gar in seiner Kunst beleidigen? Wo er doch von Aloisia und Adamberger gesungen wird, mit Wolferls Noten für zwei oder drei Arien, wird ihn ein solches Märchen recht kränken.

Wolferl irrt rastlos durchs Haus und sucht nach einem Weg, das üble Gerede zu beenden. Es geht keinesfalls an, sich Anfossi zum Feind zu machen, ob seine Musik einem Mozart nun gefällt oder nicht.

Meine Mutter ist zu sich nach Hause zurückgekehrt. Mir ist es ganz recht, daß sie fort ist, denn ihre Gegenwart hat mich, obwohl sie viel Gutes getan hat und sehr rege war, doch manchmal bedrückt. Welches junge Paar möchte nicht seine Intimität wahren? Und eben diese hatte uns in den letzten Tagen bitter gefehlt.

Kaum hatten sich die Türen hinter ihren Rocksäumen geschlossen, da sahen wir drei Flaschen besten Weines am Boden stehen.

Meine Mutter hatte ihre Flaschen und eine kleine Tasche mit

Leckereien vergessen. Ich wollte sie ihr hinterhertragen, aber Wolfgang flüsterte: »Schscht! Laß deine Mutter nur gehen und mir mit diesen Flaschen etwas schenken, womit ich meine Antwort auf Salieris Intrige feiern kann!«

»Was sagst du da?«

»Frisch zum Kampfe! Frisch zum Streite! Nur ein feiger Tropf verzagt. Sollt' ich zittern, sollt' ich zagen? Nicht mein Leben mutig wagen? – Nein, ach nein, es sei gewagt!«

Wie seltsam, die Verse aus der *Entführung* aus seinem Munde zu hören! Ich beschloß, die drei lustigen Flaschen abzustellen. Drei Flaschen, drei verschiedene Größen.

»Soso«, sagte ich, »ich sehe, man ist bester Laune!«

»Die gute Laune und der Wein versüßen auch die schlimmste Sklaverei. Sieh nur, diese Flaschen, die hier ist deine Mutter, und die hier die Tochter. Wenn ich mal so frei sein darf.«

Er war augenblicklich so frei.

»Sag es mir, Wolfgang«, bat ich. »Sag mir, was du wegen Salieri gemacht hast!«

»Wegen oder gegen ihn? Gar nichts. Er wird sich schon selber auf die Zunge beißen, wenn er morgen liest ... Hach, wie herrlich! Wie geht mir plötzlich das Herz auf! Ich könnte springen und laufen, um euch umgehend die Neuigkeit mitzuteilen, und lachen und scherzen und euch voraussagen, wie leicht und glücklich es euch um euer kleines, zaghaftes Herz sein wird. Nun ja ... da haben wir einen Wein, einen vorzüglichen kleinen Wein ... Gib mir mal die Mutter herüber!«

Ich wußte immer noch nicht, wie er das Kunststück fertiggebracht haben sollte, die Intrige seines Rivalen zu ersticken. Wenn man ihn überhaupt einen Rivalen nennen kann, denn dazu braucht es vergleichbares Geschick und Können und Talent ...

Mein Mann lächelte von einem Ohr zum anderen. Wie lustig er aussah, so zurückgelehnt, mit ausgestreckten Beinen und baumelnden Hemdsärmeln.

»Nun sag schon«, beharrte ich. »Was hast du gegen Salieri unternommen?«

»Ich sag doch: gar nichts. Ich habe nichts gegen ihn getan, allerdings habe ich Anfossi einiges an Komplimenten zukommen lassen. Gib mir die Großmutter!«

»Du hast ganz recht, Wolferl«, sagte ich. »Nichts ist so häßlich wie die Rache; hingegen menschlich, gütig sein und ohne Eigennutz verzeihn, ist nur der großen Seelen Sache! Wer dieses nicht erkennen kann, den seh man mit Verachtung an.«

»Ah, ich sehe schon, daß mein allerliebstes Weibchen meine Verse wohl gelesen hat! Du erfreust mich, meine Stanzi, aber ... wahrhaftig, das muß ich gestehen, es geht doch nichts über den Wein! Wein ist mir lieber als Geld und Mädchen. Bin ich verdrießlich, mürrisch, launisch: hurtig nehm ich meine Zuflucht zur Flasche, und kaum seh ich den ersten Boden: Weg ist all mein Verdruß! Meine Flasche macht mir kein schiefes Gesicht wie mein Mädchen, wenn ihr der Kopf nicht auf dem rechten Fleck steht. Und schwätzt mir von Süßigkeit der Liebe, des Ehestands, was ihr wollt: Wein auf der Zunge geht über alles!«

Unsere kleine Privatvorstellung wurde durch das Geräusch von energischen Schritten im Treppenhaus beendet: Caecilia Weber stand unvermittelt wieder in der Tür.

»Ich habe meine Sachen vergessen«, sagte sie ohne Umschweife.

Wolferl erhob sich und schwankte auf meine Mutter zu. Dabei stützte er sich auf meinen Sekretär, der glücklicherweise am Weg stand.

»Ach! Schwiegermütterchen, da haben Sie es nun leider mit einem Treppenwitz zu tun. Hier wie überall muß man Witz besitzen und im rechten Moment ein passendes Wort fallen lassen können. Doch leider weiß man manchmal nicht, wie man antworten soll, oder aber man kommt zu spät, weil man die Treppe schon hinunter ist. Und so gehören Sie, liebstes Schwiegermütterchen, zum engen Kreis derer, die der Treppenwitz ereilt, denn als Sie gingen, ließen Sie Ihre Leckereien und Ihre Flaschen zu meinen Füßen und dachten dann auf dem Rückweg oder auf dem Graben, als Sie die Schnepfen vorbeiflattern sahen, oder was weiß ich, vielleicht dachten Sie im eigenen Treppenhaus ... äh ... dachten Sie daran, wie Orpheus sich beklagt: *Ach, ich habe sie verloren, all mein Glück ist nun dahihin!*, ach was, Eurydike, Ihre Flaschenfamilie haben Sie verloren, die Kleine, die Mittlere und die Alte, der ich gerade meine Aufwartung gemacht habe. Zu spät! Die Alte hat bereits meinem Gaumen geschmeichelt!«

Jetzt weiß ich, daß Rosenberg durch Wolfgang Mozart gezwungen sein wird, auf dem Textbuch zu Anfossis Oper einige wohlgesetzte Worte auf deutsch und italienisch an die Herren neidischen Intriganten erscheinen zu lassen:

»Ankündigung. Die beiden Arien auf den Seiten 36 und 102 sind vom Herrn Maestro Mozart in Noten gesetzt worden, Mme. Lange zu Gefallen, weil die vom Herrn Maestro Anfossi geschriebenen nicht ihren Fähigkeiten, sondern denen einer anderen Sängerin angemessen sind. Dies muß betont werden, um zur Ehre zu gereichen und ohne daß von irgendeiner Seite der Ruhm oder die Ehre angetastet werden könnten des so berühmten Neapolitaners.«

Na dann, schmeck's!

Ich kann es kaum erwarten, nach Salzburg zu fahren!

Mein Wirrkopf bringt immer neue Gründe vor, die uns an der Abreise hindern. Mir ist schon klar, daß er die Repressalien des Fürsterzbischofs Colloredo ungemein fürchtet. Und wenn er ihn unter dem Vorwand, er sei nie aus dem Dienst getreten oder er habe das Reisegeld nie zurückgegeben, ins Gefängnis werfen ließe? Es haben schon ganz andere für weniger gesessen. Vater und Sohn erwähnen das Thema nach wie vor in ihren Briefen, aber bestimmte Passagen sind codiert.

Es will mir nicht gelingen, diese Geheimschrift zu entschlüsseln. *Verflixt,* wie kann ich das System entdecken?

Und wenn ich so kühn wäre, meinen Mann zu bitten, es mir beizubringen? Ach, er würde sich weigern! Er ist so froh, daß er sich noch ein paar Kindergeheimnisse bewahrt hat, die er mir in unseren Greisenjahren eröffnen kann.

Meine liebe Baronin läßt in letzter Zeit gar nichts mehr von sich verlauten. Wir glauben, daß sie Wien vielleicht tatsächlich verlassen hat, um in Klosterneuburg zu leben. Und Fräulein Häßlich?

Ich bin ans Bett von Madame Schmetterling, der frisch Vermählten, schnell Geschwängerten, jüngst Niedergekommenen, schon Getäuschten und bald Betrogenen, geeilt. Ihr strahlender Ritter wird ihre Zurückhaltung bald satt haben. Eine Frau muß so manches tun, damit ihr Mann sich mit ihrem Bett und ihr als schmückendem und des Sprechens mächtigem Beiwerk zufrieden gibt.

Arme Katharina, die doch nichts von den natürlichen Bedürfnissen des Mannes versteht. Nun ist sie ganz allein und verzweifelt, mit ihrem Kind von sechseinhalb Pfund am Busen. Über die Wange des Kleinen läuft eine schmale Blutspur. Die Zitze ist aufgerissen, und die junge Mutter leidet still vor sich hin. Auf dem Nachttisch steht eine Flasche Schnaps.

Wozu das?

Katharina reibt sich vor jedem Stillen die Brust damit ein, so wird das Kind im Schlaf gekräftigt. Er schläft übrigens viel, ist das normal? Dieser Säufergeruch an einem so kleinen Wesen ist jedenfalls recht beunruhigend.

Wir sprachen von tausend gleichgültigen Dingen, um den üblen Geruch und den Riß am unpassendsten Ort zu vergessen.

Die Alleen am Graben kommen mir voller vor als früher, und es scheinen auch mehr Kinder dort zu sein. Oder kann es sein, daß mir nun, da ich selber Mutter bin, die Kinder einfach mehr auffallen?

Ich bin noch recht jung, und mein Mann ist erst siebenundzwanzig. Wie viele glückliche Jahre liegen noch vor uns, und wie viele Kinder werden unsere Liebe segnen?

Ich habe es eilig, nach Salzburg zu kommen und meine neue Familie in die Arme zu schließen. Wolfgang weigert sich, unseren Sohn mit auf diese Reise zu nehmen. Wir werden ihn einer Amme anvertrauen müssen, die in den Wiener Vororten wohnt.

Ich weiß, daß er recht hat, und doch läßt mich die Trennung Übles für meinen kleinen Jungen fürchten.

Wir haben einen Brief von Nannerl bekommen. Ach, es ist nicht gerade die liebevollste Nachricht, die Wolfgang da erhalten hat, aber sie bringt Neuigkeiten und verspricht gleichzeitig einige Vorhaltungen: die fehlende Eile, nach Salzburg zu kommen, zeige wohl, wie wenig wir für sie empfinden!

Da man auf solche Bemerkungen schnell antworten muß, habe ich mich persönlich dessen angenommen:

Wertheste und liebste Mademoiselle schwägerin! –

Mein lieber Mann hat ihren brif richtigst erhalten, und es freuete so wohl ihn als mich daß sie sich so sehr uns zu sehen wünschen. Nur Verdross ihn ihr argwohn, daß wir nicht gleiche sehnsucht haben möchten; und in der that, es schmerzte mich selbst! um ihnen aber zu zeigen daß wir wider ganz gut sind, so bekennen wir ihnen, daß wir immer gesinnt waren mit Monath august einzutreffen; und folglich nur eine kleine überraschung im Kopf hatten, welche nun nicht mehr ihnen, aber doch wenigstens unsern lieben besten Vattern zu theil werden kann, wenn sie – schweigen konnen, um welches wir ihnen auch sehr bitten; denn nur unter dieser bedingnüsse entdecken wir ihnen die Wahrheit. genug sie haben uns unser geheimnüss durch ihren schlimmen briefe heraus gepresst; und wir sind nun schon zufriden, wen wir nur unsern lieben Vattern eine unvermuthete freude machen können! – folglich – bitte um Verschwiegenheit. bis Ersten august habe also das glück und Vergnügen sie zu umarmen und bis dahin verbleibe ich mit aller Hochachtung

liebsteschwägerin

Wienn den 19:ten jully 1783.

ihre aufrichtige schwägerin
Maria Constanza Mozart

Wir werden Trompeter mit uns nehmen, und das scheint mir sehr ungerecht. Gerne hätte ich Wetzlar die Aufsicht über den Vogel übertragen und dafür mein Kind im Arm behalten, statt eines verdreckten Käfigs!

Meine persönlichen Gegenstände sind zusammengepackt und finden in recht kleinem Gepäck Platz. In Salzburg werde ich mich zu allerletzt eitel zeigen. Drei Kleider und zahlreiche kleine Ornamente, die ich meiner Schwägerin schenken werde, sollte sie ein Auge darauf werfen. Ich nehme mein Kleid mit den Fransenbordüren mit, das zweite aus blauem Leintuch und das dritte für die Redouten, Gesellschaftsabende oder Akademien. Es ist nichts besonders Glanzvolles dabei, aber der Wiener Charme ist dem bißchen Schmuckgetändel schon anzumerken.

Wolfgang bereitet seine Sachen selber vor. Er liebt es, seine teuren Notenblätter zu numerieren, zu bestimmen, was noch warten kann, und auszuwählen, was mitkommt. Der elegante rote Rock, das Geschenk unserer großmütigen Baronin, und sein Stock mit dem Froschgriff werden ihn zu einem recht ansehnlichen Reisenden machen.

Heut morgen sind wir bei Raimunds Amme gewesen. Sie hat wenig gepflegte Manieren, dennoch bringt ihr mein lieber Gemahl sein ganzes Vertrauen entgegen. Inzwischen kann das kleine Unterpfand unserer Liebe schon lächeln und scheint auch sehr gewachsen und kräftiger geworden zu sein.

Ich habe dem Dienstmädchen den Lohn ausbezahlt und den Hausschlüssel an mich genommen. Armes Ding, sie wird sich während unserer Abwesenheit eine andere Stelle suchen müssen, um ihren Unterhalt zu verdienen.

Endlich reisen wir ab!

Wie ist das alles aufregend! Bald bin ich da, Mademoiselle Nannerl und Monsieur Mozart, nur Geduld! Dann werde ich mich Ihnen zu Füßen werfen und Ihnen meinen Respekt erweisen.

Das Wetter hält es mit meinem Herzen. Es wird eine unbeschwerte Reise.

Als wir gestern morgen die Kutsche bestiegen, wurden wir von einer sehr unangenehmen Überraschung aufgehalten: Ein Schuldner verhinderte unsere Abfahrt, bis wir ihm mit 30 Gulden eine Schuld abbezahlt hatten. Damit ist im letzten Moment der größte Teil dessen, was wir für die Annehmlichkeiten der Reise zurückgelegt hatten, an diesen Schuldner gegangen. Bisher kann ich mich nicht besinnen, um welche Schuld es sich eigentlich handelt. Mein Mann wünscht das ganze so schnell wie möglich zu vergessen und weigert sich, darüber zu sprechen.

Unsere Reise verläuft recht angenehm, abgesehen von Wolfgangs Wutausbrüchen gegen den Postillon und die unwegsamen Strekken, die er fährt.

Der Weg ist lang, aber die Landschaft abwechslungsreich. Heute haben wir einige Minuten in einem dunklen Wald halt gemacht, weil die Kutsche ein Frettchen überfahren hat. Der Postillon wollte es zerlegen; das dauerte eine Weile und gerade genug Zeit für mich, um hinter einem dicken Baum die Röcke zu raffen und mich zu erleichtern.

Salzburg. Endlich!

Mein Gott, welche stolzen und bewaldeten Berge! Und ich habe auf den ersten Blick mindestens fünf Kirchturmkuppeln gezählt. Der Wagen fährt ungerührt weiter, während mir das Herz versagt. Werden sie da sein, an der Endstation der Kutsche?

Niemand.

Ach, das ist vielleicht besser so. So ist uns die Überraschung sicher.

Wir werden zum Haus kommen. Wolfgang wird unablässig reden. Ich kenne diesen Wortschwall, dahinter verbirgt sich echte Angst.

Und wie soll ich mein Grausen beschreiben? Mein Mund ist so trocken, daß mir die Lippen an den Zähnen kleben bleiben.

Ite missa est.

Ich habe meine Schwägerin und meinen Schwiegervater kennengelernt. Man konnte ihren Gesichtern die Freude ansehen, den »törichten Sohn und einfältigen Bruder« wiederzusehen. Ich hielt mich im Hintergrund und sah zu, wie sie sich lange umarmten. Nannerl hat ebenso kleine Hände wie ihr Bruder, und Monsieur Mozart hat gelbe Augäpfel. Mein Gott, wie oft und wie lange sie sich umarmten!

Schließlich wandte Wolferl sich mir zu, nahm mich bei der Hand und legte sie zwischen die seines Vaters. »Geliebter Vater, hier haben Sie meine gute Constanze, omnium uxorum pulcherrima et prudentissima, Ihre Schwiegertochter und Mutter Ihres Enkelsohnes, die sich – wenn ihr die Reise nicht ihr Wöchnerinnenhinterteil zerschunden hätte – bis zum Boden verneigen würde, um Ihnen ihre ehrerbietigste Hochachtung zu Füßen zu legen.«

Mein Schwiegervater hatte keineswegs das Bedürfnis, meine Hand in den seinen zu halten. Er neigte sich seiner Tochter zu und warf ihr einen auffordernden Blick zu, sich mir höflich zu zeigen.

Nannerl streckte mir zur Begrüßung einen Eisklumpen entgegen. Ach, in diesem Moment wünschte ich, die Erde würde sich auftun und meine Enttäuschung verschlingen.

Nur Mademoiselle Marchand, unsere liebenswürdige Bekanntschaft aus Mannheim, die im Hause meines Schwiegervaters logiert, ließ mir ein wenig Freundlichkeit zuteil werden.

Mitten in ihrem Wohnzimmer hängt das Porträt meiner verstorbenen Schwiegermutter. Sie wirkt ein wenig streng, doch Wolfgang erzählt mir von so vielen Späßen mit ihr, daß ich ihre Ernsthaftigkeit inzwischen für eine edle Pose halte. Das Blau des Kleides schmeichelt ihrem Blick vortrefflichst. Wäre sie nicht schon unter den Seligen, hätte ich vielleicht einen kleinen, wohlverdienten Platz in ihrem Herzen gefunden. Wie sehr ich es bedaure, ihr niemals ihren Enkel bringen zu können und zu sehen, wie die Empfindung ihr liebes großmütterliches Gesicht verklärt!

Der dritte Tag in Salzburg.

Heute ist Nannerls Namenstag, und wir haben ihn mit einem Krug Punsch begangen, den ihr der Bruder brachte.

Seit seiner Ankunft beträgt sich Wolfgang wie ein Kind. Er zieht alle Schubladen auf und krempelt jeden Winkel im Hause um. Sein Vater freut sich daran, wie er fieberhaft nach allem sucht, was sich seit seinem Fortgang aus Salzburg im Haus verändert hat.

Ich weiß nicht, ob mein Mann nach Spuren der Kindheit sucht, nach Erinnerungen, oder ob er sich nur über all das unterrichten will, was er in seinem Exil verpaßt hat.

Ich bin allein mit meinem Schwiegervater am Tisch zurückgeblieben. Soll ich diese Verbundenheit erzwingen, die man mir bisher verweigert? Wie sollte ich den Mut aufbringen, auch nur damit anzufangen?

Sie setzen sich sehr häufig gemeinsam ans Klavier. Dann lese ich in den Zügen meiner Schwägerin jedesmal den ganzen Triumph ihrer Kunst über mich und all das viele, was sie über ihren Bruder weiß und was mir die paar Monate der Ehe noch nicht gewährt haben.

Lieber Gott, wenn sie mich doch schätzen wollten, wie ich sie respektiere. Schenke mir diesen einen Sieg, daß sie mich wenigstens dafür lieben!

Der gute Bruder hat soeben eine Kantate zu Ehren seiner Schwester improvisiert, aber ich glaube, die Scherze über ihre 32 Jahre und ihre Rolle als altes Mädchen sind so gar nicht nach ihrem Geschmack. Also hat er noch eine Melodie nach Reimen darangehängt:

Glücks=Wunsch,
Beim Punsch!

Ich bin heut ausgegangen, Du wußtest nicht, warum. –
Ich kann nur so viel sagen, daß es geschah darum,
Um Dich mit etwas kleinem ein wenig zu erfreu'n,
Wobei ich weder Kösten, noch Fleiß noch Müh wollt' scheu'n, –
Ich weiß zwar nicht gewieß, ob Du den Punsch magst trinken,

O! sage doch nicht – Nein, – sonst möcht' das Bindband stinken;
Ich dachte so bei mir, Du liebst die Engeländer,
Denn liebtest Du Paris, so gäbe ich Dir Bänder,
Wohlriechende Gewässer, ein künstliches Bouquet,
Du aber, liebste Schwester, Du bist keine Coquette,
Drum nimm aus meiner Hand den guten, kräft'gen Punsch,
Und laß ihn Dir recht schmecken, das ist mein einz'er Wunsch.

Der Salon des Musikmeisters ist um einiges zu groß geraten, und acht Zimmer scheinen mir auch überflüssig für so wenige Personen. Mit Gottes Hilfe tragen die Pensionsschüler zum täglichen Unterhalt bei. Die Holzbohlen knarzen unter unseren Schritten. Ich wage nicht, mich zu rühren, wenn Musik gemacht wird.

An den Wänden hängen mehrere Scheiben vom Bölzlschießen, und ich habe festgestellt, daß Wolfgang nicht selten gewinnt.

Unser Vogel mag das Wetter in Salzburg, und das tröstet mich, denn sein Bauer hat nicht etwa einen Platz im Haus gefunden. Meine Schwägerin hat ihn draußen aufgehängt.

Unser Zimmer, das heißt, Wolferls Zimmer ist überaus schicklich für zwei Liebende. Wir wohnen direkt neben meiner Schwägerin, und die Trennwände sind nicht sehr dick. Nachts können wir einander furzen hören.

Vielleicht wird ja diese dunstige Gemeinsamkeit eine familiäre Bindung einleiten.

August 1783

Nun sind wir schon eine Woche in Salzburg, und Nannerl läßt es immer noch schmerzlich an jeder Freundlichkeit mir gegenüber fehlen. Ich bin nur eine Weberische, das gibt man mir wohl zu fühlen. An den Gesprächen kann ich mich nicht beteiligen, weil die Familie beständig in Erinnerungen schwelgt und man gerne den Anspruch auf den echten Wolfgang betont, den ich nicht kenne und der mir niemals gehören wird.

Manchmal wird mir ein freundliches Wort zuteil, doch ist es immer von einer spitzen Bemerkung begleitet, gesprochen mit verkniffenen Lippen wie in den Salons der feinen Welt üblich. Nannerl kennt sich in diesen Boudoirs aus, schließlich ist sie als Wunderkind mit ihrem Bruder dort empfangen worden. Diese Erlebnisse haben anscheinend ihre Spuren hinterlassen und ihre natürliche Grazie verdorben.

Ja, es ist ärgerlich, daß sich ein solches Talent hinter einer solch aufgesetzten Maske von Kälte verbirgt und sich ein so angenehmes Gesicht nicht zur Höflichkeit finden mag.

Der Mann, den ich liebe, paßt überhaupt nicht zu seiner Familie!

Mein Schwiegervater bedenkt mich manchmal mit einem gnädigen Blick oder mustert diskret meinen Aufzug. Ich weiß nicht, ob das wohl schmeichelhaft gemeint ist, denn da ich nur zwei Alltagskleider habe und ein festliches, bleibt mir wenig Gelegenheit, mich herauszuputzen. Nannerl macht mir kein einziges Kompliment wegen meiner Bänder oder der anderen Verzierungen immer nach Wiener Geschmack, die ich jeden Tag wechsle, und ich habe den Gedanken aufgegeben, ihr etwas davon zu schenken.

Mein Hübscher hat sich wieder ans Schreiben einer besonderen Komposition gemacht. Eine Messe in c-Moll. Das wird *unsere* Messe sein und unvergeßlich in der Geschichte der Mozarts. Und ich, die erbärmliche Constanze, die so ohne jede Grazie in der Erscheinung ist und ohne jedes Talent, werde die Sopranstimme singen.

Jawohl! Nun trägt die musikalische Ausbildung, die mein Vater uns, meinen Schwestern und mir, hat angedeihen lassen, Früchte, und ich will, ich werde seinem Andenken Ehre machen.

Ich werde dem Andenken meines Vaters Ehre machen.

Ich werde dem Talent meines Mannes Ehre machen.

Ich werde Gott und den heiligen Johannes von Nepomuk loben.

Ich werde unseren ersten Hochzeitstag feiern!

Ich werde meine Schwägerin sich an ihrem Stolz verschlucken lassen ...

Befindet man mich endlich für würdig, Madame Mozart zu sein, Schwiegertochter des berühmten Verfassers einer Violinschule, Schwägerin einer Klaviervirtuosin, Gemahlin eines Komponisten, dem ganz Wien Lobeshymnen singt, Mutter eines kleinen Raimund, der auf einem Stuhl stehend *Oragnia figata fa* singen wird, ein Abbild seines Vaters?

Wir proben gemeinsam die für meine Stimme geschriebenen Noten. Worte können nicht sagen, wie stolz ich bin. Meine Seele singt, und mein ganzes Wesen erzittert bei diesen Noten zu Ehren Gottes.

Ich weiß, denn ich kenne sein Herz besser, als *man* mir zugestehen mag, ich weiß sicher, daß mein Mann unter der kühlen Behandlung leidet, mit der man mich hier bedenkt.

O! wie bedaure ich es, daß unser kleiner Raimund nicht bei uns ist! Dann hätte er mit seinen kleinen Gesten und seinen Babylauten das Herz dieser unerbittlichen Familie erobert!

Unser Piepmatz singt nicht mehr. Heute morgen fanden wir ihn ganz steif am Boden seines Käfigs. Der nächtliche Sturm wird die unschuldige Kreatur erfroren haben. Eisig und bis auf die Knochen durchnäßt, so endet das Leben unseres Vogels. Warum hat Wolfgang seiner Schwester nicht zu sagen gewagt, daß unser kleiner Schützling bei uns lebt, in Sicherheit vor der Kälte und dem Spätsommerregen?

Nannerl *vergißt* ihr Tagebuch im Musikzimmer. Die aufgeschlagene Seite enthält eine geheime Nachricht an mich. Es werden nur die Ereignisse der weniger trüben Tage erwähnt, und mein Name ist kein einziges Mal irgenwie freundlich genannt: *»Mein bruder und schwägerin mit mir beym hermes«*.

Das ist alles.

Vorgestern hatten wir einen sehr schönen Tag. Wir gingen in die 10-Uhr-Messe, und danach kamen einige Personen ins Haus, um zu musizieren. Später stiegen wir auf den Mönchsberg. Als wir endlich oben waren, tranken wir Bier im Schatten der mächtigen Bäume. Die Trunkenheit brachte mein Lächeln zurück, und die streichelnden Hände meines Gatten trösteten mich. Es war brütend heiß, und in meinen Schläfen klopfte es wie wild.

Gestern haben wir zwei Kutschen genommen, um in Begleitung einiger sehr amüsanter Bekannter zum Gebet in Maria Plain zu fahren. Dann fuhren alle zurück, um beim Hermes Besuch zu machen.

Ich sehne mich nach meinem Kind!

Michael Haydn ist ein aufrichtiger Freund. Wolfgang genießt seine Gesellschaft, und ich schätze seine Verbundenheit. Es vergeht kein Tag, ohne daß er mir nicht ein nettes Kompliment machte.

Allerdings ist er sehr leidend und fürchtet sehr, er möchte seine Stellung verlieren. Erzbischof Colloredo hat eine ganze Anzahl Duette für Violine und Altstimme bei ihm in Auftrag gegeben. Michael ist so krank, daß er nur vier der sechs erwarteten komponieren konnte. Man wird ihm sein Gehalt entziehen, wenn er die Musik nicht pünktlich liefert!

Daran erkenne ich die Hochherzigkeit meines Mannes, wie eilig er die Komposition der zwei letzten Duette zu Ende bringt. Was für ein Kinderspiel für ein Talent wie das seine, im Stil von Michael Haydn zu komponieren, und in weniger als zwei Tagen!

Und was muß es ihm für einen Triumph bedeuten, Colloredo, den er doch haßt bis zum Wahnsinn, derart zu hintergehen, und ihm *incognito* zwei Werke von seiner Hand zu liefern. Nun denn, schmeck's! wie mein Held zu sagen pflegt.

Als ich gestern zum Örtchen ging, war Nannerl in ihrem Zimmer. Da die Tür offenstand, erlaubte ich mir, zaghaft zu klopfen. Sie zuckte zusammen und rümpfte die Nase.

»Wer da?« fragte sie überaus ungeduldig.

»Ich bin es nur, Constanze. Ich dachte, wir könnten uns vor dem Zubettgehen noch ein wenig unterhalten.«

»Ach ja? Und was sollten wir uns zu sagen haben?«

»Ich ... ehrlich gesagt ... ich weiß nicht. Was lesen Sie?«

»Ich lese nicht«, wies sie mich zurecht. »Ich bilde mich. Haben Sie diese Erfahrung schon einmal gemacht?«

In ihrem Gesicht stand so viel Verachtung, daß mir ganz schwindelig wurde. Nun war der Moment gekommten, die Situation für mich zu entscheiden und meine Ehre zu retten.

»Oh, ich habe durchaus auch meine Bildungserfahrungen«, sagte ich. »Im übrigen kann ich Noten lesen, ich singe, ich spreche Latein, Französisch und Italienisch ebenfalls. Wissen Sie, Nannerl, mein Vater hat viel für die Bildung seiner vier Töchter getan.«

Sie verzog den Mund zu einem mitleidigen Lächeln.

»Aber Sie glauben doch wohl nicht, daß Sie meinem Bruder damit all das bieten können, was er von seiner Gattin rechtmäßig erwarten kann!«

»Oh, ich verstehe«, gab ich zurück. »Sie sind nicht einmal verlobt und wollen mich über die Ehe belehren!«

In diesem Moment fiel mein Blick auf zwei wassergefüllte Glasschalen, die auf ihrem geöffneten Buch standen. Wozu konnten diese randvollen Behälter wohl gut sein?

Da trat Wolfgang hinzu und umschlang mich liebevoll mit den Armen.

»Ich komme, um mein Weibchen auszulösen«, murmelte er seiner reizenden Schwester zu, »weil sie offenbar lieber schwatzt, als sich zu ihrem Mann aufs Lager zu legen! Ah! Ich sehe, Nannerl, daß dich deine Vornehmheit davor bewahrt, Augengläser tragen zu müssen. Wie eitel, diese Schwäche zu verbergen! Aber, bei meiner Seel, Glasgefäße als Lupen zu verwenden, das ist wirklich raffiniert. Wenn ich wieder in Wien bin, mache ich das auch. Gut denn ... meine liebe Frau und ich werden dich jetzt unserer Gegenwart entheben und wünschen dir schöne Träume, auch wenn sie vielleicht verschwommen sind, äh, verwaschen ... verwunschen.«

Sobald wir in unserem Zimmer waren, erstickte Wolferl meinen Ärger im Keim: »Ich habe alles gehört, und keine Angst, meine Stanzerl, ich gebe dir vollkommen recht.«

Ich weiß, mein Mann hat ein gutes Herz. Aber heute abend scheine ich keinem Trost zugänglich.

Wieder ein schöner Tag. Heute morgen gingen wir zur Messe, danach wieder ins Haus der Familie, wo sich einige Gäste zum Spiel zu uns gesellten. Während der Partie Karten geriet ein Abbé heftig in Rage. Am Nachmittag ging Nannerl in den Mirabellengarten, während Wolferl und ich zurückblieben, um noch einmal die Musik für *unsere* Messe zu proben.

Meine Stimme erhebt sich so hoch und klar, wie mein Mann es erhofft hatte. Arbeit und innere Sammlung haben mir die Erkenntnis gebracht, daß meine Fähigkeiten als Sängerin noch immer annehmbar sind, und ich habe auch sehr wohl die Tränen in seinen Samtaugen gesehen.

Vielleicht werden Herr Mozart und seine Tochter nach der Messe in ein paar Wochen endlich auch für mich einen liebevollen Gedanken übrig haben.

September 1783

Ich verzehre mich nach meinem Sohn. Ach, wie gern würde ich seine kleinen Händchen tätscheln, ihn in den Schlaf wiegen und seine engelszarte Haut küssen.

Wir erwarten Nachricht aus Wien von unserem Freund Wetzlar. Es ist sehr seltsam, daß er noch nicht das kleinste Billett geschrieben hat. Er wird sich vergnügen und keine Zeit haben für einen Gedanken an seine armen, in den Bergen verlorenen Freunde.

Am Morgen betteten wir Trompeter unter unzähligen Vorkehrungen und in ein Leintuch gehüllt in ein Loch im Garten. Er bekam ein richtiges Staatsbegräbnis. Seine Ruhestätte wird allerdings von niemandem gewürdigt. Da wird einfach über ihn hinweg Kegel gespielt und der kleine frische Erdwall niedergetrampelt. Wer weiß schon, wieviel Zeit die Seele braucht, um sich in den Himmel zu erheben, selbst wenn sie nicht zerquetscht wird?

Ich habe eine Frau von Paradies kennengelernt, deren blinde Tochter ganz vorzüglich Klavier spielt. Wolfgang, der von der Virtuosität der jungen Person sehr eingenommen war, hat sich mit ihr unterhalten. Ich sehe es gerne, wenn er seine Neigungen mit denen anderer Menschen vergleicht, denn ich weiß nur zu gut, wie beschränkt mein eigenes Wissen ist.

Die Sieben-Uhr-Messe mag ich wirklich am allerwenigsten. Manchmal bleiben Wolfgang und ich einfach im Bett. Dann dämmere ich gern vor mich hin und lausche auf die Geräusche der Stadt um uns her, die auch ohne uns so geschäftig ist.

Ich hasse zwar den Gedanken, mich ihm zu widersetzen, aber ich fühle mich absolut nicht in der Lage, unsere Plänkeleien mit dem alten Feuer wiederaufzunehmen. Meine Innereien sind noch zu empfindlich. Ich habe andere Bettfreuden entdeckt: den morgendlichen Krampf! Der meines Mannes muß unbedingt beseitigt werden, bevor er auch nur einen Fuß auf den Boden setzt. Dieses Spiel haben wir »*schlumpi pumpi*« genannt. Was für ein Vergnügen, wenn er so ausgestreckt und völlig meinen Launen ausgeliefert daliegt. Ich kenne zwar längst nicht alle Kapitel im großen Buch vom Alkoven, aber von den Gelübden der Novizinnen sind wir weit entfernt.

Ach, wenn Nannerl die Wonnen des Ehestandes kennte, um die sie sich durch ihr überhebliches Getue selber bringt! Aber ein wenig wird sie nun wohl davon wissen, dank – oder wegen – der dünnen Wand zwischen unseren Betten …

Heute waren wir beim Weissgärber, der meine Schwägerin recht gut kennt. Das kalte Bad und das Dampfbad waren so verlokkend, daß Wolfgang und ich ins Wasser gegangen sind, obwohl es so stark regnete. Nannerls stillschweigende Mißbilligung hätte beinahe die Bottiche einfrieren lassen, obwohl sie doch vor Hitze dampften.

Die Tage vergehen wie im Fluge, obwohl ich so viel zu beklagen habe. Mein zärtlicher Gatte ist bei mir, den Kopf immer voll mit neuen Ideen und Melodien. Nannerl geht viel im Park von Schloß Mirabell spazieren, und wenn ich sie begleite, wird das bedrückende Schweigen nur durch das Niesen von Pimperl, dem Hund, oder die ach so überraschenden Begegnungen mit Monsieur d'Ippold unterbrochen. Nannerl scheint ihren Kummer, daß ihr Vater den Heiratsantrag von Ippold ablehnte, noch immer nicht überwunden zu haben. Die arme Nannerl! Ich verstehe schon, warum es ihr manchmal schwer wird, nett zu sein. Zweiunddreißig Jahre alt zu sein und als einzige Begleitung eine wenig interessante Schwägerin, mit der man, weil man so verschieden ist, weder Freuden noch Geheimnisse teilen kann. Gott sei Dank schließt sich uns Marguerite Marchand, die Pensionsschülerin der Mozarts, manchmal an und zerstreut uns mit ihrer recht anregenden Unterhaltung. Allerdings ist sie nicht sehr nach Nannerls Geschmack, denn ihre Eitelkeit als Musikerin kann keinen Vergleich mit anderen, vielleicht überlegenen Talenten vertragen.

Ach, Nannerl, wenn ihr mir auch nur für einen kurzen Moment die Freundlichkeit erweisen wolltet, die ihr für jeden streunenden Hund übrig habt, würde ich euch wohl zeigen mögen, wie reich mein Herz an Liebe ist.

Mein Engel hatte gedacht, sein Vater und Nannerl würden mir die Geschenke vermachen, die er in seiner Kindheit erhalten hat. Aber daraus wurde nichts. Diese Bosheit scheint mein Mann nicht zu verzeihen. Ich bin traurig, daß *man* mich nicht für würdig befindet, diese Dinge zu erhalten, damit ich sie an meinen Sohn weitergeben und als Andenken für die Familie bewahren kann. Aber ich will den Ärger meines Mannes nicht vergrößern, indem ich ihm meine eigenen Empfindungen noch hinzufüge. Es nützt ja nichts, sich dabei aufzuhalten.

Gestern waren wir in Großmanns Lustspiel *Nicht mehr als sechs Schüsseln.* Danach waren wir zum Souper und haben bis vier Uhr früh getanzt. Dabei hat mir ein Bewunderer von Aloisia mitgeteilt, sie habe ihr drittes Kind zur Welt gebracht, leide aber unter schrecklicher Schwermut. Gegen sechs Uhr, als es schon tagte, fuhren wir mit der Kutsche nach Hause. Seit dem Ball in unserer Wiener Wohnung habe ich nicht mehr so viel getanzt. Wolfgang und ich haben den Kontertanz gelernt und uns jedesmal königlich amüsiert, wenn wir wieder etwas falsch gemacht hatten. Meine Knöchel sind doppelt so dick wie üblich und schmerzen entsetzlich.

Vorhin, gegen ein Uhr nachmittags, haben sich Nannerl und mein Schwiegervater recht griesgrämig erhoben. Ich bin noch ein wenig im Bett geblieben, um auf die Geräusche im Haus zu lauschen, aber auch, um meinen Mann mit meinen Vorzügen zu lokken, die wieder für ihn bereit sind. Wir haben uns lange geneckt und gekitzelt.

Wie süß ist doch das Leben, wenn ich in seinen Armen liege!

Heute morgen haben wir endlich einen Brief von Baron Wetzlar erhalten. Ich begriff sofort, daß sich etwas Tragisches ereignet hatte. Wolfgang wurde leichenblaß, dann warf er den Brief ins Feuer.

Ich ging zu ihm, aber er war unfähig, etwas zu sagen. Was ist passiert? Ist wieder eine Intrige gegen deine Oper ans Licht gekommen? Mein Liebling, trockne deine Tränen und sprich mit mir, ich bin deine Frau, ich werde deinen Kummer lindern können ...

So habe ich meinen Mann noch nie gesehen. Ich weiß nicht, wie ich ihm helfen soll.

Ich warte darauf, daß er mir anvertraut, was ihn so betrübt.

O mein Gott! Warum?

Ich kann diese schlimme Nachricht nicht glauben. Es bringt mich um.

Mein Schätzchen, mein kleiner Engel!

Unser kleiner Raimund ist tot!

Ein hinterhältiges Fieber hat dich dahingerafft, mein armer Liebling! Ich weine um dich, der du mir auf immer genommen wurdest.

Nun deckt die Erde deine armen Augen. Was habe ich am 19. August getan, anstatt dich zu wiegen, während du ums Überleben kämpftest? Ich arme, nichtsahnende Mutter habe Karten gespielt, einen Krampf gelöst und gejammert, weil die Mozarts mich zurückstießen.

Ach, warum habe ich nicht darauf bestanden, dich selber zu stillen, statt dich den Brüsten einer Opernamme zu überlassen. Und haben wir nicht vielleicht zu früh die Milch durch sauren Apfelsaft ausgetauscht?

Oktober 1783

Diesmal kann das Schreiben in meinem Tagebuch keine Linderung bringen. Der Kummer sitzt zu tief. Ich könnte nicht einmal sagen, was in den letzten Tagen passiert ist, ich habe keine Ahnung. Ach, ich wartete auf eine einzige ehrlich mitfühlende Geste, ein Zeichen des Mitgefühls von Nannerl.

Aber nein, nichts.

Nicht das geringste.

In ihr ist nicht die Spur von Anteilnahme. Da kann ihr Bruder Stunden um Stunden auf und ab tigern, eher verliert sie ihn auf ewig, als daß sie ein wenig Mitleid für einen toten halben Weber heuchelt.

Immer dieses verkniffene Schweigen ob meiner Tränen. Aus welchem Stoff ist sie nur gemacht, daß mein grenzenloses Unglück sie so gar nicht erreichen kann?

Mein Schwiegervater quält mich mit seinen plumpen Moralsprüchen. Ich frage mich, ob seine altersfleckigen Hände ein trauerndes Herz auffangen oder die Wange eines Kindes streicheln können. Denkt überhaupt jemand an das Kreuz, das wir zu tragen haben, an unseren grausamen Kummer?

Der gute Michael Haydn ist unser einziger Trost, und diese seltsame Erkenntnis macht mich noch trauriger, nämlich für Nannerl und ihren Vater. Wie schändlich für eine Familie, Fremden die Rolle des Trösters zu überlassen, weil sie selber sich verweigert.

Marguerite Marchand, die brave Gretl, tut ihr möglichstes, um mich aufzuheitern. Aber ihre großmütigen Versuche werden stets von meiner vertrockneten Schwägerin konterkariert. Mein Herr

Schwiegervater lobt die Talente seiner Schülerin über den grünen Klee, und das geht Nannerl heftig gegen den Strich. Diese dumme Rivalität läßt sie alle Schönheit und Grazie verlieren.

Heute haben wir unsere Messe geprobt. Wolferl meint, bald werde sich die Qualität meiner Stimme unbestreitbar beweisen. Ich spüre, daß er zufrieden mit mir ist. Mit uns.

Sein *Gloria* ist allein so lang wie die ganze h-Moll-Messe von Bach. Als wir nun schon vor einer Ewigkeit in Salzburg ankamen, waren schon einige Seiten der Messe fortgeschritten bis zum *Et incarnatus est*. Hier, im elterlichen Hause, findet er trotz all der unsäglichen Feindseligkeiten die Inspiration, das *Sanctus* und auch das *Benedictus* fertigzuschreiben.

Endlich ist der Morgen *unserer* Messe gekommen. Wir werden sie in der Benediktinerabtei von St. Peter geben, weil dieses Kloster nicht von Colloredo abhängt. Alle Sänger und Musiker am Hofe sind bereit für dieses erhabene musikalische Ereignis. Wolfgang ist aufgeregt, trotzdem beruhigt mich seine Gegenwart. Die Aufregung fürchte ich nicht so sehr, mich quält vielmehr etwas anderes: Ich zittere bei dem Gedanken, ich könnte sein Werk verhunzen, meine Stimme könnte mich im Stich lassen oder ich in Tränen ausbrechen.

Sollte ich meinen Vortrag unterbrechen wollen, wird ein Kastrat die Sopranpartien singen, sozusagen als Zweitbesetzung.

Der heutige 26. Oktober ist der Tag des heiligen Amandus, Namenspatron der Abtei. Daß wir diesen Tag für die Aufführung gewählt haben, erlaubt uns, das Ereignis ohne ein regelrechtes Hochamt zu begehen und gleichzeitig über die fehlenden Partien hinwegzutäuschen, die das Werk zu einer unvollendeten Messe machen. Dieser Tag enthebt uns der Pflicht, die traditionellen liturgischen Regeln beachten zu müssen.

Mein Gott, was habe ich für eine Angst!

Kein Wort.

Nicht ein einziges karges Kompliment mochte nach der Messe Nannerls hehrem Mund entschlüpfen. Auch mein Schwiegervater äußerte sich nicht über seinen Eindruck. Was für ein Elend, wenn man lieber das Talent des eigenen Wunderkindes totschweigt, als mich in die Komplimente einbeziehen zu müssen.

Wolfgang war sehr zufrieden mit meiner Gesangsdarbietung. Zweimal standen uns gar die Tränen in den Augen, während er das Orchester und den Chor dirigierte.

Ach Gott, könnte ich Dir doch die Hände küssen für so viel Schönheit der Musik! Wie mir die Glieder zittern, und wie war ich glücklich, so Dein Lob singen zu können!

Werden sie jetzt wenigstens wissen, daß ich singen und mich an den Musikvorträgen im Salon des Hausherrn beteiligen kann? Werden sie mich an ihren Vergnügungen teilhaben lassen?

»Das bezweifle ich aber sehr!« hat Wolfgang voller Bedauern festgestellt. »Und ich habe nicht die Absicht, ihnen noch mehr Gelegenheit zu geben, es unter Beweis zu stellen. Wir reisen morgen ab. Halte dich bereit, meine Stanzerl.«

Morgen fahren wir nach Wien zurück!

Um halb zehn wird mich die Kutsche von Salzburg fortbringen, wo mir jede Zustimmung und jede Gefälligkeit, wie sie einer ergebenen Schwiegertochter und liebevollen Schwester zustehen, verwehrt waren.

Ich entziehe mich dir, Salzburg. Du willst meine Zuneigung nicht. Du bist streng und unnahbar und taub für jedes liebevolle Wort.

Adieu auf immer!

In dieser Richtung kommt mir der Weg viel länger vor. Heute nacht machen wir in Vöcklabruck Station. Ich bin so erschöpft. Mein einziger Wunsch ist, mich in ein sauberes Bett zu legen und zu schlafen bis zum Morgengrauen oder vielleicht zu weinen.

Heute machen wir einige Stunden in Lambach Rast. Wolfgang wird zur Messe die Orgel spielen. Er fühlt sich hier zu Hause, weil die Familie Mozart es sich zur Gewohnheit gemacht hatte, auf ihren Reisen stets hier einzukehren. Wir haben nur die Hälfte des gestrigen Weges zurückgelegt, trotzdem fühle ich mich sehr viel ermüdeter.

Heute abend wird mein himmlischer Mann einen Vortrag am Clavicord des Prälaten geben, zur Erinnerung an die Jahre, die er mit seinem Vater in Salzburg verbracht hat. Obwohl ich fort bin, erinnert mich noch immer alles an diesen Herrn Mozart.

Wir sind in Linz, und ich bin sehr froh darüber. Diese rege Stadt und ihre Bewohner strahlen Fröhlichkeit aus und scheinen alle möglichen Vergnügungen zu versprechen. Wir wohnen am Minoritenplatz im Palais des alten Graf Thun, wo wir bereits ungeduldig von einem Kammerdiener erwartet wurden. Ich kann gar nicht sagen, mit wie vielen Aufmerksamkeiten man uns in diesem Hause überhäuft.

Bevor wir zu Bett gingen, schrieben wir, oder zumindest Wolferl, nach Salzburg (mein Gott! Am liebsten würde ich nicht einmal den Namen mehr aussprechen!).

> *... Meine frau und ich küssen ihnen die hände, bitten um verzeihung daß wir ihnen so lange ungelegenheit gemacht haben, und danken nochmal recht sehr für alle empfangene Wohltaten. Nun leben sie wohl. – die gretl, den Heinrich von welchem ich hier schon viel gesprochen und die Hannj grüssen wir von herzen. – besonders der gretl lass ich sagen, sie solle im singen keinen fuchsschwanz gleichen; denn die leckereyen und küssereyen sind nicht allzeit angenehm. – Nur dumme Eseln kann man mit so was betrügen. – ich wenigstens will lieber einen bauernkerl gedulden, der sich nicht scheuet vor meinen angesicht zu scheissen und zu Prunzen, als daß ich mich durch so falsche kalfactereyen übertölpeln lassen könnte, die doch so übertrieben sind, daß man sie mit Händen greifen kann. – Nun* Adieu. – *unsere liebe schwester küssen wir von ganzen herzen. – ich bin Ewig dero danckbarster sohn*
>
> *W. A: Mozart*

Das fröhliche Gesicht meines lieben kleinen Mannes beweist mir, was ich schon ahnte: Mit diesem Brief spuckt er höflichst auf den *Empfang*, den man uns bereitet hat, auf die *Wohltaten*, mit denen man uns überhäufte, auf unsere *liebe* Schwester und auf den *Stolz* des Lehrers auf seine erstaunliche Schülerin.

November 1783

Wir werden noch in Linz bleiben, weil man uns hier so freundlich behandelt. Alle Welt scheint unseren grenzenlosen Kummer zu kennen und darauf Rücksicht zu nehmen, was den Vergleich zwischen Linz und dem elenden Salzburg nur noch grausamer macht. Die Qual bleibt. Nächsten Dienstag wird Wolferl ein Konzert im Theater geben. Seine Freunde haben ihm sein von einem schwachen Lächeln begleitetes Versprechen dazu abgepreßt.

Wir haben Doktor Gilowsky getroffen. Wolfgangs Aussehen gefällt ihm gar nicht. Aber mein Mann verweigert einen Aderlaß und hat zu seinem Freund gesagt: »Laß mich, du Scharlatan, mein Herz blutet so schon genug.«

Mein Liebster hat die Hoffnung auf einige mitfühlende Zeilen von Vater und Schwester immer noch nicht aufgegeben. Die Stunden vergehen in Schwermut, und ich hüte mich wohl, alles mit meiner eigenen Verzweiflung noch zu verschlimmern.

Nur vier Tage, und schon liegt die Sinfonie für das Konzert heute abend vor, geschaffen für unseren hochherzigen und liebenswerten Graf Thun. Die beste von allen bisherigen Kompositionen scheint sie mir nicht, diese Sinfonie, sie ist ja auch eilig und im Jammer hingeworfen.

Ich werde morgen an dem Konzert im Palais Thun teilnehmen, denn wir wohnen ja dort. Und auch wenn unser Unglück allgemein bekannt ist, wäre es doch unhöflich, sich davonzustehlen, wenn die Musik beginnt. Wolfgang wollte, daß ich etwas singe, aber ach!, meine Stimme würde in Tränen ersticken.

Wollte man mich doch in Ruhe lassen, fern von allen Vergnügungen, traurig auf meinem Schemel. Geh weg! Fort mit dir, mein Mann, laß die andern deine Seele von ihrer Traurigkeit ablenken, berausche dich an Komplimenten, koste vom Balsam der Anerkennung. Vielleicht kann die Güte unserer Gastgeber deinem lieben Gesicht seinen verschwundenen Glanz zurückgeben. Geh nur!, geh hin, mein Mann, lausche den Bravorufen des Adels und gewinne das Vertrauen in deine Kunst zurück.

Heute abend hat Wolferl im Beisein einiger Freunde eine Zeichnung für mich gemacht, ein *Ecce homo.*

Wir waren in äußerst netter Gesellschaft. Und dennoch, auch all der Jubel um uns her während des Soupers konnte Wolfgang nicht ablenken. Er blieb still trotz aller Bitten unserer Freunde, und nichts konnte ihn dazu bewegen, ein Instrument auch nur anzufassen. Einmal jedoch ließ er von seinem Gekritzel ab, und wir glaubten schon, nun habe ihn doch das Verlangen gepackt. Er blieb einen Moment lang stumm, dann machte er sich, nachdem er mir voll Inbrunst die Hand geküßt hatte, wieder an sein *Ecce homo.*

Diese Zeichnung drückt all die vielen Fragen aus, die sein Herz bewegen.

Wir bereiten unsere Rückkehr nach Wien vor, denn nun hält uns nichts mehr in Linz. Selbst die Wohltaten unserer Gefährten im Schmerz können uns nicht vor dem Ernst des Morgen bewahren.

Nur schnell fort!

Liebe Freunde, es gibt keine bessere Gesellschaft als die eure, aber ich möchte fliehen, mich flüchten.

Und mich verkriechen.

Dezember 1783

Unsere Wohnung ist sehr leer und sehr traurig. Leichten Herzens und mit unbeschwerter Seele waren wir gegangen und hatten unseren kleinen Raimund seiner Amme überlassen, sicher, daß wir ihn fett und kräftig, groß und lebhaft wieder in die Arme schließen würden.

Jetzt ist sein Bettchen leer. An den weißen Laken haftet immer noch der Geruch nach ranziger Milch. Ach, mein kleiner blonder Engel, wie sehr habe ich dich geliebt!

Ich habe zwei getrocknete Räucherwürste an dem Haken befestigt, wo sonst der Käfig von unserem Trompeter hing. Aber dieses halbe Pfund Fleisch singt nicht im Morgengrauen, und die Würste zeigen sich auch nicht weiter anhänglich.

Ich bin allein mit meinem Kummer.
Jeder ist mit seinem Leid allein.
Wir Elenden.

Man fordert eine alte Schuld ein. Wolfgang hatte sie 1778 aufgenommen, und obwohl der auf sechs Wochen ausgestellte Wechsel längst verfallen ist, sieht es so aus, als müßten wir die Forderung begleichen.

Angesichts all dessen, was mich im Moment bekümmert, scheinen mir finanzielle Nöte recht lächerlich.

Mein Mann findet ein wenig Zerstreuung in der Arbeit: *Die*

Gans von Kairo nimmt seine ganze Zeit in Anspruch und verschlingt all seine Energie. Die Hoffnung auf eine neue Oper ist für ihn wie eine wunderbare Fügung. Ich sehe es gern, daß er seine Tätigkeit wiederaufnimmt, und manchmal huscht sogar der Schatten eines Lächelns über seine Züge.

Unsere Briefe nach Salzburg bleiben oft ohne Antwort. Und dabei haben wir in unseren letzten Schreiben immer davon gesprochen, wie sehr wir um unseren lieben kleinen verlorenen Raimund trauern.

Aber aus Salzburg kommt nichts, nach wie vor nichts zu meinem armen Kind.

Aloisia und ihr Mann haben soeben die Erlaubnis erhalten, für einige Monate auf Konzertreise zu gehen, um meine Schwester von ihren Schwermutsanfällen abzulenken. Woran kann sie denn leiden, wo sie doch ihr drittes Kind in den Armen hält und alle Welt schon in Bewunderungsschreie ausbricht, sobald sie nur den unbedeutendsten Blödsinn von sich gibt?

Ach, ich hatte so sehr auf ihren Besuch gehofft, aber man gab mir zu verstehen, es sei eine sehr schwere Geburt gewesen, und deshalb müsse Madame Lange noch einige Tage das Bett hüten.

Die geplanten Konzerte haben eine heilendere Wirkung als meine traurige Gesellschaft und meine Wehklagen. Diese von Bravorufen gekrönten Reisen werden sie nach Dresden, Hamburg, Berlin, Frankfurt am Main und München führen.

Gute Reise, liebe Schwester!

Wolfgang wird des Komponierens nie müde, und da er schon im Schwung ist, schreibt er auch seinem Vater einige Zeilen über seine neue Oper. Da ich zur Zeit von seltsamen kleinen roten Stippen übersät bin, vor allem an Rücken, Hals und Armen, hat Wolfgang seinen Vater um das Rezept für ein Heilmittel von Tomaselli gebeten. Es ist eine zähe Paste, die vorzüglich den Juckreiz lindert. Wir haben auch schon mehrere Statuen des Jesuskindes von Notre-Dame-de-Lorette aus Wachs bestellt, um sie in der Wohnung zu verteilen und sie so schon beim Aufstehen um ihren heiligen Schutz zu bitten.

Zwei sehr freudige Ereignisse haben meinen Horizont erhellt. Meine Post aus Rom ist sechs Tage über die Zeit, und wir haben eine neue Wohnung gefunden. Ich will mich nicht zu sehr über diese neue Hoffnung auf Mutterschaft freuen, denn in meinem Kopf spukt immer noch der Schatten des Todes. Unsere zukünftige Wohnung liegt am Graben, im dritten Stock des Trattnerschen Hauses. Wolfgang kennt die Adresse nur zu gut, denn er ist unzählige Male hier gewesen, um seiner Schülerin Theresia von Trattner Musikunterricht zu geben. Diese äußerst liebenswürdige Dame ist die zweite Frau des Wiener Verlegers und Buchhändlers. Die Miete wird fünfundsiebzig Gulden das Trimester kosten. Es wird die siebte Wohnung sein.

Die Gesellschaft der Witwen und Waisen Wiener Musiker hat vor zwei Jahren ein Konzert zum Wohl notleidender Familien gegeben. Wolfgang hat ein Concerto gespielt, während Adamberger eines seiner Rondos sang. Der Saal war voller Menschen, und der Applaus hallte lange zwischen den Wänden nach. Am nächsten Tag wurde Mozart durch einen Violinisten von zweifelhaftem Ruf ersetzt, weil er nicht in der Verfassung war, ein zweites Mal zu spielen.

Möchten wir doch bald die Bindung der Wiener an die Musik meines Mannes ermessen können! O ja, damit man sich in Salzburg endlich und für alle Zeiten vor Ärger die Nägel abkaut, weil man sein Kind so geringgeschätzt hat.

Wir sind immer noch ohne Dienstboten, aber ich mache mir eine Freude daraus, alleine alles für unseren Umzug zu bereiten. Adieu, Trauerzimmer und Trauersalon. Schon bald wird wieder ein Kind in meinen Armen schlummern, und ich werde es zu Wolfgangs zauberischen Noten in den Schlaf wiegen.

1784

Januar 1784

Dieses neue Jahr bringt viele Aufgaben mit sich. Uns fehlt oft die Zeit, alles zu erledigen. Mein Tagebuch lockt mich mit seinen Seiten, aber ich wende mich meist lieber den unaufschiebbaren Pflichten zu. Also werde ich nur die wichtigsten Ereignisse notieren.

Inzwischen sind wir in unsere schöne Wohnung umgezogen und damit nahe an dem, was wir uns je an prachtvoller Umgebung erträumt haben. Ganz Wien spricht davon, wieviel die Miete kostet, und so können die Schwätzer zukünftig daran ermessen, wie erfolgreich die Werke meines Mannes sind. Eine bürgerliche Wohnung kostet hier sechzig Gulden im Jahr, wir aber zahlen fünfundsiebzig Gulden für sechs Monate, zuzüglich eines Gulden für die Beleuchtung. Wenn das nicht das Zeichen für unseren Eintritt in die Gesellschaft ist! Die Decken sind reich mit Rosetten und vergoldeten Akanthusblättern verziert. Das Ganze wirkt so schwer, daß ich nachts, wenn das Parkett knackt, manchmal davor zittere, dieser ganze Reichtum an Ornamenten könnte mich erschlagen. Wie machen die Prinzessinnen das nur, daß sie unter all dem Prunk aufwachsen, ohne Furcht, vom Wandschmuck zerquetscht zu werden?

Für Wolfgang wurde ein spezieller Schrank eingerichtet, sozusagen ein »Projektschrank«. Links sind die Werke, an denen er gerade schreibt, Pläne für Zukünftiges, Libretti und ein paar Ideen. Rechts liegen unvollendete Kompositionen, aufgegebene oder aufgeschobene Vorhaben. Alle bereits gespielten oder gar gestochenen und gedruckten Werke befinden sich in einem zweiten, verschlossenen Schrank. In einer großen Mappe drängeln sich zudem die Kompositionen, die Wolfgang bei jedem Ortswechsel bei sich tragen möchte: Benda, Bach, Haydn und viele andere bewunderte Meister. Meine Hände wagen sich niemals in diese kostbaren Fächer vor, sollten die Blätter auch noch so ungeordnet wirken. Für Wolfgang hat dieser Wirrwarr eine eigene Logik, und wenn er gelegentlich doch einmal etwas nicht gleich findet, macht er lieber eine Kopie aus dem Gedächtnis, als ungeduldig die Blätterstapel zu durchwühlen.

Unser großer Billardtisch hat seinen festen Platz in einem eigenen Salon mit blauer Seidentapete gefunden. So kann Wolfgang seinem Geist etwas Ruhe gönnen, indem er einfach vom Arbeitstisch zum Kartentisch überwechselt oder sein Klavier zugunsten des Billards stehenläßt. Das Klavier wird im vorderen Salon bleiben, denn so kann man es leichter zu den Akademien und Hauskonzerten der musikalischen Saison transportieren. Das große Trattnersche Haus, in dem wir nun wohnen, zählt auch einen großen Konzertsaal zu seinen vielen Vorzügen, ganz wie in zahlreichen anderen dermaligen Bauten.

In einigen Wochen wird Wolfgang in diesem Saal Privatakademien per Abonnement geben. O heiliger Johannes, mach, daß genug Karten verkauft werden, damit wir diese prächtige Wohnung zu unserem Trost behalten können!

Die Notenblätter zur *Gans von Kairo* sind im rechten Haufen im Projektschrank gelandet. *Ite opera est*, denn Wolferl findet das Libretto zu schwach, und diese Geschichte von einer Riesengans kommt ihm vollkommen blödsinnig vor.

Meine Post aus Rom wird nicht mehr kommen. Ich bin inzwischen ganz sicher, daß ich wieder schwanger bin. Meine Büste ist noch geschwollener als damals, als ich mit meinem seligen Raimund guter Hoffnung war – Ach! Friede! Möge seine reine Seele Frieden finden!

Meine Schwester hat in der *Entführung aus dem Serail*, die gestern im Kärntnertortheater gegeben wurde, alle Ehre eingelegt. Mein Wolferl dirigierte, und der Applaus hörte erst auf, als beide endlich abgetreten waren. Allerdings scheinen die vielen Elogen die Stimmung unserer *prima donna* keineswegs zu erhellen. Nachdem sie das Honorar für den gestrigen Abend eingestrichen hat, werden sie und ihr Mann wie vorgesehen zu ihrer Konzertreise aufbrechen.

Wir kann sie sich nur so der Schwermut hingeben, wo ihr ganzes Leben doch von Reichtum und Triumphen angefüllt ist?

Februar 1784

Mein Mann möchte in Zukunft unsere Ausgaben in einem Rechnungsbuch festhalten und auch einen Katalog seiner Werke führen. Der erste Eintrag gilt keineswegs mir. Die Ehre, sich auf der ersten Seite dieses Kataloges zu finden, fällt einer gewissen Babette zu, und zwar mit einem Klavierkonzert.

Verglichen mit der Aufstellung unserer Ausgaben, bilden die Einkünfte aus den Lektionen und Akademien eine längere Liste. Wir sind also vernünftig, außer wenn es um Kleidung nach der neuesten Mode geht. In unserer Stellung ist es nicht mehr möglich, gebrauchte Kleider zu behalten oder sie etwa zur Täuschung nur ein wenig umzuarbeiten. Die Mode wechselt so schnell.

Beim Stechen von Musikblättern gibt es viele Einzelheiten, die man noch einmal überdenken müßte. Wenn ein Komponist etwa eines seiner Werke stechen lassen will (in Kupfer) oder drucken (mit beweglichen Lettern), muß er gezwungenermaßen auf die Ehrsamkeit des Graveurs und die des Kopisten vertrauen. Dieser Zustand schmeckt uns gar nicht, denn es kommt recht oft dazu, daß gewisse Werke gespielt werden, ohne daß wir den mindesten Profit daraus ziehen. Wir können unser Recht am Werk ebensowenig durchsetzen oder schützen, wie wir es verhindern können, daß irgendein Spitzbube seinen Gewinnst aus einer Kopie dieser Kompositionen zieht. Warum scheint es nur der ganzen Welt gleichgültig zu sein, wenn die Arbeit anderer derart geplündert wird?

Ich wüßte gern, wie mein Schwiegervater vorgegangen ist, als er 1756 in Augsburg seinen *Versuch einer gründlichen Violinschule* veröffentlichen ließ. Wolfgang sollte ihn vielleicht einmal fragen, wie man sich den Erfolg einer Publikation sichert, die bis heute seinen Ruf fördert. Wolfgang zögert noch, seine Werke auf Subskription herauszugeben, obwohl alle, die sich in dieses Abenteuer gestürzt haben, großen Vorteil daraus ziehen.

Er sollte sich seine Geburtsurkunde mit der Post schicken lassen, damit er sich ins Register der Tonkünstler-Societät eintragen und somit offiziell in die große Familie der Wiener Musiker eintreten kann.

Meine wilden Gelüste auf Kohl wollen nicht vergehen, und es packt mich immer gleich nach dem Erwachen. Wolfgang bittet mich, recht fett zu werden, damit das Kind alle Kraft in sich aufnehmen kann, die die Natur von ihm fordern wird. Es fällt mir nicht schwer, ihm diese Bitte zu erfüllen, denn das Essen ist zur Zeit die einzige Beschäftigung, die mich interessiert. Ich nasche alles, was sich mir bietet. Unsere Lebensmittelrechnung wird bald die Liste unserer Einkünfte übersteigen!

März 1784

Ich ersticke in meinem Mieder. Eben habe ich damit begonnen, mir eine Tunika nach meinen neuen Maßen zu nähen, mit Spitzen an der Vorderseite. Ich fühle mich ziemlich häßlich, wenn auch ohne besonderen Grund.

Der Konzertsaal bei uns in der Trattnerschen Residenz ist die drei letzten Mittwochabende der Fastenzeit für drei Subskriptionskonzerte reserviert. Bisher haben schon über hundert Subskribenten ihre Plätze reserviert, und bis es soweit ist, hoffen wir noch auf dreißig weitere. Wir haben den Preis auf sechs Gulden für alle drei Konzerte festgelegt. Der Adel hat schon wissen lassen, er werde nur kommen, wenn Mozart in eigener Person spielt …

Im Moment hat mein Virtuose so gar keine Zeit für mich. Unsere Ertragsliste ist natürlich lang genug, um jede unserer Launen zu befriedigen, doch mir ist nicht mehr nach Vergnügungen. Morgens ist er vollauf mit seinen Lektionen eingenommen und fast jeden Abend durch eine Akademie. Es kann einem ganz zittrig werden beim Programm der nächsten Tage.

Ich langweile mich viel. Wolfgang verwendet alle seine Zeit und seine ganze Energie auf die abendlichen Akademien.

Montag, den 1. März, beim Grafen Esterházy.

Donnerstag, den 4., beim Fürsten Golicyn, dem russischen Botschafter.
Freitag, den 5., wieder bei Esterházy.
Montag, den 8., na wo wohl? Natürlich bei Esterházy.
Donnerstag, den 11., Akademie bei Golicyn.
Freitag, den 12., zur Abwechslung mal bei Esterházy ...
Montag, den 15., ebenfalls.
Mittwoch, den 17., endlich Wolfgangs erste Privatakademie hier bei uns im Trattnerschen Saal.
Donnerstag, den 18., Golicyn.
Freitag, den 19., Esterházy.
Samstag, den 20., oh? Akademie bei Klaviermeister Richter.
Sonntag, den 21., Wolferls erste Akademie im Theater.
Montag, den 22., Esterházy.
Mittwoch, den 24., zweite Privatakademie, Privatsaal im Trattnerhof.
Donnerstag, den 25. Golicyn.
Freitag, den 26., mein Gott! Schon wieder bei Esterházy.
Samstag, den 27., wird bei Richter gespielt.
Montag, den 29., erfreut Esterházy seine Gäste einmal mehr mit meinem Mann.
Mittwoch, den 31., wird Wolferls dritte Privatakademie sein, hier im Konzertsaal unseres Hauses.
Donnerstag, den 1. April, zweite Akademie im Theater.
Samstag, den 3. April, hat Richter den Abend mit Mozart reserviert.

Ist es nicht ermüdend für einen Musiker von Talent, wenn man so gefragt ist? Jeder Morgen geht mit Lektionen hin, dann wird schnell gegessen, danach ist Zeit zum Komponieren, und schon geht es wieder zu einer Akademie in den Adelshäusern.

Den Gedanken, einige Hauskonzerte zu veranstalten, hat Richter uns eingegeben, als er einmal Wolfgangs Spiel bewunderte. Wir tranken mit ihm Schokolade, und mein Mann verlegte sich darauf, ein kleines Stück zu Ehren seines »guten kleinen Dickwanstes und braven schnauzbärtigen Soldaten« – das meint mich! – zu improvisieren. Ich wollte heftig protestieren, aber die Töne vom Klavier waren schneller als meine Vorwürfe.

Wolferl spielte eine ganze Weile lang tausend neue Variationen, und Richter, der noch nicht wußte, daß Wolfgang nichts mehr widerstrebt, als wenn man ihm in die Musik hineinspricht, wagte seine große Bewunderung zu äußern:

»Mein Gott! Da plage und mühe ich mich ab, und erhalte doch keinen Beifall, und Sie, mein Freund, machen sich ein Spiel daraus!«

»Ach«, sagte da mein Mann, »ich mußte mich auch bemühen, um mich jetzt nicht mehr bemühen zu müssen.«

Richter ist zweifellos ein vollendetes Talent am Klavier, aber mit dem Genie Mozarts, den er bewundert und wertschätzt, kann er es nicht aufnehmen. Also kam er auf die großmütige Idee, eine Reihe von Hauskonzerten mit seinem Lieblingsmaestro zu planen, damit noch mehr Ruhm und Ehre aus dieser Meisterschaft erwachse.

Nun, langsam zeigt sich, was dieses Vorhaben bedeutet, und ich konnte nur für den jetzigen Monat geplante 21 Konzerte zählen.

Das Glück scheint uns hold, denn es sind schon einhundertundvierundsiebzig Subskribenten für *unsere* Privatakademien eingeschrieben. Die erste ist sehr gut verlaufen, und das extra für diesen Anlaß geschriebene Konzert ist begeistert aufgenommen worden. Wenn nichts dazwischenkommt, können wir mit einem Ertrag von 1000 Gulden rechnen!

Welch ein Jammer! Wir mußten eine öffentliche Mitteilung drukken lassen, um die erste Akademie im Theater abzusagen. Und warum? Ganz einfach, weil Fürst Alois von Liechtenstein zum selben Termin eine Oper in seinem Hause gibt. Da zieht er uns den ganzen Wiener Adel ab und die Orchestermusiker gleich dazu. Wolfgangs Konzert im Theater ist also auf den 1. April verschoben.

Ich langweile mich zu Tode.

Die Zeiten, da ich vom Kohl gar nicht genug bekommen konnte, sind vorbei. Ich suche vergeblich nach Gerichten, die mir die Zeit vertreiben und beim Dickerwerden helfen könnten. Meine Winde inkommodieren mich schrecklich, aber Wolfgang geht unendlich geistreich und scherzhaft wie immer damit um.

»Soso, mein schnauzbärtiger Soldat furzt, daß es ihm die Uniform zerreißen möchte, und dieser Duft, da fühle ich mich doch seltsam an die Straßen von Paris erinnert!«

Ich habe zum Zeitvertreib ein Inventarium mit Rang und Titel aller 174 Subskribenten angefertigt, denen wir unseren gegenwärtigen Reichtum verdanken.

Nun ja, es sind 144 Männer und 30 Frauen. Die Herren scheinen empfindsamer für die Musik als die Damen.

87 Personen gehören dem Hochadel, fürstlichen und gräflichen Häusern an.

73 entstammen eher dem niederen Adel oder den ersten Bürgerhäusern.

13 sind einfache Bürger.

13 der Subskribenten bekleiden wichtige Staatsämter oder Ämter bei Hofe.

20 Diplomaten oder Hofagenten sind ebenfalls zu beachten.

17 sind geringere Beamte und Musikliebhaber.

20 Offiziere drängeln sich bei Wolfgangs Akademien.

15 Bankiers, Händler und Unternehmer haben sich einen Platz gesichert.

43 Namen bleiben ohne Berufsangabe.

Ich weiß nicht, wie viele davon zu diesen geheimen Zirkeln, diesen Geheimbünden gehören, wo man sich mit Dingen beschäftigt, die kein Laie hören darf. Manchmal jedoch scheint Wolfgang mir im sehr vertraulichen Gespräch mit in Wien hochangesehenen Persönlichkeiten. Wie auch immer, ich verstehe kein Wort von ihrem gemurmelten Gerede.

Bei allen diesen Namen denke ich, daß wir fortan doch zu den besseren Kreisen Wiens gehören. Warum sollten sonst alle so eifrig herbeiströmen, wenn es nicht so wäre?

Mein Schelm komponiert seine drei Concertos zu Ende, »*welche schwizen machen*«. Die drei Werke werden dem Publikum gefallen, da bin ich sicher, denn er hat soviel Leidenschaft in ihre Komposition gelegt, daß die Wirkung nichts anders als himmlisch sein kann.

April 1784

Nun bin ich wirklich dick und rund. Und einsam. Die Gesellschaft von Liserl Schwemmer, unserem neuen Mädchen, oder der Köchin kann mir die Stunden auch nicht eben verkürzen. Das ist mal sicher!

Meine Schwestern überschlagen sich nicht gerade mit Besuchen.

Gott sei Dank richtet mein Mann seine Tage so ein, daß er mir, so gut es geht, beistehen und diese Schwangerschaft an meiner Seite durchwarten kann. Wir spielen jeden Nachmittag Billard, aber ich verliere jedesmal.

Meine gute und treue Freundin Martha, die Baronin Waldstätten, war unter den ersten, die sich für unsere Hauskonzerte subskribierten. Bei dieser Gelegenheit hatte ich die große Freude, sie wiederzusehen, und lernte auch gleich ihren neuen Liebhaber kennen, einen Mann, der bereits sehr fortgeschrittenen Alters ist und verheiratet genug, um nicht lästig zu werden. Mein Gott! Wenn nur der Baron nicht plötzlich seine Liebe für die Musik entdeckt und bei denselben Akademien erscheint wie seine rechtmäßig Angetraute!

Ich kann nur sehr schlecht sitzen, weil das Kind mir mit unglaublicher Kraft in die Eingeweide tritt.

Ach, ich habe solche Angst, daß auch diesmal wieder ein trauriges Schicksal unser Entzücken beendet, darum vermeide ich es, an das Kind zu denken, ich verbiete mir, es mir vorzustellen, und halte alle zärtlichen Gedanken zurück. Ja, ich wehre mich dagegen, dich zu lieben, du kleines Schätzchen, damit nur die Engel nicht neidisch werden auf unser Glück.

Vierundzwanzig Dukaten oder hundertundacht Gulden für eines seiner letzten Werke hat Wolfgang gerade ausgeschlagen. Er hat vollkommen recht. Wir behalten sie noch ein paar Jährchen und geben sie dann zum Stechen, damit wir selber den ganzen Nutzen daraus haben.

In Zukunft werden Kopien der Werke meines Mannes nur noch bei uns in der Wohnung und in unserer Gegenwart gemacht, damit nicht heimlich ein zweites Exemplar kopiert und ohne unsere Zustimmung weiterverkauft wird.

Wer ist denn diese Regina Strinasacchi, die, von Mantua kommend, in Wien auf der Durchreise ist und am 29. des Monats ein Konzert mit meinem Mann zu geben gedenkt? Hat sie noch andere Vorzüge als ihre Virtuosität? Ist sie verheiratet?

Heute weiß ich mehr über Mademoiselle Regina Strinasacchi. Ihr Talent zeigt sich mit der Violine, und ihr Spiel wird überall bewundert. Sie ist kaum zwanzig Jahre alt und bar jeden Charmes, der mich beunruhigen oder Wolfgangs Gefühle durcheinanderbringen könnte.

Bei ihrem gemeinsamen Konzert heute abend war die Violinpartie kaum fertiggestellt, und Wolfgang spielte die Klavierstimme dazu vor einem leeren Blatt. Ihm hatte die Zeit gefehlt, um die Sonate zu Ende zu komponieren. Aber wir reden nicht darüber, denn es hat niemand gemerkt.

Mai 1784

Die Tage in diesem Wartezustand, der mich immer mehr verunstaltet, kommen mir recht lang vor. Wie seltsam, von einem neuen Wesen bewohnt zu werden und es sich vorzustellen, ohne irgend etwas von ihm zu wissen.

Wolfgang kam mit zwei Maiglöckchenstengeln von seinem morgendlichen Ausritt zurück. Der Monat Mai bringt soviel Hoffnung auf einen schönen Sommer mit sich.

Unser Einnahmen- und Ausgabenbuch wird nach wie vor treulich geführt, und so finden sich die Maiglöckchen im Heft für die Ausgaben.

Bald werden die großen Familien aufs Land aufbrechen, andere ziehen sich nach Baden bei Wien zur Wasserkur zurück. Wir werden den alten Graf Thun ebendort besuchen.

Ich liebe Baden!

Dort bezaubert mich alles, selbst die Erinnerungen an traurige Ereignisse. Die Pestsäule mit ihren schnörkeligen Voluten und den kleinen Putti auf der Goldkugel. Der Glockenturm der Kirche, einst auf über dreiundsechzig Meter bemessen, macht mich schwindeln. Und dieser Blick auf den Wienerwald mit seinen verschwommenen, undefinierbaren und wechselnden Farben! Wie oft man auch hinfährt, das Laub hat immer wieder eine andere Tönung.

Wann fahren wir? Es drängt mich, meine geschwollenen Beine in das schweflige Wasser zu tauchen, dessen wohltuende Wirkung auch die schlimmsten Erkrankungen lindert, auch wenn es so furchtbar nach faulen Zähnen riecht.

Was für ein Gestank!

Heute morgen auf dem Markt standen wir wie gebannt vor einem ganz reizenden kleinen Star, der in einem vergoldeten Käfig verkauft wurde. Sein Gesang erinnerte an das Allegretto aus dem Concerto, das Wolfgang gerade beendet hat.

Nun hängt er da, statt der Räucherwürste. Ist es nicht zum Auswachsen? Da singt man wie ein Allegretto eines genialen Komponisten, und dann landet man an dem Haken, wo sonst zwei Leberwürste baumeln!

Meine Freundin Maria-Elise Wagner hat mir gestern einen sehr angenehmen Besuch abgestattet. Es macht mich sehr traurig, daß sie fortgeht, sie bereitet nämlich ihre Sachen für eine lange Reise vor. Nach allem, was sie sagte, scheint heftig von Heirat die Rede zu sein.

Aber mit einem ... Korsen.

Mein Gott! Was ist denn ein Korse? Ich hätte es nicht zu sagen gewußt, doch sie klärte mich auf. Demnach ist ein Korse ein Einwohner einer kleinen Insel von der Größe einer Provinz, die mal französisch, mal genuesisch ist und um die sich Staatsmänner und Militärs immer wieder streiten. Es heißt auch, die immer wieder eroberte und von ihren Besatzern erniedrigte Bevölkerung zeichne sich ebenso durch ihre erbitterte Widerständigkeit wie durch eine ungewöhnliche Physiognomie aus: braune Haare, dunkelbraune oder schwarze Augen und eine getönte Haut.

Vielleicht ließe sich ja in diesem Korsika meine entfernte Herkunft entdecken, die Erklärung für den Oliventon meiner Haut im Sommer und meine schwarzen Augen, die meinen armen Papa so lange bekümmerten.

Wie ich sie beneide! Nicht etwa wegen ihrer ungewissen Heirat, sondern der Leichtigkeit, mit der sie reist, und wie unbeschwert sie alle Zeremonien und Rücksichten in den Wind schlägt. Ah, eines Tages überrasche ich sie bestimmt in Männerkleidern, nur um sich auch einmal daran zu freuen, wie bequem es doch das andere Geschlecht hat. Kommt mir nur schnell zurück, liebe Maria-Elise, und möge dieses Korsika seine einladend ausgebreiteten

Arme nicht zu fest um die Erinnerung an Eure treue Constanze schließen.

Ach, wie hatte ich doch unrecht, mich allein auf der Welt zu glauben, ohne treue Freundin, ohne ein aufrichtiges Herz an meiner Seite. Ich habe einen vortrefflichen Mann, eine mir zugetane Baronin und dann noch Euch, und Ihr geht nun fort …

Juni 1784

Nun habe ich so gar keine Beschäftigung mehr, die mir angenehm wäre. Ich habe genug davon, eine Schürze für mein Fräulein Schwägerin zu nähen, genug davon, vergeblich auf irgendein Zeichen der Zuwendung aus diesem elenden Salzburg zu warten, ich dachte schon daran, Girlanden aus Disteln auf den Latz zu sticken, aber das wäre doch zu schäbig.

Ein Geschenk muß hübsch und mit Liebe gemacht sein. Und deshalb mache ich jetzt nicht mehr damit weiter.

Ich habe diesen ganzen ersten Junitag auf sehr träge Weise verbracht und bin die Seiten dieses Tagebuchs durchgegangen. An die ersten Seiten konnte ich mich überhaupt nicht mehr erinnern. Dieser ganze Aufruhr der Gefühle wirkte recht verwirrend auf mich.

Heute könnte ich im Traum nicht mehr so dümmlich-naiv über unsere Zärtlichkeiten schreiben. Das schickt sich nicht für die Aufzeichnungen einer ehrbaren, verheirateten Frau. Aber ich kann beschwören, daß mich noch immer dieselbe heiße Begierde ergreift, wenn Wolferl sich morgens, bevor er zu seinem Ausritt aufbricht, mit seinem lüsternen Kolben über meine Lenden hermacht.

Mir scheint, ich beklage mich in meinen Aufzeichnungen heute nicht mehr so viel wie früher. Möge Gotte mir das Glück zuteil werden lassen, daß ich nur noch fröhliche Plaudereien zu notieren haben werde.

Ich bin sehr dick, äußerst häßlich und habe keine Beine mehr. Nur in liegender Stellung, wie eine Römerin, finde ich noch Erleichterung. Das Kind tritt mich unzählige Male am Morgen und ebensoviel am Abend. Ich frage mich, wie wohl seine Natur sein wird und sein Betragen.

Liserl bedient mich nur unwillig und scheint sich nicht klarzumachen, wie schwach ich tatsächlich bin. Nie zeigt sie auch nur das geringste Lächeln, wenn ich sie um etwas bitte, und ich habe sie auch schon dabei überrascht, wie sie mir hinter dem Rücken die Zunge herausgestreckt hat, weil ihr Spiegelbild im offenen Fenster sie verriet. Ich werde mit meinem Mann darüber sprechen, denn das geht mir außerordentlich gegen den Strich.

Aber es nützt nichts, gegen Kleinlichkeit, Falschheit und Dummheit zu kämpfen. Da lassen sich noch ganz andere Familien von ihren Domestiken *cujonieren* und wagen nicht, sich offen zu beklagen, weil man immer fürchtet, für einen Sklaventreiber gehalten zu werden, sobald ein Diener sich beklagt.

Wie bin ich glücklich!

Wir haben ein Paket von meinem Schwiegervater und Nannerl bekommen. Im Namen des Fürsten ein Paar Schnallen für Herrenschuhe mit glitzernden Steinen und einen sehr liebenswürdigen, ausführlichen Brief voll der guten Wünsche für meine Schwangerschaft und die bevorstehende Niederkunft. *Gott sei Dank!* Wenn ich es recht bedenke, gilt nichts davon tatsächlich mir, denn es ist Wolferl, dem zu meiner Schwangerschaft gratuliert wird, und wiederum Wolferl, dem »alles Gute« für mich aufgetragen wird.

Leider passen die riesigen Schnallen gar nicht zu den kleinen Füßen meines Mannes. Um das Beste daraus zu machen, werden wir sie verkaufen, vorausgesetzt, Fürst Joseph zu Fürstenberg erfährt nicht, was aus seinem großzügigen Geschenk geworden ist.

Jetzt müßte ich eigentlich die Arbeit an Nannerls Schürze wieder aufnehmen, und das bringt mich in eine peinliche Lage: Während eines bedauerlichen Wutausbruchs habe ich den Stoff in Vierecke gerissen und mir sechs Taschentücher daraus gemacht. Wie bedaure ich jetzt diese Dummheit.

Ich weiß nicht, wohin mit mir vor Wut.

Heute morgen wollte Liserl einen Brief an ihre Mutter aufgeben, aber die Adresse war in einer Weise geschrieben, daß der Brief keine Hoffnung haben konnte, jemals an sein Ziel zu gelangen. Also schlug Wolfgang der dummen Gans vor, eine andere Adresse daraufzuschreiben, damit ihr Brief befördert werden konnte. Wir mußten den Brief also wohl oder übel öffnen. Dieser Brief ist so abscheulich, daß wir beschlossen, an Herrn Mozart zu schreiben, damit Liserls Anschuldigungen in Salzburg, wo ihre Mutter wohnt, keinen Glauben finden.

Mon très cher Père!

... Nun muß ich ihnen etwas in betreff der schwemmer liserl sagen. Sie schrieb an ihre Mutter, und da ihre adreße so beschaffen war daß man den brief auf der Post schwerlich angenommen haben würde, indemme sie also lautete:

Dieser brief zueku=
men meiner vilgeliebtisten
frau Mutter in Salzburg
barbarüschbemerin
abzugeben in der
Jüdengasen in kauf
man eberl haus
in dritten Stock.

so sagte ich ihr ich wollte eine andere adreße darauf machen. – aus Vorwitz und mehr um das schöne Concept weiters zu lesen, als um auf heimlichkeiten zu kommen, erbrach ich den brief. – sie beklagt sich darinn daß sie zu spätt ins bette, und zu früh aufstehen müsse ich glaube von 11 Uhr bis 6 uhr kann man sich genug schlafen. es sind doch 7 Stund. – wir gehen erst um 12 uhr ins bett, und stehen um halb 6 auch 5 uhr auf, weil wir fast alle tage in der frühe in Augarten gehen. ferners beklagt sie sich über die kost, und zwar mit den impertinentesten ausdrücken: – sie müsse verhungern – wir viere, als meine frau, ich, die köchin und sie, hätten nicht so viel zu Essen, als die Mutter und sie zusammen gehabt hätten … sie wissen daß ich dermalen dieses Mädl aus bloßen mitleiden genommen habe, damit sie als eine fremde Person in Wienn eine unterstützung hat. – wir haben ihr das Jahr 12 gulden versprochen, womit sie ganz zufrieden war, obwohlen sie sich nun in ihren brief darüber beklagt. – und was hat sie zu thun? – den tisch abzuPutzen, das Essen herum und hinaus zu tragen, und meiner frau ein kleid an= und ausziehen zu helfen. – übrigens ist sie außer ihrem Nähen die ungeschickteste und dümmste Personn von der Welt. – sie kan nicht einmal feuer anmachen, geschweige erst einen Koffè machen. – und das soll doch eine Person die ein Stubenmädl abgeben will, können. – Wir haben ihr einen gulden gegeben; den andern tag verlangte sie schon wieder geld. – sie musste mir die Rechnung von ihrer ausgabe machen, und da lief die meiste ausgabe aufs bier trinken hinaus. – es ist ein gewisser h. Johannes mit ihr her gereist, der darf sich aber nicht mehr bei mir blicken lassen. – zweymal als wir aus waren, kamm er her, ließ wein bringen, und das mädl welches nicht gewohnt ist wein zu trinken, suff sich so vull, daß sie nicht gehen konnte, sondern sich anhalten musste, und das lezte mal, ihr Bett ganz anspie. – welche leute würden eine solche Personn auf diese art behalten? – Ich würde mich mit der Predigt so ich ihr darüber gemacht begnügt, und nichts davon geschrieben haben, allein ihre impertinenz in den brief an ihre Mutter verleitete mich dazu. Ich bitte sie also lassen sie die Mutter kommen, und sagen sie ihr, daß ich sie noch einige zeit bei uns gedulten will, sie solle aber machen daß sie wo anderst in dienste kommt – wenn ich leute unglücklich machen wollt, so könnte ich sie auf der Stelle weg=thun. – in ihren brief steht auch was von einen gewissen h: Antoni – vielleicht ist das ein zukünftiger h: Bräutigam …

Das ist die volle Wahrheit, wir stehen gegen fünf Uhr morgens auf, allerdings bleibe ich manchmal noch im Bett, weil ich mich keineswegs imstande fühle, den morgendlichen Konzerten im Augarten beizuwohnen. Manchmal galoppiert Wolferl auch auf seinem Pferd über Land, anstatt zu seinen Konzerten zu gehen, und dann habe ich noch einmal zwei Stunden Ruhe.

Nannerl hat ihren Bruder gebeten, er möge eine Schürze aus Leinen oder Voile für sie kaufen. Ich frage mich, ob meine Schwägerin möchte, daß ich mich darum kümmere und etwas nach meinem Geschmack aussuche? Gestickte Schürzen kosten sieben Gulden. Ich glaube, es ist einfacher, wenn ich mich selber wieder an die Arbeit mache ... Ach, wäre ich doch vernünftiger und gerechter gewesen, dann wäre ihre Schürze heute fertig.

Warum wendet Nannerl sich nicht an mich, die ich eine Frau bin, ihre Schwägerin, und ihre Wünsche mühelos verstehe? Unablässig steigt dieses verkniffene Gesicht in meiner Erinnerung auf und schwebt über der Tinte ihrer seltenen Briefe.

Juli 1784

Heute morgen hatte ich den nettesten Besuch: Martha Waldstätten ist und bleibt eine aufrichtige Freundin dieser schlichten Person, die ich bin.

Die ich war.

Inzwischen kann mich niemand mehr erkennen mit dieser gequälten Figur, diesem Kugelkopf und den geschwollenen Fesseln.

Wir nahmen den Wagen. Der Prater im gleißenden Sonnenlicht schien mich ein wenig zu heilen. Wir sprachen von ihrem letzten Verehrer, der schon verblaßt und demnächst ein *früherer Verehrer* sein wird, und dann vertraute ich ihr mein Unwohlsein ob der Gemeinheiten unserer Hausangestellten an.

Ich finde, Wolfgang verbringt zuviel Zeit in Gesellschaft dieser Frau Trattner. Theresia ist natürlich seine Schülerin, aber muß sie auch noch Reitstunden, Deutsch und Latein und Botanik bekommen? Und was wird es morgen sein?

Wir wohnen seit Dezember 1783 in diesem Haus, und ich habe schon jetzt das Gefühl, daß die Sache kein Jahr länger mehr so gehen kann. Ich kenne doch meinen Mann. Ein überwältigendes Organ, die Kehle einer Nachtigall, Virtuosenhände – das alles kann ihn um den Verstand bringen und in Gefühlswallungen versetzen. Was kann ich dagegen tun, die ich rund bin wie ein Knödel und ausgestreckt daliege, als hinzunehmen, was offensichtlich ist?

Allerdings finde ich an der Trattner so gar nichts äußerlich Anziehendes, außer das Spiel ihrer Hände auf dem Instrument. Könnten dieses stolze Haus und der große Konzertsaal in den Augen eines schwachen Mannes überwältigende Vorzüge sein?

Ich muß ihn vor allem schützen: Schmeicheleien versetzen ihn in Hochstimmung, Applaus überwältigt ihn, die Bravorufe schmeicheln ihm, seine Freunde spornen ihn an, während meine Befürchtungen ihn verärgern; was ich sage, nimmt ihm den Elan, meine Vernunft wird als Eifersucht mißverstanden.

Ach, ich weiß sehr wohl, daß mein Leid derzeit nicht die besten Gründe hat. Ich bin so träge und so schnell verärgert wegen gar nichts.

❧

Stille scheint der einzig wahre Akkord.

❧

Heute morgen bin ich zweimal an den Fesseln zur Ader gelassen worden. Mein Saft strömte im Pulsschlag meiner Schläfen aus mir heraus. Wolfgang war dabei und stand am Bett. Die Trattner kam an mein Lager geeilt und wirkte ganz kopflos ob meiner Beschwerden, oder war es nur das Entsetzen, ihrer Lieblingsgrille beraubt zu sein, oder freute sie sich gar zu hören, wie ernst es um mich stand, daß sie sich so gehenließ?

Ich kann nicht glauben, daß mein Mann ihr all die Schweinereien sagt, die er mir ins Ohr spricht, ist erst der Abend da.

Nein! Ich darf nicht ständig über andere richten und mich diesen Wahnsinnsideen überlassen. Ich kann mich nur mit meinem Zustand rechtfertigen.

Schließlich ist Wolfgang da, kniend vor unserem Bett, die Hände auf meinem Arm verschränkt und mit vor Sorge ganz trüben Augen. Und sein Mund spricht zärtliche Worte sonder Zahl.

Wir lieben uns, sehen Sie das nicht, Theresia?

Ich bin rund wie eine Kugel, und mir tut alles weh.

Weil es völlig ausgeschlossen ist, daß ich bei einer Akademie erscheine, organisiert Wolferl einige kleine Hauskonzerte in unserer Wohnung zu Ehren eines gewissen Hampel, eines Klarinettisten, und seines Sohnes, der Geige spielt. Danach werden sie nach Rußland aufbrechen.

Wie ich diese großen Reisenden beneide!

Zum Fest der heiligen Anna haben wir Nannerl einen Brief geschrieben, um ihr alles erdenkliche Glück und alle Freude zu wünschen und sie zu bitten, uns ihre schwesterliche Liebe zu bewahren.

Aber ich weiß wohl, daß all das nur Worte bleiben werden, Konvention und Höflichkeitsfloskeln.

Was kann ich mehr tun, um mir ihr Wohlwollen zu erwerben, als Nachricht zu schicken, mich nach ihrer Gesundheit zu erkundigen und der ihres lieben Vaters, wenn Wolferl nicht die Zeit hat, selber zu schreiben, ihr ein paar hübsche Kleinigkeiten zu sticken und sie in jedes meiner Gebete einzuschließen?

Ist es mein Fehler, wenn meine teure Schwägerin trotz aller Vorzüge, die man – nicht achtend ihrer dreiunddreißig Jahre – noch an ihr finden mag, immer noch nicht verheiratet ist? Ach, Nannerl! Wollten Sie doch endlich Ihre Ihnen zugewandte Schwester auch nur halb so sehr wie erhofft als ergebene Freundin sehen, als Ihre treue Dienerin und nicht als die freche Diebin, die Ihnen Ihren Bruder gestohlen hat …

Wir haben Wolfgangs Geburtsurkunde immer noch nicht erhalten, und die Tonkünstler-Societät weigert sich, ihn einzuschreiben. Was tun?

Ich kann mich überhaupt nicht mehr rühren. Inzwischen bin ich viel dicker und unförmiger als in Erwartung unseres armen kleinen Raimund. Dieses Kind wird zweifellos sehr viel robuster sein. Mein Gott! Erspare uns den Kummer und die Tränen und die Verzweiflung, ein zweites Mal trauern zu müssen. Herr, gib ihm Kraft!

Ich kann nichts mehr schreiben, weil das aufrechte Sitzen in einem Sessel mir den Leib entzweizureißen scheint und mir grausige Schmerzen verursacht. Im Bett zu schreiben ist nicht viel besser, weil das Schreibzeug sich nicht auf meiner Brust halten will. Mein Leib ist ein einziges Reißen und Zerren.

Ich werde das Tagebuchschreiben aufgeben.

August 1784

Die Lektüre eines Briefes vom Herrn Papa stürzte uns in die verschiedensten Gemütsregungen: Pimperl, der kleine Hund im Hause Mozart, ist tot. Nun wird er keinen Schnupftabak mehr aufschnüffeln. Vielleicht würde Wolfgang sich freuen, wenn ich einen anderen Foxterrier für ihn fände? Bei der anderen, überraschenden, komischen und beruhigenden Nachricht geht es – endlich! – um Nannerls Vermählung. Jawohl! Und war das nicht noch vor wenigen Wochen ganz undenkbar?

Natürlich wurden wir durch meinen Schwiegervater von der Sache unterrichtet, denn von Nannerls Hand erhielten wir kein Wort der Freude oder auch des Gegenteils.

Wie heißt denn nun diese einmalige *Gelegenheit*, die meiner reizenden Schwägerin da über den Weg gelaufen ist?

Nun, ich weiß nicht, ob wir uns eines Tages werden du sagen können, denn Nannerl wird die Freifrau Johann-Baptist Franz von Berchtold zu Sonnenburg sein, Gemahlin des obersten Verwaltungs- und Justizbeamten am Pflegegericht von St. Gilgen, in der Nähe von Salzburg.

Der Freiherr ist fünfzehn Jahre älter als die gute Nannerl, das heißt, er geht auf die fünfzig zu und ist bereits zum zweiten Male verwitwet. Fünf Kinder entstammen diesen vorangegangenen Verbindungen. Die aus der ersten Ehe heißen Maria-Anna, die alle Welt bereits Nannerl nennt, ein Junge heißt ebenfalls Wolfgang, das dritte Kind Joseph und das vierte Andrä. Fünf weitere Kinder aus dieser Ehe sind verstorben. Aus der zweiten Verbindung stammt ein Sohn, der auf den Namen Carl getauft ist.

Die Freifrau wird allerhand zu tun haben!

Ach, Nannerl, ich fürchte, meine bestickte Schürze aus grobem Tuch wird nicht zu Ihrer neuen Stellung passen. Also werde ich sie behalten. Und da ich schon jetzt Ihren triumphierenden Gesichtsausdruck sehen kann, ob dieses Adelstitels, der Ihnen in den Schoß gefallen ist, kann ich mir nicht anmaßen, Ihnen nur das kleinste Geschenk zu machen, es wäre immer zu gering.

Da sind wir doch offiziell eingeladen, zur Hochzeit zu kommen. Schließlich weiß jeder, daß es Frauen im achten Monat äußerst zuträglich ist, sich drei Tage lang in einer Kutsche durchschütteln zu lassen, vorausgesetzt, sie wollen die Geburt beschleunigen! Nannerl und ihr Vater werden sehr gut verstehen, daß es mir nicht erlaubt ist, an dieser Hochzeit teilzunehmen. Vielleicht hoffen sie trotzdem auf Wolfgangs Kommen, der in diesem Fall seine Frau im Kindbett im Stich lassen müßte, um seine Schwester zu feiern und vielleicht sogar die musikalischen Vergnügungen des Festes zu arrangieren.

Wolfgang hat Nannerl heute morgen einen Brief geschrieben:

Potz Saperment! – izt ist es Zeit daß ich schreibe, wenn ich will daß dich mein brief noch als eine westalin antreffen soll! – ein paar täg Später, und – weg ist's. –
Meine frau und ich schicken dir 1000 gute Wünsche von Wienn nach Salzburg, besonders daß ihr beyde so gut zusammen leben möchtet als – wir zweye; – drum nimm von meinem Poetischen Hirnkasten einen kleinen Rath an; denn höre nur:

Du wirst im Ehstand viel erfahren
was dir ein halbes Räthsel war;
bald wirst du aus Erfahrung wissen,
wie Eva einst hat handeln müssen
daß sie hernach den kain gebahr.
doch schwester, diese Ehstands Pflichten
wirst du vom Herzen gern verrichten,
denn glaube mir, sie sind nicht schwer;

doch Jede Sache hat zwo Seiten;
der Ehstand bringts zwar viele freuden,
allein auch kummer bringet er.
drum wenn dein Mann dir finstre Mienen,
die du nicht glaubest zu verdienen,
in seiner üblen Laune macht:
So denke, das ist Männergrille,
und sag: Herr, es gescheh dein wille
beytag – – und meiner bey der Nacht.
dein aufrichtiger bruder
W: A: Mozart

Jetzt kann ich nicht mehr weiterkritzeln.

Die Erschöpfung übermannt mich, und mir fallen die Augen zu.

September 1784

Ich konnte nicht zur Vorstellung des *Rè Teodoro* von Paisiello gehen, weil ich nicht so lange sitzen kann. Wolfgang ging in Begleitung und begegnete dort auch der Krankheit.

Seine Kleider waren schweißdurchtränkt, und er mußte hinter dem Kammerdiener herlaufen, der seinen Mantel hatte, denn inzwischen war der Befehl ausgegeben worden, die Domestiken nicht durch den Haupteingang einzulassen. Die ganze Zeit in der Kälte, bis er seinen Mantel wiederhatte, und die Sache war besiegelt.

Es geht ihm sehr schlecht, und er wird vom Fieber geschüttelt. O heiliger Johannes, wie soll ich mein Kind in die Welt setzen und umhegen und gleichzeitig meinen Mann pflegen?

Er klagt über immer zur selben Stunde wiederkehrende Koliken, die jedesmal mit Brechanfällen enden. Der gute Freund und Arzt Barisani kommt jeden Morgen. Seine Medizin scheint das Leiden meines Mannes zu lindern, aber gegen meine blanke Furcht kann nichts etwas ausrichten. Ich mußte Liserl auf die Suche nach einem schwarzen Hund schicken, um ihm ein Stück Brot mit Nagelsplittern von Wolfgang zu fressen zu geben. Der Endiviensud mit Karottensaft scheint ganz allmählich zu wirken.

Ich bete, o mein Gott, wie sehr ich bete, daß ich den Gebärstuhl in der kommenden Woche noch nicht brauchen werde!

Heute ist das Fest des heiligen Michael. Da können die Domestiken sich freinehmen und, wenn sie wollen, ihre Dienstherren verlassen.

Meine Soubrette ist dumm wie Bohnenstroh, dennoch zittere ich bei dem Gedanken, sie möchte die Möglichkeiten dieses 29. September nutzen und uns verlassen.

⁂

Jetzt ist meine Schwägerin Freifrau. Ich mache mir keine Hoffnungen, noch jemals etwas an mich Gerichtetes zu lesen. Mein Schwiegervater ist damit beschäftigt, Domestiken für sie zu finden, vorausgesetzt, es sind nicht solche, die man überall finden kann. Und warum dürfen diese jungen Mädchen plötzlich nicht mehr so sein wie die *»mit dem kalten Loch«*, mit der sich die Familie bisher begnügt hat? Oh, ich erinnere mich genau an den peinlichen Moment, als ich zum erstenmal hörte, wie sie in Salzburg dieses arme Mädchen in ihren Diensten bezeichneten.

Nun, ich bin zwar keine Freifrau, nur die Frau des *Edlen von Sauschwanz*, aber das kann ich versichern: Bei mir würde selbst die schlimmste Kammerzofe niemals so behandelt werden. Und dabei hätte ich zu Liserl einiges zu sagen!

⁂

Madame Trattner fällt mir außerordentlich lästig. Sie findet sich immer häufiger an meiner Seite ein. Dabei sind mir selbst die Fransen an ihrer Frisur unangenehm! Was hat sie sich in den Kopf gesetzt, daß sie auf diese Weise jede meiner ehefräulichen Verrichtungen am Lager meines Gatten verfolgt? Wie lange soll ich ihre regelmäßigen Besuche und den wissenden Gesichtsausdruck noch ertragen?

⁂

Die Besucher drängeln sich an Wolferls Krankenlager und umschmeicheln ihn auf tausenderlei freundliche Weise. Immer wenn er kann, setzt sich mein Mann in seinem Bett auf und gibt sich endlosen im Flüsterton gehaltenen Gesprächen mit seinen Besuchern hin. Ich weiß immer noch nicht, worüber sie reden, auch wenn es mich manchmal neugierig macht.

Gestern noch wäre es ratsam gewesen, das Bett zu hüten, denn kaum hatte er sich erhoben, als gleich ein ganzes Dutzend Winde ankündigte, womit zu rechnen gewesen war. Nichts ist der Heilung zuträglicher als ein freier Bauch, ein kalter Kopf und warme Füße.

Mein Mann ist fast wieder gesund, doch heute bin ich es, der es nicht eben gut geht.

Mein papierener Beichtvater, ich lasse dich.

Herbst 1784, Oktober

Mein Kind, mein kleiner Carl Thomas, ist geboren und ganz rund und kräftig. Als am 21. September die Wehen einsetzten, begab ich mich auf den Gebärstuhl und mußte mich nicht lange mühen. Das Kind schrie aus Leibeskräften, während ich hemmungslos weinte.

Johann Trattner wird sein Pate sein. So hat es der Papa beschlossen.

Ich kann nicht sagen, wie glücklich ich bin, dieses herrliche kleine Bündel in den Armen zu halten! Und obwohl ich vom nächtlichen Aufstehen sehr erschöpft bin, bleibe ich manchmal lange über sein Bettchen gebeugt stehen und betrachte sein Gesichtchen, wie es sich zu den verschiedensten Grimassen verzieht.

Ich bin auch so froh, daß wir endlich das Trattnersche Haus verlassen haben. Binnen einer Woche nach meiner Niederkunft hatte Wolfgang eine neue Wohnung für uns aufgetan, damit mich die Schwermut nicht mehr packt. Endlich bin ich diese dumme Trattner los, und ich verzichte tausendmal lieber auf ihr affiges Getue, als es über mich ergehen zu lassen um der luxuriösen Adresse willen. Das Haus ist sehr schön mit den vielen Statuen an der Fassade. Man könnte es eher für ein Theater halten als für ein Wohnhaus.

Mein Schwiegervater hat nie soviel geschrieben wie dieser Tage. Dabei geht es nicht darum, mir Grüße wegen der neuen Geburt zu senden, sondern darum, uns Seite für Seite alle Einzelheiten aus Nannerls neuem Leben wissen zu lassen. Und *seinem Sohn* gelten die gewähltesten und liebevollsten Worte, ihn küßt er und lobt er in jeder Zeile.

Seinen Sohn.

Aber dabei handelt es sich keineswegs um Wolfgang. Nein, *dieser Sohn*, dem all die Küsse gelten, ist der Freiherr Johann von Berchtold zu Sonnenburg, der Schwiegersohn, der im Herzen des alten Mannes sehr schnell zu seinem neuen Titel aufgestiegen ist. Unsere Briefe werden sämtlich an die Freifrau weitergegeben, damit sie sich über alles auf dem Laufenden halten kann, was im Leben von uns Bauern passiert. Ich wage gar nicht erst, meinen Schwiegervater zu bitten, daß er uns die Briefe seiner Tochter auch zukommen läßt, wie er es mit ihr hält. Für einen einsamen Mann wie ihn ersetzen Briefe die Gegenwart der Menschen. Manchmal, wenn es abends dunkelt, stelle ich ihn mir in dieser großen Wohnung mit den acht Zimmern vor. Ich weiß, wie das Sechs-Uhr-Läuten von der Bergwand widerhallt, und dann sehe ich ihn mit seinen alten, fleckigen Händen das Bild seiner Frau streicheln. Ach, wenn Sie mich doch als Tochter hätten nehmen wollen, wie ich Sie mir als Vater gewünscht habe, wie viele Briefe hätte ich Ihnen dann geschrieben, um Ihre Einsamkeit zu füllen, und wie oft hätte ich Sie schon besucht! Was sage ich, Sie wären sicher schon hier, in Wien, in unserer Wohnung, und könnten die Freude genießen, Großvater zu sein, und der Musik Ihres einzigen Sohnes applaudieren.

Was Sie heute der Baronin geben, zeigt uns, was wir nie bekommen werden. Die Liebenswürdigkeiten, die Sie dem Adel vorbehalten, weil er Ihnen schmeichelt, all die zarten Aufmerksamkeiten, mit denen Sie sie überschütten, sind Dinge, die wir nicht kennen.

Ihr *Edler von Sauschwanz* könnte Ihnen hier in Wien ebensolche Ehre antun und dem Namen Mozart mit Großtaten Klang verleihen, deren Ausmaß Ihnen bis heute nicht klar ist.

Und trotzdem, trotz Ihrer Kälte und Nannerls Mißachtung, warte ich immer noch auf ein Billett von Ihrer Hand, anläßlich meiner Niederkunft.

Inzwischen scheint mir die Erinnerung an Madame Trattner ganz erträglich, was ich natürlich unserem Umzug verdanke, aber auch ihrem Anblick: Die Niederlage stand ihr ins Gesicht geschrieben. Ich hasse sie bis zum Wahnsinn.

Wolferl hat kaum noch Zeit für sie, denn schon beschäftigt eine neue Virtuosin sein Denken: Maria Theresia von Paradies, fünfundzwanzig Jahre alt und von frühester Kindheit an vollkommen blind, bringt die Noblesse von ganz Wien auf die Beine. Eine große Konzertreise wird das Patenkind der Kaiserin bis nach Paris bringen, wo einige ihrer Kompositionen die Massen bewegen. Die Namen ihrer Lehrer sind Referenz genug, denn Kozeluch und Salieri verstehen ihre Kunst zu unterrichten.

Wolfgang hat ein Concerto für sie geschrieben, das sie mit nach Paris nehmen und so in der Ferne seine Noten zu Gehör bringen wird.

Ach, die arme Frau Trattner! Dabei habe ich alles – wirklich alles – getan, um ihr klarzumachen, wie leicht Wolferl entfacht ist, um die Angebeteten sogleich wieder um anderer Schwärmereien willen fallen zu lassen.

Mir ist nicht unbekannt, daß mir jene Vorzüge fehlen, bei denen mein Mann sich so gerne aufhält. Ich bin nicht blind wie Fräulein Paradies. Aber ich weiß, welche Schäkereien ihn den Kopf verlieren lassen, welche Gerichte seinem Gaumen schmeicheln, welche Musik seinem Ohr gefällt und welche Freunde ich einladen muß, um seine Müdigkeit zu vertreiben.

Ich bin seine Frau, und keine andere kann diesen beneidenswerten Platz für sich beanspruchen, jetzt, da sich der Ruhm seiner Musik verbreitet.

November 1784

Gestern, zu Wolfgangs Namenstag, hatte ich eine herrliche Überraschung vorbereitet: ein Konzert zu seinen Ehren, ausgeführt von seinen lieblichsten Schülerinnen, der Trattner und Fräulein Häßlich. Ich muß zugeben, daß die Auernhammersche ganz vortrefflich gespielt hat. Anlaß zum Lachen lieferte uns nur der Freiherr Karl von Bagge, denn ich hatte ihn eingeladen, sich zu uns zu gesellen, weil wir seine Gesellschaft so sehr schätzen, so er sich denn nicht darauf versteift, die Violine zu spielen.

Aber der redliche Freiherr und jämmerliche Musiker kann das Spielen nicht lassen, wenn er ein Instrument in die Finger bekommt. Daher stammt auch diese Anekdote von Kaiser Joseph II., wonach der ihm, nachdem er auf seiner Geige herumgekratzt und die kaiserlichen Ohren gründlich malträtiert hatte, sagte: »Mein lieber Freiherr, ich habe noch nie jemanden so Violine spielen hören wie Sie.«

Was konnte es Lustigeres geben, als diesen mit einer so ungeheuren Arroganz begabten Herrn zu einer Gesellschaft von lauter verdienten Musikern zu laden?

Nun, ich kann meinem Ärger nicht genug Ausdruck geben, denn bestimmt am lächerlichsten anzusehen war ich selbst, Constanze Mozart. Jawohl, ein liederliches Frauenzimmer hat sich gehörig über mich lustig gemacht. Nachdem die Damen ihr Können unter Beweis gestellt hatten, bedachten wir sie alle mit größtem Applaus.

Da dankte die Trattner dem »empfindsamsten aller Komponisten« für die herrliche Sonate in c-moll, die er ihr kurz zuvor gewidmet hatte. Wolfgang verbeugte sich und nahm den Dank mit einem lächerlich beflissenen Wortschwall entgegen. In diesem Moment hätte ich ihn, glaube ich, umbringen können!

Jetzt weiß ich, daß mein Mann diese Sonate während meiner Niederkunft geschrieben hat. Eine sehr schöne Melodie für eine Dirne, die ein b-moll nicht wert ist. Was ist ihm nur eingefallen? Hätten wir etwa das Trattnersche Haus verlassen, ohne die letzten Mieten zu bezahlen? Aber nein, es ist nur ein Zeichen der Wertschätzung, eine Freundschaftsgeste.

Soll sie doch zur Melodie ihrer Sonate vögeln gehen!

Unser kleiner Carl macht uns großen Kummer.

Er hat den ganzen Mund voller Soor. Das arme Kind kann nicht einmal schlucken, ohne furchtbar zu schreien.

Meine Mutter kam ihm auf Anregung meiner kleinen Schwester Sophie zu Hilfe und hat alle ihr bekannten Heilmittel ausprobiert.

»Bist du auch ganz sicher, daß du diesen Ausschlag nicht auch zwischen den Schenkeln hast?« fragte sie, ohne zu warten, daß wir unter uns waren.

»Das kann ich Ihnen nicht sagen«, antwortete ich. »Ich pflege diese Gegend wenig zu betrachten, um so mehr, als sie mir noch die nächsten vierzehn Tage hindurch ganz unzugänglich sein wird.«

Mein armes kleines Kind!

Herrgott im Himmel! Ich kann mich nicht damit zufrieden geben, daß er fleißig pinkelt und scheißt. Er muß essen, um zu überleben. Sein Mund ist immer noch von gelblichem Belag bedeckt, der sehr schmerzhaft und empfindlich gegen Wärme ist. Meine Mutter rät uns, das Kind einige Wochen hindurch nicht mehr zu küssen, damit die leidigen Beschwerden abheilen können.

Kann man ohne die Küsse einer Mutter wachsen und hübsch rund werden?

Dezember 1784

Mir fehlt die Zeit. Ich finde kaum die Ruhe, auch nur ein paar Zeilen zu notieren.

Unsere Wohnung ist zweifellos die herrschaftlichste von allen unseren Adressen. Diese achte Wohnung, auf deren Böden Carl seine ersten Schritte tun wird, könnte durchaus die letzte sein. Wolfgangs Arbeitstisch steht jetzt unter einer reich verzierten Decke, deren Medaillon in der Mitte eine Allegorie der Schönheit zeigt, umschwebt von drei Putti, die Girlanden aus mit Gold bedeckten Blumen halten. Zwischen den kleineren Ornamenten wechselt sich rosa Marmor mit goldenen Streben ab.

Ich erkenne in diesem veränderten Mann meinen Gatten nicht wieder.

Es ist so spät. Ich betrachte ihn, wie er, das Gesicht zur Decke gewandt, auf unserem weißen Bett liegt. Er schläft noch nicht. Seine Augen, ach!, diese verlorenen Augen scheinen die Deckenverzierungen zu zerreißen.

Wo kommt er her zu so später Stunde?

Was hast du uns getan, Wolfgang?

Sprich doch, mein Liebster, ich bitte dich! Laß mich nicht allein in dieser vom Geheimnis verdüsterten Stille.

»Ach, meine Stanzi«, flüsterte er. »Wie gern hätte ich dich auf diese Reise mitgenommen!«

Was hat er getan in dieser eisigen Nacht, das derart unsagbar erscheinen könnte?

Jetzt weiß ich es.

Ich verstehe es nicht, aber ich weiß es.

Mein Mann ist verrückt geworden.

»Gestern abend, mein Weib, bin ich ins Licht eingetreten. Aber nicht wie in ein Theater, verstehst du, Stanzerl?«

»Nein, leider nicht. Ich ahne nicht einmal, was das für Scharaden sind, die du mir mit solchem Feuer vorträgst. Warst du bei einer anderen Frau?«

»Aber nein! Ich war allein mit mir, und nie zuvor ward eine solche Harmonie. Ich war allein in einer Kammer, umgeben von mir wohlbekannten Symbolen. Im Zwielicht konnte ich kaum die Umrisse dieser unantastbaren Prinzipien erkennen, weißt du, der Prinzipien und Grundvorstellungen, die mich stets verfolgen. Ich bin so oft in mein Innerstes gegangen, habe mir so sehr gewünscht, mich zurechtzurücken, zu korrigieren und das Beste in mir zu finden: meine innerste und strahlende Seele.«

Mein Mann ist ein empfindsames, reines und leicht zu beeindruckendes Wesen. Was ist das für ein Licht, vor dessen Blendung er sich anscheinend nicht fürchtet? Ich kann ihn nicht erreichen in seinem Taumel. Er stürzt sich in eine Trunkenheit, die mir völlig fremd ist.

Ich habe solche Angst!

»Du verlierst den Verstand!« O mein Gott! Ich habe solche Angst, daß er verrückt geworden ist ... Ich werde das Mädchen nach dem Arzt schicken.

»Da wirst du aber eine Menge Leute für verrückt halten müssen, deren Gesellschaft dir gestern noch sehr schmeichelhaft schien!«

Dann erzählte er mir, wie glücklich und begeistert er war, als Lehrling ersten Grades in die Loge »Zur Wohltätigkeit« aufgenommen worden zu sein. Und so war denn mein Mann, während ich unter den Goldverzierungen unseres Schlafzimmers den kleinen Carl säugte, ein Freimaurer geworden.

»Manche, die mir gestern wegen meiner guten Natur zugetan waren, nennen mich heute *mein Bruder*. Nach dieser Zeremonie werde ich nie mehr derselbe sein. Was auch kommen mag, ich bin und bleibe Freimaurer – daran kann niemand mehr etwas ändern. Man hat mich als solchen anerkannt. Ich bin durch dieses Licht bereichert, das mich nicht erblinden läßt, weil ich bereit bin, es zu empfangen. Ich glaube an diese Doktrin ohne Dogmen, diese auf Weisheit und umfassende Kenntnisse gegründete Tradition. Aber ich bin zum Schweigen verpflichtet, bis ich das Stadium des Lehrlings hinter mir gelassen habe. Mehr kann ich dir nicht sagen, ohne mein Schweigegelübde zu brechen. Mein Liebling, siehst du denn nicht, daß ich Flügel habe?«

Seit wir füreinander empfinden, waren uns viele Freuden vergönnt, und nun ist es mir zum erstenmal unmöglich, an solchem Jubel teilzuhaben. Wie sollte ich mich an etwas ergötzen, das ich nicht kenne, auch wenn es mich schon zufrieden macht, ihn glücklich zu sehen?

1785

Winter 1785, Januar

Unser kleiner Carl hat sich gut von seiner Krankheit erholt. Er macht mir alle Freude dieser Welt. Sein Gesichtchen ist für mich ein Abbild seines Vaters, abgesehen von den dunklen Augen, die er sicher aus meiner Linie hat. Er ist so groß geworden!

Wolfgang war nur kurze Zeit an sein Schweigen als Lehrling gebunden. Nun ist er schon Mitglied in einer anderen Loge. Bisher ist mir absolut nicht klar, was alles zu seinen Pflichten als Freimaurer gehören mag, aber ich werde mit Freuden allem entsprechen, was ihm auch nur die geringste Befriedigung bringt.

Soweit ich feststellen konnte, hat auch seine Musik eine Erneuerung erfahren. Leider bleiben die Personifikationen meinen unwissenden Ohren ein Rätsel. Wie soll man im klagenden Ton eines Instruments den Geist des Unbekannten erkennen?

Ach, ich kann zwar Noten lesen und auch schreiben, aber nun reicht es nicht zum Hören. Es kränkt mich sehr, daß diese der Erkenntnis verpflichteten Verbindungen keine Frauen aufnehmen.

Was für eine schöne Art, das neue Jahr zu beginnen! Meine gute Freundin Maria-Elise Wagner hat mir einen langen Brief geschrieben. Ach, wie gerne würde ich sie wiedersehen, verheiratet oder vielleicht schon schwanger. Aber nein. Da ist sie gerade aus London zurück und für einige Wochen in Paris. Was hat sie mit ihrem netten korsischen Verlobten gemacht? In ihrem Brief ist nirgends die Rede von ihm.

Ein langer Brief aus Salzburg: Herr Mozart ist beurlaubt worden, damit er zum Karneval nach München fahren kann. Während seiner Abwesenheit werden die gnädigen Herrschaften im Haus der Familie residieren. Und meine Schwägerin ist für neun Monate mit einem zwiefachen Leib gesegnet. Ein neuer kleiner Freiherr wurde bereits offiziell angezeigt, obwohl wir bis heute keinen Brief bekommen haben, in dem uns diese Nachricht kundgetan worden wäre. Ich weiß nicht, ob ich ihr schreiben muß, um ihr zu ihrem Zustand zu gratulieren, oder so tun, als wüßte ich nichts, wie *man* es in meinem Fall getan hat.

Nun weiß Nannerl also, welche Freude ihr bis ins dreiunddreißigste Jahr entgangen ist. Vielleicht wird ihr Mutterglück uns einander annähern. Oh, der Herr ist mein Zeuge, daß ich mir nichts sehnlicher wünsche.

Gestern abend haben wir ein Konzert in unserer schönen Wohnung gegeben. Ich gebe offen zu, daß ich der Versuchung erlegen bin, unsere neuen Umstände zur Schau zu stellen: Meine sechzig Porzellanfiguren sind zu sehen und auch einige sehr schöne Silberstücke. In unseren Salons gibt es genug gute Stühle, um fast dem ganzen Adel von Wien Platz zu bieten.

Mein Mann umgibt sich immer noch gern mit Musikliebhabern. Der vortreffliche Joseph Haydn hat uns mit seiner Gegenwart beehrt. Was für ein gütiger Mann, ganz wie sein ergebener Bruder – vielleicht meine einzige besänftigende Erinnerung an das elende Salzburg.

Meiner Freundin Maria-Elise hat es auf dieser Insel Korsika, wo sich ihr heißblütiger Verlobter mit ihr verheiraten wollte, ganz und gar nicht gefallen. Ein Meeresstreifen, der eine Landschaft voller Gestrüpp umsäumt, wohin das Auge reicht, macht schon die ganze Schönheit dieses Ortes aus. Es gibt wenig Vergnügungen, und die Leute schätzen keine Kleider in kräftigen Farben. Nun, meine zärtliche Freundin war offenbar wenig geneigt zu dulden, daß ihr Verlobter ihr Hochzeitskleid unter seinem Knie festklemmte, damit sie sich nur nicht vor ihm am Altar erheben konnte! Welch seltsame Sitten! Wie schwer es doch ist, sich einem Mann anzupassen, wenn der Geist nach Reisen und nach Freiheit steht. Und doch scheint dieser Mann, der sie kleidet und mit ihr durch sämtliche Städte spaziert, ihre hehren Freiheitsideale zu vertreiben. Was machen Sie mit Ihrem Leben, Maria-Elise Wagner, und woher nehmen Sie das Geld für solche schönen Reisen?

Wolfgang ist neuerdings Meister in seiner Freimaurerloge. So wäre er denn nur sechs Tage lang Lehrling gewesen?

Er wendet seine ganze Kraft darauf, seine Quartette zu beenden, auf die Lektionen für seine Schüler und die vielen Vergnügungen der musikalischen Hochsaison in Wien. Wie bin ich froh, daß Wolfgang darauf bestand, ein Kindermädchen zu nehmen! Ohne sie wäre ich einsam und allein und würde unserem teuren Star zuhören, statt mich ganz des Erfolgs seiner Musik zu erfreuen.

Wir haben sechs Quartette für 450 Gulden fortgegeben. Inzwischen braucht man niemanden mehr zum Kauf zu überreden. Der Name Mozart reicht den Musikverlegern als Aussicht auf reichen Profit.

Februar 1785

Heute nachmittag ist mein Schwiegervater bei uns eingetroffen. Wie soll ich sagen, welche Hoffnung ich auf diesen Aufenthalt setze?

Der kleine Carl hat sich von seinem Großvater auf den Arm nehmen lassen, ohne zu weinen, und hat ihn mit einem recht gehaltvollen Bäuerchen über seinen Reiserock beehrt. Was für eine Zärtlichkeit da plötzlich in diesem groben Gesicht lag! Der Großvater verkündete, nun sei er wohl von seinem Enkel getauft worden. Lieber Gott, wenn man mich schon nicht liebt, darf ich wenigstens hoffen, daß man meinen kleinen Carl ins Herz schließt?

Heute abend sind wir zu Wolfgangs erstem Subskriptionskonzert in der Mehlgrube gegangen. Ich fand mich auf einem Platz ganz nah bei meinem Schwiegervater wieder und konnte meine Gemütsbewegung nicht verbergen. Was würde er von dieser Musik halten? Wolfgang spielte sein Klavierkonzert auf vortreffliche Weise. Das Zusammenspiel der Instrumente war so harmonisch, daß meinem Schwiegervater die Tränen in die Augen stiegen!

Herrgott im Himmel! Laß ihn stolz sein auf seinen wahren Sohn, und möge er am Applaus ermessen, wieviel Ehrerbietung die Wiener ihm entgegenbringen. Und schenke mir den Mut, mich ihm zu Füßen zu werfen und ihn um ein kleines Teil, ein Krümchen nur jener Liebe zu bitten, die er seinem Hund schenken würde, ein Almosen für eine ehrsame und ergebene Schwiegertochter.

Vorgestern abend sind Joseph Haydn und die Freiherren von Tinti (deren Älterer Minister am prinzlichen Hofe ist) zu einer Hausmusik bei uns gekommen. Ich bin ganz verwirrt, weil ich sah, wie diese Leute und auch Haydn meinen Mann umarmten und *Bruder* nannten. Mein Schwiegervater hat in unserem Freundeskreis viele alte Bekannte wiedergetroffen und läßt sich mit Komplimenten für seinen Sohn überhäufen. Sie spielten Wolfgangs neueste drei Quartette, und als die Glückwünsche verebbten, wandte sich Haydn meinem Schwiegervater zu und sagte tief bewegt:

»Ich sage ihnen vor gott, als ein ehrlicher Mann, ihr Sohn ist der größte Componist, den ich von Person und den Nahmen nach kenne: er hat geschmack, und über das die größte Compositionswissenschaft.«

Leopold Mozart antwortete nicht auf das Kompliment aus dem Munde und dem Herzen dieses wunderbaren, hochangesehenen Komponisten, aber ich konnte seinem Gesicht ansehen, mit wieviel Stolz es ihn erfüllte.

Gestern abend sind wir zur Akademie einer vielgelobten italienischen Sängerin ins Theater gegangen. Wir saßen nur zwei Logen von der schönen Prinzessin Württemberg entfernt. Als mein Mann die Bühne verließ, lüpfte der Kaiser zum Gruß den Hut, winkte mit der Hand und rief: *»Bravo Mozart.«*

Bravo! Bravo, mein Liebling!

Ich habe es gründlich satt, ihn mit »Monsieur« oder auch noch mit »Herr Schwiegervater« anzureden. Aber die fehlende familiäre Vertrautheit wird sich nicht einstellen, nur weil ich es mir wünsche; eigentlich müßte der Alte mich »meine Tochter« nennen, der Schwiegersohn erfreut sich schließlich auch des Ehrentitels »mein Sohn«.

Ich weiß nicht, was mein Mopserl bei all dieser Kälte empfindet, er hat in diesen Tagen wenig Zeit, sich mit solchen Kleinlichkeiten aufzuhalten.

Heute morgen hat mein Schwiegervater das Bett nicht verlassen. Ich habe ihm eine Holunderbeersuppe gebracht, und nach dem Essen soll er noch eine haben. Unauffällig ließ ich auch einen Arzt kommen, der ihm den Puls gemessen und befunden hat, es sei alles in Ordnung.

Seit er nun doch aufgestanden ist, richtet er das Wort nur an meinen Sohn oder noch an meinen Mann. Ich existiere nicht.

Er findet, der kleine Carl gleiche seinem Papa bis aufs Haar und scheine auch bei guter Gesundheit, wenn ihm auch die Zähne zu schaffen machen, die gerade kommen wollen. Auch zeigt er sich überrascht ob der *unglaublich* liebenswürdigen Art des Kindes – und warum soll das nun so unglaublich sein?

Mein Sohn lacht, sobald man das Wort an ihn richtet, und zeigt sich niemals ungeduldig.

Ein starker Schmerz im linken Schenkel zwingt *Mozart, den Älteren* aufs Lager; diesmal sieht es mir ganz nach einem Rheumatismus aus, den er sich während der kalten Tage zugezogen hat. Wir tragen alle Pelz, weil der heftige Wind und der Schneeregen gefährlich sind.

Meine Schwester Sophie ist gekommen, um mit uns zu essen. Ihre neue Stellung als Schauspielerin am Burgtheater gibt ihr die Hoffnung ein, nun würden ihr die Rollen auf den Leib geschrieben. Meine Mutter habe ich zwar seit Wochen nicht gesehen, aber ich weiß genau, wie stolz sie auf unsere öffentliche Position ist. Es ging recht lustig zu bei unserer Mahlzeit, und auf die Müdigkeit und das beleidigte Gehabe meines Schwiegervaters schien niemand zu achten.

Heute abend sind wir zu einem großen Konzert geladen. Meine gute Sophie hat vorgeschlagen, dem Alten Gesellschaft leisten zu wollen.

Als wir von dem herrlichen Konzert bei Ployer zurückkehrten, lag mein Schwiegervater noch nicht zu Bett. Wir betraten den vorderen Salon, da hörte ich ihn schon klagen: In diesem Hause werde ja nie vor ein Uhr morgens zu Bett gegangen, und verflucht sei der Wind, der unter unseren Fenstern vorbeizieht und die – ohnehin kaum geheizten – Zimmer noch kälter macht. So also sieht er unser Leben: nichts als Vergnügungen und Knauserei mit dem Brennholz.

Ich beschloß, ihm die letzten beiden großen Scheite in sein Zimmer zu bringen. Mein kleiner Carl schlief unter dem Fellmantel seines Vaters, während ich in dieser Nacht die glühendste Verehrung meines Mannes erfuhr, und bei solcherlei Betätigung beißt die Kälte ins Leere …

Heute hat der Alte nicht das Wort an mich gerichtet, obwohl wir ihn mit zu meiner Mutter geschleift haben, wo ihn die beste Küche erwartete. Ein großer Fasan mit Kohl, danach Austern und alle Naschereien dieser Welt, nicht zu vergessen der Champagner und der viele Kaffee vermochten nicht, seinem verwöhnten Mund – ach! nur so lange, daß meine Mutter es glauben möchte – nur wenige Worte wie *meine liebe Schwiegertochter* oder vielleicht … *die gute Constanze* zu entlocken. Aber nein! Ich bleibe ihm eine Fremde, und es bringt mich um.

Der Alte liebt den Klatsch, wenn er auch behauptet, gar nicht darauf zu hören. Ich habe wohl gesehen, mit welchem Vergnügen er die Gerüchte über Wolferls kleine Cousine, das Bäsle aus Augsburg, vernommen hat. Ich bin durchaus mit den Scherzen vertraut, die sie in ihrer Jugend ausgetauscht haben, diesen unappetitlichen Billetts voller derber Späße, die nur sie beide zum Lachen brachten. Ich bin nicht im mindesten eifersüchtig auf die Vergangenheit meines Mannes, und man kann diese Zeit durchaus in meinem Beisein erwähnen.

Das kleine Cousinchen hat kürzlich ein auf den Namen Josepha getauftes Mädchen zur Welt gebracht. Und? Worüber kann man sich dabei lustig machen?

Der Vater des Kindes ist kein anderer als der Domherr Theodor Franz Freiherr von Reibelt, Geistlicher in Augsburg, und die arme Base, ein Opfer ihrer Neigung, ließ den Namen *Trazin* ins Geburtsregister eintragen.

Der alte Narr ist fast erstickt vor Lachen; man mußte ihm tüchtig auf den Rücken klopfen, und ich habe meinen ganzen Ärger dareingelegt.

Ich weiß wohl, daß Wolfgang die Briefe an seine Cousine häufig mit Trazom unterschrieb!

Josepha Trazin, ich weiß nicht, was dein Los sein wird, aber dein Name bringt deinen gestrengen Großonkel bereits jetzt zum Lachen. Mein Haus soll dir offenstehen, bescheidenes kleines Bäsle. Cousinen nur, und doch schon jetzt vereint durch den Spott des alten Mozart.

März 1785

Der Schnee bedeckt die ganze Stadt, und die Kälte bringt die Sinne zum Erstarren. Das Brot ist erschrecklich teuer. Im Winter leiden die Armen noch mehr. Man hat nicht das Gefühl, als könnte die Sonne jemals das Grau des Himmels zerreißen.

Mein Schwiegervater wünscht abzureisen, sobald die Tage schöner werden. Ich hoffe von ganzem Herzen auf die Sonne!

Mein Kind zeigt sich noch immer wonnig und liebreizend, und doch vermisse ich nach dem ersten Tag, an dem er sich zufrieden gezeigt hat, jegliche Zuneigung seines Großvater ihm gegenüber. Woraus besteht nur dieses kalte Herz?

Wir sind allesamt zur wunderlichsten Akademie gegangen, die man sich nur vorstellen kann! Basilius Bohdanowicz, dessen Frau und acht Kinder brachten eine Sinfonie, indem sie den Klang der Instrumente mit ihren Stimmen nachahmten, und spielten auch achthändig auf ein und demselben Klavier. Am Ende dieses Spektakels zum Weglaufen sah man drei Bogen auf einer Violine herumkratzen und dazu die sattelnasigen Gesichter dieser Mörder.

Unser Klavier leidet unter den ständigen Transporten, der Kälte und der Feuchtigkeit. In den letzten Tagen mußten wir es nicht weniger als zwölfmal ins Theater oder zu einer Akademie in ein anderes Haus tragen lassen. Die Hämmerchen fallen nicht zurück, wie sie sollten, und Wolfgang tobt, weil sich die Saiten dehnen. Schon die kleinste Dehnung macht das Spiel unmöglich, und Wolferl muß auf sein Lieblingsinstrument verzichten. Aber trotz aller Mißhelligkeiten äußert er seinen Ärger doch nie auf unangenehme Weise. Was für eine glückliche Natur! Ich an seiner Stelle würde mich lächerlich machen, das Instrument die Treppe hinunterstoßen und mich auch noch glücklich schätzen, wenn es unten zerbirst, um mich sogleich im stillen Kämmerlein über meinen Kleinmut und meine üblen Launen auszuweinen. Ach, ich weiß wohl, daß ich mein Vitriol prüfen und das Reine vom Unreinen in meiner Seele trennen sollte. Es vergeht kein Tag, an dem ich nicht meinen Mutwillen bedauerte.

Wir haben keinerlei Schulden, und in einer Porzellandose schlummern einige hundert Gulden. Dennoch nimmt es mich wunder, daß mein Schwiegervater nie auch nur einen Kreuzer aus seiner Westentasche gezogen hat, nicht einmal als Liebesgabe für unseren kleinen Carl. Jetzt ist es Zeit für den Parkettpfleger, und mir bleibt kein warmes Eckchen, wohin ich mich zum Schreiben zurückziehen könnte, denn er poliert und wienert im ganzen Zimmer herum.

Ich habe von Maria-Elise eine aus dem *Journal de Paris* herausgerissene Seite bekommen. Zwar hat mein Mann Paris schon vor sieben Jahren verlassen, aber er wird beim geistlichen Konzert im Tuilerienschloß noch immer gespielt! So hat in der vergangenen Woche eine seiner Sinfonien das feierliche Konzert eröffnet. Waren Sie selber unter all den eleganten Damen in den Tuilerien, Maria-Elise? Und wer hat heute den Vorzug, die Erhebungen Ihrer Büste liebkosen zu dürfen?

In den Gazetten ist viel von meiner Schwester Aloisia die Rede. Oh, bei den Kennern ist ihre Grazie noch immer Gegenstand der

Bewunderung, aber man wirft ihr vor, sie teile ihr Publikum in zwei Gruppen, von denen die eine findet, sie singe zu laut, die andere aber, sie habe eine schwache Stimme. Ich finde das sehr treffend gesagt! In einem Salon schrillt einem ihre Stimme im Ohr, während im Theater vollkommene Stille herrschen muß, um die zarten Töne und die Klangfärbungen zu hören.

Mein Schwiegervater meint, er könne mich damit ärgern, wenn er sich über Aloisias Stimme ausläßt. Du alter Narr! Ich weiß genau, wie sehr Wolfgang sie geliebt hat, und ich weiß auch, wie wenig sie heute vor seinem Blick noch bestehen kann.

Frühling 1785, April

Mein Gott! Es schneit so heftig, daß wir Ostern in einer Atmosphäre verbracht haben wie sonst Weihnachten.

Und mein Schwiegervater ist immer noch da. Er beobachtet aufmerksamst den Himmel und horcht in sich hinein, was der Rheumatismus macht. Nichts deutet auf seine Abreise hin, und seine Ungeduld ist unübersehbar. Ich glaube, wenn ich es so sichtlich eilig gehabt hätte, fortzukommen, so hätte man es mir sofort als Beleidigung vorgehalten und meinen Elan in heftigsten Worten gezügelt.

Ich bin verärgert, hält mein Schwiegervater es doch nicht einmal für nötig, diese Ungeduld zur Abreise auch nur im geringsten vor mir zu verbergen. Habe ich mir je mein eigenes Mißvergnügen anmerken lassen?

Nun fangen sie in allen Kirchen an, um besseres Wetter zu beten. Die Futtervorräte sind aufgebraucht, die Bauern müssen ihr Vieh schlachten oder vor Hunger umkommen lassen, weil sie es nicht auf die Weiden führen können. Alles ist schneebedeckt, und es schneit immer weiter.

Ich kenne so manches Geheimnis, das Wolfgang mir anvertraut. Die Eile seines Vaters, die Oper von Paisiello zu sehen, hat nichts mit seinen Altersleiden zu tun.

Heute abend wird der alte Musikmeister zum Freimaurer-Lehrling initiiert. Wie gerne wäre ich auch dabei! Nur als kleines Mäuschen in ihrem Tempel, um sein Gesicht zu sehen, wenn er seinen eigenen Sohn entdeckt, der nun sein *Bruder* und noch dazu Meister geworden ist. Und dieser Sohn, wird er das Zögern und vielleicht sogar die Angst seines unerbittlichen Vaters bei seiner Initiation ermessen können?

Genau zu dieser Stunde wird der alte, autoritäre Maestro zum Lehrling, zum Galeerensklaven der Stille und des Hörens.

Wird er verändert sein, wenn er, von seinem Sohn und Bruder gestützt, durch den Schnee zurückkommt? Vielleicht wird mir diese Metamorphose einen geneigten Schwiegervater einbringen. Ach, wenn er nur einmal »guten Tag, Constanze« zu mir sagte, oder »danke, Constanze«, das würde schon reichen, um meine verschmähte Zuneigung erneut sprießen zu lassen.

Meine mit Füßen getretene Zuneigung.

Ach, ich könnte weinen.

Meine ganze grenzenlose Traurigkeit herausspucken! Was war ich für ein elendes Dummchen, immer und immer wieder zu hoffen, das Herz des alten Mannes möchte nachgeben und sich meinen Liebesbezeugungen öffnen.

Ich kann es nicht mehr ertragen.

Heute morgen waren sie zur Messe, während ich im Hause bleiben mußte. Ich habe das Mädchen Linsen holen geschickt, in einem Kopfkissenbezug, weil unser Leinensack vom Alter stockig geworden war. Als das Haus leer war und mein kleiner Carl friedlich schlummerte, ging ich in das Zimmer des Alten, um das Haferstroh in seiner Matratze auszuklopfen.

Oje, was sah ich da auf seinem Tisch? Einen unvollendeten Brief.

Und was habe ich Törichte da getan? Ich habe ihn gelesen.

Mir brach das Herz, als ich sah, wie oft ich in diesem Brief an Nannerl als »Deine Schwägerin« oder »die Frau Deines Bruders« bezeichnet wurde. Soso, mein Herr, so können Sie es also, selbst wenn ich es nicht hören kann, nicht über sich bringen, mich bei meinem Vornamen zu nennen?

Warum nur brennt mir das wie Feuer ins Herz?

Und weiter unten entdeckte ich, daß das Kind, das Nannerl unter dem Herzen trägt, bereits zum »Prinzen von Asturien« getauft wurde. Nannerls Kind ist noch nicht einmal geboren, und doch betrachtet *man* es schon als einzig wahren Erben der Familie! Ach, ich kann all meine Wut und meinen Kummer, meine Enttäuschung hier gar nicht genug herausschreien. Kein Wort reicht aus, um meinen Schmerz zum Ausdruck zu bringen, meine Drangsal, mein Leid, meinen Jammer, mein Unglück, meine Verzweiflung, mein Elend, meinen Gram, meine Qual, meine Verletztheit, meine Pein, mein Martyrium.

Mein Sohn.

So klein noch, Sohn des einzigen Sohnes.

So anrührend und so unschuldig.

Nichts kann meinen Zorn eindämmen. Wäre jemand dagewesen, er hätte mich keifen hören können wie ein ordinäres Weib.

Und dann, noch weiter unten im selben Brief an Nannerl, ein furchtbares Postscriptum: »*Auf solche art kannst du immer einen Brief schreiben, den auch dein Bruder lesen kann.*«

So ist das also, all die früheren Briefe dürfen nicht von Wolfgang gelesen werden, weil sie soviel Kritik enthalten und zu viele Klagen, vieles über »seine Frau« und viel zuviel freiherrliche Verachtung.

Mein Sohn, mein winzig kleiner, sechs Monate alter Carl, zählt nicht in den Augen seines Großvaters und seiner noblen Tante. In ihm kann man kein anständiges Mitglied der Familie erkennen, obwohl er *unglaublich* liebenswert ist.

Der alte Narr ist Mitglied geworden. Wolfgang hat mir alles erzählt. Nun ja, ich weiß wohl, daß er mir nicht *alles* wiedergeben kann. Ich nehme dieses Geschenk seiner Erzählung in Ehrfurcht auf. Und ich muß gestehen, alle diese Prüfungen würden mich vor Angst erstarren lassen. Oder erlebt man diesen Moment vielleicht in der Gewißheit, dafür bestimmt zu sein?

Und, was haben Sie nun gelernt in Ihrer Loge, Sie frischgebackenes Mitglied? Bringt man Ihnen denn so gar nichts darüber bei, daß man sich seiner Umgebung wohltätig zeigen soll? Sie haben mich nicht ein einziges Mal sehen wollen, mich, die ich die

Frau Ihres *Freimaurerbruders* bin, also auch ein wenig Ihre *Freimaurerschwägerin*, aber auch die Frau Ihres Sohnes und vor allem Mutter Ihres Enkelsohnes.

Gott segne den Tag Ihrer Abreise, Monsieur Mozart! Soll doch der alte Bär in seine Höhle, die Geige in ihren Kasten finden.

Mai 1785

Die Übersetzung eines skandalösen Werkes scheint die ganze Stadt in Aufruhr zu versetzen: *Die Hochzeit des Figaro* von Beaumarchais. Wolfgang hat es sich auf französisch besorgt, weil er nicht länger warten will, und in der Gewißheit, nun den Stoff für seine nächste Oper gefunden zu haben, läuft er tanzend und die Hacken zusammenschlagend durch alle Zimmer.

Mein kleiner Engel schläft trotz seines schlimmen Durchfalls vom Zahnen. Wie kompliziert Kinder doch sind. Ständig stört sie etwas in ihrer Zufriedenheit!

Gestern abend kam auf Wolfgangs Bitten hin Lorenzo Da Ponte zu uns. Die beiden Männer besprachen sich eine Zeitlang und kamen dann überein, in größter Heimlichkeit zusammenzuarbeiten, denn das Stück ist auf dem Theater gerade verboten worden. Da Ponte wollte die diplomatischen Schritte übernehmen, denn er ist in der vorteilhaften Lage zu wissen, wer seine Feinde sind.

Wolfgang ist den ganzen Nachmittag hindurch tief in sein Klavier getaucht, um die Saiten zu lockern. Die Feuchtigkeit ist so groß, daß das aufgequollene Holz die Saiten um einen ganzen Ton höher stimmt. Für seine *Hochzeit des Figaro* stört es ihn aber nicht, denn er benutzt seine Instrumente nie zum Komponieren.

⁂

Heute bin ich sehr erschöpft.

Unser kleiner Carl hatte heute nacht starke Krämpfe. Ich hatte große Mühe, ihn wieder zu sich zu holen. Seine Lippen waren schon ganz blau und zitterten, und in seinen Augen schien kein Leben mehr. Das schiere Entsetzen packte mich, so sehr zitterte er. Das Mädchen, das auf meine Schreie herbeigeeilt war, machte sich schon bereit, ihm Luft in sein kleines Hinterteil zu blasen. Glücklicherweise kam er ganz von allein wieder zu sich. Wir strichen ihm Hirschhornessenz auf die Fußsohlen, um die Krämpfe nach unten zu ziehen. Das Mädchen nahm das Kind auf den Arm und schlief mit ihm im Sessel in unserem Schlafzimmer ein.

⁂

Wolfgang ist tagsüber kaum da. Seine morgendlichen Ausritte und die Musikstunden nehmen seinen ganzen Vormittag in Anspruch. Manchmal fühle ich mich recht verlassen.

Meine drei Schwestern geben sich ihrer Sanges- oder Schauspielkunst hin, und ich bin nun die einzige der vier Weber-Töchter, die sich nicht durch ihre Kunst hervortut. Oh, ich bin lieber nur Ehefrau, als wie Aloisia ständig von diesem armen, eifersüchtigen und unglücklichen Joseph Lange belauscht und beobachtet zu werden oder wie Josepha unablässig umherzuziehen. Und dennoch fühlte ich mich geehrt, käme auch für mich einmal die Zeit zu singen.

Ich kann in ganz Wien keine Schokolade mehr bekommen. Wolfgang und sein Freund Da Ponte trinken sie gern mit Wasser zubereitet und mit nicht zuviel Vanille. Der Engpaß scheint ihre Inspiration allerdings nicht zu beeinträchtigen – ihrer Arbeit sind auch Bier und Punsch förderlich.

Nachts um eins höre ich meinen Mann über das Parkett zu unserem Bett schleichen. Sein Atem riecht nach Arbeit, und die Haare sind zerzaust. Wie gern lasse ich ihn in dem Glauben, ich schliefe fest, und warte auf seine Avancen!

⁂

Unser Hausmädchen droht, sie wolle gehen. Zum Glück beklagt sich das Kindermädchen keineswegs über uns und scheint unserem Carl sogar sehr zugetan. Aber die andere! Wir könnten sie gar ins Gefängnis stecken lassen, denn sie kann die Stellung nicht vor dem Sankt-Michaels-Fest aufkündigen. Die Domestiken sind wirklich die schwelende Wunde in einem jeden Haushalt! Ihre Flunkereien nehme ich ja hin und auch, daß sie sich abends die Nase begießt. Ach, ich verlange ja keinen Engel als Haushaltshilfe, ich weiß schließlich auch, daß ein Engel erst gar nicht zu uns kommen würde.

Sommer 1785

Am 27. Juli ist Nannerls Kind geboren worden. Man braucht kein Hellseher zu sein, um zu erraten, wie er heißen wird ... Leopold Alois Pantaleon. Sein Taufpate ist ein alter Narr, der ihn auf jeden Fall liebt und nur Vorzüge an ihm findet. Das Kind wurde um fünf Uhr in der St. Andreaskirche getauft, denn es ist in dem elenden Salzburg, im Haus seines Großvaters zur Welt gekommen.

Wolfgang hat mir zu unserem Hochzeitstag eine ganz reizende Überraschung gemacht: eine über und über mit Goldfaden bestickte Seidenschachtel. Und darin der herrlichste Ring, verziert mit einem Schiffsanker, einem flammenden Herzen und einem Kreuz.

Mein Onkel Franz Anton Weber hat sich mit einer gewissen Genoveva Brenner vermählt. Mein armer Vater wäre glücklich gewesen, dieses Fest mitzubegehen. Caecilia war sehr elegant und machte mir die Freude, den ganzen Tag ihren Enkel im Arm zu halten, damit Wolferl und ich ein wenig tanzen konnten.

Für diesen einen Jubeltag kam meine allerbeste Laune wieder. Ich war schön gekleidet, auch wenn diese letzten Tage mir nicht die gleichen Freuden bringen können wie einst. Ich weiß nicht warum, aber eine gewisse Wehmut hat von meinem Gemüt Besitz ergriffen. Meine Augen füllen sich mit Tränen, die nur mein Mann allein vertreiben kann.

Wie fehlen mir doch unsere Spaziergänge im lauen Prater! Nun trage ich die schönen modischen Litzen gar nicht. Meine Schuhe sind noch wie neu. Ach! Nähme doch eine gute Seele mein Wohlbefinden in die Hand und drängte mich, zur milden Stunde auszugehen, auf daß mich eine zufällige Begegnung für einen kurzen Moment aus meiner Traurigkeit befreite.

Die Wiener sind allesamt verrückt. Die Journalisten verstehen nichts von der Musik, und der Adel glaubt dem, der am lautesten schreit.

Die Streichquartette meines Mannes sind endlich bei Artaria erschienen. Auf der ersten Seite steht die herrliche Widmung an seinen so teuren Freund:

Meinem theuren Freunde Haydn!

Ein Vater, der bestimmt hatte, seine Kinder in die grosse Welt zu schicken, glaubte sie vertrauen zu müssen dem Schutze und der Leitung eines damals sehr berühmten Mannes, der glücklicherweise noch dazu sein bester Freund war. Sieh hier, berühmter Mann und theuerster Freund, meine sechs Kinder. Sie sind, es ist wahr, die Frucht einer langen und mühsamen Arbeit; doch die Hoffnung, welche mehrere Freunde mir geben, diese Arbeit zum Theil wenigstens vergolten zu sehen, giebt mir Muth und schmeichelt mir, dass diese Kinder einst mir zu einigem Troste gereichen. Du selbst, theuerster Freund, hast mir bey Deinem letzten Aufenthalt in dieser Hauptstadt, Deine Zufriedenheit bezeigt. Dieser Dein Beyfall ermuthigt mich vor Allem, sie Dir zu empfehlen, und lässt mich hoffen, dass sie Deiner Gunst nicht ganz unwürdig seyn werden. Es möge Dir daher gefallen, sie gütig aufzunehmen und ihr Vater, Führer und Freund zu seyn. Von diesem Augenblicke an trete ich Dir meine Rechte über sie ab, bitte Dich aber, mit Nachsicht die Fehler zu betrachten, welche das parteiische Auge des Vaters mir verborgen haben kann, und ungeachtet derselben Deine edle Freundschaft dem zu erhalten, der sie so sehr schätzt.

Indessen bin ich von ganzem Herzen,
theuerster Freund, Dein aufrichtigster Freund
W. A. Mozart

Wien, den 1. September 1785

Die ganze Stadt scheint sich gegen diese Meisterwerke zu verschwören. Niemand hier versteht, wie schwer derartige Kompositionen sind. Oh, ich bin selber auch keine Expertin in dieser Kunst oder einer anderen, aber ich kenne die Arbeit meines Mannes und weiß, daß ihn diese Streichquartette ins Schwitzen gebracht haben.

Gestern, als Haydn, begleitet von anderen namhaften Musikern, in Schönbrunn seine Quartette gespielt hat, rief Anton Fürst zu Grassalkovics: »Sie spielen nicht recht!« Unser guter Haydn mußte gar seine Partitur herzeigen, um zu beweisen, daß er wirklich die Noten seines Freundes, des *himmlischen Mozart*, spielte. Der Fürst war darob so wütend, daß er die Seiten zerriß und auf den Boden warf.

Die Kritik kommt von allen Seiten. Die größten Musikexperten scheinen diese Klangverbindungen nicht zu verstehen und nennen sie zu gewagt für den Hof! Alles Esel! Und Haydn, dieser treue Freund und anerkannte Meister der Musik, sagt mir immer wieder, mein Mann sei ein Genie und seiner Zeit weit voraus, da könne es noch einige Jahre dauern, bis er vom Publikum verstanden wird. Mein Gott, wenn man bedenkt, daß unser Wohlergehen von den Launen, der Ignoranz und den tauben Ohren der Wiener abhängt!

Die Quartette sind aus Italien zu Artaria zurückgekommen. Unter dem Vorwand, *»weil der Stich so gar fehlerhaft wäre«*. Was bringen doch solche Dummköpfe das Publikum um die einmalige Gelegenheit, neue Harmonien zu hören!

Artaria kann hin- und herüberlegen, wie er will, wie er es mir beibringen soll, ich weiß längst, daß die Quartette mit einigen gezielten Veränderungen hier und da kopiert worden sind, um sie den kleinlichen und bornierten Ohren des Publikums gefälliger zu machen.

⁂

Zwischen den Verlegern Torricella und Artaria herrscht Krieg. Ersterer hat soeben die Veröffentlichung von sechs Quartetten zu einem günstigen Preis angekündigt, ohne deutlich zu machen, daß es sich dabei um frühere Kompositionen Mozarts handelt, die er vor nunmehr fünfzehn Jahren geschrieben hat. Ich weiß nicht, was tun. Die Musikliebhaber beschaffen sich gerne neue Partituren, aber die der Quartette wollen ihr Publikum nicht finden.

Unsere Geldreserven gehen zur Neige.

Was soll ich anderes tun, als jede Woche zum Drucker zu gehen, mich zu überzeugen, daß rechtmäßig mit den Blättern meines Mannes umgegangen wird, und auf dem Rückweg einige Federn bester Qualität zu erstehen. Von dem Verkaufspreis von sechs Gulden und dreißig Kreuzern bleibt für den Komponisten nichts übrig, denn wir haben wieder einmal den Fehler begangen, zu einer Pauschalsumme an den Stecher zu verkaufen.

⁂

Wie es diesen Quartetten für Haydn ergeht, kann sich niemand vorstellen. Überall wird erzählt, Mozart habe versäumt, seine Instrumente zu Paaren zusammenzufassen, auf daß eine jede Violine der anderen antworten könne. Was für elendigliche Dummköpfe!

Diese Angelegenheit gerät zu einem wahrhaftigen Schiffbruch. Über unsere Finanzen mache ich mir keine Gedanken mehr, aber um den Geisteszustand meines Himmels. Nichts darf seine Inspiration zum Stocken bringen oder seine schöne Musikerseele trüben.

⁂

Meine Schwägerin ist in ihr Domizil in Sankt Gilgen zurückgekehrt und hat ihren kleinen Sohn in Pension bei ihrem Vater gelassen. Ich bewundere ihre Fähigkeit, einen Säugling so früh aus den Händen zu geben. Mir zerreißt jede Trennung von meinem Sohn das Herz. Wie macht Nannerl das nur?

Herbst 1785

Ein neuer Schüler für Wolfgang. Der Zustand unserer Geldangelegenheiten ist so dramatisch, daß vom Zurückweisen einer solchen Anfrage gar nicht erst die Rede sein kann.

Thomas Attwood kommt aus Neapel, wo er zwei Jahre lang studiert hat. Er ist gerade zwanzig Jahre alt, aber man hört schon viel Lobes über dies Talent. Wolfgang schreibt eine Art Übungsheft für ihn.

Unser Einnahmen-/Ausgabenbuch ist den ganzen Sommer hindurch nicht aufgeschlagen worden. Wir haben endlose Ausgaben, während die Einnahmen nicht reichen, die Kosten zu decken.

Gott sei Dank sind wir bei guter Gesundheit, und unserem Kind fehlt es an nichts.

Diesmal kommt der Schnee schon sehr früh im Jahr zurück. Adieu, ihr leichten Hüte, seid gegrüßt, ihr Wollschals und Holzvorräte.

Als ich ausging, um einige Einkäufe zu machen, prickelte mir die morgendliche Kälte zum erstenmal seit langem wieder im Gesicht. Jetzt ist das Gemüse wieder teurer, und der Brotpreis beginnt schon zu steigen.

Ich habe mir zwei Fächer gekauft. Jetzt bedaure ich diese unnütze Anschaffung. Unsere Situation läßt törichte Schritte dieser Art gar nicht zu.

Aber sie sind so reizend!

Der eine ist aus filigranem Elfenbein mit einer chinesischen

Malerei auf blauer Seide. Der zweite scheint französischer Herkunft und ist mit einer galanten Szene in Rottönen verziert.

Abgesehen von den Akademien, die in den großen Häusern gegeben werden, sind die Zerstreuungen recht selten geworden. Es kann gar kein Gedanke daran sein, unsere Bekannten zum Essen zu uns zu laden, denn unsere Finanzen sind in einem geradezu verzweifelten Zustand.

Gestern nachmittag hat eine komische Mannsperson in Schönbrunn versucht, einen großen Ballon in die Luft zu schicken. Aber ach, das Gerät blieb auch, nachdem man ihm dreißig Feuerstöße hinten hineingejagt hatte, am Boden kleben. Wir lachten von Herzen, aber Wolfgang blieb dann nachdenklich und ganz abwesend auf einem großen Stein sitzen.

Wir waren doch enttäuscht, daß der Ballon am vereisten Laub festhing, und dann, als wir beschlossen, nach Hause zurückzukehren, bemerkte ich, wie weiß und steif meine Finger waren. Mein Mann schloß seine Hände um die meinen, damit ich meine Finger wärmen konnte und an seinem flammenden Auge auch meine Seele.

Ich habe Wolfgangs Namenstag am 20. Oktober und noch die ganze Woche danach vergessen. Ich glaube, er selber auch. Er ist so gut, oh, so gut, daß er sich seine Enttäuschung über eine solche Unterlassung nie, niemals anmerken lassen würde.

Oh! Ich hätte nicht gedacht, daß unsere Situation so gefährlich werden könnte. Wolfgang hat soeben an unseren Freund Hoffmeister geschrieben, der Verleger in Wien ist, um einen Vorschuß auf seine nächste Arbeit zu erwirken:

Liebster Hofmeister! –

Ich nehme meine Zuflucht zu ihnen, und bitte sie, mir unterdessen nur mit etwas gelde beyzustehen, da ich es in diesem augenblick sehr nothwendig brauche.

Mein Gott! Was soll nur aus uns werden, wenn wir trotz des Erfolgs, den die *Entführung aus dem Serail* immer noch hat, und trotz der Lektionen und der vielen Akademien der vergangenen Monate keinen roten Heller besitzen?

Wir veranstalten in aller Eile drei Akademien zur Subskription. Bisher haben sich einhundertundzwanzig Personen eingetragen. Für diesmal wird uns dieses Konzert retten.

Möge uns die kommende Oper vor einer solch peinlichen Lage bewahren! Da Ponte sagt der *Hochzeit des Figaro* einen nie dagewesenen Erfolg voraus.

O Herr, erhöre uns! …

Hoffmeister hat uns zwei Dukaten als Vorschuß für seine vier in Auftrag gegebenen Quartette für Streicher und Klavier zukommen lassen.

Wir werden das Weihnachtsfest mit meiner Mutter und meinen Schwestern verbringen.

Die Mäntel und Umhänge aus Pelz sind unser einziges Mittel gegen die Krankheit. Der kleine Carl ist ganz stolz auf seine Pelerine aus grauem Kaninchenfell. Meine Mutter hat ihm das Mäntelchen von ihrer Nachbarin schneidern lassen und die vergoldeten Knöpfe dazu geschenkt. Ich bin gerührt über soviel Großmut meinem Sohn gegenüber.

Meine liebe Freundin Maria-Elise hat mir letzte Woche ein Kästchen mit recht seltsamen Dingen geschickt: Ameiseneier – aus Frankreich – als Leckerbissen für unseren Star.

Ihr Brief war so lustig! Wolfgangerl und ich verbrachten den ganzen Abend damit, das gespreizte Gehabe der Pariserinnen nachzuahmen, so, wie er es in Erinnerung hatte, und danach, wie Maria-Elise heute davon erzählt. Es hat sich nichts geändert, außer vielleicht die Dicke der Gipsschicht auf ihren Gesichtern. Zur Zeit hält man es mit dem Bäuerlichen: ein grober Rock und ein Tuch um die Schultern. Die Rüschenhauben reichen bis über die Ohren, und man muß unweigerlich ein Tier hinter sich herziehen, oder wenigstens einen Schäferstab halten. Die Phantasie der Franzosen kommt den Launen meiner Freundin auf das Schönste entgegen.

Manchmal beneide ich sie und träume davon, daß wir auch fortgingen, um uns an all den fernen Gegenden zu erfreuen.

1786

Winter 1786

Ich bin recht ärgerlich, daß mir nur so wenig Zeit zum Schreiben bleibt. Wo sind sie hin, die Wonnen, jene Verwirrungen meines aufgewühlten Herzens, all die Nöte, die ich in die tintenverkleckten Seiten geschrieben habe? Von dieser hinreißenden Freiheit sind nur wenige Zeilen geblieben, die ich hier und da meinem stillen Beichtiger auf die Schläfen male und mich dabei zwinge, meine Müdigkeit, den kalten, unwirtlichen Winter und die Abwesenheit meines Mannes zu überwinden.

Er ist von den schönsten Frauenspersonen umgeben, die ihm unaufhörlich ihre Komplimente machen. Nancy Storace hat sich in diese neue Schmeichlerinnenschar eingereiht, derweil sie auf eine ihren stimmlichen Fähigkeiten zugedachte Arie wartet.

Man gebe mir Papier und Tinte, dann komponiere ich sie ihr selber, ihre elende Arie. Einen Totengesang für ihre Stimme. Ein Requiem für ein loses Weib.

Morgen habe ich Geburtstag. Was soll es mir schon, ob jemand ans Gratulieren denkt, in der Woche noch oder nimmermehr.

Ich bin all dessen so überdrüssig.

Die vier Wiener Logen, also auch die meines Mannes, haben sich zu zwei Logen zusammengeschlossen. Von nun an werden die

Brüder in der Loge »Zur neugekrönten Hoffnung« oder der »Zur wahren Eintracht« arbeiten.

Ach, mein Mann hat mir so gar nichts davon erzählt, was sie tun in diesen Logen, aber dieses Mal ging es nicht anders, irgend jemand mußte den Brief ihres *Bruders*, des Komponisten, besorgen, da er mit einem Unwohlsein darniederlag. Ich mußte an der Tür zum Tempel klopfen, wie Wolfgang es mir gesagt hatte, damit man mich höre und mein Zeichen als das eines Mitbruders erkennte. Wie waren wir doch auf beiden Seiten erstaunt, als sich die Tür dann auftat!

Ich wurde von meinen Empfindungen übermannt, denn da empfing mich ein Antlitz, das ich wohl kenne, in einer mit verschiedensten Stickereien geschmückten Robe und einem weiten Mantel mit Kapuze über den Schultern.

Wir schwiegen einen Augenblick lang. Dann übergab ich ihm den Brief meines Mannes.

Lieber Bruder.

Nun ist es eine Stunde daß ich nach Haus kam – und zwar mit starken Kopfschmerzen und Magenkrampf behaftet; ich hofte immer auf besserung – da ich aber leider das gegentheil empfinde, so sehe ich wohl daß ich nicht dazu bestimmt bin, unserer heutigen ersten feyerlichkeit beyzuwohnen, und bitte sie also, lieber Br., mich deswegen an ort und stelle bestens zu entschuldigen – Niemand verliert mehr dabei als ich; – ich bin Ewig ihr

aufrichtigster Br. Mozart

Euer Hochgräflichen – –
O Ja gewis …

Dann gingen wir nicht ohne Zögern auseinander. Ich würde wohl gern in diesen fremden Ort eindringen, mich in die Abgründe der Reflexion stürzen, den geheimen Gedankenaustausch dieser Männer erleben, wenn sie ihre nur für sie bestimmten Kathedralen bauen … Muß man unweigerlich anderen Sinnes sein, um zu dem zu gelangen, was so viele andere fürchten? Und all jene, die nicht lesen noch schreiben können? Verweigert man ihnen den Zutritt zur Weisheit? Ich kenne so manche schöne Seele, dennoch brauchen wir nicht darauf zu hoffen, daß man uns eines Tages Einlaß zu diesem heiligen Ort gewähren wird. Sie gefallen sich alle in dem Glauben, eine Frau könne eben noch ihren Namen buchstabieren ...

Gottlieb Stephanie der Jüngere ist zurück. Mit einem Libretto, dessen Vertonung dem berühmten Mozart anvertraut werden wird. Der Auftrag dazu kommt direkt vom Hofe Josephs II. zu Ehren des Besuches durch den Statthalter der Niederlande in Wien. Mein Mann wird sich mit zwei Wochen für die Komposition des Werkes begnügen müssen. Ich kenne diese undurchdringliche Miene, wenn ihm eine Aufgabe widerstrebt.

Während er für Trompeten und Flöten komponiert, macht er die ganze Zeit dieses Gesicht, wie ein Kind, das mühsam lernt, das Alphabet zu schreiben, mit herausgestreckter Zunge, zusammengekniffenen Augen und die Finger um die Feder verkrampft.

Und wie ist der Titel dieses Werkes, das dich zu soviel Anmut inspiriert, mein Engel? *Der Schauspieldirektor*.

Ich kann an diesem Titel nichts Schönes finden, doch fehlt es mir zugegebenermaßen auch am guten Willen.

Nun, wenn dieses Werk uns aus der bedränglichen Situation heraushelfen kann, in der sich momentan unsere Finanzen befinden, so nenne es sich getrost beim scheußlichsten Namen, und er würde dennoch meinen Ohren gar lieblich klingen.

Das Fest zu Ehren des Statthalters der Niederlande hat in der heutigen *Wiener Zeitung* sein Echo gefunden. Ganze Kapitel widmen sich den prächtig gedeckten Tischen, den herrlichen Speisen, den vielen raffiniert aufgestellten Leuchtern. Auch von der Aufführung des *Schauspieldirektors* ist die Rede, nur ... den Namen des Komponisten haben sie zu erwähnen vergessen. Aber Salieri nennen sie wegen seines *Prima la musica e poi le parole* zu einem Text von Casti. Wenn mich jemand fragt, was Langeweile ist, werde ich ihm Salieris Arbeiten aufzählen.

Zu unserer Freude haben wir jedoch auch einige freundschaftliche Stimmen gefunden; meine Schwester Aloisia und auch Adamberger und die Cavalieri, die schon in der *Entführung aus dem Serail* Zuspruch ernteten, haben sich wieder einmal zur Musik meines Mannes alle Ehre gemacht.

Wie kann Salieri es nur zulassen, daß seine Geliebte, die Cavalieri, die Noten desjenigen singt, der ihm jeden Tag die eigene Mittelmäßigkeit vor Augen führt?

Wir erhielten fünfzig Dukaten für diesen Abend, und dieser Widerling Salieri bekam das Doppelte, weil sein Stück sehr viel länger war. Doppelt so langweilig, um die Wahrheit zu sagen!

Nun muß Wolfgangs Werk seinen Weg durch die Wiener Theater machen, vorausgesetzt, es stellt sich kein Ereignis und keine Intrige seinem Schicksal in den Weg.

Wolfgang hatte meinen Geburtstag keineswegs vergessen. Aber er hat mir ein sehr seltsames Geschenk gemacht: einen gräßlichen kleinen Hund. Damit erfüllt er sich auch selbst einen Wunsch, denn er liebt die Gesellschaft von Hunden. Nun müssen wir einen Namen für das seltsame Ding finden, das überall hinpinkelt, wenn es sich freut, und ebenso fröhlich mitten hineinspaziert.

Meine Post aus Rom ist nicht gekommen, und es scheint, als wäre ihr Ausbleiben nicht mehr kompensierbar. Meine Büste ist viel voller geworden, und auch mein Leib wird schon breiter. Ach, mein Liebster, wir werden bald einen Spielkameraden für unseren kleinen Carl haben!

Ich kann mich nicht irren, denn ich kenne inzwischen alle Kniffe, um meine Hoffnung zu bestätigen: Kaum daß ich eine Auster esse, kommt sie auch schon wieder heraus. Wenn ich schwanger bin, kann ich solche Dinge nicht ertragen.

Meine geliebten kleinen Männer, ich bin schwanger!

Wissenschaftler kündigen in den Zeitungen für den 6. Februar gewaltige Erdbeben an. Ich bin zwischen Lachen und Angst hin- und hergerissen. Müssen wir die Koffer packen und flüchten? Aber wohin? Niemand weiß, welcher Teil von Europa von dieser schrecklichen Katastrophe erschüttert werden wird.

Ich bin starr vor Schreck bei dem Gedanken, daß Hunderte von Menschen zusehen sollen, wie ihre Häuser dem Erdboden gleichgemacht werden.

Wir müssen beten. Das Gebet ist unsere einzige Zukunft, und unser Herr verläßt niemals jene, die sich Ihm anvertrauen.

Die vielen gleichzeitig gespielten Werke dürften uns Hoffnung auf eine glänzende Zukunft voller Geld machen: *Der Schauspieldirektor*, die Wiederaufnahme von *Idomeneo*, ein Klavierkonzert, das in wenigen Stunden fertig wird, und nicht zu vergessen *Le Nozze di Figaro* in Kürze.

Mit Gottes Hilfe ein vierter Bauch zum Füttern.

Unser Hund soll Gauckerl heißen. Er nimmt kräftig zu und stellt jeden Tag neue Dummheiten an. So können wir ihm heute einen chinesischen Fächer auf sein Konto schreiben, den er in Stückchen zerlegt hat, und den zerrissenen Leinenbezug einer Bank.

Das Erdbeben wird jetzt für den 17. Februar vorhergesagt.

Übermorgen!

Ach, wie sehr bedauere ich es heute, daß ich mich über irgendein vorübergehendes Ärgernis beklagt habe und über meine oft mürrische, weibliche Launenhaftigkeit, statt etwas Kostbares darin zu sehen, eine Gnade.

Am 19. dieses Monats Februar sind wir zum Maskenball gegangen, mein weiser Mann war nicht wiederzuerkennen als persischer Philosoph und ich ganz smaragden und gülden als Scheherazade. Die vorangegangene Nacht haben wir mit Vorbereitungen verbracht, weil Wolferl der Gesellschaft seine Rätselfragen als die des Philosophen Zarathustra andienen wollte. Niemand wagte zu fragen, auf welch wundersame Weise er in den Besitz dieser Wortspiele aus dem Jahr 563 vor Christus gekommen ist. Ach, was hat es uns Freude gemacht, diese Belustigungen zusammenzuknobeln!

Die vielen Vorbereitungen brachten mich ganz über die vorhergesagte Katastrophe hinweg. Wolfgang hat sich die ganze Zeit nicht darum kümmern mögen: Dieses Erdbeben werde niemals stattfinden …

Was für ein gelungener Abend!

Und wie die Rätsel unseres persischen Philosophen die Geister beschäftigten! Seine größte Freude hatte er wohl daran, einen der finstersten Spötter bei Hofe zum Schweigen zu bringen, dessen scharfzüngige Bemerkungen, höhnische Kommentare, Affronts und vergiftete Komplimente von allen gefürchtet werden. Ihn so wehrlos verstrickt zu sehen in seinen Rebus, ganz ohne eine geistreiche oder vernünftige Antwort, das war so manchem Balsam auf die Seele. Der persische Philosoph bekam viel Applaus und höchstes Lob für seine geheimen Weisheiten. Jeder segnete ihn für seine ganz persönliche Gelegenheit zur Rache, ohne je den wahren Namen ihres Wohltäters zu erfahren.

Man kann mich haben, ohne mich zu sehen.
Man kann mich tragen, ohne mich zu fühlen.
Man kann mich geben, ohne mich zu haben.
D. e. e. h. i. n. ö. r. r.

Und als dann die Auflösung zu dieser Scharade bekannt wurde (die Hörner), nahm es unser Herr Hofnarr als persönliche Beleidigung, hüllte sich in seinen Vampirumhang, eilte über die Freitreppe und verschwand.

Wir tanzten bis zum frühen Morgen und fuhren schließlich, von den ersten Strahlen des Tages begleitet, mit der Kutsche nach Hause. Wir waren ganz erschöpft, und Wolfgang schlief schon, bevor ich ihm meine erneute Schwangerschaft eröffnen konnte.

Alle noch kommenden Abende in dieser Wintersaison sind schon durch Akademien, die Wiederaufnahme von *Idomeneo* im Theater des Prinzen Auersperg und das Konzert von Josepha Duschek in der Hofburg belegt. Wir werden wenige Abende für uns haben, und es wird nicht leicht für mich sein, einen passenden Moment zu finden, ihm meinen Zustand zu eröffnen.

Frühjahr 1786

Ich erkenne mich selbst nicht wieder in der argen Übellaunigkeit, die im letzten Winter Besitz von mir ergriffen hatte. Die Vergnügungen erheitern das Gemüt und lassen die bösen Grillen verschwinden. Wir haben die ersten schönen Tage, und mein Sohn wächst wunderbar heran.

Heute abend wird Wolfgangs letzte Akademie im Burgtheater stattfinden. Alle Subskriptionen sind längst in die alltäglichen Ausgaben geflossen. Ich weiß nicht, ob wir diese schöne Wohnung mit ihrer übertriebenen Miete werden behalten können.

Maiglöckchenzweige sind sehr teuer geworden. Dieses Jahr habe ich keine gekauft. Aber ich habe mich zu meiner Mutter begeben, um ihr mitzuteilen, daß ich wieder schwanger bin. Das Haus war in erstklassigem Zustand, und Caecilia zeigte sich mir gegenüber sehr huldvoll. Mir wurden köstliche Kekse und eine Schokolade mit einem Hauch von Vanille vorgesetzt.

Wir verabredeten, gemeinsam an der Premiere der *Nozze di Figaro* teilzunehmen und dieses Ereignis zu feiern. »Da wirst du schon den rechten Moment finden«, meinte meine Mutter, »zu sagen, daß du gesegneten Leibes bist.«

Wolfgangs letzte Opernproben sind sehr lang und ermüdend, aber er besteht darauf, die Sänger selber einzuweisen. Ich gehe auch hin und setze mich zu ihm. O nein, nicht gleich neben ihn, aber ein wenig zurückgesetzt. Das Üben mit meinem Mann kommt allen Interpreten zugute, und ich für meinen Teil ziehe meinen Vorteil daraus, bei ihm zu sein und seine Gegenwart zu genießen, aber auch, diesem Fräulein Storace meine Verbundenheit als Ehefrau zu zeigen. Sie ist sehr schön und talentiert. Wolfgang scheint sehr empfänglich für ihre Vorzüge. Ich kann den Blick gar nicht von seinem Antlitz lassen: Immer wieder durchdringt der brennende Funke des Genies all die Äußerlichkeiten. Es läßt sich ebensowenig beschreiben wie die Strahlen der Sonne.

Die Intrigen gegen das Werk meines Mannes sind noch heftiger als früher. Ich ahnte nicht, daß mein Schwiegervater in seiner fernen Burg über diese Sache auf dem laufenden war.

Salieri und Righini haben sich also gegen den Himmlischen vereint, genau wie damals, als ein Musiklehrer bei der Prinzessin von Württemberg ernannt werden sollte.

Ach, ich wünschte nur, man würde meinen Mann machen lassen, was er besser kann als jeder andere und was er mit der ganzen Bescheidenheit der wahrhaft Großen vollbringt: seine Musik.

Sie sind nichts als wilde Bestien, die um des Vergnügens willen ihre Beute zerreißen, oder fürchten sie vielleicht, daß man ihnen nach solchem Talent keinen Kreuzer mehr für ihre eigenen Kompositionen geben wird?

Diese beiden *Mechanici* der Kunst haben jeder eine fertige Oper in der Schublade und möchten sie noch vor der unseren durchbringen. Wolferl kann seine Wut nicht verhehlen: »Wenn meine Oper nicht als erste kommt, werfe ich die Partitur ins Feuer. Ich schwör's.«

Die Orchestermusiker sind jetzt in zwei Parteien gespalten, ein schwacher Teil ist gegen uns. Hat Salieri ihnen eine Belohnung versprochen? Oh, dem Fräulein Nancy Storace sicher nicht, und auch nicht Herrn O'Kelly. In diesem Fall soll es mir nur recht sein, wenn die Neigung einer Sängerin zu meinem Mann auch einmal zu etwas nütze ist.

Die Proben sind wiederaufgenommen, mit dem ganzen Orchester und den Sängern. Fräulein Storace wird mit jedem Tag schöner. Heute morgen erschien sie, ungeachtet der Kosten, angetan mit einem sehr eleganten Hut voller frischer, duftender Blumen. Wie ein Garten aus einem wunderbaren Märchen.

Mein Mann steht mit seinem karmesinroten Rock und dem hohen, geraden Hut auf der Bühne und gibt dem Orchester den Takt vor. Wie bin ich stolz auf ihn, stolz, sein Kind unter dem Herzen zu tragen!

Da singt Benucci mit kräftig ausgebildeter Stimme die Arie aus dem Figaro *Non più andrai farfallone amoroso*.

Mein Mann murmelt sotto voce: »Bravo! Bravo, Benucci!« Die Freude ist ihm so deutlich anzusehen, und wir, er und ich und nun auch die Sänger und das Orchester, wissen genau, welch ein Meisterwerk er den Wienern schenkt!

Als Benucci mit Stentorstimme *Cherubino alla vittoria, alla gloria militar* singt, laufen uns allen Schauer über den Rücken, auf der Bühne stehen sie wie angewurzelt, die Musiker lächeln. Und als schließlich das Ende erreicht ist, nach dem Finale, fangen sie alle an zu rufen: »Bravo! Bravo! Maestro! Viva, viva il grande Mozart!« Die Musiker im Orchester hören gar nicht wieder auf, mit den Bögen auf die Pulte zu schlagen.

Wir wissen alle, daß ein Stück dieser Qualität Vorrang haben muß vor allen anderen und jenseits von allen Intrigen. Man sieht, schon wenige Takte von Mozart reichen aus, um die Zweifel aufrichtiger Menschen zu zerstreuen …

Dies ist ein großer Abend.

Unsere Oper erlebt ihre erste Aufführung. Der Kaiser wird zugegen sein, ebenso wie die gesamte Wiener Aristokratie. Jawohl, ich sage *unsere* Oper. Gott weiß, wie viele Stunden ich damit zugebracht habe, seine Federn zurechtzuschneiden, seine Papiere zu ordnen, die fertigen Arien mit ihm zu singen, hier und da etwas anzumerken, für seine Mahlzeiten zu sorgen, seine wohlverdiente Ruhe nicht zu stören und ganze Abende zu überstehen, an denen er den hübschesten Personen auf der Bühne seinen Rat erteilt. Wer weiß das schon alles? Ist nicht auch ein Teil an dieser Schöpfung, den ich hervorgebracht habe?

Oh, ich will mich nicht mit seinem Genie vergleichen. Und doch hat eine Ehefrau, die sich darauf versteht, ihren Mann mit Annehmlichkeiten zu umgeben, auch ihren geheimen Anteil an einem Werk. Wir denken gerne an bedeutende Ereignisse und die Männer, die sie herbeigeführt haben. Aber wer fragt wirklich danach, ob Kunst oder Wissenschaft auch dann so weit vorangetrieben worden wären, wäre der Geist nicht durch die Fürsorge einer Frau ganz frei von aller Mühsal und alltäglichen Plage gewesen?

Ich bewahre sorgfältig alle Programmhefte der Konzerte meines Mannes auf und manchmal auch die anderer Komponisten, sofern das Werk mir gefallen hat.

Dies war also *unser* großer Abend.

Mein Gott! Es war der schönste Abend in all unseren gemeinsam verbrachten Jahren. Der Kaiser erhob sich und applaudierte mit den Zuschauern, die gar nicht aufhören wollten, Mozarts Namen zu rufen! Alle Arien mußten wiederholt werden! Deshalb dauerte die Aufführung länger als sonst zwei Opern. Vom Balkon hörte ich berühmte Stimmen rufen, nie habe es einen größeren Triumph gegeben als den Mozarts mit seinen *Nozze di Figaro*.

Caecilia Weber stand mit aufgelöstem Knoten vor ihrem Sitz und klatschte und schrie: »*Bravo, bravissimo, mein Schwiegersohn!*« Kopf und Herz sind mir noch immer ganz erfüllt von diesen Rufen.

Seit gestern hat der Kaiser befohlen, das Publikum dürfe für bestimmte Arien kein da capo verlangen, um die Sänger nicht über Gebühr anzustrengen.

Wie schade! So gehen sie denn dahin mit den kaiserlichen Anordnungen, die Ehrungen für die Künstler.

Befehl Kaiser Josephs II.

Um die Dauerzeit der Opern nicht allzuweit erstrecken, dennoch aber den von den Opernsängern in der Wiederholung der Singstücken offt suchenden Ruhm nicht kränken zu lassen, finde ich nebengehende Nachricht an das Publicum (daß kein aus mehr als einer Singstimme bestehendes Stück widerholt werden soll) das schicksamste Mittel zu seyn. Sie werden daher solche einigen Anschlagszetteln beydrucken lassen. Das nemliche ist auch nachher bey den deutschen Singspielen zu beobachten, und daher auch dort bekannt zu machen.

Sommer 1786

Mein Wolfigaro! Wie stolz kannst du doch auf deine Oper sein.

Und doch ist sie nicht genug, denn die Einkünfte aus diesem herrlichen Werke reichen gerade für unsere unmäßig hohe Miete. Wovon sollen wir demnächst unsere Kinder anständig ernähren? Ach, wie schmerzt es mich, daß ich ihm nicht in jedem Moment Muse sein kann oder wenigstens eine vollendete Musikerin!

Die Arien aus dem *Figaro* werden von jedem Fiaker-Kutscher gepfiffen, die Straßengeiger begeistern die Passanten mit Variationen zu deinen Liedern. Alle arbeiten zu deinen Melodien, und es gibt keinen Ort, an dem man nicht deine Noten hörte.

Von der dritten Aufführung bleibt uns ein Teil der Einkünfte, ganz wie es Sitte ist. Aber das ist längst nicht genug für unsere nötigsten Bedürfnisse.

Mein Bauch ist so dick und hart. Der Kleine ist schon sehr kräftig und lebendig.

Gott möge unser Glück segnen.

Die Partitur zum *Figaro* wird jetzt in Prag für hundert Dukaten verkauft. Wieder einmal sind die Einkünfte aus einem Werk lächerlich gering. So kann ein Komponist sein Glück nicht machen.

Wir sind uns bewußt, daß die hastig gegebenen Akademien im letzten Winter das Publikum mit Musik überfüttert haben. Und kein Auftrag für eine Oper in Aussicht …

Also muß Wolfigaro wieder zu dem zurückkehren, was ihm am

meisten widerstrebt: Mein armer Liebling wird noch lange seinen Schülerinnen dabei zuschauen, wie sie auf der Tastatur herumklimpern. Die Lektionen gehen ihm zutiefst gegen den Strich.

Der einzige Schüler, der seinem Meister ein wenig Trost bedeuten kann, ist Attwood. Ich habe gesehen, wie sie eine Partie Billard spielten und sich dann, fünf Minuten später, über einer Kegelpartie ereiferten. Die Notenblätter zum Komponieren lagen auf dem Steintisch, und die beiden Männer kamen zwischen zwei Stößen immer wieder auf ihr Heft zurück. Dem Wiener Adel geht diese Art wider den Strich. Da muß der Schüler steif und in pompöser Umgebung vor dem Klavier sitzen und wenn möglich die verschiedensten heftigen Geziertheiten unter Beweis stellen.

Mein Mann gibt sich keinerlei Mühe zu gefallen. An ihm ist alles wahrhaftig und ehrsam. Berechnung ist seinem Wesen fremd.

Wir haben einen Pensionsschüler im Hause!

Ein junger Knabe von acht Jahren namens Johann Nepomuk Hummel. Seine guten musikalischen Gaben machen ihn zu einem aufmerksamen Schüler, und Wolfgang ist begeistert von seinem Talent. Ich sehe genau, mit wieviel Wohlwollen mein Mann sich über die rührenden Kompositionen dieses Kindes beugt. Es ruft ihm seine eigenen, ach so beschwerlichen Anfänge in die Erinnerung zurück: das ganze Elend der Wunderkinder, denen unablässig die höchste Leistung abverlangt wird.

Das Kind will unbedingt komponieren; der Meister dämpft seine Begierde.

»Herr Kapellmeister, ich möchte auch gern jetzt komponieren. Sie haben es doch schon viel jünger getan. Sagen Sie mir, was man machen muß!«

»Nichts«, erwiderte mein Wolfgang. »Gar nichts! Du mußt noch warten.«

»Warten? Aber Sie haben viel jünger als ich angefangen!«

»Ja, aber ich habe nicht danach gefragt, was man dazu machen muß. Wenn man den rechten Sinn dazu hat, dann quält es einen und bedrängt einen, dann muß man es tun und tut es auch, ohne zu fragen, warum.«

Der junge Schüler wurde sehr traurig, weil mein Mann sehr schroff gewesen war. Also kniete er sich neben das Kind, das wenigstens den Namen eines Buches erbat, um es zu lernen.

»Nun, nun«, fing Wolfgang wieder an und streichelte ihm die kleine Wange, »so etwas, Bücher nützen gar nichts. Das hier, das und das (und er zeigte auf Augen, Kopf und Herz) ist die beste Schule. Wenn dort drinnen alles ist, wie es sein soll, dann nehmen Sie in Gottes Namen die Feder zur Hand, und wenn Sie fertig sind, aber nur dann, fragen Sie jemanden um Rat, der etwas davon versteht.«

Nannerl muß unseren Geburtstagsbrief erhalten haben. Ich habe mir erlaubt, meinem Geschreibsel eine entzückende Zeichnung von unserem Carl hinzuzufügen, die er extra für sie gemacht hat. Jeden Tag bete ich um die Freude einer freundlichen Antwort, daß wenigstens mein Sohn einen Glückwunsch oder ein Dankeswort von seiner Tante erhält.

Aus den Briefen meines Schwiegervaters wissen wir, daß Salzburg fast im strömenden Regen und dem peitschenden, kalten Wind untergeht. Die Salzach hat ihr Bett verlassen, und der arme Mann kommt nicht mehr durch den gewohnten Eingang in sein Haus. In der ganzen Gegend gibt es keinen Zimmerer mehr, der nicht damit beschäftigt wäre, Bretter vor die Brücken dieses elenden Salzburg zu nageln, damit die Pfeiler den reißenden Wassern standhalten.

Hier in Wien weiß man nichts von solchen Prüfungen. Hier regt sich nur mein Bauch, einem wilden Fluß gleich, in den frühen Morgenstunden.

Soeben hat Fürst Joseph Wenzeslaus von Fürstenberg drei Sinfonien sowie drei Klavierkonzerte bei uns bestellt. Beinahe einhundertzwanzig Gulden für sechs kommende Werke, da können wir nun auf einen reichen Ausgang des Sommers hoffen.

Mein Herz hat mir gestern einen Logenbruder vorgestellt; Gottfried von Jacquin ist ein Mann von feiner Art und so gebildet, daß ihm alle begeistert an den Lippen hängen. Seine selbstverständlichen Umgangsformen machen ihn zu einem äußerst angenehmen Gesellschafter. Seine Schwester Franziska wird fortan Wolferls Schülerin sein. Der Ruf der Familie dient sowohl uns zur Ehre als auch der Welt der Musik. Dieses junge Mädchen hat eine ebenso makellose Stimme wie ihr jüngerer Bruder. Von nun an lassen wir uns jeden Mittwoch abend in ihrer herrlichen Residenz von ihrem Gesang davontragen.

Ach, ich bemühe mich nun nicht mehr, die Geheimnisse zwischen Wolfgang und seinen *Brüdern* zu durchdringen, denn es ist nichts ermüdender, als auf Gespräche zu lauschen, die man schließlich vielleicht hören, aber deshalb noch nicht verstehen kann. Und wie könnte ich mich auch einmischen? Da müßte ich ja gestehen, daß ich hinter der Tür gehorcht habe!

Heute morgen hat mir Caecilia einen Besuch abgestattet. Die vielen kleinen Liebesdienste sind gar rührend und entschädigen mich wohl für ihr Verhalten von einst. So hat sie es sich etwa einfallen lassen, ein Blatt aus der Wiener Realzeitung vom 11. Juli über Wolfgangs Oper zurückzuhalten. Ich bewahre nämlich Erinnerungen und alles, was über seine Werke geschrieben wird, eng zusammengepreßt in einer Mappe auf. In diesem Fall wünschte ich, die Lobeshymne würde in der ganzen Stadt angeschlagen und vor allem bei Hofe!

Montags den 1ten May wurde in dem k. k. National-Hof-Theater aufgeführt: (zum erstenmal) La Nozze die Figaro. Die Hochzeit des Figaro. Ein italiänisches Singspiel in vier Aufzügen. Die Musik ist von Hrn. Kapellmeister Mozart.
»Was in unsern Zeiten nicht erlaubt ist, gesagt zu werden, wird gesungen.« Könnte man nach Figaro sagen. Dieses Stück, das man in Paris verbothen, und hier als Komödie sowohl in einer schlechten als in einer guten Uebersetzung aufzuführen nicht erlaubt hat, waren wir endlich so glücklich als Oper vorgestellet zu sehen. Man sieht, daß wir besser daran sind als die Franzosen.
Die Musik des Herrn Mozart wurde schon bey der ersten Vor-

stellung von Kennern allgemein bewundert, nur nehme ich diejenigen aus, deren Eigenliebe und Stolz es nicht zuläßt, etwas gut zu finden, was sie nicht selbst verfaßt haben.
Das Publikum zwar (und dem Publikum begegnet dieses oft) wußte am ersten Tage nicht eigentlich, wie es daran war. Es hörte manches Bravo von unparteiischen Kennern, aber ungestüme Bengel im obersten Stockwerke strengten ihre gedungenen Lungen nach Kräften an, um mit ihrem St! und Pst! Sänger und Zuhörer zu betäuben; und folglich waren mit Ende des Stücks die Meinungen getheilt.
Ueberdieß hat es seine Richtigkeit, dass die erste Aufführung, weil die Komposition sehr schwer ist, nicht am besten von statten gieng.
Itzt aber nach wiederholten Vorstellungen würde man sich offenbar entweder zur Kabale oder Geschmacklosigkeit bekennen, wenn man eine andere Meinung behaupten wollte, als daß die Musik des Hrn. Mozart ein Meisterstück der Kunst sey.
Sie enthält so viele Schönheiten, und einen solchen Reichthum von Gedanken, die nur aus der Quelle eines angebohrnen Genie's geschöpft werden können.
Einige Zeitungsschreiber beliebten zu erzählen, Herrn Mozarts Oper habe ganz und gar nicht gefallen. Es läßt sich errathen, von welcher Art Korrespondenten seyn müssen, die dergleichen offenbare Lügen in den Tag hineinschreiben. Ich glaube es ist genugsam bekannt, daß eben die dritte Vorstellung dieser Oper und die in selber so häufig anverlangten Wiederholungen die Ursache waren, warum einige Tage darauf auf allerhöchsten Befehl öffentlich bekannt gemacht wurde, es sey in Hinkunft verbothen, in den Singspielen kein Stück mehr, das aus mehr als einer Stimme besteht, wiederholen zu lassen.

Das sollte die bösen Zungen doch zum Schweigen bringen! Salieri und die anderen Esel bringen in einem Jahr mehr Intrigen zusammen als Meisterwerke in ihrem ganzen elenden Leben.

Gestern haben wir von meinem Schwiegervater ein Paket mit Notenblättern von Wolfgang bekommen, die er sich schon vor langer Zeit erbeten hatte. Und zu unserer großen Überraschung fanden wir zwischen all den Seiten einen an Nannerl adressierten Brief! Da hat sich dieses Blatt doch tatsächlich zwischen den Sendungen an die *Freifrau* und die *Wiener* verirrt.

Ich werde mich persönlich darum kümmern, den Brief nach St. Gilgen weiterzusenden, doch konnte ich auch nicht umhin, ihn mehr als einmal zu lesen.

Daß du abermahl das monat: unordentlich und wenig hast ist mir gar nicht lieb. allein wie kann es anders seyn, wenn man die vorgeschriebenen Mittl nicht ordentlich braucht? – nach dem wenigen Baden kam es, obgleich nicht stark, doch ordentlich. Nun war freylich keine Witterung zum baden: itzt aber wird doch, mit der Hilf Gottes, eine bessere Witterung noch kommen. Man muß also gleich gebrauch davon machen und täglich, die Sontäge und gebottene Feyertäge ausgenommen, *fleisig baden. ich werde dir kräuter schicken. da du nach dem Baden ins Bette liegen must, wie es der Doctor verordnet, so ist es höchst lächerlich, oder vielmehr schädlich und unverantwortlich vom Bette in die Luft hinaus und in die Kirche hinauf zu laufen, und noch obendrein manchmahl bey offner Kirchenthüre im Luftzug zu bleiben. der Mensch muß seine Gesundheit vor Gott verantworten, sonderheitlich wenn ich eine Mutter bin!*
das tägliche Messhören ist eine sehr löbliche Andacht, aber nicht einmahl von der Kirche, noch weniger von Gott gebotten. Ist es etwa hinnach besser gethann, wenn man seine Gesundheit verwarloset und so krank wird, daß man auch an Sontagen und Feyrtagen keine Messe hören kann? – – euere Bauernlimmel werden sich nicht ärgern: den wenn man in St: Gilgen einen Crepitum Ventris fahren lässt; so riecht ihn das ganze Dorf sammt allen deputierten. jedermann wird wissen, daß die Frau Pflegerin ein Bad brauchen muß, und es wird nicht nötig seyn, daß der H: Doctor dem H: Vicario ein Verkindzettl hinausschickt um solchen von der Kanzl abzulesen, oder an die Kürchenthürn anzuschlagen. Ich hab es mit Verdruß von den Schreibern, von den Mägden und der Amtman-

nin gehört, daß du in die Kirche gelauffen; ich gieb dirs auf dein Gewissen!
Wann gedenkt ihr nach Gmunten zu reisen?
den 29ten frühe. ich bin sehr böse, der both ist schon um 7 uhr da. Hier ist die Uhr, *eine* Kette *für H: Pertl.* 2 Portrait. *Das schachterl must langsam die Sachen herausnehmen, daß nichts zerbricht.*
küsse euch von Herzen, grüsse die Kinder und bin in Eyl der alte Vatter

Mozart

Was für ein Glück, wenn man einen alten Vater hat, der sich so gut mit den Widrigkeiten der Post aus Rom auskennt. Ach, wie macht es mich traurig, auf diese Weise von den Betrübnissen meiner Schwägerin zu erfahren. Warum fragt sie nicht mich um Rat, die ich doch dieses Leiden nur zu genau kenne?

Es wäre mir lieber gewesen, wir hätten diesen Brief fortgeworfen, als ihn von Wien an Nannerl zu expedieren. Nun wird meine Schwägerin wahrlich einen Grund haben, mich zu hassen. Ich weiß von ihren unzureichenden und unregelmäßigen Abgängen, ich weiß, wie eilig sie es hat, sich auf dem eisigen Marmor in der Kirche die Glieder zu brechen, von der Klatschsucht des Vikars und der ganzen dörflichen Enge, wo der Adel nicht einmal einen Furz lassen kann, ohne daß es jeder erfährt.

Wird es Ihnen wohl möglich sein, werte Freifrau, Ihrer bescheidenen Schwägerin zu vergeben, daß sie diese Zeilen Ihres Vaters gelesen und so herzlich darüber gelacht hat?

Herbst 1786

Am 18. Oktober bin ich erneut Mutter geworden, eines herrlichen Knaben namens Johann Thomas Leopold. Als mich mitten in der Nacht die Wehen überkamen, machte Wolfgang sich auf, den Stuhl zu holen, und als er mit diesem Folterinstrument zurückkam, lagen mein Kind und ich mit Caecilias Hilfe bereits getrennt auf dem Lager. Dieser kleine runde Knabe wird einen guten Spielkameraden für Carl abgeben. Diesmal werde ich keine Mandelmilch oder irgendein anderes fragwürdiges Mittel zu seiner Ernährung zulassen. Ich werde ihn auf meine Art nähren, ganz wie meine Mutter es mir freundlich rät.

Die glückliche Miene meines Sohnes Carl über seinen kleinen Bruder läßt mich allen Geburtsschmerz schnell vergessen.

Nun liegt die Niederkunft schon drei Wochen zurück. Unser kleiner Johann gedeiht prächtig; seine großen blauen Augen richten sich auf seinen Vater, sobald er sich über die Wiege beugt. Dabei ist sein Blick so sanft, wie man es von den Blinden kennt, so verloren und verletzlich, daß es mir das Herz zerreißen will.

Fräulein Nancy Storace ist gekommen, mir ihre Schönheit vorzuführen, und zeigte mir ihre ganze Sympathie mit einem hübschen Batistlätzchen für Johann und einigen Naschereien für Carl. Es ärgerte mich, daß ich nicht zurechtgemacht und so gar nicht auf ihren Besuch vorbereitet war. Mein Gott, soviel Schönheit und Grazie können nur die Eifersucht auf sich ziehen!

Der Druck der Werke bringt nicht annähernd ein, was wir uns erhofft hatten. Ich weiß nicht, wie ich meinem Mann die ungeliebten Lektionen erleichtern soll. Attwood sowie Schwester und Bruder Storace, und ich glaube auch O'Kelly, werden nach dem Weihnachtsfest nach London abreisen. Wolfgangerl möchte sich der talentierten Truppe nur zu gern anschließen, um in der Ferne zu suchen, was man uns in Wien vorenthält: Anerkennung.

Diese Schönheit, Nancy, macht sich erbötig, eine Art Konzertreise zu organisieren und immer in Wolfgangs Nähe zu bleiben, überall, in Italien, Deutschland und England.

Und wo bleibe ich bei diesen Plänen, die da geschmiedet werden, ohne mich zu fragen?

Gestern hat Wolfgang an seinen Vater geschrieben, um ihn zu fragen, ob er während *unserer* Reise unsere beiden Kinder bei sich in Pension nehmen kann. Denn es kann gar keine Rede davon sein, daß er mich mit unseren beiden Kindern allein läßt, oder auch davon, so lange mit zwei Kindern unterwegs zu sein. Wir könnten dem Großvater regelmäßig den Unterhalt zahlen. Ach, das wäre eine hervorragende Lösung. Wolfgang würde viele Aufträge bekommen, und unsere Kinder würden einige Monate lang in den Armen der Dienerinnen meines Schwiegervaters ein wenig wachsen.

Was für eine gute Idee!

Unseren jungen Hausgast müssen wir dann wieder seinen Eltern übergeben. Gottfried von Jacquin könnte sich bestimmt um unseren Vogel in seinem Käfig kümmern. Ich werde ihn heute Abend darum bitten. Ich bin diesem Mann von Herzen zugetan. Niemand könnte gütiger sein.

Carl wächst so schnell, daß es recht traurig um seine Kleider bestellt ist. Ich habe Stoff für einen kleinen Anzug und einen Hausmantel besorgt, wie auch sein Vater einen hat.

⁂

Die Menschen in unserer Umgebung beehren mich mit zahlreichen Geschenken für Johann. Die Wolfgang umarmen und *mein Bruder* zu ihm sagen, zähle ich schon nicht mehr. Mir scheint, sie sind überall, in jeder Straße, in den Kirchen, auf dem Markt, im Konzert! Gibt es denn kein anderes geistiges Leben mehr als in der Welt dieser Brüder im Geiste?

Wenn die Storace zugegen ist, klingt die Stimme meines Mannes ganz anders. Dann scheint ihm etwas die Gurgel abzuschneiden, und er hört sich ganz lächerlich an, wie ein Kastrat. Er lacht darüber und macht seine Witze über dieses Phänomen. Ein schönes Paar würden sie abgeben, diese beiden: Die Storace mißt einen Kopf mehr als er, ihren Hut mit den frischen Blüten, mit dem sie aussieht wie ein riesiger Blumenstrauß, nicht mitgerechnet.

Aber nein! Ich bin ungerecht. Wäre Fräulein Storace ein Strauß Blumen, würde sie nur aus den edelsten und reinsten Blüten bestehen.

⁂

Ich weine.

Ich weine ohne Unterlaß.

Ein Katarrh hat unseren kleinen Engel Johann dahingerafft. In der Nacht zeichnete sich der Tod auf seinen Zügen ab, während ich beim Schein der Kerzen über seine erstickten Atemzüge wachte.

Oh, dieser Jammer!

Und wieder deckt ein weißes Tuch die Wiege und verhüllt dein engelsgleiches Gesicht. Ach, mein Johann! Mein Herz. Tausend Abenteuer hatte ich mir für dich ausgedacht, und nun bist du auf die längste aller Reisen gegangen, ohne mich, ohne deine unendlich traurige Mutter.

Deine armen Augen, die bald die Erde verschlingen wird!

O Herr, warum denn muß der Schlaf der unschuldigen Seelen uns von unseren Sünden reinwaschen?

Dieser gemeine Mensch.

Alter Narr, verschlucken sollst du dich an deinem Ekel und Steine scheißen!

Während sich unser kleiner Engel für immer aus meinen Armen löste, schrieben Sie den widerwärtigsten Brief, den ein Vater seinen Kindern hinschmieren kann. Oh, wir durften also erfahren, daß Ihre Zeit schon ganz von Nannerls Kind in Anspruch genommen ist, ja wie konnte ich nur, zutraulich und naiv wie ich bin, glauben, daß Ihre Antwort etwas Gutes bringen würde?

Jawohl, alter Narr, während Ihre Feder Gift auf das Papier spuckte, Ihre Weigerung, unsere Lieblinge aufzunehmen, legten wir den Leichnam unseres kleinen Johann ins Schattenreich. Ach, ich habe keine Tränen mehr, Sie einsamen alten Mann zu beweinen, Ihre unergründliche Bitterkeit, Ihre herzlosen Predigten.

In diesem Brief bat ich Sie auch um gute Nachricht über Ihre Gesundheit. Und so barsch erwidern Sie die zärtliche Nachfrage der Tochter:

»*Und ich? – – auch etwas besser, seit dem ich an meinem Geburtstage mein 67tes jahr durch ein Laxiertrankl hinaus gesch: habe.*« Wenn das nicht die gemeinste Art ist, uns vorzuwerfen, daß wir Ihren Geburtstag vergessen haben. Verzeihen Sie uns, Herr Vater, daß wir in diesem November einen Kindersarg in die Grube gestoßen haben, während Sie Ihren denkwürdigen Kot hervorpreßten, Ihren Erinnerungshaufen, den Geburtstagsdreck, den stinkenden Ausfluß Ihrer Leibesöffnungen.

Ach, ich kann den Blick nicht von diesem Brief wenden. Eine solche Herzenskälte! War es denn nötig, uns böse Vorwürfe zu machen, statt schlicht abzulehnen?

Mein armes kleines Kind!

Ich glaube beinahe, Du hast Dich mit dem Sterben beeilt – Du feinfühliger Engel –, um Deinem Großvater die Furcht zu nehmen, Dich aufziehen zu müssen.

Sie brauchen keine Angst mehr zu haben!

Deiner Seele, mein kleiner Cherubim, wird sich die Erde annehmen.

Für Dich, alter Irrer, rollt sie schon den Empfangsteppich aus.

Wie soll ich gleichzeitig meine Aufgaben erfüllen und so viele Verletzungen beweinen? Die Erinnerung an dieses kleine Gesicht jenseits allen Leids verfolgt und quält mich.

Ach, wie gern würde ich die ganze Nacht an seinem offenen Sarg sitzen und darauf lauern, daß wieder ein Lebenshauch seine Brust hebt. Nun stelle ich ihn mir vor, in seinem eisigen Gemeinschaftsgrab, zerdrückt zwischen anderen Körpern, die man auf ihn geworfen hat. Armer kleiner, zerschmetterter Engel. Wie viele Spaten Erde und Kalk hat man wohl schon auf dich gehäuft?

1787

Winter 1787

Die Aufregungen der letzten Monate haben den Wiener Klatsch gründlich von mir ferngehalten. So höre ich erst heute, daß Fräulein Auernhammer sich endlich einen Mann geangelt hat und fortan Frau Besseng heißen wird. Wie wird sie mich ungehörig finden, daß ich ihr nie dazu gratuliert habe!

Und mein Onkel Weber und seine Frau haben einen Knaben bekommen. Das Kind scheint sehr lebendig. Sie haben ihn Carl Maria getauft.

Die *Nozze di Figaro* sind den Intrigen erlegen. Sie finden kein Publikum mehr in Wien. Ich weiß nicht mehr, wie ich meinen Mann von seiner Enttäuschung ablenken soll, und weiß nicht, welches Wunder ihn immer noch seine köstlichen Melodien komponieren läßt.

Meine Schwester Josepha drückt Wolfgang all ihr freundschaftliches Mitgefühl aus, aber ich weiß wohl, daß sie hinter dem zur Schau getragenen Kummer die Hoffnung verbirgt, er möge ihr eines Tages eine große Rolle auf den Leib schreiben.

Wir haben vom Grafen und *Bruder* Johann Thun eine Einladung nach Prag bekommen, um erleben zu können, wie die *Nozze di Figaro* im dortigen Nationaltheater den großen Erfolg davontragen, der ihnen hier in Wien verwehrt bleibt. Die Musiker sind so begeistert von der Partitur, daß sie ihre Partien immer wieder spielen wollen und sich der Einladung des Grafen Thun anschließen und Wolfgang eine Petition schicken, mit allen Unterschriften, er möge sich beeilen zu kommen. Endlich! Das ist ein Brief, der meinen Geliebten aus seinen Folterqualen erlösen wird.

Wolfgang packt unsere Sachen. Heute abend wird meine Mutter meinen kleinen Carl abholen. Die Aufregung dieses Kindes und seine Freude über die Veränderung schneiden mir direkt in mein mütterlich Herz. Er hat sich schon damit abgefunden, daß er ohne mich sein muß.

Wir werden in Begleitung des Violinisten Franz de Paula Hofer und unseres neuen Dieners Joseph nach Prag reisen. Einen Domestiken dürfen wir ihn nicht nennen, denn er besitzt ein Lokal, wo die Musiker gerne zusammen ein Bier trinken. Leonore ist ganz richtig meine Domestikin, aber sie ist auch dumm wie sonst niemand. Der Schleier der Trauer hat sich noch immer nicht von Wolfgangs Antlitz gehoben. Ich weiß, daß ihm die Veränderung ein wenig Freude bringen wird. Wie viele Tote haben wir zu beklagen! Unseren kleinen Johann, und nun den *Figaro*, der nicht mehr zu Atem kommt, weil man ihm nach der neunten Vorstellung die Luft abgewürgt hat.

Da werden wir nun in der Kutsche tüchtig durchgeschüttelt. Mein Mann sagt noch immer kein Wort, und ich wage nicht, sein Schweigen zu durchbrechen.

Joseph und Hofer spielen Karten und schimpfen auf die Pferde, die nicht vorankommen.

Mir ist furchtbar kalt an den Beinen. Dieser 8. Januar schien mir milde zu werden, aber ich habe mich geirrt.

Nur noch eine kurze Beschwernis, dann werden wir in Prag angekommen sein. Wolfgang hat in diesen zwei Tagen in der Kutsche kein einziges Wort gesagt. Weiß er, wie schwer es mir fällt, zu lächeln und zu denken, ja selbst zu atmen, wenn mir seine Ansprache fehlt?

Mein Sohn Carl wird entzückende Gespräche mit meiner Mutter führen und sie mit seinen endlosen Fragen überraschen.

Endlich spricht er, mein Wolfgang! Und zu was für lustigen Fratzen er da plötzlich das Gesicht verzieht! Mir tut noch immer alles weh, weil ich so von Herzen gelacht habe. Während wir die überfrorenen Wege entlangrumpelten, haben wir, ganz nach dem Vorbilde der *Erleuchteten*, einem jeden von uns neue Namen gegeben. Und so werden sich denn einige Freunde und Anhänger dieser Bewegung *erleuchteter* Gedanken hinfort Fabius, Philon oder Spartacus nennen. Wir haben nicht die geringste Angst, uns mit dieser Wahl von wohlbedachten Taufnamen lächerlich zu machen, deren Sinn und Symbolik einem wahrhaft von Erkenntnis durchdrungenen Geist nicht entgehen können. Sich selbst hat mein Mann in Pùnkitititi umbenannt. Wir werden unsere Bekannten schon bald höchst offiziell darauf hinweisen ...

Wir wollten im Hotel »Zu den drei goldenen Löwen« Quartier nehmen, aber der Graf und *Bruder* Thun widersetzte sich diesem Ansinnen mit aller Macht seines Ranges. Ein Diener kam unser Gepäck holen und brachte uns in die Residenz des Grafen, wo wir auch dieses Mal wieder mit allen nur erdenklichen Zeichen der Verbundenheit umgeben wurden.

Gestern abend sind wir zum Ball gegangen. Was für eine Überraschung, all diese Damen von Stand und die eleganten Herren zu den Melodien aus dem *Figaro* hüpfen und tanzen zu sehen, zu Kontertänzen und Deutschen Tänzen aufgereiht! Und nicht nur beim Ball, auch auf den Straßen und in den öffentlichen Gärten, überall klingen die Noten seiner Oper wider. Man erzählt sich, selbst die Harfenisten im Wirtshaus müßten *Non più andrai* anstimmen, wenn sie sich ihr Publikum sichern wollen …

Das Glück scheint ins Herz meines Mannes zurückgekehrt. Die Feder zittert in seinen Fingern, und ich höre ihn mit Vergnügen unseren Freunden die lustigsten Schlüpfrigkeiten erzählen. Wir haben seinen Geburtstag gefeiert, einunddreißig Jahre! Dieser Greis hat noch genug junges Blut, um mir seine ganze Glut zu zeigen, so denn die musikalischen Vergnügungen uns einmal einige Momente nur für uns zugestehen.

Wir haben die Duscheks wiedergesehen! Franz sucht noch immer die Antwort auf eines der Rätsel, die Wolfgang beim Ball verteilt hatte, als er als persischer Philosoph ging. Josepha Duschek lachte laut über die verschiedenen Vorschläge ihres Mannes. Wir haben uns köstlich amüsiert. Das Prager Bier ist ganz anders als das, das wir in Wien trinken. Es scheint mir, als würde es mir hier schneller zu Kopfe steigen, und mir ist seltsamerweise immer so sehr nach Kirschen.

Die Wiederaufnahme der *Hochzeit des Figaro* im Theater hat meinem Mann all die Freude gebracht, die ich mir für ihn erhofft hatte. Sobald wir den Saal betraten, wurde er von einem Applaus empfangen, wie er ihn im ganzen Leben noch nicht erlebt hatte. Der Saal war voller Menschen. Was für ein großes Glück!

Und dann, gestern, wurde wieder der *Figaro* gegeben, aber diesmal von Wolfgang dirigiert, und das Publikum zeigte seine Erregung mit einer solchen Leidenschaft! Ich konnte die Schreie des Publikums gut verstehen und schloß mich rückhaltlos dem allgemeinen Aufruhr an.

Als wir wieder beisammen waren, gestand er mir seine unendliche Freude und seinen allergrößten Wunsch: »Da mich die Prager nun so gut verstehen, möchte ich eine Oper nur für sie schreiben.«

Später dann erlebten wir den gleichen unfaßbaren Empfang bei dem Konzert, in dem Wolfgang seine im letzten Dezember für die Prager geschriebene Sinfonie gab. Welch unvergeßliche Momente! Beim Gedanken an dieses so verständige und fröhliche Volk schnürt sich mir immer noch der Hals zu.

Als wir Prag wieder verließen, um mit unseren Reisegefährten nach Wien zurückzukehren, überraschte uns der gute Niemetschek mit einigen sehr gefühlvollen Worten, die er an den Maestro richtete:

»Könnte ich Gott um eine letzte Gnade auf Erden bitten, so wäre es, Sie noch einmal am Piano improvisieren zu hören. Wer Sie nicht gehört hat, kann sich nicht die geringste Vorstellung machen, wessen Sie fähig sind.«

Wolfgang nahm diese Lobesworte bewegt entgegen und antwortete in der ihm eigenen bescheidenen Art:

»Der Künstler ist nur ein armer Teufel, denn sein Werk ist nicht das seine, sondern das einer höheren Instanz, wenn nicht Gottes. Nun, mein Freund, wir werden uns wiedersehen, und dann spielen wir gemeinsam. Adieu!«

Der junge Graf Hatzfeld ist tot. Wolfgang steht hilflos vor dieser niederschmetternden Nachricht. Mit seiner Kunst auf der Violine krönte er die Werke meines Mannes, kaum daß er *Non più, tutto ascoltai* für sein Instrument geschrieben hatte. Ach, natürlich kannten sie sich erst seit kurzem, aber Wertschätzung und Verbundenheit brauchen doch keine jahrelange Beobachtung, nicht wahr?

Der arme Hatzfeld, dieser Mann, der sein Leben Gott und der Musik geweiht hatte, wußte er, als er verschied, wie sehr Mozart jede Minute genossen hat, die sie miteinander verbrachten?

Heute war ein schrecklicher Tag für meinen Mann. Der Leichnam seines Freundes wurde in die Kirche gebracht, um den Segen zu empfangen. Chorknaben trugen in ihren eisigen Händen Kerzen vor sich her. Um den Sarg saßen sechs Personen und hielten das Bahrtuch mit den goldenen Fransen. Der reglose Körper wird nun die ganze Nacht in seinem offenen Sarg liegen, weil es manchmal vorkommt, daß die Toten erwachen und wieder ins Leben zu ihren Familien zurückkehren. Witwen dürfen den Trauerfeierlichkeiten ihrer verstorbenen Männer nicht beiwohnen, das schickt sich nicht. Sie müssen in ihrer Wohnung bleiben, angetan mit Trauerkleidung und Asche aus dem Kamin auf dem Haupt.

Seit 1784 können wir unsere Toten nicht mehr prächtig auf den Friedhöfen beerdigen. Unser junger Freund, und sei er von Adel, kann nur in der Erde verscharrt werden, ohne Kreuz oder gravierte Stele. Das ist verboten. Wer heute weint, wird sich mit einer kleinen Plakette mit Aufschrift an der Friedhofsmauer begnügen müssen. Sie werden vielleicht nicht erfahren, wo dieser Leichnam liegt und zerfällt, und übrigens hat das auch gar keine Bedeutung. Bei Sonnenuntergang wird der Karren seine leblose Fracht abholen und auf dem St. Marxer Friedhof abladen, ohne Geleitzug, denn die Sitte erlaubt nichts anderes.

Und so bleiben dem Geist als einzige Nahrung die Erinnerungen, und die Zeit wird dafür sorgen, daß sie sich nach und nach eintrüben.

Mein Schwiegervater ist sehr leidend. Nannerl hat sich an sein Lager begeben und pflegt ihn nun schon sehr lange.

Ach, wie gerne wäre auch ich bei Ihnen, alter Vater, würde Ihnen die Hemden wechseln und Ihren Kräutertee abschmecken.

Wie kann ich Ihnen am schnellsten die Heilmittel zukommen lassen, die meine Mutter für Sie bereitet hat?

Nancy Storace und ihr Bruder sowie der frühere Schüler Attwood sind nun zu der langen Reise aufgebrochen, von der sie vor einiger Zeit sprachen. Man erzählt sich in Wien, die Abreise dieser Schönheit sei für Wolfgangs Gram verantwortlich.

Auch heißt es, er habe nicht ans Lager seines Vaters eilen mögen, um die letzten Momente in Gesellschaft dieser Verführerin zu genießen. Ich wüßte gern, wer dieses Gerücht in Umlauf gebracht hat. Ja, die Storace hat eine wirklich sehr schöne Stimme, und ja, sie ist eine elegante Frau voller Anmut, aber ich kann nicht glauben, daß ihre Abwesenheit meinem Mann das Herz erdrücken wird. Die bösen, unnützen Zungen zischeln die Melodie von »*Ch'io mi scordi di te*?«, als wäre es ein Bekenntnis seiner Gefühle. Kann man denn kein Lied »Auf daß ich dich vergesse« nennen, ohne dabei an Böses zu denken? Ich weiß genau, denn ich habe es gelesen, was mein Mann als Huldigung auf sein Notenblatt geschrieben hat: »Für Fräulein Storace und mich«. Aber reicht das aus, um soviel Unsinn zu glauben?

Ich kenne dieses Lied besser als jeder andere, denn ich habe es auswendig gelernt und versucht, nur den Hauch einer versteckten Liebesbotschaft darin zu entdecken. Ich erkenne nur die Empfindsamkeit Mozarts, das ganze Feuer meines Gemahls, die Treue eines Mannes den Menschen gegenüber, die er schätzt.

Genug!

Frühling 1787

Joseph bringt uns tausend Leckerbissen mit. Ich habe gar keine Lust, am Herd zu stehen. Wir sind entzückt von seinen Talenten als Gastwirt, um so mehr, als er seine Schenke den ganzen Tag allein lassen kann, um uns aufzuwarten.

Mein kleiner Carl ist jetzt in Perchtoldsdorf in dem von Wenzel Heeger gegründeten Institut in Pension. Dieses sehr wohlbeleumundete Haus dürfte meinem Sohn alles beibringen, was er braucht, um ein rechtschaffener Mann zu werden.

Er fehlt mir, aber ich weiß ihn gut aufgehoben dort, wo er ist, und die Gesellschaft anderer Kinder kann für das einsame Einzelkind nur heilsam sein …

Ich habe Nachricht von meinem Schwiegervater, übermittelt von O'Kelly und der Storace aus dem elenden Salzburg. Die Gesundheit verläßt seinen Körper, die Bosheit aber bleibt. Er gab Nancy unmißverständlich zu verstehen, ihre edlen Ritter seien zweifellos ihre Liebhaber, wenn nicht die ihrer Mutter, und mochte nicht glauben, daß Prag tausend Gulden an Einkünften erbracht haben sollte. Die Nachricht von unserem kleinen Jungen, der sich zu den Engeln aufgemacht hat, schien ihn nicht sonderlich zu berühren. Alter Griesgram! Lassen Sie sich doch den Puls betätscheln, von wem Sie wollen.

Noch hat nicht ganz Wien meinen Mann im Stich gelassen. Die Jacquins sind mit den traurigen Ereignissen in unserem Leben noch engere Freunde geworden. Aber es kommen immer noch keine Musikaufträge!

Die Oper für Prag ist begonnen, und ich sehe deutlich, wieviel Mühe Wolfgang sich gibt.

Gottfried von Jacquin beehrt unsere Wohnung mit zahlreichen Besuchen. Der letzte darunter wird mir ewig im Gedächtnis bleiben.

Da stolperte er, den Arm voller frischer Austern, über unseren Hund. Das arme Tier sah sich von Salzwasser übergossen und leckte sich zwei Stunden lang ununterbrochen. Meine Mutter wäre untröstlich, den Hund so leiden zu sehen, wo sie doch nun schon seit zehn Tagen bei jedem ihrer Besuche die Heilkräfte ihrer verschiedenen Salben gegen Hautkrankheiten vorführt.

Der arme Gauckerl sprang nach dem Salzwasser ziellos umher, und niemand wußte, wie man das Stechen dieses bitteren Saftes, der da aus den Austern getropft war, lindern konnte.

Nachdem Joseph unsere kostbaren Schalen geknackt hatte, verspeisten wir gemeinsam den ganzen Teller. Danach mußte ich in aller Eile die Örtlichkeiten aufsuchen, um meine ganzen Austern wieder von mir zu geben.

»Meine Stanzi, mein SchablaPumfa«, rief Wolfgang aus, »bist du vielleicht schwanger, daß du deine Austern so herauskotzt? Bei Gott, das wäre eine gute Nachricht!«

Die Stimme versagte mir, und mir wurde bewußt, daß ich in letzter Zeit keine Post bekommen hatte.

»Ja! Ich bin wieder schwanger.«

Wir umarmten uns, und Jacquin schlug Wolfgangs Buch auf, um einige Worte hineinzuschreiben:

Wahres Genie ohne Herz – ist Unding – denn nicht hoher Verstand allein; nicht Imagination allein; nicht beide zusammen machen Genie – Liebe! Liebe! Liebe! ist die Seele des Genies.
Wien d. 11. April 1787.
Dein Freund
Emilian Gottfried Edler
Von Jacquin

Jetzt kommen mir die ersten Unannehmlichkeiten der Schwangerschaft sehr gelegen. Und dabei konnte ich noch gestern nicht nachvollziehen, warum mein Mann nicht umgehend ans Krankenlager seines Vaters geeilt ist.

Ich gestehe, daß ich die Hoffnung hegte, ich sei seinem Herzen wichtiger (als sein Vater) und er könne es nicht über sich bringen, mich des Alten wegen allein zu lassen. Aber dem ist nicht so. Wolferls Gründe sind ganz andere als die, die ich mir mit einer tadelnswerten Wonne, die ich niemals zugeben könnte, vorgestellt habe. Die Worte sprudelten von seinen Lippen wie eine alte Ballade, und ich könnte sie immer wieder hören:

»*Obwohlen ich es mir zur gewohnheit gemacht habe mir immer in allen Dingen das schlimmste vorzustellen – da der Tod genau zu nemmen der wahre Endzweck unsers lebens ist, so habe ich mich seit ein Paar Jahren mit diesem wahren, besten freunde des Menschen so bekannt gemacht, daß sein Bild nicht allein nichts schreckendes mehr für mich hat, sondern recht viel beruhigendes und tröstendes! und ich danke meinem gott, daß er mir das glück gegönnt hat mir die gelegenheit – sie verstehen mich – zu verschaffen, ihn als den* schlüssel *zu unserer wahren Glückseeligkeit kennen zu lernen. – ich lege mich nie zu bette ohne zu bedenken, daß ich vielleicht so Jung als ich bin den andern Tag nicht mehr seyn werde – und es wird doch kein Mensch von allen die mich kennen sagn können daß ich im Umgange mürrisch oder traurig wäre – und für diese glückseeligkeit danke ich alle Tage meinem Schöpfer und wünsche sie von Herzen Jedem meiner Mitmenschen.*«

Gestern abend wurde uns ein junger Mann von sechzehn Jahren mit trübseligem Gesicht vorgestellt; der Mundwinkel seltsam nach unten verzogen, die Haare von der Farbe eines Zweiges im Herbst. In Wien beginnt man über ihn zu sprechen, denn er ist trotz seiner jungen Jahre bereits zweiter Organist beim Fürsterzbischof von Köln. Graf Waldstein (ich schätze diesen Mann mit seiner süffisanten Miene nicht eben sehr), der Kammerherr des

Fürsten, ließ Wolfgang ein Empfehlungsschreiben überbringen, damit ihm der junge Mann vorgestellt würde.

Auf Aufforderung meines Mannes spielte Ludwig van Beethoven etwas, aber es wirkte wie ein auswendig heruntergespieltes Bravourstück. Mein Gemahl sprach ihm für sein Spiel ein reichlich kühles Lob aus. Der junge Ludwig merkte das und bat darum, ihm ein Thema zur freien Inspiration geben zu wollen. Da sahen wir dann, wie wunderbar er spielen konnte, wenn die Musik zu ihm sprach. Und wir sahen auch, welchen ungeheuren Respekt ihm die Gegenwart Mozarts, den er *Maestro* nannte, einflößte. Am Ende spielte er so, daß Wolferl sich zu unseren Freunden umwandte und lachend sagte: »*Dieser Jüngling wird noch viel in der Welt von sich reden machen.*«

Die Versammlung wagte nicht zu klatschen, weil Wolfgang seiner Bemerkung keinerlei Zeichen der Sympathie folgen ließ. Oh, daß der junge Mann sich nur nicht durch diesen eisigen Empfang entmutigen läßt, denn man muß uns verstehen.

Wir kamen gerade von einem Gespräch mit Jacquin über meinen Schwiegervater, der immer noch nichts von sich verlauten läßt, und über unsere so schöne, teure Wohnung, die wir unverzüglich verlassen müssen. Unsere Einnahmen rechtfertigen diesen Luxus nicht mehr, und wir werden uns bald in einer Unterkunft wiederfinden, die eher an unsere ersten Ehejahre erinnert.

Der junge Beethoven konnte sich immerhin zu einigen gewährten Übungsstunden bei seinem *Maestro* beglückwünschen, den er mehr als alles andere auf der Welt zu bewundern scheint. Doch konnte ich mir auch ein Lächeln nicht verkneifen, als ich hörte, wie Wolfgang die Komplimente unserer Freunde eindämmte und ihn daran erinnerte, daß »ein Genie mit sechzehn Jahren das Stundennehmen nicht mehr nötig hätte. Sprechen wir bitteschön von seinem großen Talent, wenn wir wirklich ehrlich sein wollen, aber nicht von Genie.«

Ich gebe ihm recht.

Wenn dieser junge Mann nicht von den Noten, die seinem Herzen und seinem Kopf entspringen, gequält und gepeinigt wird, daß es ihm den Schlaf raubt, kann von Genie keine Rede sein.

Ich hätte gerne eine Tochter.

Ach, ich bin sicher, daß ein Mädchen den Anfechtungen des Säuglingslebens besser zu begegnen wüßte. Das Kind bewegt sich noch nicht. Wäre es nicht um diese unglaublichen Übelkeitsanfälle, könnte ich nicht glauben, daß ein neues Leben in mir wächst.

Herrgott im Himmel, durch Deine Güte hinterläßt Prag eine recht glückliche Erinnerung in mir.

⁂

Ludwig van Beethoven hat seine Stunden nicht nehmen können wie vereinbart. Er teilt uns in einem kurzen Brief mit, er sei nach Bonn zurückgerufen worden, da seine Mutter schwer erkrankt sei.

Ich glaube, Wolfgang ist erleichtert, diesem jungen Mann nun keine Musiklektionen mehr erteilen zu müssen. Ach, die Begegnung zwischen zwei Musikern verursacht oft einen unergründlichen Aufruhr.

⁂

Sigmund Barisani ist heute morgen zu uns geeilt, Wolfgang ist sehr schwach. Ich glaube, die ganzen furchtbaren Nachrichten haben ihn so weit gebracht. Das Fieber hat seinen Kopf entzündet, seine Arme und Hände sind schrecklich aufgedunsen. Er ist so blaß, daß man ihn für einen mit Tautropfen bedeckten Toten halten möchte. Er muß schnell zur Ader gelassen werden, damit dieser böse Infekt vergeht.

Ich kann es kaum ertragen, ihn so wie erschlagen in unserem Bett liegen zu sehen. Und es macht mir auch Angst. Als ich das letzte Mal schwanger war und Wolfgangerl krank, konnten wir unser Kind nicht sehr lange am Leben halten.

O Herr, möge es diesmal nicht auch ein böses Vorzeichen sein. Gib mir meinen kleinen Mann mit all seiner Farbe und zärtlichen Fröhlichkeit zurück.

⁂

Mein Ritter ist genesen. Die Ausgaben für Wachslichter und Heilmittel haben unsere Haushaltskasse so gut wie ruiniert.

Nun sind wir in unserer neuen Wohnung. Die herrschaftlichen Verzierungen sind verschwunden. Kein Stuck mehr mit vergoldeten Akanthusblättern, lebt wohl, ihr kostbaren Wandbespannungen und Seidenstoffe. Die Miete ist erschwinglicher und unseren augenblicklichen Einnahmen – leider – viel angemessener. Ach, es ist gar nicht so schlecht auf der Gartenseite an dieser Landstraße.

Hier werden wir wenig Hauskonzerte veranstalten, denn die Räume eignen sich nicht dazu, aber es gibt so viele Mietsäle in Wien!

Vielleicht sogar mehr Theater und Säle als Subskribenten. Ach, hochheiliger Johannes, der du gnädig alle Gebete erhörst, schenke uns das Publikum und auch die Subskribenten. Ich bitte nicht um göttliche Huld oder Reichtum, doch nur um genügend Aufträge und Musikliebhaber, um deinen Anbetern ein geziemendes Leben zu gestatten.

Heute morgen hat der Star Gauckerl auf den Kopf geschissen.

Hätte ich wohl ahnen können, daß es eines Tages einmal nichts anderes in meinem papierenen Beichtiger zu notieren geben würde als dieses Ereignis?

Das elende Salzburg ist in Trauer.

Mein Schwiegervater ist gestorben.

Mein Schwiegervater ist gestorben, ohne seinem Sohn das geringste Zeichen der Zuwendung zu hinterlassen, nicht einmal eine einzige hingeworfene oder der Dienerschaft diktierte Zeile.

Friede seiner Seele.

Und einen Furz, da er doch so gern über seine Ausscheidungen nachdachte.

Wolfgang kann im Moment nicht aus Wien fort, nicht einmal um der »Freude« willen, Nannerl zu umarmen. Hier hält ihn »alles« zurück, und zu diesem »alles« gehöre nicht zuletzt ich. Nannerl und ihr Gemahl haben beschlossen, sämtliches Hab und Gut des

Alten versteigern zu lassen, sobald jeder ein paar kleinere Gegenstände für sich ausgewählt hat. Wieder einmal ist es der liebenswerte Herr d'Ippold, der dieses *Inventorium* der Effekten meines Schwiegervaters zusammengestellt hat. Wolfgang soll aufschreiben, welche Erinnerungsstücke er behalten möchte. Insgesamt sind es 579 Nennungen, wozu auch optische Apparate und ein auf 999 Gulden und 42 Kreuzer geschätzter und mit Friederici signierter Flügel gehören. Das Geld aus diesem Verkauf wird uns eine große Hilfe sein, und ich muß Nannerls Weitsicht in dieser Angelegenheit loben.

Ich bin seit drei Tagen indisponiert. Mir rinnt der Schweiß herunter, und ich muß das Bett hüten. Meine Beine waren noch nie so geschwollen, und die Adern zeichnen sich so deutlich ab, als wollten sie die Haut durchbrechen. Gottfried schickt mir seinen Arzt zu einem gründlichen Aderlaß, denn seit wir an unserer neuen Adresse wohnen, ist er so gut wie unser Nachbar. Ich hoffe, daß wir nicht zuviel von meinem Saft abziehen werden, denn mein Kind muß ja auch noch ein paar Wochen lang auf seine Kosten kommen. Auch diesmal wieder haben sich rund um meine Lippen gräßliche braune Flecken gebildet. Auch fallen mir die Haare aus, und die Zähne faulen von unten her. Ich kann keinen Zucker mehr essen, sonst müßte ich heulen von diesen Schmerzen, die mir den ganzen Mund bis hinauf zu den Augen erfüllen.

Unser Vogel ist tot.

Alle sterben. Es ist schrecklich.

Warum diese Ungerechtigkeit? Wolfgang hörte ihm so gerne zu. Wir haben sein Lied sogar im Notenverzeichnis eingetragen!

Da unsere Wohnung ja nun auf einen Garten hinausgeht, hat Wolfgang ein kleines Loch zwischen zwei Rosensträuchern gegraben und den kleinen, steif gewordenen Federball dort hineingelegt.

Ach, wie gut kann ich deinen Kummer verstehen, mein lieber

Mann. Die steinerne Stele mit Inschrift und dieses Gedicht verstehe ich jedoch nicht:

Hier ruht ein lieber Narr,
Ein Vogel Staar.
Noch in den besten Jahren
Mußt er erfahren
Des Todes bittern Schmerz.
Mir blu't das Herz,
Wenn ich daran gedenke.
O Leser! schenke
Auch du ein Thränchen ihm.
Er war nicht schlimm;
Nur war er etwas munter,
Doch auch mitunter
Ein lieber loser Schalk,
Und drum kein Dalk.
Ich wett, er ist schon oben,
Um mich zu loben
Für diesen Freundschaftsdienst
Ohne Gewinnst.
Denn wie er unvermuthet
Sich hat verblutet,
Dacht er nicht an den Mann,
Der so schön reimen kann.
Den 4ten Juni 1787

Ach, mein Liebling, wie gerne würde ich in deine Seele dringen, um zu erfahren, was das Schicksal dich hat erleiden lassen, daß dir diese Verse für einen einfachen Singvogel eingegeben werden, statt zum Gedenken an deinen alten Vater.

Möge der Herr ihn zu sich nehmen!

Nannerl schreibt wieder wegen der Instrumente des Vaters. Sie möchte alle persönlichen Gegenstände behalten, weil niemand anderer so sehr verdient, sie in Ehren zu haben, wie sie, niemand soviel Hingabe bei der Pflege des alten Mannes gezeigt und niemand, o ja, niemand, so sehr um diesen ehrenwerten Vater weint wie sie.

So ist nun also Zeit zum Aufrechnen zwischen Bruder und Schwester: Hier werden die Minuten vermerkt, die man gebraucht hat, um sein Bett zu reinigen, dort vergleicht man die Geldgaben, die ihm die letzten einsamen Jahre versüßt haben mögen. Wie kann sie nur glauben, ihr Bruder ließe sich jedes Erinnerungsstücks, jedes nützlichen oder wertvollen Gegenstands berauben? Jetzt, wo es um die Aufteilung geht, tritt die Freifrau die Erhabenheit ihres Standes mit Füßen.

Wir haben sie schon tausendmal wissen lassen, daß wir die nachgelassenen Erbstücke brauchen, oder doch zumindest ihren Gegenwert in Geld. Und tausendmal haben wir die verrücktesten, unwahrscheinlichsten und falschen Begründungen zu lesen bekommen.

Nannerl hat sich durch die Ankunft des kleinen Bruders in den Schatten drängen lassen. Ja, wenn dieses kleine, magere Kind nicht überlebt hätte, hätte sie auf eine Karriere als beneidetste Solistin der Welt hoffen dürfen. Ja, Wolfgang, erinnere dich, um dein Genie über alle Grenzen hinauszutragen, hat dein Vater die Erziehung der Tochter vernachlässigt, und er hat nie gemerkt, daß sie vor Eifersucht schier verging.

Und dann bist du mit deiner armen Mutter nach Paris gefahren. Und hast deine Schwester wiederum um ihre treuste Vertraute gebracht, aber vor allem hast du einen verbitterten und sorgenvollen Leopold zurückgelassen. Deine Mutter starb, und dir wurde lange vorgeworfen, nicht auf die väterlichen Ratschläge gehört zu haben.

Nannerl hat nichts dafür getan, dein Schuldgefühl zu beschwichtigen, o nein! Denn dieser Schicksalsschlag, der auf deinen schwachen Schultern lastete, krönte nur die Tatsache, daß man sie so gründlich vergessen hatte, die sanfte, verläßliche, ach so gute Tochter.

Und dann deine Neigung für die älteste Weber-Tochter. Erinnere dich, mein Lieb, wie Nannerl vor Wut über deine vergängliche Seligkeit schäumte, über deine Pläne und dein Glück. Doch dann: Hast du nicht geweint? Ja, da wurde deine Schwester honigsüß und verständnisvoll. Endlich einmal legte etwas Schreckliches seinen Schatten auf dein lachendes Gesicht, endlich hatte sie nicht mehr ganz so arg unter ihrem Alter und ihren vom Haß verzerrten Zügen zu leiden. Doch deine Musik wurde bereits allerseits geliebt, die Frauen sangen deine Melodien, und zu allem Überfluß riefst du aus: »*Izt fängt mein glück an.*« Das war zuviel für Nannerl.

Du hast ihr früh den Vater genommen, du hast in Frankreich ihre Mutter getötet, und dann hast du dir auch noch von der begeisterten Menge huldigen lassen.

Und schließlich hast du mich geheiratet, und unser kleiner Carl wurde geboren. Dein Vater besuchte uns und lobte dich, ach, wenn auch nur kurz, lobte dich für deine Musik. Du wurdest Freimaurer, wie man sich dem himmlischen Licht aussetzt, ohne Angst, geblendet zu werden, weil dein aufrichtig Herz auch die Schattenseiten schon kannte. Dein Vater folgte in deinen Fußstapfen, und Nannerl wußte nicht, warum euer Briefwechsel plötzlich so etwas Komplizenhaftes bekam. Kam sie damit zurecht? Es blieb ihr keine andere Wahl.

Und dann willst du, mein armer Liebling mit deinem freien und treuen Herzen, daß deine Schwester dir die Erinnerungen an jene Teuren überläßt, die ihr so schmerzhaft genommen wurden, du glaubst noch immer, euer Spiel von einst würde ihr liebevolle Worte und Küsse eingeben oder die Maßgaben für eine loyale und gewissenhafte Aufteilung?

Ach, du tust mir leid mit deinem reinen Herzen, aber ich liebe es, dein nobles Herz!

Sommer 1787

Wir haben tausend Gulden in Wiener Geld für die Erbschaft meines Schwiegervaters erhalten. Ich nehme doch an, wir können Nannerls Mann, der den Verkaufswert eines jeden Gegenstandes festlegt, trauen.

Trotz all unserer Schwierigkeiten hat Wolfgang zahlreiche neue Stücke komponiert. Ein musikalischer Spaß, gespickt mit vielen absichtlich falschen Noten, erheitert mich aufs schönste, und auch eine Art kleine Nachtmusik, so wohlklingend und sanft.

Lorenzo Da Ponte arbeitet an *Don Giovanni*, weil mein Mann und er sich über das Libretto geeinigt haben. Inzwischen kenne ich die Arbeitsweise dieses Librettisten von anerkanntem Talente. Sie ist nicht viel anders als eine, die ich ebenfalls sehr gut kenne!

Wolfgang sagte zu ihm einmal: »Nun, meine Art zu komponieren ist kaum anders als die Ihre. Wenn ich in guter Verfassung bin, beim Spazierengehen nach einem guten Essen, oder wenn ich in der Nacht nicht schlafen kann, fallen mir die Ideen im Sturme zu. Wie und woher? Ich weiß es nicht und kann auch nichts dafür. Die mir gefallen, behalte ich im Kopfe, und dann trällere ich sie laut heraus, wie meine Frau immer sagt. Bleibt das ganze haften, so denke ich darüber nach, wie ich wohl einen guten Kuchen daraus machen kann, mit allen Zutaten und immer schön, wie es der Kontrapunkt oder der Klang der Instrumente verlangt. Anders als bei Ihnen entflammt sich mein Geist vor allem, wenn mich niemand stört. Dann wächst es, und ich entwickle alles immer deutlicher. In meinem Kopf ist das Werk dann vollendet, auch wenn es ein sehr langes Stück ist, und ich kann es mit einem einzigen Blick erfassen, ganz so, als würde ich ein Bild oder eine Statue betrachten. In meiner Einbildung höre ich das Werk nicht in seiner Abfolge, sondern als ein Ganzes, und das ist ein Geschenk! Die Eingebung und das Entwickeln, all das entspinnt sich in mir wie ein herrlicher, großartiger Traum, aber wenn ich schließlich das Ganze zusammen höre, ist das der schönste Moment von allen. Wie es kommt, daß ich es nicht vergesse, wie es einem sonst mit Träumen geht? Das ist vielleicht die größte Gnade, die ich meinem Schöpfer verdanke.«

Unser guter und teurer Freund Doktor Barisani ist plötzlich gestorben, von der Krankheit eines anderen dahingerafft, den er betreute. Ist es Cholera? Nun kann mein Engel der Harmonien nichts mehr schreiben außer den traurigsten Zeilen. Ach, Herr, wie sehr leiden wir doch darunter, wenn uns die genommen werden, die wir lieben.

Meine Beine verursachen mir mit jedem Schritt die gräßlichsten Schmerzen. Die Haut scheint dünner als früher, denn jetzt zeichnet sich der Weg meiner Adern in furchtbaren und empfindlichen Verknotungen ab. Carl macht sich übrigens einen Spaß daraus, mit seinen kleinen zarten Fingern die Konturen abzufahren. Der kleinste Schlag führt schon zu einem natürlichen Aderlaß, und dann schwillt die Ader immer sogleich ab und tut nicht mehr so weh. Die Wunden bleiben lange offen.

Vielleicht können die Beine eines erschöpften Zugpferdes auch keine sechs Monate Schwangerschaft mehr aushalten, ohne Unbill zu verursachen.

Der *Bruder* Michael Puchberg wird die tausend Gulden von Nannerl und ihrem Mann für den Verkauf des Nachlasses bekommen, weil wir bald nach Prag fahren, um dort die neue Oper meines Mannes vorzustellen. Ich mache gerne diese Reise mit ihm. Prag tut ihm so gut! Und ihn so inmitten teurer Freunde zu sehen, beim Trinken und beim gemeinsamen Spiel, heilt alle Wunden.

Aber bevor wir abreisen, werden wir uns entschließen müssen, diese Wohnung aufzugeben, denn die Miete ist noch immer zu kostspielig.

Wir sind umgezogen. Die Wohnung scheint mir heller als die vorige, und vor allem wird es uns weniger schwerfallen, die Miete aufzubringen. Die Zimmer sind kleiner, übrigens stelle ich fest, daß sie mit jedem unserer Umzüge kleiner werden. So sehen sie aber möblierter aus. Beim Umzug ist an einem Sofa ein Fuß abgebrochen. Ich kann ihn nicht reparieren lassen, es sei denn, Joseph findet selbst eine Lösung, was man da machen kann. Bis dahin halten Shakespeares Werke die Sitzgelegenheit gerade. Ich habe den Eindruck, als würden wir uns Stückchen für Stückchen von der großen Welt Wiens entfernen, da wir nun in dieser kleinen, engen Straße wohnen.

Oder entfernt sich vielleicht Wien von uns? …

Herbst 1787

Nun sind wir in Prag angekommen. Wolfgang hat kaum Zeit für mich. Ich ruhe mich aus, soviel es geht. Diese Villa Betramka läßt mich wieder viel zu den Verzierungen zurückträumen, die wir einst hatten. Ich lasse mich von den Stuckwolken an der Decke davontragen. Unsere Gastgeber sind so rücksichtsvoll, so aufmerksam! Ich kenne für uns beide zur Zeit keinen besseren Ort. Josepha Duschek ist eine ausnehmend reizende Person, und ihre geistreichen Bemerkungen bringen mich oft zum Lachen.

Ich fürchte den Ärger meines Gatten und weiß nicht, wie ich es ihm beibringen soll: Sein übliches Petschaft ist in Wien zurückgeblieben. Nun werden seine Briefe ein rotes Wachs tragen, das die Duscheks ihm wohl leihen, das er aber verabscheut. Manchmal denke ich, es wäre einfacher, ihm einen ehelichen Fehltritt zu gestehen, denn eine häusliche Nachlässigkeit.

Wir werden sehen. Ich sage es ihm jedenfalls erst, wenn er die Sachen braucht.

Wolfgang hatte schon vor sehr langer Zeit Josepha Duschek versprochen, eine Arie zu schreiben, die speziell auf ihre große Stimme zugeschnitten ist, aber wie es so ist, die Zeit verging, es ließ sich immer noch keine Arie hören, und unsere Freundin verlor die Geduld. Gestern lockte sie Wolfgang also mit meiner fröhlichen Unterstützung auf den kleinen Hügel am Ende des Gartens, um ihm den Pavillon zu zeigen, der dort steht. Dort fand er einen Tisch, Papier und Tinte vor. Die Tür ging hinter ihm zu, und mein Engel fand sich in dem Pavillon eingeschlossen, bis er die versprochene Arie zu den Worten »*Bella mia fiamma, addio!*« geschrieben haben würde.

Mozart ergab sich ins Notwendige, doch schrieb er Josepha Duschek als Rache für das Komplott einige sehr schwer zu singende Passagen in ihre Arie. Ihm wurde erst wieder geöffnet, als er fertig war.

Dann mußte Josepha die Arie vom Blatt singen, und sollte es ihr nicht auf Anhieb fehlerfrei gelingen, drohte er, das Stück vor ihren Augen gleich wieder zu zerreißen.

Lorenzo Da Ponte ist auch in Prag. Wolfgang und er arbeiten immer noch am *Don Giovanni*. Ihre Arbeitsweise ist allerdings sehr seltsam. Da gehen sie stundenlang fort, um erst in den frühen Morgenstunden erschöpft und lachend und vom Alkoholdunst umweht nach Hause zu kommen.

Ich mache mir Sorgen, weil die Oper in wenigen Tagen gespielt werden soll, und die Ouvertüre ist immer noch nicht komponiert. Unsere Freunde sind in großer Verlegenheit ob dieses Fehlens, aber Wolfgang scheint es zu genießen, sich so treiben zu lassen, und wird von Stunde zu Stunde leichteren Sinnes.

Aufgrund einer Intrige, die ich noch nicht ganz durchschaue, konnte die Oper nicht wie vorgesehen gegeben werden, denn Erzherzogin Maria Theresia war auf der Durchreise. Man gab die *Nozze di Figaro* anstelle des *Don Giovanni*. Wir gingen innerlich sehr erregt hin. Es war ein großartiger Erfolg, und ich war ganz trunken vor Heiterkeit, aus lauter Stolz auf Ihn, der die Aufführung geleitet hatte. Der Termin für den *Don Giovanni* wurde auf den 21. verschoben, aber eine der Sängerinnen wurde krank, und es konnte sie niemand ersetzen, denn diese Oper hat nur eine sehr kleine Truppe.

Also schlug ich meinem Mann vor, ich könne die Rolle der Donna Elvira singen, denn ich hatte bei genügend Proben zugehört und oft genug die Partituren gelesen, um die Noten zu kennen. Wolfgang war durchaus bereit, darüber nachzudenken, bis uns beiden bewußt wurde, daß ich weit über den sechsten Monat hinaus schwanger war! In diesem Zustand kann sich Donna Elvira nicht hören lassen, und ich kann mich auch nicht verändern, sosehr ich es auch wollte.

❧

Als mir gestern abend die Beine nicht mehr so weh taten, sind wir in ein Lokal voller Künstler und Freunde des Trinkens gegangen. Da Ponte stellte uns den Bibliothekar der böhmischen Familie Waldstein in Dux vor. Dieser Mann hat zwar ein gewöhnliches Äußeres, ist es aber keineswegs. Erst seine unglaublich schmeichelhafte Höflichkeit nimmt für ihn ein. So erzählt denn dieser Herr Casanova de Seingalt freimütig von seinen galanten Abenteuern und verzeichnet sie alle in einem kleinen, geheimen *Mémorandum*. Ich lachte und klatschte jedesmal in die Hände, wenn er wieder von einem glücklichen Entkommen berichtete, und so fühlte er sich ermutigt, über Stunden weiterzuerzählen.

Wolfgang hörte auf, Casanova lustig zu finden, als er vorführen wollte, wie man eine Hand küßt, ohne sich anmerken zu lassen, was man im Sinne hat, und sich so einen sicheren Weg ins Herz der Damen bahnt, seien sie nun Gräfin, Kammerzofe, Friseuse oder Nonne. Ich hörte zu und berauschte mich an seinen amüsanten Ausführungen, als Wolfgang ihn mit den Worten unterbrach:

Hupsasa
kupferschmidt
hals mirs Mensch,
druck mirs nit,
leck mi' im Arsch,
kupferschmidt.

❧

Wir haben acht Tage darauf gewartet, daß diese Sängerin gesund wird, und nun stehen wir endlich am Vorabend von Mozarts jüngster Opernschöpfung: *Don Giovanni*.

Allerdings haben wir uns so sehr vergnügt und uns der Gastfreundschaft der Duscheks gefreut, daß die Ouvertüre noch immer nicht komponiert ist, und Wolfgang hat beschlossen, sie heute nacht zu schreiben. Er hat mich gebeten, ihm einen Punsch zu bereiten und bei ihm zu bleiben, um ihn wach zu halten. Ich tat, wie er es wünschte, und erzählte ihm Märchen und Geschichten. Er lachte Tränen. Doch der Punsch machte ihn wieder schläfrig, und er nickte jedesmal ein, wenn ich zu reden aufhörte, und machte sich wieder an die Arbeit, sobald ich weitererzählte. Als das Werk aber so gar nicht vorankommen wollte, überredete ich ihn, ein Nickerchen auf dem Sofa zu machen, und versprach, ihn nach einer Stunde zu wecken. Er schlief sogleich so fest, daß ich es auf mich nahm, ihn erst nach zwei Stunden zu wecken. Da war es fünf Uhr morgens. Der Kopist sollte um sieben kommen. Und um Punkt sieben Uhr stand die Ouvertüre auf dem Papier. Die Kopisten hatten ihr Tun, bis zur Aufführung fertig zu werden, und das Orchester der Oper, dessen musikalisches Können mein Engel sehr wohl kennt, spielte die Ouvertüre fehlerlos *a prima vista*.

Gestern wurde der *Don Giovanni* zum vierten Mal gegeben. Es ist ein riesiger Erfolg, und man kann meinem *maestro* das Glück vom Gesicht ablesen. Auch Casanova war zugegen. Oh, ich habe ihn wohl gesehen! Der erste Akt war noch nicht vorüber, da klebte er schon mit dem Mund am Bandel einer eleganten Alten. Allein seine Küsse auf meinen Handschuh haben mir neulich abend Schauer durch den Köper gesandt, die ich nicht wieder vergessen kann. Dabei ist sein Mund nicht zärtlicher oder drängender als irgendein anderer, nein, es spielt sich alles in den Augen ab, in dieser Art, wie er sein Glück versucht ...

Wolfgang wird mit Komplimenten überhäuft, die Bravorufe schallen aus allen Logen und von der Galerie.

Ach, wie liebe ich dich, vom Publikum umschwärmt und so stolz auf deine himmlische Musik, und gleichzeitig so bescheiden.

Diese vierte Aufführung ist auch sonst befriedigend. Sie bringt uns vierhundertundfünfzig Gulden ein. Endlich können wir die Miete für unsere Wohnung in Wien und einige Dinge für unser kommendes Kind bezahlen.

Wir haben Prag hinter uns gelassen, um uns wieder in die Arme Wiens zu begeben. Der Gedanke erdrückt mich, obwohl ich mich freue, heimzukommen. Ich fühle mich nicht mehr zärtlich umfangen von dieser Stadt. Meine Seele ist wie von einer trüben, grauen Wolke umhüllt.

Gluck ist tot.

Ich weiß nicht, was mein Mann bei der Nachricht von diesem Tod empfindet. Wenn ich zum Himmel aufschaue mit all seinen Sternen, will es mir so scheinen, als strahlte einer davon heller als die anderen. Ich weiß nicht, ob dieser Glanz nicht vielleicht der Widerschein dieses großen Geistes ist, der in die Unendlichkeit eingegangen ist.

Unser Schwager hat uns eine Seite aus dem Salzburger Intelligenzblatt geschickt, auf der die öffentliche Feilbietung von Leopolds Nachlaß angekündigt wird. Heute verstehe ich erst, daß ich diesen Mann, dessen Namen ich trage, niemals, nein, niemals wiedersehen werde. Ich werde keine Versuche mehr machen können, seine Liebe zu erwerben. Diese schrecklichen Zeilen prägen mir den Verlust erst richtig in die Seele.

So werden also all die Dinge, die Sie einst teuer erwarben, in alle Winde zerstreut, Herr Mozart.

Ach, alter Narr, den ich liebte, dem ich so ergeben war!

Doch ich haßte den Schmerz, den Sie mir zufügten, und die Wohltaten, auf die ich vergebens wartete. Je härter Sie sich zeigten, um so mehr wollte ich Sie gewinnen, Ihnen meine Verehrung beweisen, Sie verwöhnen. Gott ist mein Zeuge, daß ich Ihr Herz berühren wollte und manchmal auch Sie zerstören.

So leb denn wohl.

Alter Narr, den ich liebte.

Es ist ein neuer Posten als Kammerkompositeur geschaffen worden. Fortan wird Wolfgang die Ehre dieser Aufgabe haben – »*in Ansehung seiner in der Musik besitzenden Kentniß und Fähigkeit, und sich hierdurch erworbenen Beifall*«.

Soll ich hüpfen vor Freude, trotz meines enormen Bauches?

Man bietet Wolfgangerl königliche 800 Gulden jährlich, und das ist alles. Nun verdient niemand anderer in der Kammer soviel, doch ähnelt die Summe dennoch eher einer Beleidigung als einer Wohltat.

Gluck bekam 2000 Gulden im Jahr für seinen Posten bei Hofe. Natürlich wird Wolfgang nicht seine Stellung einnehmen, aber ist das ein Grund, ihn mit nicht einmal der Hälfte, weniger noch, abzuspeisen? Wolfgang ist erfreut und beschämt zugleich.

»Kannst du nicht eine Audienz erbitten und ein Gehalt erwirken, wie es dir zustünde?« habe ich ihn gefragt.

»Liebes, es ist zuviel für den Dienst, den ich tue, und für die Dienste, die ich leisten könnte, zuwenig ...«

Dezember 1787

Eine Tochter! Wir haben eine kleine Tochter. Theresia Constanzia Adelheid Friederika Maria Anna ist ein strammes Bündel. Ach, was hat sie für kleine Händchen, und diese kleinen Füße mit den eingerollten Zehen, wie Fäuste. Ich muß sie die ganze Zeit anschauen. Carl wirft ihr vom Arm seines Vaters, der ihn in die Höhe hebt, den ganzen Tag Kußhändchen zu.

Oh, gesegnet sei dieser 27. Dezember, an dem Gott uns mit diesem kleinen Wunder belohnte!

1788

Mein Gott! Seit Monaten habe ich das Büchlein nicht aufgeschlagen …

Was hätte ich auch notieren sollen?

Unsere Herzen sind in süßer Trunkenheit befangen, unsere kleine Theresia ist jetzt fünf Monate alt, und ich werde nicht müde, sie zu bewundern. Ihre Augen sind noch immer von diesem mir so wohlbekannten Blau, denn sie hat sie von ihrem lieben Papa. Ihr blondes Haar sieht aus wie gepudert. Ihre Ohren sind recht garstig, ganz nach Art der Weberschen: schmal und lang, ein wenig abstehend und vor allem tüchtig rot. Ach, hätte sie die Ohren von ihrem Papa geerbt, hätte sie außer der Farbe und der seltsamen Form auch noch ein mißgestaltetes ertragen müssen. Aber nein, das sind Webersche Ohren, alle beide. So häßlich, wie es nur geht.

Endlich wird der *Don Giovanni* auch in Wien gespielt. Das Werk trägt hier alle möglichen Namen: *Don Juan* etwa oder *Der bestrafte Verführer*.

Das Publikum kommt nicht zu Wolfgang, wie er es gehofft hatte. Vielleicht hat der Krieg gegen die Türken so schreckliche Entbehrungen gebracht, daß niemand mehr sein Geld für Unnützes oder für Vergnügungen ausgeben will?

Die Zeitungen scheinen sich verschworen zu haben, den Höhenflug dieses Werkes zu brechen. Es vergeht kein Tag, an dem ich nicht etwas Böses zu lesen oder zu hören bekomme. Wenn man mir alles Papier gäbe, auf dem diese Kritiken geschrieben sind, hätten wir genug Vorrat, um uns das ganze Jahr hindurch den Hintern abzuwischen!

Das böse Gerede in der Stadt ist nicht zum Schweigen zu bringen. Hier liest man, die Musik von Mozart sei *»kunstvoll, aber viel zu schwierig für den Gesang«*, dort sagt jemand, dieser Musik fehle etwas. Nur der Kaiser sagt, es sei *»eine himmlische Oper; und vielleicht sogar schöner als der* Figaro, *aber keine Kost für Wiener Mägen«*.

»Lassen wir ihnen Zeit zum Kauen«, murmelte Mozart. »Diese Oper ist mehr für die Prager als für die Wiener. Ich habe sie vor allem für meine Freunde geschrieben, und für mich.«

Wir leben inzwischen fernab vom gesellschaftlichen Leben Wiens. Unsere Freunde sind nicht mehr ganz dieselben wie einst. Wolfgangs Logenbrüder sind noch da, sie schon, und noch immer brüderlich. Aber sie können nicht an seiner Statt komponieren, und nicht den Fürsten im Schlaf ins Ohr flüstern, um ihnen den Gedanken an einen neuen Auftrag einzugeben oder für eine erfolgreiche Subskription.

Wolfgang hat seit unserer Rückkehr aus Prag nicht aufgehört zu komponieren. Wir haben sogar eine Subskription für ein Hauskonzert herausgegeben, aber bisher hat sich kein Subskribent einen Platz gesichert.

Wir sind in großen Schwierigkeiten, und ich weiß nicht, wie ich meinem Mann helfen soll. Manchmal, wenn wir davon sprechen, wie sich wohl ein wenig Geld verdienen ließe, brennt ihm der Kopf.

Wie kann Wien nur jenen fallen lassen, den es so umschmeichelt hat, als er jung war? Wo sind sie alle hin, mit denen wir getanzt haben, getrunken und gelacht unter den Bäumen im Prater?

Frühling 1788

Aloisia singt die Rolle der Donna Anna, und das ganz hinreißend. Und wieder einmal wärmt meine Schwester ihr Herz am Applaus ihrer Bewunderer, während ich mir mit niederen Arbeiten die Knochen schinde. Meine Mutter bedauert mich im stillen. Es vergeht keine Woche, ohne daß sie nicht Carl einige Naschereien oder manchmal sogar ein Stück Stoff für ein neues Gewand brächte.

Gauckerl macht immer noch sein Geschäft auf das Parkett. Es scheint niemand die Zeit gefunden zu haben, dem dummen Tier Stubenreinheit beizubringen.

Ich habe ein Bad genommen.

Ich bin nur kurz in dem lauwarmen Wasser geblieben, weil ich nicht wollte, daß das Wasser in meinen Körper eindringt und ihn schwächt.

Man glaubt schon wieder, meinen Mann beleidigen zu können, indem man ihn mit den ehrenwertesten Autoren vergleicht. Heut hat mich eine mitleidige Seele davon in Kenntnis gesetzt, was man sich in der Stadt erzählt: »*Wieder eine Oper, die unserm Publikum die Köpfe schwindeln machte. Viel Prunk und Lärm für den großen Haufen; fader Stof, Abgeschmaktheiten für den gebildeten Theil! Auch die Musik, zwar groß und harmonisch, aber mehr schwer und kunstvoll, als gefällig und populär, und obwohl es sich um eine Glaubensfarce handelt, muß ich gestehen, daß die Szene auf dem Kirchhofe mich mit Grauen ergrif. Mozart scheint die Sprache der Geister von Shakespeare abgelernt zu haben.«*

Ich mag solche Gemeinheiten nicht mehr lesen oder hören. Wer will denn schon noch wissen, wie uns diese Dinge schmerzen und wie sehr Mozart die Ovationen des Publikums fehlen? Wer will noch über unsere Schwelle treten und der Ehefrau des bekanntesten Kompositeurs von Wien seine Aufwartung machen?

Ja, doch, ein paar Freimaurerbrüder. Die meiden unsere Wohnung nicht. Aber ihr anderen alle, die ihr Mozarts Musik so liebtet, wo seid ihr jetzt?

Wir haben tausend Gulden vom Bruder Puchberg geliehen. Gott segne diesen heiligen Mann, der sich unseres Unglücks anzunehmen weiß! Wir warten noch auf die Subskriptionen für die Akademie, dann dürften wir von diesem Geld Puchberg schon einmal einhundertsechsunddreißig Gulden zurückgeben und später dann die tausend, die er uns heute gab.

O du undankbare Stadt, was hast du deinem Virtuosen angetan?

Als wir gestern stillvergnügt den Graben entlanggingen, kam unser ehemaliger Wirt von der Landstraße und forderte laut und vernehmlich seine noch ausstehenden Mieten. Nach den vielen Ausgaben für meine Niederkunft, der Pflege meiner gepeinigten Beine und unserem letzten Umzug werden wir nun öffentlich erniedrigt.

Nun können wir nicht mehr in der Stadt bleiben.

Die Außenbezirke der Hauptstadt bieten lange nicht so viele lohnenswerte Vergnügungen für Kinder, aber dennoch werden wir uns morgen dort niederlassen. Die Währingerstraße bei den Drei Sternen wird bei weitem die niederste von all unseren Wohnungen sein. Unsere Sachen werden einfach in die Koffer gepackt, und obwohl uns dieser Umzug schon wieder eine unvernünftige Summe Geldes kostet, bleibt uns wohl keine andere Wahl, als die üppigen

Wohnungen hinter uns zu lassen. Jeder unserer Abschiede ist von Hoffnungslosigkeit gezeichnet. Ein Wunder bräuchte es – o ja, ein Wunder! –, damit die Medaillons und Vergoldungen von einst wieder vor unseren Augen erscheinen.

Wieder einmal müssen wir auf Puchbergs Brüderlichkeit vertrauen, um leben zu können. Dieser Brief ist einer der schmerzlichsten, die man nur schreiben kann.

Verehrungswürdiger O:. B:.
liebster, bester freund! –

... Wenn Sie die liebe und freundschaft für mich haben wollten, mich auf 1 oder *2 Jahre, mit 1 oder 2 tausend gulden gegen gebührenden Intereßen zu unterstützen, so würden sie mir auf acker und Pflug helfen! – Sie werden gewis selbst* sicher *und* wahr *finden, daß es übel, Ja ohnmöglich zu leben sey, wenn man von Einahme zu Einahme warten muß! – wenn man nicht einen gewissen, wenigstens* den nöthigen vorath *hat, so ist es nicht möglich in ordnung zu kommen. – mit nichts macht man* nichts; – ... *wenn Sie vieleicht so bald nicht eine Solche Summa entbehren könnten, so bitte ich sie mir* wenigstens *bis Morgen ein* paar hundert gulden *zu lehnen ...*
Nun nehmen Sie meinen brief als das wahre zeichen meines ganzen vertrauens gegen sie, und bleiben sie Ewig mein freund und br:. wie ich seyn werde bis ins grab
ihr wahrer, innigster freund und br:.
W: A: Mozart

Ich bete jeden Tag darum, daß meinen Mann niemals die Inspiration verlassen möge, daß die Subskribenten in Scharen herbeiströmen mögen und daß die Zeit der Zunge in Sauce, des Maronenkonfekts und der bitteren Schokolade, der Seidenstoffe und der Kerzenleuchter im Garten wiederkehren möge ...

Mein Kind! Meine Tochter Theresia. Ich ertrage es nicht mehr, diese Worte zu schreiben. Mein Kind ist tot.

Ich klage lauter denn je, ich schreie um Hilfe!
Oh, mein Liebster, mein Gemahl.
Trauern wir! Trauern wir!
Dein Schmerz lebt ganz in meiner Seele.
Was dich bedrückt, ist auch mein Leid.
Seufzt du? Mein Herz tut es.
Was dich betrübt, ist meine Pein.
Und mein Leiden beginnt in deinem Herzen.
Trauern wir, mein Liebster, aber hoffen wir auch.

Sommer 1788

Meine Schwester Josepha hat endlich ein großes Glück erfahren. Der Violinist Franz de Paula Hofer hat bei meiner Mutter um ihre Hand angehalten. Seit wir unsere Sorgen haben, merke ich, wie sehr sich die Mutter bemüht, mir das Herz zu erleichtern. So ist ihr diese Neuigkeit etwa schon seit längerem bekannt, aber die Ereignisse in unserem Leben, der Verlust unseres lieben kleinen Engels – ach, du kleiner Engel, den die Erde langsam verschlingt – hatten sie klugerweise dazu bestimmt, mich nicht davon zu unterrichten.

Da bin ich nun, Kathedrale meines Herzens, in mein schönstes Kleid gewandet, am Arm meines Gemahls, und wir feiern gemeinsam Josephas Liebe.

Franz ist ein ganz zauberhafter Schwager. Sein Spiel entzückt uns. Welch hervorragende Gesellschaft für uns, diese Fröhlichkeit von Jungvermählten.

Unser Glück ist von kurzer Dauer, denn ich kann diesen unglückseligen 29. Juni nicht vergessen. Theresia!

Unser Kind war lange genug krank, um keine Überlebenschance mehr zu haben. Wolfgang arbeitete damals mehr als je in zwei Monaten in einer anderen Wohnung. Wir freuten uns so über den kleinen Garten und über Sinfonien, die die Saiten sämtlicher Instrumente zum Springen bringen konnten. Aber kein Geld!

Und all die gütigen Gaben von Puchberg reichten nicht aus, uns ein angenehmes Dasein zu sichern. Ärzte sind teuer, Heilmittel sind manchmal nicht zu erlangen.

Mein Teuerster schreibt ohne Unterlaß, aber was nützt es, wenn niemand mehr die Notenblätter kauft und auch nicht die Subskriptionsbillets?

1789

Judenplatz, Haus zur Mutter Gottes.

Wir haben seit den ersten Tagen im neuen Jahr eine andere Wohnung. Sie wirkt lichter als die vorige, ändert aber auch nichts an unserem Elend. Ach, wenn Wolfgangs viele Kompositionen gespielt worden wären, wenn all jene, die seine Musik liebten, noch etwas Zeit von ihren erfüllten Tagen erübrigen würden, könnten wir so großzügig leben wie einst und meinem Sohn Carl so manches Vergnügen erlauben, das kleine Kinder entzückt.

Zwei Schüler und diese jämmerlichen achthundert Gulden jährlich reichen bei weitem nicht für ein angemessenes Leben.

Daß einer dieser Schüler der Fürst Lichnowsky ist, heißt leider nicht, daß er mehr Geld einbrächte als ein anderer. Auch nicht mehr als Maria Magdalena Hofdemel, die Frau des Gerichtsschreibers.

Nannerl ist mit ihrem zweiten Kind niedergekommen. Einer kleinen Johanna. Wie schafft sie es nur, das Kleine zu schieben, so ganz ohne die Hilfe ihres Vaters ...?

Oh, ich habe nichts von meiner Schwägerin gehört, sondern von dem netten Herrn d'Ippold. Was hat der Mann doch für ein seltsames Schicksal, daß er zu Wolfgangs Vertrauensmann im elenden Salzburg wurde, nachdem er als Mann für Nannerl nicht gut genug war. Und jetzt ist er der Überbringer von Nachrichten, hat die Familie bei der öffentlichen Feilbietung vertreten und wird vielleicht der Pate eines von Nannerls Kindern … weiß ich's?

Muß ich ihr einen Glückwunsch schreiben zu dieser Geburt, wo doch zum Tode meiner Kinder nichts, rein gar nichts von ihrer Hand gekommen ist?

Gott segne Ihre kleine Johanna, werte Freifrau.

Der Baron van Swieten hat Variationen zu einigen Motiven von Händel sowie zu *Acis und Galatea* in Auftrag gegeben. Solche Aufträge kommen immer, wenn es nötig scheint: Ich bin wieder schwanger.

Und sehr krank in Beinen, Bauch und Kopf. Mein Gott! Wie soll ich diese erneute Prüfung überstehen?

Wir haben beim Mann von Magdalena Hofdemel hundert Gulden geliehen, zurückzuzahlen in vier Monaten, ganz nach den Bedingungen auf dem Schuldschein. Ich kann nicht glauben, daß wir schon Schulden machen müssen, um unsere Schulden zu begleichen. Kann man dieses Rad anhalten, das immer weiter seinen Weg verfolgt?

Karl Fürst Lichnowsky muß nach Berlin, um einige Geschäfte zu erledigen, und hat Wolfgang in seiner großen Güte vorgeschlagen, diese Reise zu nutzen, um in einer anderen Stadt sein Glück zu versuchen. Trotz des Wissens um seine Versuche und die so oft enttäuschten Hoffnungen glaubt mein Mann immer noch an das Wunder einer Stellung.

Ich kann es nicht hinnehmen, daß er so weit fortgeht und mich allein, gesegneten Leibes und mit einem Kind von viereinhalb Jahren zu Hause läßt. Wenn ich nun falle, oder mich verlassen ganz plötzlich die Kräfte? Wie sollte ich mich dann um unseren Sohn kümmern, nun, da wir Leonore nicht mehr in Diensten haben, die es satt hatte, ständig eingestellt und wieder entlassen zu werden?

Er wird gehen, die Sache ist entschieden.

Fürst Lichnowsky, der ehrsame Schwiegersohn der Gräfin Thun, wird die Kutsche mit meinem Mann teilen. Nach diesem Winter, in dem er nicht ein einziges Konzert gegeben und auch nicht den kleinsten Auftrag zu einer Oper erhalten hat, scheint mir die Idee mit Berlin sehr viel weniger grotesk.

Carl und ich werden uns bei Michael Puchberg einrichten. Es wird nicht schwer für mich sein, wieder einmal unsere Sachen zusammenzupacken, denn diesmal war noch alles in den Koffern.

Ich wage nicht, mich woanders niederzulassen.

Frühling 1789

Budwitz den 8. April 1789

Liebstes Weibchen!

Unterdessen der Fürst im Pferd=Handel begriffen ist, ergreif ich mit Vergnügen diese Gelegenheit um Dir, Herzensweibchen, ein paar Worte zu schreiben. – Wie geht es Dir? – Denkst Du wohl so oft auf mich, wie ich auf Dich? – alle Augenblicke betrachte ich Dein Portrait – und weine – halb aus Freude, halb aus Leide! – erhalt mir Deine mir so werthe Gesundheit und lebe wohl, Liebe! – Habe keine Sorgen meinetwegen, denn auf dieser Reise weiß ich nichts von Ungemach – von Verdrüßlichkeit – nichts außer Deine Abwesenheit – *welches, da es nun nicht anderst seyn kann, nicht zu ändern ist; – mit thränenden Augen schreibe ich dieses; – adjeu – von Prag schreibe ich Dir schon mehr und lesbarer, weil ich nicht so zu eilen brauche – adjeu – ich küsse Dich Millionen mal auf das zärtlichste und bin ewig Dein*

bis an Tod getreuester
stu – stu – Mozart

Küsse Karln in meinem Namen, auch Hrn. und Frau von Puchberg alles Erdenkliche – nächstens mehr.

Dies ist der erste Brief von Wolfgang seit unserem Streit über das Pfandspiel, bei dem ich mir die Waden messen ließ. Jetzt entdecke ich die ganze Zärtlichkeit meines Mannes, diese Worte, die er nie wirklich gesagt hat. Jetzt weiß ich auch, wie traurig es ist, von ihm getrennt zu sein, ohne seinen Geruch.

Seine Liebkosungen fehlen mir.

Wien, den 8. April 1789

Mein geliebter kleiner Mann!

Ich bin recht erfreut, Dich wohl angekommen zu wissen, und zornig zugleich, weil Du wieder umkehren *mußt*, nur um Josepha Duschek bis nach Dresden hinterherzulaufen. Die langen Reisen sind nicht gut für Dich, denn Du zerschindest Dir das Gesäß und handelst Dir oft noch einen heftigen Katarrh ein. Pùnkitititi muß sich vor der frischen Luft und der Feuchtigkeit in acht nehmen. Was die Oper angeht, die Guardasoni für den kommenden Herbst bei Dir in Auftrag geben will, kannst Du da nicht – ich meine, wenn es denn möglich ist – gleich um einen Vorschuß bitten, vielleicht sogar um einen Anteil am Gewinn ab der zweiten Aufführung? Vergiß auch nicht, um zusätzliches Geld wegen der Reise nachzufordern, denn sonst geht es von Deinem Gewinn ab, und die ganze Sache wird für Dich, *für uns*, weniger interessant. Nachdem der König von Preußen nach Dir verlangt, der ja, wie wir wissen, selber Musiker ist, solltest Du dort, ganz wie du es vermutest und ich es ebenfalls für Dich erhoffe, finden können, was man Dir hier so hartnäckig verweigert. Du wirst Dir unseretwegen keine Sorgen machen, wenn Du erfährst, daß man uns hier mit den liebenswürdigsten Aufmerksamkeiten überhäuft, und Anna Puchberg hat Carl sogar einen kleinen Einspänner geschenkt. Ich hatte große Bedenken, dieses Geschenk anzunehmen, denn es war weder sein Geburtstag, noch ist er ihr Patenkind. Da erzählte mir die vortreffliche Anna die Geschichte ihres Mannes, die ich so genau gar nicht kannte. Oder wußtest Du, daß Dein Logenbruder einst ein einfacher Angestellter in einem Geschäft (dem, das er heute noch besitzt) für Seiden, Samt und Bänder, Taschentücher und Handschuhe war? Als der Hausherr starb, hinterließ er seiner

Witwe ein Erbe von 217 000 Gulden. Die Witwe nahm ihren Angestellten, unseren Freund Puchberg, zu ihrem zweiten Mann, dann starb sie ihrerseits und hinterließ ihm ihr *bedrückendes* Vermögen sowie ihre fünf Kinder aus erster Ehe. Wußtest Du das? Welch ein Glück, daß er wieder geheiratet hat, so können wir uns doch an der liebenswerten Art von Anna freuen. Dennoch wundert es mich, daß Michael und Anna Puchberg trotz ihres Vermögens nicht Eigentümer ihres Anwesens sind. Das Haus gehört einem gewissen Grafen Walsegg-Stuppach. Gestern waren wir bei seiner Akademie. Eine sehr wunderliche Sache, und ich gebe Dir gerne wieder, was Anna mir über diesen Walsegg verraten hat.

Man erzählt sich hier so einiges über diesen Grafen, und auch wenn seine Akademien in Wien sehr wohlgelitten sind, so mindert das doch nicht den Spott und die bissigen Bemerkungen, und seine Dienerschaft plaudert, was sie kann. Der Graf kauft, wie es heißt, nicht wenige Musikstücke, die er dann von Hand abschreibt und von seinem eigenen Orchester spielen läßt, wozu er alle möglichen Rätsel und Wortspiele um den Namen des Komponisten veranstaltet. Alle wissen, was er damit im Sinne hat, und gestern abend wurden dem geheimnisvollen Komponisten, der da gespielt wurde, allseits Komplimente gemacht. Graf Walsegg war ganz trunken von diesem kleinen Spiel, denn wir taten alle, als wüßten wir nichts von seiner List. Schließlich nahm er seinen Gehstock, schlug damit wie wild auf das Parkett und verkündete dann, das gespielte Stück sei seine eigene Komposition. Ach, Du kannst Dir gar nicht vorstellen, wie sehr ich es bedauerte, daß Du nicht dabei warst. Anna und ich hatten große Mühe, das Lachen zu unterdrücken. Nun wissen wir denn also, daß dumme Possen und Lügen niemanden umbringen. Gehab Dich wohl, mein Liebster, glaube nicht zu treuherzig alles, was man Dir verspricht, und höre nicht auf Schmeicheleien, denn sie sind wohlfeil und halten bis zum Sankt-Nimmerleins-Tag niemanden im Brot.

Ich küsse Dich, Du weißt es ja, und bleibe auf immer

Deine getreue Ehefrau
Constanze – SchablaPumfa

P. S. Du wirst mich aufs freundlichste und dankbarste der Duschek empfehlen, und vergiß auch nicht, Deinem kleinen Mann, der hoffentlich artig, warm und geduldig in seiner Hose sitzt, meine ganze Zuneigung auszurichten.

um 7 uhr früh Dresden *den 13:t april* 1789

liebstes, bestes Weibchen!

Wir glaubten Sammstags nach tisch in Dresden zu seyn, kammen aber erst gestern Sonntags um 6 uhr abends an; – so schlecht sind die Weege. –
Ich gieng gestern noch zu Neumans, wo Mad:me Duscheck wohnt, um ihr den brief von ihrem Manne zu übergeben. – es ist im dritten Stock auf dem gange: und man Sieht vom Zimmer Jeden der kömmt; – als ich an die thüre kamm, war schon H: Neumann da, und fragte mich, mit wem er die Ehre hätte zu Sprechen; – ich antwortete; gleich werde ich sagen wer ich bin, nur haben sie die güte Mad:me Duscheck heraus rufen zu lassen, damit mein Spass nicht verdorben wird; in diesem augenblick stund aber schon Mad:me Duscheck vor meiner, denn sie erkannte mich vom fenster aus, und sagte gleich, da kömmt Jemand der aus=sieht wie Mozart – nun war alles voller freude; – die gesellschaft war gros, und bestund aus lauter meist hässlichen frauenzimmern, aber Sie ersezten den mangel der schönheit durch artigkeit; – heute geht der fürst und ich zum frühstücke hin, dann zu Naumann, dann in die kapelle. – wir werden morgen oder übermorgen von hier nach Leipzig abgehen; –
Nach empfang dieses briefes must du schon nach Berlin post restante *schreiben; Ich hoffe du wirst mein Schreiben vom Prag richtig erhalten haben.*
Neumanns lassen sich alle dir sammt Duscheck empfehlen, wie auch dem H: und fr: schwägerin Langens; –
liebstes Weibchen, hätte ich doch auch schon einen briefe von dir! – wenn ich dir alles erzehlen wollte, was ich mit deinem lieben Porträt *anfange, würdest du wohl oft lachen. – zum bey-Spiell; wenn ich es aus seinem Arrest herausnemme, so sage ich; grüss dich gott Stanzerl! – grüss dich gott, grüss dich gott; – Spizbub; – knallerballer; – Spizignas – bagatellerl – schluck und*

druck! – und wenn ich es wieder hinein thue; so lasse ich es so nach und nach hinein rutschen, und sage immer, Stu! – Stu! – Stu! – aber mit dem gewissen Nachdruck, *den dieses so viel bedeutende Wort erfordert; und bey dem lezten schneller, gute Nacht; Mauserl, schlaf gesund; – Nun glaube ich so ziemlich was dummes für die Welt wenigstens hingeschrieben zu haben – für uns aber, die wir uns so innig lieben, ist es gewis nicht dumm; – heute ist der 6:t tag daß ich von dir weg bin, und, bey gott, mir scheint es schon ein Jahre zu seyn. –*
du wirst wohl oft mühe haben meinen brief zu lesen, weil ich in Eyle, und folglich etwas schlecht schreibe; – adieu liebe, einzige! – der Wagen ist da – da heist es nicht, bravo, und der Wagen ist auch schon da – sondern – Male; *– lebe wohl, und liebe mich Ewig so wie ich dich; ich küsse dich Millionenmahl auf das zärtlichste*
und bin Ewg

dein dich zärtlich liebender gatte
W: A: Mozart

P: S: wie führt sich unser Carl auf? –
Ich hoffe gut; – küsse ihn statt meiner.
An Hr. und fr: von Puchberg alles schöne.
NB. du musst in deinen briefen nicht das Maaß nach den meinigen nemmen bey mir fallen sie nur deswegen etwas kurz aus, weil ich Pressirt bin, sonst würde ich einen ganzen bogen überschreiben. – du hast aber mehr Musse. – adieu.

So eine Frechheit! Warte nur, du kleiner Schlingel, was ich dir für einen Brief schreiben und dir deine versteckten Vorwürfe vorhalten werde …

Wien, den 13. April 1789

Mein teurer Mann und geborener Meckerhans!

Wie Du siehst, greife ich gleich heute zur Feder und schreibe Dir, ohne meinen Brief mit den Deinen zu messen. Warum zum Teufel sollte ich so etwas Albernes tun?

Ich weiß nicht, ob es am Ende vielleicht doch kein so guter Gedanke war, mit dem Fürsten Lichnowsky zu reisen, denn mir wird jetzt klar, daß Du nicht so lange, wie Du es wolltest, an jenen Orten bleiben kannst, wo man Deine Gegenwart und Deine Musik schätzt. Könntest Du es nicht so einrichten, daß der Fürst sich zu seinen Geschäften aufmacht und Du die Deinen erledigen kannst, wo es Dir richtig erscheint?

Carl geht es sehr gut. Es gibt genug Kinder in diesem Haus, um ihn zu beschäftigen, und manchmal gar mit den dümmsten Spielen der Welt. Die großen haben sich einen Spaß daraus gemacht, die Nachbarskatze anzuzünden. Jetzt werden sie alle bestraft, und ich kann Carls Strafe nicht aufheben, ohne unsere Wirtin ins Unrecht zu setzen, deren Wohltaten ich wohl anerkenne.

Es freut mich zu hören, daß Du von recht häßlichen Frauen umgeben warst. Was mußt Du auch darnach schauen, ob die Frauen wohlgeformt oder garstig sind? Denn die Deine harret aus in guter Obhut und beweint mit jedem Tag unsere Trennung.

Diese Bemerkungen sind unpassend und ärgern mich – und ich brauche gar nicht zu wissen, wer sich an Deinen süßen Blicken erfreut. Die Duschek weiß bestimmt schon um ihr Glück, allein, oder doch fast allein mit Dir zu sein und Deinen Ohren zu schmeicheln – das ist noch immer der kürzeste Weg zu Deinem Herzen. Um mich brauchst Du Dir keine Sorgen zu machen, ich betrauere Deine Abwesenheit mit der geziemenden Langeweile. Das Kind hat sich dieser Tage bewegt, und meine Beine machen mich schon wieder bitter leiden. Was ist noch übrig von dem, was Dich einst erfreute? Ich bin unförmig dick, von ständigen Beinschmerzen gequält, weniger anziehend als früher. Nun, heute abend werde ich mich von meinem Kummer abwenden und den Karten zusprechen. Die Puchbergs laden dreimal die Woche alle möglichen Leute zu den Partien ein. Paß auf Dich auf, bleibe weiterhin mein vielgeliebter und treuer Gatte, so wie ich verbleibe

als Deine treue und liebende Gattin,
Constanze

à Madame Constance de Mozart/née de Weber/auf dem hohen Markt/im Walseckischen Hause/bei Hrn v Puchberg

Dresden den 16ten Aprill 1789
Nachts um ½12 Uhr

Liebstes bestes Weibchen!

Wie? – noch in Dresden? – Ja, meine liebe; – ich will dir alles haarklein erzählen; – Montags den 13ten, nachdem wir bey Neumanns frühstück genommen hatten gingen wir alle nach Hof in die Kapelle, die Messe war vom Naumann welcher sie selbst dirigirte – sehr Mittelmäßig; – wir waren in einem oratoire der Musik gegenüber; – auf einmal stupfte mich Naumann und führte mich dem herrn von König auf, welcher Directeur des plaisirs der traurigen Churfürst: Plaisirs ist; – er war außerordentlich artig, und auf die frage ob ich mich nicht wollte bey Seiner Durch: hören lassen, antwortete ich, daß es mir zwar eine Gnade seye, ich mich aber, da ich nicht von mir allein abhänge, nicht aufhalten kann – so blieb es; – Mein fürstlicher Reisegefährte lud die Naumannschen sammt Duschek zu Mittage: – unter dem Essen kam die Nachricht, daß ich den folgenden Tag als Dienstag den 14ten Abends um halb 6 Uhr bey Hofe spielen sollte. – Das ist ganz was außerordentliches für hier; denn hier kommt man sonst sehr schwer zu gehör; und du weißt daß ich gar keinen Gedanken auf hier hatte. – wir hatten bei uns à l'hotel de Boulogne ein quartett arrangirt. – wir machten es in der Kapelle mit Antoine Tayber welcher wie du weist, hier Organist ist und mit Hr: Kraft Violoncellist vom fürst Esterhazy welcher mit seinem Sohne hier ist, aus; ich gab bei dieser kleinen Musik das Trio welches ich Hr: v. Puchberg schrieb; – es wurde so ganz hörbar executirt – Duschek sang eine menge von figaro und Don Juan; – des andern Tages spielte ich bei Hofe das Neue Concert in D; folgenden Tags Mittwochs den 15 vor=Mittag erhielt ich eine recht schene Dose; – wir speissten dann beim Russischen Gesandten alwo ich viel spielte. – Nach tisch wurde ausgemacht auf eine Orgel zu gehen. – um 4 uhr fuhren wir hin – Naumann war auch da; – Nun mußt du wissen, daß hier ein gewisser Häßler – Organist von Erfurt ist; dieser war auch da; – er ist ein schüller von einem Schüller von Bach. – seine force ist die Orgel, und das Clavier Clavikord – Nun glauben die Leute hier, weil ich von Wien komme, daß ich diesen Geschmack und diese Art zu spielen gar nicht kenne. – ich setzte mich also zur Orgel und spielte. – der fürst Lichnowsky weil er Häßler gut kennt beredet ihn mit vieler Mühe auch zu spielen; – die force von diesem Häßler besteht auf der Orgel in füssen, welches, weil hier die Pedale stuffenweise gehen, aber keine so große Kunst ist; übrigens hat er nur Harmonie und Modulationen vom alten Sebastian Bach auswendig gelernt, und ist nicht im Stande eine fuge ordentlich auszuführen – und hat kein solides Spiel – ist folglich noch lange kein Albrechtsberger. – Nach diesem wurde beschlossen noch einmal zum russischen Gesandten zu gehen, damit mich Häßler auf dem forte piano hört; – Häßler spielte auch. – auf dem forte piano finde ich nun die Auerhammer eben so stark; du kannst dir nun vorstellen daß seine schaale ziemlich sank. – Nach diesem gingen wir in die Oper, welche wahrhaft Elend ist; – weist du wer auch unter den Sängerinnen ist? – die Rosa Panservisi, – ihre freude kannst du dir vorstellen. – übrigens ist aber die erste Sängerin die Allegrandi viel besser als die Ferarese; – das will zwar nicht viel gesagt haben. – Nach der Oper gingen wir nach Hause; Nun kömmt der glücklichste augenblick für mich; ich finde einen so lange mit heißer Sehnsucht gewunschenen Brief von Dir liebste! beste! – Duscheck und Naumanns waren wie gewöhnlich da, ich gieng gleich im Triumphe in mein Zimmer küßte den Brief unzählige Male, ehe ich ihn erbrach, dann – verschlang ich ihn mehr als ich ihn las. – ich blieb lange in meinem Zimmer; denn ich konnte ihn nicht oft genug lesen, nicht oft genug küssen. als ich wieder zu Gesellschaft kamm, fragten mich Naumanns ob ich einen Brief erhalten hätte, und auf meine Bejahung, gratulirten sie mir alle herzlich dazu, weil ich täglich darüber klagte, daß ich noch keine Nachricht hätte; – die Naumannschen sind herzliche Leute; – Nun über deinen lieben Brief; denn die fortsetzung meines hiesigen Aufenthaltes bis zur abreise wird nächstens folgen.

Liebes Weibchen, ich habe eine menge bitten an dich; –

1.mo bitte ich dich, daß du nicht traurig bist; –
2.do daß du auf deine Gesundheit achtest *und der frühlingsluft* nicht trauest.
3.tio daß du nicht alleine zu fuße – am liebsten gar – gar nicht zu fuße ausgehest
4.to daß du meiner Liebe ganz versichert seyn sollst; – keinen Brief habe ich dir noch geschrieben, wo ich nicht dein liebes Portrait vor meiner gestellt hätte.
6to et ultimo bitte ich dich in deinen Briefen ausführlicher zu seyn. – ich möchte gerne wissen ob schwager Hofer den Tag nach meiner Abreise gekommen ist? ob er öfters kommt, so wie er mir versprochen hat; – ob die Langischen bisweilen kommen? – ob an den Portrait fortgearbeitet wird? – wie deine Lebensart ist? – lauter Dinge die mich natürlicher Weise sehr interessiren. –
5to bitte ich dich nicht allein auf Deine *und* Meine *Ehre in deinem Betragen Rücksicht zu nehmen, sondern auf den* Schein. – *seye nicht böse auf diese Bitte. – Du mußt mich eben dießfalls noch mehr lieben, weil ich auf Ehre halte.*
Nun lebe wohl, liebste, beßte, – Denke daß ich alle Nacht ehe ich ins Bett gehe eine gute halbe Stunde mit deinem Portrait spreche, und so auch beym erwachen. – übermorgen den 18:ten gehen wir ab; – Du schreibst nun immer nach Berlin poste restante.
O stru! Stri! – ich küsse und drücke dich 1095060437082 mal hier kannst du dich im aus=sprechen üben und bin ewig

Dein treuester Gatte und freund
W. A. Mozart *m/p*

der Beschluß des Dresdner aufenthalts wird nächstens folgen. – gute Nacht! –

Wien, den 24. April 1789

Mein lieber Gatte!
Mein allerbester kleiner Mann!

Ich will mir keine Rivalinnen mehr ausdenken, nur um der Zerstreuung willen, sie bekämpfen zu müssen. Solcher Plänkeleien bin ich zu überdrüssig. Ach, wie bedauere ich es, Dich mit meiner dummen Weibereifersucht gequält zu haben. Ich weiß sehr wohl, was noch immer zwischen uns ist, und dürfte klaren Verstandes niemals glauben, daß eine Duschek, so flink und fähig sie auch sei, Dich dazu bringen könnte, unsere Ehe zu mißachten. Ich finde ihre Stimme keineswegs der meinen vorzuziehen, sie hat nur beharrlichere Übung genossen.

Genug! Sprechen wir von Deinem Aufenthalt. So hättest Du also einen neuen Feind in der Person dieses Häßler! Wie bedauere ich Dich, mein süßer Liebling, daß Du wieder einmal *gezwungen* wirst, Deine Kunst vorzuführen, in der Hoffnung auf eine Anstellung, und das um den Preis, daß Du den anderen beschämst, den man Dir umgehend und schamlos als Genie auf der Klaviatur oder Teufel der Pedale entgegenstellt. Es ist schon ärgerlich, wenn man einen Lehrmeister wie Sebastian Bach hatte und dennoch außerstande ist, eine Fuge zu entwickeln. Nun wirst Du mich dafür segnen, daß ich Dich zur Kunst der Fuge gedrängt habe.

Carl geht es gut, doch gebärdet er sich wie ein kleiner Wilder. Sein Kopf ist voller Läuse. Seit gestern trägt er ein Tuch und geröstete Karottenscheiben auf den kurzgeschnittenen Haaren. Anna wird sie ihm mit einem Essig nach eigener Rezeptur einreiben.

Mein lieber kleiner unanständiger Mann und Scheusal, auch ich habe Dir eine Flut von Antworten mitzuteilen:

1. war ich gar nicht mehr traurig, sobald ich Deinen Brief erhielt.

2. gehe ich nicht allein zu Fuß hinaus und schlicht überhaupt nicht zu Fuß, denn die Zerstreuungen kommen zu mir, hierher zu den Puchbergs.

3. brauchst Du nicht im mindesten um Dein und mein Glück zu fürchten, denn meine Liebe zu Dir ist der strengste Wächter dieses teuren Gutes. Sicher bin ich manchmal zu leutselig oder gar zu

gesellig, aber ich glaube doch, niemals Anlaß zu unziemlichen Dreistigkeiten zu geben.

4. Hofer und Josepha sind nicht am Tag nach Deiner Abreise gekommen. Was? Da willst Du gleich schreiben, wie zornig Du bist? Beruhige Dich, mein zügelloses Ferkelchen, sie sind sogar noch am selben Tag gekommen und haben sich alle Mühe gegeben, meine Tränen zu stillen.

5. habe ich noch keinen Besuch von den Langes erhalten. Und vor ein paar Tagen erwarte ich auch keinen, denn eines ihrer Kinder ist ernstlich erkrankt.

6. Lange hat dein Porträt nicht beendet. Ich glaube, er möchte lieber Deine Rückkehr abwarten und auch die Schwierigkeiten mit dem Kind, wie ich schon sagte.

7. Hör nicht auf, vor dem Einschlafen mit meinem Bildnis zu sprechen, denn wenn Du zurück bist, wirst Du Deine Gedichte meinem kleinen Allerwertesten vortragen müssen.

Man wartet schon, ich muß Dich lassen, aber nicht, ohne Dir zu sagen, wie ungeduldig ich Dich zurückerwarte, und Dich zu bitten, mich nicht zu vergessen, auch nicht für eine Minute, mein liebes Ehescheusal und Freigeist meines Herzens, Wüstling meiner Schenkel und meines Bauches, und ich bleibe wie immer

Deine treue Gemahlin und kleine Katze
Constanza Mozart

Nun habe ich seit siebzehn Tagen keinen Brief mehr von Wolfgang bekommen. Ich ertrage dieses Schweigen nicht, alles ist mir lästig und scheint mir nur zeigen zu wollen, daß er mich verläßt.

Heute sehe ich nichts. Hunderte von sirrenden Fliegen vor meinen Augen und ein furchtbares Ohrensausen nehmen mir die Kraft. Das Kind bewegt sich jetzt ohne Unterlaß, selbst in der Nacht.

Gott im Himmel, erhöre die Gebete Deiner Tochter!

Wien, den 5. Mai 1789

Mein vielgeliebter Mann,

Noch immer bin ich ohne Nachricht von Dir, und das versetzt mich in furchtbare Unruhe. Was soll ich denken? Du meinst, ich kann mir Deiner – Deiner Gefühle – ganz sicher sein, aber das vermag dennoch nicht die Furcht vor einer schrecklichen Nachricht aus meinen Gedanken zu vertreiben.

Meine Unruhe ist hier nicht unbemerkt geblieben, und so versucht man mich mit tausend liebevollen Zerstreuungen abzulenken. Ich ertrage es nicht, wenn ich noch länger ohne Nachricht von Dir bleibe. Ach, ich wollte Dir erzählen, welche Fron mir auferlegt worden ist. Seydelmann gab in Wien seine Oper *Il Turco in Italia*. Mein Gott, wie habe ich mich gelangweilt! Und es will mir auch scheinen, als hätte ich so einiges von Deiner Musik darin erkannt. Das Türkische scheint den Mann nicht so sehr inspiriert zu haben, daß er eine ganze Oper daraus hätte machen können, ohne bei anderen, überlegenen Einflüssen zu stibitzen. Ich werde nie verstehen, wie man sich für einen solchen Dreck begeistern kann, und vor allem, wie es möglich ist, daß diese traurige, nach Bier und schlechten Zähnen riechende Figur sich der Protektion des russischen Gesandten und des Kurfürsten von Sachsen erfreut! Worauf warten sie noch, bis sie Seydelmann zum Scheißen in ein anderes Land schicken, wo die Oper nicht so wichtig ist? Wenn die Franzosen immer noch so sind, wie Du sie kennengelernt hast, dürften sie nur so für ihn schwärmen, seinem Mist von Oper so recht angemessen. Ich kann nicht mehr schreiben, weil ich von einer gar unerträglichen Unpäßlichkeit geplagt werde. Es schwirrt mir vor den Augen wie von tausend schwarzen Fliegen und summt auch unaufhörlich in meinen Ohren. Aber Du schreibe mir. Ich bitte Dich, laß mich nicht noch Schlimmeres vermuten als die schlichte Wahrheit.

Hast Du so viel zu arbeiten, daß es Dir schwer wird, Deiner Frau, die Dich treulich erwartet, einige Zeilen hinzuwerfen? Apropos, wie geht es der Duschek? Nein, schreibe mir nicht, um mir Nachricht von ihr zu geben, ich sorge mich nur um Dich und bleibe

Deine treue und liebende Gemahlin
Constanza Mozart

Wien, den 9. Mai 1789

Mein vielgeliebter Mann!

Noch immer habe ich keine Nachricht von Dir und weiß auch nicht, welcher Weg meinen Brief erwarten wird. Wird er Dich in Berlin antreffen oder Dir folgen, um am Ende vor Dir nach Wien zurückzukehren? Ach, wie wüßte ich Dich gerne ganz gesund und glücklich und voll der Pläne, die Taschen gefüllt mit Zechinen. Ach, mein Lieb, der Du so gerne arbeitest, so Dein Kopf kühl, Dein Bauch voll und Deine Füße warm sind, kannst Du mir nicht endlich gute Nachricht geben, ob des Schicksals, das uns erwartet? Ich bete unablässig zu unserem heiligen Johannes von Nepomuk. Die herzensgute Anna hat ihren Arzt für mich kommen lassen, weil mein linkes Bein mir wieder greulich zu schaffen macht. Gestern in der Kirche, auf dem Weg zum Altar, ist eine Ader geplatzt, die man schon gut zwischen die Finger nehmen konnte. Zu dem Zeitpunkt spürte ich gar keinen Schmerz, eher eine gewisse Erleichterung. Seither rinnt eine gelbliche Flüssigkeit heraus, die nicht versiegen will. Jetzt muß ich eilen, denn man wartet schon auf meinen Brief, den ich nicht beschließen mag, ohne Dich, noch einmal und für immer, der ganzen Liebe zu versichern

Deiner liebenden Gattin,
Constanza Mozart

Leiptzig *den 16:t May*
1789

Allerliebstes, bestes Herzensweibchen! –

Wie? – noch in Leiptzig! – Mein lezter vom 8:t oder 9:ten sagte dir zwar daß ich in der Nacht um 2 uhr schon wieder abreisen würde, allein, das viele bitten meiner freunde bewog mich leiptzig wegen des fehlers einer oder zweyer Personnen nicht zu af-

frontiren, sondern dienstags den 12:ten eine Academie zu geben. – diese war von Seiten des beyfalls und der Ehre glänzend genug, desto mägerer aber die Einnahme betreffend; Duscheck welche Sich hier befindet sang darinn; – die Neumanschen aus Dresden sind auch alle hier; – das Vergnügen so lange wie möglich in gesellschaft dieser lieben braven Leute die sich dir alle bestens empfehlen zu seyn, verzögerte bisher noch meine abreise; – gestern wollte ich weg, konnte aber keine Pferde kriegen – heute eben so; – denn alles will nun eben izt abreisen, und die anzahl der Reisenden ist ausserordentlich gros; – Morgen aber früh 5 uhr geht es los; – – Meine liebe! – mir ist sehr leid, und halb und halb doch fast lieb, daß du dich in den nemlichen falle befindest, in welchem ich mich befand; doch Nein! – ich wünschte daß du dich in dieser lage nie befunden hättest, und hoffe Sicher daß, da ich dieses schreibe, du gewis wenigstens einen von meinen briefen in händen haben wirst, – wo das herkommen mag, das weis gott! – ich habe deinen brief vom 13:t April, den 21:t in leiptzig erhalten; – dann ohne briefe 17 Tage in Potsdam zugebracht; – den 8:t May erhielt ich erst dein schreiben vom 24:t April, und sonst gar keines, ausgenommen gestern eines vom 5:t May; – ich meinerseits schrieb dir den 22:t April von Leipzig, den 28:t vom Potsdam, den 5: May, wieder vom Potsdam, den 9:t vom Leipzig, und nun den 16:t – das sonderbarste ist daß wir uns eben zur nemlichen Zeit in der nemlichen trauerigen Lage befanden! ich ängstigte mich vom 24:t April bis 8:t May, und nach deinem brief zu urteilen war eben dies auch die Zeit deiner bekümmernuß; – Nun hoffe ich aber wirst du es schon überstanden haben, und überhaupt ist mein trost, daß wir bald nicht mehr der briefe werden benöthiget seyn, sondern uns bald mündlich Sprechen und küssen, und an unser Herzen werden drucken können. – ich schrieb dir in meinem lezten daß du mir nicht mehr schreiben sollst; – es ist auch das sicherste; Nun bitte ich dich aber mir auf diesen brief zu antworten, aber ihn nach Prag an Duscheck zu adreßiren; du must ein förmliches Couvert darüber machen, und ihn darin ersuchen den brief bis auf meine Ankunft dahin aufzubewahren; – ich werde wohl wenigstens 8 Täge müssen in Berlin zubringen; – auf diese art werde wohl vor 5:t oder 6:t Juny nicht in

Wienn seyn können; – also in 10 oder 12 Tagen nach empfang dieses briefes; – noch eines wegen ausbleibung der briefe; ich habe auch am 28:t aprill an unsern lieben freund Puchberg geschrieben – ich bitte dich mache ihm 1000 Empfehlungen, und danksagungen in meinem Namen. – daß Schmidt krank war wusste ich gar nicht; dies wird vermuthlich in dem briefe gestanden haben, den ich nicht erhalten habe. – Ich danke dir recht sehr für den bericht von der … Oper … lebe wohl, liebes Weibchen, erfülle alle meine bitten so ich in meinen briefen an dich that, denn liebe, wahre, ächte liebe war der bewegrund hiezu – und liebe mich so wie ich dich liebe*; – ich bin Ewig*

dein einzig wahrer Freund und getreuer Gatte
W: A: Mozart

Berlin den 19ten May 1789

Liebstes, bestes Herzens=Weibchen! –

Nun hoffe ich wirst Du ja gewis Briefe von mir haben, denn alle werden wohl nicht verlohren gegangen seyn; – Ich kann Dir dies mal nicht viel schreiben, weil ich visiten machen muß; ich schreibe Dir blos um Dir meine Ankunft zu melden; – bis den 25ten werde vielleicht schon abreisen können, wenigstens werde alles mögliche thun, ich werde Dir aber bis dahin schon zuverläßliche Nachricht geben; bis 27ten gehe ich aber ganz sicher ab, ich bin so froh wenn ich einmal wieder bey Dir bin, meine Liebe! – Das erste aber ist, daß ich Dich beym Schopf nehme; wie kannst Du denn glauben, ja nur vermuthen, daß ich Dich vergessen hätte? – Wie würde mir das möglich seyn? – für diese Vermuthung sollst Du gleich die erste Nacht einen derben Schilling auf Deinen liebens-küßenswürdigen Aerschgen haben, zähle nur darauf. Adjeu –

ewig Dein
Einziger Freund und Dich von
Herzen liebender Mann
W. A. Mozart

Wien, den 21. Mai 1789

Mein Liebster!

Wenn Nachrichten unangenehm und verletzend sind, so kommen sie auch bald. Ich werde Dich nicht länger im unklaren lassen, was man sich schon in Wien erzählt, damit Du diese Gemeinheiten verstehst, wie ich es erwarte, und zerstreuen kannst, wie ich sicher glaube. Es heißt, Du habest, nachdem Du gegen alle Vernunft und Rücksicht auf die Kosten nach Berlin zurückgekehrt bist, der Probe für die Wiederaufnahme der *Entführung aus dem Serail* beigewohnt. Da nun das Organ der Sängerin Baranius Dir – bei den Koloraturen – nicht genügte, seist Du sodann »gezwungen« gewesen, noch einmal allein mit ihr die Rolle durchzugehen. Und dabei seist Du den Organen dieses koketten Singvögelchens so nahe gekommen, daß sie das hohe Gis auf dem Rücken liegend für Dich angestimmt hätte, was wahrlich ein Wunder wäre – eine ehrliche Meisterleistung ihrerseits, und eine traurige eheliche Niedrigkeit auf Deiner Seite. Auch heißt es, Du habest, indem Du dieser Schlampe beigelegen, seiner Majestät Friedrich-Wilhelm königliche Hörner aufgesetzt. Meine Schwester Josepha und ihr Mann Hofer meinen, ich dürfe nichts glauben von alledem, aber ich mag von ihren Bitten nichts hören. Ich will es von Dir, von Dir allein hören, und nicht nur das – ich will Dir in die Augen sehen, um zu wissen, wie Du zu dieser Sache stehst. Soll ich mich freuen oder Deine Rückkehr fürchten?

Constanze Mozart

Ich weiß wirklich nicht, ob er diesen Brief erhalten wird. Soll ich ihn abschicken und ihn damit warnen, wie kühl ich ihm zu begegnen gedenke, oder soll ich auf seine Rückkehr warten, um in seinen Augen, diesen lieben Augen!, die ganze Unschuld meines Mannes abzulesen, dem Opfer von immerwährenden Intrigen und Komplotten?

Berlin *den 23:t May*
1789

liebstes, bestes, theuerstes Weibchen! –

Mit ausserordentlichem vergnügen habe dein liebes Schreiben vom 13:t hier erhalten; – diesen augenblick aber erst dein vorhergehendes vom 9:ten weil es von Leipzig retour nach Berlin machen musste. – das erste ist daß ich dir alle briefe so ich dir geschrieben herzähle, und dann die deinigen so ich erhalten. – ich schrieb dir den 8:t april von der Post=station budwitz. –

	den 10:t	–	*von Prag*
	den 13:t		*von Dresden*
und	*den 17:t*		
	den 22:t		*von Leipzig.*
	Den 28:t		*von Potsdam*
und	*den 5:t May*		
	den 9:t		*von Leipzig*
	und 16:t		
	den 19:t		*von Berlin*
und izt	*den 23:t*	–	*das sind also 11 briefe.*

Ich erhielte von dir

	den von 8:t april	*den 15:t april*	*in Dresden*	
	den von 23:t –	*den 21:t* –	*in Leipzig.*	
	den von 24:t –	*den 8:t May*	*in Leipzig.*	*bey meiner*
	den von 5:t May	*den 14:t May*	*in Leipzig.*	*Retour*
	den von 13:t –	*den 20:t*	*in Berlin.*	
und	*den von 9:t*	*den 22:t*	*in Berlin.*	

also 6 briefe.

zwischen den 13:t und 24:t april ist, wie du Siehst eine lücke, da muß nun ein briefe von dir verloren gegangen seyn – durch dies musste 17 tage ohne briefe seyn! – wenn du also auch 17 tage in diesen umständen leben musstest, so muß auch einer von meinen briefen verloren gegangen seyn; – gott lob, wir haben diese fatalitäten nun bald überstanden; – an deinem Halse hangend *werde ich es dir dann erst recht erzählen wie es mir damals war!*

– doch – du kennst meine liebe zu dir! – wo glaubst du daß ich dieses schreibe? – im gasthofe auf meinem zimmer? – Nein; – im thiergarten in einem Wirthshause in einem garten hause mit schöner aussicht alwo ich heute ganz alleine *Speisste, um mich nur ganz alleine mit dir beschäftigen zu können; – die königin will mich dienstag hören;* da ist aber viel nicht zu machen. *ich liess mich nur melden, weil es hier gebräuchlich ist, und Sie es übel nemmen würde. – Mein liebstes Weibchen, du must dich bey meiner Rückunft schon mehr auf* mich *freuen, als auf das* gelde. – 100 *friedrichs'Dor sind nicht 900fl sondern 700fl; – wenigstens hat man mir es hier so gesagt. – 2:ts hat Lichnowsky mich weil er eilen musste früh verlassen, und ich folglich in dem theuren orte Potsdam selbst zehren müssen; – 3:ts habe ich … 100fl: lehnen müssen, weil sein beutel abnahm – ich konnte es … nicht gut abschlagen, du weist warum. – 4t ist die academie in leipzig, so wie ich es immer sagte, schlecht ausgefallen, habe also mit Rückwege 32 Meilen fast umsonst gemacht; daran ist Lichnowsky ganz alleine schuld, dann er liess mir keine Ruhe, ich musste wieder nach Leipzig. – doch – davon das mehrere mündlich; – hier ist 1:t mit einer academie nicht viel zu machen, 2:tens – sieht es der könig nicht gerne. – du must schon* mit mir *mit* diesem *zufrieden seyn, daß ich so glücklich bin beym könige in gnaden zu stehen; – was ich dir da geschrieben, bleibt unter uns. – donnerstag den 28:t gehe ich nach dresden ab, alwo ich übernachten werde. den 1:t Juny werde ich in Prag schlafen, und den 4: – den 4:t?* – bey meinem liebsten weiberl; *–richte mein liebes schönstes nest recht sauber her, denn mein bübderl verdient es in der That, er hat sich recht gut aufgeführt und wünscht sich nichts als dein schönstes … zu besitzen. Stelle dir den Spitzbuben vor, dieweil ich so schreibe schleicht er sich auf den Tisch und zeigt mir mit fragen ich aber nicht faul geb ihm einen derben Nasenstüber – der bursch ist aber nur … jetzt brennt auch der Schlingel noch mehr und läßt sich fast nicht bändigen. ich hoffe doch du wirst mir auf die erste Post entgegen fahren? – ich werde den 4:t dort zu Mittage eintreffen; – Hofer den ich 1000mal umarme hoffe ich wird wohl auch dabey seyn; – wenn H: und fr: von Puchberg auch mitführen, dann wäre alles beysammen was ich wünschte. vergesse auch*

den Carl nicht. – Nun aber das nothwendigste; – du must einen vertrauten Menschen Satmann oder so Jemand mitnehmen, welcher dann in meinem Wagen mit meiner Bagage auf die Mauth fährt, damit ich *nicht diese unnöthige seccatura habe, sondern mit euch lieben leuten nach hause fahren kann. – aber gewis! –*
Nun adieu – ich küsse dich Millionenmal und bin Ewig

dein getreuester gatte
W. A. Mozart

Prag *den 31. May*
1789

liebstes, bestes Weibchen! –

den augenblick komme ich an. – ich hoffe du wirst meinen lezten vom 23:t erhalten haben. es bleibt also dabey; – ich treffe donnerstag den 4:t Juny zwischen 11 und 12 uhr richtig auf der lezten oder ersten Post=Station ein, wo ich euch anzutreffen hoffe; vergies nicht Jemand mit zu nehmen, welcher dann anstatt meiner auf die Mauth fährt. adieu. gott wie freue ich mich dich wieder zu sehen; – in Eyle.

Mozart

Welch ein freudiges Wiedersehen!

Wir waren alle da, Carl, ganz rot vor Aufregung, seinen Papa wiederzusehen, die Puchbergs.

Und ich, fiebrig und humpelnd.

Mit nur einem Kuß, dem allerersten, wußte ich es.

Als wir uns umarmten, durchströmte mich Ruhe und Sicherheit. Da umfing mich Entzücken, und sein Geruch stieg mir zu Kopfe. Keine Schurkerei dieser Welt könnte mich von dieser Liebe abbringen.

Meine Seele bloßlegen.

Diese Himmelsaugen, diese zärtlichen kleinen Hände, dieser

Nacken mit seinem Flaum, dieses schrumpelige Ohrwaschel, das alles gehört *mir* und zittert nur *mit mir*.

Diese Sicherheit habe ich nun.

Sommer 1789

Ich bin zur Zeit sehr leidend, muß das Bett hüten und darf gar nicht laufen. Fuß und Knöchel sind offen, und die Wunde geht bis auf den Knochen hinunter. Ich quäle mich und habe alle Mühe, mein Elend zu unterdrücken, wenn meine kleinen Männer schlafen. Ich selber finde gar keinen Schlaf mehr, und die Kräfte wollen mich verlassen. Mein schlimmer Zustand läßt sich Wolfgang am Gesicht ablesen. Er äußert seine Mutlosigkeit mit stillen Seufzern. Ach, womöglich ist dies die Stunde meines Todes, statt mein Kind zu hegen, bis es flügge wird.

Ich fiebere häufig, und dann kann ich nicht einmal um ein Glas Wasser bitten, ohne vergeblich nach Worten zu suchen. Mama und Sophie sind alltäglich an meinem Lager, und ich kann an ihrer zärtlichen und ergebenen Ruhe ablesen, wie schlimm es um mich steht.

Ich bin verloren. Man verbirgt es mir nur ungeschickt.

Ich weiß nicht, ob diese Zeilen die letzten sind, die zu schreiben mir vergönnt sein wird. O Herr, was soll aus meinen armen Männern werden, wenn ich nun meine Seele aufgeben muß?

In der Kammer meiner lieben Schwester Constanze,
Juli 1789

Meine liebe Schwester und Freundin Constanze,
ach, ich wünschte so sehr, Du würdest mich recht dafür schimp-

fen, daß ich es wage, meine armseligen Zeilen in Dein Büchlein zu schreiben, denn das würde bedeuten, daß Du Dich von diesem scheußlichen Fieber erholt hast, und Dein Zorn wäre mir nichts als eine frische, wohltuende Sommerbrise. Wach auf, meine Schwester, befreie Dich von diesem Brand, der Dich zum Himmel hinauftragen will, und komm zurück zu mir, denn ich liebe Dich. Dein Mann ist hier bei Dir, er arbeitet zu Deinen Füßen.

Ich bewache Deinen ruhigen Schlaf, der Dir so lange vorenthalten wurde. Wir schweigen wie am Grabe, um Dich nicht zu wecken.

Vorhin trat Euer Diener Joseph mit Getöse ins Zimmer. Wolfgang, der fürchtete, seine liebe Frau möchte im Schlaf gestört werden, wollte ihm bezeigen, nur ja kein noch so kleines Geräusch zu machen, und schob seinen Stuhl zurück. Weil er aber gerade Federn spitzte, hatte er das Taschenmesser noch geöffnet in der Hand und stieß es sich bis zum Heft ins Fleisch. Trotz seines Schmerzes rührte Dein Mann sich nicht und gab keinen Laut von sich. Er nickte mir nur zu, mit ihm hinauszugehen. Wir gingen in das Zimmer, in das sich die Mutter zurückgezogen hat (wir möchten ihr das wahre Ausmaß Deiner Krankheit verbergen), damit sie uns hülfe. Sie verarztete Deinen Mann und träufelte ihm Johannisöl in die Wunde. Obwohl er danach ein wenig gekrümmt ging, wegen des Schmerzes, versuchte er sich nichts anmerken zu lassen, damit Du nichts davon erfährst.

Dein lieber Mann hat sich so sehr daran gewöhnt, auf den Zehenspitzen zu gehen und das ganze Haus mit seinem energischen »psst!« zur Ruhe zu gemahnen, daß er neulich, als wir auf dem Graben einem guten Freund begegneten, »psst!« zu ihm sagte, anstatt ihm die Hand zu geben, ganz so, als wären wir in der Nähe Deiner Kammer.

Komm zurück, meine liebe Schwester, komm zu uns zurück, die wir Dich lieben und heute Dein Unglück beweinen. Trauern wir! Aber hoffen wir auch …

Mögest Du morgen mit Gottes Hilfe, weil ich diese Worte in Dein Buch geschrieben habe, tüchtig schimpfen können mit

Deiner kleinen, Dir getreulich ergebenen Schwester
Sophie

Baden.

Dem Herrn sei Lob und Preis!

Nun bin ich beinahe ganz von dieser schrecklichen Krankheit geheilt. Doch muß ich noch Medizin nehmen, zu jedem neuen Aderlaß Blutegel über mich ergehen lassen und die Krampfadergeschwüre an meinem Fuß jeden Tag neu verbinden. Oh, hüpfen und im Garten herumtollen kann ich nicht, aber der helle Sommer und diese Kur in Baden werden mich ganz von diesem erschrecklichen Begebnis heilen.

Der gute Puchberg hat uns 150 Gulden geliehen, denn von den Einkünften von Wolfgangs Reise ist kein Kreuzer mehr übrig. Ach, mein Liebster, was soll nur aus uns werden?

Da sich bei der letzten Subskription kein einziger Name auf der Liste fand, mußten wir sie annullieren lassen. Was für eine Schande für die Kunst und jene Menschen, die sich als Kunst*liebhaber* bezeichnen, die Seele eines Künstlers derart im Schattenreich des Unglücks zugrunde gehen zu lassen!

Ich kann es nicht für gut befinden, wie Wien sich einer Sache überdrüssig zeigt, die es einst so sehr entzückte. Die jungen Wunderkinder umschwärmen sie, wie unseren früheren Schüler Hummel. Ich erinnere mich noch an sein liebes Kindergesicht und wie er Wolfgang mit seiner Kunst erfreute. Heute füllt dieser junge Musiker die Konzertsäle. Mein Mann erzählte mir von seinem Auftritt in Berlin im Corsikaschen Conzertsaal, bei dem der Applaus so lange anhielt, daß er nicht umhin konnte, daran zu denken, wie er selber gestern noch mit Komplimenten überhäuft wurde.

Wien, worin liegt nur Dein Reiz, daß Du das Talent Deiner Kinder so umfangen kannst und diese Kinder Dich noch weiter lieben, wenn Du sie verläßt?

Wien, um Dich wirklich zu lieben, muß man wohl die Niederlage kennen und den Ruin und sich der Katastrophe ergeben.

Wien, Du schlechte Mutter. Dein Leib ist voll mit unserer Scheiße.

Nun bin ich in Baden, weil diese teuflische Medizin das einzige Mittel gegen meine Geschwüre zu sein scheint. Kuren und Bäder sind so teuer!

Mein lieber kleiner Carl belebt meine einsamen Tage mit seinem Spiel und seiner fröhlichen Kinderart. Ich sehne mich nach Wolfgangerl. Ich glaube, er ist recht einsam in unserer Wohnung. Der Gedanke ist mir unerträglich, aber ich muß vernünftig sein.

Martha Waldstätten ist in Baden! Welche Überraschung, da treffe ich diese liebe Freundin wieder, wie sie gleich neben mir ihr Wasser trinkt. Zunächst erregte nur das überzogene Äußere meine Aufmerksamkeit: ein Hut von bemerkenswert mutiger Farbe mit in allen Schattierungen schillernden Bändern und eine eng geschnürte, so schmale Taille.

Und dann ihr Wesen. Ach, ich glaube, ich würde meine Wohltäterin unter allen Silhouetten herauskennen.

Ich freue mich sehr, sie hier anzutreffen.

Mir will scheinen, als könnte ich zur Zeit zu Fuß ins Bad gehen, aber ich möchte das nicht. Wolfgang verbietet mir das Gehen, selbst in Begleitung. Zudem haben zwei Herren Martha und mir ihren Wagen zur Verfügung gestellt.

Einer dieser Herren ist ihr …

Ich meine den jüngeren und anmutigeren, auch weniger galanten. Er erfreut sich der Gesellschaft meiner guten Baronin in den Stunden, wenn die Bäder geschlossen sind.

Der ältere ist auch nicht eben alt, doch ist er in dem Alter, da die Schönheit vergeht, und könnte leicht mein Vater sein.

Ich kenne ihn nur bei dem Namen Cesari.

Und ich habe auch keine andere Verwendung für ihn, abgesehen davon, daß er eine ernsthafte Neigung für mich hegt, mir seinen Wagen schickt, damit er mich zum Bade bringt und ich nicht laufen muß, und seinen ergebensten Diener für meine Wünsche bereithält.

Wenn der Abend hereinbricht und die silberne Mondsichel sich am Himmel abzeichnet, kehren Carl und ich in unser Zimmer zurück und gehen ganz gemütlich in unsere weichen Betten.

Heute abend hat Cesari mir die Hand geküßt. Er wollte mir damit seine tadellosen Absichten beweisen. Dann habe ich noch Salieri gesehen, der äußerst zufrieden wirkte, mich in Gesellschaft eines anderen Mannes als des meinen anzutreffen. Gott weiß, was dieser boshafte Mann sich nun wieder einbilden mag! Glücklicherweise lassen seine vielen Koffer vermuten, daß er im Begriff steht, aus Baden abzureisen. Soll er doch zum Teufel gehen!

Jetzt weiß ich, an wen mich der alte Cesari erinnert.

Cesari ist der Doppelgänger des ... alten Narren!

Heute wird für mich jede Stunde wie verzaubert sein!

Mit der Postkutsche aus Wien ist heute ein hübscher Kasten gekommen. Carl hatte es eilig, das Paket zu öffnen: Wolfgang schenkt mir zu unserem Hochzeitstag einen reizenden Gesellschafter, einen grauweißen Kanarienvogel in einem runden Käfig. Was für eine wunderbare Aufmerksamkeit.

Ach, Wolferl. Heute morgen war ich so traurig, ich wünschte mir so sehr, bei Dir zu sein. Beim Erwachen hatte ich beschlossen, den Wagen des *Alten* zurückzuschicken und meine ganze Zeit darauf zu verwenden, Dir zu schreiben und zu erfragen, womit Du Dich beschäftigst.

Baden, den 5. August 1789

Mein geliebter und wunderbarer kleiner Mann!

Du kannst Dir nicht vorstellen, wie glücklich mich Dein Geschenk macht: So habe ich doch nun immer etwas von Dir in meiner Nähe. Carl freut sich so über seinen pfeifenden Gespielen. Wir singen ihm immer wieder *Non più andrai* vor, damit er es lernt und Dir die Freude macht, es zu hören, wenn Du zu uns kommst. Denn Du wirst doch kommen, nicht wahr? Ich zähle die Tage, die uns noch trennen und Dich in der Stadt aufhalten. Weißt Du, wen ich hier in Baden getroffen habe? Die gute Martha Waldstätten, die auch der Bäder wegen hergekommen ist. Ihre Begleiter bieten mir alle Annehmlichkeiten der Welt, und zudem habe ich jetzt alle Möglichkeiten einer Dame von Adel, denn es machen sich uns zwei Herren sehr erbötig. Der jüngere ist sehr eifrig um die Baronin bemüht, und der ältere, ein Herr Cesari, umgibt mich mit tausend Aufmerksamkeiten. Sein Diener ist ein Verwandter von Joseph. Beide scheinen gut über Dich unterrichtet zu sein (der Junge von Martha und der Alte). Mein Liebling! Du wirst es zufrieden und ganz beruhigt sein, wenn Du erfährst, daß ich niemals *allein* oder zu Fuß gehe, weil der alte Herr mir zweimal täglich seine Kutsche schickt, um zum Bade zu fahren. Manchmal ist er selber mit im Wagen und leistet mir Gesellschaft, ansonsten, und das ist der häufigere Fall, habe ich den Wagen für mich allein. Es drängt mich so sehr, wieder zu laufen wie einst. Carl nutzt meine Unbeweglichkeit ein wenig aus und ist ungezogen, aber auf sich allein gestellt wird er sich niemals so viele Dummheiten und ärgerliche Streiche ausdenken wie bei den Puchbergs.

Ich weiß, daß Du in dieser Saison *Le Nozze di Figaro* gerne mit neuen Melodien im Burgtheater wiederaufnehmen lassen würdest. Da man hier von nichts anderem spricht als einer gewissen Adriana Ferrarese oder so ähnlich, nehme ich an, Du wirst schon an sie für Deine Melodien gedacht haben. Und Du wirst wohl auch *gezwungen* sein, mit ihr zu üben. Ich weiß, wie sehr Du Dich bei den Proben erregst, das habe ich in Salzburg gemerkt, als wir die Messe vorbereiteten. Gerne wüßte ich mehr über das Äußere dieser Adriana Sowienoch, aber alles, was man hier hört, ist, daß ihre Anmut das hübsche Lärvchen meiner Schwester hat in Vergessenheit geraten lassen, und daß sie über die Maßen tugendhaft sei.

Ach, mein Herz, ich bete, daß schon morgen der Augenblick kommen möge, in dem ich wieder in Deinen Armen liege. Jetzt, in diesem Augenblick, möchte ich hören, daß Du Deine Pflichten und Deine angeblich so tugendsame, geschminkte Sängerin stehen läßt, um bei mir zu sein! Wenn Du Dich unter meine Decke gleiten läßt, wirst Du erkennen, wie sehr Du mir fehlst, und keine andere kann mit ihren Zärtlichkeiten dem dritten Bein meines Pùnkitititi soviel Freude und Glückseligkeit bescheren.

Laß Dir nicht vom Hintern dieser Adriana Ferrarese den Kopf verdrehen. Ich würde es Dir nie verzeihen.

Tausend Küsse von deiner aufmerksamen, braven und dicken Gattin

Stanzerl Mozart

Allerliebstes Weibchen! – August 1789

Mit Vergnügen erhielt ich Dein liebes Schreiben – hoffe daß Du gestern mein 2tes samt Decoctum, Latwerge und Ameiseyer wirst erhalten haben. – Morgen früh 5 Uhr segle ich ab – wenn es nicht wäre blos um das Vergnügen zu haben, Dich wieder zu sehen und wieder zu umarmen, so würde ich noch nicht hinausfahren, weil man ietzt bald Figaro geben wird, wozu ich einige Abänderungen zu machen habe und folglich bei den Proben nothwendig bin – ich werde wohl auf den 19ten wieder herein müssen – aber bis 19ten hier zu bleiben ohne dich, *das wäre mir unmöglich; – liebes Weibchen! – ich will ganz aufrichtig mit Dir sprechen, – Du hast gar keine Ursache traurig zu seyn – Du hast einen Mann der Dich liebt, der Dir alles, was er nur im Stande ist, thut – was Deinen Fuß anbelangt, brauchst Du nur Gedult zu haben, es wird gewis ganz gut gehen; – mich freut es ja, wenn Du lustig bist – gewis – nur wünschte ich daß Du Dich bisweilen nicht so gemein machen möchtest – mit N. N. machst Du mir zu freye … ebenso mit N. N. als er noch in Baaden war, – bedenke nur daß N. N. mit keinem Frauenzimmer, die sie vielleicht besser kennen als Dich, so grob sind, als mit Dir, selbst N. N. der sonst ein artiger Mensch ist und besonders für Frauenzimmer hochachtungsvoll ist, selbst er muß dadurch verleitet worden seyn, in seinem Briefe die abscheulichsten und gröbsten Sottisen zu schreiben – ein Frauenzimmer muß sich immer in Respekt erhalten – sonst kömmt sie in das Gerede der Leute –*

meine Liebe! – verzeihe mir daß ich so aufrichtig bin, alleine meine Ruhe erheischt es sowohl als unsre beiderseitige Glückseeligkeit – erinnere Dich nur daß Du mir einmal selbst eingestanden hast, daß Du zu nachgebend seyst – *Du kennst die Folgen davon – erinnere Dich auch des Versprechens welches Du mir thatst – O Gott! – versuche es nur, meine Liebe! – sey lustig und vergnügt und gefällig mit mir – quäle Dich und mich nicht mit unnöthiger Eifersucht – habe Vertrauen in meine Liebe, Du hast ja doch Beweise davon! – und Du wirst sehen wie vergnügt wir seyn werden, glaube sicher, nur das kluge Betragen einer Frau kann dem Mann Fesseln anlegen – adjeu – morgen küsse ich dich von Herzen.*

Mozart

Nun sind wir schon seit mehr als zehn Tagen wieder in Baden vereint, und es kommt mir vor wie gestern. Wie schnell die Zeit vergeht! Als Wolferl eintraf, sind wir zum Essen in ein Gasthaus gegangen, dessen Personal ganz hervorragend die berühmtesten Arien aus Komödien singt. Ich war empört zu hören, was S. und auch Cesaris Diener für üble Nachrede über mich verbreitet haben. Wenn man nur immer jammerte und klagte, ja, dann wären die arglistigen Geister es endlich glücklich und zufrieden und würden nicht mehr daran denken, neue Gerüchte über andere Leute in die Welt zu setzen.

Unsere schönsten gemeinsamen Momente werden jedesmal unweigerlich durch den schrecklichen Gedanken an unsere Trennung verdorben und beschmutzt. Ich kann mich der Vergnügungen nie so recht freuen. Immer muß ich sie durch dunkle Gedanken eintrüben.

Es ist idiotisch.

Und manchmal nimmt es auch meinem Mann die Freude.

Nun ist er wieder nach Wien verschwunden. Ich bleibe in Baden, weil mir die Bäder sehr gut tun. Carl ist ganz verstört durch die Abreise seines Vaters und macht jede Nacht ins Bett. Wir werden jetzt nur noch wenige Tage bleiben, zumal es doch sehr teuer ist und nicht der rechte Zeitpunkt für derlei Ausgaben.

Martha ist tüchtig gestärkt von diesen *Jungbrunnen* auf ihr Schloß zurückgekehrt. Mein alter Cesari schickt seinen Wagen nicht mehr, weil ich ihn dreimal ohne ein Wort habe leer zu seinem Meister zurückfahren lassen.

Lieber soll man mir schlechte und unliebenswerte Manieren nachsagen als eine erfundene Flatterhaftigkeit. Männer! Wie schwierig ist doch der Umgang mit Euch! Da wirft man euch arglos ein höfliches Lächeln zu, und ihr glaubt euch ermutigt, am Ohrläppchen zu knabbern. Tugend mißt sich nicht am Herumgehen mit gesenkten Augen. Ehrsamkeit kann sich auch hinter einer zierlich durchbrochenen Spitze oder einem etwas zu lauten Lachen verbergen. Und sie mißt sich auch nicht an Ihrem Blick, meine Herren, der doch viel zu schnell vom Knöchel seine Rückschlüsse auf die Oberschenkel zieht.

Liebstes Weibchen! *Wien, den 19. August 1789*

Ich bin glücklich um ¾ auf 8 Uhr hier angekommen, und als ich an meiner Thüre – *das hat Hofer geschrieben, der eben da ist und sich Dir empfiehlt – pochte, so fand ich sie verschlossen, weil der Bediente nicht zu Hause war – Ich wartete vergebens gegen eine Viertelstunde, dann fuhr ich zu Hofer und stellte mir vor, ich sey zu Hause und kleidete mich dort ganz an. – Das Ariettchen, so ich für die Ferraresi gemacht habe, glaub' ich soll gefallen, wenn anders sie fähig ist es naiv vorzutragen, woran ich aber sehr zweifle. Ihr hat es zwar sehr gefallen, ich habe dort gespeist – ich glaube Sonntag wird sicher Figaro seyn, ich werde Dir es aber schon noch eher berichten –*

wie freue ich mich wenn wir sie zusammen hören – jetzt gehe ich gleich zu sehen, ob vielleicht nicht eine Veränderung vorgefallen ist – würde sie bis Samstag nicht gegeben, so bin ich heute noch bey Dir – Adieu – Liebe! – gehe nie *allein – ich erschrecke bey den Gedanken –*

ewig Dein Dich liebender
Mozart

Welche Wonne!
Endlich kann ich wieder in einem neuen Kleid die Luft der Theatersäle atmen und mich der Huldigungen des Publikums freuen. Natürlich ist die Zeit der auf den Sitzen stehend ausgerufenen Vivats vorbei, aber die Wiederaufnahme des *Figaro* verspricht einige geringe Einkünfte, und weil die Aufführungen erfolgreich sind, hat der Hof soeben ein neues Werk in Auftrag gegeben.

Ein Auftrag! Gesegnet sei der Wiener Hof ...

Diesmal kann Wolfgang sich den Gegenstand seiner Arbeit nicht aussuchen, denn die Handlung ist von Joseph II. vorgegeben. Und zwar geht es um eine sehr lustige kleine Geschichte, die in den Wiener Salons die Runde macht. Wieder einmal soll die weibliche Treue aufs Korn genommen werden.

Die versprochenen zweihundert Dukaten für diese Arbeit helfen über alle Beleidigungen hinweg, auch wenn Wolfgang sich nicht gern über die Frauen lustig macht. Zweihundert Dukaten! Das wird die teuerste all seiner Opern sein. O Herr, endlich erinnert sich Wien an seinen Sohn!

Aber bis die ersten Aufführungen stattfinden, müssen wir auch leben. Unsere Geldvorräte sind schon lange keine mehr. Wolfgang kann sich nicht entschließen, unsere Kutsche und das Pferd zu verkaufen. Dabei kostet der Unterhalt für den Gaul genug, um jeden Gewinnst aus einem Verkauf in wenigen Stunden hinschmelzen zu lassen.

Herbst 1789

Vor einem Monat, am 16. November, habe ich ein kleines Mädchen zur Welt gebracht. Anna Maria.

Das Paradies freut sich nun eines kleinen Engels mehr. Das Unterpfand unserer Liebe starb nach nur einer Stunde.

Oh, allmächtiger Herr und Gott,
nimm mich auf, in Deine Arme,
denn ich will zu Dir.
Trage mich hinauf in den Himmel,
und laß mich im hellen Schein des Morgens
ihr seidenes Haar sehen.
Schenke mir die Gnade, o Herr,
des Abends ihr Wolkenbett zu umfangen,
und zu ihren kleinen Füßen,
die Küsse der untröstlichen Mutter abzulegen.

Inzwischen müßte ich fünf Kinder herzen; stattdessen hat der Himmel mir zugedacht, vier kleine Särge zu kaufen. Und dieses Mal, da ich von meinem Fußleiden genesen bin, war es mir ein Trost, in der Abenddämmerung dem Trauerzug zu folgen und diese Erde zu sehen und zu berühren, die auf immer die Augen meiner armen Kinder verschlingt.

Ach, ich weiß nicht, wie ich meinen Kummer zügeln, diesen ausgehöhlten Leib trösten soll, der blutige Tränen weint.

Armer kleiner Carl. Wie oft habe ich dir nicht einen Spielkameraden versprochen. Und auch dieses Jahr wieder siehst Du mich klagen und dir etwas vorlügen.

Der gute Puchberg verdient den Namen *Bruder* mehr als jeder andere. Die 300 Gulden (wir hatten um 400 gebeten), die er uns auch diesmal wieder leiht, machen es uns möglich, all jene Ausgaben zu zahlen, mit denen wir nicht gerechnet hatten. Die Beerdigung unserer kleinen Anna Maria und dann auch Doktor Closset, weil mich die schmerzvolle Niederkunft so anhaltend geschwächt hat, Brennholz, Essen und Josephs Dienste.

Die Proben für die neue Oper werden in wenigen Tagen beginnen. Wegen Salieris Machenschaften weigert Wolfgang sich, sie öffentlich stattfinden zu lassen. Also werden dieser Probe für *Così fan tutte* zwei der kritischsten und wohlwollendsten Musikliebhaber der Welt beiwohnen: Michael Haydn und Puchberg.

Die Franzosen sind Gesprächsthema in allen Salons. Die Sansculotten haben eine Bastion der Macht, die Bastille, in ihre Gewalt gebracht. In Wien munkelt man, die Freimaurer seien mit den Jakobinern in Frankreich direkt verbunden.

Auch erzählt man sich – und Salieri tut das Seine dazu, indem er behauptet, *Figaro* sei der Beweis –, daß Mozart die Sache der Revolutionäre verteidige.

Bisher will Wolfgang von alledem nichts wissen. Ich kenne sein Gesicht, wenn ihn etwas wirklich beschäftigt.

1790

Winter 1790

Mir ist so kalt. Ich hasse diese beißende Kälte aus tiefster Seele.

Mozart gibt dem Gerede der Leute unablässig neue Nahrung. Man erzählt sich ebensoviel Lob wie Dummheiten. Hier tauft man ihn »den Komponisten mit der großen Nase«, weil seine Nase, seit wir verheiratet sind, angeblich immer mehr angeschwollen sei. Hat man jemals etwas Dümmeres gelesen? Dort scherzt man, er sei für die Ohren, was die Kunst für das Auge. »Ein Maler mit den Ohren«. Da haben sie wieder etwas zu prusten und zu kichern in den Salons.

Die Geburt von *Così fan tutte* geht besser vonstatten als alle anderen. So kann man im *Journal des Luxus und der Moden* von heute lesen: »*Ich kündige Ihnen wieder ein vortreffliches Werk von Mozart an ... Von der Musik ist, glaub ich, alles gesagt, daß sie von Mozart ist.*«

Wir haben Wolfgangs Geburtstag und dazu den von Carl und meinen mit einigen Freunden und viel Verspätung gefeiert. Ich habe ihm eine Pfeife aus schönem chinesischem Elfenbein in einem Samtkästchen mit aufgesticktem Herzen aus Silberfaden geschenkt.

Vierunddreißig Jahre!

Unser kleiner Carl ist wirklich rührend. Er malt mit seinem Farbkasten Musiknoten auf unsere Treppenstufen.

Zur Feier meines achtundzwanzigsten Geburtstags haben meine Mutter, meine Schwestern und Wolferl mir den entzückendsten Hut mit Schleifen und Rüschen geschenkt. Leider paßt er zu keiner meiner Toiletten.

Wir haben wieder hundert Gulden von Puchberg geliehen.

Der Kaiser ist tot!

Heute morgen um fünf Uhr dreißig hat Joseph II. mit einem letzten Seufzer sein Land verlassen.

Wir Armen! Alle Theater sind in Trauer und werden auf Wochen geschlossen sein ... Könnte man nicht sein Andenken ehren, indem man wenigstens *Così fan tutte* spielen läßt, da doch der Kaiser selbst das Sujet dieser Oper ausgewählt hat?

Wir Armen!

Die *Nozze di Figaro* waren gerade wieder angelaufen, das Geld wollte wieder seinen Weg in unsere Taschen finden, und *Così*! *Così* sollte, ja, genau das, es sollte die Erinnerung der Wiener wachrufen.

Wir hören überhaupt nichts mehr von Nannerl. Ich weiß nicht, ob ich ihr schreiben soll, und nicht, wie sie meinen Brief aufnehmen würde, wenn ich mit meinem bürgerlichen Geklecksel ihre Ruhe störe.

Ich weiß natürlich, daß unsere häufigen Umzüge womöglich ihren Absichten entgegenstanden. Doch nun wohnen wir schon seit einiger Zeit in den Außenbezirken von Wien, wo jeder den Meister der Musik kennt und sehr wohl wüßte, wohin ein Brief nachzusenden wäre.

Nun steht Leopold, Großherzog der Toskana, an der Spitze unseres Landes. Er tritt als Leopold II. die Nachfolge seines Bruders, unseres verstorbenen Kaisers, an. Wir befürchten viele Veränderungen, denn schon jetzt munkelt man das Schlimmste über die neuen kaiserlichen Vorstellungen.

Wolfgang zeigt sich sehr zufrieden über eine erfreuliche Nachricht. Graf Rosenberg ist in Ungnade gefallen und kann auch nicht den geringsten Musiker mehr herumdirigieren. So tritt denn ein Feind meines Gemahls von der Bühne ab! Mein Herz hat mir stets geraten, diesem Mann, diesem Orsini-Rosenberg, niemals über den Weg zu trauen.

Leider trifft es Lorenzo Da Ponte ebenso. Es wird also brenzlig, wenn man mit ihm arbeitet. Jetzt wird mir klar, welche Eselei ich in meiner Dummheit begangen habe: Die Ferrarese war niemals – ach, nicht einmal andeutungsweise – Wolfgangs Geliebte, nein, während ich Dummchen fürchtete, mein schwaches Ehegespons hätte ein Auge auf sie geworfen, wunderte sich ganz Wien über ihre Neigung zu dem alten Da Ponte.

Puchberg leiht uns wieder einhundertundfünfzig Gulden. Gott segne dieses unvergleichlich gute Herz!

Salieri, dieses gemeine Biest, läßt kein wohlüberlegtes Rückzugsmanöver aus. So hat er gerade den Rücktritt von seinem Posten als Operndirektor eingereicht, um seinem Schüler Weigl Platz zu machen. Auf diese Weise wird dieser Ausbund an Niedertracht und Lächerlichkeit für seinen Hampelmann die Fäden ziehen, ohne je selber die Proteste zu hören zu bekommen.

Wir hoffen beide immer noch auf einen neuen Auftrag, denn bisher scheint niemand Mozarts Entlassung zu fordern. Van Swieten drängt uns, Erzherzog Franz, Leopolds Sohn, einen Brief zu schreiben und ihn um sein Wohlwollen zu bitten. Ich weiß nicht, ob er erhört wird. Wolfgang ist es leid, zu bitten und zu warten und zu warten und dann seine Enttäuschung zu verbergen.

Erinnert sich Leopold Mozarts, des jungen umschwärmten Kompositeurs, der der jungen Prinzessin von Württemberg, die damals seinem Sohn Franz anverlobt war, seine Kunst predigen sollte?

Ich wage nicht, meinen Mann nach den Fortschritten in seinen Angelegenheiten zu fragen. Unsere Ausgaben sind aufs Allernötigste beschränkt, und unsere Wohnung eignet sich nicht für Besuche. Ach, jene meiner Schwester Josepha und ihres Mannes Hofer sind immer die schönsten Momente der ganzen Woche. Wir trinken Bier zusammen, und die Männer gehen ganz in ihrer Musik auf. Manchmal singen Josepha und ich sogar auch einige Arien, und diese schönen Momente bringen mich dann jedesmal zum Weinen vor lauter Glück.

Ich wünschte, wir würden uns bei einem Wucherer Geld leihen, denn ich fürchte, Puchbergs Geduld könnte sich erschöpfen und er könnte eines Abends, wenn er das ewige Warten auf seine Rückzahlungen leid ist, unsere Schande heraustrompeten. Aber Wolfgang will das nicht glauben.

Unser Vermieter ist bereit, auf seine Bezahlung zu warten. Mein Mann verliert ganz seine gute Laune. Das Bier hilft ihm auch nicht mehr aus der Melancholie.

Ich kann Lüngerl mit Sauce nicht mehr sehen.

Nachts träume ich von Räucherfisch, silbernen Leuchtern und Kelchen aus Kristall.

Ich kann nicht mehr.

Mich verlassen die Kräfte und Wolfgang arbeitet bis zur Erschöpfung. Was soll nur aus uns werden?

Frühjahr 1790

Doktor Closset schickt mich wieder zur Kur nach Baden, weil meine Geschwüre nicht besser werden wollen. Für meine Schwären ist die heilende Wirkung des Schwefelwassers die einzige Rettung, aber gegen Wolfgangs Leiden kann es leider so gar nichts ausrichten. Wenn ich nach Baden reisen muß, wissen wir nicht, wovon wir eine solche Ausgabe bezahlen sollen. Es sei denn, man nähme wieder Schüler. Armer, guter Liebling, wo du die Lektionen so sehr haßt! Seit der kleine Hummel fort ist und wir in den Außenbezirken wohnen, ist kein Schüler mehr gekommen, um bei Wolfgangerl die Musik zu erlernen. Wir werden noch einmal umziehen müssen, denn in dieser überaus bescheidenen Bleibe kann man keine Schüler empfangen.

Wolfgang kennt eine Wohnung in der Rauhensteingasse. Aber wie mit allen unseren Möbeln und Effekten dorthin gelangen und die hundertundfünfundsiebzig Gulden aufbringen, die dieser Umzug kosten wird?

Puchberg antwortet nicht mehr auf unsere drängenden Bitten.

Sie haben recht, liebster freund, wenn Sie mich keiner antwort würdigen! – meine zudringlichkeit ist zu gros; – Nur bitte ich Sie meine Umstände von allen Seiten zu betrachten, meine warme freundschaft und zutrauen zu ihnen zu bedenken, und mir zu verzeihen! – wollen und können Sie mich aber wenig-

stens aus einer augenblicklichen Verlegenheit *reissen, so thun Sie es gott zu liebe – was Sie immer leicht entbehren können, wird mir angenehm seyn – Vergessen Sie ganz meine zudringlichkeit wenn es ihnen möglich ist, und verzeihen Sie mir. Morgen freytag hat mich graf Hadick gebeten ihm das Stadlers Quintett, und das Trio so ich für* Sie *geschrieben, hören zu machen, ich bin so frey Sie dazu einzuladen; Häring wird es Spiellen. – Ich würde selbst zu ihnen gekommen seyn, um mündlich mit ihnen zu Sprechen, allein mein kopf ist wegen Rheumatischen Schmerzen ganz eingebunden, welche mir meine laage noch fühlbarer machen. – noch einmal, helfen Sie mir nach ihrer möglichkeit nur für* diesen augenblick – *und verzeihen Sie mir.*

Ewig ganz ihr
Mozart

Mein unglücklicher Gatte macht eine furchtbare Qual im Kopf und an den Zähnen durch. Doktor Closset kommen zu lassen steht außer Frage. Meine Mutter läßt uns einen Krug Bier bereiten und zwei Opiatsalben.

Als ich heute in Begleitung meines lieben Carl auf dem Weg zu meiner Mutter Wohnung war, um die Heilmittel für meinen kranken Mann zu holen, wurde ich vom Modewarenhändler beim Stock-im-Eisen zutiefst gedemütigt.

Ach, ich hätte sterben mögen vor Scham, derart von diesem taktlosen Menschen gestellt zu werden. Natürlich mußten wir im letzten Winter verschiedene Kleider ersetzen! Wie sollen wir bei Hofe unsere Bedrängnis verbergen, wenn Wolfgang angetan mit alten Fetzen um einen Posten einkommt? Und darf man denn der Ehefrau eines Kammerkompositeurs ansehen, in welchem Maße man ihren Mann um seine Einkünfte bringt? Aber da fordert dieser Mann sein Geld und verfolgt mich vom Dom bis zum Graben, ohne seine Theaterwaren einzuräumen. Also mußte ich ihn mit gesenkter Stimme bitten, mich zu Wolfgang zu begleiten, damit er sieht, in welchem Zustand er ist, und mit uns unsere vorübergehende Zahlungsunfähigkeit beweint.

Wir hoffen immer noch auf einen gütlichen Bescheid von unserem zukünftigen Kaiser.

Aber nichts.

Noch immer nichts.

Gestern sind wir bei Puchberg vorstellig geworden. Die Dienerschaft hatte ihn sicherlich davon in Kenntnis gesetzt, daß wir zum Essen gekommen waren, ganz wie er es uns erlaubt hatte, damit wir Mahlzeiten einsparen können. Wir werden uns nun einen möglichst christlichen Wucherer suchen, damit er uns nicht übertölpelt. Zwei Schüler nehmen eifrig ihre Stunden bei Wolfgang, Franz de Paula Rosen von Reiter und Joseph Leopold Eybler, aber diese Wohnung kann unseren Bedürfnissen nicht lange genügen. Wir bräuchten acht Schüler, um aus dieser heimtückischen Bedürftigkeit herauszukommen.

Wann werden wir die Wohnung wechseln und einige Konzerte zur Subskription veranstalten können?

Ich bin tatsächlich gezwungen, eine Kur zu machen, denn nun ist es an mir zu leiden. Wolfgang hört gar nicht auf meine Bitten – ach, ich würde so gerne bei ihm bleiben, und er schickt mich nach Baden! Doktor Closset verschreibt mir sechzig Bäder in dieser Saison, und im nächsten Herbst noch einmal. Mein Gott! Ich will diese Geschwüre nicht mehr haben und meinem Mann damit solche Sorgen bereiten.

Mittwoch
Wien, den 2. Juni 1790

Liebstes Weibchen!

Ich hoffe Du wirst mein Schreiben richtig erhalten haben; – ein Bischen muß ich Dich auszanken, Liebe! – wenn es schon nicht möglich ist, daß Du ein Schreiben von mir erhalten kannst, so könntest Du doch schreiben, muß es denn nur Antwort *seyn?*

– ich erwartete schon ganz gewis einen Brief von meinem lieben Weibchen – doch ich betrog mich leider – bringe es aber ein, das rathe ich Dir, sonst verzeihe ich Dir in meinem Leben nicht mehr – gestern war ich in dem zweyten Theil von der Cosa rara – gefällt mir aber nicht so gut wie die Antons. – Wenn Du Samstag hereinkömmst, so kannst Du auch noch den halben Sonntag hierin bleiben – wir sind auf die Schwechat *zu einem Amt und zu Mittage eingeladen – adjeu – gieb acht auf Deine Gesundheit, – apropos – N. N./: Du weiß wen ich meine :/ist ein Hundsfott – erstens thut er mir so schön ins Gesicht und schmält aber öffentlich über den Figaro – und hat mich hier entsetzlich wegen der bewußten Sachen ausgerichtet* – ich weiß es gewis –

Dein Dich von Herzen
Liebender Gatte
Mozart.

Baden, den 4. Juni 1790

Mein geliebter kleiner Mann!

Ich gebe es unumwunden zu: Kaum war ich in Baden angelangt, da wollte ich mich auch schon voll und ganz dieser Veränderung freuen. Oh, glaube nur nicht, unsere Trennung erfreute mich in solchem Maße, daß ich das Schreiben an Dich vernachlässigen würde, aber Du weißt ja, mein Wolferl, wie mich die Luftveränderung und die vertrauten Gespräche so leichtsinnig machen. Wirst Du mir denn verzeihen, mein sanfter Herr und Meister, nun, da die Gedankenlosigkeit verflogen ist? – Ich bin überwältigt von der *Neuigkeit*, ich denke, Du wirst von ... sprechen wollen und von dem Brief, den er Dir an seine Majestät zu schreiben empfohlen hatte. Ich weiß nicht, was ich sagen soll. Wir hatten soviel Unterstützung, so viele Freunde in unserem Hause. Sollten sie alle nur Schmeichler und Schmarotzer zu einer Zeit gewesen sein, in der man Deiner himmlischen Begabung einen der besten Plätze am Firmament der Musik einräumte? Vielleicht sollte man auch an den Absichten desjenigen zweifeln, der Dir die ungewissen Bemerkungen von S. hinterträgt! Zu welchem Behufe hat man Dir denn dieses Gerücht zu Ohren gebracht? – Und wenn es nur wieder eine von diesem lächerlichen Salieri gesteuerte üble Nachrede wäre, der Dir Dein Talent neidet? Nein, ich phantasiere, was ich denke, ist Wahnsinn. Sicher, es sprach mir einmal jemand von seiner Eifersucht, er habe aber nie eine Aufführung Deiner Werke verpaßt und sich alle gestochenen Partituren von Deiner Hand verschafft. Wenn Seine Majestät Dich nicht in seinen Dienst nehmen will, wird es Dir immerhin wie vielen anderen ergehen, die Deine Feinde waren, und was Du an Einfluß bei Hofe verlierst, wirst Du an unerwarteten Freundschaften gewinnen! Sorge Dich nicht, Liebster, Deine Musik spricht für Dich, und sie verteidigt Deine Sache besser als jeder Botschafter. Liebling! Am Samstag werde ich kommen, verlasse Dich darauf, und ich werde auch Deinem Schlingel einen Besuch abstatten, um ihm meine Künste im Küssen vorzuführen, während Du unter den Zärtlichkeiten einer heißblütigen Ehefrau Deine Sorgen vergißt. Das Wasser hier ist so brennend heiß, siehst Du, wie mir diese Hitze das Hirn vernebelt?

Ich bitte Dich, Wolferl, quäle Dich nicht mehr um das Geld, das Du durch meine Hände tanzen sehen möchtest. Bis das einmal soweit ist, gibt es ganz andere Glöckchen, deren Musik mich beglücken wird. Bringe Sie doch hierher, oder bereite das Turnier für Samstag vor.

Nun muß ich Dich verlassen, denn es ist bereits Mitternacht, und Dir versichern, daß ich Dich küsse und stets bleibe

Deine sehr getreue Ehefrau,

Stanzi
Marini

Ich bin gar nicht nach Wien gefahren. Mein Gemahl ist nach Baden gekommen, wo wir gemeinsam geblieben sind. Von Umzug ist zur Zeit keine Rede mehr. Unsere mageren Einkünfte lassen es nicht zu.

Keine Subskriptionskonzerte mehr, denn der Adel bereitet sich auf die Übersiedlung in die Sommerquartiere vor.

Keine Lektionen, und auch keine Schüler.

Wolfgang bleibt hier in Baden bei mir. Er wird nach Wien zurückkehren, wenn es wirklich nötig wird, um seine Oper zu dirigieren.

Die Verleger bieten uns lächerliche Summen für das Stechen der Werke. Kann es denn sein, daß man in den Musiksalons keine Noten von Mozart mehr möchte?

Unsere Schulden bei Puchberg belaufen sich mittlerweile auf 500 Gulden. Warum nur wollte er nie eben dieser Summe nur in einem Male zustimmen, dann hätten wir unsere Ausgaben begleichen können, anstatt immer nur den nächsten Tag zu überleben.

Sommer 1790

Wir haben keine Hoffnung mehr auf eine Antwort vom Kaiser. Die Gründe für sein Schweigen werden wir ebensowenig erfahren.

Die ersten schönen Sommertage verbreiten ihre ganze Heiterkeit. Mein lieber Mann ist in Baden geblieben. So sparen wir.

Und meine Geschwüre beginnen zu verheilen!

Wie ist es nur möglich, daß ein derart stinkendes Wasser die schlimmsten Wunden schließt?

Baron van Swieten bietet Wolfgang an, Händels *Alexanderfest* und die *Cäcilienode* für eine seiner Privatakademien neu zu orchestrieren. Ich weiß nicht, ob man ihm für dieses unverhoffte Glück danken muß, oder aber ohne einen Beweis den Mann bis ins letzte Glied verfluchen, der vielleicht dafür gesorgt hat, daß Wolfgangs Brief an den Kaiser vergessen wurde.

Sind wir wirklich einem Komplott zum Opfer gefallen?

Dank van Swietens Geld konnten wir gestern dem ungeduldigen Modewarenhändler einige Gulden schicken. Wir werden seinen Geschmack und seine Dienste noch brauchen, wenn wir wieder in Wien sind, denn die Mode hat sich sehr verändert.

Zum Beispiel lassen sich die Damen nicht mehr von den französischen Kleidern einzwängen. Man trägt jetzt englische Toiletten. Die französische Mode ist von der Revolution gebeutelt, und die Milchmädchenhauben finden hier bei uns wenig Anklang. Wer wollte heutzutage noch den Modelaunen eines Landes folgen, in dem die Revolution herrscht? In Paris denunzieren zu gute Manieren den Adel; dort ist es wohl ratsamer, durch Pferdeäpfel zu laufen, um als Bettler zu erscheinen, denn seine Verbindungen zur heiklen Aristokratie durchscheinen zu lassen.

In Wien sind die Sitten anders. Hier müssen wir sorgsam unsere Sympathie für die Revolutionäre, die Illuminaten und die Freimaurer verbergen, die allesamt einer Weltverschwörung verdächtigt werden.

Warum können wir in dieser eifrigen Stadt, in der 210 000 Seelen lauthals ihre Liebe zur Musik verkünden, nicht auf eine feste Stellung hoffen?

Wolfgang hat an Puchberg geschrieben …

Seiner freundlichen Antwort lagen 25 Gulden bei.

Ach, was mache ich mir für Sorgen um unsere Zukunft. Gestern, als noch immer eine Antwort des Kaisers unsere Gesellschaft beehren konnte, lieh man uns leicht 150 Gulden. Wien setzt nicht mehr auf die Errungenschaften seines alten Wunderkindes.

Mein armer Mann ist seit gestern sehr leidend!

Und ich hatte mir solche Sorgen gemacht, weil ich dumme Gans mir einbildete, er vertue nur so seine Zeit, womöglich mit leichtfertigen Dingen. Als er aber, schweißgebadet und mit ach so blassem Antlitz heimkam, vergaß ich sogleich die Worte, die ich mir für seinen Empfang zurechtgelegt hatte. Ach, mein Liebling, nun sind wir beide leidend wie zwei arme Alte von vierzig Jahren!

Meine Schwester Josepha hat ihrem ersten Kind das Leben geschenkt. Die Kleine heißt Josepha mit Vornamen, und obwohl sie noch ganz zerknittert ist, spricht Franz Hofer ihr bereits zahllose Gemeinsamkeiten mit ihrer Großmutter Weber zu. Was für ein entzückender Brief! So zufrieden und voller Hoffnung für dieses Kind. Gott möge dieser unschuldigen kleinen Kreatur Leben und Gesundheit schenken. Ach, daß nur Josepha und den guten Hofer niemals ein Kummer befällt wie der meine.

Der König und die Königin von Neapel sind zu den Verlobungsfeierlichkeiten ihrer beiden (nach allem, was man sich erzählt, sehr häßlichen) Töchter mit den Söhnen von Leopold II., unserem neuen Kaiser, in Wien. Die beiden Schwestern heiraten also ihre Vettern, deren einer bereits Witwer der anmutigen Elisabeth von Württemberg ist, die eines Abends in der Oper meinem alten Narren den Kopf verdrehte.

Anläßlich dieses Verlöbnisses werden große Festlichkeiten vorbereitet. Bestimmt bereitet man schon die Musik dafür vor, und Wolfgang wird sicherlich aufgefordert, etwas zu komponieren, zu proben und dann das Orchester zu dirigieren. Der Adel wird schon damit beschäftigt sein, die Gehröcke aufzuklopfen und in ganz Wien die Modistinnen zu verfolgen.

Ich bin so fröhlich – bald schon werden wir vom Applaus betäubt und von Tanz und Champagner trunken sein.

Leopold II. kennt meinen Mann gut genug, um nicht vergessen zu haben, daß er ihn noch in der Toskana in seinen Dienst nehmen wollte, nachdem sie sich 1770 begegnet waren. Und dann erlaubte er, trotz aller Verbote, die Beaumarchais' *Figaro* trafen, die Aufführung der *Nozze di Figaro* in Florenz.

Ich wage nicht mehr, unsere Unterkunft in Baden zu verlassen. Alle haben die Neuigkeit schon gehört: Haydn ist unter den offiziell zu den Feierlichkeiten nach Wien Geladenen. Wolfgang und ich finden daran nichts Ungewöhnliches.

Und doch ist mein Mann der kaiserliche Kammermusiker und nicht sein spiritueller Vater Haydn. Deshalb müßte Wolfgang Mozart unweigerlich auf allen Einladungen genannt sein. Davon kann aber gar keine Rede sein.

Der gute Haydn hat sich die letzten Tage nicht blicken lassen;

er glaubt wahrscheinlich, sein Freund und Bruder sei zu den Festlichkeiten geladen, wo er ihm recht bald begegnen wird. Doch welch ein Jammer, mein guter, guter Freund. Man lädt Mozart nicht mehr ein, man meidet ihn.

Und schlimmer noch! Trotz seines geschickten Rücktritts von seinem Posten beim Theater ist Salieri offiziell geladen. Dieser Schurke ist immer noch Hofmusikdirektor! Bei den Feiern wird man ihn neben seinem Schüler stehen sehen, den fortan niemand mehr ignorieren kann. Diesem nichtswürdigen kleinen Weigl!

Wie kommt es, daß alle Hofmusiker, auch jene, deren Rücktritt schon gefordert wurde, offiziell an den Hof geladen sind, nur Wolfgang hat man vergessen?

Mein Gott! Hören denn die Qualen für meinen kleinen Mann in diesem Spätsommer nie auf?

Nun wird Leopolds II. Krönung vorbereitet. Seine Majestät wird schon bald, am 9. Oktober, in Frankfurt zum Kaiser geweiht.

Diesmal hat man siebzehn Musiker aus Wien zur Krönung engagiert, aber Wolfgang ist wieder einmal nicht zu dieser offiziellen Reise geladen.

Ich kann nicht mehr glauben, daß es sich nur um ein Versehen handeln sollte, nicht einmal um gröbliche Verachtung für seine Musik, für die sich das Publikum derzeit nicht mehr so begeistert.

Ja, ich denke an Salieri, und es treibt mich schier zum Wahnsinn.

Immer noch diese nicht zum Verstummen zu bringenden Gerüchte über ein Komplott gegen alle Könige und Königinnen dieser Erde. Ein Logenmeister hat eindeutig erklärt, mein Mann stimme ganz mit den Revolutionären in Frankreich überein; er sagt, dieser Bruder Unvernunft reiße alle seine Logenbrüder mit sich in den Abgrund, indem er seine Meinung laut verkünde. Kann man ihn denn nicht diskret an sein Schweigegelübde erinnern?

Dieser Gedanke von Freiheit, Gleichheit, Brüderlichkeit, den sie in Frankreich laut herausbrüllen, kann doch auf keinen Fall von einem schlichten Hofkompositeur herrühren. Lieber Gott, kannst nicht Du in Deiner großen Güte der zornigen Welt und dem Wiener Adel zeigen, daß mein heute so geschwächter Mann nicht derjenige sein kann, der die nach Gerechtigkeit hungernden Bürger anstachelt?

Die *Entführung aus dem Serail* mag ja die *Freiheit* besingen, der *Figaro* die *Gleichheit* in Melodien fassen, aber die *Brüderlichkeit*, um die es den Freimaurern geht, gilt nur für sie und deshalb noch lange nicht für alle anderen Menschen auf der Welt!

Mein Gemahl, Schöpfer des *Figaro*, Freund der Illuminaten und Freimaurer, ist zu einem verdächtigen Subjekt geworden. Dieser wackere kleine Mann ist also nicht mehr in Mode. In Zukunft wird man seinen Namen nur noch in der Furcht aussprechen, schwer dafür getadelt zu werden!

Ihr Böswilligen, glaubt Ihr denn, man könnte die Kunst selbst derart zurückweisen? Glaubt ihr wirklich, Mozart wäre ein Aufrührer, ein entwurzelter Baum?

Aber eines weiß ich, er wird es nicht zulassen, daß die Prediger und Hochstapler, die Notendiebe, die Schurken und Mittelmäßigen ihm die Ehre nehmen und ihn lebendig begraben.

Herbst 1790

Ich bin zurück in Wien. Seit gestern kreist Wolfgang um seinen Billardtisch und hält keinen Moment inne. Er schlägt die Hacken aneinander, fährt sich mit nachdenklicher Miene mit seinem Tintenlappen unter der Nase entlang, und dann, plötzlich:

»Also gut! Sie laden mich nicht nach Frankfurt ein, wo doch ganz Wien dort sein wird? Dann fahre ich eben auf eigene Faust hin! Stanzi, komm, wir sehen meine Kleider durch!«

»Mein Lieber, ich verstehe ja deine Enttäuschung, aber … wir haben doch gar kein Geld für diese Reise.«

»Genug! Ich habe alles bedacht. Snäi! Packen wir die Koffer.«

Also wählten wir seine raffiniertesten Gewänder aus, auf daß er in der Öffentlichkeit von blendender Eleganz erscheinen möge. Dann machten wir uns auf die Suche nach einem Pfandleiher, um die Summe aufzutreiben, die für diese Reise nötig war.

Nach einer Stunde fanden wir schließlich einen christlichen Verleiher. Er betrat unsere Wohnung und stellte alles auf den Tisch, was ihm von Wert erschien:

- 1 Humpen von französischer Fayence mit rotem und blauem Blumenmuster mit Verzierungen, Kreuzen und Maskenköpfen,
- 2 Streubüchsen dito mit blau-roten Girlanden und Blumenornamenten, in Form von Balustern,
- 1 Handwärmer aus deutschem Steingut in Form eines kleinen, künstlichen Buches, mit Blumensträußen verziert,

- 1 Obstschale dito, verziert mit blühenden Blumenkränzen, Girlanden und Ornamenten,
- 2 Tabaksdosen von Fayence und Silber, verziert mit Landschaften und Allegorien, durchbohrten Herzen,
- 1 Deckelschale von deutschem Steingut, mit Rocaillen und einem Hahn verziert,
- 1 fünfarmiger Silberleuchter mit ausgearbeiteten Tropfenschalen,
- 8 Gabeln und 8 Löffel, 2 große Vorlegelöffel, 8 kleine Löffel zur Schokolade, eine Suppenkelle, 1 Servierlöffel für Süßspeisen, alles in Silber,
- 8 eiserne Messer mit zu runden Ästen geschnitzten Griffen aus Elfenbein; Figuren der Venus mit Amor und des Merkur, französischer Stempel aus Lyon,
- 1 Kandelaber mit fünf Armen, aus Silber,
- 2 Krüge von gewöhnlichem Steinzeug mit Deckel aus getriebenem Metall,
- 1 silberne Bonbonniere, der Deckel mit roten, violetten und rosa Steinen verziert,
- 1 Schale aus spanischer Fayence mit geradem Rand auf kleinem Sockel, Blattmuster, Kupferlichter,
- 1 silbernes Tablett, Griffe aus Silber und Perlmutt,
- 1 Violine von italienischer Fayence, mit blauem Blumenmuster und Ornamenten.

Dann ging er in das zweite Zimmer und notierte auch hier, was bisher mein ganzer Stolz gewesen war und eine Erinnerung an bessere Tage:

- 2 Spiegel mit Rahmen aus Holz geschnitzt und vergoldet,
- 1 langer Gehstock, aus Elfenbein zu einem Bambusrohr geschnitzt, verziert mit goldenem Blattwerk,
- 1 Wanduhr aus bemaltem Holz und vergoldeter Bronze, Blumenmuster auf grünem Grund; Zifferblatt mit dreizehn Kartuschen von Emaille,
- 1 Toilettennecessaire, Wasserkanne mit Schale, 2 große Puderdosen, 1 rechteckige Dose, alles in ziseliertem Silber mit Prägestempel,

– 1 vergoldete Holzkonsole in Form eines Halbmondes, unter rotem Marmor, verziert mit Widderköpfen, Obstgirlanden und Geißfuß,
– 1 Wärmetischchen mit Holzverschalung, gedrechselten Füßen und Bronzebeschlägen unter einer weißen, kannellierten Marmorplatte.

Heinrich Lackenbacher bot achthundert Gulden für alle diese Erinnerungsstücke. Achthundert Gulden für die Wanduhr meines armen Vaters, die Bonbonniere von Martha Waldstätten und auch die Tabaksdose des alten Narren …

Sparen Sie sich nur ihre ärgerliche Miene, Lackenbacher, und die hingeschlurte Liste gleich dazu. Sagen Sie einfach, wo wir diesen blutsaugerischen Vertrag unterschreiben müssen.

❧

Morgen früh um fünf wird Hofer sechs Koffer abholen und in seine Wohnung tragen. Unser ganzes Leben, zusammengedrängt in sechs armseligen Koffern! Wie sollen wir nun in dieser halbleeren Wohnung hausen, ohne Feuerholz im Winter, ohne eine Verzierung oder Bequemlichkeit?

Nun sind wir also ohne dauerhafte Bleibe, ohne ein Nest für uns allein und die kleinen Annehmlichkeiten, die die Tage erträglicher machen. Ganz Wien ist bereits auf dem Weg nach Frankfurt, und das ist mir eine Erleichterung; so wird es keine Zeugen für unseren traurigen Ortswechsel geben, unseren schändlichen Auszug.

In wenigen Stunden wird sich mein kleiner Mann mit Hofer in unserem Wagen auf den Weg nach Frankfurt machen und sich dort jenen anschließen, die ihn im Stich gelassen haben und heute seiner Kunst mißtrauen. Ich werde bei Josepha und ihrem kleinen Kind bleiben. Dieses Asyl bietet mir Komfort und das beruhigende Gefühl, Geld zu sparen, und zudem kann ich mich an der Gesellschaft meiner Schwester freuen. Wir werden gemeinsam singen, Sophie und Mama einladen, ein wenig Hausmusik machen und so manchen Krug leeren.

❧

Nun ist der Wechsel über 1000 Gulden unterschrieben. Binnen zweier Jahre werden wir die Leihsumme von achthundert Gulden aufbringen müssen, nicht zu vergessen die zweihundert Gulden Zinsen.

Mein Gott! Was scheint es für eine enorme Summe, wenn man sie so in 20-Kreuzer-Stücken und Silberlingen zu 1 Kölner Mark vor sich sieht.

Nun muß ich von einem *Bruder*, dem Verleger Hoffmeister, einen Handel um eintausend Gulden in bar erwirken. Wir werden ihn mit Kompositionen bezahlen, bis die tausend Gulden erreicht sind.

Wien, den 2. Oktober 1790

Sechs Uhr morgens,
Mein einzig geliebter Herzensmann!

Ach, wie seltsam, Dir zu schreiben, ohne doch zu wissen, wo der Brief Dich erreichen wird. Ich weiß ja um Deine Reise und auch, wie Dein Allerwertester unter den Kutschbänken leidet. Josepha will auch wissen, wie es Hofer ereilt hat. Wir haben letzte Nacht sehr wenig geschlafen, weil die kleine Josepha uns mit ihrem Geschrei beglückte. Diese Bauchkoliken bei Säuglingen sind sehr lästig für die jungen Mütter, aber sag Hofer nur, er soll sich nicht beunruhigen, denn das ist alles völlig normal. Mir ist eingefallen, daß wir bei unserem Auszug vergessen haben, das Loch im Parkett auszuräumen, in dem Du die Arbeit für *Du weißt schon was* aufbewahrt hast. Es wäre sehr ärgerlich, wenn es jemand anderer zutage fördern würde. *Wir verstehen uns doch*, denke ich! Ich werde gleich heute abend hingehen, um Dein Versteck auszuheben, weil ich den Schlüssel noch nicht zurückgegeben habe. Da siehst Du, wie meine Nachlässigkeit auch einmal zu unserem Vorteil dienen kann, wenn ich Dir nicht gehorche. Ich fürchtete schon Deinen Zorn, weil ich dem Hauswirt nicht eiligst den Schlüssel zurückerstatten ließ, aber ich hatte meine guten Gründe dafür. Genug! Nun beglückwünsche ich mich zu dieser segensreichen

Verzögerung. Ansonsten sollst Du wissen, daß ich mit Hoffmeister zusammengetroffen bin, und Deine Angelegenheit scheint ihm zu konvenieren, nach dem, was Stadler sagt, nur wirst Du ihn nicht mit Musik befriedigen können, wie es Dir richtig dünkt; so wünscht er Dir gleich ein Werk zu einem Thema in Auftrag zu geben, das ihm im Kopf herumschwirrt. Übrigens, wo Du doch immer allen kleine Beinamen gibst, Stadler habe ich »Ribisel« genannt, aber weil wir nicht allein waren, tat er, als hätte er mich nicht gehört oder verstanden. Er wird mich bald darauf ansprechen, da bin ich ganz sicher! Wußtest Du übrigens, daß sich hinter Müller, dem Du Deine Uhrenmusik komponierst, ein anderer verbirgt als der, den wir kennen? Von Josepha, die ganz verrückt ist nach lustigen kleinen Ränkespielen, weiß ich nämlich, daß sich hinter Müller ein Graf Joseph Deym versteckt. Seine Wachsbildergalerie reicht ihm nicht, er muß auch noch seinen wahren Namen verbergen, um mit seinen Handelswaren und Kuriositäten wie seinen Musikuhren nicht zum Gespött von Seinesgleichen in der Aristokratie zu werden. Er soll sich zu einem unglücklich verlaufenen Duell haben hinreißen lassen und möchte nicht, daß es bekannt wird. Aber Du kannst Dich darauf verlassen, daß Josepha mit größter Unschuldsmiene heraustrompetet, was alle anderen geheimhalten wollen!

Ich habe große Angst, Deine leidigen Papiere könnten einem Diener oder einem anderen Besucher in die Hände fallen, also gehe ich sie jetzt holen und setze diesen Brief später fort.

Mein Liebling! Nun sind Deine Dokumente sicher bei Hofers und wir haben einen guten Aufbewahrungsort für die Seiten über die G. gefunden.

Von nun an wird Gauckerl über deine Aufzeichnungen wachen, die unter seiner Strohmatte ruhen. Ich hoffe nur, der dumme Hund pinkelt nicht eines Tages in sein eigenes Lager!

Adieu, mein kleiner Mann, laß Dich von keinen schönen Reden täuschen und lächle dieser Bande von Heuchlern zu, als stünde ich neben Dir! Möge Gott Dich beschützen und Deinem samtenen Mund, Deinen sanften Augen und Deiner großen Nase 1000 Küsse schicken

von Deiner treuen und Dich liebenden
Constanza

Frankfurt am Main den 3ten Oktober 1790
Sonntag

Liebstes, bestes Herzens=Weibchen! –

Nun bin ich getröstet und vergnügt. Erstens weil ich Nachricht von Dir meine Liebe erhalten, wornach ich mich so sehnte; zweitens durch die beruhigende Auskunft in Betreff meiner Affairen – ich habe mir so fest vorgenommen, gleich das Adagio für den Uhrmacher zu schreiben, dann meinem lieben Weibchen etwelche Ducaten in die Hände zu spielen; that es auch – war aber, weil es eine mir sehr verhaßte Arbeit ist, so unglücklich, es nicht zu Ende bringen zu können – ich schreibe alle Tage daran – muß aber immer aussetzen, weil es mich ennuirt – und gewis, wenn es nicht einer so wichtigen Ursache willen *geschähe, würde ich es sicher ganz bleiben lassen – so hoffe ich aber doch es so nach und nach zu erzwingen; – ja, wenn es eine große Uhr wäre und das Ding wie eine Orgel lautete, da würde es mich freuen; so aber besteht das Werk aus lauter kleinen Pfeifchen, welche hoch und mir zu kindisch lauten. –*
Ich lebe hier bis dato noch ganz retiré – gehe den ganzen Morgen nicht aus, sondern bleibe in meinem Loch von einer Stube und schreibe; – meine ganze Unterhaltung ist das Theater, wo ich dann Bekannte genug antreffe, von Wien, München, Mannheim und sogar Salzburg – Franz Lange Waldhornist und Gres der Schatzmeister ist hier – auch der alte Wendling mit seiner Dorothé – reck den Arsch in die Höh – so lebte ich am liebsten fort – aber – ich fürchte es nimmt schon ein Ende, fängt ein unruhiges Leben an – man will mich nun schon überall haben – und so ungelegen es mir ist, mich überall so begucken zu lassen, so sehe ich doch die Nothwendigkeit davon ein – und muß es halt in Gottes Namen geschehen lassen; – es ist nun zu vermuthen daß mein Concert nicht schlecht ausfallen möchte – ich wollte es wäre schon vorbey, nur um dem Zeitpunkt näher zu seyn Dich meine Liebe wieder zu umarmen! – – Dienstag gibt die chur=mainzische Schauspielergesellschaft mir zu Ehren

meinen Don Juan – Lebe wohl meine Liebe – grüße mir die wenigen Freunde die es mit mir gut meinen – sorge für Deine mir so werthe Gesundheit und sey stets meine Constanze so wie ich ewig seyn werde

Dein
Mozart

NB. Schreibe mir fleißig, wenn es auch nur wenige Zeilen sind.

P. S. ... Morgen Montag ist der Einzug und über acht Tage die Krönung. –

Armer Liebling!

Wie ich ihn bedaure, so in sein Loch gesperrt zu sein! Ja, er schreibt wohl, *man will mich nun schon überall haben*, aber der Pfandleiher und unsere Schuldner wissen mit dieser Lust, umsonst die Musik meines Mannes zu hören, so gar nichts anzufangen! Früher verlangte man nach ihm wegen seiner Jugend, dann um festzustellen, ob die Quelle mit den Jahren nicht doch versiegt sei. Später riß man sich um seine Noten und kam in unsere Akademien gerannt, einzig und allein um seines Talentes willen. Und jetzt wollen sie die Niederlage in seinem Gesicht sehen und wie sich seine von der Kälte unserer Wohnung geröteten Finger auf der Klaviatur halten. Ah, Salieri! Ich kann mir genau vorstellen, wie Sie an Wolfgangs Röcken schnuppern, ob sich nicht ein Duft nach Schimmel ausmachen läßt. Lassen Sie es nur sein! Ihre räudige Hundenase wird nichts aufspüren können, denn bislang sind Kölnisch Wasser und französisches Parfum noch immer in unseren Schränken zu finden.

Wie fürchte ich für meinen Lieben bei den bevorstehenden Festlichkeiten! Er hat keinen offiziellen Platz und wird sich damit begnügen müssen, sich unter die Unbekannten am Straßenrand zu mischen.

Leopold II. ist mit einem feierlichen Troß von 1493 sechsspännigen Karossen nach Frankfurt eingezogen. Salieri gehört zu diesem Gefolge. Ach, Wolfgang, mein gütiger Engel, Du brauchst mir nichts von den Ereignissen zu berichten. Die Gazetten schreiben genug, um mich hier in meinem Wien zu martern. Allein das Geld für den Hafer dieser 8958 Pferde würde ausreichen, um unsere Familie ein ganzes Jahr hindurch zu ernähren!

Ich weiß wohl, daß er nicht genug verdienen wird, um die geliehenen achthundert Gulden zurückzuzahlen, und selbst wenn Hoffmeister morgen das gäbe, was wir uns für seine Musik erhoffen, müßten wir die Hälfte dieses Geldes aufwenden, um unsere erste Anleihe abzulösen. Kann man je wieder aus einer solchen Bedrängnis herausfinden, wenn man am Dienstag etwas aufnimmt, um das am Montag Geliehene wieder bezahlen zu können?

liebstes, bestes Weibchen! –

... Nun kannst du mir nicht mehr schreiben; denn ich werde vermuthlich da du dieses liest nicht mehr hier seyn, indemme ich Mittwoch oder donnerstag meine Academie zu geben, denke, und dann freytag gleich – tschiri tschitschi – das beste ist zu fliehen. – liebstes Weibchen! ich hoffe du wirst dich in betreff was ich dir geschrieben bekümmert haben – und noch bekümmern; – so viel mache ich hier gewis nicht daß ich im Stande seyn sollte gleich bey meiner Rückkunft 800 oder 1000 fl: zu zahlen – wenn die sache mit Hofemeister aber wenigstens so im gange ist, daß nur meine gegenwart *fehlt, so bekomme ich doch gleich die interеßen* gros *à 20 pr: cento gerechnet von 2000–1600 fl: in die Hand. – da kann ich dann 1000 fl. weg=zahlen – – bleiben mir noch 600 fl. – in advent fange ich ohnehin an kleine quartett=suscriptions=Musiken zu geben – scolaren nehme ich auch – die Summa darf ich nie zahlen, weil ich für* H: – schreibe – *folglich geht alles in der ordnung. – ich bitte dich nur mache mir das geschäft mit* H: – *wenn du anderst willst daß ich zurück=kommen soll. – wenn du mir nur in mein Herz sehen könntest – da kämpft der Wunsch, die sehnsucht dich wieder zu sehen und zu umarmen mit dem Wunsche viel geld nach Hause zu bringen. – da hätt' ich schon oft den Gedanken noch* weiter *zu reisen – wenn ich mich dann so zwang diesen Entschluß zu fassen, so fiel mir*

dann wieder ein, wie es mich reuen würde, wenn ich mich so auf ungewis, *vieleicht gar* fruchtlos *so lange von meiner lieben gattin getrennet hätte – mir ist* so *als wenn ich schon Jahrelang von dir wäre – glaube mir, meine liebe – wenn du bei mir wärest, so würde ich mich vieleicht leichter dazu entschliessen können – allein – ich bin dich zu sehr gewöhnt – und liebe dich zu sehr, als daß ich lange von dir getrennt seyn könnte – und dann, es ist alles Prallerey was man von den Reichsstädten macht. – berühmt, bewundert und beliebt bin ich hier gewis; übrigens sind die leute aber hier noch mehr Pfening=fuchser als in Wienn. – wenn die Academie ein bißchen gut ausfällt, so habe ich es meinem Namen – der gräfin Hatzfeld, und dem Schweitzerischen Hause, welche sich sehr für mich intereßiren, zu danken. – übrigens bin ich froh wenn es vorbey ist. – wenn ich in Wienn fleissig arbeite, und Scolaren nehme, so können wir recht vergnügt leben; und nichts kann mich von diesem Plane ab=bringen als ein* gutes Engagement *irgend an einem* Hofe. – *suche nur mit* Ribisel=gesicht *oder* wo anderst *die affaire mit* Hofmeister in richtigkeit zu bringen, *und meinen vorsatz scolaren zu nehmen* bekannter zu machen; *dann wird es uns sicher nicht fehlen. adieu – meine liebe – von mir bekömmst du schon noch briefe, aber ich kann leider keinen mehr bekommen.*
– liebe ewig Deinen *Mozart*
frankfurt am Main. *Den 8:t* octb: 790

Morgen ist die krönung. –
sorge für deine gesundheit – und nimm dich im gehen *in acht.* –
adieu

Wolfgang spricht zwar nicht über seine Enttäuschung, aber ich kenne sie schon aus den Zeitungen, und es zerreißt mir das Herz. Der *Don Giovanni* ist in Frankfurt nicht gespielt worden, weil der Direktor der Truppe seine Meinung geändert hat. Dittersdorfs *Die Liebe im Narrenhause* hat das Werk meines Mannes ersetzt. Ersetzt? Die Sache konnte ihm sicher nicht gleichkommen.

Niemals.

Dann war Krönungsmesse. Man spielte die *Missa Solemnis* von Righini mit allen Hofmusikanten des Mainzer Hofs und fünfzehn

Musikern aus Wien, die im kaiserlichen Gefolge mitgereist waren. Wolfgang Mozart wurde nicht aufgefordert, sich der Gruppe beizugesellen.

Ein Bär und ein Verrückter dirigierten diesen Haufen.

Salieri und Umlauff.

Man meint wohl, ein Krachmacher sei dieser Aufgabe eher gewachsen als ein wildgewordener Revolutionär.

Liebstes Herzens=Weibchen! –

Noch habe ich gar keine Nachricht auf keinen von meinen Frankfurter Briefen, welches mich nicht wenig beunruhiget – heut 11 Uhr war meine Academie, welche von Seiten der Ehre herrlich, aber in Betreff des Geldes mager ausgefallen ist. – Es war zum Unglück ein groß Dejeuné bei einem Fürsten und großes Manoever von den Hessischen Truppen, – so war aber alle Tage meines Hierseyns immer Verhinderung. Die – – kannst Du Dir nicht vorstellen, – ich war aber ohngeacht diesem allen so gut aufgelegt, und gefiel so sehr, daß man mich beschwor, noch eine Academie künftigen Sonntag zu geben – Montag reise ich dann ab. – – Ich muß endigen, weil ich sonst die Post versäume. – Aus Deinen Briefen sehe ich, daß Du noch keinen Brief aus Frankfurt von mir empfangen hast, und ich habe Dir doch 4 geschrieben – dann glaube ich zu bemerken, daß Du an meiner Accuratesse oder vielmehr an meinem Eifer zweifelst Dir zu schreiben, welches mich sehr schmerzet. Du sollst mich doch besser kennen – o Gott! liebe mich nur halb so wie ich dich liebe, dann bin ich zufrieden.

Ewig Dein
Mozart

Frankfurt, den 15ten Octobr. 1790

Ich habe zum erstenmal seit unserer Heirat ganz allein eine wichtige Entscheidung getroffen. Wolfgangs Briefe und seine Versicherung, sich neue Schüler suchen zu wollen, haben mich in meiner Idee bestärkt. Dank Josepha und Hofer haben wir eine Miete gespart. Dennoch, und obwohl die hier verbrachten Stunden äußerst geruhsam waren, kann keine Rede davon sein, neue Schüler aufzunehmen, ohne eine angemessene Wohnung, in der sowohl das Billard als auch das Pianoforte ihren Platz haben.

Jawohl, das Billard, denn mein Mann läßt sich, auch wenn er gerade Billard spielt, nicht davon abbringen, seine Kompositionsentwürfe zu diktieren. Er ist geistig dazu geschaffen, mehrere Dinge gleichzeitig zu tun, handele es sich auch um ein Spiel.

Mit Gottes und der Arme unseres guten Joseph Hilfe sind wir nun wieder in der Rauhensteingasse, im ersten Stock des kleinen Kaiserhauses.

Die Möbel, die in diesem Hause bereits vorhanden sind, werden sehr nützlich sein, bis unsere eigenen Sachen beim Pfandleiher ausgelöst sind. Ich würde mir so gerne die Wanduhr meines armen Vaters zurückholen. Ich sehe ihn noch, wie er an den Schräubchen des Mechanismus seiner Pendeluhr herumstochert.

Einige treue Seelen haben mir schleunigst ihren Besuch gemacht, sobald sie aus Frankfurt zurück waren, deshalb weiß ich die Nachricht um Wolfgangs zweite Akademie schon. Man gab am selben Tage die *Cantata Sacra* von Walter. Meines Mannes Konzert wurde also zum Vorteil eines anderen, zu dem der gesamte Adel herbeigeeilt kam, abgesetzt.

Mein kleiner Carl scheint entzückt von der neuen Wohnung, weil es in der Nachbarschaft viele Kinder desselben Alters gibt. So werde ich also nicht den gleichen Kummer haben wie die Eltern, deren Kinder am liebsten durch die Kirchengärten und über die geröteten und zerbrechlichen Knochen toben, die aus den überschwemmten Gräben ans Tageslicht gekommen sind.

Ich kann es kaum erwarten, Wolfgang unser neues Haus zu zeigen.
Heute bringt mir die Postkutsche einen äußerst vielversprechenden Brief. Ich kenne diesen Herrn O'Reilly gar nicht, der da aus London schreibt, aber er bietet Wolferl gut 2500 Gulden für ein halbes Jahr als Kompositeur und mindestens zwei neue Opern!

Mein Gott!
Sollten Nancy Storace und ihre Begleiter ihr Versprechen wahr gemacht haben, einen Posten für Wolfgang in London zu finden? Ist sie so sehr von meinem Mann eingenommen, daß sie ihm eine Stellung verschafft aufgrund ihrer Verbindungen und ihres Wissens um seine ... *Vorzüge*?

Wie könnten wir fortkommen? Unser kleiner Sohn ist nun bald sechs Jahre alt. Er könnte gut in Pension gegeben werden. Aber es scheint mir unerträglich, so lange von ihm getrennt zu sein, wo er doch noch so klein ist.
Und Wolfgangs momentane Stellung, diesen – fälschlichen – Titel als Musiker am kaiserlichen Hofe, gibt man auch nicht mit einem Tage auf, ohne zumindest den wichtigsten Anforderungen zu genügen, um Erlaubnis zu bitten und vor allem: sie zu erlangen. Man will ihn hier schon nicht mehr, aus vielen Gründen. Wenn man ihm erlaubt, fortzugehen, ist man ihn auch los, aber man würde auch für seinen sicheren Erfolg sorgen. Werden seine Rivalen das hinnehmen können? Wenn man ihm seine Bitte abschlägt, tut man so, als sei man ihm verbunden, und hat das Schauspiel seines Unglücks sicher.

Und das Geld für diese Odyssee? Wo werden wir noch eine Seele finden, die gutgläubig genug ist, uns ohne Garantie etwas zu leihen? Die Möbel und das Silber sind schon verpfändet.
Ein Gefangener der eigenen Lage und Opfer der Umstände, so fühlt sich der beste aller Komponisten getrieben, das beste Angebot auszuschlagen, das man ihm je machen kann.

Fürst Esterházy ist tot, und sein Nachfolger haßt die Musik. Das gesamte Orchester ist entlassen worden. Joseph Haydn ist frei!

Ich bedauere, daß ich die Storace ob ihrer Wohltaten verdächtigt habe. Für eine Stellung wie die in London kann nichts als das Talent meines Mannes der Grund sein. Ach, wenn ich allen Schönheiten mißtrauen wollte, die singen können und unglücklich verheiratet sind …

Heute, am 10. November, ist mein Mann wieder zu mir zurückgekehrt.

Ach, ich kann gar nicht sagen, wie ich mich freute, ihn wiederzusehen, obwohl er gar blaß und elend aussah. Er fühlt sich sehr wohl in unserer neuen Bleibe, das Zimmer, das ich zu seiner Arbeitsstube bestimmt habe, ist ganz nach seinem Geschmack. Und der Salon wird Aufsehen erregen, sobald wir die Konzerte zur Subskription wieder aufgenommen haben werden.

Mein Mann hat mir zum Andenken an seine Reise ein seltsames Geschenk gemacht: ein Taschentuch vom Frankfurter Markt, auf dem die *Menschenrechte* geschrieben stehen, und ein hübsches Heft mit dem Titel *Frei leben oder sterben*. Welcher Staat würde diese von den Freimaurern zusammengestellten Prinzipien der Rechte des Menschen respektieren und damit den Untergang der Krone riskieren wollen? Die Polizei durchsucht unablässig die Treffpunkte der Freimaurer und Jakobiner von Wien. Wir haben heute morgen nach einigen Bodendielen gesucht, die sich anheben lassen, damit wir unsere gefährlichen Geheimnisse in der Tiefe versenken können. Ich fürchte, wir Frauen können nicht darauf hoffen, schon in den nächsten Jahren Freimaurerinnen werden zu können. Im Moment ist keine Rede mehr davon, eine Loge zu gründen. Wolfgangerl will kein Risiko eingehen und alle jene Frauen in Gefahr bringen, die, meinem Beispiel folgend, voller Ungeduld darauf sinnen, die Arbeit dieser erhabenen Denker zu teilen.

Haydn genießt zur Zeit die Freuden seiner Freiheit. Er verläßt Wien, um nach London zu reisen, wo man seine Musik hören will. Der Glückliche. So kann einem das Glück seine goldenen Arme ausbreiten.

Meine Post aus Rom ist erneut und wunderbar verspätet!

Ich bin wieder schwanger und voller Eifer und Hoffnung für Wolfgang und Carl.

Herr Du mein Gott, in Deiner Allmacht hast Du der Rückkehr aus Frankfurt Deine Gnade erwiesen.

Joseph hat seinen gesamten letzten Tag in Wien in unserer Gesellschaft verbracht. So haben wir denn, aus einem Brief seines Bruders von Salzburg her von der Geburt des dritten Kindes meiner Schwägerin Nannerl erfahren, eine kleine Maria Babette. Ich habe nicht vor, ihr eine Gratulation zu schreiben, denn da wir nichts von ihr gehört haben, darf ich annehmen, daß sie uns in Unwissenheit halten möchte.

Wissen Sie denn, Nannerl, wie sehr sich Ihr Bruder manchmal danach sehnt, etwas von Ihnen zu lesen?

Joseph Haydn weiß um unsere Bedrängnis und brennt darauf, uns auf seine herrliche Reise mitzunehmen. Der Abschied zwischen meinem kleinen Mann und seinem geistigen Vater von achtundfünfzig Jahren ist herzzerreißend.

»Lieber Papa, Du bist nicht für das Herumreisen geschaffen, und Du sprichst nicht viele Sprachen!«

»Die Sprache, die ich spreche, wird in der ganzen Welt verstanden«, antwortete Haydn mit seiner einschmeichelnden Stimme.

Sie haben sich lange umarmt, dann brach Wolfgang tränenden Auges zusammen: »Ich fürchte, wir sehen uns zum letzten Mal ...«

Haydn versprach zu schreiben, sobald er in London angelangt sei, und flehte uns an, alles zu wagen, um baldigst zu ihm zu stoßen, wie man uns bereits gebeten hatte, damit der Musik Mozarts applaudiert werde, des größten Komponisten der Welt.

Nach diesem Abschied blieb Wolfgang wie erstarrt in seiner Stube, und ich wagte nicht, seine Trauer zu stören.

Ich wartete allein in unserem verschatteten Salon.

Als die Mitternacht geschlagen hatte, bat ich ihn zu Bett, aber er schien mich gar nicht zu hören. Also trat ich ins Zimmer und bemerkte den Rauch von Pfeifentabak.

Als ich ihm von meiner Hoffnung erzählte, schwanger zu sein, löste er sich von seinem Tisch, tat ein paar Schritte auf mich zu und musterte mich auf die liebevollste Weise. Dann, ganz still, als wäre er bei der Messe, kniete Wolfgang vor mir nieder und bedeckte meine Hände mit tränenbenetzten Küssen.

Es hätte eine Ewigkeit dauern mögen. Ach, mochte sich die Erde auftun und die ganze Welt verschlingen, ich war glücklich.

Ich dankte Gott dafür, daß er uns in diesem Augenblick die Hoffnung schenkte, der sich unsere Herzen wieder hingaben.

Mein kleiner Mann kniete noch immer und flüsterte leise: Mein Liebling, *ave verum corpus ...*

1791

Winter 1791

Der eisige Schmutz der Straße macht mir angst. Ich traue meinen schwachen Beinen immer noch nicht. Wir haben Leonore wieder in Dienst genommen, aber ich gehe lieber unterstützt von meinen beiden kleinen Männern.

Heute abend waren wir zu Tisch bei meiner Mutter.

Als wir hereinkamen, entdeckte Carl einen Tannenbaum im Salon seiner Großmutter, der von tausend Lichtern erleuchtet wurde. Jeder Ast trug zierlich verpackte Trockenfrüchte und eine mit Öl gefüllte Nußschale, an der ein kleiner Baumwollfaden brannte. Angesichts des überwältigten Carl wurde Caecilia die Güte selbst und nahm das Kind auf den Schoß. Ich sah mir die beiden an, denn ich konnte mich nicht daran erinnern, selber solche Zärtlichkeiten erfahren zu haben. Ich freute mich für meinen Sohn, der sie heute genoß. Ihre Stimme war sanfter, als ich sie aus meiner Kinderzeit erinnerte. Aus der miserablen Mutter Caecilia Weber war eine vorzügliche Großmutter geworden.

»Höre, mein Schatz«, sagte sie zu meinem Sohn, »Geschichten nähren die schönen Träume deiner Jugend, aber für deine Großmutter sind sie auch eine zärtliche Geste. Nun denn: Es war einmal eine Mutter, die sehr damit beschäftigt war, das Haus zum Fest des heiligen Nikolaus zu reinigen. Sie putzte so eifrig, daß die Spinnen auf den Boden flüchten mußten, um ihrem Besen zu entgehen. Als das Haus aber wieder zur Ruhe kam, kehrten die Spinnen vorsichtig zurück. Sie kamen auf den Spitzen ihrer acht behaarten Beinchen die Treppe hinunter. Wie erstaunten sie aber, als sie mitten im Salon einen herrlichen Baum entdeckten! Die Spinnen stiegen hoch zufrieden am Baumstamm hinauf auf alle Äste, bis in die Baumspitze. Was hatte man ihnen da für einen großen Spaß bereitet nach diesem greulichen Fegen. Doch ach, der Baum war bald von Spinnweben ganz verhüllt und sah ganz traurig aus, wie eine staubige alte Tanne. Als nun aber der heilige Nikolaus mit seinen neuen Kleidern und den Geschenken den Kamin herunterkam, war er ganz entzückt von der Arbeit der Spinnen. Und seit diesem Tag heißt es, daß sich in jedem Baum eine kleine Spinne versteckt, die man nicht stören darf, weil sie die schönen Girlanden macht. Und nun, mein kleiner Schatz, werden wir einige Süßigkeiten vom Baum pflücken und sie deiner Mama geben, denn du weißt ja, das bald ein kleines Kind in unsere Familie kommen wird, und daß die Feen die Mütter und ihre Kinder beschützen. Man muß ihnen Zucker zu essen geben, dann kommen sie nicht, um das Essen vom Baum zu stehlen oder das Kind zu verfluchen, das geboren werden soll.«

Wenn Du einmal selber Vater bist, mein Sohn, und dann Großvater, wirst du dich dann an die Geschichten der Caecilia Weber erinnern, die gerade ihre kleine Welt mit Zärtlichkeit überhäuft?

Meine gute Sophie hat auf dem Fensterbrett ihres Zimmers eine Schale mit kaltem Wasser und einigen darin aufgelösten Bleikugeln aufgestellt. Nun mußte zwei Stunden gewartet werden, bis das Wasser gefror und in den Oberflächenrissen die Initialen desjenigen sichtbar wurden, der einmal ihr Mann werden sollte. Wir konnten keinen Buchstaben erkennen und verstanden die Botschaft: Sophie würde auch das nächste Jahr als unverheiratetes Fräulein verbringen müssen.

Vom Kirchturm wurde die Mitternacht eingeläutet, und wir machten uns auf den Heimweg, um den verzauberten Haustieren zu entgehen. Diese eine Nacht hindurch würden sie die Gabe des Sprechens beherrschen und all ihre Zeit damit verbringen, sich über ihre Herren zu beklagen. Wehe dem, der sie auszuspionieren suchte: Er würde taub werden oder vielleicht auch stumm!

Es geht mir hervorragend, und Wolfgang komponiert bereitwillig einige Ballmelodien für die Redoute, auch wenn sie ihn nicht im mindesten interessieren, genau wie mit dem Stück für Müllers Kunstkabinett.

Dieser seltsame Mensch gibt ein Fest zur Einweihung des Mausoleums, das dem Marschall Gideon von Laudon zu Gedenken errichtet wurde. Der ganze Adel stürzt sich nur so auf diese Kuriosität und bekommt so die Werke meines Mannes zu hören.

Heute morgen um sieben kam ein Bruder, um Wolferl vorzuschlagen, ein Stück für sein Theater zu schreiben. Ich kenne dieses Holztheater nicht, das wie ein Ei gebaut ist und sehr schlecht besucht, wenn man den Gerüchten traut. »Bruder und Freund, eile mir zur Hilfe, ich bin verloren! Man hat mir eine Anleihe von 2000 Gulden versprochen, wenn Du ein Stück für mich schreibst. Mit dieser Summe könnte ich meine Schulden bezahlen und mein Theater retten! – Du würdest mich dem Ruin entreißen und der Welt zeigen, daß Du der edelste Mensch auf der Welt bist!«

Das Libretto, das dieser Bruder vorschlägt, ist ziemlich ungewöhnlich, denn Wolfgang hat noch nie ein Märchenspiel geschrieben. Was werden das für Dialoge sein, wenn sie von diesem Schikaneder geschrieben sind, von dem es heißt, er besitze weder Feinheit des Geistes noch die geringste Ehre? – Es wird viel Aufhebens um ihn und diese Schlemmerloge gemacht, die er regelmäßig besucht. Die *Arbeit* dort bedeute nichts als freizügige Orgien und saftige Entgleisungen.

Auch diesmal will sich das Glück nicht blicken lassen, denn der Theaterdirektor in Bedrängnis kann uns keinerlei Vorauszahlung bieten. Das noch von unserer letzten Anleihe frei gebliebene Geld wird von Tag zu Tag weniger. In ein paar Wochen werden wir nichts mehr haben.

Der gute Joseph Deiner, den mein zärtlicher Gatte so gerne seinen »Diener Primus« nennt, wird leider nie wirklich unser Diener sein. In seinem Gasthaus finden sich genügend Gäste ein, um ihm den Lebensunterhalt zu sichern. In seinem Haus, wo Bier und Brechnäpfe die ständigen Begleiter der Inspiration sind, treffen sich alle Musiker von Wien. Die nach London abgereisten Talente haben leere Plätze an den Holztischen zurückgelassen; nichts kann diese Menschen ersetzen, die uns so sehr fehlen. Unser großmütiger Primus spendet jenen, die er schätzt, viel von seiner Zeit und jeden erdenklichen Dienst: Unser heutiges Feuerholz stammt aus den Reserven seines Wirtshauses.

Frühling 1791

Wir haben auf unsere Bitte hin 30 Gulden von Puchberg bekommen. Unser leerer Geldbeutel und dazu das Schweigen der Freunde von einst erscheint mir als grausame Tyrannis. Ich kann mich nicht erinnern, daß Wolfgang je einem Menschen in kargen Verhältnissen, aber ehrbar und guten Willens, auch nur die kleinste Gnade verweigert hätte. Wie kann es sein, daß sich unsere Verbindungen zu anderen nur noch auf Bittgesuche beschränken sollen?

Kapellmeister Hofmann ist erkrankt. Möglicherweise könnte dieser Posten in einiger Zeit frei werden. Wir haben einen Brief angefangen, in dem wir um seinen Posten nachsuchen wollten, aber seither hat er sich wieder vollkommen von seiner Krankheit erholt. Der ehrenwerte Wiener Magistrat verspricht uns die Stelle, sobald sein jetziger Inhaber gestorben sein wird.

Wolfgang bringt es nicht über sich, derartige Wünsche nach Verbesserung unserer Situation zu äußern! Der alte Hofmann verfügt über ein großes Talent, und Wolfgang respektiert sein fortgeschrittenes Alter. Für den Moment bestimmt man meinen Mann amtlicherseits zum Adjunkten des Domkapellmeisters von St. Stephan. Ohne Bezahlung.

Das ist mal ein unwürdiges Los: unbesoldeter Adjunkt desjenigen, den man dahingehen und in die Grube fahren sehen wollte!

Emanuel Schikaneder hat das Libretto für die Oper gebracht, die mein Mann komponieren soll. Die ersten Seiten der Lektüre waren entspannend und vergnüglich für Wolfgang, denn sie scheinen für einen kindlichen Geist geschrieben, während in Wirklichkeit der ganze Glaubenskanon der Freimaurer darin zur Auslegung kommt.

Ach, nun, da sie sich über dieses Werk einig geworden sind, bin ich voller Angst, man könnte Wolfgang vorwerfen, er komponiere eine Allegorie auf die Revolutionäre, und Wochen beharrlicher und mutiger Arbeit würden mit einer neuerlichen Zurückweisung durch den Kaiser bestraft.

Werden die fünfunddreißig Musiker des Freihaus-Theaters der Musik meines Gemahls ihre ganze Seele zu verleihen wissen? Werden diese an grobe, volkstümliche Melodien gewöhnten Musikanten nicht vielmehr diese Schöpfung beeinträchtigen?

Ich finde mich in dieser *Zauberflöte* nicht so ganz zurecht. Da wird ein schöner Prinz mit Namen Tamino von einer Schlange verfolgt, wird ohnmächtig und wird von drei Damen gerettet, die die Schlange töten und wieder verschwinden. Ein Vogelfänger, Papageno, der die Königin der Nacht mit Vögeln versorgt, rühmt sich vor dem Prinzen, er selber habe die Schlange getötet. Da kehren die drei Damen zurück, um ihn für seine Lüge zu bestrafen und Tamino aufzufordern, Pamina, die Tochter der nächtlichen Königin, aus den Klauen des grausamen Sarastro zu befreien. Ein Bildnis, eine verzauberte Flöte, geschnitten aus der Wurzel einer tausendjährigen Eiche, und ein Glockenspiel werden ihm helfen, diejenige zu befreien, der schon jetzt seine ganze Liebe gilt …

Ach, mein Liebling! Wie willst du mit diesem Werk das Volk lehren, was die Pflicht eines jeden an der ganzen Menschheit ist, ohne eine kaiserliche Bestrafung dafür fürchten zu müssen?

Und das Geheimnis der Freimaurer? Das mußt du hüten und nicht den Blicken jener aussetzen, die du und deine Freunde die Nichteingeweihten nennen! Erinnere dich, wie es mich bewegte, als du die Gefühlswallungen deiner Initiation mit mir teiltest. Oh, wie schlug da nicht mein Herz, ganz wie du es wolltest. Inzwischen kenne ich so manches Prinzip in diesem Labyrinth, in dem die Wahl des Weges manche Unbill verursacht, aber das Publikum, Wolfgang, was wird das Publikum schon verstehen von der philosophischen Kraft, die sich hinter dem kindlichen Äußeren verbirgt?

Ich fürchte mich so vor morgen ...

Ich muß meine Sachen vorbereiten, um mich zu einer neuerlichen Kur nach Baden zu begeben. Gebe Gott, daß es die letzte sein möge! Diese Schwangerschaft scheint mir die gefährlichste von allen. Seit meine Krampfadergeschwüre wieder aufgebrochen sind, kann ich rechts nur noch auf der Fußspitze auftreten. Meine täglichen Ausscheidungen bleiben aus, und es fällt mir so schwer, zu Stuhle zu kommen, daß ich zu jeder Stunde bei Tag und bei Nacht Bauchkrämpfe habe. Die kleine Unterkunft, wo ich mich bei meinem letzten Aufenthalt in Baden so wohl gefühlt habe, entspricht nicht mehr meinen Bedürfnissen. Allein der Anblick einer Treppe macht mir Angst.

Obwohl unser Geldbeutel leer genug ist, um diese Kur als unvernünftig abzutun, kann ich mich der Notwendigkeit nicht entziehen: Ich muß fort.

Carl hat die Pension in Perchtoldsdorf verlassen. Dieses Institut besteht noch nicht sehr lange, aber es steht in dem Rufe, die Kinder in allen Künsten und allen nötigen Wissenschaften zu unterweisen. Mein Sohn fehlt mir häufig, aber ich brauche mir um seinetwillen keine Sorgen zu machen. Morgen reisen wir gemeinsam nach Baden ab.

Nie zuvor dünkte mich die Reise nach Baden so beschwerlich wie dieses Mal. Wie machen das diese Leute, die den Weg dorthin in sechs Stunden zu Fuß zurücklegen? Diesen Samstag rumpelte die Kutsche drei Stunden lang dahin, weil wir in Wiener Neudorf lange hielten, um die Pferde zu wechseln.

Es ist nicht nur ein einfacher Brief, den mein Mann mir heute schickt, um sich nach meinem Befinden zu erkundigen. Er schickt mir einen Brief in Sabindes Tasche! Da werde ich nun also von dieser kleinen Närrin unterstützt, die zwar nie versteht, was ich von ihr will, aber sich immerhin aufrecht zu halten und mir als Krücke zu dienen weiß.

Diese junge Frau mit großem Herzen, aber ohne jeglichen Verstand war schon des öfteren in unseren Diensten und hat es immer ohne eine Miene zu verziehen hingenommen, daß wir sie einstellten, wenn es unsere Einkünfte aus den Konzerten erlaubten, und wieder entließen, wenn die Subskriptionen nichts einbrachten.

Mein vielgeliebter, teuerster kleiner Mann!

Ich kann Dir gar nicht sagen, wie unendlich lang mir dieses Mal die Reise geworden ist. Ich hatte keine andere Gesellschaft als die von Carl auf meinem Schoß, der eingeschlafen war und mir mit dem Gewicht seines Kopfes das Blut abdrückte. Mein Gott, wenn er so schwer ist, müssen schon alle Dummheiten der Zukunft darin sein und durch seine Träume schwirren! Sabinde ist gut angekommen, und ich darf Dir sagen, daß mich Deine Idee entzückt, auch wenn ihr Mundgeruch die Hunde verscheuchen kann. Sie muß wohl Mundwürmer haben, aber ich habe kein Mittel dagegen. Also habe ich Deinem Sohn aufgetragen, sich nicht küssen zu lassen. Bei meiner Abreise, die so rasch vor sich ging, als hättest Du schon alles für das Eintreffen einer Geliebten bestellt, sobald das Lager frei sein würde (nicht böse sein, ich kann Dich auch einmal foppen, so wie Du hart mit Deinen Freunden umspringst), bei dieser überstürzten Abreise also habe ich vergessen, Dir Leutgebs Einladung zum Essen auszurichten. Wie gewandt und höflich von ihm! Wußte er, daß ich fortfahre, und wollte Dich aus der Einsamkeit reißen und Dir für diesen Abend seine Gesellschaft anbieten, oder wollte er vielmehr meine meiden? Die Wohnung ist ganz, wie Du es erbeten hast, und so gibt es keine Treppe, die ich hinauf- oder hinuntermüßte. Bisher bin ich noch niemand Bekanntem begegnet. Ich bin so einsam, wie Du es gerne für mich haben willst. Wenn es Dir möglich ist, hätte ich gern mein Kleid aus grobem gelbem Tuch mit dem passenden Hut dazu. In dem

Fall müßtest Du zur Schneiderin gehen, um sie wachzurütteln, denn wenn sie so über ihrer Arbeit einschläft, kann ich morgen schon die Schließen an meinem Kleid nicht mehr zumachen und auch die Taschen nicht finden. Sag mir auch, was Deine Pläne mit diesem Süßmayr machen und ob Du ihn immer noch ein solches *Arschloch* findest. Sabinde will es sich absolut nicht mehr gefallen lassen, daß wir sie Sabinde nennen. Wie dumm von ihr! Ich habe ihr schon hundertmal erklärt, daß die kleinen Spitznamen, die einem ein Kind gibt, wie eine Liebkosung sind, aber nein, sie ist sturer, als Du es Dir vorstellen kannst. Was machst Du mit Leonore? Wirst Du sie während meines Aufenthalts hier im Dienst behalten? Willst Du nicht mit mir tauschen, dann nimmst Du Sabinde und schickst mir Leonore? Wenigstens für die Verköstigung. Mein linkes Bein ist schon ganz von seinen Plagen befreit, das rechte fast verheilt. Es hat sich eine dünne Haut über der Wunde gebildet. Bete für mich, mein Liebling! Ich habe keinerlei Beschwer, als daß ich im Traume Deine Hände suche.

Fange meine Küsse auf, die Dir zufliegen, immer hinter der Kutsche her, nein, jetzt schießen sie an der Kutsche vorbei bis zu den Pferdeschwänzen, 2 389 754 Küsse galoppieren Dir entgegen. Ach, einer ist unter einen Pferdeapfel geraten und von den Hufen zertrampelt worden, armer kleiner Kuß in einem Mistfladenmeer. Aber da sind schon all die anderen, schweben die Treppen hinauf, klopfen an Deine Tür, hörst Du es nicht? »Mach auf! Mach auf! Wir sind die Küsse von SchablaPumfa, schnell! Uns dürstet nach einem Mund zum Küssen!« Hast Du die Tür geöffnet? – Ja! Da hast Du einen, und noch einen, oh!, der dritte ist aufs Auge gerutscht. Tut mir leid, mein Lieb!

Constanza Mozart

Ich weiß wohl, wie glücklich ich sein kann, einen liebenden und einfallsreichen Mann zu haben. Vor einem oder zwei Tagen rechnete ich nicht mit einer Antwort, denn ich weiß ja, wie sehr er mit seiner *Zauberflöte* beschäftigt ist. Der Brief von heute morgen ist ausnehmend lustig.

Ma trés cher Epouse!

... diesen augenblick erhalte ich dein liebes schreiben, und sehe daraus mit vergnügen daß du gesund und wohlauf bist – Mad:e Leitgeb hat mir heute das halsbindl gemacht, aber wie? – lieber gott! – ich habe freylich immer gesagt, so macht sie's! *– es nutzte aber nichts. – mich freuet es daß du guten Apetit hast – wer aber viel frisst, muß auch viel sch ...? – Nein, viel gehen wollt' ich sagen. – doch ist es mir lieb wenn du* grosse Spatziergänge *nicht ohne mich machest. – Thue nur alles was ich dir rathe, es ist gewis vom Herzen gemeint. adieu – liebe – einzige! – fang du auch auf in der luft – – es fliegen 2999 und ein ½ bussel von mir, die aufs aufschnappen warten. – Nun sag ich dir etwas ins ohr. – – – – – du nun mir. – – – nun machen wir das Maul auf und zu – – – immer mehr – und mehr – – endlich sagen wir; – es ist wegen Plumpi – Strumpi – – du kannst dir nun dabey denken was du willst. – das ist eben die Comoditet. – adieu – 1000 zärtliche küsse Ewig Dein*

Mozart

Den 6:t Junj. 791

Mein geliebter und bester kleiner Mann!

Ich muß Dir eine sehr merkwürdige Geschichte gestehen. Ich hatte ja gar nicht verstanden, daß Sabinde nur mit meinem Brief angereist kam, um ihn mir zu überbringen und dann zu ihrer Familie weiterzufahren. Kannst Du Dir vorstellen, daß sie tatsächlich so dumm sein könnte, daß sie diese ganze Zeit bei mir bleibt und nicht zu sagen wagt, was sie eigentlich soll? Nun, sie ist es! Ich habe sie also gleich heute in die Kutsche gesetzt, damit sie heimfährt, und Carl war recht böse über ihre Abreise. Daß Franziska Leutgeb Deinen Kragen nicht auf meine Art zu binden weiß, wundert mich nicht. Man muß Dich lieben, so wie ich es tue, um diese schwere Aufgabe an einem Hampelmann zu vollbringen, der keinen Moment stillsteht und ständig schreit, es sei zu eng oder nicht gebauscht genug. Ich muß schließen, denn ich werde jetzt mein Bad nehmen und Dir ein Fläschchen mit diesem furchtbaren Stinkewasser schicken. Du sollst es auf meine Gesundheit trinken! Streichle den Vogel von mir und auch den Hund und schließlich Deinen schönen ... Nein! Zwick ihn lieber, Deinen Burschen, damit er nicht übermütig wird! Und sag ihm, wie ich ihm beikommen werde, wenn er es wagt, sich außerhalb Deiner Hosen bewundern zu lassen. Tausend weniger einen Kuß von Deiner Frau

Constanza

P. S. Der letzte Kuß, der an den tausend fehlt, ist der, den Dein liebender Sohn von ganzem Herzen schickt.

Wir sind allseits gesegnet!

Meinen Beinen und Füßen geht es so gut, daß ich nun sicher hoffe, in einigen Tagen wieder in Wien zu sein. Wolfgang ist für zwei kurze Tage zu uns gekommen, aber leider in Begleitung der Schwingenschuhs. Ihre Gegenwart ist mir keineswegs unangenehm, doch wäre ich lieber allein mit meinem Mann gewesen, damit er mich den ganzen Tag für sich hat, wie er es versprochen hatte, bevor er mit diesen braven Leuten an seiner Seite hier auftauchte. Da die Schwingenschuhs in derselben Kutsche wie mein Mann wieder nach Wien zurückfuhren, war kein Augenblick der Vereinigung möglich. Carl schlief zwischen uns, an seinen Vater geschmiegt, weil Wolfgang meinte, er fiebere.

Ma très chère Epouse! – *Wien den 11. Juni 1791*

... Ich muß eilen, weil es schon ¾ auf 7 Uhr ist – und der Wagen geht um 7 Uhr – – nimm Dich im Baad in acht daß Du nicht fallest, und bleibe nie allein – auch würde ich an Deiner Stelle einen Tag aussetzen um das Ding nicht zu gähe anzupacken. Ich hoffe es hat Jemand diese Nacht bei Dir geschlafen. – Ich kann Dir nicht sagen was ich darum geben würde,

wenn ich anstatt hier zu sitzen bey Dir in Baaden wäre. – Aus lauter langer Weile habe ich heute von der Oper eine Arie componirt – ich bin schon um halb 5 Uhr aufgestanden – Meine Uhr, erstaune! – habe ich aufgebracht; – aber – weil ich keinen Schlüssel hatte, leider nicht aufziehen können, ist das nicht traurig? – schlumbla! – Das ist wieder ein Wort zum Denken – ich habe die große Uhr *dafür aufgezogen. – Adjeu – Liebe! – heute speise ich bei Puchberg – ich küsse Dich 1000mal und sage in Gedanken mit Dir: Tod und Verzweiflung war sein Lohn! –*

Dein Dich ewig liebender Mann
W. A. Mozart.

Der Carl soll sich gut aufführen, küsse ihn für mich.
(nimm Latwerge wenn Du keine Oeffnung hast – aber nicht anders.)
(nimm Dich des Morgens und Abends wenn es kühl ist in acht.)

Nun geht es auf das Ende des Frühlings zu, und ich fühle mich durch und durch besser. Mein Mann ist bereits auf dem Weg nach Baden, und wir werden die nächsten Tage zusammen verbringen. Welches Glück! Und welche Freude auch für den kleinen Carl!

Diese Schwangerschaft ist mit den früheren absolut nicht zu vergleichen. Meine Seele ist ganz anders gefangen als sonst, selbst in meinen Träumen. Letzte Nacht habe ich zum Beispiel geträumt, der Herr und ich gingen gemeinsam durch den Sand. Ich lauschte Seinen weisen Ratschlägen, Seine Stimme umfing mich wie mit einem Schal aus Musselin. Oh!, wie heiter wir waren, und Er so vollkommen, ich so voller Vertrauen … Dann sagte der Herr zu mir: »War ich nicht immer bei dir, bei allem Kummer, jeder Prüfung in deinem Leben?« In diesem wunderbaren Traum gingen wir nebeneinander, mein Schritt dem Seinen gleich. Dann wandte ich mich um und sah, daß Seine Schritte keine Abdrücke im Sand hinterließen. Wo waren die Spuren des Herrn im Sand? Ich rief mit aller Kraft, auf den Knien liegend, und flehte Ihn an, wieder neben mir zu erscheinen. »O Herr, verlaß mich arme Sünderin nicht. Laß mich nicht allein, hab Mitleid mit mir!« Und eine klare und sanfte Stimme flüsterte meiner verzagten Seele zu: »Mein Kind, sieh Dir die beiden Fußabdrücke nur genau an. Ich trage dich in meinen Armen.«

Da wußte ich, daß ich gar nicht schlief. Mein in stillem und friedvollem Schatten liegendes Zimmer wachte über meinen schlafenden Sohn.

⁂

Wolfgang und sein *Arschloch* sind für einige wenige Tage in Baden. Es ist nicht zu sagen, wie glücklich ich bin, von seinen fleischigen und liebevollen Händen gedrückt zu werden. Daß der junge Süßmayr auch dabei ist, stört mich weniger, als ich vermutet hätte, denn sein Musikmeister sieht darauf, daß er mit viel Kopierarbeit beschäftigt ist.

Der gute Chorregent Stoll legt eine solche Bewunderung für Mozart an den Tag, daß seine Gegenwart so manche Wunde heilt. Und so hat es sich mein Mann nach achtjähriger Stille in den Kopf gesetzt, eine Kirchenmusik zu schreiben. Keiner, der dieses Wunder hört, kann die Tränen zurückhalten und versäumen, an seine verstorbenen Lieben zu denken. Ach, es sind wahrlich der Engel Stimmen, die man in diesem *Ave verum corpus* singen hört. Wenn ich morgen während meiner Niederkunft meine Seele aushauchen sollte, würde ich mir wünschen, von dieser Musik begleitet zu werden. Dann würde ich meine beiden Männer mit einem Lächeln auf den Lippen verlassen.

⁂

Wolfgang ist nach Wien zurückgekehrt. Er will den Vorbeimarsch der Piaristen bei der Fronleichnamsprozession in diesem Jahr nicht versäumen, weil wir darauf hoffen, daß auch unser Sohn diesem katholischen Orden, der sich der Ausbildung von Knaben widmet, beitreten wird. Oh, mein Mann wäre niemals nach Wien zurückgefahren und hätte mich schwanger und mit einem wilden

Kind am Rock ganz allein gelassen. Ich habe den besten aller Ärzte, den treuesten Helfer und eine wackere Hebamme: das *Arschloch*.

Ich habe einige Gulden flüssig. Puchberg zeigt sich sehr zuversichtlich ob der Zukunft dieser *Zauberflöte*, die mich so sehr das Fürchten lehrt. Ich kann gar nicht sagen, wie sehr ich mich um Wolfgang sorge. Es ist nicht gut für seine Musik, daß er sorgenvoll und allein zugleich sei.

Ich will diesen netten Jungen nicht länger mit dem fürchterlichen Namen einer Körperöffnung belegen. Es ist nicht recht, sich über einen Menschen lustig zu machen, weil er langsam und von etwas rauhen, gewöhnlichen Manieren ist. Ich habe Angst, sein gutes Herz zu verletzen. Aber der junge Mann weiß auch, wie sehr Wolfgang ihn schätzt. Trotzdem können solche Scherzworte eines Tages viel Kummer bereiten, den niemand je wollte. Ich bin immer gern zu Späßen aufgelegt und zu Wortspielen, aber ich mag es nicht, wenn der Spott den Geist ersetzen soll.

Aber den Mund von Süßmayr habe ich doch trefflich bezeichnet: Er ist so verkniffen und rosig, daß er schon sehr an einen Anus erinnert.

Ma trés chere Epouse! –

... wo ich geschlafen habe? – zu hause versteht sich – ich habe recht gut geschlafen, nur haben mir die Mäuse rechtschafen Gesellschaft geleistet – ich habe ordentlich mit ihnen discurirt. – Vor fünf uhr war ich schon auf. – apropos. ich rathe dir nicht Morgen in das Amt zu gehen – die bauernkerls sind mir zu grob; – freylich hast du einen groben Compagnon – aber die bauern haben keinen Respect für ihn, perdunt Respectum, weil sie ihms gleich ansehen, daß er ein schaberl ist. Snai! –
dem Süßmayer werde mündlich antworten – mir ist leid ums Papier. –
dem krügel oder kligel lass sagen, daß du dir ein bessers Essen

ausbittest – kannst du im vorbey gehen vileicht selbst mit ihm reden ist es noch besser; – er ist sonst ein artiger Mensch, und hat Hochachtung für mich. –
Morgen werde ich mit einer kerze in der Hand in der Joseph Stadt mit der Prozeßion gehen! – Snai! –
vergesse meine Ermahnungen wegen morgen und Abend luft – wegen zu langem baden etc. etc. nicht – an Graf und Gräfin Wagensperg meine Empfehlung – adieu – Ich küsse dich 1000mal in gedanken und bin Ewig dein
Wien *den 25:t Juny*
1791 *Mozart*

P: S: Es würde doch gut seyn, wenn du dem Carl ein bischen Rebarbara gäbest. –
warumm hast mir denn den grossen brief nicht geschickt? – hier ist ein brief an ihn – bitte mir eine Antwort aus. – – fang auf – fang auf – bis – bis – bs – bs – lauter busserln fliegen in der luft für dich – – – bs *– da trottelt noch eins nach –*
den Augenblick erhalte dein zweytes. – traue dem baad nicht!
– schlafe auch mehr *– nicht* so unordentlich! *– sonst ist mir bange. – ein bischen bange ist mir schon.*
Adieu. –

Es ist recht ärgerlich, daß ich diesen Brief heute morgen bekam, denn nun bin ich meinem gütigen Gatten, ohne es zu wollen, ungehorsam gewesen. Wir waren zur Messe, konnten aber der Prozession nicht beiwohnen, da mir noch vor der heiligen Kommunion ganz schwach wurde. Ich mußte also, auf Süßmayrs Arm gestützt, in die Unterkunft zurück.

Sommer 1791

Ich kann mich nicht entsinnen, meinen papierenen Beichtiger schon einmal so lange vernachlässigt zu haben.

Carl und Süßmayr vergnügen sich königlich, sobald die Kopierarbeit getan ist. Wolfgang kann sich noch immer nicht entschließen, all seine Musik auf den Partiturseiten zu notieren, also kopiert Süßmayr die Notenblätter, ohne je zu wissen, wie alles zusammen klingt.

Seine Gegenwart ist mir eine Beruhigung, und bei Wolfgangs Scherzen wird sein Geist langsam immer wacher. Ich wäre wirklich sehr traurig gewesen, wenn unsere Bemerkungen ihn verletzt hätten.

Welche Wohltat! Der offizielle Auftrag zu einer Oper! Die Krönung Leopolds II. in Prag wird Mozart endlich Gelegenheit geben, zum Ruhme unseres Kaisers zu spielen. Das Werk soll *La clemenza di Tito* heißen. Damit sind die Erniedrigungen und Demütigungen der Krönung in Frankfurt vergessen. Oh, jetzt weiß ich, es gibt nur eine Spur im Sand …

Wien, den 10. Juli 1791

Meine vielgeliebte Tochter!

Verzeih bitte, wenn Deine Mutter die Badekur unterbricht, um Dir von einer Angelegenheit zu berichten, die Dir, wie ich fürchte, Deine letzten Tage in Baden verderben wird. Gott ist mein Zeuge, daß ich die gute Wirkung Deiner Kur wahrlich nicht beeinträchtigen will.

Ein Todesfall? – Nein, das nun nicht, schlimmer.

Ein Diebstahl? – Nein, das nicht, aber schlimmer.

Eine üble Nachrede? – Ja, meine Tochter, und zwar von der übelsten Sorte.

Diese Verleumdung zieht in den Schmutz, was mir, der Witwe, Mutter und Großmutter, das wichtigste ist: die Ehre unserer Familie. Nun werde ich Dich nicht länger mein Geschreibsel lesen und ob der Rätsel ermüden lassen, die Du, das wette ich, schnellstens aufklären wirst. Nun also, mein Kind. Ach, Du wirst mich sogleich hassen und verdammen, aber bedenke, zu Dir spricht Deine Mutter, die Dich nur behüten will. Also, mein Kind. Ach, mein Gott, wie ist es mir peinlich, Dir zu sagen, daß man sich in Wien und selbst in Baden erzählt (denn dorther wird das Gerücht wohl rühren), man sagt also, erzählt, lügt es sich zusammen, man macht sich über Deine Schwangerschaft lustig, denn der Vater des Kindes sei ein gewisser Süßmayr. Und man führt auch Euer Zusammenleben zu dritt dafür an, wenn Dein liebenswürdiger Gatte Dich in Baden besucht. Meine Tochter! Laß von niemandem beschmutzen, was Dein Mann und Du Euch so mühsam und auf anständige Weise aufgebaut habt. Ich glaube keine einzige der üblen Behauptungen, doch andere werden leider darauf hören und sie weitertragen, vielleicht gar bis an den Hof, wo man nur auf einen Fehltritt wartet, um ihn gegen das Talent Deines Mannes zu verwenden. Ich rate Dir also, unverzüglich nach Wien zurückzukehren, denn nach allem, was ich von Deinem Mann weiß, sind Deine Geschwüre schon viel besser geworden. Was den Säugling angeht, sorge Dich nicht, mein Kind, ich werde für Euch da sein. Ich bin auf immer Deine Dich liebende Mutter, die Dich küßt und ihren kleinen Carl recht fest an ihr Herz drückt.

Caecilia Weber, geb. Stamm

Mein Gott! Was sind das nur für Aasgeier, daß sie sich solche Unflätigkeiten zusammenreimen? Da nimmt niemand auf mich Rücksicht, die ich im neunten Monat schwanger bin, mit Wunden an den Beinen und von Schmerzen geplagt. Ach, mein Wolfgang, komm und hole mich, laß mich nicht hier in Baden vergehen, wo die Worte fürchterlicher stinken als das Schwefelwasser!

Nun ist es eine Woche her, daß mein kleiner Franz Xaver Wolfgang geboren wurde. Er ist ein hübsch runder und lebhafter Knabe.

Als die Wehen einsetzten, hatte ich kaum Zeit, mich auf den Stuhl zu begeben. Das Kind kam von ganz allein und schrie sofort seine Ankunft in die Welt hinaus.

Bisher sieht er seinem Vater noch kaum ähnlich, aber eine hübsche kleine Besonderheit, in der man Gottes Handschrift erkennt, macht alle üblen Gerüchte um unseren Sohn zunichte:

Gesegnet seist du, Franz Xaver Wolfgang,
Kleiner Engel mit des Vaters Zeichen
An deinem Ohr,
So sonderbar mißgestaltet
Und einzigartig nach des Schicksals Fügung,
Diesem herzigen Fehler.
Ja, kleiner Liebling, du wurdest
Mit einer Mißbildung geehrt.
Dein Ohr ist ganz wie das von deinem Herrn Papa.

Franz Xaver, den ich schon gerne meinen kleinen Wolfgang nenne, bekommt Johann-Thomas von Trattner zum Taufpaten. So haben denn meine beiden Söhne einen gemeinsamen Beschützer.

O Herr, laß mir die Hoffnung, mit der Geburt meines kleinen Schatzes und den beiden zu schreibenden Opern möchte unser Unglück vorüber sein.

Mag Salieri sich nur in ganz Wien damit brüsten, Mozart übernehme eine Aufgabe, die er selber fünfmal zurückgewiesen habe.

Das Lob und die Ehre dieses Werkes werden bei der Krönung des Kaisers in Böhmen meinem Mann zuteil werden.

Ein Mann von Ehre!

Ein großer Mann ist tot!

Und mein Gemahl weint, eingeschlossen in seinem dämmerigen Arbeitszimmer, heiße Zähren um diesen Bruder Ignaz von Born. Kummer und Leid geben seiner Seele die Noten zum Gedenken an seinen großen Bruder ein.

Ich wage nicht, ihn zu stören.

Ein magerer Mann im Trauergewand und mit Leidensmiene hat an unsere Türe geklopft. Ich säugte gerade den kleinen Wolfgang und sah mich außerstande, ihm den Zutritt zu verweigern. Mit ihm hat ein wenig der Teufel Einzug in unser Haus gehalten. Er kam bis zu Wolfgang vor, der sich gerade von seinem Kummer erholt hatte. Nur mit Mühe konnte ich ihre Unterredung ausmachen, was mich höchlichst erzürnte.

»Wer schickt Sie zu mir?« fragte Wolfgang.

»Der Herr möchte nicht genannt werden.«

»Nun gut. Was will er von mir?«

»Es ist eine Person gestorben, die ihm sehr teuer ist und immer sein wird. Ihren Todestag möchte er fortan auf diskrete, aber würdige Weise begehen und bittet Sie darum, ein *Requiem* zu komponieren.«

Wolfgang, der, wie ich glaube, durch den feierlichen Ton und die geschmerzte Miene seines Besuchers recht verwirrt war, blieb im Zwielicht seines Kabinetts vorsichtig.

»Arbeiten Sie mit aller gebührenden Sorgfalt. Der Mann ist ein Kenner.«

»Um so besser!«

»Auf die Zeit soll es nicht ankommen.«

»Perfekt.«

»Wie lange werden Sie ungefähr brauchen?«

Wolfgang bat sich vier Wochen aus und einhundert Dukaten als Honorar. Daraufhin hörte ich das Klingeln eines Geldbeutels, der auf den Tisch gelegt wurde.

»Die anderen fünfzig erhalten Sie, wenn Sie das Werk ausliefern. Adieu.«

Die Spuren im Sand! Nein, dies ist nicht der Teufel. Es ist ein Zeichen Gottes!

Es kann sich nur auf eine Art erklären: Gottes Finger befiehlt. Die schönsten Harmonien der Kirche gibt man keinem anderen in Auftrag als Mozart.

Oder ist es etwa ein Logenbruder, der uns einen Streich spielen will?

Aber wer könnte das wohl sein?

Lorenzo Da Ponte sieht sich gezwungen, nach England abzureisen, und der Kaiser kann seine Gegenwart nicht mehr ertragen. Auch diesmal bot man uns an, an der Reise teilzunehmen, und auch diesmal mußten wir ablehnen, weil die begonnenen Arbeiten nicht unterbrochen werden dürfen.

Mein Ritter ist recht betrübt, seinen Freund zu verlieren, denn sie wissen beide nicht, wie lange die Trennung dauern wird. Wie grausam doch das Schicksal manchmal ist!

All jene, die ins Ausland gehen, verursachen denselben Schmerz wie die, die sterben, denn wir fürchten doch immer, der Abschied könnte endgültig sein.

Wolfgang zerschindet sich an seinem Arbeitstisch. Mehrmals schon habe ich ihn dabei überrascht, wie er sich vorsichtig den Rücken gerieben hat. Manchmal muß seine arme Hand lange massiert werden, um sich vom langen Halten der Feder zu entkrampfen.

Doch wie könnte man sich nun ob des Übermaßes an Arbeit beklagen? Die *Zauberflöte* zu Ende schreiben und nun noch das *Requiem* und die kaiserliche *clemenza di Tito*.

Wir reisen fort!

Bei Gott, ich muß mich zwischen meinem kleinen Sohn und meinem Mann entscheiden. Prag verlangt nach der Gegenwart des Komponisten, und Mozart verlangt es nach der Gegenwart seiner Frau.

Carl und Franz Xaver können uns nicht begleiten. Das wäre undenkbar.

Josepha, deren kleine Tochter noch jung genug ist, um eine Amme zu rechtfertigen, wird unseren Säugling zu sich nehmen. Carl wird einige sicher recht lustige Tage bei seinen kleinen Freunden in der Pension verbringen.

Wir müssen diese Reise, die die Rückkehr Mozarts, die Rückkehr seiner Musik, der Liebe seines Publikums und der respektablen Einkünfte besiegeln wird, in aller Eile vorbereiten!

Anton Stadler wird mit uns reisen, weil er seinen angestammten Platz als Klarinettist im Prager Orchester hat. Süßmayr ebenfalls! Durch seine Kenntnisse in der Komposition und seine flinke Hand als Kopist kann er uns tausend nützliche Dienste erweisen.

Die Postkutsche wird drei Tage und drei Nächte unterwegs sein, um uns so schnell wie möglich nach Prag zu bringen.

Als ich den Wagen bestieg, zog mich der düstere Bote in Grau am Gewand und fragte:

»Was wird aus dem *Requiem*?«

»Verzeihung, mein Herr«, sagte Mozart, »aber diese Reise ist unvermeidbar, und ich sah mich außerstande, Ihren Herrn davon zu unterrichten, da ich nicht weiß, wer er ist. Sagen Sie Ihrem Herrn, daß das *Requiem* meine erste Aufgabe nach meiner Rückkehr sein wird, wenn er so lange zu warten geruht, denn das entscheidet er allein.«

Da sitzen wir nun alle vier schwiegend da, eingelullt vom Rumpeln der Kutsche oder von Gedanken gepeinigt wie Wolfgang. Soviel Land zieht auf dieser langen Reise an uns vorbei, daß man glauben möchte, es ginge um die ganze Welt. Kurz vor Wien trocknen die abgeernteten Felder in der Sonne, während die fein säuberlich aufgereihten, herbstlich eingefärbten Weinreben sich wie Adern aus Gold und Rot dahinschlängeln. Einundzwanzig Poststationen warten auf uns, einundzwanzig nützliche Aufenthalte für den Reisenden. Durch meine kürzliche Niederkunft kann ich nicht den ganzen Tag über in sitzender Stellung verbringen und ohne zu pissen.

Wir fahren vorbei an den Landsitzen des Adels, und von unserer Anhöhe aus sehen die Weinberge von Retz noch größer aus. Wolfgang spricht unaufhörlich von Metastasios Libretto, an dem sich schon viele große Komponisten versucht und oft darauf ihren Ruhm gegründet haben. Wie Gluck in Neapel, Galuppi, Anfossi und Salomon, Haydns Impresario. Diese glorreichen Vorläufer machen meinem Mann keine Angst, ich fürchte nur, er könnte sich verausgaben, denn er ist beängstigend blaß und recht trüben Mutes.

Der Kaiser und die Kaiserin sollen in diesem Stück ihrer Wahl ihre eigene anerkannte Milde beschrieben finden, da sie ja in der Toskana die Folter haben verbieten lassen. So wird man also die Clemenza und die Größe Leopolds II. mit Mozarts Noten besingen.

Ach, mein Lieb, ich merke wohl, wie es hinter deiner Stirne rauscht und wie du die freimaurerischen Prinzipien der Toleranz, wie sie auch deine mächtigen Prager Freunde hochhalten, im *Tito* zum Klingen bringen willst.

Wir sind in Prag. Unmöglich, das kleinste freie Zimmer in einem Wirtshaus zu finden. Wir genießen die Gastfreundschaft der Duscheks in der Villa Bertramka in den Weinbergen vor der Stadt. Ich bin von der Reise erschöpft und Wolfgang immer noch genauso blaß.

Salieri ist lange vor uns eingetroffen. Seine ständige Gegenwart macht mich rasend. In Frankfurt war er natürlich offiziell geladen, aber diesmal wird Mozart komponieren, und ich sehe nicht ein, warum dieser Neider in den Vordergrund treten sollte. Man erzählt sich, er sei mit fünf Kutschen für zwanzig Musiker zu den Toren der Stadt hereingefahren – und mit drei Partituren zu Messen von Mozart.

So kann sich denn dieser neidische Mann, der in seinem Wahn mit aller Macht die Reputation meines Mannes zerstören will, also nicht von den Werken desjenigen trennen, den er am meisten auf der Welt haßt und doch bewundert. Wie ich diesen seltsamen, widersprüchlichen Mann bedauere!

Wir gehen fast täglich mit unseren Freunden ins Café, um uns beim Billard die Zeit zu vertreiben. Vor kurzem fiel uns auf, daß Wolfgang beim Spielen immer ganz leise eine Melodie vor sich hin summt. Auch wenn man aufmerksam hinhört, macht man nur ein »hm, hm, hm« aus, und wenn der Gegner dann am Zug ist, holt Wolfgang sein kleines Notizbuch aus der Tasche, sieht hastig seine Aufzeichnungen durch oder schreibt etwas Neues dazu. Als wir heute abend ins Haus der Duscheks zurückkehrten, lief er eilig zum Klavier und spielte uns ein Quintett aus der *Zauberflöte* vor, »Hm, hm, hm«, und es war dieselbe Melodie, die er schon beim Billardspiel gesummt hatte.

Man zeige mir einen anderen Komponisten, der fähig ist, inmitten von Vergnügen und Belustigungen dem Erfindungsreichtum seines Geistes freien Lauf zu lassen und gleichzeitig eine Partie Billard zu gewinnen, die *Zauberflöte* vor sich hin zu singen und dazu noch eine Arie für *La clemenza di Tito* zu bewerkstelligen!

Die Gesundheit meines Mannes bereitet mir fürchterliche Sorgen. Er zeigt eine betrübliche Miene, und sein Gesicht wird von Tag zu Tag blasser. Er nimmt alle möglichen Heilmittel, die Süßmayr ihm bringt. Des Abends ergreifen ihn nervöse Leibschmerzen. Seine Hände machen ihm unaufhörlich zu schaffen, und dann sein Rücken, sein armer Rücken, wenn er so über Feder und Tinte gebeugt dasitzt ...

Wenn sein Genie ihn mit sich fortträgt, findet er keine Ruhe, ob bei Tag oder bei Nacht, dann geht es ihm oft gar schlecht, und er verliert vor lauter Übermüdung minutenlang das Bewußtsein.

Mein Liebling! Ich kenne dich inzwischen besser als jeder andere, und trotz deiner beherzten Äußerungen lese ich doch die ganze Unruhe in deinen Zügen. Liebster, genießen wir die Freude an der Gesellschaft unserer Freunde und überlassen wir es dem Morgen, unsere Tage mit schlechten Nachrichten zu verderben. Sieh nur! Und horch! Dort in der Ferne und auch hier applaudiert man Mozart, keinem anderen als dir.

Gestern, am 6. September 1791, wurde Kaiser Leopold II. im St.-Veits-Dom zum König von Böhmen gekrönt. Es war eine schöne und prunkvolle Zeremonie. Auch ich war bewegt, aber das lag an der Musik meines Mannes, die von diesem unverständlichen Salieri meisterhaft dirigiert wurde.

Der Erzbischof von Prag entblößte die linke Schulter unseres Kaisers und salbte sie mit geweihtem Öl. Dann wurde das Öl mit Brot und Salz abgenommen. Man setzte ihm die Wenzelskrone auf den Kopf und gab ihm das Szepter und den goldenen Reichsapfel in die Hand. Sein feierlicher Schwur wurde beim Klang von Trompeten und Kesselpauken gesprochen.

Wolfgang zeigte sich ein wenig verzweifelt, daß man in die Musik hinein sprach, da es sich aber um Trompeten handelte, die er ohnehin mehr als alles andere verabscheut, amüsierte es ihn schließlich.

Am Abend gab man die Oper meines Mannes, *La clemenza di Tito*. Achtzehn Tage, achtzehn kurze Tage haben Mozart gereicht, um den größten Teil dieses Werkes zu ersinnen. Süßmayr hat sich als sehr nützlich bei den Rezitativen erwiesen und wußte auch die erstaunlichen Ängste seines Herrn zu beschwichtigen. Die Aufführung seiner Oper und der Applaus haben ein wenig Farbe in seine Züge zurückkehren lassen. Die Freude darüber ließ ihn aussprechen, wie sehr Wien seinen Sohn vernachlässigt: »Mein Orchester ist in Prag.«

Heute abend geht Wolfgang zur Loge »Wahrheit und Einigkeit zu den drei gekrönten Säulen«, wo man seine Kantate *Maurerfreunde* spielen wird. Ich fürchte immer, diese Versammlungen könnten von Spitzeln besucht werden, denn der Kaiser hat von seinem Polizeiminister ein Memorandum verbreiten lassen, in dem die Illuminaten, die Rosenkreuzler, die Brüder der Strikten Observanz und die Freimaurer als gefährliche Verräter und Unruhestifter denunziert werden, die dazu beitrügen, die revolutionären Ideen Frankreichs auch in Österreich zu verbreiten. O heiliger Johannes, schütze meinen Mann vor Verleumdungen, Komplotten und der Bosheit seiner ungehobelten Feinde!

⁂

Nun sind wir wieder in Wien. Ich bin gleich zu Josepha geeilt, wo mir mein kleiner Franz Xaver die Freude machte, mich mit seinem reizenden Lächeln zu begrüßen. Wie sich die Züge eines Säuglings verändern in so wenigen Wochen! – Dann gingen wir beide zu meiner Mutter, danach holten wir Carl ab.

⁂

Ich bin glücklich, wieder in meiner Wohnung zu sein, die nun sehr gut möbliert ist, seit wir einiges an Notwendigem vom Pfandleiher zurückgeholt haben. Die fünfzig Dukaten Vorschuß für das *Requiem*, dazu die zweihundert Gulden für *La clemenza di Tito* ermöglichen uns nicht, all unsere Schulden zu bezahlen, aber es reicht immerhin, um keine neuen zu machen.

Wolferl hat sich seit unserer Rückkehr aus Prag nicht die geringste Ruhe gegönnt. Er schreibt trotz aller ständigen Schmerzen in Rücken und Händen seine *Zauberflöte*.

Ich weiß nicht mehr, wie ich seinen Zustand lindern kann. Caecilia rät zu heißer Schokolade. Aber ich kann keine Verbesserung erkennen.

Heute morgen sind wir Emanuel Schikaneders Freihaus-Theater und seine Umgebung besichtigen gegangen, denn ich kenne diese Gegend so gar nicht. Man hatte mir von einem lächerlichen großen Ei aus Holz erzählt, aber was ich gesehen habe, verdient diesen Spott keineswegs. Diese Insel inmitten der Wien wird von einer Ansammlung Häusern mit sechs großen Höfen und zweiunddreißig Treppen eingenommen. Über zweihundert Wohnungen werden von Handwerkerfamilien bewohnt, die in allen möglichen Berufen arbeiten, in der Mühle, an der Ölpresse ... Im größten Hof findet sich ein Lustgarten mit Alleen, Blumenbeeten, einem reizenden Holzpavillon und einem sehr hübschen Brunnen. In einem anderen Teil dieses Hofes warten Tische und Bänke eines Wirthauses auf Besucher. Die ganze Länge des Hofes wird von Schikaneders Theater eingenommen, und dieses Gebäude aus Stein und Schindeln ähnelt so gar nicht dem, was man mir erzählt hatte. Warum nur wollte man Wolfgang alles in den schlimmsten Farben malen, anstatt ihn zu ermutigen, für das Volk zu komponieren?

Dieses Theater ist so gut wie jedes andere mit seiner zwölf Meter tiefen Bühne und der bestmöglichen Bühnentechnik. Tausend Plätze sichern dem Werk meines Mannes einen ordentlicheren und einträglicheren Erfolg als diese Adelspersonen, die nur verständnisinnig mit ihren Fächern wedeln und mit Händen in Seidenhandschuhen applaudieren.

Hier werden das erste und zweite Parkett von begeisterten Menschen gefüllt sein, und die beiden Logenränge und Galerien werden die Kleinbürger aufnehmen, die anderswo verachtet werden.

Und da dieses Volk meine beiden Kinder ernähren wird, möge Gott das Volk und sein Theater segnen!

Wolfgang arbeitet ohne Unterlaß, und ich äußere meine Befürchtungen um seine Gesundheit mit allen Worten, die mir zu Gebote stehen. Aber es gelingt mir nicht, ihn zum Ausruhen zu zwingen. Er fühle sich verfolgt von dem Mann mit dem *Requiem*, sagt er, von einer großen Kälte erfaßt, die er nicht beschreiben könne.

Die *Zauberflöte* wird nicht allen gefallen. Emanuel und Wolfgang haben beschlossen, einige Freimaurergeheimnisse zu lüften, um zu zeigen, wie wenig ihre Philosophie all die Kritik und Befürchtungen und Drohungen verdient, denen sie seit den Ereignissen in Frankreich ausgesetzt ist.

Es wird nicht wenige Brüder vergrätzen, gewisse Prinzipien dem Blick der Öffentlichkeit ausgesetzt zu sehen. Aber es kann auch die spöttischen und ängstlichen Geister umstimmen, wenn sie so manches Geheimnis erfahren und den menschlichen Wert darin schätzen lernen können.

Schikaneders Verse wirken nicht immer sehr gewandt, aber sie kommen von Herzen. Und wenn er auch einer anderen Loge als Wolferl angehört, so sprechen sie doch offenbar eine gemeinsame Sprache und verstehen sich durch Zeichen, Worte und verstohlene Gesten.

Die Proben zur *Zauberflöte* haben begonnen. Meine Schwester Josepha singt die Rolle der Königin der Nacht. Da kann sie ihre große Stimme über ihr ganzes Register ausbreiten. Es ist zweifellos eine der schwierigsten Partien, die ich je habe singen hören, *Popoli di Tessaglia*, das vor langer Zeit für Aloisia geschrieben wurde, nicht mitgerechnet.

Das junge Mädchen, das die Pamina singt, ist kaum siebzehn Jahre alt. Die kleine Anna Gottlieb bezaubert meinen Mann, doch sind ihr Charme und ihre Reize ohne jede Bedeutung.

Ganz sicher sind die Proben das beste Mittel gegen die Melancholie. Sobald die ersten Noten erklingen, legt sich ein fröhlicher Ausdruck auf seine Züge. Manchmal treffen Wolfgang und die Sänger auch nachts in dem Holzpavillon im Theaterhof zu ihren Proben zusammen.

Sobald wir aber auf dem Heimweg sind, wird mein Mann wieder fahl und spricht von seinen Ängsten um den düsteren Boten des *Requiems*. Seit unserer Rückkehr aus Prag arbeitet er mit unvergleichlicher Ausdauer. Er schreibt bis zur völligen Erschöpfung, und dann müssen wir ihn bewußtlos ins Bett tragen.

An manchen Tagen wünschte ich, man würde auch mich in mein Bett tragen und eine gute Seele kümmerte sich darum, an meiner Stelle die Kinder zu Bett zu bringen.

Herbst 1791

Gestern war die erste Aufführung der *Zauberflöte*. Es begann um sieben. Der Saal war voller Menschen, die nicht wissen, wer Mozart ist, und nicht einmal je von seiner Musik gehört hatten. Sein Name steht in winzigen Lettern auf dem Programmzettel, ganz versteckt unter den großen Buchstaben der Namen der Sänger und des Autors, Emanuel.

Wolfgang hat sein Werk vom Cembalo aus dirigiert. Süßmayr war an seiner Seite und blätterte die Seiten um. Der übliche Dirigent des Orchesters wird einige Tage warten, bis er dirigiert, weil mein Gemahl Wert darauf legt, es noch eine Weile selber zu machen. Bis dahin bedient dieser Kenner von Mozarts Musik das Glockenspiel.

Der erste Akt ging in einer seltsamen Atmosphäre dahin, das Publikum schien von diesem Werk verstört, in dem es die gewohnten derben Späße vermißte. Da verschwand Wolfgang blaß wie ein Toter hinter den Kulissen, überzeugt, dieser Mißerfolg besiegele das Ende unserer Hoffnungen, seiner Stellung in der Welt. Emanuel Schikaneder aber kennt sein Publikum und fand die richtigen Worte, um den großen Mozart, der so empfindsam geworden ist, zu beruhigen.

Der zweite Akt nahm seinen Lauf. Nun begann das Publikum seine Freude zu zeigen. Die Akteure mußten ihre Arien oft wiederholen oder über den Applaus hinweg singen. So nahm das Volk Besitz von der *Zauberflöte*.

Als Wolfgang begeistert und nachdrücklich vom Publikum gefeiert wurde, mußten wir ihn überall suchen, weil er sich verborgen hatte, um sich nicht zeigen zu müssen. Emanuel und Süßmayr lockten ihn aus seinem Versteck und führten ihn unter Bravorufen und gewaltigem Applaus mit Gewalt auf die Bühne.

⁂

Mein kleiner Mann ist der größte Mann der Welt.

⁂

Am zweiten Abend war das Theater wieder zum Bersten voll. Es gibt keinen Gärtner oder Handwerker, der nicht auch diese Oper sehen wollte. Die Menge bringt ihre Freude an der Aufführung zum Ausdruck, und die Eingeweihten entdecken den tieferen Sinn dahinter.

Erfolg und Ehre stehen uns ins Haus. Schikaneder rechnet fest mit großen Einkünften. Die Hälfte davon fließt Wolfgang zu.

Die Spuren im Sand!

⁂

Dank des Geldes vom *Tito* und der fünfzig Dukaten für das *Requiem* haben wir einen Teil unserer Schulden zurückbezahlt.

Wolfgang brennt darauf, eine Loge zu eröffnen, in der Frauen initiiert werden könnten. Sie wird die »Grotte« heißen und Anfang 1792 gegründet werden. Ach, ich wäre so glücklich, in dieses Licht zu treten, von dem sie immer reden. Anton Stadler bittet uns, ihm fünfhundert Gulden zu leihen. Könnten wir denn einem Freund unsere Hilfe verweigern, nun, da wir genug haben, um die Miete zu zahlen und unsere Mahlzeiten bei Primus einzunehmen? Wolfgang und er sprachen viel über die Grotte. Ich nehme an, daß Anton Stadler bei diesem Vorhaben eine wichtige Stellung einnehmen wird. Ist er etwa der zukünftige Meister vom Stuhl? Ich habe allen Grund, es zu vermuten, denn ich höre Wolfgang oft im Scherz »da scheißt er im Pfuhl« an seinen Namen hängen. Er kennt nie das rechte Maß in seinen Scherzen.

⁂

Ich muß nun wieder Wien verlassen und zur Kur nach Baden. Aber ich bringe es nicht über mich, mich von meinem Säugling zu trennen. Meine Schwester Sophie wird mich also zu dieser Kur begleiten und mir manche schwere Last abnehmen.

Mein Wochenbett ist sehr anstrengend, denn die Blutungen haben wieder eingesetzt. An manchen Tagen will es mir scheinen, als würde ich Geflügelleber absondern.

Süßmayr wird in Wien weniger dringend benötigt, und die Luftveränderung ist auch ihm zuträglich. Er wird mich nach Baden begleiten und einige Kopierarbeiten ausführen. Sein Unterhalt ist in Baden viel weniger kostspielig, solange er keine Bäder nimmt.

Wien, den 7. und 8. Oktober 1791
freytag um halb 11 uhr Nacht.

liebstes, bestes Weibchen!

Eben komme ich von der Oper; – Sie war eben so voll wie allzeit. – das Duetto Mann *und* Weib *etc: und das Glöckchen Spiel im ersten Ackt wurde wie gewöhnlich wiederhollet – auch im 2:t Ackt das knaben Terzett – was mich aber am meisten freuet, ist, der* Stille beifall! *– man sieht recht wie sehr und immer mehr diese Oper steigt. Nun meinen lebenslauf; – gleich nach Deiner Abseeglung Spielte ich mit Hr: von Mozart der die Oper beim Schickaneder geschrieben hat 2 Parthien Billard. – dann verkauffte ich um 14 duckaten meinen kleper. – dann liess ich mir durch Joseph den* Primus *rufen und schwarzen koffé hollen, wobey ich eine herrliche Pfeiffe toback schmauchte; dann Instrumentirte ich fast das ganze Rondó vom Stadtler. in dieser zwischenzeit kamm ein brief von Prag vom Stadler; – die Duscheckischen sind alle wohl; – mir scheint Sie muß gar keinen brief von dir erhalten haben – und doch kann ich es fast nicht glauben! – genug – Sie wissen schon alle die herrliche aufnahme meiner teutschen Oper. –*
das sonderbareste dabei ist, das den abend als meine neue Oper mit so vielen beifall zum erstenmale aufgeführt wurde, am

nemlichen abend in Prag der Tito zum leztenmale auch mit ausserordentlichen beifall aufgeführet worden. – alle Stücke sind applaudirt worden. – der Bedini sang besser als allezeit. – das Duettchen ex A *von die 2 Mädchens wurde wiederhollet – und gerne – hätte man nicht die Marchetti geschonet – hätte man auch das Rondó repetirt. – dem* Stodla *wurde O böhmisches wunder! – schreibt er aus dem Parterre und so gar aus dem Orchestre bravo zugerufen ... um halb 6 uhr gieng ich beim Stubenthor hinaus – und machte meinen favorit Spaziergang über die Glacis ins Theater – was sehe ich? – was rieche ich? – – Don Primus ist es mit den Carbonadeln! – che gusto! – izt esse ich deine Gesundheit – eben schlägt es 11 uhr; – vieleicht schläfst du schon? – St!St!St! – ich will dich nicht aufwecken! –*

Sammstags den 8 t. – *du hättest mich gestern beim Nachtessen sehen sollen! – das alte Tischgeräth habe ich nicht gefunden, folglich habe ich ein schneblümelweisses hergegeben – und den dopelten leuchter mit wachs vor meiner! ... Nun wirst du wohl im besten Schwimmen seyn, da ich dieses schreibe. – der friseur ist accurat um 6 uhr gekommen – und Primus hat schon um halb 6 uhr eingefeuert, und mich um ¾ geweckt. – warum muß es izt eben regnen? – ich hoffte daß du ein schönes Wetter haben solltest! – halte dich nur hübsch warm, damit du dich nicht erkältest; ich hoffe daß dir das Baad einen guten Winter machen wird – denn nur dieser Wunsch, daß du gesund bleiben möchtest, hiess mich dich antreiben nach Baaden zu gehen. – mir wird izt schon die zeitlang um dich – das sah ich alles vor. – hätte ich nichts zu thun, so würde ich gleich auf die 8 tage mit dir hinaus gegangen seyn; – ich habe aber* daraus *gar keine* bequemlichkeit *zum arbeiten; – und ich möchte gerne, so viel möglich, aller* verlegenheit *ausweichen; nichts angenehmers als wenn man etwas ruhig leben kann, deswegen muß man fleissig seyn, und ich bin es gerne. –*

Dem Siessmayer in meinen Namen ein paar tüchtige Ohrfeigen, auch lasse ich die Sophie welche ich 1000mal küsse bitten, ihm ein paar zu geben – lasst ihm nur um göttes willen keinen Mangel leiden! – ich möchte um alles in der Welt heut oder morgen von ihm den Vorwurf nicht haben als hättet ihr ihn

nicht gehörig bedienet und verpfleget – – gebt ihm lieber mehr schläge als zu wenig –
gut wär es, wenn ihr ihm einen krebsen an die Nase zwiktet, ein Aug ausschlüget, oder sonst eine sichtbare Wunde verursachet, damit der kerl nicht einmal das, was er von euch empfangen, abläugnen kann; – adieu liebes Weibchen! – der Wagen will abfahren. – ich hoffe heut gewis etwas von dir zu lesen, und in dieser süssen Hoffnung küsse ich dich 1000mal und bin Ewig dein

dich liebender Mann
W. A. Mozart

Wie schön, wenn man einmal solche Nachrichten bekommt!

So dürfen wir denn dem Morgen mit der alten Hoffnung entgegensehen. O Herr, ich werde jeden Tag zur Kirche gehen, um die Gesundheit meiner beiden Söhne, den Erfolg der Musiken meines Mannes und ein Ende meiner Krampfadergeschwüre in Deine gütigen Hände zu legen.

Baden, den 8. Oktober 1791

Mein vielgeliebter kleiner Mann!

Inzwischen haben wir uns in unserer ein wenig engen und vom Regen feuchten Unterkunft eingerichtet. Nun gut! Sophie ist recht leidend, sie muß sich auf der Reise mit ihrem freien Hals erkältet haben. Obwohl Süßmayrs heiße Blicke auf die beiden Hügel das ganze durchaus hätten erwärmen müssen. Sie scheint seinen Hoffnungen nicht die geringste Aufmerksamkeit zu widmen, und ich habe so recht meinen Spaß daran, wie sie umeinander herumschleichen. Sie meidet ihn ebenso, wie er ihre Nähe sucht. Mein Lieb! Nun muß ich Dich bitten, etwas für mich zu tun, damit ich Deinen lieben Rat befolgen kann und nicht selber auch noch krank werde. Schick doch Joseph, er möchte meine beiden Schals abholen, die ich beim Modewarenhändler bestellt habe, und stecke sie in ein Paketchen an Deine kleine Frau. Du wirst sie sicher ziemlich teuer finden, doch machen mir die Neuigkeiten von Deiner Musik große Hoffnungen auf kommende Einkünfte. Ach, wie habe ich mir gewünscht, Wien möchte nicht vergessen, Dich zu preisen, weil Du seine Musik in die Fremde getragen hast! Apropos, da Du ja nun Gelegenheit hast, Josepha hinter den Kulissen zu sehen und auf der Bühne zu hören, kannst Du ihr bitte noch einmal mein Lob für ihre Königin der Nacht aussprechen. Ich weiß ja noch nicht, was Mama dazu meint, aber ich möchte doch wetten, daß sie ungeheuer stolz ist. Und was sagt Hofer? Kann er sich noch gegen die Launen einer solch mächtigen und angsteinflößenden Königin durchsetzen? Der Herr Stadtverwalter hier am Ort hat mir bereits seine Komplimente für Deine Oper gemacht, und im Bade begrüßt man mich aufs freundlichste. Mein Lieb! Möge dieses Jahr das Ende unserer Plagen mit sich bringen, dann wäre ich die glücklichste aller Frauen. Bisher habe ich Süßmayr noch nicht geschlagen, aber ich lasse es mir angelegen sein, ihn heftig zu kneifen, wenn er sich ein kleines Nickerchen auferlegt, oder auch morgens vor der Messe. Er bittet Dich, ohne ihn nicht allzuviel Zeit in Deinem Arbeitszimmer zu verbringen, denn, so sagt er, Kabinette ohne Arschlöcher sind nichts als ein Boudoir. Wieder ein nettes Sächelchen, das man doch ungern zu lesen versäumt hätte! Nun muß ich zum Bad, aber ich werde Dir sehr bald schreiben und Dir sagen, wie sehr ich Dich küsse (aber nicht überall, denn einige Stellen riechen des Morgens nicht so gut) und immer bleibe

Deine zärtliche kleine Ehefrau,
Constanza

Wien, den 8. und 9. Oktober 1791
Sammstags Nachts um ½11 uhr. –

liebstes, bestes Weibchen! –

Mit grösten Vergnügen und freude=gefühle fand ich bey meiner zurückunft aus der Oper deinen brief; – die Oper ist, obwohl sammstag allzeit, wegen Postag ein schlechter Tag ist, mit ganz vollem Theater mit dem gewöhnlichen beifall und repetitionen aufgeführt worden; – morgen wird Sie noch gegeben, aber Monntag wird ausgesetzt – folglich muß Siessmayer den Stoll dienstag *herein bringen, wo Sie vermuthlich wieder etlichemal nacheinander gegeben werden wird; – izt habe ich eben ein kostbares Stück Hausen zu leib genommen, welches mir D: Primus welcher mein getreuer Kammerdiener ist gebracht hat – und da meine Apetit heute etwas Stark ist, so schickte ich ihn wieder fort mir noch etwas, wenn es möglich ist, zu bringen. – in dieser zwischenzeit fahre ich also fort dir zu schreiben. – heute früh habe ich so fleissig geschrieben daß ich mich bis ½2 uhr verspätet habe – lief also in gröster Eile zu Hofer nur um nicht alleine zu Essen wo ich die Mama auch antraf. Gleich nach Tisch gieng ich wieder nach Hause und schrieb bis zur Oper zeit. Leitgeb bat mich ihn wieder hinein zu führen, und das that ich auch. – Morgen führe ich die* Mama *hinein; – das büchel hat ihr schon vorher Hofer zu lesen gegeben. – bey der Mama wirds wohl heissen, die* schauet *die Oper, aber nicht die* hört *die Oper. ... nur gieng ich auf das theater bey der Arie des Papageno mit dem GlockenSpiel, weil ich heute so einen trieb fühlte es selbst zu Spielen. – da machte ich nun den Spass, wie Schickaneder einmal eine haltung hat, so machte ich eine Arpegio – der erschrak – schauete in die Scene und sah mich – als es das 2:te mal kamm – machte ich es nicht – nun hielte er und wollte gar nicht mehr weiter – ich errieth seinen gedanken und machte wieder einen Accord – dann schlug er auf das Glöckchenspiel und sagte* halts Maul *– alles lachte dann – ich glaube daß viele durch diesen Spass das erstemal erfuhren daß er das Instrument nicht selbst schlägt. – Übrigens kannst du nicht glauben wie charmant man die Musick ausnimmt in einer Loge die nahe am Orchestre ist – viel besser als auf der gallerie; – so bald du zurück kömmst must du es versuchen. –*

Sonntag um 7 uhr früh. *– Ich habe recht gut geschlafen, hoffe daß du auch recht gut wirst geschlafen haben. – ich habe mir mein halbes kapaunel, so mir freund Primus nachgebracht hat, herrlich schmecken lassen. – um 10 uhr gehe ich zu den Pieristen ins Amt, weil mir Leitgeb gesagt hat, daß ich dann mit dem* Director *Sprechen kann. – bleibe auch beym Speisen da.*

Primus sagte mir gestern abends daß so viele leute in Baaden krank seyen, ist das wahr? – nimm dich in Acht, traue nur der Witterung nicht. – Nun kömmt eben Primus mit der Ochsen-Post zurück, daß der Wagen heute schon vor 7 uhr weg=gefahren ist, und daß bis Nachmittag keiner abgehet – folglich hat all mein Nacht- und früh schreiben nichts genützt, du bekömmst den brief erst abends, welches mich sehr verdriest. – künftigen Sonntag komme ich ganz gewis hinaus – dann gehen wir alle zusammen auf das Casino und dann Monntag zusammen nach Hause –
... lebe wohl, liebe! – ich küsse dich Millionenmal und bin Ewig dein

Mozart

P. S: – küsse die Sophie in meinem Namen. dem Siessmayer schicke ich ein paar gute Nasenstüber, *und einen braven Schopf=beitler. dem Stoll tausend Complimenten. adieu – die Stunde schlägt – – lebe wohl! – wir sehn uns wieder! –*
NB *Du must vermuthlich die 2 paar gelbe WinterHosen zu den Stiefeln in die Wäsch geschickt haben, weil ich und Joseph Sie vergebens suchten. – adieu –*

Süßmayr ist nun nach Wien zurückgekehrt und hat mich mit Sophie und dem kleinen Wolfgang allein gelassen, solange er bei der Aufführung der *Zauberflöte* helfen soll. Ich vermutete, mein kleines Schwesterlein würde diese Zeit vielleicht dazu benutzen, mir eine kleine Neigung zu Süßmayr zu gestehen, aber dem war nicht so.

Baden, den 12. Oktober 1791

Mein lieber, hochgeschätzter kleiner Mann!

Ich danke Dir für die beiden Schals und vor allem für die liebe Überraschung, daß Du mir zwei passende Kämme dazugelegt hast. Sie waren auch mir aufgefallen, ich fand es aber nicht vernünftig, sie zu kaufen. Ich bin so glücklich, einen Mann zu haben, der mich so sehr verwöhnt! Wie ich Dich doch liebe!

Ich habe Deine gelben Hosen tatsächlich zum Waschen gegeben, weil ich dachte, der Winter würde bald kommen, und nicht wollte, daß sie Dir an den ersten kalten Tagen etwa fehlen. Dein *Arschloch* ist mit Stoll wieder zu mir zurückgekommen, vergnügt, als hätte er selber Deine Oper geschrieben. Es macht mir große Freude, wenn ich sehe, daß Du noch immer christliche Seelen um Dich hast, die sich ehrlich an dem Glück freuen, das Dir zum Ruhme gereicht. Heute morgen bin ich zur Messe gegangen und habe dort mehr denn je zu unserem Herrgott gebetet, um ihm für all die Gnade zu danken, die uns derzeit umgibt. Unser Sohn gewinnt auf wunderbare Weise mit jeder neuen Mahlzeit hinzu, Sophie nimmt ihre Rolle als kleine Ersatzmutter sehr ernst, wir singen zusammen *Oragnia figata fa*, und das bringt den kleinen Engel zum Lachen. Ich habe ein Locke von seinem feinen Haar abgeschnitten und sie in das Medaillon mit Deinem lieben Bildnis getan. Nun sieht man sein kleines, unfertiges Ohr, aber es entzückt mich, einen Teil meines großen Mannes immer bei mir zu sehen.

Ich hoffe, Du kannst mit dem Leiter bei den Piaristen einig werden, denn ich glaube wie Du ganz sicher, daß diese Institution besser für Carl geeignet wäre. Im allgemeinen, denke ich, ist er von anständiger Bildung, aber es fehlen ihm ein gewisser Schliff und gute Umgangsformen. Er kommt nun in ein Alter, in dem man derlei Mängel nicht mehr so leicht verzeiht. Wirst Du ihn ein wenig in seiner Pension besuchen? Nun muß ich schließen, denn es ist schon Mitternacht vorüber, und ich will den Weckruf nicht versäumen, damit ich wie gelobt zur Messe und dann ins Bad gehen kann. Ich spüre förmlich, wie meine Füße gesunden, und sehe ein, daß Du wieder einmal recht hattest, mich hierher zu schicken. Das trübe Wetter bringt mich um meine geliebten Spaziergänge, aber ich weiß auch, daß Du es nicht gern hast, wenn ich ohne Dich unterwegs bin. Allerdings hätte ich doch gern meine neuen Umlegetücher ausgeführt. Nun mache ich aber wirklich Schluß! Tausend Küsse an Dich, von Deiner lieben Sophie, von Süßmayr und Deiner geliebten kleinen Frau, die Dich liebt und gähnt,

Constanza

Wien, den 14. Oktober 1791

Liebstes bestes Weibchen

Gestern Donnerstag der 13:ten ist Hofer mit mir hinaus zum Carl, wir speisten daraus, dann fuhren wir herein, um 6 Uhr holte ich Salieri und die Cavalieri mit den Wagen ab, und führte sie in die Loge – dann gieng ich geschwind die Mama und den Carl abzuhohlen, welche unterdessen bey Hofer gelassen habe. Du kannst nicht glauben, wie artig beide waren, – wie sehr ihnen nicht nur meine Musick, sondern das Buch und alles zusammen gefiel. – Sie sagten beide ein Opera*, würdig bey der größten festivität vor dem größten Monarchen aufzuführen, – und Sie würden sie gewis sehr oft sehen, den sie haben noch kein schöneres und angenehmeres Spectacel gesehen. – Er hörte und sah mit aller Aufmerksamkeit und von der Sinfonie bis zum letzten Chor, war kein Stück, welches ihm nicht ein bravo oder bello entlockte, und sie konnten fast nicht fertig werden, sich über diese Gefälligkeit bei mir zu bedanken Sie waren allzeit gesinnt gestern in die Oper zu gehen. Sie hatten aber um 4 Uhr schon hinein sitzen müssen – da sahen und hörten Sie aber mit Ruhe. – Nach dem Theater ließ ich sie nach Hause führen, und ich supirte mit Carl bei Hofer. – Dan fuhr ich mit ihm nach Hause, allwo wir beyde herrlich schliefen. Dem Carl hab ich keine geringe Freude gemacht, daß ich ihm in die Oper abgehohlt habe. – Er sieht herrlich aus – für die Gesundheit könnte er kein bessers Ort haben, aber daß übrige ist leider Elend! – einen guten Bauern mögen sie wohl der Welt erziehen! – aber genug, ich habe weil Montag erst die großen Studien beginnen daß Gott erbarm den Carl bis Sonntag nach Tisch ausgebeten; ich habe gesagt, daß du ihm gerne sehen möchtest – Morgen Sonntag komme ich mit ihm hinaus zu dier – dan kannst du ihn behalten, oder ich führe ihn Sonntag nach Tisch wieder zu Hecker; – überlege es, wegen einen Monath, kann er eben nicht verdorben werden, denke ich! – unterdessen kann die Geschichte wegen den Piaristen zu Stande kommen, woran wirklich gearbei-*

tet wird. – übrigens ist er zwar nicht schlechter, aber auch um kein Haar besser als er immer war. Er hat die nähmlichen Unform, plaget gerne wie sonst, und lernt fast noch weniger gern, *weil er daraus nichts als vormittags 5 und nach Tisch 5 Stunden im Garten herumgeht, wie er mir selbst gestanden hat, mit einem Wort die Kinder thuen nichts, als Essen, trinken, schlafen und spazieren gehen, eben ist Leitgeb und Hofer bei mir; – ersterer bleibt bey mir beym Essen, ich habe meinen treuen Kameraden Primus eben um ein Essen ins Bürgerspital geschickt; – mit dem Kerl bin ich recht zufrieden ein einziges Mal hat er mich angesetzt, daß ich gezwungen war bey Hofer zu schlafen, welches mich sehr seckirte, weil sie mir zu lange schlafen, ich bin am liebsten zu Hause, weil ich meine Ordnung schon gewohnt bin dieß einzige Mahl hat mich ordentlich übeler Humor angeregt. Gestern ist mit der Reise nach Perchtoldsdorf der ganze Tag darauf gegangen, darum konnte ich dir nicht schreiben – aber daß du mir 2 Tage nicht geschrieben, ist unverzeihlich, heute hoffe aber gewiß Nachricht von dir zu erhalten. und Morgen selbst mit dir zu sprechen, und dich von Herzen zu küssen.*
Lebe wohl Ewig dein

Mozart

d. 14. 8br. 791

Die Sophie küsse ich tausendmahl, mit N. N. mache was du willst. adieu.

Darin erkenne ich meinen großmütigen und vertrauensvollen Mann. Salieri und die Cavalieri! – sein größter Rivale mit seiner Mätresse in einer Loge neben ihm, wie sie seine wunderbare Oper anhören. Konnten sie da noch behaupten, das Publikum lüge, das Werk sei bescheiden und der Komponist mittelmäßig? Man müßte schon Gott persönlich sein, um meinen Mann nicht um sein Genie zu beneiden und unter all dem Lob und den Höflichkeiten für ihn zu leiden!

Ach, mein Liebling, ich fürchte Salieris falsche Freundlichkeit, womöglich könnte sie Dich morgen teuer zu stehen kommen.

Wir sind endlich wieder in Wien. Meine kleinen Männer kamen mich abholen, und so machten wir uns gemeinsam auf den Heimweg, Sophie, Süßmayr, Carl, Wolfgangerl, Franz Xaver und ich. Die Reise kam mir sehr lang vor und die Unterhaltung wenig angeregt.

Wolfgang ist nicht mehr derselbe wie früher. Ihn quält eine Vorstellung, und ich vermisse seine liebenswerte Denkungsart. Seine Züge sind von einer Last gezeichnet, deren Ursprung ich nicht kenne.

Ich weiß nicht, wie ich Wolfgang aus dieser allumfassenden Melancholie befreien soll. Sein blondes Haar bleibt den ganzen Tag zerzaust, der kurze Schwanz nachlässig gebunden. Er arbeitet ohne Unterlaß an dieser Totenmesse und verläßt sein Arbeitszimmer nicht mehr. Ach, Wolferl, ich wünschte, die Tage unserer Billard-Partien, der verstohlenen Liebkosungen beim Gottesdienst und der neckischen Spiele bei Einbruch der Nacht kämen zurück ...

Nun sind wir allein, mein Lieb! Carl ist wieder in seiner Pension, um seine katastrophalen Umgangsformen zu vervollkommnen, unser kleines Kind schläft, Joseph ist in seinem Wirtshaus, die Fenster sind geschlossen, nun sprich mit mir, ich bitte dich, laß mich nicht im Unwissen über deine Qualen!

Verdammt! Die Verkündung dieser Infamie läßt den Schatten der Ehrlosigkeit über uns hereinbrechen. Auf richterlichen Beschluß zugunsten des Fürsten Lichnowsky wird Wolfgang dazu verurteilt, 1435 Gulden und 32 Kreuzer zurückzuzahlen. Die Hälfte seines Gehalts als Kammermusiker wird konfisziert. Wir werden gepfändet – dreieinhalb Jahre lang!

Was für eine Tragödie!

Ach, ich will die Schuld ja nicht bestreiten, doch hoffte ich, die Umstände des Fürsten würden ihm erlauben, unseren Verdienst abzuwarten, bevor er seinem Ärger Luft machte.

Und wenn der Erfolg mit der *Zauberflöte* ein Ende hätte, bliebe uns nichts als das Gehalt bei Hofe zum Überleben, und das ist nun auf die Hälfte gekürzt!

»Meine Stanzi Marini, ich spüre, daß es bald vorbei sein wird mit dem Musikmachen. Mich greift eine Kälte an, die ich mir nicht erklären kann. Ich fühle nur zu gut, mit mir dauert es nicht mehr lange. Ich kann mich von diesem Gedanken nicht loswinden.«

»Mein Liebster! Ich will nichts mehr davon hören, unser Leid wird ein Ende haben, meine Gesundheit wird uns nicht mehr zu schaffen machen, unsere Kinder sind wunderbar und glücklich, deine Musik erfüllt jeden Abend das Theater. Hör mir zu! Ich weiß, wieviel deine *Zauberflöte* einbringen wird. 8443 Gulden durch zwei geteilt, zwischen Schikaneder und dir, siehst du nicht, wie endlich wieder der Wohlstand Einzug hält? Nie zuvor waren wir derart am Gewinn deiner Opern beteiligt. Mein Lieb! Komm zu dir und sieh, wie das Glück uns die Arme öffnet. Schau doch, dir werden Vorschläge gemacht, wie sie heute nur wenige Komponisten bekommen. Lies, sage ich! Man fragt in Holland nach dir, lies! Und hier, man will dich in England, Da Ponte, Haydn und Nancy Storace warten in London auf dich, und hier, in Ungarn, bietet dir der Adel eine bequeme jährliche Rente, wenn du nur schreibst, was immer du willst. Nimm, lies aufmerksam alle diese Briefe, die Referenzen, die man dir verspricht, und wie sie überall dein Loblied singen, wo Geschmack und feine Art regieren. Dieser Fürst wollte seine Forderungen nicht zurückstellen. Sei's drum! Der Gewinn aus der *Zauberflöte* wird dafür aufkommen, wenn nicht, wird er eben dreieinhalb Jahre warten müssen, bis er seine 1435 Gulden einsacken kann. Das alles kann meinen Jubel, Mutter zu sein, nicht trüben und nicht meinen Stolz auf dich, auf das, was wir waren und was wir heute sind. Kopf hoch, mein kleiner Mann! Wo du nur Kummer und Unglück siehst, lausche der Musik Mozarts ...«

»Ach, mein liebes kleines Weib, ich fühle wohl, daß es zu spät ist. Ich schreibe diese Totenmesse und spüre, daß dies *Requiem* mein eigenes sein wird.«

Wie ist diese grenzenlose Trauer, die sein Herz gefangen hält, doch beängstigend. Sein Blick, von solch herzzerreißender Schwermut, erfaßt nur noch, was ihn umgibt. O mein Gott! Errette uns aus diesem bodenlosen Abgrund!

Für den, der über die Seinen wacht, sind die Nächte trostlos und wollen nicht enden. Die Morgenmedizin erleichtert seine Leiden, aber mein tapferer Baron von Sauschwanz mag sich nicht erheben, so heftig schüttelt das Fieber seinen armen Leib. Mein Kind ruft nach mir, und ich weiß kaum, welcher meiner beiden Leidenden mich am dringendsten braucht.

Sophie! Mama! Leonore!

Sophie ist hier und läßt mich keinen Augenblick allein. Leonore weint unaufhörlich. Ich würde sie lieber nach Hause schicken, als schon vom Kirchgang her ihre Verzweiflung zu hören.

Wolfgangs Arme und Beine sind unsäglich geschwollen. Wir mußten sein Hemd mit der Schere aufschneiden, weil er seine Glieder nicht mehr zu den üblichen Bewegungen beugen kann. Und seine Finger – seine armen, aufgedunsenen Finger!

Doktor Closset widersetzt sich allen meinen Bitten um guten Rat, denn er fürchtet, sich bei seiner Beurteilung der Krankheit zu irren. Wir müssen auf einen Besuch von Sallaba, vom Allgemeinen Krankenhaus, warten. Ist es so bedrohlich, daß sich ein Gelehrter höchstselbst herbemüht? Wie wird mir das Warten unerträglich! Was wissen sie von den Wunden, die Gott uns zuweilen schickt, und von ihrer höheren Bedeutung?

Herrgott, steh mir bei!

Nimm mich in deine Arme, zeig mir noch einmal die Spuren im Sand. Ich kann nicht glauben, daß du dich zurückgezogen hast! Die Ärzte irren, diese Krankheit kann nicht tödlich sein. Opfere doch nicht das barmherzigste Wesen der Welt auf dem Altar der

Mittelmäßigkeit, wer soll denn dann morgen dein Loblied singen? Er wird nicht sterben.

Ich kann es einfach nicht glauben.

❧

Der Kaiser hat uns eine unendliche Gnade zuteil werden lassen. Wolfgang ist zum Kapellmeister an der St.-Stephanskathedrale ernannt! Die Nachricht von dieser Wohltat wird zu seinem armen Herzen sprechen und ihm – oh, wie ich das erhoffe! – die Kraft geben, wieder aufzustehen und Closset sein Quacksalbergeschwätz zu schlucken zu geben.

Vielleicht hat Salieri endlich seine teuflischen Machenschaften gegen Wolfgang aufgegeben, denn eine solche Benennung kann nicht vonstatten gegangen sein, ohne daß man ihn dazu befragt hat. Gott hat das Herz dieses Mannes gerührt!

❧

Heute morgen werden zwei Aderlässe durchgeführt, um seine steifen Arme zu entlasten. Wolfgang ist wieder bei Bewußtsein und verlangt nach der Partitur zu seinem *Requiem*. Ich weiß nicht, ob ich ihm die Noten geben soll. Er behauptet, er werde in einigen Tagen meine Mutter besuchen, um ihr zum Namenstag zu gratulieren und ihr wie gewohnt ein Päckchen Kaffee und etwas Zucker zu bringen.

Wer könnte glücklicher sein als ich, ihn diese besten Neuigkeiten ankündigen zu hören?

Wolfgang ist wunderbar erzürnt, nicht an den Aufführungen seiner Oper teilnehmen zu können. Ich sehe ihn, wie er mit der Uhr neben sich die Minuten verfolgt. »Jetzt ist die Stelle: Dir, große Königin der Nacht!« Wenn die Aufführung vorüber ist, läßt mein Gemahl sein schwaches Haupt zur Seite sinken und schläft wie ein Kind.

❧

Heute nacht konnte ich nicht schlafen. Wolfgang geht es so schlecht, daß ich fürchtete, er würde den Morgen nicht mehr erleben.

Ach, Sophie, bleib heute bei mir, denn wenn es noch einmal so kommt, wird er heute Nacht sterben.

Mein Gott, welche Verzweiflung!

Ich begleitete meine kleine Schwester nach draußen und bat sie, zu den Priestern von St. Peter zu gehen, auf daß einer von ihnen zu uns kommen möge. Er konnte wie zufällig vorbeikommen.

Vorhin wurde Wolfgang von fürchterlichen Brechanfällen ergriffen, die ihn erschöpften und einen Leichengeruch im Zimmer hinterließen. Er fragte nach Süßmayr, dann nach Hofer, um ihnen Instruktionen zu seinem *Requiem* zu geben.

Diese furchtbare Totenmesse ist zu einer Obsession geworden.

»Hab ich es nicht vorher gesagt, meine Constanze, daß ich dieses *Requiem* für mich schreibe?«

Sophie ist zurück. Unsere Mutter hat sich überzeugen lassen, die Nacht bei Josepha zu verbringen. Süßmayr sitzt am Lager meines Mannes, das *Requiem* auf die weiße Überdecke gelegt. Er lauscht den Bestimmungen seines Herrn, denn er wird nach seinem Tod das Werk zu Ende führen müssen.

Mit schwacher Stimme diktiert er seine Empfehlungen, vom liebevollen Meister an den entsetzten Schüler.

Ich habe Leonore nach dem Doktor Closset geschickt. Es brauchte nicht weniger als zwei Stunden, um ihn in der Oper zu finden. Er weigerte sich, vor dem Ende der Vorstellung zu kommen.

Herr im Himmel! Daß der Erfolg dieses Werks dazu führt, daß Closset zu spät kommt oder demjenigen seine Hilfe verweigert, der die Noten schrieb, die nun sein Ohr entzücken. Kein Priester ist an Wolfgangs Lager getreten. Ein Freimaurer kann ruhig verrecken, er findet weniger Segen als ein räudiger Hund.

Wolfgang ruft nach mir, und mein Kleines weint in seinem Bettchen. Daß doch eine gute Seele mein Kind wiegen möge, solange mein Geliebter stirbt!

Mein Mann schickt nach mir, um zu hören, was Closset meint.

»Er hat nicht viel gesagt, Liebster, du mußt ruhen und das Komponieren für einige Zeit unterbrechen. So wird sich dein Geist abkühlen, und du kannst bald wieder aufstehen.«

»Das glaube ich nicht«, hauchte er. »Ich weiß, es ist nicht wahr, und das macht mich sehr traurig. Eben jetzt soll ich fort, da ich ruhig leben würde. Fort von meiner Familie und meinen armen Kindern, in dem Augenblicke, da ich imstande gewesen wäre, für ihr Wohl besser zu sorgen. Und nun lasse ich euch im Elend zurück.«

Wolfgang will den hellen Gesang seines kleinen Vogels nicht mehr hören. Wir müssen den Käfig in das Nebenzimmer stellen. Ach, nun weiß ich, wie schlimm es um ihn steht, wenn er nicht einmal mehr ertragen kann, was er einst so gerne hörte.

Seit seinem tiefen Schlaf sind Brust und Antlitz wie von Reif bedeckt. Im Schein der Flammen scheint der Körper meines Mannes wie von tausend glitzernden Diamanten übersät.

Ich kann nicht glauben, daß das Leben ein Wesen von solcher Reinheit verlassen kann. Was soll aus mir werden, ohne seine liebevollen kleinen Hände?

Oh, mein Gott, nimm ihn heute nacht in deine Arme!

5. Dezember 1791

Schrei laut heraus, o Schmerz.
Zu sehr quält mich das Feuer
Und sein Tod zerreißt mein Fleisch
Bricht meine Knochen.
Er war so jung,
So schwach und krank.
Vernunft und Seele wollen von mir lassen.
O grausam Gift,
Wolfgang ist wie der schwarze Rabe.
In seinem Leib
Begegnen, Salz, Schwefel und Quecksilber sich.
Wären sie doch, wie es sich geziemt,
Geläutert, destilliert,
Geschieden und vergangen,
Gebunden,
Gekocht und gewaschen,
Auf daß sie rein seien
Von ihren Schlacken
Und von ihrem Schmutz.

Sophie! Sage mir noch einmal die letzten Worte meines Mannes, während ich am Altar um seine Erlösung flehte. Hörst du ihn noch? Mit seiner letzten Regung machte er mit den Lippen die Pauken seines *Requiems* nach, ach, Sophie, laß es mich noch einmal hören.

Deine liebevollen Arme hielten seinen armen Kopf. Wie ich dich beneide, Sophie.

Wie ich dich hasse, daß du ihn an meiner Statt bei seinem letzten Atemzug gewiegt hast.

Verzeih! Auf Knien bitte ich um Verzeihung, ich hasse dich doch nicht.

Ich wäre so gern mit ihm gestorben.

Warum läßt man mich nicht bei seinem geliebten Körper liegen, daß auch ich sein Leiden bekomme und zu ihm in den Himmel aufsteigen kann?

Fliege, mein Engel,
flieg mir voraus zu Gott.

Nimm diese Blumen, spüre meine Küsse, und höre auch mein Herz.

Was Du einst auf diesem Blatte an deinen freund schriebst,
eben dieses schreibe nun ich tiefgebeugt an dich
Vielgeliebter Gatte! m i r, und ganz Europa unvergeßlicher Mozart –
Auch dir ist nun wohl – auf ewig wohl!! – – –
Um 1. U. nach Mitternacht vom 4tn zum 5:tn dezember dieß jahres
Verließ er in seinem 36:ten jahre – O! nur allzufrühe! –
Diese gute – – aber undankbare Welt – – O Gott! –
8 jahren knüpfte uns das zärtlichste, hinieden unzertrennliche Band! –
O! könnte bald auf ewig mit dir verbunden seyn.

deine äußerst betrübte Gattin
Constanze Mozart neè Weber
Wien den 5tn decem: 1 7 9 1

Die Maske.

Müller hat sich neben dich gekniet, mein kleiner Mann, um deinem dahingegangenen Gesicht die Totenmaske abzunehmen. Ich kann meinen Blick nicht von deinem geschlossenen Mund wenden und von diesen vielgeküßten Lippen, von deinen armen

Augen, die die Erde bald verschlingen wird, von deinem kleinen Ohr mit dem so herzigen Fehler, von deinen auf dem Leib, in dem schon ungeduldig die Würmer wimmeln, verschränkten Händen.

Deine Totenmaske aus Gips gibt Wolfgang Mozart nicht wieder und wird es niemals tun. Jenen, den alle Menschen mit mir beweinen müssen.

Adieu. Mein Gott, wie liebe ich dich so sehr!

Liebster! Ich kann dich nicht zu dem eisigen Loch begleiten, wo andere Tote auf dich warten. Ich muß an anderem Orte sein, mein kleiner Mann, fern von dir, recht fern von jenen, deren Seufzer tief im steinernen Gewölbe erklingen.

Van Swieten hat mich inständig gebeten, ihn die Beerdigung durchführen zu lassen. Mein Wolferl, wir sind nicht von Stand, für uns sind prunkvolle Zeremonien nicht. Weißt du noch, wie wir die Gräber unserer Kinder gesucht haben? Wer kann sie heute noch erkennen, da wir nicht einmal ein Kreuz aufstellen dürfen, nicht einmal ein schlichtes Schild mit Namen?

Mein Gott, ich will nicht mehr der Sitte gehorchen, mit aschebedecktem Haupt vor meinem Feuer sitzen und fern der Blicke anderer meinen Mann beweinen. Ich möchte mich unter die Menge mischen, die unter meinem Fenster ihre Trauer herausschreit.

Siehst du sie?

Schau doch, mein Lieb, all die weißen Schnupftücher, die sie dort unten schwenken, sieh, wie Wien um dich weint, und lausche dem Chor der Tränen.

Deine *Brüder* sind gekommen.

Sie haben mich dir entrissen. Ich wollte noch immer deine Hände wärmen und an deiner Krankheit sterben. Warum bist du nicht mit deinen Armen um mich gestorben? Dann hätte niemand gewagt, uns zu trennen.

Sie haben mich geküßt und jeder meiner Verzweiflung eine

Schulter geboten, die ich mit meinen Tränen bedecken oder in die ich beißen konnte.

Deine Brüder haben dich in einen langen schwarzen Seidenumhang mit einer Kapuze gewandet, die dir bis auf die stille Stirn reichte. Deine schönen blonden Haare! Nun ist der Goldflor von diesem dunklen Rand verdeckt. Wirst du in diesem Gewand zu unseren lieben Verstorbenen hinübergehen?

Dann haben dich vier deiner Brüder auf die Arme gehoben – mein Gott, warum hast Du Dir gestern nicht selber diese Aufgabe vorbehalten? – und dich in einen Sarg gelegt.

Weißt du noch, mein Liebling, mit welchen Worten du unseren Sohn in die Mysterien des Todes einweihen wolltest?

»Man legt uns in einen Sarg, das ist so etwas wie eine schützende Hülle. Und dann legt man diese Hülle in die Erde, und uns wachsen Flügel. Und wenn die Flügel groß genug sind, können wir damit zum allmächtigen Herrgott hinauffliegen. Dann sind wir Tausende von glücklichen und sorglosen Schmetterlingen.«

Wenn dir Flügel gewachsen sind, mein Engel – dann komm zu mir. Oh, komm jeden Tag!

6. Dezember 1791

Nun liegt dein Leichnam, dieser Leib, der mich so oft beglückte, in der kleinen Kreuzkapelle im Stephansdom. Ich kann nicht glauben, daß dich nun jeder sehen kann, wie du ausgestreckt in dieser teuflischen Kiste liegst, zur Schau gestellt, hilflos.

Und das Begräbnis dritter Klasse, ach, mein Liebling, gräme dich nicht, daß es keine Sargträger geben wird und auch keine Chorknaben. Wir sind nicht von Adel, und so kann auch ich mich den Verboten nicht widersetzen, die selbst die Aristokratie nicht zu verletzen wagt.

Nun werden deine kleinen Hände für alle sichtbar so daliegen, bis der Tag zur Neige geht. Man fürchtet, man könne einen Lebenden begraben. Bald wird man mir berichten, daß Du dich nicht wieder erhoben hast. Das Geräusch des Leichenwagens wird anzeigen, was mein größtes Unglück ist. Dann bringen sie dich fort, für drei Gulden, bis zu dem Friedhof, wo das Gemeinschaftsgrab das Krachen deiner Knochen dämpfen wird, wenn sie dich in die Grube werfen.

O weh! O weh!

Nun ist die Stunde vorüber. Niemand wird mehr eilig gelaufen kommen, um mir von deinem Erwachen zu berichten. Weißt du denn, an welchem Ort ich heute vor Kummer vergehe?

Mein Liebling, so wie du die *Zauberflöte* von deinem Bett aus verfolgt hast, so begleite ich heute deinen einsamen Leichenzug. Bald werden sich die Bäume an den breiten Wegen vor deiner Blässe verneigen, und die Raben werden aufschreien vor Schreck.

Ach, es gibt keinen Trost für mich!

Adieu!

Mein Engel, mein leidenschaftlich Geliebter, mein Schmerz und mein Meister.

O allmächtiger Gott. Nicht einmal, bis sein Leichnam steif geworden war, haben sie gewartet, um die schlimmsten Bosheiten über ihn zu verbreiten und bis vor die Tür meines Witwenzimmers zu tragen. Salieri weint gemeinsam mit dem Wiener Volk, aber er weiß auch, daß der Tod seines Idols ihm das Auskommen rettet. *»Es ist zwar schade um ein so großes Genie; aber wohl uns, daß er todt ist. Denn, würde er länger gelebt haben, wahrlich! Die Welt hätte uns kein Stück Brod mehr für unsere Kompositionen gegeben.«*

Ach, Salieri, Sie haben meinem Mann soviel Leids angetan durch Ihre bösen Worte und Ihr grausames Ränkespiel, daß ich heute kein Mitleid mit Ihnen haben kann, weil Sie sich nun, beim Tode des größten aller Verkünder des Herrn mit nur sechsunddreißig Jahren, zehn Monaten und acht Tagen, mit Ihrem geringen Talent, ihrer kläglichen Inspiration, Ihren armseligen Opern, der widerlichen Fürsprache, Ihrer jämmerlichen Mätresse und Ihren ewigen liturgischen Gesängen begnügen müssen.

Wie Caecilia Weber beim Tode Fridolins, meines seligen Vaters, und wie Nannerl, als sie den einsamen Tod ihres Vaters beweinte, mußte ich heute erdulden, wie ein Inventarium deiner persönlichen Effekten aufgestellt wurde. Man durchwühlte unsere Schränke und schaute in jede Ecke unserer Wohnung.

Diese furchtbare, absichtlich armselig gehaltene und im Wert geminderte Liste, damit deine Söhne und ich, deine arme Witwe, von den Erbfolgekosten verschont bleiben, wird deinen Rivalen vielleicht den Stoff zu neuen üblen Behauptungen liefern. Du wirst schon sehen, eines Tages wird es heißen, wir seien arm gewesen und unsere Kinder hätten auf Stroh geschlafen, während wir in chinesischer Seide herumgingen, und unsere Wohnung sei so dunkel gewesen, daß nicht einmal eine Ratte dort hätte wohnen mögen. Diese *»Amtliche Vermögensaufnahme, Inventarium und Schätzung, sel. Verlassenschaft«* wird die Quelle zahlloser Gerüchte und Taktlosigkeiten sein, man wird verächtlich über uns lachen, und mir wird man bald mit milden Gaben begegnen.

Das eine verspreche ich dir hoch und heilig, Wolfgang, mein einzig geliebter Gemahl, ich schwöre es dir: Unsere Söhne werden erhobenen Hauptes und stolzen Herzens durchs Leben gehen, und sie werden die barmherzigsten Seelen von der Welt sein.

Nun weiß ich, wer der unerkannte Liebhaber des *Requiem* war. Mein Engel, du bist eines kindischen und eitlen Geheimnisses wegen an Erschöpfung gestorben! Erinnerst du dich noch an den überheblichen Grafen Walsegg, den Besitzer von Puchbergs Haus, diesen düsteren und bedrückenden Mann, der unbekannten jungen Talenten heimlich ihre Werke abkauft und von eigener Hand kopiert, um sie in seinem Salon spielen zu lassen, während seine Gäste Überraschung heucheln und so tun, als müßten sie rätseln, wer wohl der Autor dieser Melodien sei? Genug. Wir wissen nun, wer soviel Geheimnis um dieses *Requiem* gemacht hat. Walsegg wünscht die schönste Totenfeier zum Todestag seiner verblichenen Frau. Hoffentlich ist er nun zufrieden!

Puchbergs Güte ist grenzenlos.

Er weigert sich, unsere Schulden feststellen zu lassen, und will nichts mehr von einer Rückzahlung hören. Ich glaube auch, mein Engel (ob du wohl schon kleine duftige Flügel hast?), daß unser Freund, dein Bruder Puchberg, sich für unser Unglück verantwortlich fühlt, weil er auf die Idee kam, dich Walsegg zu empfehlen.

Was wäre, wenn du noch am Leben wärest, wenn dieses *Requiem* nicht Tag und Nacht dein ganzes Denken beherrscht hätte, wenn Puchberg nicht geglaubt hätte, dir mit dieser Vermittlung helfen zu können?

Vielleicht hoffte er auch, sein Geld zurückzubekommen, indem er dir unauffällig diese Arbeit zutrug. Aber heute ist dieser Mann ehrenhaft und hilfsbereit und fordert nichts von der Witwe seines geschätzten Bruders.

Ich mußte mich übergeben, so wenig konnte ich meinen Zorn zügeln.

Heute morgen mußte ich einige unterzeichnete Papiere in der Hofkapelle abgeben. Als ich dort hinkam, ließ man mich in einem kleinen Vorzimmer warten, das mit Stapeln von Papier vollgestopft war. Plötzlich meinte ich auf einer hervorschauenden Seite Süßmayrs Unterschrift zu erkennen. Zunächst war ich nur konsterniert, denn ich wußte von keiner Verbindung zum Hofe. Doch dann erfaßte mich eine unbezwingbare Unruhe, und da noch immer niemand mich zur Audienz bat, zog ich an dem Blatt, um es gänzlich zu lesen.

Mein Gott, wie schwindelte mir, als ich erkannte, mit welchen Falschheiten und Schmeicheleien Süßmayr, dein *Arschloch*, sich Salieris Fürsprache anempfahl! Da wurde Süßmayr gar schon im Juni, als sich deine Zuwendung zu ihm in Wohltaten und Neckereien äußerte, für zur Pfingstmesse geleistete Dienste bezahlt. Mein armer Liebling! Wir sind ausspioniert worden, gar doppelt kopiert, denn die Arbeiten, die du ihm anvertrautest, fielen vielleicht Salieri in die Hände, bevor sie zu dir zurückkehrten. Vernunft und Vorsicht haben dir geraten, diesem Esel nie andere Seiten als die mit der Begleitung zu deinen Werken zum Kopieren zu geben. Mein kleiner Mann, der Gedanke allein krempelt mir den Magen um.

Zittre, zittre, du Verbrecher!
Bald kennt die ganze Welt
die grauenhafte, schwarze Untat,
deine wilde Roheit.

Hör den Rachedonner hallen,
der von allen Seiten dich umbraust;
dein Schädel wird noch heute
von seinem Blitz getroffen.

Von Nannerl habe ich nichts gehört.

Meine armen Kinder werden Waisen in zweierlei Hinsicht sein.

Die Partitur des *Requiem* verfolgt mich in meinen Träumen. Ich warte auf ein Zeichen von dir, wer diese Arbeit vollenden soll. So hat Walsegg sein Werk, und meine Kinder und ich bekommen das versprochene Geld.

Wie oft hast du mir gesagt, auf diese Weise hättest du doch die große Freude, an deiner Vorliebe, der Kirchenmusik, zu arbeiten, und du komponiertest sie mit solcher Hingabe, weil deine Freunde und Feinde sie nach deinem Tod studieren würden. Ich höre dich noch flüstern: »*Wenn ich nur noch so lange am Leben bleibe; denn dieß muß mein Meisterwerk und mein Schwanengesang seyn.*«

Friede deiner Seele!

Eybler kam, um mir die Partitur des *Requiem* auszuhändigen. Er bringt es nicht über sich, nach dir weiterzumachen, denn, so sagt er, dein Genie ist unvergleichlich.

Ich erkenne seine Handschrift im *Dies irae* und auch beim *Hostias*. Die fehlenden Partien sind aufgefüllt, und obwohl sie recht anständig geraten sind, mag Eybler nichts mehr von dem *Requiem* hören, sosehr du seine Musik auch geschätzt hast.

Ach, Wolferl, nun weiß ich nicht mehr, was ich tun soll.

Dein Logenbruder Franz Hofdemel, dem wir einst einige Gulden liehen, hat versucht, seine Frau Magdalena, deine ergebene Schülerin, zu töten. Sie ist für immer von den Rasiermesserschnitten des Wahnsinnigen entstellt, der, weil er überzeugt war, das Kind, das Magdalena unter dem Herzen trug, sei von dir, alle beide töten wollte, damit ihr im Gemeinschaftsgrab vereinigt seid. Ist das nicht der Beweis, daß der Teufel wirklich existiert? Hofdemel hat sich das Leben genommen. Und läßt seine entstellte Witwe zurück, die im Begriff steht, sein eigen Fleisch und Blut zur Welt zu bringen.

Ich bin dieser üblen Nachreden so leid, die einen Verzweifelten bis zum Mord treiben. Würde man doch nur meine Situation bedenken, anstatt mich mit Gerüchten zu kränken oder mit schmutziger Berechnung.

Sicher, Magdalena ist schwanger. Und wenn Wolfgang wirklich der Erzeuger dieses zu erwartenden Kindes wäre, müßte er meine Schwäche im August ausgenutzt haben, nachdem ich unserem kleinen Franz Xaver das Leben schenkte.

Ein Bruder ist tot, eine Frau leidet, ein Kind wird als Waise geboren, und schuld sind nur die Gerüchte.

Diese blutrünstigen Verbrecher. Ihre Zungen sind gefährliche Waffen, vor denen sich ein jeder hüten muß.

Es war nicht leicht, Süßmayr zu überzeugen, daß er das *Requiem* vollendet. Ich mußte bitten und flehen, an unsere alte Freundschaft appellieren. Ach, glaube doch nicht an seine Zurückhaltung und daß er nur aus übermäßiger Bescheidenheit so rundheraus ablehnte! Nein. Der dumme Kerl war ärgerlich und neidisch auf Eybler, weil du eigentlich ihm – Süßmayr – allein deine letzten Instruktionen für die Vollendung erteilt hattest und nicht etwa Eybler. Kein anderer Esel hat diesen Namen je so sehr verdient. Mir ist kein Wort über die Lippen gekommen, Wolferl, keine Andeutung zu seinen Angelegenheiten mit Salieri. Aber du weißt, wie zornig ich bin und wie sehr es mich vor diesem niedrigen Subjekt ekelt. Ich werde ihm 52 Gulden geben, damit unser Handel für ihn einem Vertrag gleich ist und er eifrig arbeitet und darüber schweigt, aber leider kann ich mir in nichts sicher sein.

O Herr, wie soll ich es auch nur eine Sekunde lang ertragen, daß ich diesen schmierigen Kerl mit Vergünstigungen und mit Zuneigung bedacht habe.

Nun ist es Zeit, alles zu sammeln, was über meine Zukunft entscheiden soll: Ein Brief an Seine Majestät den Kaiser, den Thorwart mir willig diktierte, auf daß ich eine Pension erwirken könne, das schreckliche Inventarium und die Liste deiner Werke, die du komponiertest seit dem Tag, an dem wir uns begegneten.

Das trage ich nun alles in der Mappe. Ach, ich sehe dich noch durch den Flur im Auge Gottes kommen, als dir die Notenblätter aus eben dieser Mappe und gleich unter mein Nachthemd glitten …

Wolferl, verlaß mich nicht!

Laß uns wie Tamino und Pamina furchtlos durch den Zauber der Musik Dunkelheit und Tod durchschreiten.

Tamino: Hier sind die Schreckenspforten,
die Not und Tod mir dräu'n.

Pamina: Ich werde aller Orten
an deiner Seite sein.
Ich selbsten führe dich,
Die Liebe leitet mich!
Sie mag den Weg mit Rosen streu'n,
weil Rosen stets bei Dornen sein.
Spiel du die Zauberflöte an;
sie schütze uns auf uns'rer Bahn.
Es schnitt in einer Zauberstunde
mein Vater sie aus tiefstem Grunde
der tausendjähr'gen Eiche aus
bei Blitz und Donner, Sturm und Braus.
Nun komm und spiel' die Flöte an,
Sie leite uns auf grauser Bahn.

Adieu, mein Mann, mein Anfang,
Adieu! Adieu! Wir seh'n uns wieder …
Mein Alles, Adieu! Sei mein Ende,
so wie ich auf immer bleibe

Deine gramgebeugte Ehefrau,
Constanze Mozart

Der Abend naht.
Die undurchdringliche Stille wogt wie ein Meer von Schwermut heran,
Ich werde mich nicht der Brandung widersetzen.
Ruhen, auf der Stufe am Weg, nicht wanken
in der Todeswelle.
Ich erhebe die Augen; die ersten Sterne glitzern in der blauen Nacht.
Einen davon wähle ich.
Doch nein, den andern dort, er schimmert heller.
Ohne Wiederkehr, der fernste wird es sein.
Ach, Wolferl!
Ich belauere ihn wie unsere heimlichen Treffen,
verfolge seinen Weg, um ihn aus Tausenden herauszufinden.
Ich gebe ihm einen Namen, der deine wird es sein, und vertraue mich ihm an.
Du fehlst mir, siehst du mich? Hörst du mich?
Ein feiner Wind streichelt meine Züge,
ein Rascheln im Laub klingt durch die Nacht.
Du bist es, ich spüre dich.
Und ich weiß, das ist nicht der Wind,
Ich habe den Duft deiner Hand erkannt, die mich streichelte.

Konstantia Mozart geborene Weber hinterlassene Wittwe des seel: Wolf= gang Amadeus Mozart k. k. Kammer Kompositor.
Bittet in Ansehn ihrer äusserst mißlichen Lage um einen Gna= dengehalt für sich und ihre un= mündigen 2 Söhne, und wagt es aus Mangel eines gegründeten Anspruches sich ganz in die aller= höchste Gnade zu ergeben.

Eure Majestät!

Unterzeichnete hatte das Unglück den unersetzlichen Verlust ihres Gatten erleben zu müssen, und von demselben mit zwey unmündigen Söhnen *in Umständen zurückgelassen zu werden, die sehr nahe an* Dürftigkeit und Mangel *gränzen.*

Sie weiß zu ihrem noch grössern Betrübnisse, daß sie bei noch nicht vollendeten 10 Dienstjahren ihres seeligen Mannes nach dem bestehenden Pensions Normal nicht den mindesten Anspruch auf irgend einen Gnadengehalt habe und ihr daher nichts übrig bleibe, als ganz in Eurer Majestät Gnade, und der bekannten Liebe vollen Vorsorge für Dürftige jeder Art zu beruhen.

Um aber der allerhöchsten Milde nicht vielleicht unwürdig zu scheinen, wagt es dieselbe eine schwache Schilderung ihrer höchst mißlichen Lage, und deren Urqwelle alleruntertänigst vorzulegen:

1tens Hatte ihr seel: Gatte nie das Glück hier in Wien eine günstige Gelegenheit abzuwarten, welche ihm erlaubt hätte seine Talente zu Begründung besserer Aussichten der Welt auffallend genug zu machen, – und eben daher war er ausser Stande einiges Vermögen zu hinterlassen.

Zwar wäre es demselben

2tens sehr leicht gewesen im Auslande sein Glück zu finden, und seine familie in einem glänzendern Zustand zu versetzen;

wenn er den so häufig gemachten Anträgen Gehör gegeben, und nicht in der Gnade dem hiesigen allerhöchsten Hofe zu dienen seinen größten Ruhm gesucht hätte.

3tens Gestatteten seine noch blühenden Jahre, und die sehr wahrscheinliche Aussicht den Wohlstand seiner Angehörigen durch das seltenste Talent noch immer früh genug dauerhaft gründen zu können, auch dem entferntesten Gedanken von der Möglichkeit der gegenwärtigen Lage in seinem Gedächtnisse keinen Raum.

Daher geschah es auch, daß er nicht einmal daran dachte durch Einverleibung in die musikalische Wittwen und Waisen Gesellschaft seinen Nachkommen diese obgleich geringe Versorgung zu versichern.

4tens Endlich wird dieses Gemählde um so rührender, als er der Welt gerade in demjenigen Augenblicke geraubt wurde, wo seine Aussichten für die Zukunft rings umher heiterer zu werden begannen.

Denn nebst der vor Kurzen erhaltenen Anwartschaft auf die Kapellmeisters=Stelle am Dom zu St: Stephan, langte noch wenige Tage vor seinem Tode von einem Theile des ungarischen Adels die Versicherung einer Subskription von jährlichen 1000 f.: und von Amsterdam die Anweisung eines noch höhern jährlichen Betrages an, wofür er nur wenige Stücke ausschliessend für die Subskribenten komponiren sollte.

Bittstellerin wagt es noch einmal sich in die allerhöchste Gnade, und bekannt väterliche Vorsorge, besonders gegen Dürftige dieser Art, um so mehr gänzlich zu ergeben, als dieselbe in ihrem Jammervollen Zustande nur die Zuversicht: Eure Majestät werden sie mit ihren zwey unmündigen Söhnen *von der allerhöchsten Mildthätigkeit nicht ausschließen: noch einigermassen aufrecht zu erhalten fähig ist.*

Wien den 11ten dezember 1791

Konstantia Mozart, geborne
Weber hinterlassene Wittwe des
seel: Wolfgang Amadeus Mozart
k. k. Kammer=Kompositor.

Nachwort

Als Isabelle Duquesnoy mir sagte, daß sie seit einigen Jahren an einem fiktiven intimen Tagebuch Constanze Mozarts arbeite, flößte mir das erst einmal Angst ein ... Was liest man in der Mozart-Literatur aus der Feder von gewissen Autoren, die sich als Sprachrohr des Musikers und seiner Familie verstehen, nicht alles für ein dummes Zeug, was hat man seiner Frau (und nebenbei bemerkt dem Vater ebenso) nicht für eine schreckliche Rolle zugeschrieben, ganz in einer Tradition, die noch aus dem 19. Jahrhundert stammt und der zufolge ein Genie von seiner Umgebung und seinen Zeitgenossen nur verkannt, ungeliebt und ausgebeutet sein durfte ...

Welche Erleichterung, als ich dann feststellte, daß in diesem Werk nichts, oder zumindest nur sehr wenig erfunden war, die historischen Ereignisse respektiert wurden und als Hintergrund für dieses intime Tagebuch dienten.

Constanze beginnt kurz nach dem Umzug ihrer Familie nach Wien mit dem Schreiben, sie ist von dem verzehrenden Leiden ans Bett gefesselt, das sie in der für die Epoche typischen rauhen Sprache voller Abscheu und bis ins Detail beschreibt. Mozarts fäkalienreiche Briefe an seine »chère Cousine«, das »Bäsle«, sind natürlich am bekanntesten, aber wir begegnen mit Erstaunen auch in der Korrespondenz der Eltern Mozart gewissen Ausdrücken ähnlicher Natur. Der gestrenge Leopold vergaß nie, auf die Bedeutung seiner »Ausscheidungen« und seiner »Öffnungen« anzuspielen. Das entspricht durchaus dem Geist der Zeit, man denke nur an die deftige Sprache Liselottes von der Pfalz oder die private Korrespondenz zwischen Kaiserin Maria Theresia und ihrer Tochter Marie-Antoinette, der Königin von Frankreich, in der die intimen körperlichen Probleme des königlichen Ehemannes besprochen werden. Schamhaftigkeit und schließlich Prüderie sind Erfindungen des 19. Jahrhunderts und der viktorianischen Epoche, und sie haben teilweise bis heute überlebt. Der Stil der jungen Constanze Weber ist noch ungelenk. Sie spricht zunächst die ersten Begegnungen Mozarts mit ihrer Familie in Mannheim an, als der Musiker noch nur Augen (und Ohren) für ihre Schwester Aloisia hatte, was ihren Abscheu vor ihrer eigenen, von Pubertätsbeschwerden, deren Gründe sie noch nicht zu kennen scheint, geschüttelten Verfassung nur noch verstärkt. Während über die Monate ein gewisses Interesse an diesem neuen Mieter ihrer Mutter, Caecilia Weber, heranwächst, rundet sich ihr Stil, und ihre Persönlichkeit nimmt Gestalt an. Und während sich die aufkeimende Liebe zu jenem Mann immer deutlicher zeigt, den sie im Schutz der Zeilen, die sie ihrem »stillen Beichtvater« anvertraut, bald beim Vornamen nennt, und sich die Anzeichen ihres chronischen Leidens immer weniger bemerkbar machen, beschreibt sie uns das Glück der ersten Vertraulichkeiten mit einer Scham, die sich ganz und gar von den ersten Seiten ihrer Bekenntnisse abhebt.

Isabelle Duquesnoy besitzt große Kenntnisse über die Korrespondenzen des 18. Jahrhunderts und die Kultur jener Epoche, und sie läßt sie geschickt in dieses Tagebuch einfließen. Sie zeichnet ein glaubhaftes Bild der bürgerlichen Umgebung, in der sich dieses sicher ein wenig bohemienhafte Paar, Wolfgang und Constanze, bewegte, und macht uns über Constanze mit Einzelheiten aus der Literatur und dem kulturellen Leben in Wien vertraut, mit Mode und regionalen Bräuchen, damals beliebten Gesellschaftsspielen (Gedichte mit vorgegebenen Endreimen, Glücksspiele etc.), mit dem Aberglauben der Zeit und gewissen irrigen Meinungen, was die Medizin und die Heilmittel anging (die Notwendigkeit wiederholter Aderlässe – die nebenbei bemerkt vielleicht für Mozarts Tod verantwortlich waren –, die medizinische Wirkung so manchen Gebräus, die Angst, Blähungen könnten den Fötus infizieren usw.), und sie führt uns die Verwirrungen und Gefühlswallungen einer vorromantischen Heroine vor Augen, ihre

Zweifel und Sinneswirren, aber auch ihre religiöse Überzeugung, die nicht selten von einer kräftigen Portion Aberglauben begleitet ist.

Constanze vertraut ihrem Tagebuch ihren Kummer darüber an, daß Schwiegervater und Schwägerin sie nicht so hoch schätzen, wie sie es sich wünschen würde, sie berichtet von ihren Versuchen, ihre Zuneigung zu gewinnen, und von ihrem Verdruß über ihre reservierte, um nicht zu sagen feindselige Haltung, und gesteht dann, später, ihre Wut, als sie erfährt, daß ihr Schwiegervater für die Erziehung von Nannerls Sohn aufkommt und diesen als einzigen »Erbprinz« betrachtet, während er sich gleichzeitig weigert, die Kinder, die sie von Wolfgang hat, nur für ein paar Monate zu versorgen.

Wir erleben, wie sie gereizt auf gewisse Schülerinnen reagiert, die ihr Gemahl beinahe täglich umwirbt, und wie sie kämpft: gegen diese schleichende Eifersucht den Schülerinnen ihres Mannes und anderen Frauen und immer und immer wieder Aloisia und ihrer außerordentlichen Stimme gegenüber, die Mozart sein Leben lang faszinierte.

Später werden wir Zeuge ihrer wechselnden Launen, die zweifellos ihrer Erschöpfung nach immer neuen Schwangerschaften zuzuschreiben sind, der Trauer über den Tod so vieler Säuglinge, der Ermüdung nach stets neuen Umzügen (dreizehn in sechs Jahren), die aber immer wieder durch den Gedanken ausgeglichen werden, daß sie die bevorzugte Gefährtin einer Ausnahmepersönlichkeit ist, eines Genies, dessen Geheimnis zu lüften sie sich sehr wohl hütet.

Isabelle Dusquesnoy ermöglicht dem Leser einen Blick auf Mozarts Leben, der sich grundlegend von dem der traditionellen Biographien unterscheidet, indem sie die Ereignisse des gemeinsamen Lebens aus Constanzes Sicht kommentiert. Dabei darf man sicher sein, daß die Autorin aufgrund ihrer lückenlosen Kenntnis von Mozarts Leben und seiner Korrespondenz nichts »erfindet«, auch wenn dieses Tagebuch fiktiv ist. Alles ist in den historischen Kontext eingebettet. Man überrascht sich bei dem Wunsch, dieses Tagebuch möge authentisch sein und es würde eines Tages in irgendeinem Archiv ein zweites intimes Tagebuch der »Constanze, Witwe Mozart« gefunden, so daß wir erfahren könnten, wie der zweite Teil ihres Lebens verlief, nun nicht mehr im Dienste dieses »großen Mannes«, sondern der Erinnerung an ihn …

Salzburg, April 2003

Geneviève Geffray, leitende Konservatorin
der internationalen Stiftung Mozarteum, Salzburg

Literaturauswahl

Editorische Notiz: *Das Tagebuch der Constanze Mozart* beinhaltet zahlreiche Originalzitate, die durch Kursivschrift kenntlich gemacht sind. Da es sich um ein Werk der Fiktion handelt, wurde auf Quellennachweise im einzelnen ebenso verzichtet wie auf editionskritische Zeichen, die im einzelnen Dokument beispielsweise Auslassungen oder unsichere Lesarten markieren. Wer eine genauere philologische Aufschlüsselung wünscht, sei auf die einschlägigen Editionen von Originaldokumenten verwiesen, die die sich anschließende Bibliographie zusammen mit einer Auswahl der Sachliteratur zu Constanze und Wolfgang Amadeus Mozart verzeichnet.

Bauer, Wilhelm A., Deutsch, Otto Erich und Eibl, J.H. (Hrsg.): Mozart. Briefe und Aufzeichnungen. Gesamtausgabe. 7 Bde. Kassel usw. 1962–1975

Becker, Max: Mozart. Sein Leben und seine Zeit in Texten und Bildern. Frankfurt am Main und Leipzig 1991

Böttger, Dirk: Wolfgang Amadeus Mozart. München 2003

Deutsch, Otto Erich und Eibl, Joseph Heinz (Hrsg.): Mozart. Dokumente seines Lebens. Kassel 1981

Eibl, Joseph Heinz: Wolfgang Amadeus Mozart. Chronik eines Lebens. Kassel 1991

Eibl, Joseph Heinz und Senn, Walter (Hrsg.): Mozarts Bäsle-Briefe. München 1978

Hennenberg, Fritz: Wolfgang Amadeus Mozart, mit Selbstzeug-

nissen und Dokumenten dargestellt. Reinbek bei Hamburg 1992
Hildesheimer, Wolfgang: Mozart Briefe. Frankfurt am Main 1990
Ders.: Mozart. Frankfurt am Main 1980
Küster, Konrad: W. A. Mozart und seine Zeit. Laaber 2001
Niemetschek, Franz Xaver: Lebensbeschreibung des k. k. Kapellmeisters Wolfgang Amadeus Mozart. Reprint der Ausgabe Prag 1908. Mit einem Nachwort, Berichtigungen und Ergänzungen von Peter Krause. Leipzig 1978
Nissen, Georg Nikolaus von: Biographie W. A. Mozarts. Leipzig 1828
Nohl, Ludwig: Mozart nach den Schilderungen seiner Zeitgenossen. Leipzig 1880
Ortheil, Hanns-Josef: Mozart im Innern seiner Sprachen. München 1991
Pahlen, Kurt: Wolfgang Amadeus Mozart, Die Zauberflöte. Opernführer. München o.J.
Ponte, Lorenzo Da: Mein abenteuerliches Leben. Die Erinnerungen des Mozart-Librettisten. Zürich 1991
Robbins Landon, H. C.: Das Mozart-Kompendium. Sein Leben – seine Musik. München 1991
Ders.: Mozart. Die Wiener Jahre. 1781–1791. München 1990
Ders.: 1791. Mozarts letztes Jahr. Düsseldorf 1991
Schiedermair, Ludwig: Mozart. Sein Leben und seine Werke. Bonn 1948
Schurig, Arthur (Hrsg.): Constanze von Nissen. Briefe, Aufzeichnungen, Dokumente. Dresden 1922
Siegert, Stefan: Mozart. Die Bilderbiographie. Berlin 2001
Spohr, Wilhelm: Mozart. Leben und Werk. Briefe. Zeitberichte, Dokumente, Bilder. Berlin 1951
Valentin, Erich: Leopold Mozart. Eine Biographie. Frankfurt am Main und Leipzig 1998
Welsh, Renate: Constanze Mozart. Eine unbedeutende Frau. München 2004

Libretti

(alle Ausgaben bei Reclam, Stuttgart)

Così fan tutte (Italienisch/Deutsch)
Die Entführung aus dem Serail
Die Zauberflöte
Don Giovanni (Italienisch/Deutsch)
Idomeneo (Italienisch/Deutsch)
La clemenza di Tito/Titus(Italienisch/Deutsch)
Le nozze di Figaro/Die Hochzeit des Figaro (Italienisch/Deutsch)